मंजिल

(मनोवैज्ञानिक, धार्मिक, दार्शनिक, आध्यात्मिक, आर्थिक, सामाजिक, सांस्कृतिक, लौकिक-पारलौकिक आधार पर योग-अध्यात्म-विज्ञान समन्वित जनजीवन के समग्रविकास, सर्वोदयसे जुड़ी न्यायमूलक समतासमरसता एकतामूलक लोककल्याणकारी लोकतांत्रिक समाजवादी समन्वयवादी सकारात्मक सोच समन्वित काव्यकलित समग्रक्रांति कथा)

लेखक

रामगणेश

एम.ए. (हिन्दी), एम.ए. (संस्कृत),
एम.ए. (राजनीति), साहित्यरत्न

अंजुमन
प्रकाशन

अंजुमन प्रकाशन
942, मुट्ठीगंज, प्रयागराज-3 उत्तर प्रदेश, भारत
www.anjumanpublication.com
contact@anjumanpublication.com:

प्रथम संस्करण 1971 ई.
द्वितीय संस्करण 1991 ई.
तृतीय संस्करण 2011 ई.
चतुर्थ संस्करण 2014 ई.
पंचमं संस्करण 2016 ई.
षष्ठम संस्करण 2018 ई.
सप्तम संस्करण 2021 ई.
अष्टम संस्करण अंजुमन प्रकाशन द्वारा 2024 में प्रकाशित

आवरण व टाइप सेटिंग : अंजुमन प्रकाशन
भारत में मुद्रित व जिल्दबद

मूल्य भारत में : 300/-

ISBN: 978-81-19562-21-3

विश्व की बेजोड़ अनुपम अनमोल अमानत

"मंजिल"

1. यह विश्व अनूठा रंगमंच है, सब हैं पात्र अनूठे!
कोई सच्चाई पर मरते, कोई दिखाते उसे अँगूठे!!
दया धर्म कर्तव्य किसी में, कई कपटी कुचाली झूँठे!
काम क्रोध मद लोभ मोह में खोते. कितने जन्म अनूठे!!

2. 'अनन्त शास्त्रं बहुलाश्च विद्या, अल्पश्च कालो बहु बिघ्नता च।
यत् सारभूतं तदुपासनीयम्, हंसो यथा क्षीरमिवाम्बु मध्यात्।।'

3. वेद बाइबिल कथा पुरान' 'मंजिल' अनुपम सार महान।
मन वच कर्म जो करें पारायण' होंय वही नारायणी नारायण।।

4. मानव सम नहिं कौनौ देहीं, जीव चराचर जाँचत जेहीं।
ते दानव जो कर पर पीरा' तेहिंते अधम न कौनौ शरीरा।।

5. घर-घर लंका बनी हुई है, किस-किस घर में आग लगायें?
गली-गली रावण मिलते हैं, इतने राम कहाँ से लायें??
भू माता है अति दुखियारी, दुखियारी हैं सब नर नारी।
रामादिक बन दुख-दर्द दूर कर, साथ दें तेरा जनक दुलारी।।

"कीरति भनिति भूति भल सोई।
सुरसरि सम सब कहँ हित होई।।"

आह्वान

"मंजिल" के सम्यक् मननोपरान्त अधिक से अधिक को पढ़ा,
सुना, समझाकर सम्यक् समीक्षा प्रचार-प्रसार से जन जागरण
अभियान को जीवन्त प्रेरणा प्रदान कर योग-अध्यात्म-विज्ञान समन्वित
समग्रविकास, सर्वोदय से जुड़ी
समग्रक्रान्ति और युगनिर्माण अभियान महायज्ञ
में सक्रिय सहयोग देकर महापुण्यभागी बन पुरुषार्थ चतुष्टय-
'धर्म-अर्थ-काम-मोक्ष' (मंजिल) को प्राप्त करें –

आइये हम सभी जगें जगायें और सभी में वह शौर्य शक्ति भर दें।
जिससे दुनिया से हम शैतानियत हैवानियत मिटा दें।।

इस आश में मिटा देंगे हम अंधकार को,
तूफां में चराग जलाये हुये हैं हम।
जलने का कोई डर न झुलसने की फिकर है,
सूरज की ओर कदम बढ़ाये हुये हैं हम।।

- लेखक

साहित्य वही सार्थक है जिससे लोकहित हो।

जगा दे जो कथा कहते हैं।

सुलाये सो किस्सा कहानी है।।

क्रान्तिकारी कथाकार

रामगणेश

रामगणेश एम.ए. (हिन्दी), एम.ए. (संस्कृत), एम.ए. (राजनीति), साहित्यरत्न तथा कई साहित्यिक सम्मानों से सम्मानित

संयोजक - 'समग्रक्रांति, समग्रविकास, सर्वोदय अभियान'

जन्मतिथि - कार्तिक शुक्लपक्ष अक्षय नवमी मंगलवार संवत् 1999 विक्रमी

पिता - श्री इन्द्रपाल, माता - श्रीमती पार्वती देवी

पत्नी - श्रीमती भारती देवी

सुपुत्र – श्री अखिलेश कुमार, श्री सतीश कुमार

निवासी - रेरुवा, ब्लाक रामनगर, जिला चित्रकूट, (उ0प्र0) अध्यवसाय - से. नि. प्रवक्ता, श्री तुलसी इण्टर कालेज, राजापुर जिला - चित्रकूट (उ0प्र0)

प्रकाशित पुस्तकें -

1. 'सत्यार्थी',
2. 'मंजिल' (सर्वोदय, समग्रविकास से जुड़ी काव्यकलित समग्रक्रांतिकथा)
3. 'तुलसी जन्मभूमि : शोध समीक्षा' (शोध ग्रन्थ)

अन्य अभिरुचि - समाज सेवा (समग्रक्रांति, समग्रविकास, सर्वोदय अभियान)

व्हाट्स एप मो.- 9793274409

विचार विन्दु

"सर्वे भवन्तु सुखिनः सर्वे सन्तु निरामयाः।
सर्वे भद्राणि पश्यन्तु मा कश्चिद् दुःखभाग् भवेत्।।"

संसार में अपार धन और सुख-सुविधायें भरी हैं फिर भी मनुष्य के दुख-दारिद्र्य और रोगों का अंत नहीं। संसार में न अन्न की कमी है न अस्पतालों की तो भी खाना और सस्ता सही उपचार न मिलने, उपचार के नाम पर अत्याचार और लूटखसोट से लोग तड़प-तड़प कर मर रहे हैं। स्कूल, कालेज, विश्वविद्यालय और पुस्तकालय, वाचनालय भी सहस्त्रों की संख्या में हैं तो भी मनुष्य अज्ञानान्धकार में भटक रहे हैं! भूख-प्यास से बिलबिलाते दीन-दुःखी राह की धूल में बैठकर भीख माँगते हैं और सामने ही हवेलियों में रंगीनियों के जश्न मनाये जाते हैं! दीन-दुखियों के दुख-दर्द से संवेदनशून्य दानव दिल द्रवित नहीं होते!

आज यह विषमता है, मनुष्य को अन्न-धन, योग-अध्यात्म-विज्ञान समन्वित रोजगार परक संस्कारवान सही शिक्षा, ज्ञान-विज्ञान और सही समझ का अभाव है, किन्तु अब वे दिन आने वाले हैं जब यह अभाव नहीं रहेगा। अब इंसान जाग उठा है। विविधता में एकता का उद्घोष होगा। वे दिन अब बहुत दूर नहीं हैं जब धर्मनिरपेक्ष नहीं मत- मजहब, पंथ निरपेक्ष न्यायमूलक समता-समरसताएकतामूलक लोककल्याणकारी विक्रेन्द्रित लोकतांत्रिक जवाबदेह पारदर्शी समाजवादी व्यवस्था में धर्म, अर्थ और राजनीति की सही समझ से संसार से धर्म, अर्थ और राजनीति के नाम पर अधर्म, अनर्थ, अनीति, अभाव, अज्ञान, आडम्बर, अंधविश्वास, अन्याय, अत्याचार, अनाचार और भ्रष्टाचार उठ जायेगा। मनुष्य-मनुष्य का शोषण न कर सकेगा। निर्दयी, अधर्मी, अत्याचारियों, अनाचारियों, अन्यायियों, अलगाववादियों, आतंकवादियों, भ्रष्टाचारियों, शोषक शैतानों, ढोंगी, पाखंडी, स्वार्थी और लोभी, लम्पटों, दरिन्दों को हम अवश्य ही निर्मूल करके रहेंगे। एक स्वर्णिम संसार बन रहा है। वह स्वर्णिम समय आ रहा है जब मनुष्य-मनुष्य में जहरीला जातिवादी भेदभाव न होगा। योग-अध्यात्म-विज्ञान समन्वित रोजगारपरक संस्कारवान सुशिक्षा, सुराज, सुशासन से रोगमुक्त, स्वदेशी युक्त, नशा-व्यसनमुक्त कमीशनखोरी एवं करों के मकड़जाल मँहगाई से मुक्त, न्यूनतम एकलकरव्यवस्था युक्त, स्वच्छ, स्वस्थ, सम्पन्न, सुखी समाज में किसी को भी अभाव, अज्ञान के कारण कष्ट न उठाना पड़ेगा। मनुष्य जो कुछ तैयार करेगा या पैदा करेगा उसमें वह अपना उचित हिस्सा पायेगा। कोई किसी का शोषण न कर सकेगा। सभी के साथ-सहयोग, समग्रक्रांति से सभी का समग्रविकास, सर्वोदय हो सकेगा। संसार में योग-अध्यात्म-विज्ञान समन्वित रोजगारपरक संस्कारवान सुशिक्षा से सही समझ, सद्बुद्धि, सदाचरण, सहअस्तित्व, सुराज, सुशासन, सुरक्षा, सुख, समृद्धि, सद्भाव सौहार्द, शांति का संचार होगा।

मैं मंजिल को देख रहा हूँ। शायद मैं आपके साथ वहाँ न पहुँच सकूँ मगर मैं आपको यह बताना चाहता हूँ कि हम लोग उस मंजिल पर जरूर पहुँचेंगे-

"उठता-गिरता तिमिर गर्त दोनों से पूरित पथ पर।
कभी विरथ मिट्टी पर चलता कमी पुण्य के रथ पर।।
करता हुआ विकट रण तम से पापी पश्चातापी।
किरण-देश की ओर चला जा रहा मनुष्य प्रतापी।।"

— लेखक

1

दो छोटे बच्चे मिट्टी के घरौंदे बनाने में मगन थे। दोनों केवल चड्डी पहने हुये थे और दोनों की देह धूल-धूसरित थी। घुँघराले बाल धूल से नहाये हुये अस्त-व्यस्त थे। विश्वास उम्र में प्रेरणा से बड़ा था। दोनों खेल में बिल्कुल मगन थे।

प्रेरणा खुरपी से मिट्टी खोदती हुई बोली-"तुमथे कुथ नहीं बनत देखौ मैं कितना थुन्दल घल बनाये हौं।"

विश्वास मुँह बनाता हुआ बोला "बहुत नीक है, इनतना केल तो हम गोले-गोले बनाय लेई।"

प्रेरणा चिढ़ती मुँह बनाती बोली "बले आये हौ बनावैं वाले, इत्ती देल थे बनावत होइगें कुथ बन न पावा।"

विश्वास ने कहा-"बली हुथियाल बनत हौ तो बनवाय देव।"

प्रेरणा ने कहा- "अच्छा तुम माती खनत जाव, मैं बनावत जाँव।"

विश्वास प्रेरणा के हाथ से खुरपी लेकर मिट्टी खोदने लगता है और प्रेरणा खुदी हुई मिट्टी लेकर घरौंदा बनाने लगती है। दोनों बड़े प्रसन्न और सुधबुध खोये से अपने काम में मगन हैं। विश्वास प्रेरणा के काम करने की होशियारी देखकर कहता है-"तुम थही बहुत हुथियाल हौ।"

यह सुन प्रेरणा प्रसन्न होकर विश्वास की ओर देखने लगती है। विश्वास भी प्रेरणा की ओर देखने लगता है। परन्तु दोनों के हाथ यथावत् चलते रहते हैं।

एकायक प्रेरणा चीख उठती है। उसके दाहिने हाथ की मध्यमा अँगुली में खुरपी लगने से दो फरकल्ले हो जाते हैं। बहते हुये खून की धारा देखकर विश्वास स्तब्ध रह जाता है। उसकी समझ में नहीं आता कि क्या करे?

विश्वास प्रेरणा को चुप करने के लिए उसे गले से लगा लेता है। विश्वास का शरीर भी खून से रँग जाता है।

इतने में प्रेरणा के रोने की आवाज सुनकर उसकी माँ कामना आ जाती है। कामना दोनों को खून से रँगे देखकर चिन्तित होकर पूछती है- "प्रेरणा क्यों रो रही हो?"

विश्वास सहमते और डरते हुये बोला- "हम दोउ जन खेलत रहेन....... धोखे थे इनके अँगुली मा खुलपी लग गै है।"

कामना को गुस्सा आ गया। उसने विश्वास के एक तमाचा लगाकर प्रेरणा को गोद में उठाते हुये कहा- "मेरे बिटिया को अंग-भंग करने को न जाने तू कहाँ से आ गया है?"

विश्वास रोता-रोता घर की ओर चला गया।

श्याम रंग में रंगी रंगीली मोहक मतवाली प्रेम नदी यमुना के दक्षिण तट

पर, चित्रकूट से 40 किलोमीटर उत्तर संतशिरोमणि कालजयी विश्वकवि तुलसी प्रसवनी राजापुर नगरी एक अलौकिक आलोक, आकर्षण मानस में छिपाये संसार को नित नूतन प्रेरणा दे रही है। प्रकृति ने बहुत तन्मय होकर दुलार से रुच-रुच कर उसे सँवारा है। विमल यमुना पक्षियों के कलरव से कूजित, भँवरों के गुंजार से गुंजरित, सुरभित सरसिजों से सुशोभित सरोवरों की सुरम्य लहरें प्रेम की अलौकिक सहनाइयाँ बजा रही हैं, जिसके धुन में मस्त कहीं खंजन मन रंजन कर रहे हैं। कहीं मयूर इन्द्रधनुषी परिधान में सुध-बुध खोये नाच रहे हैं, तो कहीं अमराइयों में कोयल 'कुहू'-'कुहू' करती डाली-डाली तथा कण-कण में मोहंक मादक मधुर मधु घोल रही है। बेकरार बुलबुल, गौरैयाँ उमंग से इधर-उधर इतराती फुदक रही हैं। तितलियाँ रंग- बिरंगी साड़ियों में इतराती-इठलाती घूम रही हैं। यदाकदा पपीहे 'पिउ कहाँ' -'पिउ कहाँ' की मधुर ध्वनि घोल उठते हैं -

"नीलकंठ कलकंठ सुक चातक चक्क चकोर।
भाँति-भाँति बोलहिं बिहँग श्रवन सुखद चितचोर।।"

वहाँ के कण-कण में एक अजीब आकर्षण है, एक अलौकिक शांति है। हर घर में तुलसी की आराधना होती है और कण-कण से 'रामचरित' का सुमधुर स्वर सुनाई पड़ता है।

कालजयी विश्वकवि संत शिरोमणि तुलसी की जन्मभूमि के इस अलौकिक आकर्षण से आकृष्ट होकर लोग दूर-दर से आते हैं। विश्वास के पिता अभिलाष भी सपरिवार कार्तिक पूर्णिमा से लगने वाले मेले में कर्मक्षेत्र से आये थे और मौसी के घर ज्ञान क्षेत्र मुहल्ले में रुके थे। तुलसी के भूमि का अलौकिक आकर्षण तथा मौसी-मौसिया एवं पास-पड़ोस के लोगों के असीम स्नेह बन्धन के कारण उन्हें कई दिन रुकना पड़ा।

कुछ दिन में विश्वास पास-पड़ोस के बच्चों से घुलमिल गया। वह दिन भर बच्चों के साथ खेलता-कूदता और शाम तक एक न एक शिकायत लेकर धूल-धूसरित लौटता था। शिकायत आने पर वह गुधनाते हुये मुँह बनाकर कहता- "हमका थब मिलके मालत हैं और ऊपल थे घूँथी थिकाइत लावत हैं।"

उसकी तोतली बोली सुनकर उसके पिता के मौसी-मौसिया उसे प्यार से गले लगा लेते और हँसते हुये कहते "हमारा विश्वास कितना भोला-भाला है, लोग झूठी शिकायतें लाते हैं।"

कुछ दिनों बाद जब अभिलाष सपरिवार जाने के लिए तैयार हो रहे थे तभी प्रेरणा खेलने के लिए विश्वास को खोजती आ पहुँची और उसके पास आकर बोली-"तलौ खेलैं तली।"

विश्वास प्रेरणा की ओर थोड़ी देर तक निहारता रहा फिर गुधनाते हुये बोला "हम तुम्हले थाथ न खेलबै, तुम्हली अम्मा मालती हैं।"

इतने में विश्वास की माँ ममता ने विश्वास को चलने के लिए बुलाया, परन्तु विश्वास प्रेरणा, के पास ही खड़ा रहा। ममता ने पुनः आवाज लगाई, परन्तु वह अपनी जगह से टस से मस न हुआ।

अन्त में आखिर उसे जाना ही पड़ा। विश्वास को जाते हुये देख प्रेरणा ठगी सी देखती रही और एकायक उसके पैर भी उसी ओर चल पड़े।

अचानक अपनी माँ की आवाज सुनकर वह चौंक सी उठी-"प्रेरणा, कहाँ लापता हो जाया करती है? मैं कब से तुझे खोज रही हूँ। खा-पी तो लिया कर, फिर खेलती रहा कर।"

2

पंडित अभिलाष राजापुर के प्रमुख प्रतिष्ठित व्यक्तियों में हैं। वह राजापुर के प्रमुख रामायणियों एवं पुरोहितों में गिने जाते हैं। अपनी विद्वता एवं आकर्षक व्यक्तित्व के कारण उनकी अच्छी धाक थी। लोग बहुधा उन्हें 'पंडित जी' कहकर संबोधित किया करते थे। उनका विशाल शानदार भवन कल्पना क्षेत्र मुहल्ले में है। खेती तो उनके यहाँ होती ही है, इसके अलावा ग्रह-शांति, पूजा-पाठ, कथा-भागवत एवं प्रवचनों से अच्छी आमदनी हो जाती है। बुखार आ जाने और ऊपर छिपकली गिरने के पातक से लेकर अन्य सभी बाधायें पंडित जी के मार्जन, पूजा-पाठ से काफूर हो जाती हैं। खेती तो अत्यधिक तपस्या चाहती है, फिर उसमें आये दिन कोई न कोई बाधा भी तो मान न मान मैं तेरा मेहमान बनकर आ जाती हैं। इस कारण खेती से पंडित जी की कम सधती है। खेती का काम अधियाँ बटाई पर चलता है। पंडित जी के दो लड़के तथा दो लड़कियाँ हैं। बड़े बेटे का नाम ज्ञान तथा छोटे का नाम विराग है। ज्ञान लगभग 22 वर्ष का आकर्षक युवक है। रंग गोरा, हँसमुख चेहरा जिस पर बहुधा हँसी खेलती रहती है। ज्ञान की शिक्षा-दीक्षा पुरोहिती पद्धति पर हुई थी। परन्तु जैसा देश वैसा वेश धारण कर लेना मानों उसके बायें हाथ का खेल था।

विराग ज्ञान से लगभग तीन वर्ष छोटा, उसी से मिलती-जुलती शक्ल-सूरत का नवयुवक है। रंग गोरा तथा चेहरे पर उल्लास की एक झलक है। इस समय वह 12वीं कक्षा में पढ़ रहा है। पढ़ने में विशेष अच्छा तो नहीं पर वह एक मिलनसार शिष्ट युवक है।

पंडित जी की बड़ी बेटी का नाम कल्पना है। कल्पना करीब 15 वर्ष की सुगठित गेहुँये रंग की है। नाक-नक्श बहुत आकर्षक नहीं तो कम आकर्षक भी नहीं कहे जा सकते। यौवन की सुर्खी उसमें नजर आने लगी थी। चंचलता एवं चुहल तो उसमें कूट-कूट कर भरे हुये थे।

दूसरी पुत्री प्रेरणा अभी 12 वर्ष की है। रंग तपे हुये सोने सरीखा, सुन्दर सुडौल चेहरा, जिसमें बाल सुलभ भोलापन झाँकता हुआ नजर आता है। वह

हँस पड़ती तो मोतियों की लड़ियाँ सी छुटक जातीं। उसके बोलने में अमृत सा लुढ़क जाता। अन्तिम संतान होने के कारण वह माता-पिता के आँखों की पुतली थी। अगर वह थोड़ी देर खेलने भी निकल जाती तो घर सूना सूना लगता। माता-पिता उसके बिना ब्याकुल हो जाते। वह हँसती घर हँस पड़ता, वह रोती तो माता-पिता का दिल रो उठता। रूठने में तो वह और भी भली मालूम पड़ती थी। लोग उसकी बातों को बड़े प्रेम से सुनते और उसके हर काम को कौतूहल से देखते थे। उसको देखकर लोगों को अलौकिक शांति मिलती थी।

ज्ञान और विराग की शादी के लिए लोग 14, 15 वर्ष की उम्र से ही आने लगे थे। पंडित जी अभी उनकी शादी नहीं करना चाहते थे इसीसे काफी दबाव पड़ने पर भी वे पढ़ाई-लिखाई आदि का बहाना करके टालते रहे। किन्तु लड़की वाले भी यह सोचकर पीछे पड़े थे कि ऐसा घर-बर और सुशिक्षित प्रतिष्ठित परिवार सौभाग्य से मिलता है। इस अंधविश्वास से कि लड़कियों की अधिक उम्र हो जाने से कन्यादान का वह फल नहीं मिलता और लड़के भी महँगे और कठिनाई से मिलते हैं। यही सब सोचकर वे ऐसा अवसर आसानी से हाथ से नहीं खोना चाहते थे।

पंडित जी को अन्त में रिश्तेदारों और हितैषियों के दबाव और मिलते दहेज के आगे झुकना पड़ा। ऊपर से तो बहाने बनाते, दहेज विरोधी होने का स्वाँग करते परन्तु भीतर से आती लक्ष्मी को दरवाजे से ठुकराना मूर्खता समझते थे। इसके अलावा पत्नी कामना के पतोह-पौत्र की कामना को भी अब वह अधिक दिन टालने की हिम्मत नहीं दिखा सके। फल यह हुआ कि 18-19 साल की उम्र में ही ज्ञान और विराग की शादियाँ काफी धूम- धाम के साथ हो गई थीं। लड़की वाले भी धनी आदमियों में थे। दहेज की बलिवेदी पर उन्होंने जी खोल कर पानी की तरह पैसा बहाया जिससे उन्हें खूब वाहवाही मिले, लड़की सुखी रहे और पंडित जी को भी संतुष्ट कर सकें।

दो-चार दिन वाहवाही तो हुई परन्तु पंडित जी संतुष्ट नहीं हो सके और न जिन्दगी भर वे लोग ही सुख की नींद सो सके।

कल्पना जब 11-12 वर्ष की थी तभी से कामना और पंडित जी को उसकी शादी का भूत सवार हो गया। कामना बहुधा कहा करतीं -"आपको तो मानो कोई फिक्र ही नहीं है। कहीं खाता-पीता घर ढूँढकर कल्पना के हाथ पीले कर दो जहाँ वह रानी की तरह रह सके। अभी से ढूँढोंगे तभी अच्छा घर-बर मिल पायेगा।"

उन्हें चुप देखकर कामना फिर कहतीं "साधना इसी के उम्र की तो है, उसकी इस साल शादी हो गई। एक दिन उसकी माँ कहती थी - "पंडिताइन तुम भी कल्पना के हाथ पीले कर दो, देखो इस साल हमने किसी तरह गहन-गीरो, कर्ज काढ़ कर साधना के हाथ पीले करके सिर का बोझ उतार दिया। तुम्हारे तो

भगवान की दया से कोई कमी भी नहीं है। अधिक उम्र में शादी करने से फिर कन्यादान का वैसा पुण्य भी तो नहीं होता।"

पंडित जी कुछ अनमने से होकर कहते "कल्पना अभी बच्ची ही तो है, क्या जल्दी पड़ी है? वैसे मुझे स्वयं इस बात की फिक्र सवार रहती है। क्या बताऊँ बड़ी परेशानी है। जिन पाँत वालों के पास ठीक से भोजन का भी ठिकाना नहीं, वे भी आसमान में बातें करते हैं। जिनके कुछ ठीक-ठाक है, लड़के सुन्दर और पढ़ने में अच्छे हैं वे तो सीधे मुँह बात भी नहीं करते। लोग लड़की वालों को लूटकर ही लखपती होना चाहते हैं।"

थोड़ी देर के लिए मौन छा जाता फिर कामना कुछ व्यथित स्वर में बोलतीं- "हम तो लड़कों की शादी में अच्छे ठगे गये। पहले से जानते होते तो उन लोगों के यहाँ कदापि शादी न करते।"

यह सुनकर पंडित जी झुंझलाते हुये कहते "तुम्हीं तो पापड़ बेले पड़ी थीं, नहीं तो अगर कुछ और पढ़ लेते तो आज पचीसों रुपयों से तौलने के लिये पीछे-पीछे फिरते।" यह कहते हुये पंडित जी क्षुब्ध होकर उठकर चले, जाते।

भगीरथ प्रयास के बाद 15 वर्ष की उम्र में कल्पना की शादी एक धनाढ्य-ब्राह्मण के यहाँ अत्यन्त धूमधाम से कर दी गई। इस शादी में कामना और पंडित जी को आटा-दाल के भाव मालुम हो गये और उन्हें यह भी मालुम हो गया कि समाज में लड़की के माता पिता की कैसी इज्जत तथा कितनी दयनीय दशा है! अब वह सोचने लगे थे कि-

'शादी की पद्धति है सादी, उसमें बर्बादी क्यों लादी?'

'अगर रोकनी है बर्बादी, बन्द करो खर्चीली शादी।'

न जाने लोग लड़का क्यों बेचते हैं?

शादी सम्बन्ध है, सौदा नहीं। हमें संकल्प करना चाहिये -

'दहेज न देंगे न लेंगे कहीं। पवित्र प्रेम बन्धन है विवाह व्यापार नहीं।।'

प्रेरणा भी जैसे-जैसे बड़ी होती जाती, वैसे-वैसे माता-पिता की चिन्ता भी सुरसा का रूप धारण करती जाती थी। थोड़ी देर के लिए प्रेरणा के मनहर मुखड़े के भोलेपन और मधुर हँसी-बोली, खेलकूद में उनकी चिन्ता बह जाती परन्तु अधिक देर वे इस स्वर्गिक सुख का अनुभव न कर पाते, उन्हें फिर वही चिन्ता इस आशंका के साथ दबोच लेती कि क्या हम प्रेरणा के योग्य वर ढूँढ सकेंगे?

3

गुनगुनी हवा गुलाबी धूप के साथ फूलों की सुगन्ध बिखेरते हुये ऋतुराज बसन्त का आगमन हो चुका था। वन-बाग बौराई मनहर आम्र- मंजरियों, रंग-रंग के सुन्दर सुमनों की सुरभित सुगन्ध, चिड़ियों की चहक, चहचहाहट, कोयल

की 'कुहू'- 'कुहू', भँवरों की 'गुन' 'गुन', मधुमक्खियों की 'मुन'-'मुन', रंग-बिरंगी पक्षियों-तितलियों के लुका-छिपी और बासन्ती बयार की महक में मस्त झूम रहे थे।

दश बारह लड़के एक अमराई में चहकते किलकते लसिया खेल रहे थे। एक लड़का एक भीमकाय आम के पेड़ के नीचे लसिया से धूल में बनाये वृत्ताकार घेरे में खड़े होकर लसिया (हरां छोटा पतला डंडा) को दाहिनी टाँग उठाकर उसके नीचे से पूरी ताकत से दूर फेंकता है और उस विशालकाय पेड़ पर जिसमें और लड़के पहले ही चढ़ गये थे, जमीन की ओर झुकी उसकी उस मोटी डाल से पलक झपकते ही चढ़ जाता है। छूने वाला लड़का जो घेरे के पास ही कमर कसे खड़ा था, तीर की तरह तेजी से दूर गिरी लसिया को लाकर घेरे के अन्दर रख देखते ही देखते उसी डाल द्वारा चढ़कर सभी को छूने के लिए जी-जान से कोशिश करता है और साथ ही पूरी तरह से सतर्क रहता है कि उनमें से कोई कूदकर घेरे में रखी लसिया को उठाकर चूमने न पाये क्योंकि ऐसी जरा सी असावधानी से उसको पुनः उसी प्रकार से सभी को छूने के लिये दौड़ना पड़ेगा। सभी लड़कों के लिए यह हार-जीत और अपनी धाक जमाने का सवाल था। इसीलिए सब बन्दरों सरीखे इस डाल से उस डाल में उछलते कूदते हुये इस चक्कर में थे कि कैसे मौका हाथ लगे कि उसका सभी में सिक्का जम जाय। लेकिन लसिया के पास पहुँच पाना लोहे के चने चबाना सरीखे साबित हो रहा था।

यकायक वही लड़का जिसने लसिया फेंकी थी, पेड़ से कूद कर बिजली की तरह लसिया की ओर लपकता है। छूने वाला लड़का भी फुर्ती से कूद कर उसे छूने दौड़ता है मगर तब तक वह लसिया उठाकर चूम लेता है। छूने वाला लड़का दौड़ के झोंक में असन्तुलित होकर उससे टकरा जाता है। दोनों गिरकर धूल में लोट-पोट हो जाते हैं। कहीं-कहीं दोनों की देह भी खरोंच जाती है यह देख पेड़ पर चढ़े हुये लड़कों का ठहाका गूँज उठता है। परन्तु तुरन्त ही वे दोनों ऐसे उठ खड़े होते हैं मानों कुछ हुआ ही नहीं।

अब पुनः वही लड़का और अधिक जोश से लसिया फेंकता है। छूने वाला लड़का भी लसिया के छूटते ही गोली हो जाता है। अभी लसिया फेंकने वाला डाल पर चढ़कर अपने को सन्तुलित भी न कर पाया था कि वह घेरे में लसिया रखकर फुर्ती से उछलकर डाल पर चढ़ता है, लड़कों में भी उसकी पहुँच से दूर पहुँचने की हड़कम्प मच जाती है जिससे पूरी डालियाँ हिल उठती हैं और लसिया फेंकने वाला लड़का गिर पड़ता है।

यकायक लड़के चीख पड़ते है-"अरे, विश्वास तो गिर गया! देखते ही देखते सभी उसके पास इकट्ठे हो जाते हैं। उसको लहूलुहान देखकर कुछ तो चुपके से खिसक जाते हैं। लड़कों ने देखा उसकी ठुड्डी भयंकर रूप से चिर गई थी।

गिरते समय एक सूखी पैनी टहनी उसकी ठुड्डी में धँस गई थी जिससे वह खून से लथपथ हो रहा था। गनीमत थी कि गले में धँसने से तनिक ही बची थी नहीं तो काम तमाम हो गया होता। लड़के घबड़ाये हुए उसको घर ले चलने के लिए आपस में खुसुर- फुसुर कर रहे थे, जिसे सुनकर विश्वास फीकी मुस्कान बिखरते बोला- "अरे तुम लोग तो इतना घबड़ा गये। मैं सड़े डोरों नहीं गुहा, घोड़े का सवार ही घोड़े से गिरता है।"

विश्वास ने जिस लहजे से यह कहा उसे सुनकर उस हालत में भी सभी में हल्की हँसी तैर गई।

विश्वास उठकर चल देता है और शेष लड़के मुँह लटकाये पीछे-पीछे चल देते हैं।

विश्वास ननिहाल में रह कर पढ़ रहा था। अभी कुछ दिन पहले उसकी माँ ममता भी मायके आई हुई थीं। विश्वास के पेड़ से गिरने की खबर सुन वह सन्न रह गई। उन्हें अपने कानों पर विश्वास न हुआ। वह बदहोश सी उधर को दौड़ पड़ीं। विश्वास को खून से लथपथ देख ममता मूर्छित हो गिरती-गिरती बचीं। तब तक और लोग भी पहुँच गये थे। वे विश्वास को उठा लाये। दवा-देखभाल से कुछ दिन में वह चंगा हो गया।

विश्वास छरहरे शरीर का एक आकर्षक किशोर है। रंग गेहुँआ, सुडौल चेहरा जो देखने में सुहावना प्रतीत होता है। बड़ी-बड़ी हँसती हुई खूबसूरत आँखें जिन्हें देखने की इच्छा होती। फुर्ती, चंचलता और शरारत तो उसकी नस-नस में भरे हुये हैं। ननिहाल के प्यार-दुलार ने तो मानों उनमें और चार चाँद लगा दिये हैं।

विश्वास पढ़ने में बहुत ही अच्छा लड़का है। गुरुओं के मुख से कोई बात एक बार सुनने से ही वह उसके दिमाग में पत्थर की लकीर बन जाती। गुरुओं को वह अत्यन्त श्रद्धा की दृष्टि से देखता है इसीसे गुरुओं की कृपा- दृष्टि तथा शुभाशीर्वाद भी उसके साथ रहते हैं। वह उनकी बताई बातों को ईश्वर के वचन मानकर उन पर अमल करने की जी-जान से कोशिश करता। यही कारण है कि अपनी कक्षा में ही नहीं बल्कि पूरे विद्यालय में भी सर्वाधिक अंक प्राप्त करने का गौरव उसे ही प्राप्त होता।

केवल पढ़ने में ही नहीं बल्कि खेलकूद में भी वह किसी से पीछे नहीं है। स्वस्थ शरीर में ही स्वस्थ मस्तिष्क का निवास होता है। वह पढ़ने के समय खूब पढ़ता और खेलने के समय खूब खेलता। गोली, गुरछल, गुल्ली- डंडा, खो-खो, सुर्रा, पचर्री, दौरहला, कबड्डी, क्रिकेट, हॉकी, लम्बी-कूद, ऊँची कूद, लुकाछिपी में विशेष रुचि लेता। झगड़ा-झंझट और मारपीट किये बिना शायद ही कोई दिन गुजरता। किसी बड़ी जोड़ से भिड़ पड़ने पर जनाब की मेहमानी भी हो जाती थी। लेकिन आरजू मिन्नतों के बाद छूटते ही ढेलों से उसकी खबर लेकर ऐसे नौ दो ग्यारह हो जाता कि भिड़ने वाला दुबारा भिड़ने की हिम्मत न

करता।

तीर चलाने में तो वह अपने को किसी तीरन्दाज से कम नहीं मानता है। अवकाश में बानरी सेना लिए सरिता, सरोवर, वन-उपवन में उछलते-कूदते किलकते कुलाचें भरते फिरना उसकी आदत सी बन गई थी। कभी-कभी साथियों के साथ आस-पास के गाँवों में आम, अमरूद, बेर, बाली, बिरवा की लालच में पहुँच कर ऊधम मचाते। कभी रखवाले से झगड़ते तो कभी किसी लड़के से भिड़ जाते। आये दिन उसकी शिकायतें नाना-नानी के पास खड़ी रहतीं और वे उसके ऊधमों से तंग आकर कहते- "अभी बच्चा ही तो है, फिर भी आने दो आज हम उसकी अच्छी खबर लेंगे।"

गाँव-गोंइड़र के प्रतिष्ठित आदमी होने के कारण लोग छोटी-मोटी शिकायतें पहले तो उनके पास लाते ही नहीं थे, जो शिकायतें लाते भी उसे वे कुछ उलाहने के ढंग से ही कह पाते थे।

वह घर पर रहने पर भी कोई न कोई ऊधम मचाता रहता। बीच पाते ही वह दध-दही, मक्खन, घी पर हाथ फेरे बिना न चूकता। रंगे हाथों पकड़े जाने पर बड़े ही भोलेपन से कहता "इसमें न जाने कितनी चींटियाँ पड़ गई थीं, उन्हें निकाल रहा था।"

ऐसा सुनकर जो रंगे हाथों पकड़ता, बरबस उसकी हँसी फूट पड़ती थी। अब विश्वास कक्षा 8 का विद्यार्थी है। उसकी उम्र 15 वर्ष हो रही है। उम्र और शिक्षा बढ़ने के साथ उसकी चंचलता और नटखटपन में कमी आने लगी।

अवकाश में एक दिन साथियों के साथ खेलते-खेलते वह पास के गाँव के एक बाग में पहुँच जाता है। वहाँ प्रकृति द्वारा किये गये मनमोहक श्रृंगार को देखकर वह अपने को भूल सा जाता है। सरोवर में मुस्कुराते कमलदल, टहनियों पर खिलखिलाकर हँसते झूलते विविध रंग के फूल भ्रमरों और तितलियों से आँख मिचौली खेल रहे थे। रंग-बिरंगी चिड़ियाँ चहचहाती मिलन के गीत गा रही थीं। बौराई आम्र-मंजरियों में बनपरी पंचम स्वर में कूक उठती थी। नीलकंठ, तोता मैना, मयूर, लुभावने बुलबुलों आदि के जोड़े डाली-डाली में फुदकते रस मस्त इतरा रहे थे। भ्रमर भ्रमरियों के पीछे 'गुन'-'गुन' गीत गाते रिझाते फिर रहे थे। रंग-बिरंगी तितलियों को उड़ते देख विश्वास उनको पकड़ने का प्रयास करता है मगर वे लुका-छिपी करती निकल जाती हैं। इस मनमोहक छटा को देखकर विश्वास के मन में उमंग की लहर दौड़ जाती है। उसका मन मचल उठता है। उसे ऐसे लगता है जैसे वह स्वर्ग में पहुँच गया है।

उसी समय एक खूबसूरत बुलबुल पर नजर पड़ते ही उसकी कमान से तीर छूट जाता है। बुलबुल तो उसकी हरकत पर जैसे हँसती हुई उड़ जाती है मगर तीर कुछ दूर पुष्प-कुंजों में हँसती खिलखिलाती सहेलियों के साथ क्यारियों में काम करती एक तन्वंगी बाला के लग जाता है। कुसुमकोमल कुन्दनकाया तिलमिला

उठती है। सहेलियों सहित सभीत, सरोष वह ठगी सी इधर-उधर देखने लगती है।

विश्वास यह देखकर सन्न रह गया और कुछ सोचता उसी ओर चल पड़ा। पास जाकर उस बाला के सौन्दर्यविभव को देखकर वह दंग रह गया। वह डर रहा था कि क्या गुजरे लेकिन वह कुछ नहीं बोली, बस बड़ी- बड़ी मोहक आँखों से उसकी ओर मर्माहत हो कुतूहल से देखती रही। दूसरे ही क्षण उसके लावण्यमय मनहर मुखड़े में ऊषा की लालिमा दौड़ गई और उसकी मोहक पलकें उस भार को न सँभाल सकने के कारण झुक गई।

विश्वास भी बस इतना ही कह सका-"मुझसे गल्ती हो गई। क्या मुझे क्षमा कर देंगी?"

वह तन्वंगी फिर एक बार उसकी ओर शर्मीली मोहक आँखें उठाकर देखती है। कुछ कहना चाहकर भी वह कुछ कह नहीं पाती। उसका मोहक मुखड़ा और भी अधिक आरक्त होकर उषा सा लुभावना हो उठता है।

इतने में एक सहेली मुस्कुराते हुये बोली "अक्षम्य अपराध क्षमा नहीं किये जाते। श्रद्धा, चलो घर चलें, देरी हो गई, माता जी परेशान हो रही होंगी। जो काम रह गया है, बाद में हो जायेगा।"

श्रद्धा सहेली की बात सुनकर चौंक सी उठी। पुनः पलकों के झरोखों से विश्वास को देखती सहेलियों के साथ घर की ओर चल देती है। सहेलियाँ चहकती चुहल करती हँसती खिलखिलाती जा रही हैं मगर श्रद्धा चुपचाप विचारों में डूबती-उतराती चली जा रही हैं। कभी पक्षियों, पुष्पों और पेड़-पौधों को देखने के बहाने बालकों के साथ जा रहे विश्वास को चोर चितवन, कनखियों से हेर लेती है।

श्रद्धा भावना क्षेत्र के एक रईश घराने की करीब 14 वर्ष की भोली- भाली सुन्दर सुशील लड़की है। उसकी कोमल कंचन काया तथा सदाबहार हँसमुख चेहरे पर हमेशा प्रसन्नता खेलती रहती थी। उसके अंग-अंग में असीम सौन्दर्य व्याप्त था, अंग-प्रत्यंग में कान्ति की धारा बह रही थी। उसकी बोली में अमृत झरता और हँस पड़ती तो मनहर संगीत गूँज उठता। अन्तिम सन्तान होने के कारण वह माता-पिता को प्राणों के समान प्यारी थी। उससे बड़े उसके तीन भाई तथा दो बहनें हैं।

उससे बड़ा भाई विश्वास के साथ ही पढ़ रहा था। उसने उसके मुँह से अनेक बार माता-पिता के सामने विश्वास की तारीफ के पुल बाँधते सुना था। अभी कुछ दिनों पहले जब वह वहीं अपनी बहन के यहाँ थी तब भी उसने उसकी चर्चा सुनी थी और दो-चार बार खेलते समय उसे देखा भी था मगर पहले कभी भी उसकी सुध ने उसे ऐसे नहीं सताया था। आज न जाने क्यों उसे कण-कण रंगीन और सुहाने लग रहे थे। सारा संसार सुनहरा और प्यारा लग रहा था। वह नहीं समझ पा रही थी कि तीर की वह वेदना उसे मधुर क्यों प्रतीत हो रही थी?

4

निरंजन टाकीज से मैटनी शो देखकर एक युवक एक युवती के साथ निकलकर आजाद पार्क की ओर जाने वाली सड़क पर चल देते हैं। युवक सूट में है और युवती तूफानी काया चुस्त पोशाक में ऐसे कसे थी कि उसके अंग-प्रत्यंग उस पोशाक से बाहर निकलने के लिये बेताब नजर आ रहे थे। कुछ दूर चलने के बाद दोनों एक होटल में घुस जाते हैं और जलपान, चाय का आदेश देकर बैठ जाते हैं। जलपान और चाय के बाद युवक पैसे देने लगता है मगर युवती उसका हाथ पकड़ कर स्वयं पैसे दे देती है।

होटल से निकलकर दोनों आजाद पार्क की ओर मुड़ जाते हैं। चाँदनी से नहाकर आजाद पार्क के आकर्षण और मादकता में चार चाँद लग रहे थे। दोनों एकान्त में एक पुष्प-कुंज के नीचे मखमली घास पर बैठ जाते हैं। युवती पूर्णिमा के चाँद की ओर देखती हुई बोली "विराग, फिल्म कैसी लगी?"

उसके मोहक मुखड़े की ओर मुस्कुराकर देखते हुये विराग बोला- "जैसे तुम इस मनहर चाँदनी में और मोहक लगती हो।"

युवती प्रसन्नता से खिलती खनकती बोली में बोली - "कोई बनाना तो तुम से सीखे।"

"बने को भला कोई क्या बनायेगा?" हँसती आँखों में आँखें डाले दोनों में रस भीनी बातें होती रहीं।

यकायक विराग बोला - "ग्लानि, चलो अब घर चला जाय, प्रेरणा अकेले घबड़ा रही होगी।"

दोनों चहकते चल देते हैं। एक मोड़ पर पहुँच ग्लानि विराग का हाथ दबाते बोली-"अच्छा तो अब चलते हैं, कल फिर मिलेंगे।"

मुस्कुराते हुये विराग हाथ जोड़कर नमस्ते करता है। ग्लानि प्रत्युत्तर में हाथ जोड़कर मुस्कुराते हुये नमस्ते कर घर की ओर मुड़ जाती है।

विराग भी थोड़ी देर बाद घर पहुँच जाता है। प्रेरणा जो कि अभी कुछ दिन पहले अपने भाई के पास प्रयाग में कुछ दिन के लिए रुक गई थी. झुंझलाहट के स्वर में संगीत घोलती हुई बोली-

"भैया, आप कहाँ चले जाते हैं? यहाँ अकेले मुझे अच्छा नहीं लगता।"

प्यार से एक हल्की चपत लगाते हुये विराग बोला - "खेलने और घूमने निकल जाने से कुछ देरी तो हो ही जाती है। अच्छा तो अब रूठी ही रहोगी कि कुछ खाना-दाना भी मिलेगा?''

प्रेरणा हँसी बिखेरती हुई खाना परोसने लगती है।

दूसरे दिन लगभग पाँच बजे शाम ग्लानि विराग के घर आती है लेकिन विराग को न पाकर प्रेरणा के गाल प्यार से थपथपाती पूँछती है -

"तुम्हारे भैया कहाँ हैं?"

प्रेरणा तुनक कर बोली - "मैं क्या जानूँ? मुझसे बताते ही कब हैं? कल ही आठ बजे रात लौटे थे।"

ग्लानि प्रेरणा को कुर्सी में बैठालती हुई कुर्सी में बैठ जाती है। वह मेज पर पड़े पत्र को उठाकर पढ़ने लगती है। पढ़ते-पढ़ते सहसा उसका चेहरा मुरझा जाता है। उसे पूरी दुनिया घूमती नजर आती है। जहर के घूँट पीते हुये किसी प्रकार वह प्रेरणा से पूँछती है – "प्रेरणा, क्या तुम्हारे भैया की शादी हो गई?"

प्रेरणा ने कहा - "उनकी शादी हुये तो पाँच वर्ष हो रहे हैं परन्तु अभी गवना नहीं हुआ। घर के सभी लोग गवना के लिए काफी दिनों से कहते-कहते परेशान हो रहे हैं मगर अभी तक भैया गवने के लिए राजी नहीं हो रहे हैं। अभी आज फिर से पिताजी का यह पत्र इसी सम्बन्ध में आया है कि फाल्गुन में गवना होना है, उसमें आना है।"

ग्लानि ने प्रेरणा की पूरी बात सुनी या नहीं परन्तु उसका फूल सा मुखड़ा मुरझा गया। उसके चेहरे पर हवाइयाँ उड़ने लगीं। प्रेरणा को लगा जैसे ग्लानि गिरते-गिरते सम्हल गई है। उसने ग्लानि से पूँछा- "क्यों, आप अचानक इतना उदास क्यों हो गई?" ग्लानि मुश्किल से इतना ही कह पाई "तबियत ठीक नहीं है। मैं चलती हूँ।''

ग्लानि किसी प्रकार घर पहुँची। उसके दिल के अन्दर ज्वालामुखी धधक रहा था। उसके सभी अरमान खाक में मिल गये थे।

विराग प्रयाग में एम.ए. में पढ़ रहा था। अपने व्यक्तित्व और मिलनसारता के कारण वह छात्रों का प्रिय नेता बन गया था। इसी कारण 'यूनियन' के अध्यक्ष पद के लिए साथियों के दबाव से उसे खड़ा होना पड़ा। उसके खिलाफ दो लड़के और एक लड़की ग्लानि भी उसी पद के उम्मीदवार थे। मतदान के पहले ही लड़कों की हिम्मत तो पानी माँग गई मगर ग्लानि मोर्चे पर डटी रही। लड़कियाँ तो उसके साथ थीं ही, बहुत से लड़के भी उसके आकर्षक व्यक्तित्व, शिष्ट व्यवहार एवं कुशाग्र बुद्धि के कारण उसका समर्थन कर रहे थे। दोनों ने पानी की तरह पैसा बहाते हुये अपना प्रचार किया- कराया। कभी-कभी दोनों पक्षों में छुटपुट भिड़न्त भी हो जाती थी।

काफी सरगर्मी, धूमधाम तथा चहल-पहल से मतदान हुआ। दोनों पक्षों को अपनी-अपनी विजय की पूरी आशा थी। मतगणना से विराग कुछ ही मतों से ग्लानि से विजयी हो गया। फिर क्या, उसके पक्ष में प्रसन्नता की लहर दौड़ गई। लड़के उसे कन्धे पर उठाये खुशी से पागल नाचते हुए 'जिन्दाबाद' के नारे लगा रहे थे। ग्लानि भी यह सब खड़ी खड़ी देख रही थी।

विराग ग्लानि के पास पहुँच कर हाथ जोड़कर नमस्ते करता बोला - "ग्लानि, मुझे पूरा विश्वास है कि आपका पूरा सहयोग और समर्थन मिलता

रहेगा।"

सहसा ग्लानि के अन्दर के प्रतिशोध, ईर्ष्या एवं आक्रोश के भाव पानी होकर बह गये। उसके हाथ भी विराग के नमस्ते के प्रत्युत्तर में जुड़ गये और वह मुस्कुराती हुई बोली- "आपकी सफलता पर मेरी हार्दिक बधाई है। मुझसे जो भी सहयोग हो सकेगा, मैं सहर्ष तैयार हूँ।"

यह सुनकर विराग ने प्रसन्नता से हाथ बढ़ाते हुये कहा-

"ग्लानि, सचमुच आप कितनी अच्छी हैं।"

ग्लानि ने भी मुस्कुराते हुए हाथ मिलाया। दोनों को अपनी नस-नस में बिजली सी दौड़ती हुई मालूम हुई। ग्लानि के मुखड़े में कुछ लालिमा सी दौड़ गई।

इस प्रकार एक ही कक्षा में साथ-साथ पढ़ने के साथ सांस्कृतिक समारोह आदि अवसरों पर दोनों एक दूसरे के नजदीक आते गये और दोनों में प्रेम बढ़ता गया। कभी कभार विराग ग्लानि के घर भी हो आया करता। ग्लानि के घर के लोग भी उसे काफी चाहने लगे थे।

ग्लानि अभी बाइस वर्षीया अविवाहिता थी। उसके माता-पिता को अब उसकी शादी की चिन्ता परेशान कर रही थी लेकिन लड़के वाले तो लालच में जमीन में बातें ही नहीं करते थे। उन लोगों से ग्लानि और विराग का प्रेम भी छिपा नहीं था। वे चाहते भी थे कि अगर उनकी लड़की अपने पसन्द का जीवनसाथी ढूँढ ले तो यह अच्छा है, उनकी परेशानी और चिन्ता भी आसानी से दूर हो जायेगी। वे लोग यही समझते थे कि विराग अविवाहित है। ग्लानि भी यही समझती थी।

विराग कुछ तो संकोची स्वभाव के कारण और कुछ इस भय से कि अगर ग्लानि जान जायेगी कि मैं विवाहित हूँ तो वह मुझसे मिलना जुलना बन्द कर देगी। इससे ग्लानि से अपने शादी की बात नहीं बता सका।

ग्लानि को जब विराग की शादी का पता चला तो उसे लकवा सा मार गया। धीरे-धीरे मन को समझाते हुये दिल को काबू किया। उसने सोचा कि समाज के अन्धविश्वास और बालविवाह के रूढ़ि के कारण ही तो आज हमारे सपने चूर हो रहे हैं। मेरे कारण उस निर्दोष लड़की का क्या होगा जिसको 14-15 वर्ष की कच्ची उम्र में ही गुड़िया-गुड़वा की तरह मनमाने विवाह की बेड़ी में जकड़ दिया गया है। मेरे ही कारण तो विराग गवना नहीं कर रहे हैं। उसने सोचा कि मैं अगर तिराग के जीवन से हट जाऊँ तो समय के साथ धीरे-धीरे वह मुझे भूल जायेंगे। लेकिन दूसरे ही क्षण यह सोचकर कि क्या मैं विराग को भुला पाऊँगी? उसका दिल रो उठा। उसके मुँह से निकल गया "मैनें दिल की गहराइयों से विराग को चाहा है तो भला उसे कैसे भुला पाऊँगी?"

अब ग्लानि ने निश्चय कर लिया था कि एक अबला के जीवन को बर्बाद होने से बचाने के लिए वह अपने प्रेम की कुर्बानी करेगी साथ ही उसने यह भी निश्चय किया कि वह आजीवन शादी न करके अपने पवित्र प्रेम को निभायेगी। कभी-कभी उसके मन में यह विचार भी उठता कि मैं तो अविवाहित हूँ, शादी भी कर सकती हूँ लेकिन वह फिर सोचती कि अब किन अरमानों को लेकर घर बसाऊँ? मेरे दिल में जो निर्मल प्रेम की निर्झरणी थी उसको तो मैंनें विराग पर न्योछावर कर दिया।

अब ग्लानि का किसी काम में मन न लगता था, वह बहुधा बीमार रहने लगी। उसकी पढ़ाई भी छूट गई। धीरे-धीरे उसके माता-पिता को भी सभी बातें मालूम हो गईं। उन्होंने ग्लानि की दशा देखकर सोचा कि अगर उसकी शादी कर दी जाय तो धीरे-धीरे वह सब भूल जायेगी।

ग्लानि के पिता ने दिन-रात एक करके जुगाड़ भिड़ाकर एक नव चयनित परगनाधिकारी के साथ ग्लानि की शादी तय कर दी और पन्द्रहवें दिन शादी की तिथि भी निश्चित कर दी। लेकिन ग्लानि ने अपनी माँ को शादी न करने के अपने निर्णय से अवगत करा दिया। माँ उसे हर तरह से समझाकर हार गई फिर भी वह नहीं मानी। तब माँ ने आपे से बाहर होते हुए कहा- "आजकल की लड़कियों के नखरे समझना बड़ा कठिन है। अभी इतनी बड़ी जिन्दगी पड़ी है तुझे न जाने क्या सूझा है? तू हम लोंगों के मुँह में कालिख पोतने पर उतारू है। अभी ही लोग न जाने क्या-क्या कहकर अंगुली उठाते हैं तो कहीं कुछ ऊँच-नीच हो जाय तो मुँह दिखाने लायक न रह जायँ।"

ग्लानि चुप बैठी रोती रही। उसके बाद भी कई बार उसके माता- पिता और सहेलियाँ ने समझाया और कहा "ऐसा घर-वर बड़े भाग्य से मिलता है।" मगर वह कुछ न बोलती, उसके दिल में किसी की बात न धँसती, बस गुमसुम बैठी रहती।

अन्त में समाज के सामने ग्लानि को झुकना पड़ा। उसके न चाहते हुये भी उसकी शादी उस परगनाधिकारी के साथ कर दी गई। उसके माता- पिता ने जी खोलकर बारात का स्वागत किया और जीवन की समस्त कमाई दहेज की बलिबेदी पर अर्पित कर दिया। कर्जदार हो गये फिर भी वे ग्लानि के ससुराल वालों को सन्तुष्ट न कर सके।

नात-गोत, पास-पड़ोस तथा जान पहिचान के लोग ग्लानि के भाग्य की सराहना कर रहे थे मगर ग्लानि का दिल खून के आँसू बहा रहा था, उसका तन-मन रो रहा था। उसे लग रहा था कि चाहे सैकड़ों स्वर्ग-सुख मिल जायँ मगर उसे अब इस जीवन में सुख-शांति नहीं मिल सकती। उधर विराग को जब यह मालूम हुआ कि ग्लानि उसकी शादी की बात जान कर ही दूर हट रही है तो उसके आँखों के सामने अँधेरा छा गया, उसके दिल में मानों बज्रपात हो गया। उसने

बहुत चाहा कि वह ग्लानि से मिलकर माफी माँगे और उससे कहे कि जो भी हो मैं तुम्हारे बिना नहीं रह सकता। मगर उसकी हिम्मत न पड़ सकी।

उसे जब पता चला कि ग्लानि के न चाहते हुए उसकी शादी की गई है तब उसका दिल और बेचैन हो उठा। उसका मन' न तो पढ़ने में लगता, बस वह दिन भर खोया-खोया सा इधर-उधर घूमता रहता। फल यह हुआ कि परीक्षा में वह फेल हो गया।

उसकी यह हालत देखकर उसके माता-पिता ने उसके न चाहते हुए भी उसका गवना कर दिया। उसकी पत्नी उसकी हालत देखकर काँप गई। उसने बहुत कोशिश की कि वह उसे अपने प्रेम एवं सेवा से सुधार ले मगर सभी प्रयास ऊसर के बीज साबित हुये।

विराग मनमारे न जाने क्या-क्या सोचता गुमसुम रहता। उसका किसी काम में मन न लगता। खाली दिमाग शैतान का घर-गम गलत करने के लिए उसे भाँग, सुर्ती, सुपाड़ी-पान खाने की लत पड़ गई। इस पर जब घर के लोग नाराज होने लगे तो वह चोरी छिपे खाने लगा। घर के लोग, हितैषी और रिश्तेदार हैरान थे कि उसे क्या हो गया है? माता-पिता, भाई ज्ञान और पत्नी हर तरह कोशिश करके हार गये कि वह किसी काम से लग जाय मगर वह इस कान से सुनता उस कान से उड़ा देता।

विराग को समाज से, परिवार से और स्वयं अपने आप से विराग हो गया। उसका दिल टूट चुका था। उत्साह ठंडा पड़ गया था। उसे सभी ओर केवल निराशा ही निराशा नाचती दिखलाई पड़ती। उसको अब केवल भगवत-भजन, पूजा-पाठ में कुछ शांति मिलती। अतः काफी समय तक वह जप, पूजा-पाठ में लगा रहता था।

5

कालेज की दूसरी घन्टी घनघना उठती है। कालेज आने वाले रास्तों में छात्रों का ज्वार सा उमड़ उठता है। जो दूर हैं वे दौड़ने लगते हैं। साइकिल वालों में तो आगे पहुँचने के लिए होड़ सी लग जाती है। कुछ तो जल्दीबाजी में दूसरी साइकिल से लड़कर लोट-पोट हो जमीन सूँघने लगते हैं मगर दूसरे ही क्षण झटपट उठकर चल देते हैं। कालेज की छत पर चढ़े हुये छात्र यह सब देख-देखकर हँस देते हैं। घन्टी बजाने वाला घन्टी के असर को देखकर मन ही मन मुस्कुरा उठता है।

एक छात्र तेजी से आता है और अपनी सीट पर बैठे छात्र को देख झुंझलाते हुये कहता है - "भाई साहब यह मेरी सीट है।" दो-चार छात्र भी बोल उठते हैं "हाँ-हाँ, विवेक भाई, यह तो विश्वास की ही सीट है।" विवेक खड़ा होकर विनम्रता से बोला "भाई साहब, क्षमा करना, मुझे नहीं मालुम था कि यह आपकी सीट है। आइये बैठिये।"

विवेक की विनम्रता और शिष्टता का विश्वास पर बहुत प्रभाव पड़ा। उसने उसको उसी सीट में बिठलाने की कोशिश करते हुये कहा "नहीं, नहीं कोई बात नहीं, आप बैठिये, मैं बगल वाली सीट में बैठ जाता हूँ।"

लेकिन विवेक नहीं माना, उसने कहा "आप अपनी सीट पर ही बैठिये, मैं ही बगल वाली सीट पर बैठ जाता हूँ।" कहते हुए वह बगल वाली सीट पर बैठ जाता है। विश्वास भी अपनी सीट पर बैठ कर उससे बातचीत में खो जाता है।

सहसा छात्र कक्षाध्यापक के स्वागत में खड़े हो जाते हैं। विश्वास और विवेक भी खड़े हो जाते हैं। अब विश्वास को ध्यान आता है कि आज तो वह उपस्थिति-रजिस्टर ही लाना भूल गया है। वह उसे लाने के लिये कार्यालय की ओर दौड़ पड़ता है। कक्षाध्यापक मुस्कुराते हुये कह उठते हैं- "वाह मानीटर साहब, कहाँ खो गये थे?"

सब लड़के हँस पड़ते हैं।

विश्वास जू. हा. परीक्षा प्रथम श्रेणी में उत्तीर्ण करके अब ज्ञानक्षेत्र मुहल्ले में पिताजी के मौसियाने में रहकर श्री तुलसी इण्टर कालेज, राजापुर (चित्रकूट) में हाईस्कूल में पढ़ रहा है। वह अपनी कक्षा में सबसे प्रतिभावान छात्र है। छात्रवृत्ति परीक्षा में 'मेरिट' में जिले में प्रथम आने से तो उसकी प्रसिद्धि में चार चाँद लग गये थे। कालेज में ही नहीं गाँव-गाँव में उसके नाम की चर्चा थी।

कुछ दिनों में लोग उसकी शादी के लिए चक्कर लगाने लगे। कुछ तो उसे देखने के लिए कालेज में भी आ धमकते और विश्वास को बड़े प्रेम से पास बुलाकर पूँछते-

"तुम्हारे पिताजी क्या करते हैं?"

"खेती"

"कितनी खेती होगी?"

"यह तो लेखपाल से पता लगेगा।"

वे मुस्कुराते हुये पूँछते - "उम्र कितनी है?"

ऐसे प्रश्नों से ऊब कर विश्वास झुंझलाते हुये कहता "जन्म कुंडली से पता चलेगा।" उन लोगों के यह कहने पर- "हम लोग शादी के लिए आये हैं।" विश्वास कुछ शरमाते हुये कहता- "माफ कीजिये अभी आरम्भ का आश्रम ही अधूरा है। फिर नाबालिग विद्यार्थियों को तो अभी पढ़ाई का मौका देना ही चाहिये।"

उसकी बातें सुन सभी मुस्कुराने लगते और निरुत्तर हो जाते। उसके साथ के लड़कों को उससे चुहुल करने का खासा मशाला मिल जाता मगर वह मुस्कुराकर टाल जाता और अपने अध्ययन में लग जाता। ऐसे अवसर पर उसका मित्र विवेक उसकी ओर से कमर कसकर मैदान में आ जाता जिसके सामने काम, मोह आदि मैदान छोड़ देते। और छात्रों की अपेक्षा विवेक से उसकी अच्छी

बैठती क्योंकि विवेक विनम्र, शिष्ट, व्यवहारकुशल सच्चा साथी था। अवकाश के समय दोनों खेलते-कूदते बातें करते खेतों, बाग-बगीचों तथा यमुना किनारे की ओर निकल जाते और बाली, बेर, बिरवा आदि में अपने को भूल जाते।

वे कभी हनुमानघाट, कभी तुलसीघाट तो कभी प्रभुघाट में गोते लगाते। लड़कों के साथ होड़ लगाकर तैरते हुए एक-दूसरे को गोते लगाते हुये छूते और छिट्टिऔहल खेलते। हनुमान जी, तुलसीदास जी, राम जी के मन्दिरों तथा शिवालों में भी उनका फेरा हो जाता। धीरे-धीरे दोनों की घनिष्ठता इतनी बढ़ गई कि कम से कम एक बार बिना साथ में खाये- खिलाये दोनों का मन ही नहीं भरता था।

इस प्रकार समय चुपचाप खिसकता गया और गर्मी के आग बरसाने वाले विराट दिन आ गये। सुबह-शाम और रात का समय तो सुहावना लगता मगर दस बजे दिन से ही उजाड़-उड़ंग धरती आवाँ के समान धधकने लगी थी। लपट लगाती हहराती हवा और अन्धड़ चल रहे थे। शरीर पसीना-पसीना हो रहा था। फिर भी उसकी परवाह किये बगैर खेतों- खलिहानों में खिलखिलाती खनकती हँसी और गीत गूँज रहे थे। लोग एक उमंग और उत्साह में सजधज के साथ निमंत्रणों और बारातों के रंग में मस्त उमड़े जा रहे थे। कहीं ताँसे की 'कड़र-कड़र कड़ घम घम घम' तथा सहनाई, बीन-बाँसुरी की मोहक मधुर धुन से वातावरण गूँज उठता था। बैन्ड-बाजों, लाउडस्पीकरों और कहीं डी.जे., आर्केस्ट्रा के कनफोडू फूहड़ गानों से कानों के परदे झनझना उठते थे। हर गाँव, मुहल्ले में सार्वजनिक स्थानों, स्कूलों में एक न एक बारात पड़ी नजर आती थी। कोई न कोई बारात बने ठने दूल्हे के साथ रंग-बिरंगी वेश-भूषा में शान में झूमती मिलती। चैती फसल और शादी सम्बन्ध ने सभी में एक नई चैतन्यता, नया जीवन, नया उत्साह और नई खुशी भर दी थी। जिससे भीषण गर्मी भी सुखद प्रतीत हो रही थी।

विश्वास शाम कालेज से जब घर लौटा तो उसके पिता जी के मौसिया ने उसे बड़े प्रेम से पास बुलाकर कहा "विश्वास, सबेरे चार बजे तुम्हारे गाँव चलना है।"

"मेरी तो परीक्षा चल रही है।"

"वह तो मालुम है। मगर जरूरी है, चलना तो पड़ेगा ही। कल तो तुम्हारी परीक्षा है नहीं, परसों हमें सूरज राजापुर में ही निकलेगा।"

"आप हो आइये। भला कल मेरा वहाँ इतना जरूरी कौन काम है? परीक्षा न होती तो मैं अवश्य चलता।"

"तुम्हारा चलना जरूरी है, इसीलिए तो कह रहे हैं, नहीं तो क्या मुझको नहीं मालुम कि तुम्हारी परीक्षा चल रही है।"

विश्वास पसोपेश में पड़ गया। वह धर्मसंकट में फँस गया क्योंकि वह उनकी बात नहीं टाल सकता था। लेकिन उसके दिमाग में यह बात नहीं धँसती थी कि

इतना पूँछने पर भी उन्होंने उस जरूरी काम को क्यों नहीं बताया? इसी उधेड़बुन में उसे ठीक से नींद भी नहीं आई। भोर चार बजे के लगभग न चाहते हुये भी उसे उनके साथ कर्मक्षेत्र के लिए चल देना पड़ा।

चाँदनी रात और नीलम से आसमान में झिलमिलाते तारों की छटा देखते ही बनती थी। धीरे-धीरे पौ फटते ही चुहिचुहिया, चिड़ियाँ चहचहाने लगी थीं। सारस के जोड़े "टुटूँ टूँ ऽ ऽ टुटूँ टुँ टूँ ऽ ऽ', टिटिहिरी 'टी-टीं-टिंव', गौरैया 'चींव-चींव, गलारी 'गलरं' और कौवे कॉँव-कॉँव' कर जगाने लगे थे। प्रकृति की छटा-अवर्णनीय और अनुपम थी। प्राची दिशा की शोभा निराली थी। अनुराग लालिमा लसित सुहानी सुन्दरी उषा नभ-गंगा में तारा-घटों को डुबाने के मिस प्रियतम प्रभाकर की प्रतीक्षा पर थी। सहसा भुवन भास्कर के करों के स्पर्श से लजीली उषा लज्जा से लाल हो और लुभावनी हो उठी। इस मंगल मिलन से दिशायें प्रफुल्ल थीं। पक्षी मंगल गीत गा रहे थे। प्रभाती गीतों की टेर भली लग रही थीं। रवि-किरणें प्रियतमा के श्रृंगार के लिए तारागणों और आकाश से गिरे मोतियों को बटोर रही थीं। सारा संसार सुनहले प्रकाश से जगमगाने लगा था। रंग-बिरंगे फूलों को खिलाती परिमल छिटकाती सुरभित शीतल मन्द सुखदा समीर बह रही थी। धूप से नहाये फूलों-फलों से लदे पेड़-पौधे, लतायें खुशी में झूमते हुये तालियाँ बजा रहे थे। गुनगुनाते भौरे-भौरियों फूलों पर मंडरा कर रिझा रहें थे। तितलियाँ रंग-बिरंगी साड़ियों में इतराती-इठलाती नाच रहीं थीं। कल कल करते नदी- नद प्रातःकालीन सुरम्य सुषमा में नहाकर मनहर लग रहे थे। सारा संसार उमंग, उल्लास, प्रकाश और कोलाहल से भर गया था।

आठ बजे सुबह वे कर्मक्षेत्र पहुँचकर लोगों को अपनी बाट जोहते हुये पाते हैं। विश्वास के पिता अभिलाष तथा उनके चाचा आदि आगे आकर बोले "आइये, आइये, हमलोग तो कल से ही आप लोगों की राह देख रहे हैं।"

यथोचित शिष्टाचार के बाद सभी चौपाल में आकर बैठ जाते हैं। वहाँ के धूमधाम, रिश्तेदारों, मित्रों, परिवार जनों को देखकर विश्वास की हैरानी बढ़ जाती है। वह पूँछता है

"क्या कुछ हो रहा है?"

उसके ऐसा पूँछने पर सब एक-दूसरे की ओर ताकने लगते हैं। कुछ देर में अभिलाष के चाचा जी बोलते हैं "आज तिलक वाले आ रहें हैं।" विश्वास ने पूछा-"किसका तिलक है?"

"तु.....म्हा......रा"

यह सुनकर विश्वास सन्न रह गया। थोड़ी देर के लिए मौन छा गया। कुछ देर में वह चुपचाप उठकर अन्दर चला गया।

कुछ देर में मौन तोड़ते हुए अभिलाष के मौसिया बोले -"आप लोगों ने विश्वास के विवाह के लिए बहुत जल्दबाजी कर दी। उसे इस बात की अभी तक

खबर ही नहीं थी, अगर वह जानता तो कदापि न आता।"

विश्वास के पिता बोले-"संयोग और संस्कार की बात होती है, नहीं तो हम लोगों ने कइयों को इंकार कर दिया था। बसन्तपंचमी को जब शादी तय हुई तब हम सपत्नीक प्रयागराज संगम स्नान के लिए गये हुए थे। घर पर चाचा जी थे।"

"मैं क्या करता? भावना क्षेत्र वाले तो ऐसे पीछे पड़े कि कुछ न पूँछिये। मैंने उनसे कितना ही कहा कि हम गरीब किसान हैं, आपके टक्कर के नहीं हैं और अभी लड़के के माता-पिता भी घर पर नहीं है। फिर कम से कम लड़का तो देख लीजिए। मगर उन्होंने कुछ भी नहीं सुना, बस यही कहते रहे - "हमारी लड़की विश्वास से ही शादी करने का संकल्प कर चुकी है इसलिए देखने-सुनने का कोई प्रश्न ही नहीं उठता। उनकी भावना के आगे इन्कार करने का कोई चारा ही नहीं रह गया था।"

विश्वास के मामा ने कहा- "विश्वास की पढ़ाई का ध्यान रखते हुये शादी तय करके दो-चार साल बाद भी तो की जा सकती थी।"

विश्वास माँ के चरणस्पर्श कर मनमारे खड़ा था। ममता चार बजे सुबह से ही इन्तजाम में लगी हुई थीं। कभी भंडार घर से सामान देतीं तो कभी आने वाली महिलाओं को समादर के साथ बैठातीं। उनके हाथ-पैर तो चलते हुए नजर आते थे मगर विश्वास के अभी तक न आने से उनका मन किसी काम में ठीक से लग नहीं रहा था। जब उन्होंने विश्वास को देखा तो उसे छाती से लगा लिया। उनके प्रसन्नता की कोई थाह न थी। विश्वास का छोटा भाई उत्साह भी वहाँ आ गया था। ममता ने तरह-तरह की मिठाइयाँ दोनों को खाने के लिए दिया मगर विश्वास ने कहा-

"मुझे भूख नहीं है।"

ममता ने मुस्कुराते हुए कहा- "क्यों भूख क्यों नहीं है?"

विश्वास कुछ नहीं बोला।

"अरे, तुमने तो एक भी नहीं छुई! क्या एक-दो के लिए भी भूख नहीं?" "माँ, मैं खूब छका हुआ हूँ। अब मैं जा रहा हूँ।"

"कहाँ जा रहे हो? कुछ देर तो मेरे पास बैठो। मैं तो तुम्हारी अच्छाई-भलाई भी पूँछना भूल गई।"

"आप लोगों की कृपा से खूब चैन से हूँ। अब मैं कालेज जा रहा हूँ। मुझे अभी शादी-विवाह नहीं करना।"

"अरे, तू क्या कह रहा है?"

"मैं ठीक कह रहा हूँ। मेरी परीक्षा चल रही है। अगर मुझे यह मालुम होता तो मैं कदापि न आता।"

"बेटा, सुदिन-साइत के समय ऐसा नहीं कहते।"

"तो फिर माँ विवाह गुड़िया-गुड़वा का खेल नहीं कि लड़का-लड़की को कुछ पता भी न चले कि क्या हो रहा है? कहाँ और किससे हो रहा है?"

उसको क्षोभ था कि शादी ऐसे सवाल में भी उसकी सहमति को तनिक भी आवश्यक नहीं समझा गया, उसे पत्थर की मूर्ति ही समझ लिया गया। वह जाने के लिए उठ खड़ा होता है। ममता ठगी सी आँखें डबडबाये उसे मना रही थीं। उत्साह जाकर चौपाल में पिताजी से कहता है-"भैया चले जा रहे हैं।"

यह सुनकर खलबली मच जाती है। सयाने जाकर विश्वास को समझाते मनाते हैं। लेकिन वह कहता है-

"यह कोई शादी का समय है? यह तो पढ़ाई-लिखाई का समय है।" उसके बाबा ने कहा- "अभी पाँच वर्ष तो गवना होना नहीं, तब तक तुम पढ़- लिख लोगे।"

तरह-तरह से सभी समझाते बुझाते हैं मगर उसके दिमाग में किसी की बात नहीं धँसती। सभी हैरान थे। सभी की खुशी और उत्साह उमंग काफूर हो गये थे।

अन्त में अभिलाष के मौसिया ने उसके सिर पर हाथ फेरते प्यार से कहा- "विश्वास, देखो अब बात में बट्टा आ रहा है। हजारों रुपये तैयारी में पानी की तरह तो बह ही गये, मेहमान भी आते जा रहे हैं। भावना क्षेत्र से तिलक वाले भी आ रहे होंगे। अब बात बनाना तुम्हारे हाथ है, नहीं तो हँसी का हँसारो होगा।"

विश्वास उनके यहाँ रहकर पढ़ रहा था। उसमें उनके स्नेह और उपकार को ठुकराने की हिम्मत न थी। इसके अलावा जब उसने भावना क्षेत्र का नाम सुना तो वह विचारों में खो गया। वह सोचने लगा कि श्रद्धा भावना क्षेत्र की ही तो थी। सहसा उसका मनहर लजीला मोहक मुखड़ा उसके मन- मन्दिर में झूम उठा। वह सोचने लगा-'काश, वह श्रद्धा ही हो।''

6

अगहन के ठंड से ठिठुरते बौने दिन थे। किसान-मजदूर जुताई- बुवाई और कटाई-बिनाई से फुरसत निकाल सज-सँवर कर बर-बरात करने में जुट गये थे। बर-बरात, निमंत्रण और अगहनी फसल के जादू से सभी में एक नई उमंग, नया उत्साह, नया जीवन, नव खुशी छा गई थी। इस खुशी और उमंग-उल्लास की गर्मी में अगहनी जाड़ा उन्हें सुखद और सुहावना प्रतीत हो रहा था। हर गाँव में चार-छः बारातें मस्ती ठहाकों तथा बाजों-गाजों में डूबी हुई वातावरण को गुँजा रही थीं। सबेरे-शाम अलाव घेरे कहीं चौरा- दरबार, कथा-वार्तायें, किस्से कहानियाँ हो रही थीं तो कहीं लोकगीतों, बिरहा, रसिया, सारंगा की स्वरलहरियों से वातावरण गूँज रहा था।

ज्ञानक्षेत्र मुहल्ले में काफी चहल-पहल थी। मुहल्ले के एक प्रमुख व्यक्ति

के यहाँ एक लड़की का गवना हो रहा था। सभी सुबह से ही अपने- अपने काम में जुटे हुये थे। एक युवक बड़ी लगन और फुर्ती से काम में व्यस्त था। वह कभी किसी मेहमान को जलपान कराता तो कभी किसी काम में व्यस्त नजर आता। बीच-बीच में अपने वाक् चातुरी और वचनवैचित्र से लोगों को मुग्ध कर देता। उसकी होशियारी को लोग हैरानी से देख रहे थे। बाहर-भीतर सभी जगह जरूरत पड़ने पर वह हाजिर दिखाई देता।

अगर बाहर काम में कुछ देर लग जाती तो भीतर उसकी पुकार होने लगती। उसकी कार्यकुशलता से प्रभावित होकर कामना बगल वाली युवती से पूँछती है-

"यह लड़का कौन है?"

"आप नहीं जानतीं? इसका नाम विश्वास है।"

"नाम तो सुना है। यह यहाँ का तो नहीं है?"

"यह कर्मक्षेत्र का रहने वाला है, यहीं रहकर पढ़ता है।"

कामना कुछ सोचते हुये फिर कहती है "सुनते हैं, पढ़ने में बहुत होशियार है।"

"क्या कहना, बिल्कुल अकिल का पुतला है। 'होनहार बिखान के होत चीकने पात'- हमेशा प्रथमश्रेणी आता है। इस वर्ष हाईस्कूल परीक्षा में प्रान्त में पोजीशन ला चुका है।"

यह सुनकर कल्पना विश्वास की ओर टकटकी लगाकर आश्चर्य से देखने लगती है। विश्वास को कल्पना की भाव-भंगिमा अच्छी नहीं लगती वह पास खड़े महानुभाव से पूँछता है-

"भैया, वह कौन हैं?"

"वह तो मेरी माँ हैं और वह कल्पना बहिन है।"

विश्वास सहमते हुए बोला "क्या मैं आप लोगों का परिचय पा सकता हूँ?"

"वाह, क्यों नहीं, मैं अभी पूरा परिचय दे रहा हूँ। हाँ तो सुनिए, मेरा नाम ज्ञान है। हम लोग पास ही कल्पनाक्षेत्र के वासी हैं। यहाँ इसी परिवार में हमारा ननिहाल है। मगर नानी को छोड़ और सगे सब स्वर्ग सिधार चुके हैं। भँटवा की जजमानी घर-घर, भगवान की ऐसी कृपा है कि पूरा परिवार उसी भाव से मानता है, इसीसे इस सुअवसर पर हम लोगों का यहाँ आगमन हुआ है।"

उसके कहने के ढंग से पास के सभी लोगों का ठहाका गूँज उठता है। विश्वास का तो हँसी से पेट फूलने लगता है। वह उससे हाथ मिलाते हुए बोला- "अरे वाह, आप तो बड़े मजेदार आदमी दिखाई देते है।"

"आपतो जौहरी लगते हैं।"

फिर हँसी के फौव्वारे फूट पड़ते हैं। हँसते हुए कामना बोली - "विश्वास, कभी भूले-भटके हम लोगों की ओर भी आ जाया करो तो ऐसे ही मन बहल

जाया करे। ऐसे हँसना-हँसाना तो हमारे ज्ञान के बाँये हाथ का खेल है।"

"हुँह, सुना आपने अँधरन में कनवै राजा और कनउनै को सराहै, ओह कर बाप महतारी।" फिर हँसंते-हँसते सभी के पेट में दर्द होने लगा। ज्ञान ने विश्वास का हाथ खींचते हुए कहा "चलो हवा खिला लायें।"

विश्वास ने कहा- "माफ कीजिये काम करते-करते लद गया हूँ और किसी दिन के लिए रखिये।"

विश्वास कहने को तो कह गया मगर ऐसा बतरस इतनी जल्दी हाथ से नहीं गवाना चाहता था। दोनों को जाते देखकर कुछ लोगों ने कहा - "कहिये, कहाँ चल दिये?"

"अरे यार जेल से नहीं भगे जा रहे। शाम होने को हैं, नित्य- नियम में भी रोक लगा दी गई है क्या?" ज्ञान ने हँसाई के लहजे में कहा। लोग हँसने लगते हैं। एक सज्जन ने हँसते हुए कहा "जहाँ जाँय बाले मियाँ तहाँ जाय पूँछ।"

फिर ठहाका गूँज उठता है। दोनों मुड़कर मुस्कुराकर देखने लगते हैं- "अरे भाई आप हैं। आइये आपकी तो लम्बी पूँछ है।"

वह भी हँसते हुये साथ हो लेते हैं। थोड़ी दूर चलने के बाद ज्ञान ने कहा - "चलो यार घर पर भाँग-बूटी हो जाय। बिना बूटी के तो निमंत्रण में मजा ही नहीं आता।"

विश्वास बोला " भैया माफ कीजिये, भला वह जहर कौन पियेगा। लौट कर पाँत में परोसना है, किसी की पत्तल में गिर पड़े तो गड़बड़ होगा। अगर पिताजी जान गये तो जमकर मेहमानी भी होगी।"

"अरे यार तुम भी अकिल के पूरे हो। सच है बन्दर का जाने अदरख का स्वाद।"

ज्ञान ने कहा-"वाह भाई, आपने तो कमाल की बात कही है। आखिरकार अभी यह बच्चे ही तो हैं, क्या जानें भंग में कितनी तरंग है। इनके भाग्य में वह आनन्द बदा ही नहीं तो क्या किया जायेगा। हमारी तो तय ही रही, इन्हें मीठा दिखाकर ही राजी कर लिया जायेगा।"

इस प्रकार बातें करते हँसते-हँसाते जाते हुए वे लोग जान ही न पाये कि कब घर पहुँच गये।

विश्वास वहाँ के सौन्दर्य आकर्षण में खो सा गया। द्वार से लगी सुन्दर वाटिका में तितलियों, भ्रमर-भ्रमरियों के चुम्बन से मुस्कुराते मह-मह महकते मनहर पुष्प-कुंजों को देख उसका मन मयूर नाच उठा।

इधर ज्ञान ने आवाज लगाई "प्रेरणा, देखो तो दरवाजे में कब से बैठे हैं मगर कोई पानी को भी नहीं पूँछ रहा है।"

भैया की आवाज सुन प्रेरणा द्वार में आकर खड़ी हो गई। अब वह शैशव

के आँगन से यौवन के द्वार तक पहुँच गई थी। विश्वास उसे देख मंत्र- मुग्ध सा रह गया, उसे लगा जैसे प्रेरणा-

"सुन्दरता कहँ सुन्दर करई। छबिगृह दीपशिखा जनु बरई।"

एकायक विश्वास और प्रेरणा की नजरें मिलती हैं। विश्वास की आँखों में जाने कैसा जादू था, प्रेरणा को लगा जैसे वह किसी चुम्बक से खिंची जा रही हो। लगा जैसे जन्म जन्मान्तर का बिछुड़ा मीत मिल गया हो। मगर दूसरे ही क्षण कुछ सोचकर सोने के पिंजड़े में बन्द बुलबुल की तरह निरीह नजरों से नजरें बचाकर विश्वास को देखने लगी।

"प्रेरणा, भाँग-बूटी का सामान तो ला दो। जरा जल्दी करो, बूटी छानकर नित्य-नियम के बाद निमंत्रण से निपटना है।"

विचारों में खोई प्रेरणा सुनकर चौंक सी जाती है और मनहर मुस्कान बिखेरती चल देती है। इतने में ज्ञान की आवाज फिर सुनाई पड़ी - "अरे सुनो, मैं तो भूला ही जा रहा था, भाँग का नाम ही सुनकर विश्वास बाबू की होलिया बैरंग हो जाती है। इनको मीठा चढ़ाकर प्रसन्न करना पड़ेगा।"

विश्वास के मुख में मधुर मुस्कान खेलने लगती है। प्रेरणा विश्वास की ओर देखकर मुस्कुराती हुई कहती है-"उस कमरे की चाभी तो माँ के साथ चली गई है।"

"पूरा घर तो चला नहीं गया। भाँग का सामान तो होगा ही। चीनी भी तो मीठा ही है, विश्वास उसी के ही फाँके लगा लेंगे।" सभी लोग हँसने लगे। प्रेरणा हँसी के संगीत बिखेरती अन्दर चली गई। थोड़ी देर में आवश्यक सामान लाकर रखते हुए शरद चाँदनी सी शुभ्र मोहक मुस्कान बिखेरती अमृत बरसाती बोली "चीनी की ज्यादा जरूरत पड़ेगी। इसीलिए कुछ ज्यादा लाई हूँ।"

विश्वास को अपनी ही ओर देखते देखकर उसके मुख में गुलाल सा बिखर गया और उसकी आँखें बरबस झुक गई। थोड़ी देर में ज्ञान ने भाँग तैयार करते हुए कहा-

"छान-छान किसी की न मान। निकल जायेगी जान तो कौन कहेगा छान।।"

विश्वास मुस्कुराते हुये कौतूहल से देख रहा था।

"विश्वास, थोड़ी लीजिए, तबियत हरी हो जायेगी।"

"माफ कीजिए, मेरी तबियत पहले से ही हरी है।"

"आपके कारण ही कम भाँग छोड़ी है, फिर भी आपकी हिम्मत हार रही है।"

"इसका परमवीरचक्र आपको ही मुबारक हो।"

"अगर आप अब भी नहीं मानेंगे तो हमको आमरण अनशन के लिए विवश होना पड़ेगा।" मुस्कुराते हुए ज्ञान ने फिर आग्रह किया।

विश्वास को प्रेमपूर्ण आग्रह के सामने झुकना पड़ता है। भाँग-बूटी और नित्य नियम से निवृत्त होकर ज्ञान उन्हें नवनिर्मित भवन दिखाने के लिए अन्दर ले जाता है। विश्वास वहाँ की भव्यता देखकर दंग रह जाता है।

अब तक संध्या ने श्यामल आँचल से संसार को ढक लिया था। ज्ञान ने प्रेरणा को आवाज दी- "प्रेरणा, प्रकाश तो लाओ, बिजली गोल है, इनको अँटरा दिखाना है।"

प्रेरणा लालटेन लाई। सभी सीढ़ियाँ पार कर ऊपर पहुँचते हैं।

वहाँ की शोभा देख विश्वास कह उठता है-"पहुँचने में परेशानी तो हुई मगर मेहनत का फल मीठा होता है।" यह कहकर प्रेरणा की ओर देखकर मुस्कुराने लगता है। दोनों की आँखें चार होती हैं। प्रेरणा का मोहक मुख लज्जा से लाल हो उठता है। हिलने से लालटेन 'भुक-भुक' करती बुझ जाती है।

"अरे, यह भी धोखा दे गई" - इस सहज संगीत के साथ ही उसके पैरों के पैजनों से हल्की मृदुल झंकार हुई और वह ऐसे भागी जैसे बौरे हुये आम के पेड़ पर से कूक करके कोकिला कहीं धीरे से उड़ जाय।

नीचे आकर ज्ञान बोला-"चला जाय, अब तो पूड़ियाँ हमारी बाट जोह रही होंगी। पहिले पेट पूजा फिर काम दूजा।"

विश्वास बोला-"हाँ, चलना तो होगा ही, वहाँ सभी खोज रहे होंगे।"

"तो यार जल्दी चला जाय, नहीं पुलिस में कोई अपहरण की रपट न कर दे।" हँसते हुये ज्ञान ने कहा।

विश्वास मुस्कुराते हुए साथ हो लेता है। वह विचारों में डूबा मनमारे चला जा रहा था मगर दूसरे साथी और ज्ञान हक्काबाजी करते हुये जा रहे थे।

"अरे भाई विश्वास, अभी से नींद आ रही है। देखकर चलो नहीं तो चभेट से हाथ पैर तोड़ लोगे।" मुस्कुराते हुए ज्ञान ने कहा।

"मालुम होता है, जनाब ने ज्यादा छान ली है।" -हँसते हुए दोस्त ने कहा।

"अभी क्या, अभी तो शुरूर है, आगे देखिये क्या रंग आता है।" "जब अभी ही जनाब के होश हवा हो गये तो आगे भगवान ही मालिक हैं।"

यह कहते हुए वह विश्वास की ओर देखकर मुस्कुराने लगते हैं।

इस प्रकार नोंकझोंक, हँसी-मसखरी करते वे लोग वहाँ पहुँच जाते हैं। उन्हें देखते ही एक सज्जन बोल उठते हैं "कहिये जनाब, आप लोग कहाँ गोल हो गये थे?"

विश्वास ने कहा- "हवा खाने चले गये थे।"

तब तक एक मित्र मुस्कुराते हुये बोले "तो आइये, अब बिना खाये हुओं को खिलाने में हाथ बटाइये।"

विश्वास मुस्कुराता हुआ इन्तजाम में जुट जाता है है। मगर उसका तन-मन उसका साथ नहीं देते हैं। वह कदम कहीं रखता और पड़ते कहीं हैं। एक सज्जन बिगड़ते हुए बोले-"अरे यार, क्या तुम्हें रतौंधी होती है, दिखाई नहीं देता, पत्तल रौंदते चले जा रहे हो।"

"भाई साहब, मैं आपके दिव्यदृष्टि की दाद देता हूँ। साथ ही निवेदन करता हूँ कि अगर अपनी पत्तल रास्ते से और हटा लें तो मेहरबानी होगी।" इतनें में दूसरे सज्जन तपाक से बोल उठे-"नाच न आवै आँगन टेढ़ा।"

विश्वास ने परोसते हुए मुस्कुराकर कहा "ठीक कहते हो, जेहि कर काम वही को छाजै और करै सो मूरख बाजै।"

कहने वाले महानुभाव की आँखें नीची हो जाती हैं। सभी हँसते हुये उसकी प्रत्युत्पन्नमति की सराहना करते लगते हैं। विश्वास परोसता आगे बढ़ता है। लेकिन भंग की तरंग के आगे उसकी एक नहीं चलती। बेबस, वह जाकर बिस्तर पर लुढ़क जाता है। उसके दिल दिमाग में खुमारी सी छाई हुई थी। उस खुमारी में उसे एक मधुर वेदना का अनुभव हो रहा था। उस अपरिचित अजीब वेदना से वह बेहद परेशान हो उठा। वह नहीं समझ पा रहा था कि क्यों किसी की याद आज उसके पीछे हाथ धोकर पड़ी है। जितना ही वह उसे भुलाने की कोशिश करता उसकी बेचैनी उतनी ही बढ़ती जाती। वह अपने मचले हुए मन को तरह-तरह से समझाता मगर वह उसकी एक न सुनता।

उस साँप-छछुंदर की दशा में करवटें बदलते कब निद्रा देवी ने थपकी देकर उसकी आँखें लगवा दीं, उसे पता भी न चला।

7

भगवान भुवन भास्कर की अगवानी सजी सँवरी सुरमई, सुहानी सन्ध्या लजीली मुस्कान बिखेरती कर रही थी। आकुल पक्षी पंक्तिबद्ध चहकते नीड़ों में वापस आ रहे थे। मन्द पवन ने पक्षिओं का कलरव सर्वत्र बिखेर दिया था। पश्चिम दिशा में एक-दो उगे हुए तारे ऐसे लगते थे जैसे सन्ध्या सुन्दरी के सिन्दूर भरी माँग के मोती हों।

अपने जादू दिखाने के लिए रूपसी रातरानी रत्नजड़ित झिलमिलाते झीने नीलम से पर्दे से सारे संसार को ढकने लगी थी। सारा संसार प्रेम डोर से खिंचा सा चला जा रहा था।

काम धीरे-धीरे बढ़ता हुआ इधर-उधर देखता चला जा रहा था। वह सजा-सँवरा देखने में आकर्षक था। मगर चपल चितवन और भाव- भंगिमा से बगुला भगत लगता था। वह चलते-चलते झिझक सा जाता मगर दूसरे ही क्षण अपने रूप यौवन और शक्ति के घमंड में फूलकर झूमते हुये चलने लगता।

कुछ दूर बढ़ने के बाद खिलती कली सी कल्पना को देखकर वह खिल उठा। उसके नव विकसित कमल दल जैसे मुस्कुराते मुख और होठों में मोहक लाली, छलकते मादक मधुपात्र की तरह मचलते यौवन के उभार को देखकर भौरे की तरह उसका मन मचल उठा। वह बोला-"कल्पना, सचमुच तुम्हारा बेनजीर हुश्न इस साड़ी में बड़ा सुन्दर जँचता है।"

यह सुनकर कल्पना को शरीर की यौवन भरी सम्पत्ति का सहसा दर्प भरा ज्ञान होता है। वह माननी नायिका की तरह गर्दन टेढ़ी करते हुए बोली-"चलो बहुत बनाया न करो। मुझे मुँह देखी बातें अच्छी नहीं लगतीं।"

"तुम्हारी कसम, मुझे तो लगता है कि तुम्हें दिल में छुपा लूँ।"

यह सुनकर कल्पना रोमांचित हो उठती है। मदिर आँखों में जादू भरकर मुस्कुराते हुए वह इठलाती हुई बोली-"तभी तो जनाब के दर्शन दुर्लभ हैं।"

काम मुस्कुराते मेल्हाते हुए बोला "जेठी अपनों दीदी और को कहैं।" कल्पना मुँह बनाते बोली "चलो मैं कठोर हूँ। तुम्हारा तो दिल मक्खन है। देखना कहीं पिघल न जाय।"

काम उसकी ओर बढ़ते हुए मादक मुस्कान बिखेरते बोला-"सचमुच कल्पना, रूठने में तो तुम और हसीन लगती हो।"

कल्पना पीछे हटती हुई आँख नचाकर नजाकत से गुधनाते बोली- "मुझसे न बोला करो। तुम्हारे कारण लोग मुझ पर अँगुली उठाते और हँसते हैं और तुमको मजाक सूझ रहा है।"

आगे बढ़ कर काम ने उसको बाँहों में भरते हुए कहा "अरे मैं मजाक नहीं कर रहा। सच तो यह है कि मैं तुम्हारे बिना पल भर भी नहीं जी सकता-

"तुम्हें देखकर लगता है ऐसे,
बहारों का मौसम आया हो जैसे।।
आने से तेरे आये बहार, जाने से तेरे जाये बहार।।
तन तरफत तुव मिलन बिन अरु दरसन बिन नैन।
श्रुति तरफत तुव बचन बिन सुन तरुणी रस ऐन।।"

कल्पना को रोमांच हो आता है मगर तुरन्त सँभलकर छटपटाते हुए बोली - "छोड़ो छोड़ो, कोई देख लेगा। मुझे यह सब अच्छा नहीं लगता।"

काम घबड़ाकर उसे छोड़ देता है। कल्पना मुस्कुराती हुई छिटक कर दूर खड़ी हो जाती है।

"देखिये तुम्हारी यह हरकत ठीक नहीं है। ज्ञान भैया भी इधर ही घूमने निकले हैं अगर देख लें तो गजब हो जाय।"

"कल्पना, यह दो दिन की हसीन जवानी हँसने-खेलने और मौज- मस्ती

की रुत है। यह रंगीन जवानी के क्षण बस दो दिन के मेहमान हैं। इसे बेकार गँवाना मूर्खता नहीं तो क्या है?

दो दिन का यह जीवन है वह भी तप करते बीते?
तप बेचारे वे करते हैं जिनको भोगों के नहीं सुभीते।।"

कल्पना उसकी ओर टकटकी लगाये देख रही थी। काम ने उसकी आँखों में आँख डालते हुये आगे कहा "मैं बड़े-बड़े बनने वालों को अच्छी तरह जानता हूँ। हाथी के खाने के दाँत और तथा दिखाने के और होते हैं। फिर तुम्हारे ज्ञान ही कहाँ दूध के धोये हुए हैं?"

अचानक किसी के आने की आहट पाकर कल्पना तितली सी थिरकती मोहक मुस्कान बिखेरती घर की ओर चल पड़ी। काम भी आगे बढ़ गया।

आज उनके मन में रंग-बिरंगी फुलझड़ियाँ फूट रही थीं।

* * *

शाम के पाँच बज रहे थे। द्वार के पास चबूतरे में बिछी चारपाई पर कामना कल्पना और प्रेरणा बैठी हुई थीं। कल्पना बैठी गप्पें लड़ा रही थी और प्रेरणा स्वेटर बुन रही थी। उसके हाथ मशीन की तरह चल रहे थे। वह बीच-बीच में बातें भी करती जा रही थी। बीच-बीच बातचीत और हँसी से उसके होंठ प्रस्फुटित कली के समान खिल उठते थे -

"निमंत्रण में तो जम कर मेहमानी हुई होगी?"

"और नहीं तो क्या, तरह-तरह की मिठाइयाँ खाते-खाते हम लोग छक गये थे।"

"सच"?

"सच नहीं तो क्या झूठ बोलती हूँ। विश्वास न हो तो माँ से पूँछ लो।" कामना मुस्कुराते हुये बोली "अगर घर से खाकर न गई होती तो पेट में चूहे उछलने पर रसगुल्लों का स्वाद मालुम हो जाता।"

प्रेरणा हँसते हुए बोली- "बहिन जी, तब तो खासी मेहमानी हुई।"

"अब तो मैं कभी नहीं जाऊँगी। वहाँ तो कोई किसी की खबर ही नहीं लेता था। अगर वह लड़का न होता तो शायद समय से खाना भी न मिलता।"

"कौन लड़का?"

कामना ने कहा "वही विश्वास जिसने बचपन में खेलते समय खुरपी से तेरी अंगुली फाड़ दी थी। सचमुच वह बहुत अच्छा और व्यवहार कुशल लड़का है। हर इन्तजाम में बस वही तो दिखलाई पड़ता था।"

प्रेरणा कुछ सिहर सी गई। थोड़ी देर बाद वह बोली "भाइ में जाय ऐसी व्यवहार कुशलता। मेरी तो अंगुली फाड़ दी। पा जाती तो जनाब को ऐसा सबक

सिखाती कि जिन्दगी भर याद रखते।"

कामना उसकी बात सुनकर मुस्कुराती हुई किसी काम से चली गई। कल्पना ने चुटकी लेते कहा"- तो फिर काहे सबक सिखाने को पाओगी? अन्धे के हाथ बटेर लगने से रहे।"

प्रेरणा सोचने लगी 'कल्पना ठीक ही तो कह रही है।'

इतने में कल्पना ने कहा "प्रेरणा, देखो वह विश्वास ही तो आ रहा है।"

प्रेरणा ने देखा विश्वास बगल में बस्ता दबाये कालेज से लौट रहा था।

वह अपने जाने वाले रास्ते को छोड़ यकायक उनकी ओर आने वाले रास्ते पर चलने लगता है।

विश्वास आकर मुस्कुराते हुये नमस्ते करता है। कल्पना मुस्कुराते नमस्ते करते हुये कहती है "आइये, आइये, आज तो सूरज पश्चिम में निकल आया है।"

विश्वास को उसकी भाव-भंगिमा नहीं भाती। वह प्रेरणा की ओर देखते हुए मुस्कुराकर कहता है- "फिलहाल तो ऐसी ही बात है। देखो पश्चिम में ही तो चाँद सा शरमाया हुआ झाँक रहा है।"

उसके कथन का संकेत समझकर शर्मीली प्रेरणा के मोहक मुखड़े पर लाज का पहरा लग जाता है। वह नमस्ते करना चाहते हुए भी नहीं कर पाती। विश्वास स्वेटर बुनने में बिजली की तरह चलते हुए उसके कमनीय कर कमलों को देखता रहता है। विश्वास को अपनी तरफ देखते देखकर प्रेरणा के गोरे मुखड़े पर उषा सी अरुण-स्वर्ण सुर्खी उभर आती है और न चाहते हुए भी वह शर्मीली वहाँ से उठकर भीतर भग जाती है।

विश्वास मानों स्वप्न से जगा हो। प्रेरणा का जाना उसे अच्छा नहीं लगता।

"विश्वास, उसे जाने दो, वह बड़ी विलक्षण लड़की है। किसी को हँसते-बोलते देखकर उसे बुखार चढ़ आता है।" अंगड़ाई लेते हुए कल्पना बोली। विश्वास कुछ नहीं बोलता। कल्पना फिर बोली "अरे आप अभी तक खड़े ही हैं। बैठिये, मैं भी कैसी हूँ कि अभी तक आपको बैठने तक को नहीं कहा।"

विश्वास बैठते हुए बोला - "कोई बात नहीं। दिनभर तो बैठा ही रहा हूँ।"

एकान्त में विश्वास को पाकर तथा उसकी मनहर छबि देखकर कल्पना को खुमारी सी छाने लगती है। आँखों में सुर्ख डोरे उभरने लगते हैं। गुमसुम बैठे विश्वास से सहमती हुई वह बोली- "विश्वास बाबू, मैं भी प्रेरणा की तरह किसी की छाँह नहीं छूती थी मगर मैंने जबसे आपको देखा, मेरी सारी शेखी धूल में मिल गई।"

विश्वास ने कल्पना की ओर देखा। उसकी भाव-भंगिमा देख वह सन्न रह गया। अब उसने वहाँ बैठना ठीक न समझा। कल्पना ने कटाक्ष करते कहा - "अरे बैठो, क्या मेरे पास अच्छा नहीं लगता?"

"अब चलूँगा क्योंकि आज देरी हो गई है।"

यह कह कर दह चल देता है। कल्पना जहर का घूँट पीकर मन मसोस कर उसकी ओर ताकती रह जाती है।

उधर प्रेरणा विश्वास के पास से भग तो आई मगर अब उसे अपने ही ऊपर गुस्सा आ रहा था। उसका मन बेचैन हो उठा और आँखें अपरिचित प्यास से तड़प उठीं। वह फिर उसके पास जाने के लिए बिस्तर से उठकर बैठ गई मगर दूसरे ही क्षण अपनी बेचैनी पर उसे बहुत खीझ आई। वह सोचने लगी - "छिः छिः मुझे क्या हो गया है? कितना पाप होगा। मुझे तो स्वप्न में भी ऐसा न सोचना चाहिए -

उत्तम के अस बस मन माहीं।

सपनेहु आन पुरुष जग नाहीं।।"

अब उसे अपने ऊपर क्रोध आ रहा था। धीरे-धीरे उसका क्रोध विश्वास के ऊपर बदलने लगा। वह सोचने लगी 'आखिरकार यह यहाँ क्यों आता है? अच्छा और गुणवान होगा तो अपने लिए, हमसे क्या लेना- देना है?' उसने अपनी गलती पर गाल में एक चपत लगाई और कान उमेठा कि अब कभी भी ऐसे विचार न आने चाहिये।

वह फिर लेट गई। थोड़ी देर में उसके मन में झिझकते बच्चे की तरह फिर यह विचार झाँकने लगा। वह सोचने लगी 'भला उस बेचारे का क्या दोष है? दोष तो मेरा है। इसी को तो कहते हैं आपन टेंटर न देखै दूसरे की फूली निहारे! वह बेचारा तो कितना भोला-भाला, सुशील लड़का है। उसकी सुन्दर सलोनी सूरत, चपल चितवन और मनहर मुस्कान तो देखते ही बनती है। छिः छिः मैं फिर क्या सोचने लगी! मुझे न मालुम क्या हो गया है?'

वह बेचैन होकर करवटें बदलने लगती है। उसे अपने ऊपर आश्चर्य हो रहा था कि आज तक कभी भी किसी के प्रति मेरे मन में ऐसे विचार नहीं उठे। लेकिन जाने क्यों विश्वास ने तो मेरे जीवन में तूफान पैदा कर दिया है! मगर क्या विश्वास भी मुझे चाहता है? नहीं, यह मेरा भ्रम नहीं तो क्या है? उसने तो मुझसे अभी तक बात भी नहीं की है।'

दूसरे ही क्षण उसने सोचा 'नहीं, ऐसी बात नहीं हैं। न बोलते हुए भी उसकी आँखों ने बहुत कुछ कह दिया है। आँखे दिल की जुबान होती हैं।'

वह फिर बेचैन हो उठी और विश्वास के पास जाने के लिए उठी मगर लज्जा ने उसके पैरों में बेड़ी डाल दी। इतने में उसे कल्पना की बुलाने की आवाज सुनाई दी। वह झटपट उसके पास पहुँचती है। वहाँ केवल कल्पना को देखकर उसका चेहरा उतर जाता है।

कल्पना मुँह बनाते हुए बोली "अरे वह जनाब तो सीधे मुँह बात भी नहीं करते। उनका दिमाग तो सातवें आसमान में सैर कर रहा है।"

"क्या कह रहे थे?"

"बात करने की शलीकत भी है कि कुछ कहेंगे ही। मेरिट में आ गये तो मिजाज आसमान में चढ़ गये। बहुत चले सो वीर न होई।"

उसको लाल-पीली होते देख प्रेरणा मुस्कुराते चहकते चुटकी लेती बोली "कुछ तो बताओ, जरा मैं भी सुनूँ। बस मुफ्त में ही इतनी उपाधियाँ बाँटे दे रही हो।"

"प्रेरणा, जब तक ऊँट पहाड़ के नीचे नहीं आता, अपने को सबसे बड़ा समझता है। उन साहबान को केवल अपनी बुद्धि का ही घमण्ड नहीं है बल्कि सुन्दरता में भी वह अपने को कामदेव से कम नहीं समझते।" प्रेरणा हँसते हुए बोली "तो तुम करुवा करैला नीम चढ़ा की उपाधि देना क्यों भूली जा रही हो?"

इस कहावत पर खिलखिलाकर हँसते हुये दोनों लोट पोट हो जाती हैं।

8

"कल्पना किस लोक में विचरण कर रही हो? आज बहुत खोई- खोई दिखाई दे रही हो?"

"आज तबियत ठीक नहीं। सिर दर्द कर रहा है।"

वासना चुटकी लेते मुस्कुराहट बिखेरते बोली "शिर क्यों न दुखे, उमर ही ऐसी है।"

"वासना, मुझे ऐसी ठिठोली नहीं अच्छी लगती। सावन के अन्धे को तो बस हरा ही हरा सूझता है।"

आँख नचाली मुस्कुराती वासना बोली- "तभी तो कहती हूँ - यह गजब की जवानी न जाने किस पर कहर ढ़ाये।"

प्रेरणा को उनकी चुहुल नहीं भाती। लज्जा और साधना के साथ वह उनसे जरा हट कर यमुना में हाथ-मुँह धोने लगती है।

"कल्पना गुधनाकर बोली "वासना, तुमसे बोलते बने तो सूधे मुँह बोला करो, नहीं तो मुझसे न बोला करो। मुझे यह छिनरछन्द नहीं सुहाता।"

वासना उसकी ठुड्डी उठाते हुए बोली- "अच्छा, मेरी रानी को तो गजब का रूठना आता है। तब तो सोने में सुगन्ध है। तभी तो मैं कहती थी देखने वाले दिल थाम लेंगे।

हँसती आँखों से कटाक्ष करती कल्पना ने कहा "वासना बहिन, सच बताओ तुमने कितनों को दिल थमाया है?"

"हम यह रोग नहीं पालते। पल भर सुख और जीवन भर दुख कौन पाले? वैसे हुश्न के परवाने जलते रहें तो भला शम्मा का क्या दोष है?"

यह सुनकर प्रेरणा से न रहा गया। उसने कहा-"मगर शम्मा भी तो जलती है।

''दोनों ओर प्रेम पलता है। सखि, पतंग भी जलता है, और दीपक भी जलता है।।"

यह सुनकर साधना उसकी ओर देखकर मुस्कुराने लगती है।

"मगर मैं वैसी शम्मा हूँ नहीं। फिर यह हसीन जिन्दगी जलने के लिए. तो होती नहीं। जान है तो जहान है, ठीक कहती हूँ न कल्पना बहिन?" यह कहते हुए वासना ने कल्पना के चिकोटी काट ली। कल्पना सिहर उठी। थोड़ी देर बाद कुछ सोचते हुए वह बोली "वासना बहिन, न जाने क्यों सड़क छाप मजनुओं को देखकर मेरा तो खून खौल उठता है। आज ही एक सड़क छाप मजनू ने मुझे देखकर सीटी बजाई तो मैंने उसको ऐसी डाँट पिलाई कि उसके होश हवा हो गये।"

"तो तुम किसी असली मजनू पर लड्डू होगी।" चुटकी लेते वासना ने फिर उसके चिकोटी काटी।

कल्पना मुस्कुराते हुए बोली- "धत्, इस निन्यानबे के चक्कर में नहीं पड़ती।"

"अरे, दाई से कहीं पेट छिपता है? मैं तो उड़ती चिड़िया पहिचान लेती हूँ। अब समझी, तभी तो तुम खोई-खोई सी दिखाई पड़ रही थी।" कल्पना नजर नीची किये मुस्कुराती रहती है। वासना मुस्कुराते हुए उसके गले में बाँहें डालकर बोली "वाह कल्पना बहिन, गुरु गुरै रह गये, चेला चीनी हो गये! जरा मैं भी सुनूँ वह कौन खुशकिस्मत भ्रमर है जो इस जवान रसभरी खिलती कली का रसपान कर रहा है?"

अब प्रेरणा अधिक न सुन सकी। उनकी चुहलबाजी देख सुनकर वह शर्म से पानी-पानी हो जल्दी-जल्दी नहा लज्जा और साधना के साथ झुंझलाती घर को चल पड़ी। प्रेरणा को लज्जा और साधना के साथ जाते देख वासना ने नाक-भौं सिकोड़ते कहा "यह प्रेरणा बड़ी विचित्र लड़की है। हँसते-बोलते देखकर तो इसे तिजारी चढ़ आती है।"

कल्पना ने कहा- "बहुत भोली-भाली है। इसको ऐसी बातों से बहुत चिढ़ रहती है।"

वासना नयन नचाते मुस्काते बोली "मन मन भावे मूँड़ हिलावे-

"भोली शक्ल वालों के निराले नाज होते हैं।
नीची नजर वाले बड़े तीरन्दाज होते हैं।।"

"वासना, किसी को तो बख्शा करो, सब धान एक भाव नहीं तौले जाते।" यह कहते हुए वह भी नहाकर चल देती है। वासना भी मुस्कुराकर यह कहते हुए

साथ हो लेती है-

"साँची बात सचोला कहैं, सब के चित से उतरे रहैं।"

कल्पना जाकर देखती है कि प्रेरणा बैठी स्वेटर बुन रही है। थोड़ी देर बाद वह भी उसके पास आकर बैठ जाती है।

अचानक विश्वास को सामने मुस्कुराते देखकर वह चौंक सी उठीं। कल्पना ने मुस्कुराते हुए कहा "आइये, बैठिये।"

प्रेरणा चारपाई से उठ खड़ी हुई। उसकी ओर देखते हुए विश्वास ने मुस्कुराते हुए कहा- "मेरा आना अच्छा नहीं, भगना पड़ता है।"

यह सुनकर प्रेरणा ने काली कजरारी मोहक शर्मीली आँखों के झरोखों से उसकी ओर देखा। उसे लगा मानों विश्वास की मोहक मादक मधु से मनुहार भरी आँखें उससे न जाने की प्रार्थना कर रही हैं। उसके रग-रग में बिजली दौड़ गई। उसे न मालुम कैसे लगने लगा। वह चुपचाप वहीं चबूतरे पर बैठकर स्वेटर बुनने लगी।

विश्वास नजरें बचाकर उसकी ओर देखते हुये सोच रहा था बड़ी विचित्र लड़की है। देखने में तो फूल से भी सुन्दर सलोनी सुकुमार दिखाई पड़ती है किन्तु इसका दिल न जाने किस धातु का है। मैं तो इसे देखते ही बिन मोल बिक गया मगर यह कितनी निठुर है, मुझे देखते ही सोन चिरैया सी उड़ जाती है।

प्रेरणा ने नजरें बचाकर उसकी ओर देखा मगर उसे अपलक अपनी ओर देखते देखकर वह लज्जा से लाल होकर जमीन की तरफ ताकने लगी।

"क्यों विश्वास बाबू इस समय कोई मौन व्रत चल रहा है क्या? एकायक कल्पना की आवाज सुनकर दोनों चौंक से उठे। प्रेरणा के मुखमंडल में मोहक मीठी मुस्कान खिल उठी। विश्वास मुस्कुराते हुए बोला - "संगत का असर तो पड़ता ही है। आप लोगों को अनबोलना बनी देखकर जबरन जबान में लगाम लगाना पड़ता है।"

प्रेरणा ने अपनी मनहर पलकें उठाकर उसकी ओर देखा और फिर झुका ली। कल्पना हँसते हुए बोली "तो हम अनबोलना हैं?"

"और नहीं तो क्या? आप तो कभी कभार बोल भी देती हैं मगर आपकी छोटी बहिन जी तो इस कसौटी पर पूरी खरी उतरती हैं।"

विश्वास वाक्य भी पूरा न कर पाया था कि प्रेरणा ने उसकी ओर अपनी मोहक मधुर हँसती चितवन से देखते हुये सहज संगीत सुनाते कहा- "जैसी संगत वैसी रंगत-संगत का असर तो पड़ता ही है।" कहते-कहते उसके मुख में विश्व मोहिनी मुस्कान खेलने लगती है।

विश्वास को लगा जैसे उसके कानों में अमृत घुल गया हो और एक नव प्रस्फुटित मनहर कली महमहाती मुस्कुरा रही हो।

कल्पना हँसते हुए बोली - "जनाब पूरे जौहरी मालुम होते हैं।"

"इसमें क्या शक है?" कहते हुए विश्वास प्रेरणा की ओर देखकर मुस्कुराने लगा।

प्रेरणा उसके कथन का भाव समझकर लजा गई। उसके गुलाबी गालों में गुलाल सा बिखर गया।

इतने में कामना आती दिखाई पड़ीं। विश्वास ने उनको प्रणाम किया। विश्वास को देखकर प्रसन्न होती हुई कामना बोली "विश्वास, तुम्हें देखकर बड़ी प्रसन्नता हुई। समय निकाल कर कभी कभार तो आ जाया करो। तुम्हारे बात-ब्योहार से सभी तुम्हें याद करते रहते हैं।"

"आप लोगों का अपनत्व और स्नेह ही मुझे यहाँ खींच लाता है।"

"तभी तो आप यहीं बने रहते हैं।" कल्पना के व्यंग पर सभी हँस पड़ते हैं।

थोड़ी देर बाद कामना ने पूछा- "कितने भाई हो?"

"दो।"

"वह तुमसे छोटे हैं या बड़े?"

"छोटे।"

"शादी हो गई?"

विश्वास शरमाते हुए बोला - "हाँ।"

"कब हुई?"

"इसी साल।"

"छोटे भाई की शादी हुई।"

"अभी नहीं।"

"हम तो सभी के शादी-सुदिन से फुरसत पा गये। केवल प्रेरणा का गवना बाकी है। वह भी हो जाय तो सिर का भार उतरे।"

प्रेरणा की शादी हुई जानकर विश्वास जैसे आसमान से गिरा हो। थोड़ी देर चुप रहने के बाद उसने पूछा- "प्रेरणा की शादी तो इसी साल हुई होगी?"

"चार साल हो गये।"

"चार साल!"

"हाँ, जब वह 14 साल की थी तभी उसकी शादी हो गई थी।"

"ऐसी पढ़ी लिखी सोसायटी होते हुये भी आप लोगों ने इतनी जल्दी शादी कर दी! यह कहते हुये विश्वास ने प्रेरणा की ओर देखा। वह बाँयें हथेली पर गाल रखे हुए विचारों में डूब उतरा रही थी। उसका फूल सा चेहरा कुम्हलाया हुआ नजर आ रहा था। विश्वास ने भावनाओं को दबाते व्यंग से कहा "तब तो अब गवना भी करके सिर का भार शीघ्र उतार दीजिये। शुभ काम जितना जल्दी हो

जाय उतना ही अच्छा।"

"चौथे साल गवना नहीं होता। अब तो अगले साल ही हो सकेगा।" थोड़ी देर "अठारह वर्ष।" बाद कल्पना ने पूछा- "आपकी शादी कितनी उम्र में हुई थी?" थोड़ी देर में विश्वास ने खड़े होकर मौन तोड़ते हुए कहा - "अच्छा तो अब मुझे आज्ञा दीजिये। कामना ने कहा "अरे बैठो। जलपान तो कर लो।"

"अँधेरा हो रहा है, अब चलूँगा।" यह कहते हुये कामना को प्रणाम कर वह चल पड़ा।

थोड़ी देर में प्रेरणा थके मन से आकर बिस्तर पर लुढ़क गई। उसके अन्दर विचारों के तूफान उठ रहे थे। वह बेचैनी से बिस्तर पर करवटें बदलते हुए सोचने लगी-'अगर मैं जानती होती कि विश्वास विवाहित है तो कभी भी उसकी ओर आँखें उठा कर न देखती। खैर अब भी कोई बात नहीं, बीती ताहि बिसार दो आगे की सुध लेव। अब आज से मैं उसकी तरफ भूल कर भी नजर नहीं उठाऊँगी।

विश्वास भी कैसा है? जब विवाहित था तो इसे किसी की तरफ निगाह ही न डालनी चाहिये। देखने में तो बड़ा भोला-भाला और सीधा सादा दिखाई पड़ता है। मगर मैं क्या जानूँ कि 'मन मलीन तन सुन्दर कैसे। विष रस भरा कनक घट जैसे।।'

लेकिन क्या उसका ही दोष है? मैं अपने को क्यों नहीं सोचती। विवाहित होते हुए भी मेरे मन में ही क्यों ऐसे विचार उठे? उसके ऊपर तो दोष थोप रही हूँ मगर दीपक के नीचे ही जो अँधेरा है उसे देखकर भी नहीं देखना चाह रही हूँ। बड़े आश्चर्य की बात है, न जाने क्यों उसे देखकर मेरा मन फिसल गया। उँह, उसकी छवि न चाहते हुए भी बार-बार क्यों मनः मस्तिष्क और आँखों में आ जाती है? हाय मैं क्या करूँ? उसकी याद तो हाथ धोकर पीछे पड़ गई है।'

अपने मन की इस कमजोरी पर वह दंग रह गई। उसने सोचा 'मैंने जितना ही फूंक-फूंककर पाँव रखा उतना ही उलझी।' यह सोचते-सोचते उसकी आँखों में आँसू छलछला आये और वह अपनी दशा पर तरस खाती तड़पती करवटें बदलने लगी- 'अगर भगवान् तुझे ऐसा ही मंजूर था तो १४ वर्ष की उम्र में ही शादी क्यों करा दी थी? चार साल हो रहे हैं, मुझे तो उनकी शक्ल-सूरत तक की सुध नहीं है। १४ साल की उम्र कोई शादी की उम्र होती है? वह तो खेलने-कूदने और पढ़ने-लिखने की उम्र होती है। तभी तो विश्वास सुनकर दाँतों तले अंगुली दबा रहे थे। अगर चार साल पहले १४ साल की कच्ची उम्र में शादी न होकर अब होती तो अच्छा होता। कम से कम शक्ल-सूरत पहिचानने और याद रखने में दिक्कत तो न होती। विश्वास की शादी अभी इसी साल ही हुई है। अगर मेरी भी चार साल पहले न होकर इसी साल ही हुई होती तो चार साल में कुछ न कुछ समझ तो बढ़ ही जाती। अगर इस साल हुई होती तो हो सकता था कि विश्वास के साथ.....

अरे, मैं क्या सोच गई, आखिर मुझे हो क्या गया है! क्या विश्वास ने कोई जादू कर दिया है! ऐसा जादू जो प्राणों के पीछे पड़ गया है।'

अन्तर्द्वन्द्वों से घिरी प्रेरणा परेशान होकर रोने लगती है। रोते-रोते उसकी आँखें लाल हो जाती हैं। थोड़ी देर में उसका मन कुछ स्थिर होता है। वह सोचने लगती है-

'इसमें न विश्वास का दोष है न मेरा ही। दोष है इस स्वार्थी अन्धे समाज का जिसने अनजान अवस्था में ही बेड़ियों में जकड़ दिया है। इस समाज ने जरा भी यह सोचने के लिए बुद्धि को कष्ट नहीं दिया कि इनके पास भी दिल है, अपनी रुचि है और अपने कुछ अरमान हैं!'

उसके विचारों ने फिर पलटा खाया 'फिर भी अब जो हो गया वह हो गया। माता-पिता जो करते हैं वह अच्छा ही सोचकर तो करते हैं।'

उसने फिर विश्वास के विचारों को दिल से निकाल फेंकने की कोशिश की मगरं मन ने कहा-'क्यों नादानी करती हो? चितचोर को भुलाना कोई हँसी खेल नहीं हैं। तुम उसे नहीं भुला पाओगी।'

प्रेरणा अपनी इस साँप-छछूँदर की हालत पर हाथ मलने लगती है। यकायक उसकी नजर उस अँगुली पर अटक जाती है जिस पर खेलते समय विश्वास ने खुरपी मार दी थी। उसका दिल भर आता है और वह उस अँगुली को चूम लेती है।

वह बड़बड़ा उठती है-'मेरे प्यारे विश्वास, मेरी तुम्हारी प्रीत पुरातन है। मैं तुम्हें कभी नहीं भुला पाऊँगी।'

वह सोचने लगी- 'जो मेरे दिल दिमाग और मन प्राण में छा गया है,

उसे भूल जाऊँ और जिसे समाज ने मनमानी करके गले में बाँध दिया, जिसे मैं जानती-पहचानती तक नहीं उसे अपना समझूँ?

इस समाज ने औरतों के साथ खूब मनमानी और अत्याचार किये हैं। पहले पार्वती, सीता, सावित्री, शकुन्तला, दमयन्ती और विद्योत्तमा आदि ने स्वयंवर से अपने पसन्द का जीवन साथी चुना था। लेकिन आज़ अबला समझकर यह समाज उनके अरमानों से इस तरह से होली खेल रहा है। काश, पहले जैसी प्रथा होती तो मेरा प्यारा विश्वास बिल्कुल मेरा होता।' यह सोचते-सोचते उसकी आँखों में आँसू उमड़ कर बरसने लगे।

उधर विश्वास की भी विचित्र हालत थी। वह भी इसी प्रकार सोचते हुये थके तन-मन से चला जा रहा था। वह सोच रहा था-'प्रेरणा की शादी हुई जानकर मुझे बुरा क्यों मालुम हो रहा है! उसकी शादी होने न होने से मुझको क्या लेना-देना है? मान लो उसकी शादी न भी हुई होती तो मुझसे क्या प्रयोजन? तो फिर मुझे बुरा क्यों लग रहा है। यह मेरी कमजोरी नहीं तो क्या है? विवाहित होकर भी ऐसे

विचार! मुझे तो चुल्लूभर पानी में डूब मरना चाहिये।

अब समझा, इसीलिए तो वह बेचारी मेरी छाँह नहीं दाबती थी। इसीलिए तो उसकी निरीह नजरें अपनी विवशता प्रकट कर रही थीं। सचमुच वह जितनी बाहर सुन्दर है उससे कहीं अधिक अन्दर सुन्दर है। उस बेचारी का भला क्या दोष है? जब हम बिल्कुल अनजान थे तभी इस समाज ने सुनहले पिंजड़ों में हमारे अरमानों को कैद कर लिया है।

खैर कोई बात नहीं, अगर सुबह का भूला राही शाम तक घर आ जाता है तो वह भूला नहीं कहा जाता। अब मुझे उसकी याद दिल से निकाल देनी चाहिये। अपनी तो राह ही अलग है। दुविधा में दोनो गये 'माया मिले न राम।' क्षणस्य त्यागे कुतो विद्या, कणस्य त्यागे कुतो धनम्?' इस उधेड़बुन में तो मैं ठीक से पढ़ भी नहीं पा रहा हूँ। जिससे लेना एक न देना दो उसमें माथापच्ची करना भला कहाँ की बुद्धिमानी है? आज से मैं उससे कोई वास्ता प्रयोजन नहीं रखूँगा और न उसके पास वाले रास्ते से कालेज ही जाऊँ-आऊँगा। बस न धान बोयें न बादल निहारे।' यह सोचता-सोचता वह कब पहुँच गया, उसे पता ही न चला। इस ऊहापोह में विश्वास चार दिन तक उस रास्ते से नहीं निकला।

वह यमुना के किनारे वाले रास्ते से कालेज जाता-आता रहा। मगर उसके चेहरे की वह रौनक, उसका चहकता हुआ वह स्वर और उसके उमंगों के कुलाछें भरती लहरें न जाने कहाँ काफूर हो गईं थीं। उसने प्रेरणा की यादें भुलाने के लिए भला क्या-क्या उपाय नहीं किये। अपने मन को भला किस-किस तरह नहीं समझाया मगर इस प्रकार मन मारकर यादें भुलाना हँसी-खेल तो नहीं।

अन्तर्द्वन्द्वों से जूझता विश्वास विचारों में खोया-खोया कालेज से लौट रहा था। यकायक 'हा-हा', 'ही-ही' के ठहाके सुनकर उसने नजरें उठाईं तो देखा-आगे काम और मोह आगे जाने वाली लड़कियों पर छींटाकसी करते हुए हँसी-मजाक के फौव्वारे उड़ाते चले जा रहे थे।

"काम भाई, दुनिया निश्चित रूप से इन हसीन तितलियों के कारण अधिक रंगीन बन गई है।"

"इसीलिए तो ये हसीनायें नित्य नये तरीकों से फैशन परेड करती हुई निकलती हैं।" "देखो चुस्त और 'लेटेस्टकट फैशन' में इनके अंग-प्रत्यंगों का मानों दम घुट रहा है। वे बाहर निकलने के लिए विद्रोह करते दिखाई पड़ रहे हैं। ऐसे लगता है मानों कह रहे हों- ''पर्दा नहीं जब कोई खुदा से बन्दों से परदा करना क्या?''

काम ने कहकहा लगाते कहा- "वाह जनाब, आप तो दूर की कौड़ी मार लाये। मगर आप ऐसा क्यों नहीं सोचते कि यह बचत और मँहगाई का युग है- बूँद बूँद से घट भरे टपकत रीतो होय।' वह खुली बाँहों का ब्लाउज पहन कर सरकार की अल्पबचत योजना को सफल बनाने में योग दे रही हैं। यह

हमलोगों के गर्व और गौरव की बात है। इस मँहगाई के युग में सारे शरीर को कपड़ों से लपेटना कोई बुद्धिमानी नहीं है। इस दिशा में तो पुरुषों को भी इन चतुर महिलाओं का अनुशरण करना चाहिये।"

"अरे यार, आप तो नाहक ही लेक्चर पिलाये जा रहे हैं। मेरा तो 'हार्ट फेल' हो रहा है। पता नहीं, कौन से इत्र हैं जिनकी महक से मुझे 'हाई' और 'लो' 'ब्लड प्रेशर' होने लगा।"

"तो क्या कोर्ट के वारन्ट की तरह आपका मन भी उन्हीं के पीछे-पीछे मँडरा रहा है?"

"मैं अपने दिल की बात को जीभ को नहीं मालुम होने देता, दीवार के भी कान होते हैं, मगर बुज़ुर्गों ने कहा है कि गुरु से कपट मित्र से चोरी न करनी चाहिये, इसीलिये मित्र के नाते आपसे बताना ही पड़ेगा। हाँ, तो सुनिये, वह जो वासना है न, वह मुझ पर जान दे रही है।"

"चलो बेकार न शेखी बघारो। तुम्हीं डोरे डाल रहे हो, वह तो तुम्हारी तरफ भूल कर भी नहीं देख रही।"

"यही तो तुम जानते नहीं, 'नारी चरित्रं पुरुषस्य भाग्यं दैवो न जानाति कुतो मनुष्यः' औरतें तो अजीब मिजाज की होती हैं-'क्षणे रुष्टा क्षणे तुष्टा, रुष्टा तुष्टा क्षणे-क्षणे।' मान करना, रूठना और नाज नखरे दिखाना तो उनका अमोघ अस्त्र है, उससे तो उनके आकर्षण में चार चाँद लग जाते हैं।"

थोड़ी देर बाद खीसें निपोरते हुये मोह फिर बोला "जनाब, स्त्रियों के दिल जीतने में लोहे के चने चबाने पड़ते हैं। शुरू में वासना भी मुझे ऐसी डाँट पिलाती थी कि मेरा हाजमा खराब हो जाता था। मगर दुधारू गाय के लात भी भले लगते हैं। मैं उन कड़ुवे शब्दों को उसी प्रकार निगल जाता था जैसे मरीज दवा के कड़ुवे घूँट, थका बराती मिर्चवान, चपरासी अफसर की डॉट और बेईमान बेईमानी की कमाई निगल जाता है। इसी तपस्या का फल है कि आज वह मेरी ही मेरी होकर रह गई है।"

"तो आप शादी क्यों नहीं कर लेते? 'बिन घरनी घर भूत का डेरा' बनी बनाई सुस्वाद रोटियाँ तो मिलेंगी, थके माँदे के लिए भी सहारा हो जायेगा।"

''काम बाबू, आप भी अकिल के पूरे दिखते हैं। इस मासूम हुश्न के माडल को धुवाँस में बिठाकर मैं उसका 'मेकअप' थोड़ी बिगाडूँगा। ऐसी हसीनों के हुश्न की रक्षा के लिये तो पुरुषों को घरेलू काम-काज में पारंगत होकर गृह-पंडित की उपाधि धारण कर लेना चाहिये।" काम ने हँसते हुये कहा- "तो आप गृह-पंडित की ट्रेनिंग कर क्यों नहीं लेते?"

"अरे यार, हिम्मत तो नहीं पड़ती पर मरता क्या न करता? करना ही पड़ेगा क्योंकि और कोई चारा ही नहीं दिखाई दे रहा है।"

उसको इतना मायूश होते देखकर काम हँस पड़ता है।

उधर अल्हड़ यौवन में मदहोश वासना और कल्पना केल्हाती बलखाती चहकती इस नजाकत नफासत से चली जा रही थीं लगता था जैसे प्रलय आ जायेगी। साथ ही दोनों पुरुषों के दृष्टि-आक्रमण भय से अपनी सुरक्षा के प्रबन्ध में ढीलें नहीं पड़ने दे रही थीं। वे दोनों बातें करतीं खिलखिलाती जा रही थीं।

"कल्पना, यह काम किस कक्षा में पढ़ रहा है?"

कल्पना ने मादक मुस्कान बिखेरते नैन नचाते कहा- "क्यों, क्या बात है? सब जानते हुये भी ठबोलती हो? वैसे यह मौज-मस्ती में एम.ए. है, अवारगी में पी-एच.डी.।"

वासना रूठती हुई बोली-'तुमसे तो बोलने लायक भी नहीं है।" कल्पना ने मुस्कराते हुए कहा-"सच पूँछो तो हर दर्जे में बैठकें लगाते हुए १२ तक पहुँचा है।"

"तब तो टापर लड़का है।" वासना खिलखिलाकर दोहरी होते हुए बोली।

यकायक उसकी नशीली नजरें मोह से मिलीं जो उसे देखकर मुस्कुरा रहा था। वासना ने मदिर मुस्कान बिखेरते हुए उसकी ओर देखकर कल्पना से पूँछा- "और मोह के विषय में तुम्हारा नजरिया क्या है?"

"दोनों एक दूसरे से बढ़चढ़ कर हैं। वैसे बुद्धि दोनों की 'फर्स्ट क्लास' है मगर कुछ कारणवश 'डिवीजन थर्ड' ही आता है।"

खिलखिलाकर हँसते-हँसते दोनों दोहरी हो जाती हैं। काम और मोह उनको हसरत भरी नजरों से घूर घूर कर देखने लगते हैं। यकायक कल्पना की कटीली नजरें मोह से मिलती हैं और दोनों मुस्कुरा पड़ते हैं।

आगे चलकर वे लोग दूसरे रास्ते में मुड़ जाते हैं। उनकी नोंकझोंक और चुहलबाजी अब भी विश्वास के दिमाग में गूँज रही थीं। किसी प्रकार उनके विचारों से उसे छुटकारा मिला ही था कि प्रेरणा की याद ने उसे धर दबोचा। उसके विचार और संकल्प हिल उठते हैं और उसके पैर प्रेरणा के घर के पास से जाने वाले रास्ते पर चलने लगते हैं। वह सोचने लगता हैं-'क्या करूँ? मैंने हर कोशिशें करके देख लीं, मगर मैं उसको नहीं भुला पा रहा हूँ।

फिर भी मैं हिम्मत हारने वाला नहीं। मैं अपने संकल्प से तिलभर नहीं हट सकता। वैसे आज इधर से निकल आया तो क्या फर्क पड़ता है? दूर-दूर भागना तो एक तरह से कायरता और कमजोरी है।'

अन्तर्द्वन्द्व में खोया जब वह प्रेरणा के घर की ओर जाने वाली गली पर पहुँचा तो यकायक उसके पैर उधर को चलने के लिये मचल पड़े मगर दूसरे ही क्षण उसने उनको काबू में कर लिया जिससे वह अपने रास्ते पर आ गये।

इस प्रकार विचारों से जूझते हुए घर पहुँचकर उसने अपने को थके हारे सैनिक सा थकान से चूर चूर पाया। उसे लगा मानों उसकी वर्दी फट चुकी है,

उसका हृदय घायल हो चुका है और उसकी हिम्मत पस्त हो चुकी है। दूसरे दिन वह कालेज के लिए चला तो उसके पैर अनायास ही प्रेरणा के घर की ओर चलने लगे। उसने जाकर देखा प्रेरणा धूप में बैठी विचारों में गोते लगा रही है। प्रेरणा को देखकर उसके दिल में बसन्त लहरा उठा।

विश्वास को देखकर प्रेरणा के परेशानी भरे चेहरे पर उषाकालीन ताजगी आ जाती है और अनजाने ही उसके हाथ नमस्ते के लिये जुड़ जाते हैं मगर नमस्ते कहना चाहकर भी लज्जावश कह नहीं पाती। विश्वास मधुर मुस्कान बिखेरते हुये उसके नमस्ते का प्रत्युत्तर देता है। प्रेरणा उसकी दिल पर बिजली गिरा देने वाली मनहर मुस्कान देखकर सिहर उठती है।

काफी देर तक मौन छाया रहता है। प्रेरणा के मुख की लालिमा बढ़ती जाती है। यदाकदा कनखियों और पलकों के झरोखों से वह विश्वास को झाँक लेती है।

कुछ देर में मौन भी उनकी बातें सुनने के लिए आतुर हो उठता है। पहले विश्वास ही मौन तोड़ता है-"क्या सोच रही थीं?"

प्रेरणा को पसीना आ गया। मोहक मुस्कान बिखेरती बड़ी मुश्किल से बस इतना ही कह पाई-"कुछ तो नहीं।"

"मुझसे बातें करने में भी क्या आप को परहेज है?" मुस्कुराते हुए विश्वास बोला। प्रेरणा कुछ न कह सकी बस उसकी ओर देखने लगी। उस दृष्टि से छलकते हुये प्रेम ने विश्वास के अन्तर में जैसे फुलवारी खिला दी। विश्वास ने साहस बटोरते मनुहार करते कहा-"लीजिये यह पुस्तक ज्ञान भैया को दे दीजियेगा, उन्होंने पढ़ने के लिये मँगाया था।" यह कहते हुये उसने पुस्तक उसके पास रख दी। कौतूहलवश प्रेरणा उसको उठाकर पलटने लगी। उसके अन्दर प्रेमपत्र देखकर वह चौंक उठी और उसका दिल जोरों से धड़कने लगा। यकायक उसके मुँह से निकल गया-"मैं ऐसी नहीं, आप मुझे गलत समझ रहे हैं।" यह कहते हुये पुस्तऊ छोड़कर वह भीतर भाग गई। विश्वास को काटो तो खून नहीं। जैसे वह स्वर्ग से धकेल दिया गया हो। उसके सपने चूर हो गये थे। जिन्दगी में पहली बार उसका ऐसा अपमान हुआ था। वह क्रोध से पागल हो मन ही मन संकल्प करता है-'अब आज से मैं न उसका मुँह देखूँगा और न उसको दिखाऊँगा। हुँह, इसी की याद ने मेरी नींद हराम कर दी थी! मेरा चैन छीन लिया था!!'

यह सोचते हुए पुस्तक उठाकर वह चल देता है।

उधर प्रेरणा की विचित्र हालत हो रही थी। वह वहाँ से भाग तो आई मगर अपने बर्ताव पर उसे बहुत खेद और पछतावा हो रहा था। वह सोच रही थी-'ओह, मुझसे न बना, विश्वास पर इसका क्या प्रभाव पड़ा होगा? वह मुझे इतना चाहते हैं, मैं भी चाहती हूँ तो यह दुराव-छिपाव ढोंग कैसा?'

यह सब सोचकर वह बेचैन हो उठी और उसकी आँखें छलछला आईं। उसके मन में आया कि चलकर माफी माँग ले मगर लज्जावश ऐसा साहस न बटोर सकी। यह सोचते हुये अपने को कोसने लगी कि 'बीती बात, बीता समय हाथ नहीं आते।'

वह समाज की कुरीति, मनमानी और अन्धविश्वास पर हाथ मलती आँसू बहाती रही जिसने उसे कहीं का न छोड़ा था।

9

सुबह के सात बज रहे थे। विश्वास दूर तक टहल कर तथा नित्य नियम से निवृत्त होकर लौट रहा था। उसकी आँखें सामने पड़ीं तो वह ठिठक गया। सोनपरी सी प्रेरणा दर्जी के दरवाजे प्रेम बरसाती आँखों से टकटकी लगाये उसकी ओर देख रही थी। उसकी आँखों से बरसते प्रेम तथा उसके भोले मनहर मुखड़े ने विश्वास के मन में उथल-पुथल मचा दी जिससे उसका पाँच-छः दिनों से चला आने वाला संकल्प लड़खड़ा गया। मगर दूसरे ही क्षण उसने दिल पर पत्थर रखते हुए नजरें फेर लीं और घर की ओर बढ़ गया।

विश्वास की ऐसी हृदय हीनता पर प्रेरणा की आँखें डबडबा आईं। वह मनमारे कपड़े लेने अन्दर चली गई।

थोड़ी देर में विश्वास उधर से ही यमुना स्नान के लिये निकला। उसकी आँखें बरबस उधर को उठ गईं और प्रेरणा को न पाकर बेचैन हो उठीं। उसके पैर मन-मन के हो गये, उठाये ही नहीं उठ रहे थे।

आज उसने उछलते-कूदते, हँसते-तैरते, धमाचौकड़ी मचाते लड़कों की ओर मुँह फेरकर भी नहीं देखा। चुपचाप दो-चार गोते लगाकर निकल ही रहा था कि एक लड़के ने कहा- "विश्वास, आज तो बहुत जल्दी नहा चुके? क्या तैरोगे नहीं?"

"नहीं, आज तबियत ठीक नहीं है।"

"इस समय तबियत ढीली रहती है? क्या बात है?"

शरारत से मुस्कुराते हुये उसे देखकर विश्वास झुंझलाते हुये बोला- "कोउ मरै कोउ मौजै मारै। तुम्हें तो हमेशा बस मजाक ही सूझता है।"

उस लड़के ने मुस्कुराते हुये कहा- "कौन सा विपत्ति का पहाड़ टूट पड़ा, जरा हम भी तो जाने?" इतने में और लड़के इकट्ठे हो गये थे। एक ने चुहल करते कहा-

"विश्वास, भला हम लोग किस दिन के लिए हैं-'जहाँ पसीना तुम्हरो गिरिहै, हमरो बही रक्त की धार।"

विश्वास मुस्कुराते हुये निकलकर कपड़े पहन कर चल देता है। द्वार पर

पहुँच कर उसके कदम ठिठक जाते हैं। प्रेरणा को घर से निकलते देखकर वह ठगा सा ठिठक गया। उस मनमोहक मुस्कराती कली के मनहर मुखड़े को देख उसके उदास चेहरे पर बसन्त लहरा उठता है। उसने प्रेरणा के नमस्ते का प्रत्युत्तर देकर नजरें झुका लीं।

प्रेरणा कहना चाहती थी कि 'क्या आग लगाकर ऐसे ही तमाशा देखना चाहिये कि फिर दर्शन ही दुर्लभ हो जाँय और राह देखते-देखते आँखें पथरा जायें? अगर पेड़ा दिखाकर पत्थर ही मारना था तो किस बूते पर दिल लगाया था?' मगर कह न सकी। किसी प्रकार साहस बटोर कर कातर नजरों से उसकी ओर देखते हुये बस इतना ही कह पाई-"क्या उधर की राह ही भूल गये?"

विश्वास के कुछ न बोलने पर थोड़ी देर बाद प्रेरणा ने विनीत स्वर में मधु घोलते मनुहारते कहा-" उस दिन की गलती के लिये मैं क्षमा चाहती हूँ। क्या आप मुझे क्षमा न करेंगे?" यह कहते हुए उसने अपनी डबडबाई आँखें फेर लीं जिससे विश्वास उन्हें देख न लें।

उधर विश्वास पानी-पानी हो रहा था। वह मानों जमीन में गड़ा जा रहा था। उसके गले में मानों नमक के ढेले अटक गये थे, शब्द ही नहीं निकल रहे थे। बड़ी मुश्किल से उसने कहा-"प्रेरणा, भला तुम्हारी क्या गलती थी? माफी तो मुझे माँगनी चाहिये।"

"चलिये अब बहुत शर्मिन्दा न कीजिये। कम से कम दर्शन तो देते रहिये, सभी राह देखते रहते हैं।"

यह कहते प्रेरणा अपने घर को चल पड़ी। विश्वास मंत्रमुग्ध सा खड़ा उसे देखता रहा और वह जब आँख से ओझल हो गई तो एक गहरी साँस लेकर अन्दर चला गया। उसे इस बात पर खीझ आ रही थी कि 'आज मेरे यहाँ प्रेरणा आई और मैं उसका कुछ स्वागत-सत्कार भी न कर सका। 'लोग क्या कहेंगे?' और 'क्या सोचेंगे?' इसी पसोपेश में मुँह में दही जमाये रहा, आदर-सत्कार से बैठा भी न सका, जलपान के लिये पूँछना तो दूर रहा।'

फिर यह सोचकर उसने अपने मन को समझाया-'यहाँ तो उसका ननिहाल है, एक तरह से उसका घर ही है। फिर प्रेरणा परवश समझकर मुझको जरूर क्षमा कर देगी।'

यही सब सोचता, तैयार होकर वह कब कालेज पहुँच गया, जानने ही न पाया।

विश्वास अपने मित्र विवेक से कुछ छिपा नहीं सकता था। छिपा कैसे सकता जब दोनों एक प्राण दो शरीर हो रहे थे। उसने विवेक से प्रेरणा के सम्बन्ध में सब बताया। प्रेरणा में ऐसी अनुरक्ति देखकर विवेक ने उसे सब तरह से ऊँचा-नीचा और आगा-पीछा समझाते हुये कहा- "विश्वास, मैं मानता हूँ कि प्रेरणा के प्रति तुम्हारा प्रेम पवित्र है। फिर भी तुम लोग किसका किसका मुँह बन्द करते

फिरोगे? यह समाज आँख मूँदे सब चुपचाप देखता रहेगा और तुम इसकी बनाई लकीर पर लकीर के फकीर बने नहीं चलोगे? अगर इतना दुस्साहस करोगे तो इसकी बेड़ियाँ और सख्त हो जावेंगी। तुम्हें नाकों चने चबाने पड़ेंगे। पग-पग पर फौलादी दीवारों से टकराना पड़ेगा। सुख-चैन की रोटियाँ खाने के लिये तरसते फिरोगे। फिर बाल विवाह की बेड़ियों में तुम दोनों तो पहिले से ही जकड़े हुये हो।"

थोड़ी देर सोचकर विवेक फिर बोला-"मेरे मित्र, मैं समझता हूँ कि अब बात बहुत बढ़ चुकी है। फिर भी एक मित्र के नाते मैं यही कहूँगा कि सुनहले भविष्य को दाँव पर लगाकर ऐसे प्रेम के पचड़े में पड़कर अपने को निन्यानबे के चक्कर में पड़ने से बचावें। १३ से २० वर्ष की तूफानी अवस्था ही बनने या बिगड़ने की अवस्था होती है।

परनारी परपुरुष की प्रीत दुःखद ही होय।
तन-मन-धन कीरति हरै जीवन बीतत रोय।।"

विश्वास के मन में अन्तर्द्वन्द छिड़ा हुआ था। विवेक के शब्दों को भी मौन ने पी लिया। दोनों की जबान बन्द थी मगर दोनों के दिलों में तूफान उठ रहा था। दोनों एक दूसरे की विवशताओं को पी जाने को प्यासे हो रहे थे।

छुट्टी की घंटी बजते ही कालेज में ज्वार सा आ गया। हर एक रास्ते पर घोसलों की ओर उड़ते सन्ध्या कालीन स्वच्छन्द पक्षियों की भाँति छात्रों का झुंड का झुंड चहकता हुआ चला जा रहा था। मगर विश्वास विचारों में डूबा पथ-भ्रान्त पथिक की भाँति अकेले डग भरता बढ़ा जा रहा था।

उसके मन में महाभारत छिड़ा हुआ था। विवेक की बातें उसके कानों में गूँज रही थीं। उसका तन-मन थकान से चूर-चूर हो रहा था। काफी आगा- पीछा सोचने के बाद भी वह किंकर्त्तव्यविमूढ़ हो रहा था।

वह सोच रहा था- **'मन में रहै जो ताहि दीजिये बिसारि,**
मनै आपै बसै जामैं ताहि कैसे कै बिसारिये?'

जो तन-मन प्राणों में छा गई है, जिसे हृदय की गहराइयों से प्रेम करता हूँ, क्या उस उर्वशी को भुलाया जा सकता है?'

जब वह कल्पनाक्षेत्र के नजदीक पहुँचा तो सुहानी सन्ध्या सुन्दरी की भाँति लालिमा लिपटी रूप की रानी प्रेरणा लजीली मोहक मृदु मुस्कान से होंठों को रचाये, नेत्रों में प्यार का काजल लगाये द्वार पर नमस्ते करती दिखाई पड़ी।

ऐसी मनःस्थिति में सुरुचि स्वागत से उसका दिल बाग-बाग हो गया। जरा रुक कर सुस्ता लेने से वह अपने आपको न रोक सका।

दोनों के इस मिलन पर दिशायें प्रफुल्ल थीं। पक्षी मंगलगीत गा रहे थे।

* * *

सुबह प्रेरणा पढ़ने न जाकर मटर की फलियाँ तोड़ने के बहाने किसी का

रास्ता देख रही थी। धीरे-धीरे जन समूह निकलता रहा मगर उसकी प्यासी आँखें उससे विरक्त किसी की राह देखती रहीं। धीरे-धीरे रास्ते में आई बाढ़ भी बढ़ा गई मगर उसकी बेचैन आँखें किसी की बाट जोहती ही रहीं। जैसे-जैसे रास्ते की बाढ़ घटती गई उसकी बेचैनी दूनी-चौगुनी बढ़ती गई। अन्त में खीझती हुई ठगी सी रास्ते की ओर ताकती हुई वह इस आशा से घर की ओर चली कि शायद वह दूसरे रास्ते से घर आ गये हों। परन्तु वहाँ भी उसे निराशा ही हाथ लगी। मगर आशा के सुन्दर सुखद संगीत से भला कौन मुख मोड़ना चाहता है? वह फिर उस रास्ते की ओर बेकरारी से पलकें बिछाये बाट जोहने लगी।

सहसा वह चौंक उठी। किसी ने पीछे से उसकी आँखें बन्द कर ली थीं। उसे नस-नस में बिजली सी दौड़ती महसूस हुई। अचकचा कर हाथ हटाते हुये विश्वास की मोहक मुस्कान देखकर वह पानी-पानी हो लज्जा से जमीन में गड़ सी गई।

"क्या देख रही थीं?"

मानों सेंध पर चोर रँगे हाथों पकड़ा गया हो। जमीन में नजर गड़ाये वह शर्मीली बोली-"कुछ तो नहीं।"

"भेदिये से भेद नहीं छिपता।" मुस्कुराती नजरों से देखते हुये विश्वास ने कहा। प्रेरणा ने बात टालना चाहा। मनहर मुस्कान बिखेरते हुए बोली- "आज तो देरी से कालेज जाना हो रहा है?"

"हाँ, कुछ देरी हो गई है।"

"अगर ऐसे ही देरी होने लगी तो फिर पढ़ाई हो चुकी।" मुस्कुराते हुये प्रेरणा बोली।

"लेकिन इसकी गलती मेरे ही सिर नहीं मढ़ी जा सकती।" मुस्कुराते हुये विश्वास बोला।

घड़कते दिल से प्रेरणा बोली- "और फिर किसके सिर मढ़ी जा सकती है?"

"क्या यह भी बताना पड़ेगा?" मुस्कुराते हुये विश्वास ने कहा।

यह सुनते ही प्रेरणा छुईमुई हो गई। उसके गुलाबी गालों पर इन्द्रधनुष बनने-बिगड़ने लगा। थोड़ी देर बाद मधु घोलती सी बोली-"और क्या यही तो मिलेगा ही? होम करते हाथ जलते हैं?"

यह कहकर प्रेरणा विश्वास की ओर हसरत भरी आँखों से देखती हुई बोली-"यह कौन सा ग्रन्थ है?"

"यह विश्व के महान उपन्यासकार का विश्वविख्यात उपन्यास है। देखो, कैसी अद्भुत रचना है।"

"अभी नहीं, फिर कभी फुरसत में।" यह कहते हुये उसका दिल घड़कने लगा। वह टालटूल करती रही लेकिन विश्वास वह पुस्तक उसके पास रखकर

नौ-दो ग्यारह हो गया।

प्रेरणा ने पुस्तक उठाकर देखा तो देखती रह गई। जिसकी शंका उसके मन में उठ रही थी वही उसके सामने आई। उसमें विश्वास का सुगन्धित सुनहला प्रेमपत्र देखकर उसकी धमनियों में रक्त तेजी से दौड़ने लगा। पहले तो उसने उस पत्र को फाड़ना चाहा परन्तु ऐसा न कर सकी। दूसरे ही क्षण उसकी आँखें उसके शब्दों को पी रही थीं। उनकी प्यास बढ़ती गई और प्यासी आँखें उन शब्दों को पीती गईं, पीती गई। कैसी अनोखी प्यास थी।

प्रेरणा विचारों में ऐसे खोई थी कि उसकी प्यारी सखी साधना कब उसके पास आ गई वह जानने ही न पाई। साधना ने पूछा-"प्रेरणा किस सोच में खोई हो?"

प्रेरणा ने सँभलकर मुस्कुराने की कोशिश करते हुए कहा-"नहीं बहिन, भला मुझे सोच किस बात का होगा?"

साधना-"चलो, इतनी मूर्ख नहीं कि इतना भी नहीं समझती?"

प्रेरणा-"नहीं बहिन, मैं सच कहती हूँ क्या झूठ बोलने से कुछ मिल जायेगा?"

साधना-"बलिहारी बहिन! एक तू ही तो चतुर है और तो सब भोंदू ही हैं?"

प्रेरणा-"अच्छा तुम्हीं बताओ, कभी कोई बात तुमसे छिपाया है?

साधना-"चल, मैं समझ गई, मुँह देखे की मुहब्बत है, नहीं तो क्यों छिपाती?"

प्रेरणा-"साधना, यह तेरा झूठा सन्देह है।"

साधना-"मुझसे क्यों इतना उड़ती है? क्या मैं तेरा भेद किसी से कह दूँगी?"

प्रेरणा-"भगवान न करे कि किसी को किसी बात का संदेह हो नहीं तो फिर कठिनता से मिटता है।"

साधना-अच्छा सौगन्ध खा।"

प्रेरणा- "तेरी सौगन्ध।"

साधना-"मेरी सौगन्ध? चल चाहे तू जितनी चाल चले तेरा छल-छन्द मुझसे नहीं चलेगा। मुखड़ा दिल का दर्पण होता है। तेरा मुखड़ा बताये दे रहा है कि तू कुछ सोचा करती है।"

प्रेरणा- "मेरा मुखड़ा क्या बताये दे रहा है?"

साधना-"यही कि तू किसी की प्रीत में फैसी है?"

प्रेरणा- "बलिहारी बहिन। अच्छा कलंक दिया। कुछ भगवान से भी डर।"

साधना- "तू ही भगवान से कितना डरती है जो शरासर झूठ बोलती जा रही है-

'नहि असत्य सम पातक पुंजा। गिरि सम होंहि कि कोटिक गुंजा।।'

'धरम न दूसर सत्य समाना। आगम निगम पुरान बखाना।।'

'साँच बराबर तप नहीं झूठ बराबर पाप।

जाके हिरदय साँच है ताके हिरदय आप।।'

भगवान ने मुझे भी आँखें दी हैं। मैं कुछ ईंट-पत्थर की नहीं बनी। अब क्या मैं इतना भी नहीं समझती?"

प्रेरणा-"तुझे ईंट-पत्थर की तो मैं बना नहीं रही, फिर क्यों हाथ धोकर मेरे पीछे पड़ गई है? इससे पहिले कहीं भिड़ चुकी है क्या, जो तेरी जीभ कतरनी की तरह चल रही है?"

साधना-"मेरी रानी, मुझ पर क्यों लाल-पीली हुई जा रही हो? ये निगोड़ी आँखें इतनी बुरी हैं कि किसी से लगने पर छिपाये नहीं छिपतीं।"

प्रेरणा-"चल अब तू ही तो एक हरिश्चन्द की नातिनों में पहेली बुझाने के लिये बची है, जो ऐसे परपंच फैला रही है।"

साधना-(खिसियाई होकर हाथ जोड़ते हुये) "धन्य है! तू दण्डवत करने योग्य है, चल मैं अब तुझसे कुछ न पूँछा करूँगी।"

साधना रूठ कर जाना चाहती है। प्रेरणा उसका हाथ पकड़कर रोकती है। साधना हाथ छुड़ाते हुये कहती है-"नहीं, मुझे जाने दो। मेरा मन ही नहीं मानता नहीं तो मैं मुँह फेर कर भी न देखूँ।"

मनुहारते हुये प्रेरणा बोली" बहिन, ऐसी बात मुँह से मत निकाल. अगर तू भी रूठ जायेगी तो मेरा क्या होगा? भला कौन बात है जो तुझसे छिपी हो, फिर ऐसे पूँछने को तो मुँह चिढ़ाना ही कहते हैं।"

साधना-"प्रेरणा, हठ करने से हठ होता है, नहीं तो क्या मैं जानती नहीं? मैं तो उनके ऐसे आने-जाने से ही समझ गई थी कि जो ईट-पत्थर कीहोगी वही चाहे बची रहे नहीं तो उस मनमोहन पर भला कौन लड्डू होने से बची रहेगी? ये निगोड़े नैन जिस पर रीझते हैं, उसे भुलाये नहीं भूलते। फिर क्या वह भुलाने योग्य हैं?"

थोड़ी देर चुप रहने के बाद उसने फिर कहा-"मगर बहिन,

विवाह बन्धन की अपनी कीमत है, वह है सम्बन्ध पुनीता।

लक्ष्मण-रेखा पार तो धोखा खाती है हर सीता।।

ऐसा प्रेम निभाना लोहे के चने चबाना है। लोकलाज की हथकड़ी और समाज की बेड़ियों को तोड़ना और जान जोखिम में डालना कोई हँसी-खेल नहीं है। पग-पग पर पत्थर, पहाड़ पड़ते हैं। इससे मैं तो यही कहूँगी कि तू इस झमेले में पड़कर जानबूझ कर दुख न मोल ले।"

यह सब सुनकर प्रेरणा की आँखें भर आईं जिन्हें छिपाने के लिये मुँह फेर

कर उसने आँचल से पोंछ लिया। वह सोच रही थी कि 'जो तन-मन प्राणों में छा गया है, दिल की गहराइयों में समा गया है, उसे कैसे भुलाया जा सकता है? लगी है लगी, यह दिल की लगी, न समझो इसे दिल्लगी।'

इतने में कल्पना सखियों सहित दूध में मक्खी के समान कूद पड़ी जिससे साधना को भी चुप साधना पड़ा।

* * *

दो दिन से विश्वास की राह देखते-देखते प्रेरणा की आँखें थक गई थीं और आज तीसरे दिन भी बेचैन छलछलाई आँखों से राह देखते हुए पाँच बज गये मगर उसके दर्शन दुर्लभ हो गये। वह सोच रही थी, 'जरा आ जायँ तो ऐसी खबर लूँगी कि तबियत हरी हो जायेगी। जनाब को आटा-दाल का भाव मालूम हो जायेगा। भला यह भी कोई भलमंसी है कि आग लगाकर तमाशा देखे? इंतजारी में बिठाकर फिर झाँकने न आवे?'

"नमस्ते!"

प्रेरणा चौंक उठी। सामने विश्वास को मुस्कुराते देखकर उसका सारा क्रोध काफूर हो गया। उसका कुम्हलाया मुख कमल खिल उठा। उसका मन मयूर खुशी में नाच उठा।

कामना प्रेम पूर्वक विश्वास को बिठलाते हुये बोली-"तुम तो कई दिनों से दिखलाई ही नहीं पड़े, क्या कहीं चले गये थे?"

"हाँ काफी दिनों से गाँव नहीं जा सका था, इससे अवकाश में दो दिन के लिए चला गया था।"

"क्या गाँव में कोई जरूरी काम था?" नव प्रस्फुटित कली की तरह मोहक मुँह खोलते हुये प्रेरणा ने पूँछा।

"काफी दिनों से गाँव न जाने से माँ ने बुलवा भेजा था, इससे जाना पड़ा।" मुस्कुराते हुये विश्वास ने कहा।

"अच्छा किया हो आये, माता-पिता का मन रखना अच्छे लड़कों का काम है--

'चारि पदारथ करतल ताके। प्रिय पितु मातु प्रान सम जाके।।'

'माता-पिता की सेवा करे जो, चार धाम तीरथ फल पाये।

जो आशीष वे दिल से दें, भगवान से भी टाली न जाये।।"

यह कहते हुये कामना विश्वास के जलपान व्यवस्था में जुट गई। प्रेरणा विश्वास के पास आकर शरारत भरी चुभीली चितवन में मनहर मुस्कान बिखेरते बोली-"लीजिये यह अपनी अमानत, सचमुच बड़ी अद्भुत रचना है।"

"बहुत जल्दी पढ़ ली, क्या अखण्ड परायण चल रहा था?"

"ऐसी रचना का अखण्ड परायण तो चलता ही है।" यह कहते-कहते प्रेरणा के गोरे गुलाबी लावण्यमयी मुखड़े पर उषा सी मोहक लाज की लालिमा दौड़ गई और वह छैल छबीली फूलों सा परिमल छिटकाती मस्त- अलमस्त संगीत भरी चाल से अन्तर्ध्यान हो गई। विश्वास ठगा सा देखता सोच रहा था-

'लाजन लपेटी चितवन भेद-भाय भरी,
लसति ललित लोल चख तिरछानि में।
छबि को सदन गोरो भाल बदन रुचिर,
रस निचुरत मीठी मंजु मुस्कानि में।
दसन-दमक फैलि हिये मोती माल होति,
प्रिय सो लड़कि प्रेम-पगी बतरानि में।
आनन्द की निधि जगमगति छबीली बाल,
अंगनि अनंग-रंग ढुरि मुरि जान में।।'

कौतूहलवश विश्वास ने पुस्तक खोला तो उसमें प्रेरणा का सुगन्धित सुनहला प्रेमपत्र पाकर उसका दिल खुशी से बाँसों उछलने लगा। उसकी खुशी का कोई ठिकाना न रहा। इतने में कामना जलपान लेकर आ गई। विश्वास ने प्रेरणा को भी हाथ बँटाने का निमंत्रण दिया। परन्तु दाने-दाने पर लिखा है खाने वाले का नाम, बिना भाग्य के परोसी थाली भी नसीब नहीं होती। मिठाइयाँ देखकर तो प्रेरणा के मुँह में भी पानी भर आया होगा मगर शर्म और शील-संकोच ने सब गुड़ गोबर कर दिया। बिल्ली के भाग्य से छींका टूटा, विश्वास अकेले ही हाथ साफ करने लगा।

उसका दिल प्रेरणा का पत्र पढ़ने के लिये बेचैन हो रहा था। जल्दी- जल्दी मिठाइयों को ठिकाने लगाकर, दूसरे दिन आने के वादे से पिंड छुड़ाते हुये वह रूमानी ख्वाबों में खोया चला जा रहा था। प्रसन्नता से उसके पैर जमीन में नहीं पड़ रहे थे। वह खुशी से फूला नहीं समा रहा था। ऐसे लगता था मानों वह पूरी दुनिया की बादशाहत पा गया हो। घर पहुँचते ही उसकी आँखें पत्र की पंक्तियों में जम गईं-

"परम प्रिय हृदयेश,

नमस्ते!

आप जानते ही हैं समाज ने बहुत पहले अबोध अवस्था में ही हमें विवाह-बंधन में जकड़ दिया है। यह सच है कि उस खेलने-कूदने की अवस्था में हमने विवाह को बस खेल से ज्यादा कुछ न समझा था मगर अब पता चला कि वह खेल वैसा खेल न था।

मैं नारी जीवन को त्याग, तपस्या, शील, श्रद्धा तथा साधना का जीवन समझती हूँ। इसी कारण से मैं प्रारम्भ से ही दूर-दूर रहने की कोशिश कर रही

थी। पत्रोत्तर भी नहीं देना चाहती थी कि क्यों आपके प्रगति पथ में बेकार बाधा बनूँ। मगर आपके पत्र में ऐसा जादू था कि मुझे विवश होकर पत्र लिखना पड़ा।

विश्वास, मुझे अपनी आत्मा पर पूरा विश्वास है कि वह कभी भी गलत रास्ते की ओर नहीं प्रेरित करेगी। ईश्वर की ही माया समझनी चाहिये नहीं तो मैं पर पुरुष की तरफ देखना गुनाह समझती हूँ। जब से आप मेरी दुनिया में आये, मेरा संसार ही बदल गया। आत्मा ने आपको इतनी जल्दी अपनाया, मैं कुछ जानने न पाई। कैसे क्या हुआ, मुझे कुछ नहीं मालूम! आप मेरी जिन्दगी में कैसे आये? कहाँ से आये? आपको देखते ही मुझे ऐसे लगा कि आपकी मेरी बहुत पहिले की चीन्ह-पहिचान है!

मैं यह भी मानती हूँ कि मैं कठोर थी। मैंने प्रारम्भ से ही काफी कोशिशें कीं, अपने दिल को हर तरह से समझाया, मन में यहाँ तक संकल्प किये कि अब विश्वास से कोई वास्ता-प्रयोजन नहीं रखूँगी। न तो उनके सामने निकलूँगी और न उनसे बोलूँगी। कभी-कभी किसी प्रकार दो- दो तीन-तीन दिन आपके दर्शनों बिना भी गुजार देती थी मगर जितना ही मैं भुलाने की कोशिशें करती आपकी याद विराट रूप धारण करती जाती थी। रह-रह कर आपकी मोहनी मुस्कुराती मूरत आँखों में झूमने लगती और मुझे ऐसे लगता मानों वह मेरी नादानी पर हँस रही है।

मेरी तो दशा यह थी

'धरम सनेह उभय मति घेरी।
भइ गति साँप-छछूँदर केरी।।'

मगर अन्त में प्रेम की ही जीत होती। आँखें आपकी अगवानी में पलक पाँवड़े बिछा देतीं और मेरी सारी शेखी धूल में मिल जाती। क्या करूँ, दिल है कि मानता नहीं?

तुम्हें इतना भुलाना चाहा, लेकिन भुला न पाये!
जितना भुलाना चाहा, तुम उतने याद आये!!

आँखों के तारे प्राणों से प्यारे मेरे प्रियतम, आपसे प्यारा दुनिया में कुछ नहीं।

सच कहती हूँ आपके प्यार ने मुझे पागल बना दिया है।। मेरे दिल-दिमाग के दर्पण में, मेरे मन मंदिर में बस आपकी ही सलोनी सूरत-सीरत सदैव समाई रहती है। मेरे हृदयेश, मैं कठोर नहीं, मेरी परिस्थितियाँ कठोर हैं। इसके अलावा विद्योपार्जन एक तपस्या है। इसमें अर्जुन की भाँति बस चिड़िया की आँख ही दिखाई देनी चाहिये। समय बर्बाद करने वालों को समय बर्बाद कर देता है, इसलिये मेरी प्रार्थना है कि आप सब भुलाकर एकाग्रचित्त से कर्तव्यपथ पर बढ़ें, अभी आपको बहुत आगे बढ़ना है। बस आपके दर्शन भर मिलते रहें, इतना ही

क्या कम है?

ओह, मैं क्या-क्या लिख गई! क्षमा कीजियेगा।

आपकी- प्रेरणा"

दिन और रात पंख लगाकर अपनी रफ्तार से भागते रहे। वह प्रेम-वेलि दोनों के प्रेम-पीयूष का पान कर पल्लवित पुष्पित हो आकाश में इठलाने लगी। अब हर सुबह-शाम आते-जाते विश्वास की आँखें अपने आप उधर को उठ जातीं। प्रेरणा भी द्वार पर मंत्र-मुग्ध सी खड़ी मिलती। अगर कभी एक दूसरे को न देख पाते तो परहीन पक्षी की तरह तड़पते रहते। इसी तरह ज्यों-ज्यों दिन गुजरते गये, आँखो का मौन सम्भाषण बढ़ता गया और दोनों नजदीक आते गये।

हर सुबह सुन्दर सुहानी सुबह सुन्दरी सी प्रेमपगी प्रेरणा प्रेमभरी आँखों से मुस्कुराती हुई अपने हृदयेश को नई स्फूर्ति नई लगन और नई प्रेरणा देकर बिदा करती और शाम के समय सुहानी सिन्दूरी सन्ध्या सुन्दरी-सी मंजु मुस्कान बिखेरती उसकी सब थकान हर लेती। सुबह-शाम दोनों नित्यनियम से निवृत्त होने और यमुनास्नान के लिये अपने समानान्तर राहों पर नियत समय पर प्रेमरंग में रंगे मंत्रमुग्ध से एक दूसरे की ओर आँखें बिछाये देखते रहते। इस नियमित क्रम में अगर किसी को कुछ देरी हो जाती तो दसरे की आँखें इन्तजारी में बिछी रहतीं। एक-एक पल पहाड़ हो जाता। कितनी ही शिकायतें, शिकवे और उलाहने सोचे जाते, निठुरता पर रोना रोया जाता। मगर एक झलक पाते ही सारा क्रोध काफूर हो जाता और चेहरों पर बसन्त बहार छा जाती। फिर दूर होते ही एक-एक पल कटाये न कटते। घड़ी की सुई चार पर आने में नाज करती, नखरे दिखाती, उन्हें तड़पाने में जैसे उसे विशेष आनन्द आता।

चार बजते ही विश्वास के पर लग जाते और उधर प्रेमपगी प्रेरणा भी चकोरी की भाँति अपने चितचोर के दीदार के लिये किसी न किसी बहाने द्वार पर खड़ी होकर दुनिया की नजरों से नजरें बचाती उसकी राह में प्रेम बरसाती प्यासी नजरें बिछा देती।

आह, कितनी इन्तजारी के बाद ये घड़ियाँ आती थीं!

10

अप्रैल का महीना था। घड़ी की सुई शाम के पाँच बजा रही थी। कितनी उत्सुकता और बेचैनी से दो आँखें इधर-उधर से घूम कर घड़ी की सुइयों में अटक जाती थीं। मगर सुइयाँ अपनी जगह से मानों हटने का नाम ही नहीं ले रही थीं। घण्टे वाली सुई का भला क्या कहना जब सेकण्ड और मिनट वाली सुइयाँ ही आगे बढ़ने में इतने नाज-नखरे दिखा रही थीं। उसकी बेचैनी पर मुँह चिढ़ा रही थीं।

"उफ, कितनी प्रतीक्षा के बाद छः बजे हैं। मगर भैया अब तक खेत से नहीं आये।" यकायक प्रेरणा के मुँह से निकल गया।

थोड़ी देर में बुदबुदाते हुये उसने कहा- "विश्वास छः बजे के लिये ही तो कह गये थे मगर छः तो यहीं बज गये।"

उसकी बेचैन आँखें और अधिक बेचैनी से रास्ते पर दौड़ने लगीं। सहसा ज्ञान को आते देखकर उसकी आँखें प्रसन्नता से खिल उठीं।

"प्रेरणा तुलसी स्मारक में आज कई रंगारंग कार्यक्रम और कवि सम्मेलन है, देखने नहीं चलोगी?" ज्ञान ने आते ही कहा।

"चलना तो आपको नहीं है, मैं तो कब से राह देख रही हूँ। अभी तक आपके न आने से मैं तो सोच रही थी कि आज आप पूरी फसल लाकर ही दम लेंगे।" हँसते हुये प्रेरणा ने कहा।

"अच्छा तो चलना है कि बस बातें ही बनाती रहोगी?" हँसते हुये ज्ञान बोला।

"मैं तो तैयार हूँ मगर बिना सवारी के समय पर नहीं पहुँचा जा सकता।"

"हाँ, अब जमीन में तो पाँव पड़ नहीं सकते, चलोगी तो बस विमान में ही चलोगी।" चिढ़ाते हुये ज्ञान ने कहा।

"मैं तो जल्दी पहुँचने के लिये कह रही थी, नहीं मैं कोई फूल की नहीं बनी, चाहे मुझे आप जब कसौटी पर कस लें।" कुछ चिढ़ती हुई सी प्रेरणा बोली।

"अच्छा तो तैयार होने के लिये कुछ मोहलत दोगी कि बस दिमाग चाटती रहोगी। कार्यक्रम तो आठ बजे से प्रारम्भ होंगे।" कहते हुये वह तैयारी में जुट गया।

सुहानी सिन्दूरी सन्ध्या का समय था। बसन्त की सुरभित-सुखदा समीर बह रही थी। सारे कस्बे में चहल-पहल दीख पड़ती थी। बाजारों में भी विशेष सजावट और रौनक थी। सड़कों पर दोनों तरफ बन्दनवार, बैनर और रंगीन पताकायें खुशी में तालियाँ बजाकर स्वागत कर रही थीं। तुलसी स्मारक तो किसी कवि कल्पना की भाँति अलंकृत हो रहा था। लाउडस्पीकर से सुन्दर सुमधुर 'रामचरित' का पाठ एक अवर्णनीय अलौकिक छटा उत्पन्न कर रहा था। पूरा वातावरण उस संगीत सागर में सराबोर सुहाना प्रतीत हो रहा था।

रामनवमी के सुअवसर पर लगने वाले रामायण मेला की अपनी एक विशेषता थी। अन्य मेलों की सी रौनक के अलावा देश के कोने-कोने से जिज्ञासु पर्यटक, कवि-साहित्यकार तथा साधु-महात्माओं का ताँता लगा हुआ था। स्वयं सेवकों के दल के दल भड़कीली वर्दियों में इधर-उधर दौड़ते नजर आ रहे थे। सैकड़ों दुकानें, कृषि, विकास, विज्ञान, सांस्कृतिक और औद्योगिक प्रदर्शनियाँ दुल्हन सी सजी सँवरी लोगों को अपने रंगारंग आकर्षण से आकर्षित कर रही

थीं। अपने भरपूर चमक-दमक में सजी मिठाइयों की दुकानों को देखकर मुँह में पानी आ जाता था। सरकस, चलचित्र, वीडियो, बी.सी.आर., टी.वी., नाटक, झूले और खेल तमाशे तो आकर्षण के केन्द्र बन रहे थे। तुलसी स्मारक अहाते में, आसपास तम्बुओं का सुन्दर कस्बा सा खड़ा होकर चैत की चित चुराती चाँदनी और बिजली की इन्द्रधनुषी रोशनी में मुस्कुराता हुआ अंगड़ाई ले रहा था। सदर फाटक पर बिजली के बने सूर्य और रंग-बिरंगी विद्युत बल्लरियों, झालरों के प्रकाश में जमीन पर रेंगने वाली चीटियों भी दिखाई देती थीं। तुलसी स्मारक को इन्द्रधनुषी रंग- विरंगी विद्युत बल्लरियों, झालरों और आकर्षक साज सज्जा से विभिन्न तरीकों से नई नवेली दुल्हन की तरह सुरुचिपूर्ण ढंग से सजाया गया था।

भीड़ का समुद्र उमड़ रहा था। मेला के सौन्दर्य-सुरा में मदहोश लोगों के पैर चलते नहीं थक रहे थे। कोई हँसता हँसाता, कोई धक्के लेता-देता आगे बढ़ता जा रहा था। कुछ लोग राजनीतिक, धार्मिक, आर्थिक और सामाजिक समस्याओं पर वाद-विवाद कर रहे थे। कहीं जगह के लिये लोगों में हाथापाई हो रही थी। इस प्रकार लोगों में खासी गर्मी थी।

प्रेरणा की आँखें इस रंगारंग तड़क-भड़क को देखकर भी न देखते हुये विश्वास को खोज रही थीं। उधर विश्वास की तो छ बजे से ही यही हालत थी। उसके पैर तो किसी प्रकार मित्र विवेक का साथ भी दे रहे थे मगर मन की खिचड़ी तो अलग ही पक रही थी। अचानक आँखें चार होते ही दोनों ऐसे खिल उठे जैसे मृतक को प्राण मिल गये हों।

"अहा, विश्वास बाबू आप तो गूलर के फूल हो गये।" आगे बढ़कर हाथ मिलाते मुस्कुराते हुये ज्ञान ने कहा।

"उल्टा चोर कोतवाल को डाँटे? भला आपके दर्शन तो हुये, नहीं तो कथा प्रवचन के धन्धे से आपको फुरसत ही कहाँ मिलती है? धर्म भी धन्धा हो गया है।" हँसते हुये विश्वास ने उत्तर दिया।

"वाह, कथा प्रवचन और धन्धा! कहाँ राजा राम कहाँ गिरगिटिया नेतागीरी! आप तो वही हाल करते हैं कि बिच्छू का मंत्र न जाने साँप के बिल में हाथ डाले। अगर आप यह जानते होते तो हम लोगों की बड़ाई करते न थकते कि हम लोग कथा प्रवचनों से धर्म, संप्रदाय और जाति की सोई हुई चिनगारियों को जगाने के साथ लोगों को धर्माधर्म का ज्ञान कराते हैं और दिन- रात पाप कर्मों से हाथ रंगने वाले न जाने कितने नर पिशाचों का उद्धार करते हैं, नहीं तो यह धरती पाप में डूब कर कब की रसातल को चली गई होती।" यह सुनकर विवेक से न रहा गया। मुस्कुराते हुये बोला-

"पर उपदेश कुशल बहुतेरे। जे आचरहिं ते नर न घनेरे।।'
वही श्रेष्ठ उपदेश लिये जो साथ आचरण बल है।
केवल वचन-विलास अन्यथा शब्द जाल है छल है।।"

विश्वास ने शायद हँसाई में ही ऐसा कहा होगा मगर चोर की दाढ़ी में तिनका। आपको यह भी मालुम होना चाहिये कि आप लोगों ने ही स्वर्ग और मोक्ष के बीमे की गारंटी देकर पाप में डूबे रहने वालों को, गरीबों और विवशों का खून चूसने वालों को पाप करने और खून चूसने की और खुली छूट दे दी है। क्योंकि आप ही लोगों ने उन्हें बताया है कि मन्दिरों, मस्जिदों, गिरजाघरों, गुरुद्वारों में जाने से, संगमस्नान करने, कथा-पुराण आदि धर्मग्रन्थों के सुनने तथा दान-दक्षिणा देने, नमाज, रोजा, हज आदि करने से पाप काफूर हो जाते हैं। किन्तु 'आचारहीनं न पुनन्ति वेदाः' (आचरणहीन को वेद भी पवित्र नहीं करते हैं।)

अवश्यमेव हि भोक्तव्यं कृतं कर्म शुभाशुभम्।
शुभाशुभश्च यत्कर्म बिना भोगान्न तच्छयः।।

मानव इतिहास आप लोगों की यह बड़ाई करते नहीं थकेगा कि आप लोगों ने मानव जाति को झूठे दम्भ का जाम पिलाकर हिन्दू, मुसलमान, ईसाई आदि दीवारों द्वारा ही बाँट कर चैन नहीं लिया बल्कि उनको जातियों- उपजातियों आदि की अनेकों छोटी-छोटी काल कोठरियों में कैद करके उनमें मानव-मानव से, भाई-भाई से घृणा, नफरत के बीज बोये हैं जिससे कि आज वे कटघरे में बन्द भूखें भेड़ियें से हो रहे हैं। लेकिन आपको मालुम होना चाहिये कि यह पाप का घड़ा भरने ही वाला है।

न अन्तरिक्षे, न समुद्र मध्ये न पर्वतानां विवरं प्रविश्य।
न स्थितो स जगती प्रदेशे यत्रस्थितो मुच्यते पापकर्मा।।
पापी का तीरथ हज गंगा स्नान, मिटा न सकता कर्म विधान।।

'मन की कोठरिया साफ नहीं तो गंगा नहाये से का होई' गंगा मइया भला कब तक पापियों का पाप अपने आँचल में भर सकेंगी? संगम, मन्दिर-मस्जिद, गिरजे, गुरुद्वारे, हज और तीरथ-व्रत भला कब तक पापियों के पाप हरते तथा पुण्य लुटाते रहेंगे? पापियों के पाप पचाते-पचाते उनकी पाचन शक्ति भला कब तक जबाब न देगी और बगुलाभगत धर्म के ठेकेदार भेंड़ की खाल में छिपे भेड़िये भला कब तक समाज की आँखों में धूल झोंककर अपनी यह दुकान चलाते रहेंगे! अब वे दिन दूर नहीं जब इन रंगे सियारों को मुँह छिपाने के लिए चुल्लू भर पानी में डूबने के लिए जगह नहीं मिलेगी।

न मन्दिर में न मस्जिद में न गिरजे के आस-पास में।
खोज ले भगवान मिलेंगे दीन जनों के भूख-प्यास में।।"

"आप तो धर्म के पीछे खार खाये लाठी लिए फिर रहे हैं, नहीं तो क्या जो लोग मन्दिरों, मस्जिदों, गिरजाघरों, गुरुद्वारों और तीर्थों में जाते हैं, धार्मिक ग्रन्थों को सुनते-सुनाते हैं, दान-दक्षिणा देते और धर्माधर्म विचार कर फूँक-फूँक कर पाँव रखते हैं, उन्हें पागल कुत्ते ने काट खाया है? ईश्वर-कीर्तन, श्रवण और दर्शन

पाप है? अगर नहीं, तो आपका ऐसा कहना उल्टी गंगा बहाना नहीं तो क्या है?"

"उल्टी गंगा तो आप बहा रहे हैं। आप ही बताइये, धर्म का काम संसार में मेल और एकता पैदा करना, मानवता का संरक्षण करना है कि मुख में राम बगल में छूरी रखने की शिक्षा देना है। यहाँ धर्म ने विभिन्नता और द्वेष उत्पन्न कर दिया है। मैं धार्मिक स्थानों और धर्म ग्रन्थों का विरोधी नहीं मगर आज मन्दिर-मस्जिद, चर्च-गिरजाघर, गुरुद्वारे आदि, धर्मग्रन्थों की साम्प्रदायिक व्याख्यायें, साम्प्रदायिकता, नफरत और विघटन का जहर घोल रहे हैं! मैं चोरी करूँ, ठगी, जालसाजी करूँ, डाका डालूँ, खून करूँ, बेईमानी, रिश्वतखोरी, कमीशनखोरी, भ्रष्टाचार करूँ, चार सौ बीसी करूँ, सत्य और न्याय का गला घोंटूं साथ ही दान-दक्षिणा, तीरथ- व्रत, पूजा-पाठ, अनुष्ठान भी करूँ तो मैं अधर्मी नहीं और अगर किसी अछूत भाई के हाथ से पानी पी लूँ, रूढ़ियों, कुरीतियों, कुप्रथाओं, आडम्बरों, अंधविश्वासों पर आँख मूँद कर न चलूँ तो धर्म छुमन्तर हो जावेगा और मैं अधर्मी हो जाऊँगा! आत्मा परमात्मा को भी धर्म ने बाँध रखा है! आत्मा परमात्मा के सम्बन्ध में भी धर्म अपनी टाँगें अड़ाने से बाज नहीं आता!! अच्छा धर्म है! मुँह में राम बगल में छूरी, यह धर्म नहीं पाखण्ड है-

कथनी करनी भिन्न जहाँ है। धर्म नहीं, पाखण्ड वहाँ है।।

वही धन्य वही धार्मिक नर। त्यागे लोभ स्वार्थ आडम्बर।।

कथनी मीठी खाँड़सी, करनी विष की लोय-क्या धर्म में यह लिखा है कि स्वार्थ, लोभ लालच में पड़कर मिलावट का जहर घोलो, दूध में पानी, घी में डालडा, डालडा और घी में चर्बी तक मिलाकर बेंचो! रिश्वत के लिए मुँह फैलाओ, गरीबों और बेबसों का जोंक बनकर खून चूसो, आँखों में धूल झोंको और जो तुमसे बलवान पहुंच वाले हैं, तीन तूफान, छल-छंद, झूठ- फरेब, तंत्र-मंत्र, झाड़-फूँक जानते हैं उनके जूते टारो और उनके चरण धो- धोकर पियो! इतना ही नहीं अपने स्वार्थ एवं अहं का उल्लू सीधा करने के लिए महापुरुषों और सद्ग्रन्थों की पवित्र भावनाओं को तोड़ने-मरोड़ने में न झिझको! अपनी करनी पार उतरनी-अगर आपके धर्म में यह लिखा है तो करो, ऐसा धर्म आपको ही मुबारक हो। हमारे शास्त्रों में, हमारे धर्म में तो यह लिखा है कि भगवान समदर्शी हैं, पतित पावन हैं, परमपिता हैं, उनकी दृष्टि में न कोई छोटा है न बड़ा, न कोई छूत है और न कोई अछूत। उनका दरवाजा सबके लिए खुला है, वे दीनबन्धु हैं—

ईश्वर को सत्कार्य पसन्द। नहीं चापलूसी छल-छन्द।।

कर्म अगर अच्छा है तो किस्मत तो है उसकी दासी।

मन अगर साफ है तो क्या काबा क्या काशी??

'धार्यते जनैरिति धर्मः' मनुष्यों द्वारा जिसे आचरण में लाया जाये

वही धर्म है अर्थात् सदाचरण (सत्कर्म) ही धर्म है-

सदाचरण ही धर्म है, सदाचरण ही अनुष्ठान व्रत धाम पूजा।
सदाचरण बिना व्यर्थ सब अनुष्ठान व्रत धाम पूजा।।

मुस्कुराते हुए विवेक फिर बोला-

"अंध परम्परा आडम्बर दम्भ दहेज। मृतक भोज से करें परहेज।।"
न दें कभी कोई ऐसा भोज। कल ही पड़े अन्न की खोज।।
पशुबलि झाड़-फूंक जंजाल। इनसे बचे वही खुशहाल।।"

बात को तूल पकड़ते देखकर विश्वास बात बदलने के उद्देश्य से बोला-"अरे यार जहाँ जम गये तहाँ जम गये। क्या शास्त्रार्थ करने के लिए ही कमर कस कर आये थे? कुछ और देखना-सुनना है कि बस बाल की खाल ही निकालते रहोगे? जरा सामने तो देखो परिवार नियोजन शिविर में कितनी तड़क-भड़क और भीड़-भाड़ है। हम लोगों को भी चलकर उसकी कुछ जानकारी करनी चाहिये।"

विश्वास की बात ने काम किया। विचारों ने पलटा खाया। ज्ञान बोला-"हाँ, बात तो ठीक कह रहे हो, एक सुन्दर स्वस्थ सुखी सुव्यवस्थित सुरक्षित समाज, राष्ट्र और परिवार के लिये परिवार नियोजन की जानकारी हासिल करना जरूरी है। इसके अलावा 'हम दो हमारे दो' की जगह चार बीबी चालिस बच्चों की रफ्तार से जनसंख्या जेहाद और जनसंख्या विस्फोट से दिन दूनी रात चौगुनी बढ़ती हुई आबादी के कारण जो आवास, अशिक्षा, आवागमन, आपाधापी, बेरोजगारी, महंगाई, खाद्य आदि की समस्यायें सुरसा के समान मुँह फैलाकर खड़ी हो गई हैं, उनके सामने परिवार नियोजन ऐसे अमोघ अस्त्रों द्वारा ही पार पाया जा सकता है अन्यथा उनसे लोहा लेना कोई हँसी-खेल नहीं है-

शादी तो बस चाहिये सबकी केवल एक।
सौतन तो किसी को भी नहीं चाहिये एक।।"

विश्वास बोला-"इसका मतलब एक स्वस्थ सुखी सुरक्षित सन्तुलित समाज के लिये परिवार नियोजन का प्रचार-प्रसार आवश्यक है?"

विवेक ने कहा- "आवश्यक ही नहीं, अति आवश्यक है-

दो बच्चों का लक्ष्य महान। लड़का-लड़की एक समान।।
घर-घर में खुशहाली लाओ। बेटी बचाओ, बेटी पढ़ाओ।।

शायद हर समझदार माता-पिता सौ सियारों के बदले एक सिंह या शेरनी कन्यारत्न पैदा करना और उनका समुचित विकास करना अधिक पसन्द करेंगे-

कौरव अस परिवार न होवे। रावन अस अभिमान न सोहे।।

मगर परिवार नियोजन की ये कृत्रिम विधियाँ त्रुटिपूर्ण, हानिकारक तथा नैतिकता के लिए खुली चुनौती हैं। लूप, गोलियों, निरोध, नसबन्दी, कन्या भ्रूण

हत्या आदि की आड़ में संयम और मनुष्यता से होली खेलने की खुली छूट है, असंयम और व्यभिचार का निरंकुश नग्न नृत्य है-

'न जातु कामः कामानामुपभोगेन साम्यति।
हविषा कृत्स्न वर्तमेव भूयाभि वर्धते।।'

असंयम और वासना के हाथों की कठपुतलियों से स्वस्थ, सुखी सन्तुलित समाज की कल्पना करना हवाई किले बनाना है। उसके लिये लूप, गोलियों, निरोध, नसबन्दी आदि की ही नहीं, बल्कि योग-अध्यात्म- विज्ञान समन्वित संस्कारवान सुशिक्षा, संयम, साधना और विवेक तथा पति-पत्नी की आपस में वफादारी की अधिक आवश्यकता है। सिंह के दाँत गिनने वाले भरत, लव-कुश और अभिमन्यु ऐसे बालक सीता, सावित्री ऐसी बालिकायें संयम, नियम और विवेक से हो सकते हैं, लूप, गोली, निरोध और नसबन्दी ऐसे खिलवाड़ों से नहीं। विवेक, संयम-साधना से ही मनुष्य, मनुष्य है नहीं तो उसको पशु कहना भी पशुओं का अपमान है--

'दुइ सुत सुन्दर सीता जाये। लव-कुश वेद पुरानन गाये।।'
'दुइ-दुइ सुत सब भाइन केरे। रूप तेज गुन शील घनेरे।।'

विश्वास-"मगर यह ऐसा आदर्श है जिसे व्यावहारिकता का जामा पहिनाना जन-साधारण के लिये टेढ़ी खीर ही नहीं अपितु असम्भव है।"

विवेक-"मगर इस टेढ़ी खीर को सीधी खीर बनाने से ही कल्याण है नहीं तो वह दिन दूर नहीं जबकि ऐसे परिवार नियोजन से ऐसा स्वस्थ सुखी समाज उत्पन्न होगा कि परिवार नियोजन की कोई समस्या ही न रह जावेगी-न रहेगा बाँस न बजेगी बाँसुरी। जो हाथ-पाँव हिलाने से जी चुराना चाहते हैं वही असम्भव शब्द की आड़ लेते हैं। हर्रा लगे न फिटकरी रंग चोखा हो जाय। रंग चोखा करने के लिये हाथ-पैर मारने पड़ते हैं, खून पसीना एक करना पड़ता है। स्वस्थ, सुखी, सन्तुलित समाज की स्थाई स्थापना लड़कों का खेल नहीं, उसके लिये आकाश-पाताल एक करने पड़ेंगे। योग-अध्यात्म-विज्ञान समन्वित संस्कारवान सही शिक्षा द्वारा मस्तिष्क, हृदय और हाथ की त्रिवेणी का सन्तुलित समन्वय करते हुये आगे बढ़ने से ही वह सुख-सिन्धु सुलभ हो सकेगा। इस टेढ़ी खीर को योग-अध्यात्म- विज्ञान समन्वित संस्कारवान सही शिक्षा की जादुई छड़ी फेर कर ही सीधी खीर में बदला जा सकता है। परन्तु ऐसी एकांगी शैतानी शिक्षा से नहीं क्योंकि मनुष्य के मन, मस्तिष्क हृदय और हाथ भी तो हैं।...."

विवेक अभी कुछ कहना चाहता था मगर इतने में कवि सम्मेलन के शुरू होने की आवाज कानों में पड़ी जिससे सभी का ध्यान उधर बँट गया और सभी उधर को चल पड़े। कविता पाठ चल रहा था--

"क्या खाक रामायण पढ़ी है"???

हमें सद्धर्म पर चलना सिखाती रोज रामायण।
सदा सद्आचरण करना सिखाती रोज रामायण।।

मगर, सनातन संस्कृति सद्धर्म भूले, हृदय से ममता कढ़ी है!
और कहते हम, कि हमने खूब रामायण पढ़ी है!!

जानते हम कब कि लक्ष्मण का भरत का त्याग क्या है?
राम के उर का अनुज के प्रति सहज अनुराग क्या है??
शत्रु बन जाते परस्पर मात्र धन के हेतु भाई!
प्यार की सौहार्द की हमने स्यमन्तक मणि गँवाई!!
है शरम की बात आपस में बहुत कटुता बढ़ी है!
और कहते हम कि हमने खूब रामायण पढ़ी है!! १!!
"क्या खाक रामायण पढ़ी है"???

मान आज्ञा मातु-पितु की, वे भटकते थे वनों में!
और फिर भी ग्लानि कब थी, था नवल साहस मनों में!!
अब अवज्ञा ही बड़ों की, आज का फैशन बना है!
खो गया सम्मान, मन कर्तव्य का भी अनमना है!!
आज स्वेच्छाचारता ही हर युवा मन में अड़ी है!
और कहते हम कि हमने खूब रामायण पढ़ी है!! २!!
"क्या खाक रामायण पढ़ी है"???

है कहाँ सम्बन्ध वैसा, आज गुरु पितु मातु में!
रह गई आस्था न करुणा में, दया ममता क्षमा में!!
आज घर-घर में बहू और सास में बनती नहीं है!
और सीता सी सुता भी, भूमि अब जनती नहीं है!!
खो गया सारल्य, नारी छद्म-छल की फुलझड़ी है!
और कहते हम कि हमने खूब रामायण पढ़ी है!! ३!!
"क्या खाक रामायण पढ़ी है"???

है कहाँ केवट तथा शबरी सरीखी भक्ति निश्छल!
पवनसुत अंगद सरीखी कर्मनिष्ठा कहाँ अविचल!!
ज्ञान खोया, भक्ति खोई, कर्म भी खोने लगे हैं!
लोकमंगल हेतु अब निश्चेष्ट हम होने लगे हैं!!
ढोंग मद लोभादिकों की अंध मादकता चढ़ी है!

और कहते हम कि हमने खूब रामायण पढ़ी है!! ४!!
"क्या खाक रामायण पढ़ी है"???
दलन करना दुष्टता का राम से कब सीख पाये?
लोकहित की वेदि पर कब सुख सुमन अपने चढ़ाये??
रीछ बानर भी न बन पाये मनुज तन धार कर हम!
पा सके परितृप्ति कब, निज सुख किसी पर वार कर हम!!
आज हर धड़कन हृदय की स्वार्थ सोने से मढ़ी है!
और कहते हम कि हमने खूब रामायण पढ़ी है!! ५!!
"क्या खाक रामायण पढ़ी है"???
है समय अब भी कि जागें और पथ पहिचान लें हम।
ढूँढ़ कर युग रावणों को युद्ध उनसे ठान लें हम।।
लोभ लंका छार कर उर से भरत को हम लगा लें।
प्यार की, सौहार्द की, नव नीतिमय दुनिया बसा लें।।
मेंट दें संकल्प बल से जंग जो मन पर चढ़ी है।
फिर कहें सचमुच में हमने, आज रामायण पढ़ी है।। ६।।

सच है, विचारों को पढ़ या सुनकर बदलाव नहीं आता है।
विचारों पर सही समझ से चलकर ही बदलाव आता है।।

11

"ओहो प्रेरणा बहिन, भला दर्शन तो मिले। तुम तो अब उछाह-बधाव में भी नहीं दिखाई पड़ती, न जाने कहाँ खोई रहती हो।" मुस्कुराते हुये भावना ने पूछा।

"तबियत नहीं अच्छी रहती क्या प्रेरणा बहिन?" शरारत से मुस्कुराते हुये वासना बोली।

"बहिन, प्रिय वियोग सम दुख जग नाहीं।" आँख नचाते हुये तृष्णा ने कहा। मुस्कुराते हुये वासना बोली-

"परदेशी की प्रीत बड़ी होती बुरी।
जैसे मीठे जहर की मीठी छुरी।।

मैं तो पहले ही कहती थी कि 'दमी यार किसके दम लगाकर खिसके।"

"वासना तुम भी गजब ढ़ाती हो, बस जो जी में आया जहर उगलती चली जाती हो। तुम्हें दिखाई भी नहीं पड़ता कि चार दिन बाद तो वह चारपाई से उठी है।" प्रेरणा का पक्ष लेते हुये साधना बोली।

यह सब सुनकर प्रेरणा का घाव हरा हो गया और उसके आँखों में अँधेरा

सा छा गया। अपना दिल कड़ा करके वह उनके तानों को पी गई और जल्दी से यमुना में डुबकी लगाकर चिन्ता और साधना के साथ घर की राह ली। उसके पैर लड़खड़ा रहे थे और दिल में अजीब बेचैनी छाई हुई थी।

अभी वह कमजोर तो थी ही, ग्रीष्मावकाश में विश्वास के जुदाई के गम में चार दिन बाद बुखार से वह कल ही उठी थी। घर पहुँचते ही वह चारपाई पर लुढ़क गई और तरह-तरह के विचारों ने उसे धर दबोचा। वह सोचने लगी- 'वासना जो कह रही थी क्या सही है? क्या विश्वास सचमुच नहीं आयेंगे? नहीं ऐसा कभी नहीं हो सकता। विश्वास प्रेम की पहली सीढ़ी है। लोग तो सात फेरे संग चलते हैं और उसका निर्वाह जीवन भर करते हैं तो क्या वह नित्य की प्रीति का निर्वाह नहीं करेंगे उनका तो स्वभाव ऐसा नहीं है, वह मेरे कारण ग्रीष्मावकाश तक में भी घर नहीं जाना चाह रहे थे मगर माता-पिता की ममता का खून करना मेरे हिम्मत के बाहर की बात थी। इसीलिये जब मैंने ही दिल पर पत्थर रखकर जाने के लिये कहा तभी वह गये हैं। पहले तो मैं समझती थी कि कौन अधिक दिन हैं, काम-काज और सखियों सहेलियों के साथ हँसते-खेलते बीत जायेंगे। मगर अब मालूम हुआ कि वियोग में एक-एक दिन बिताना भी हँसी-खेल नहीं है। सखियाँ सहेलियाँ तो सीधे मुँह बात भी नहीं करतीं। उन्हें तो जले पर नमक छिड़कने और ताना मारने के लिए मुँह माँगी मुराद मिल गई है-

दुनिया में कम नहीं हैं दिन-रात के ये मेले!
तेरे बगैर लेकिन हैं कितने हम अकेले!!

समय का फेर है-पहले जो दिन मैं जानने भी न पाती थी आज वही पहाड़ हो रहे हैं। जिन सुहानी राहों पर दिलर के दीदार में मेरी आँखें बिछी रहती थीं, वही मुझे चिढ़ाकर खाने को दौड़ रही हैं।

हाय, उनकी सुखद स्मृतियों से सने सुहाने वह वाटिका-बाग, यमुना के घाट और लहरें जैसे आँसू बहा रहे हैं--

मनमीत है तो दुनिया कितनी हसीन है!
मनमीत बिना दुनिया कितनी गमगीन है!!

प्रेरणा ने उभर कर आहें भरते कहा- "अपना यह दुखड़ा किससे कहूँ? कौन सुने और सुने भी तो कौन समझे जाके पैर न फटी बिवाईं वह का जाने पीर पराई?

उसकी सूनी आँखों में सावन-भादैव लहरा उठा और वह आँसुओं से भीग गई। विश्वास के जीवन में प्रेरणा के प्यार से नई स्फूर्ति आ गई थी। जहाँ जीवन के प्रति शुष्क उदासीनता थी वहाँ अब एक प्रेयसी का प्रोत्साहन था- जो तूफानों को झेल सकता है, पर्वतों को हिला सकता है तथा मुर्दों को जिला सकता है। अपने अन्दर ऐसी आत्मशक्ति उसने कभी न पाई थी। मगर ग्रीष्मावकाश में जब से वह गाँव आया था, उसके अंग ढीले पड़ गये थे, उसके कहकहे कहीं खो से गये

थे। वह मन मारे पिंजड़े में बन्द पक्षी की भाँति फड़फड़ाता रहता। कभी अपनी बेबशी पर आँसू बहाता, कभी समाज की मनमानी पर दाँत पीसता और अन्त में हाथ मलकर रह जाता।

एक दिन वह स्वार्थ के द्वार पर चारपाई पर लेटा पढ़ रहा था। स्वार्थ उसके बाबा के छोटे भाई थे। वह आज कहीं बाहर गये थे और देखभाल के लिए विश्वास को सहेज गये थे। विश्वास पुस्तक में खोया हुआ था कि एक असामी ने आकर पूछा- "मालिक कहाँ हैं?"

विश्वास ने देखा अधेड़ बलिष्ठ, काला कठोर व्यक्ति है। रुखाई से बोला- "वह कहीं गये हैं, क्या काम है?"

"कब तक आवेंगे? बड़ा जरूरी काम था।"

उसके मुँह से शराब की ऐसी दुर्गन्ध आई कि विश्वास ने नाक बन्द कर ली और मुँह फेर कर बोला- "क्या तुम शराब पीते हो?"

उसने हँसकर कहा-"भला शराब कहाँ मयस्सर होती है, सूखी रोटियाँ ही बड़ी मुश्किल से नसीब होती हैं। आज एक दोस्त के यहाँ गया था, उसने पिला दी।"

वह और समीप आ गया और विश्वास के कान के पास मुँह लाकर बोला- "एक चीज लाया था। कोई एक लाख की होगी, लेकिन मैं पुराना असामी हूँ। जो कुछ दे दोगे ले लूँगा।"

उसने कमर से दगदगाता हुआ एक हार निकाला और विश्वास के सामने रख दिया। विश्वास ने उसे बिना हाथ लगाये ही आश्चर्य से पूछा- "यह हार तुमने कहाँ पाया?" उसने बेहयाई से मुस्कुराकर कहा-"यह न पूछो, अल्लाह देने वाला है।"

विश्वास ने घृणा से नाक सिकोड़ते हुये कहा- "कहीं से चोरी डाका में उड़ाये होगे?"

असामी ने हँसकर कहा-"चोरी-डाका किसे कहते हैं, यह तो अपनी खेती है। मुँह चीरने वाले ईश्वर ने सबके पीछे हीला लगा दिया है। कोई नौकरी करके पेट पालता है, कोई रोजगार या खेती करता है तो कोई मजदूरी करके दिन काटता है। बस देता सबको वही खुदा ही है। अच्छा तो फिर निकालो रुपये, मुझे देर हो रही है।"

विश्वास को ऐसा रोजगार इतना जघन्य जान पड़ा कि उसके जी में आया उसे दुत्कार दे। उसके छोटे बाबा समाज के ऐसे शत्रुओं से व्यवहार रखते हैं- यह सोचते ही उसके रोयें खड़े हो गये। उसे ऐसे रोजगार से, उस मकान से, उस वातावरण से, यहाँ तक कि स्वयं अपने आप से घृणा होने लगी, बोला- "ऐसी काली कमाई से मैं अपने हाथ काले नहीं करता। इसे ले जाओ, नहीं मैं यह बात

पुलिस तक पहुँचा दूँगा। अगर फिर ऐसी चीज यहाँ लाने की हिम्मत की तो फिर अच्छा न होगा-बदमाशी में बड़ा खतरा, भला बन न इतरा।"

वह जरा भी बिचलित न हुआ, बोला-"यह तो तुम नई बात करते हो भैया! अगर मालिक इस नीति पर चलते तो आज इतने महाजन न होते। न जाने कितनों से इनका ऐसा लेन-देन चलता है। कई लाख की चीजें तो मैं ही दे गया हूँगा। दाम करे सब काम, अभी आप दुनियादारी नहीं समझते नहीं तो पुलिस का हौवा न दिखाते। भला पुलिस वाले किस खेत की मूली हैं? दादा बड़ा न भइया सबसे बड़ा रूपइया। इन रुपइयों में तो इतनी ताकत है कि बड़े-बड़े जीभ लटका देते हैं। थोड़ा लालच दिखा दो तो दुम हिलाने लगते हैं, तलुवे चाटने लगते हैं। पैसा गुरू और सब चेला, सभी पैसे के गुलाम हैं। पैसा सभी को बँदरियों सरीखा नचा रहा है।"

विश्वास को कुछ सोचते हुये देखकर थोड़ी देर चुप रहने के बाद वह बोला-"भाई, अब मेरा काम तो किसी प्रकार निकाल ही दो। मालिक न जाने कब तक में आयें। अब मुझे दूसरों के पास काहे दौड़ाते हो? जो नफा हो अपने ही महाजन को हो दूसरा काहे खाय? पचास हजार ही दे दीजिये।"

"मैंने पहले ही बता दिया कि ऐसी चीज मैं किसी कीमत पर नहीं लेना चाहता।"

"ऐसी चीज ढूँढ़ने पर भी नहीं मिलती, बेचना चाहो तो चाहे जहाँ एक लाख में फटकार लो।"

"चाहे दशों अंगुलियाँ घी में हो मगर जानबूझ कर मक्खी नहीं निगली जाती।"

"अच्छा, पचीस हजार ही दे दो। अल्लाह जानता है कि ऐसे सौदे में बड़ा घाटा है, पर एक बार घाटा ही सही।"

"भाई, क्यों नाहक दिक कर रहे हो। मैं चोरी डाका का माल न लूँगा चाहे लाख की चीज धेले में मिले। तुम्हें चोरी-डाका करते शर्म नहीं आती। ईश्वर ने हाथ-पाँव दिये हैं, खासे मोटे-ताजे आदमी हो, मजदूरी क्यों नहीं करते? यह हाथ-पाँव किस मर्ज की दवा हैं? क्या ईश्वर ने चोरी करने, डाका डालने, अपहरण-हत्या करने या भीख माँगने के लिये ही इन्हें बनाया है? जो दूसरों का माल उड़ा कर अपने और अपने पुरखों के मुँह में कालिख पोतते फिर रहे हो। चोरी का धन मोरी में, याद रखो जैसी करनी वैसा फल, आज नहीं तो निश्चय कल।"

यह सुनकर उसने ऐसा मुँह बनाया जैसे ऐसी बकवास बहुत सुन चुका है और बोला-"तो तुम्हें नहीं लेना? पन्द्रह हजार ही दे दीजिये।"

"एक फूटी कौड़ी नहीं।"

उस आदमी ने हार उठाकर जेब में रख लिया और उसकी समझ पर तरस

खाता हुआ चौपाल से बाहर निकल गया। परन्तु दूसरे ही क्षण फिर लौटकर बोला- "अच्छा, दस हजार ही दे दीजिये। अब कौन दर-दर भटकता फिरे।"

विश्वास खीझते हुये बोला- "भाई काहे नाक में दम कर रहे हो? हराम की इस कमाई पर मैं मुफ्त में भी हाथ नहीं लगा सकता।"

टके सा दो टूक जबाब पाकर उस आदमी ने रास्ता नापा। उसके चले जाने के बाद विश्वास ने पुस्तक उठाई मगर उसमें उसका मन न लगा। उसका अब वहाँ दम सा घुटने लगा, उस घर में उसके प्राण छटपटाने से लगे। वह अपने छोटे बाबा के हथकंडों से कुछ-कुछ परिचित था परन्तु पानी सर तक पहुँच चुका है, इसका प्रमाण आज ही मिला।

'बरु भल बास नरक कर ताता। दुष्ट संग जनि देय विधाता '

विधि बस सुजन कुसंगति परहीं। फनि मनि सम निज गुन अनुसरहीं।।'

उसके मन में आया कि चुपचाप घर की राह ले और जब छोटे बाबा आ जायँ तो साफ-साफ कह दे मुझसे यह सब न होगा। वह दरवाजा बन्द करके जा ही रहा था कि एक बुढ़िया लाठी टेकती हुई सामने आकर खड़ी हो गई और बोली-"बाबा नहीं हैं क्या बेटा?"

बुढ़िया के बाल खिचड़ी हो गये थे। देह की हड्डियाँ तक सूख गई थीं। उसके कपड़े उसकी दीनता और दरिद्रता का ढिंढोरा पीट रहे थे। वैसे उसकी उम्र उतनी नहीं थी जितना कि उसको देखकर मालुम होता था।

पहले तो विश्वास के जी में आया कि कह दे बाबा नहीं हैं, वह जब आवें तब आना लेकिन उसके मुख पर छाई हुई निराशा और दयनीय दशा को देखकर उसे दया आ गई। बोला- "बाबा जी तो बाहर गये हैं। क्या काम है?" बुढ़िया ने निराश होकर कहा- "कब तक में आ जायेंगे?"

विश्वास ने नम्रता से कहा- "अब आते ही होंगे। चौपाल में चलकर बैठ जाओ।"

चौपाल की कुर्सी कुछ ऊँची थी। तीन सीढियाँ चढ़नी पड़ती थीं। बुढ़िया ने पहली पर पैर रखा पर दूसरा पैर ऊपर न उठ सका। उसके पैर जबाब दे रहे थे। विश्वास ने आकर उसको सहारा देकर ऊपर चढ़ा दिया। बुढ़िया ने आशीर्वाद देते हुए कहा "ईश्वर तुम्हें बड़ी उम्र दे बेटा, मैं यही डरती हूँ कि अगर मालिक देर से आये तो अँधेरे में घर कैसे पहुँचूंगी। मुझे रात को कुछ नहीं सूझता बेटा।"

"आपके और कोई नहीं है? किसी और को भेज देती।"

"है क्यों नहीं बेटा, एक लड़का है, वह बाहर पढ़ रहा है और उसके पिता हैं जो यहाँ मालिक का काम बजाते हैं मगर इस समय बीमार हैं। उन्हीं के दवा के लिए मुझे मालिक का दामन पकड़ना पड़ा। सोचा क्यों किसी और के पास हाथ फैलाते फिरूँ?"

"कितने रूपयों की जरूरत है?"

"पाँच सौ रुपये मिल जाते तो काम चल जाता।"

"तो मैं रुपये दिलाये देता हूँ। बाबा शायद देर से आवें।"

वृद्धा ने कानों पर हाथ रखकर कहा-"नहीं बेटा, उन्हें आ जाने दो। मैं लठिया टेकती चली जाऊँगी, अब तो यही आँख अँगुली रह गई है।"

"इसमें हरज क्या है, मैं उनसे बता दूँगा। तुम कहीं अँधेरे में गिरगिरा पढ़ोगी।"

"नहीं बेटा, ऐसा काम ही क्यों करें कि जिससे कोई बात उठ खड़ी हो। मैं आ जाऊँगी।"

"नहीं, दवा में देरी ठीक नहीं, मैं बिना रुपये न जाने दूँगा।"

"तो लाओ दे दो बेटा, मेरा नाम दया टाँक लेना।" बुढ़िया ने डरते- डरते कहा।

विश्वास ने अन्दर जाकर दादी से सब बताया और रुपये मँगाकर बुढ़िया को दे दिये। बुढ़िया ने काँपते हुए हाथों से रुपये लेकर गिरह में बाँधे और दुवायें देती हुई धीरे-धीरे सीढ़ियों से नीचे उतरी।

अभी वह दस कदम भी न गई होगी कि पीछे से विश्वास ने आकर लठिया पकड़ते हुए कहा- "माता जी, आओ मैं आपको पहुँचा दूँ।"

बुढ़िया ने आश्चर्य चकित नेत्रों से देखकर कहा- "अरे नहीं बेटा, मैं टेकती चली जाऊँगी। ईश्वर तुम्हें सलामत रखे। तुम काहे को परेशान हो रहे हो।"

लेकिन विश्वास नहीं माना, वह उसकी लठिया पकड़ कर आगे-आगे चलने लगा। बुढ़िया के आँखों में प्रेमाश्रु उमड़ आये, बोली-"मेरा बच्चा इतनी दूर दौड़ा आया, मेरे कारण कितनी परेशानी हुई। बेटा तुम आदमी नहीं देवता हो। तुमने मेरा कलेजा ठंड़ा कर दिया।"

अब अंधेरा गाढ़ा हो गया था। वह एक ऐसी तंग गली से गुजर रहे थे, मालूम होता था अंधेरे ने उस पर तारकोल पोत दिया था। थोड़ी देर में बुढ़िया का घर आ गया।

विश्वास ने कहा- "माता जी, अब आप पहुँच गई हैं, अब मुझे आज्ञा दीजिये।"

बुढ़िया बोली-"नहीं मेरे लाल, इतनी दूर आये हो, तो पलभर मेरे घर भी बैठ लो नहीं तो मुझे बड़ा दुख होगा।"

गली में दुर्गन्ध और गन्दगी का साम्राज्य था। गन्दे पानी की नालियाँ, नापदान और कूड़े करकट के ढेर सफाई और स्वास्थ्य को खुली चुनौती दे रहे थे। मजदूरों का मुहल्ला था, घर प्रायः कच्चे थे। विश्वास सोच रहा था-'धनियों के मुहल्लों और गरीबों की गलियों में कैसा आकाश-पाताल का अन्तर है।

एक अगर सुगन्धित हँसी बिखेरता हुआ फूल है. तो दूसरी दुर्गन्ध और कीचड़ से सनी टेढ़ी-मेढ़ी जड़ है। लेकिन इसी जड़ से ही फूल की हस्ती है, क्या फूल ने कभी सोचा है?

दुनिया में छोटा नहीं कोई छोटे काम से।
छोटा है जो पेट भरे कोई खोटे काम से।।'

बुढ़िया ने द्वार के सामने खड़े होकर पुकारा-"करुणा!"

अन्दर से आवाज आई-"आती हूँ अम्मा, तुमने तो बड़ी देर लगा दी?"

दूसरे क्षण दरवाजा खुला और एक बालिका हाथ में मिट्टी के तेल की डेब्बी लिये खड़ी हो गई। लेकिन अपने अम्मा के साथ किसी लड़के को देखकर सिर पर पल्लू डालने की कोशिश करती हुई पीछे हट गई और पूछा-"यह कौन हैं अम्मा?"

बुढ़िया एक कोने में अपनी लठिया रखते हुये बोली-"अभिलाष बाबू का लड़का है, बेचारा पहुँचाने आया है। ऐसा नेक और शरीफ लड़का ईश्वर - सभी को दे।"

उसने सारा वृत्तान्त आशीर्वाद से भरी भाषा में कह सुनाया और बोली-"जरा आँगन में खाट डाल दे बेटी, बुला लूँ। थक गया होगा।"

करुणा ने एक टूटी सी खाट डाल दी और उस पर कई जगह से फटी एक दरी बिछाती हुई बोली-"इस पर क्या बिठाओगी अम्मा, मुझे शर्म लग रही है।"

दया ने जरा आँखें तरेरते हुए कहा-"इसमें शर्म की कौन सी बात है। हमारा हाल इनसे छिपा थोड़ी है।"

बाहर जाकर उसने विश्वास को बुलाया। द्वार के अन्दर कदम रखते ही एक आँगन था जिसमें मुश्किल से दो खाट आ सकती थी। सामने खपरैल की नीची तिरछी थी और उसके पीछे एक कोठरी थी जो इस वक्त अँधेरी पड़ी हुई थी। तिरछी में एक किनारे चूल्हा और मामूली दो-चार बरतन रखे हुये थे। तिरछी के दूसरी ओर चीथड़ों से लिपटी एक टूटी सी खाट में करुणा के पिता दीनू बीमार पड़े हुये थे।

दीनू की कराह सुनकर विश्वास खाट पर न बैठ सका। उसने दीनू के पास पहुँचकर देखा, उसका शरीर बुखार से जल रहा था। उसके पास बैठते हुये वह बोला-"बड़े जोरों का बुखार है। मैं जाकर डाक्टर को बुला लाऊँ?"

दया ने कहा-"बेटा, वैद्य देखकर दवा दे गये हैं। सबेरे फिर आयेंगे।"

दीनू ने आँखें खोली। विश्वास को पहिचान कर बोला-"भैया, हमारे कारण तुमको भी तकलीफ उठानी पड़ी।"

"आप यह क्या कह रहे हैं, भला तकलीफ किस बात की?"

इतने में करुणा ने कहा- "अम्मा जी, अभी शाम की दवा नहीं दी गई।"

विश्वास ने कहा-"लाओ मैं दिये देता हूँ।"

दवा खिलाने के बाद विश्वास आँगन में बिछी खाट पर आकर बैठते हुए पूछा-"घर तो बहुत छोटा है। इसमें गुजर कैसे होती होगी?"

दया खाट के पास बैठती हुई बोली- "बेटा, अब तो तीन चार आदमी ही रहते हैं, नहीं इसी घर में पूरा कुनबा रहता था। बड़ा बेटा, बहू उनके बच्चे सब इस घर में रहते थे। उस समय यह इतना गुलजार लगता था कि क्या कहूँ। पाँच छः साल हुये बीमारी से गरीबी के कारण दवा के अभाव में वे सभी भगवान के प्यारे हो गये। उनके मरते ही इस घर में जैसे झाडू फिर गई, अब तो बस किसी तरह से दिन काट रहे हैं। अब तो ईश्वर से यही दुवा माँग रहे हैं कि छोटा लड़का पढ़-लिखकर कहीं हिल्ले से लग जाय और करुणा किसी भले आदमी के पल्ले पड़ जाये।"

करुणा तिरछी के नीचे खड़ी थी। उसकी माँ ने ज्यों ही उसके शादी की चर्चा छेड़ी, वह लज्जा से गड़ सी गई। वह मन ही मन झल्ला रही थी कि अम्मा क्यों इनसे मेरी शादी का पचड़ा गाने लगी। किस आदमी से कैसी बात करनी चाहिये, इसका इन्हे जरा भी लिहाज नहीं और सब बातें गई बस शादी ही रह गई।"

उस नादान को अभी क्या मालूम कि अपनी सन्तान को विवाहित देखना माता-पिता की सबसे बड़ी अभिलाषा होती है।

थोड़ी देर बाद, रुकने के लिए काफी आग्रह करने पर भी विश्वास उठ खड़ा हुआ। दया द्रवित दिल से दुवायें देती रही।

विश्वास सोचता जा रहा था-

'ईश्वर ने तो इंसान बनाया।
ऊँच-नीच किसने उपजाया।।

जाति जन्म के कारने, होत न ऊँच न नीच।
सबको नीच कर डारई, ओछे करम की कीच।।
और सुकरम करन सों, नीच ऊँच हो जाय।
करइ कुकरम जो ऊँच तो महा नीच कहलाय।।'

'मनुस्मृति' में महर्षि मनु ने कहा है-

"शूद्रो ब्राह्मणतामेति ब्राह्मणश्चैति शूद्रताम्।
क्षत्रियाज्जातमेवं तु विद्याद्वैश्यान्त्रयैव च।।" १६।। ६५

(कर्म के अनुसार ब्राह्मण शूद्रता को प्राप्त हो जाता है और शूद्र ब्राह्मणत्व को। विद्या, योग्यता और कर्मानुसार सभी वर्णों की संतान अन्य वर्णों की संतानें अन्य वर्णौं में आ-जा सकती हैं।)

नौ बजते-बजते विश्वास लौटा तो स्वार्थ ने पूछा- "तुम दरवाजे से कहाँ चले गये थे। इसी तरह द्वार पर रहा जाता है?"

विश्वास ने सफाई दी "बुढ़िया दया दीनू की दवा के लिए रुपये लेने आई थी। अँधेरा हो गया था। मैंने सोचा कहीं गिर-गिरा न पड़े इससे उसे घर तक पहुँचाने चला गया था।"

"कितने रुपये दिये?"

"पाँच सौ रुपये दिलाये हैं। आपके बिना तो वह लेती ही न थी मगर जब अधिक अँधेरा हो गया तो मैंने रोकना उचित न समझा।"

स्वार्थ ने सन्तोष की साँस ली।

"और तो कोई असामी नहीं आया था?"

"और तो कोई नहीं आया, हाँ एक बदमाश हार बेंचने आया था। उसे मैंने लौटा दिया।"

त्योरी बदलते हुये स्वार्थ ने पूछा- "तौल में कितना था?"

"तौल तो मैं नहीं बता सकता।"

"तुमने तौला नहीं?"

"मैंने छुआ तक नहीं।"

"भला क्यों छूते, कहीं पाप लिपट जाता। कितना माँगता था?"

"एक लाख का बता रहा था।"

"झूठ बोलते हो।"

"पहले पचास हजार माँग रहा था, फिर उतरते-उतरते दस हजार तक आ गया था।" स्वार्थ को मानो साँप सूँघ गया। कुढ़ते हुये बोले-"इतने पर भी तुमने लौटा दिया!"

"और क्या करता? धर्म कमाई, जगत भलाई। ऐसी काली कमाई तो मैं सेंत में भी न लेता। मैं तो ऐसा रोजगार करना पाप समझता हूँ।"

आग बबूला होते हुये स्वार्थ ने कहा-"चुप रहो, शरमाते तो नहीं ऊपर से बातें बघारते हो। बैठे-बैठाये, पचास हजार मिल रहे थे, वह तुमने हरिश्चन्द्र बनकर धर्म के घमण्ड में खो दिये। यह भी जानते हो कि धर्म क्या चीज है? साल में एक बार भी गंगा स्नान, तीरथ-व्रत करते हो? कभी देवी-देवताओं को जल चढ़ाते हो? भूले-भटके कभी ईश्वर का नाम लेते हो? कभी कथा पुराण पढ़ते या सुनते हो? तुम क्या जानो धर्म किसे कहते हैं? धर्म और चीज है, रोजगार और चीज। अफसोस! पाखण्ड में पड़कर पचास हजार पानी में फेंक दिये।"

विश्वास धर्म की इस व्याख्या पर मन ही मन हँसकर बोला- "आप पूजा-पाठ, तीरथ-व्रत और आडंबर को धर्म समझते हैं, मैं सच्चाई, समाज सेवा और

परोपकार को धर्म समझता हूँ। ईमान में भगवान- जो जितना ही बेईमान, बदमाश है वह ईश्वर से उतना ही दूर है। स्नान-ध्यान, पूजा-पाठ व्रतादि धर्म के साधन हैं, धर्म नहीं--

'जहाँ दया तहाँ धर्म है जहाँ लोभ तहाँ पाप।
जहाँ क्रोध तहाँ काल है जहाँ क्षमा तहाँ आप।।"

स्वार्थ ने मुँह बनाते हुये कहा- "बिल्कुल ठीक कहते हो, अब दुनिया तुम्हीं को धर्म का मसीहा समझेगी। और तो सब अधर्मी हैं, बस एक तुम्हीं तो संसार में धर्म के ठेकेदार रह गये हो। वही चीज जिसे तुमने अपने पाखण्ड में पड़कर लौटा दिया, किसी दूसरे ने सौ-पचास रुपये कम-बेस देकर उड़ा लिया होगा। उसने तो चाँदी काट दी और तुम बैठे नींबू-नोन चाटते रहे। तुम्हारे धर्ममार्ग पर चलता तो आज मैं भी लंगोटी लगाये घूमता। अभी कमाना नहीं पड़ा है, दूसरों की कमाई में मौज मार रहे हो, तभी ऐसी बातें सूझती हैं। अपने सिर पड़ेगी तब आँखें खुलेंगी।"

विश्वास अधीर होते हुए बोला- "कभी घी घी घना, कभी मूठी चना, कभी वह भी मना। मैं चोरी, डाका और तस्करी के माल का रोजगार न करूँगा चाहे मुझे फाँके मार कर ही दिन काटने पड़ें। मुझे ऐसे रोजगार से घृणा है।"

स्वार्थ विश्वास की बुद्धि पर तरस खाते हुये बोले-"तो फिर कौन रोजगार करोगे जिसमें तुम्हारी आत्मा की हत्या न हो? ऐसा कौन सा रोजगार है जिसमें झूठ न बोलना पड़े, बेईमानी न करनी पड़े? झूठ, चालबाजी, हेरा-फेरी और कमीशन ही व्यापार की पोल हैं। खेती-बारी, लेन-देन, सूदबट्टा, अनाज-कपड़ा, तेल, घी सभी रोजगारों में दंद-फंद, दांव-घात है। जो दंद-फंद, दाँव-घात जानता है, वह नफा उठाता है, जो नहीं जानता उसका दिवाला पिट जाता है। दाम करै सब काम, इतने बड़े-बड़े हाकिम हुक्काम है बताओ कौन घूँस नहीं लेता? बिना घूँस लिये तारीख तक नहीं मिलती, थाने में रपट तक नहीं लिखी जाती। कौन वकील है जो पैसे के पीछे झूठ को सही नहीं बनाता! अधिकारियों, कर्मचारियों और नेताओं ही में बिरले हैं जो पद और पैसे के लिये दंद-फंद, चार सौ बीसी और नोंच-खसोट न करते हों।"

विश्वास उदासीन भाव से बोला "सभी पीब पीते हैं तो पियें मगर मुझसे न पी जायेगी।"

"तो घर-गिरस्ती कैसे चलेगी! क्या हवा पीकर रहोगे?"

विश्वास ने इस विवाद का अन्त करने के इरादे से कहा-"मजदूरी करके बसर करूँगा या भूखों मर जाऊँगा पर पाप की रोटी खाकर आत्मा का गला न घोटूँगा।

खून-पसीने की जो मिलेगी सो खायेंगे।
नहीं तो बेहतर है भूखे ही सो जायेंगे।।

ईमानदारी सर्वश्रेष्ठ गुण है। बेईमानी और झूठ से लहलहाने की अपेक्षा सत्य और ईमान में मुरझा जाना अच्छा है।"

स्वार्थ के पास अब कोई शस्त्र न था। एक क्षण के लिये क्रोध ने उनकी व्यवहार-बुद्धि को भ्रष्ट कर दिया। बोले-"शर्म चाहे न हो, पर तुम कुछ न कर सकोगे। गाल बजाना सरल है, करके दिखाना कठिन है। एक घड़ा पानी तो अपने हाथों भर नहीं सकते, चले हैं मजूरी करने। चोटी का पसीना एड़ी तक आता है, तब कहीं मुश्किल से सूखी रोटियाँ नसीब हो पाती हैं।"

यह कहते हुये वह अन्दर चले गये। विश्वास भी खिन्न मन से अपने घर को रवाना हुआ। वह सोचता जा रहा था-'जैसी दृष्टि वैसी सृष्टि'-'जग भल भलेहिं पोच कहुँ पोचू।' मुझ पर अपनी सम्पत्ति का धौंस जमाने चले हैं। चोरी-डकैती का माल खरीद कर, विवश मजदूरों और किसानों को ठगकर, जुआरियों-शराबियों को चौगुने ब्याज पर रुपये देकर, जमाखोरी, चोरबाजारी, तस्करी, दलाली, ठगी, बेईमानी, भ्रष्टाचार से पाप का धन जोड़ा है, उसी काले धन पर इतना अभिमान है। धन बहुत कुछ तो है पर सब कुछ नहीं। धन साधन है, साध्य नहीं- 'धनाद् धर्मः ततः सुखम्' – धन के सदुपयोग से सुख, शांति, सद्गति और दुरुपयोग से दुर्गति, दुःख, दरिद्रता निश्चित हैं। धन, ऐश्वर्य, सम्पत्ति और पद-पदवी तो दुर्व्यसनी भी प्राप्त कर लेते हैं, पर मान-सम्मान और आत्मा की सुख शान्ति सद्गति उन्हें स्वप्न में भी नहीं मिलती। अर्थ अनर्थ के लिये नहीं परमार्थ के लिये होना चाहिये। सूम का धन शैतान खाय आत्म-सुख, शान्ति, सद्गति तो सात्विक, ईमानदार व परोपकारी व्यक्ति को ही प्राप्त होती है। ईश्वर न करे कि मैं ऐसे धन का गुलाम बनूँ-

अधरम से धन होत है वर्ष सात अरु पाँच।
वर्ष तेरहें होत ही जरामूर सों जात।।
'धर्मार्थ कामः सममेव सेव्यः, यो ह्येक सक्तः स नरः जघन्यः।'
धन निकृष्ट जन चहत हैं, मध्यम धन अरु मान।
उत्तम चाहत मान ही चाहत कछु न महान।।'
'हानि कुसंग सुसंगति लाहू। लोकहु बेद बिदित सब काहू।।'
'मति कीरति गति भूति भलाई। जब जेहिं जतन जहाँ जेहि पाई।
सो जानब सतसंग प्रभाऊ। लोकहु वेद न आन उपाऊ।।'

12

बरसात के अन्त होते ही बादल छूँट जाने, धुंध धुल जाने, बरसाती बाढ़, काँदव-कीच, खुरदर खतम होने और कीट-पतिंगे कम हो जाने से मौसम बड़ा

सुहावना हो जाता है मगर एक प्रकार के जन्तु देहातों में निकल पड़ते हैं जिससे देहातों में भूकम्प सा आ जाता है और लोग भय से प्राण छिपाने लगते हैं।

इसमें सन्देह नहीं कि अधिकारियों के दौरे सदिच्छाओं से प्रेरित होकर होते हैं। उनका अभिप्राय है-जनता की वास्तविक दशा का ज्ञान प्राप्त करना, प्रजा के दुखों-सुखों को सुनना, उनकी आवश्यकताओं को समझना, उन कष्टों का निराकरण करना, उनके विचारों से परिचित होना। किन्तु सदिच्छायें भी बहुधा मानवीय दुर्बलताओं के सम्पर्क से विषम हो जाया करती हैं। सत्य और न्याय पैरों के नीचे आ जाता है, लोभ और स्वार्थ की विजय हो जाती है। अधिकारी वर्ग और कर्मचारी विरहिणी की भाँति इस सुखकाल के दिन गिना करते हैं। शहरों में तो उनकी दाल नहीं गलती या गलती है तो बहुत कम। वहाँ प्रत्येक वस्तु के लिये उन्हें जेब में हाथ डालना पड़ता है, किन्तु देहातों में जेब की जगह उनका काम रोब-दाब से होता है। जिस घी, दूध, शाग-भाजी, फल, मदिरा-मांस-मछली आदि के लिये शहर में तरसते हैं, खरीदना पड़ता है, यहाँ उन्हीं पदार्थों को जितना खा सकते हैं, खाते हैं, बार-बार खाते हैं और जो नहीं खा सकते, वह घर भेजते हैं! घी से भरे हुये डिब्बे, दूध से भरे हुये गैलन! देहात वालों के लिये यह बड़े संकट के दिन होते हैं, उनकी शामत आ जाती है, घुड़कियाँ खाते हैं, बेगार में पकड़े जाते हैं।

अधिकारियों के अहं, आतंक, रोब-दाब के दासत्व के दारुण निर्दय आघातों से आत्मा का भी ह्रास हो जाता है-

'आये थे वह तो कब्र पर पढ़ने को फातिहा।
ईंटें चुरा के ले गये वह तो मजार की।।"

बरसात खत्म हो गई थी। दिन के दस बज रहे थे। अचानक हल्ला हुआ कि एस.डी.एम. साहब आये हैं। जो आता एक नजर उन्हें देख लेता मगर वह किसी की ओर आँखें उठाकर भी न देखते सबके बीच रहकर भी सबसे अलग। गाँव में उपस्थित होकर भी अनुपस्थित! बढ़िया सूट-बूट से लैस एक बिछी बँसरवट के सिरहाने नीचे पैर लटका कर बैठे वह एक नेता से कीमती अँगूठियों से अलंकृत अपनी अंगुलियों को चटखा-चटखा कर साहबी अंदाज से बातें कर रहे थे। बातचीत के दौरान नाक-भौं सिकोड़ते कभी वह ऐसे मुँह बिचकाते जैसे यहाँ आकर फँस गये हों। कोई नमस्ते करता तो आँखें उठाकर कुछ गर्दन मोड़कर हाकिमाई तर्ज का उत्तर दे फिर निरपेक्ष निस्संग।

साहब के कीमती कपड़ों की कमाल की 'क्रीज' है और बालों की कढ़ाई? अरे वाह! कृत्रिमता में भी कितना सौन्दर्य होता है? खास अंदाज में मोड़ दिलाये गये बाल, बालों में ऐसी लहरें जो उठकर गिर नहीं जाती, कई-कई बल खाकर मुड़-मुड़ जाती हैं। उन्हें देखकर लगता मानों वह किसी ताल्लुकेदार के वंशज हैं और सब कुछ समाप्त हो जाने पर भी अपार सम्पत्ति के स्वामी हैं और शहर

में रहकर चैन की बंशी बजा रहे हैं। ऊजड़ गाँव में, झोपड़ों की बस्ती में गँवारों के बीच ऐसा सजीला सैलानी शायद तफरीहन आ गया हो। उसे यहाँ उदास लगता होगा। न 'टी', न 'टेबुल', सब गँवारपन। ऐसा सभ्य सुशिक्षित आदमी भला इनमें कैसे घुल-मिल सकता है।

जलपान के लिये लोगों ने आग्रह किया तो बोले-"नहीं, नहीं आप लोग तकलीफ न करें, मैं नाश्ता करके आया हूँ। फिर इस प्रकार के जलपान को मैं छूता भी नहीं।"

"तब आप की खातिर हम क्या करें? पान सुपाड़ी?"

"गाँव का पान तो मुँह काट देता है। पान का डिब्बा चपरासी लिये होगा।..... नहीं, नहीं यह सिगरेट भी मैं नहीं पीता। मेरा सिगरेट मेरे पास है।" चपरासी ने पान का डिब्बा दिया। वह चाँदी का था।

मुँह से धुवाँ उड़ाते हुये थोड़ी देर में कागज का पेटा भर कर और यह कहकर कि गरीबी और अज्ञानता के कारण गाँव तरक्की नहीं कर रहे हैं, वे चले गये। क्यों इतनी जल्दी चले गये? लोग तरह-तरह के अनुमान भिड़ाने लगे- "मूर्ख-गँवार की तरह रस-पानी लाकर रख देने से अफसर रुकेगा? गेट बनाओ, झंडी लगाओ, टेबुल सजाओ, प्लेट जुटाओ, नमकीन-मिठाई, काजू-किशमिश के साथ चाय लाओ, स्वागत गान गवाओ, तब भोंपा पर साहब का भाषण कराओ।"

"अपना पेट ही भार है। कहाँ से खिलावें?"

"तब हवा कूटो। गजटेड अफसर है, खिलवाड़ नहीं। चाहें तो बिकलांग, बुढ़ापा, विधवा पेंशन दिला दें। अकाल-दुकाल में अनुदान, तकाबी मंजूर करा दें। चाहें तो हैण्डपम्प लगवा दें या नदी-तालाब खुदवा दें या कालोनी, शौचालय, सम्पर्कमार्ग बनवा दें। पहले खिलाओ, फिर काम कराओ।"

"खायेगा-पियेगा तो अफसरी कैसे रहेगी? अफसर के माने हैं कि जनता से कम बोले। सम्पर्क बिल्कुल न रखे। कोई देखे नहीं कि कहाँ रहता है, क्या खाता है।"

"मगर सानी-पानी की तरह दाल-भात पर और वह भी ऐरे-गैरे के यहाँ ये चोंच नहीं मारते हैं। मोटा असामी पकड़ते हैं और माल काटते हैं। कहा जाता है-'सुखी मीन जहाँ नीर अगाधा। अफसर खुश जहाँ पाड़ा बाँधा।"

"तब इसीलिए चले गये क्या? हमारे प्रधान जी के यहाँ दूध-दही का आजकल अभाव है। हाँ भाई, बिलायती हाकिम भी गोरस को भले बदते थे।" "वही बिलायती मिजाज के हाकिम अब भी हैं भइया।"

"इसीलिये कभी दौरा करने चले आते हैं।"

"इसमें एक भेद है। ये हैं हाकिम, विकास इनके पीछे चलता है। गाँवों में

ज्यादा रुक-रुक कर ड्यूटी बजाने लगेंगे तो जल्दी विकास हो जावेगा और तब बेचारों का काम ही खत्म हो जायेगा।"

उधर दो खद्दरधारी अध्यापकों में बात चल रही थी-" सूखा पड़ा तो किसानों को सहायता मिली सूखा राहत, मेड़बन्दी, हैण्डपम्प, तालाबों आदि के लिये। गोबर गैस, कालोनी, शौचालय, सम्पर्कमार्ग, नालियों के लिये। चलते-पुर्जे पहुँच वाले लोगों ने भाई-भतीजा सबके नाम पर खड़े कर दिये गोबर गैस, कालोनी आदि के नाटक। चली गई सरकार में सूचना। अमुक संख्या में सम्पर्क मार्ग, मेड़बन्दी, नाली,नलकूप, तालाब, कालोनी, गोबर गैस, शौचालय आदि का निर्माण किया।"

"लूट और झूठ! आदत पड़ गई। अधिकारी-कर्मचारी, दलाल-बिचौलिये तथा गाँव वाले सूँघते रहते हैं, क्या आया है? क्या मिल रहा है? लूट लो, झपट लो, मार लो। पचास प्रतिशत फर्जी अर्जियाँ। फर्जीवाड़ा कामचोरी, हरामखोरी, मुफ्तखोरी, भ्रष्टाचार की एक नई परम्परा चली। 'ब्लाक', तहसील माने लूट। सरकार मानों ऐसी चीज है कि ब्लाक, तहसील आदि के रास्ते उसे लूटो। लूट-खसोट में काम कुछ होता नहीं। लोगों को आलसी और अकर्मण्य बनाया जा रहा है! अधिकारी कर्मचारी लूटते हैं और जनता उन्हीं की राह पर अहलकारों को खिलाओ फिर अपने खाओ। यही विकास है! जनता के पसीने की कमाई सरकारी खजाने की बहती दरिया में हाथ धोओ, लोटिया डुबो दो, जय जयकार क्लर्कों की। सूखा पड़ा तो सरकार ने नलकूप लगाने के लिये सहायता दी। जो लोग बढ़े वे हिम्मत वाले थे पर त्राहि-त्राहि करने लगे। शैतानों की कुरियों को पूजते पूजते चप्पलें घिस गईं। कोई हजारों वाली कुरी है तो कोई ५०० से लेकर ५० तक वाली! "नो आब्जेक्शन" के प्रमाणपत्र से लेकर क्लर्क और लेखपाल आदि की कुरियों तक जो जहाँ बैठा है वहीं से गिद्ध के समान ताक में है। असमय है तो और तेज गरज है। अनेक लोग तो हिम्मत हार गये। कार्यालय, कचेहरियाँ और थाने तो मानों अजगर के मुँह हैं। काँप जाते हैं साधारण लोग उनके नाम से। पचीस झमेले, खेवा देकर भी बह जाना है।" "हमारे गाँव में चकबन्दी आई तो मुरौवत मियाँ अपनी बकरियों को लेकर भाग चले। लोगों ने पूछा- "अरे मियाँ, क्या हुआ?" घबड़ाकर बोले- "दलबन्दी आई, मेड़बन्दी आई, चकरबन्दी आई, नसबन्दी आई तो कहीं बकरबन्दी न आ जाये।" कौवा कान ले जाने वाली कहावत है। बैंक, कोआपरेटिव खुले तो लोगों में हल्ला हुआ कि यह कपारकोरेटी सत्यानाश कर देगी। बटोर हुई और लम्बरदार साहब ने भाषण किया-"अब गाँव नीलाम पर चढ़ जायेगा। कर्ज माँगने पर कोई फूटी कौड़ी भी नहीं काढ़ता है, वहाँ सरकार हजारों रुपया सत्य नारायण बाबा के प्रसाद की तरह बाँट रही है। भाइयो, सावधान! सरकार मल्लू फँसा रही है। उसकी नीयत साफ नहीं है। सारा काम सहकारी हो जायेगा यानी सरकारी हो जायेगा, कुछ

अपना नहीं रह जायेगा। लोग बनिहर की तरह जाँगर पेरेंगे। होटल खुल जायेंगे और जब घण्टा बजेगा तो लोग थाली-लोटा लेकर दौड़ेंगे।"

"वास्तव में गाँव विकास के लिये प्रशिक्षित नहीं हुये। विकास को उन्होंने लूट-खसोट समझा। विकास की दिशा में उन्हें कौन प्रशिक्षित करे?

कौन समझाये? अधिकारी, कर्मचारी कागज पर चाहे जो हो, वैसे एक गाँव में साल में औसतन आठ-दस घण्टे ड्यूटी पर रहते हैं। इस अल्प समय में भी उनका सम्पर्क कागजी घोड़ों से होता है न कि जीवित इंशानों से! गाँव के लिये ये अफसर आज भी बिलायती नश्ल के ही विशुद्ध हाकिम निकले! यह जानते हुये भी ये यह नहीं मानना चाहते कि प्रजातंत्र में जनता सर्वोच्च है और ये जनता के अधिकारी नहीं अपितु जनता के सेवक हैं। इनके रहते गाँव से शहर तक कार्यालय, कचहरी, थाना-अदालत, बैंक, लूट-खसोट और छीना-झपटी के केन्द्र हो गये! ओईं चोर ओईं पहरुवा, बिरवाही तक खेत खाने लगी। मजिस्ट्रेट के भी सामने बिना 'हक हकूक' (घूँस) के तारीखें तक तो मिलती नहीं! मुकदमों तक में 'डिगरी' घूँस में खरीदी जाने लगी!! वास्तव में जितना नैतिक पतन समाज का अब हुआ है उतना कभी न हुआ था।

कमिया भी काम में कामचोरी, हरामखोरी, बेईमानी कर कम से कम काम करके बेईमानी से ज्यादा से ज्यादा कमाने के चक्कर में रहते हैं! लोग ठीक कहते हैं कि विकास नहीं, विनाश आया। कुछ अच्छे ईमानदार लोग भी आये, मगर ऊपर से नीचे तक जहाँ सौ कसाई, वहाँ एक की क्या बसाई?" "अंधे पीसें कुत्ते खाँय दुर दुर करें सो मारे जाँय! चोरी ऊपर से सीना जोरी!! विकास भ्रष्टतंत्र, नौकरशाही और नेताओं के काले पंजों में पड़ा दम तोड़ रहा है! जमीन पर जनता का जनाजा निकल रहा है और ऊपर आसमान में राकेटों और उपग्रहों की होड़ हो रही है!! संसद और विधानसभाओं में सत्ता-सुरा-सुन्दरी में मदहोश देश के कर्णधार 'शू' भाँजकर 'सुराज' का अर्थ चरितार्थ कर रहे हैं। राक्षसी सेना हर जगह फैल कर चर चोंथ और चूस रही है! बिना घूँस चयन, भर्ती, पदोन्नति, तबादले तक नहीं होते, फिर एक के दस उसे जनता से ही तो निकाला जाता है! इंजीनियर, डाक्टर, अधिकारी, ठेकेदार, नेता और वकील कई-कई लाख रुपये तिलक और दहेज ले-दे रहे हैं! अब डूबे गाँव!"

"और भाई, यहाँ कई वर्षों से एड़ी-चोटी का पसीना एक करने पर भी न अब तक पदोन्नति हुई न परीक्षक बन सके!" एक अध्यापक ने अपना रोना रोया।

पास ही बैठे हुये स्वार्थ ने पूछा-"परीक्षक बनने पर कितना काम करके आप क्या पाते?"

अध्यापक ने कहा-"पन्द्रह दिन भयंकर गर्मी-लू और परेशानियों में कठिन परिश्रम कर कापी जाँचते तब तीन-चार हजार रुपया पाते।"

स्वार्थ हँसने लगे "बस? आपलोग तो खद्दरवाले हैं। क्यों नहीं सप्लाई आफिस में टिप्पस भिड़ाते? किसी प्रकार किसी के नाम चीनी, तेल, गल्लादि का ही परमिट या कोई ठेका प्राप्त कीजिये और तुरन्त हजारों रुपये फटकार लीजिये। बिना हर्र फिटकरी रंग चोखा। पद, पैसा कापियों में कहाँ है? वह उड़ रहा है नम्बर दो के धन्धों में। रिश्वत, घपलों, घोटालों, चाटुकारी-चापलूसी-खुशामद में--

वे व्यंग-विनोद में मुस्कुराते बोले-

"जो खुशामद करे खल्क उससे राजी है।
सच तो यह है कि खुशामद से खुदा राजी है।।"

विश्वास जो कि दशहरावकाश में घर आया था, यह सब देख सुनकर दंग रह गया। उसके दिमाग में यह बात रह रह कर उठ रही थी कि मानव कितना संवेदन शून्य हो गया है! स्वार्थ और कृत्रिम औपचारिकता ने जीवन-मूल्यों, मानवीय मूल्यों को उपेक्षित कर दिया है! आज मनुष्य अति स्वार्थ-लोलुप और भोगवादी हो गया है! वह अपनी रोटी दूसरों के साथ बाँटकर नहीं खाना चाहता। उसे पूरी रोटी केवल अपने लिये चाहिये बल्कि बस चले तो वह बिलासिता और शराब के लिये दूसरों के टुकड़े भी छीन कर उड़ा दे, भले ही दूसरा भूख से तड़प-तड़प कर उसी के सामने ही दम तोड़ दे- इसका उसे जरा भी गम नहीं-

भटक रहा संसार में कर-कर भ्रष्टाचार।
भव सागर से जीव यह कैसे होवे पार??
यह जग है कज्जल कलित, दुस्तर परम अगाध।
यामें पैठं जो नीकले, अकलंकित सोइ साधु।।

13

फागुन का रस-रंग, उमंग, उल्लास, महक और मस्ती का महीना था। ऋतुराज बसंत ने पुनः अपनी प्रेयसी पृथ्वी का श्रृंगार किया, पुष्पहार पहिनाये, महकें बरसाई। सुन्दर रंग-बिरंगे इन्द्रधनुषी सुमन खिलखिलाकर टहनियों पर झूल उठे। कचनार, सेमल, टेसू और अमराइयाँ बौरा उठीं। गदराई, पकी झूमती बलखाती सुनहली फसलें खनकती हँसी और मदिर मुस्कानों में और मोहक हो उठीं। बसन्ती बहार और मलयानिल के मादकता से वन-उपवन लहलहा उठे। लोगों को अपनी साँस तक में परिमल का आभास हुआ। फूलों, रंगों-उमंगों और रबी की खुशी का मनचला इन्द्रधनुषी रंगों का रंगीला त्योहार नजदीक आ गया। बाजे-गाजे, रस-रंग, तरंग, उमंग, उल्लास, मस्ती में झूमती फाग की फुलझड़ियाँ फूटने लगीं। पिचकारियों में जान आ गई और न जाने कितनी चूनरें भीगने को आतुर हो उठीं। रोली-रंग, अबीर और गुलाल से जमीन तक लाल हो रही थी।

लेकिन विश्वास के मन में इस बसन्ती बहार में भी पतझड़ का हाहाकार था। उसे जब यह मालुम हुआ कि प्रेरणा का गवना है तो उसे धरती-आकाश तेजी से घूमते हुये दिखाई दिये। ऐसा प्रतीत होता था कि एक भयंकर भूचाल आ गया है जिससे देखते ही देखते सारा संसार नष्ट. भ्रष्ट होकर रह जायेगा। इस समाचार ने उसके कल्पनाओं के महल मिट्टी में मिलाकर रख दिये थे। उसने क्या सोचा था और क्या हो गया? आपन चेता होत नहीं, प्रभु चेता तत्काल। भाग्य विधाता मनुष्य से उपहास क्यों करता है? वह कितना निष्ठुर, क्रूर और निर्दयी है जो कि आदमी के अरमानों की अट्टालिका मिट्टी में मिलाकर अज्ञात बैठा ठहाके लगाता रहता है। काफी देर तक वह गुमसुम बैठा इस शोक सागर में डूबता-उतराता रहा जिसने उसके आनन्द तथा हर्षरूपी कोषागार को लूटकर अकस्मात उसे कंगाल बना दिया था। ऐसा कंगाल जिसके पास प्रसन्नता तथा उल्लास नाम की कोई चीज न रह गई थी।

इस घटना से वह सुध-बुध खो बैठा था। उसने सोचा भी न था कि उसके अरमानों की अर्थी इस दुर्दशा से निकाली जायेगी? उसे इस प्रकार लूट लिया जायेगा और वह दुख और सन्ताप की प्रतिमा बनके रह जायेगा।

उसे जब किसी प्रकार चैन न मिली तो वह कुछ दिन पहले प्रेरणा द्वारा दिये गये पत्र को निकाल कर उसी में खो गया।

"प्राणों से प्यारे, आँखों के तारे, मेरे मनमीत, मेरे मनमोहन!

मैं अपने हृदय के प्रेम को किस तरह प्रकट करूँ? अफसोस, गूँगे के गुड़ के स्वाद को कोई शब्द ही नहीं मिल रहे, जिन शब्दों द्वारा अपने हृदय के प्रेम को प्रकट करूँ? 'गिरा अनयन, नयन बिन बानी।' मेरे हृदय के प्रेम को केवल परमात्मा जानता है-मनुष्य, मनुष्य के हृदय की जानने में असमर्थ है। 'तसवीर तेरी मैंने दिल में उतारी है'-काश, मैं अपना दिल दिखा सकती तो दिखा देती, बस एक मात्र तुम्हारा बास है। कान कहते हैं बस तुम्हारे ही मधुर शब्द सुनूँ, नेत्र कहते हैं बस तुम्हीं को देखूँ तुम्हारे दर्शन छोड़कर और किसी को देखना भी गुनाह समझते हैं। समझें भी क्यों न, मन तो दस-बीस होते नहीं, एक होता है, जिसके रंग में रंग जाता है उसी का हो जाता है--

तत्व प्रेम कर मम अरु तोरा, जानत पिया एक मन मोरा।
सो मन रहत सदा तोहिं पाहीं, जान प्रेमरस इतनेन माहीं।।

क्या करूँ? सभी गवना करने के पीछे पड़े हुये हैं। अब तो कोई रास्ता ही नहीं सूझ रहा। मैं कुछ नहीं जानती 'जीवन को मैंने सौंप दिया सब भार तुम्हारे हाथों में।' तुम्हारे ही द्वारा मेरी भटकी नैया पार लग सकती है। लेकिन मेरे लिये तुम्हारी भी यही आज्ञा है। तो क्या मैं उनको झूठा प्रेम दिखा कपट पूर्ण जिन्दगी बिताऊँ क्योंकि पहले प्यार, दिल के उफनते क्वाँरे पवित्र प्यार को तो मैंने प्राणाधार प्राणेश पर न्योछावर कर दिया। फिर भी मुझे ऐसी सुखपूर्वक जिन्दगी

बिताने की आज्ञा दे रहे हो? तुम क्यों नहीं गवना करने को राजी हो रहे हो? तो क्या मैं इधर कपट- प्यार और छलपूर्ण जिन्दगी बिताऊँ और उधर एक निरपराध दर-दर की ठोकरें खाती फिरे जिसके सुनहले स्वप्नों को मैंने खाक बना डाला, जिसके प्यार के हक को मैंने छीन लिया। आह, एक साथ दो-दो गल्तियाँ! ईश्वर मुझे कभी माफ नहीं कर सकता।

प्राणेश, हमारी जिन्दगी का सुख तो नष्ट ही हो चुका मगर उस बेचारी की जिन्दगी क्यों बर्बाद कर रहे हो? इतनी दोषी न बनाइये, ऐसे में तो मेरा जीना असम्भव हो जायेगा। तुम्हीं सोचो श्रद्धा की झुलसती जिन्दगी की आहें हमें क्या चैन से रहने देंगी? हे भगवान्, तू तो दया निधान है कोई रास्ता बता, क्या करूँ, क्या न करूँ? मैं तो बहुत असमंजस में हूँ।

एक बात मेरे दिमाग में जँची। बात यह है कि अगर मैं इस दुनिया से विदा हो जाऊँ तो शायद सब ठीक हो जाय। मेरे बाद धीरे-धीरे तुम श्रद्धा को चाहने लगोगे और वह भी दूसरी शादी कर लेंगे क्योंकि रईसों की शादी होने में दिक्कत नहीं होती।

मैंने आज तक किसी का अहित नहीं चाहा। मैं नहीं चाहती कि मेरे कारण कोई अहित हो जाय। प्राणेश, तुम्हारा प्यार भरा दिल मेरा है। तुम मेरे सर्वस्व हो। मुझे विश्वास है कि जो कुछ मैं कहूँगी उसे तुम अवश्य मानोगे। मैं तुम्हारे पैरों पड़कर विनती कर रही हूँ, जिसे मानना तुम्हारा फर्ज है। याद रखना, मैं अपने प्यार का हक श्रद्धा बहन को दे रही हूँ, तुम्हें मेरे प्यार की कसम है-तुम्हें गवना करना होगा।

आह, क्या कहूँ उस ईश्वर को जिसने हम दोनों के साथ इतनी बड़ी गुस्ताखी की। अगर हम दोनों को एक करना था तो हमारे साथ ऐसा खिलवाड़ क्यों किया? शायद हमें तड़पाने में उसे मजा आता है। मेरे हृदयेश, क्या एक समय ऐसा भी आयेगा जिन दिनों मैं तुम्हें देखने के लिये भी तरस जाऊँगी? हाय, तब मैं कैसे जिऊँगी?

'बहारें हमको ढूँढ़ेंगी मगर हम न जाने कैसे कहाँ होंगे?
जिस्म जबरन जुदा होंगे, मगर मन में मेरे मनमोहन होंगे।।'

हे भगवान, मुझे और कुछ नहीं चाहिये सिर्फ मेरे हृदयेश को मुझसे दूर न कीजिये। इसके बदले चाहे जो-जो सहाओगे, हँस-हँस सह लूँगी।

'मैं पुनि समुझि दीख मनमाहीं, प्रिय वियोग सम दुख जग नाहीं।'

सचमुच प्राणेश, तुमको छोड़कर हजारों स्वर्ग सुख भी मेरे लिये रौ-रौ नर्क के समान दुखप्रद हैं।

हाय, 'कत विधि सृजी नारि जगमाहीं।
पराधीन सपनेहु सुख नाहीं।।'

क्या ईश्वर ने हमारी किस्मत में यही लिखा है कि जिन्दगी को तड़पते हुये रो-रोकर बितायें? विश्वास रखो प्राणेश, अपने तुम्हारे माता-पिता, परिवार, श्रद्धा और ससुराल के मर्यादा, मान-सम्मान, इज्जत के लिए बाल- विवाह की कुप्रथा के कारण अगर इस जन्म में तुम्हारा प्रेम और साथ न निभा सकी तो अगले जन्म जरूर निभाऊँगी।

पत्र जल्दी न दे सकने का कारण यह कि मैं एकान्त समय नहीं पाती थी। मुझ अभागिन पर दया बनाये रखना, इतना ही मेरे लिए बहुत है--

सूरत सीरत बसी हृदय में, मुझको वही जिलाती है।
तेरे मिलने की दृढ़ आशा, धीरज मुझे बँधाती है।।

तुम्हारी-अभागिन प्रेरणा"

पत्र ने जले पर नमक का काम किया। उसकी बेचैनी और बढ़ गई। वह परहीन पक्षी की तरह न मालुम कब तक तड़पता रहा। जितना ही वह उस गुत्थी को सुलझाने की कोशिशें करता उतना ही वह और उलझता जाता। दूर प्रेरणा के घर से ढोलक की आवाज के साथ सरस सुहागगीतों के दर्दीले बोल आकर उसके कानों में शीशे की तरह पिघल रहे थे। प्रेरणा सी शुभ्र फागुन की सुखदा सुहानी सुरभित मादक बसन्ती चाँदनी उसकी बेचैनी को और बढ़ा रही थी।

इस प्रकार आहें भरते, आँसू बहाते देखकर न जाने कब निद्रा देवी को दया आ गई और उसे थपकी देकर सुला दिया।

* * *

सुबह विश्वास विचारों में खोया जब प्रेरणा के घर के निकट पहुँचा तो गली, द्वार रंगीन झंडियों, झालरों, बन्दनवारों तथा 'स्वागतम्', 'शुभागमन से सजाये जा रहे थे। वह इन सभी चहल-पहल से बेखबर आगे बढ़ता रहा। जब उसने मकान के अन्दर कदम रखा तभी उसे प्रेरणा के पिता जी की आवाज सुनाई पड़ी-"आइये, आइये विश्वास बाबू, आप आये बहार आई, हमलोग कब से राह देख रहे थे।"

उन्हें देखकर उसके मुख पर म्लान मुस्कान बिखर गई। प्रणाम करके मुस्कुराते हुये वह बोला- "क्या देरी हो गई?"

"इतने बुलावे न जाते तो शायद देरी हो ही जाती।"-मुस्कुराते हुये प्रेरणा के पिता जी ने कहा।

विश्वास मुस्कुराते हुये आगे बढ़ गया। विश्वास इस घर में इतना घुल-मिल गया था कि वह इस घर का एक अभिन्न अंग सा हो गया था। उसके आते ही पूरे घर में खुशी की लहर दौड़ गई। उसको देखते ही 'विश्वास बाबू आ गये', 'विश्वास बाबू आ गये' चिल्लाते हुये अन्दर पहले खबर जनाने की बच्चों में होड़ मच गई।

विश्वास जब प्रेरणा की माँ कामना के पास पहुँचा तो उसे देखकर वह अति प्रसन्न हुईं, उनका चेहरा हर्ष से खिल उठा। वह काफी देर तक उसके पढ़ाई और

परीक्षा के सम्बन्ध में पूछती रहीं। जब बातें समाप्त हो गई तो वह यकायक चौंक कर बोली-"विश्वास, प्रेरणा से मिले कि नहीं? वह तो ऐसी पागल है कि खाना-पीना छोड़े बस रोती रहती है।"

"अरे, उनसे मिलना तो मैं भूल ही गया था।" विश्वास ने ऐसे कहा मानों उसे प्रेरणा का ध्यान ही न हो। यद्यपि सारे वार्तालाप के समय वह उसी के सम्बन्ध में सोच रहा था तथा वह उससे मिलने के लिये व्याकुल था।

"भूल गये थे?" कामना ने आश्चर्य से कहा- "कैसे भुलक्कड़ हो? वह तो कई बार तुम्हें पूँछ चुकी है और तुम्हें उसका ख्याल ही नहीं।"

विश्वास प्रेरणा के कमरे की ओर चल पड़ा। उसका हृदय धड़क रहा था। वह इस धड़कन पर काबू पाने का प्रयत्न करते-करते प्रेरणा के कमरे में पहुँच गया। सामने उसकी सपनों की रानी सौन्दर्य की प्रतिमूर्ति बनी बैठी थी। उसे देखकर विश्वास मुस्कुराने का प्रयास करते हुये बोला- प्रेरणा, प्रेरणा चौंक उठी। उसने सिर उठाकर देखा सामने विश्वास खड़े थे। विश्वास को देखकर उसकी आँखों में अश्रु आ गये किन्तु वह आँसुओं को पी गई तथा रुँधे कंठ से बोली-"कब से राह.........."

इससे अधिक शब्द उसके मुँह से न निकल सके और अश्रु सावन-भादौं की गंगा-यमुना का दृश्य उपस्थित करने लगे।

विश्वास पास. पड़ी कुर्सी पर बैठते हुए बोला -"पागल न बनो प्रेरणा, भला ऐसे अवसर पर अश्रु.........."

सान्त्वना पाकर संकोच और सब्र का बाँध टूट पड़ा। विश्वास का जी चाहा कि वह भी दहाड़ें मार-मार कर रोये लेकिन छाती पर पत्थर रखकर मन को समझाया 'आँसू दिल की जुबान होते हैं। अपने लिये नहीं तो प्रेरणा के लिये आँसुओं को रोक लो। नहीं तो बेचारी का जीवन बर्बाद होकर रह जायेगा।' वह गम्भीर बना उसे चुप कराने का प्रयत्न करता रहा और जब प्रेरणा के अश्रु और हिचकियाँ कम हुई तो कुछ क्षण के लिए उन्हें ऐसा प्रतीत हुआ जैसे उनकी खोई खुशियाँ एक बार फिर लौट आई हों। यद्यपि खुशियाँ लौटी नहीं थीं बल्कि यह एक 'मृग मरीचिका' थी जिसमें वे जानबूझ कर फँस रहे थे। वे निकट नहीं आ रहे थे, बल्कि हमेशा के लिए दूर किये जा रहे थे। उनके बीच अब एक फौलादी दीवार खिंच रही थी जिसे फाँदने में वे असमर्थ हो जावेंगे।

कई क्षण वे मौन बैठे रहे। उन्हें कोई बात नहीं सूझ रही थी। दोनों उदास तथा दुखी थे, ऐसा प्रतीत होता था मानों बात करने के लिये शब्दों की खोज में हों।

आँसुओं को पीते हुए एकाएक प्रेरणा बोली- "विश्वास मुझे क्षमा कर देना और हो सके तो भुला देना, यह समझ लेना कि प्रेरणा.. ." यह कहते-कहते उसके शब्द सिसकियों में डूब गये। थोड़ी देर में अपने पर काबू पाते हुये बोली-"मैं किन

स्वप्नों में खोई रहती थी मगर क्या हुआ?"

वह भावना की लहरों में बही जा रही थी, ऐसा जान पड़ता था जैसे कोई बाँध टूट गया और नदी के बहाव को रोकना असम्भव हो गया हो। वह बिना रुके कहे जा रही थी-"स्त्रियों के साथ इतनी मनमानी और इतना अत्याचार कि अपने पसन्द का जीवन साथी भी पा सकने का अधिकार नहीं! क्या वे ईंट-पत्थर की बनी हैं कि जभी जी में आया चाहे जिसके गले बाँध दिया! न जाने इस बाल विवाह, बेमेल विवाह और दहेज दानव के जाल में कितनी अबलाओं का जीवन नरक बन चुका है!"

विश्वास को प्रेरणा से ऐसी आशा न थी। उसे ज्ञात न था कि जिस युवती को वह शील, संकोच तथा लज्जा की मूर्ति समझता है वह समाज के उस बलपूर्ण आवरण को चाक-चाक कर देगी तथा वह नारी की लज्जा को त्यागकर इस प्रकार भावुक बन जावेगी! प्रेरणा के हृदय के हाहाकार तथा उसे भी इस आग में जलता देख वह अपना धैर्य तथा सन्तोष खो बैठा। उसके हृदय में एक हलचल सी मच गई। उसके जी में आया कि अपने धधकते ज्वालामुखी की ज्वाला से प्रेरणा को परचित करा दे परन्तु यह सोचकर कि मेरी किसी हरकत से प्रेरणा की जिन्दगी में पतझड़ न आ जाय, उसे अपने दिल पर पत्थर रखना पड़ा। वह उसी तरह गम्भीरता से बैठा रहा मानों उसने उसकी बातें सुनी ही न हों। वार्तालाप की समाप्ति पर प्रेरणा उसके मुँह की ओर देखने लगी, लेकिन उसने कोई उत्तर न दिया। कुछ क्षण जवाब की प्रतीक्षा के बाद उसके सन्तोष का प्याला छलक पड़ा और वह फूट पड़ी-"क्या सुनते नहीं? मैं क्या बक रही हूँ?"

इस बार बड़ा प्रयत्न करके विश्वास बोला-"मैं सुन रहा हूँ। मगर प्रेरणा, हमारा अतीत हमसे बहुत पीछे छूट गया है। अब यदि हम उसे आवाज भी दें तो वह लौट कर नहीं आ सकता। तुम कहती हो कि यदि बाल विवाह के जाल में न फँसे होते तो......? मैं कहता हूँ हो सकता है तब भी हम एक दूसरे से इसी प्रकार अलग कर दिये जाते। क्योंकि सड़े समाज में साँस लेने वाले लोगों ने झूठे दम्भ और स्वार्थ के लिये दूसरों को अपने अत्याचार का शिकार बनाया है। जातपाँत, ऊँच-नीच, अमीर-गरीब ऐसी एक नहीं हजारों खाइयाँ हमारे बीच बाधक बनाई गई हैं जिन्हें पार करना कोई हँसी-खेल नहीं है। इस अर्द्ध सामन्ती व्यवस्था में मनुष्य की प्रेम और सौन्दर्य की कोमल भावनाओं को निर्दयता से कुचला जाता है। सामन्ती समाज में साधारणतः विवाह पहले हो जाता है, प्रेम बाद में शुरू होता है। प्रेम करने के लिये प्रेयसी अलग होती है, बच्चे पैदा करने के लिये पत्नी अलग। लेकिन अब वह दिन दूर नहीं जब सामन्ती समाज के ढह जाने पर सौन्दर्य और प्रेम की भावनायें अपने सहज रूप में फूलें-फलेंगी और नारी केवल कामिनी, फिल्मों और कवियों की नायिका मात्र न रह कर देवी, माँ, सहचरी, अर्द्धांगिनी के रूप में श्रम करने वाली सुप्रेरणा प्रदायिनी समान अधिकार वाली

सुनागरिक होगी।"

प्रेरणा आश्चर्य से उसका मुँह ताक रही थी।

"प्रेरणा, यह बालविवाह, बेमेलविवाह, बहुविवाह और दहेजप्रथा आदि तो सामन्ती- समाज के कोढ़ में खाज की तरह हैं। इनके कारण तो इस समाज का रूप और घिनौना हो गया है। अनेक बुराइयाँ इन्हीं की देन हैं-बालविधवायें क्यों हो रही हैं? विधवाविवाह की समस्या क्यों हैं? बहुविवाह, असफल प्रेम और दहेज के कारण तलाक और हत्यायें, आत्म हत्यायें क्यों होती हैं? प्रेम करने के लिये प्रेमिकायें अलग और बच्चे पैदा करने के लिये पत्नियाँ अलग क्यों हैं? नारियों की ऐसी दुर्दशा क्यों है? ऐसा चारित्रिक तथा नैतिक पतन क्यों हो रहा है? कीड़े-मकोड़े की तरह दिन दूनी रात चौगुनी आबादी क्यों बढ़ रही है? लोग चार दिन में क्यों टॉय-टॉय फिस्स करके रह जाते हैं? नून-तेल-लकड़ी और आटा-दाल के चक्कर में असमय में ही दम घुटकर क्यों रह जाता है? गवना की यह दोषपूर्ण दोहरी खर्चीली प्रथा किसकी देन है?"

थोड़ा रुककर विश्वास फिर बोला- "ब्रह्मचर्य और गृहस्थ आश्रम की व्यवस्था करने वालों को पागल कुत्ते ने नहीं काटा था।......... मेरे विचार से 21 वर्ष की उम्र से पहले लड़की और 24 वर्ष की उम्र से पहले लड़के की जो शादी करते हैं वे उनके 'आगे पढ़ने और आगे बढ़ने के जन्मसिद्ध अधिकार को छीनकर उनके भविष्य से खिलवाड़ करने का जघन्य पाप करते हैं। जो भी इसके पहले नाबालिग लड़की-लड़के का विवाह करते हैं वे बालविवाह करने के जघन्य पाप के भागी हैं। कच्ची उम्र और कच्ची बुद्धि में लड़की-लड़के के जीवन से खिलवाड़ करने की जिम्मेदारी उनके सिरपर होगी। इसका पाप उनके सिर पर.......।"

विश्वास के सिर पर न जाने क्या सवार हो गया था। शायद उसके अन्दर का दहकता ज्वालामुखी फूट पड़ा था। जिसके उफान में सुध-बुध खोया वह और सब कुछ भूल गया था। यहाँ तक कि प्रेरणा का गवना भी। अभी मालूम नहीं वह और क्या कहता कि कामना प्रेरणा के लिये थाली में खाना लेकर कमरे में प्रवृष्ट हुई। वे कमरे में विश्वास को देखकर बोलीं- "अरे विश्वास, क्या खाना नहीं खाओगे?"

"नहीं माँ, अभी भूख ही नहीं है।"

"भूख ही नहीं? आओ भी" उन्होंने बाँह पकड़ते हुए उसे उठाना चाहा।

"अच्छा आप चलें, मैं अभी आया।"

"देखो जल्दी आना। कहीं गप्पों में खाना न भूल जाना।" इतना कहकर कामना चली गईं।

कामना के जाने के बाद वह बोला-"न जाने मुझे क्या हो गया है? मुझे ऐसा

लग रहा है जैसे मैं चक्रव्यूह में फँस गया होऊँ और कोई रास्ता न मिल रहा हो। सोचता हूँ मैं कहीं पागल न हो जाऊँ। अब मेरा मन किसी काम में नहीं लगता। शायद मैं अब कुछ न कर सकूँगा।"

"क्या कह रहे हो!" प्रेरणा का मुँह खुले का खुला रह गया।

"मैं ठीक कह रहा हूँ प्रेरणा।" विश्वास के चेहरे पर फीकी मुस्कान दौड़ गई। "कभी मैं भी सोचा करता था कि जीवन में कुछ कर गुजरूँगा मगर अब वह स्वप्न भंग हो चुका है। मेरी आशाओं तथा इच्छाओं के महल मिट्टी में मिल चुके हैं। तुम्हारी विदाई के साथ ही मेरे अरमानों की अर्थी भी निकल रही है। दिल टूट जाने पर भला जीवन में क्या किया जा सकता है?"

डबडवाई हुई आँखों से विश्वास की ओर देखती हुई प्रेरणा बोली- "ईश्वर के लिये ऐसी बात मुँह से मत निकालिये। मेरे पवित्र प्रेम को क्या कलंकित करोगे? माता-पिता, परिवार आदि को न जाने तुमसे कितनी आशायें होंगी। उनकी आशाओं का खून करना क्या उचित होगा? तुम शायद अपनी शक्ति नहीं पहचानते मगर मैं जानती हूँ कि तुम कुछ हो और कुछ होकर रहोगे-

उजाले अपनी यादों के हमारे साथ रहने दो।
न जाने कब कहाँ पर जिन्दगी की शाम हो जाये।।"

इसके आगे कहने का अवसर न मिल सका। उसकी कुछ सहेलियाँ आकर उसके निकट बैठ गई थीं और वे उससे बातें करने लगी थीं। उनके आ जाने पर विश्वास उठकर बाहर आ गया।

काम-काज में वह ऐसे डूब गया कि वह जानने भी न पाया कि कब सन्ध्या हो गई। वह होशोहवास में नहीं था। वह एक मशीन की तरह काम कर रहा था ताकि वह अपने अतीत की कष्ट दायक स्मृतियों से पिंड छुड़ा सके। सभी उसके काम को देखकर दंग थे।

विश्वास खुशी-खुशी दूने मन से प्रत्येक कार्य में भाग ले रहा था जैसे कुछ हुआ ही नहीं यद्यपि उसके हृदय में ज्वालामुखी धधक रहा था। उसका दिल रो रहा था, किन्तु दिल पर पत्थर रखकर उसने किसी पर यह प्रकट न होने दिया तथा शाम को जब बारात आई तो स्वागत सत्कार करने वालों में वह सबसे आगे था।

विदाई के दिन सुबह सात बजे से ही विदाई की तैयारियाँ शुरू हो गईं थीं। प्रस्थान का मुहूर्त दोपहर से पूर्व था। इस बीच विश्वास ने कई बार प्रयास किया कि प्रेरणा के लिये लाये उपहार को एकान्त में अर्पित कर दे मगर ऐसा अवसर हाथ न आ सका क्योंकि उसके पास लड़कियों और औरतों का ताँता लगा ही रहा। जब दस बज गये और विदाई का समय आ गया तो विवश होकर ऐसी भीड़-भाड़ में ही वह उसके पास जा पहुँचा। विरह-दुख से प्रेरणा की आँखों में

अश्रुओं की एक नदी सी उमड़ आई थी तथा निरन्तर रोने से उसकी घिग्घी बँध गई थी। कई क्षण वह उसके निकट ठगा सा अवाक खड़ा रहा। उसको सूझता ही नहीं था कि बात का आरम्भ किस प्रकार किया जाय? एकाएक प्रेरणा की अश्रु भरी आँखें उस पर आ टिकीं। विश्वास ढाढ़स बाँध लाई हुई अँगूठी उसकी ओर बढ़ाते हुये बोला- "प्रेरणा, यह लो इस गरीब की तुच्छ भेंट।"

प्रेरणा फफक पड़ी।

बाहर विदाई का बाजा जोर-जोर से बजने लगा। विदाई के हृदय विदारक दृश्य को देखकर सभी आँखों से आँसुओं की लड़ियाँ पिरो रहे थे। प्रेरणा की माँ कामना तो प्रेरणा से लिपटी फूट-फूट कर रो रही थीं। पिता प्रिय बेटी विछोह में सन्तप्त फफक रहे थे। भाई-भाभी, बहिन-सहेलियाँ आँसू बहा रहे थे। इस हृदय द्रावक, करुणापूर्ण दुखदाई दृश्य को और अधिक देखने का साहस विश्वास न कर सका। वह वहाँ से हट कर एक ओर गुमसुम खड़ा हो गया। उसकी आत्मा तक रो रही थी किन्तु वह अपने आँसुओं को जबरदस्ती रोक रहा था ताकि उसके हृदय की पीड़ा से कोई परिचित न हो सके। उसकी आँखों में आँसुओं के कतरे मोतियों की तरह चमक रहे थे।

विदाई के बाद प्रेरणा के सगे, सम्बन्धी, टोले-मुहल्ले के अन्य लोग- लुगाई भी एक-एक करके उदास अपने घरों की ओर चल पड़े परन्तु वह शोक-प्रतिमा बना ठगा सा उसी स्थान पर खड़ा रहा। वह अब भी अपने अतीत के लौट आने की प्रतीक्षा कर रहा था यद्यपि अतीत बहुत दूर जा चुका था जहाँ से उसके लौटने की सम्भावना नहीं थी। भला हाथ से निकला हुआ समय कभी वापस आया है? क्या बन्दूक से निकली गोली और समय की ठगोली लौटाई जा सकी है?

वह अब अपने पर काबू न पा सका। हृदय में आँसुओं की ऐसी लहर उठी कि अश्रु उसके गालों पर बहने लगे। अतीत की एक-एक घटना उसकी आँखों में आँसू होकर बह रही थीं। बहुत समय तक वह शोक तथा सन्ताप के सागर में डूबा अपने अतीत की स्मृति में आँसू बहाता रहा और फिर न जाने उसके जी में क्या आया वह दीवाने की भाँति चल पड़ा। बिना कुछ बिचारे, बिना किसी उद्देश्य के निरुद्देश्य कई घण्टों वह विक्षिप्त सा इधर- उधर घूमता रहा। वह उन रास्तों पर बेकार बिना किसी अभिप्राय के घूमता रहा जिनसे उसके अतीत की यादें जुड़ी हुई थीं और जब फागुनी चाँदनी से सारा संसार नहा उठा, झिलमिलाते सितारे उसकी दयनीय दशा पर दुख से डबडबाई मलिन आँखें झपकाने लगे तो वह घर की ओर चल पड़ा।

14

यद्यपि मनुष्य भविष्य की कई घटनाओं से बेखबर होता है परन्तु भविष्य की कई घटनाओं का अनुभव होते हुए भी वह जानबूझ कर उनसे बेखबर बना

रहता है। विश्वास जानता था कि एक न एक दिन प्रेरणा उससे दूर हो जायेगी। यह जानते हुये भी वह उससे दूर न हट सका था। वह जवानी की बरसाती बाढ़ और भावुकता में आँख मूँदे ध्वंसात्मक भविष्य की दिशा में बढ़ता रहा और अपने आपको धोखा देने के लिये प्रेरणा के साथ बिताये हुये दिनों को नित्य समझता रहा जिसका परिणाम यह था कि वह भीषण दहाने पर खड़ा था जो उसके विनाश और पतन का कारण बन सकता था। अतीत में उसने इन बातों की ओर ध्यान ही नहीं दिया था परन्तु अब वह निरन्तर दुख की दावाग्नि में जल रहा था। रह-रह कर उसके मस्तिष्क में यह विचार उठ रहा था कि क्यों वह प्रेरणा के इतना निकट होता चला गया? क्यों उसने स्वयं अपने विनाश की सामग्री इकट्ठा की? क्यों उसने जिन्दगी भर के लिये यह दुख दर्द-मोल लिया?

'बिना विचारे जो करै सो पाछे पछताय।
काम बिगारे आपनो जग में होय हँसाय।।'
बड़ा कि छोटा कुछ काम कीजै, परन्तु पूर्वापर सोच लीजै।
बिना विचारे यदि काम होगा, कभी न अच्छा परिणाम होगा।।

विश्वास बाल्यकाल से ही महत्वाकांक्षी, मेहनती, मेधावी, सर्वप्रशंसित छात्र रहा था। ज्यों-ज्यों उसका विकास होता गया उसके गुणों में भी चार- चाँद लगते गये। जैसी निर्मलता मस्तिष्क में थी वैसी ही आचरण और व्यवहार में। वह बहुत कुछ करना चाहता था-ऐसा जो अद्वितीय हो। -सैकड़ों वर्षों तक भुलाया न जा सके। पर अचानक प्रेरणा ने उसके जीवन में आकर उसके सामने विकट समस्या उत्पन्न कर दी। विचारों का प्रवाह जिस वेग से जिस दिशा में बह रहा था, रुकावट आ गई। बँधी चीज खुल गई- बिखर गई। अभी तक उसके सामने एक मंजिल थी, जिसकी ओर वह चौगुने चाव से बढ़ रहा था मगर इस भूल भुलैया में पड़कर अब उसे कोई रास्ता ही नहीं सूझ रहा था। वह अब प्रयाग विश्वविद्यालय का छात्र था। इण्टर की परीक्षा में प्रथम श्रेणी तथा प्रान्त में अच्छा स्थान प्राप्त करने के कारण उसे छात्रवृत्ति भी मिल रही थी। मगर अब उसमें न वह उत्साह था, न वह उमंग और न वह लगन। उसके मन में एक अजीब कुंठा, शून्यता सी छाई रहती। उसका मन किसी भी काम में न लगता। वह हमेशा खोया-खोया सा विचारों में डूबा रहता। कौन जानता था कि उसके वे ठहाके और हमेशा प्रसन्नता से खिला चेहरा गम्भीरता तथा निराशा का रूप धारण कर लेंगे। एक समय था कि बात-बात पर उसके कहकहे फूट पड़ते थे। वह दूसरों को भी चुटकुलों और लतीफों से हँसाता रहता और अब यह दशा है कि वह असमय में ही इतना गम्भीर, निराश तथा चिन्तक बन गया है जैसे उसके ऊपर संसार भर के दुखों तथा कष्टों का पहाड़ टूट पड़ा हो, उसकी आशाओं, अरमानों तथा अभिलाषाओं के काफिले लुट चुके हों और जीवन यात्रा में निराश होकर ऊहापोह में हाथ पर हाथ धरकर बैठ गया हो।

हम आशाओं तथा इच्छाओं के हवाई किले बनाते रहते हैं मगर कोई ऐसा तूफान उठता है कि देखते ही देखते वे प्रायः बालू की भीत की तरह मिट्टी में मिल जाते हैं। भला यह कौन जानता था कि विश्वास ऐसा छात्र भी आगे न पढ़ सकेगा। मनुष्य परिस्थितियों का दास है, परिस्थितियों का ऐसा दुश्चक्र चला कि उसमें फँसकर वह किंकर्तव्यविमूढ़ हो गया।

विश्वास अब तक अपने गवने की बात को पढ़ाई में व्यवधान पड़ने के बहाने टालता आया था। मगर अब टालना कठिन था। माता-पिता और प्रेरणा के अत्यधिक आग्रह तथा गेहूँ के साथ घुन की तरह पिसती निर्दोष श्रद्धा की झुलसती जिन्दगी पर तरस खाकर विश्वास अब अधिक टालटूल न कर सका।

माँग में सुहाग और संस्कृति का सेंदुर, माथे पर सौन्दर्य का टीका, लाजभरी आँखों में प्रेम का काजल, हाथ में कर्त्तव्य की चूड़ियाँ, पाँवों में शिष्टता के पायल, सिर से पैर तक पत्नीत्व में डूबी रूप की रानी श्रद्धा ने अपने व्यवहार तथा शील सौन्दर्य से सभी का मन मोह लिया था। सभी उसके गुण गाते न थकते थे।

चिन्ताओं के मझधार में औरत किनारा है। श्रद्धा के सच्चे प्रेम और सेवा ने पतझड़ से वीरान चमन में धीरे-धीरे हरियाली ला दी। प्यार का रास्ता पेट होकर जाता है। टूटा हुआ दिल भी जुड़ने लगा। आखीर में प्रेम, सेवा एवं तपस्या की जीत हुई। विश्वास ने इतने दिनों बाद नये जीवन की प्रेरणा देने वाली श्रद्धा को आँख उठाकर ध्यान से देखा तो देखता रह गया-

'झलकै अति सुन्दर आनन गौर छके दृग राजत काननि छ्वै।
हँसिबोलन में छबि फूलन की बरषा उर ऊपर जाति है ह्वै।।
लट लोल कपोल कलोल करें, कल कंठ बनी जलजावलि द्वै।
अंग-अंग तरंग उठें दुति की, परिहै मनो रूप अबै धर च्वै।।'

उसे लगा जैसे सुन्दरता में सुगन्ध समाई हुई हो। उसके आँखों में कोमल, स्निग्ध एवं सुगन्धमय प्रकाश की लहर सी समा गई। उसका दिल भर आया। काफी यत्न के बाद वह बोला "देवि! तुम मेरे जीवन में वरदान और बहार बनकर आई हो! मगर मैं तुम्हारे योग्य न था। मुझे माफ करना मेरे कारण तुमको कितने कष्ट झेलने पड़े। दुख के सिवा मैं किसी को दे ही क्या सकता हूँ?" यह कहते-कहते उसकी आँखें डबडबा आईं।

मृतक शरीर को मानो प्राण मिले प्रसन्नता और लज्जा से उसका आरक्त मुख और सुहावना हो उठा। अमृत बरसाते हुये वह बोली-"प्रियतम, मैं तो अपना फर्ज ही निभा रही हूँ, आप नाहक ही मुझे शर्मिन्दा कर रहें हैं। आपके साथ तो मुझे नर्क भी स्वर्ग है, फिर दुख कैसा?"

फिर कजरारी, कटीली आँखों में जादूभर मधुर मुस्कान बिखेरती अमृत घोलती वह बोली- "आप बिल्कुल निश्चिन्त रहें, रत्न को परखने में मैंने तनिक

भी भूल नहीं की।" यह कहते-कहते उस मोहनी की लजीली मोहक मादक आँखें नम हो गईं और वह दूसरी ओर देखने लगी।

विश्वास सोच रहा था-

'नारी इस संसृति मंथन का वह सार अमृत-विष मदिरामय।'
जिसके इंगित पर खेल रहे नर के जीवन के स्वर्ग प्रलय!!'

नारी हृदय में कितना प्रेम, कितना शील-संकोच, सन्तोष, सेवाभाव कितनी संजीवनी शक्ति भरी होती है!'

उसका मन पश्चाताप और श्रद्धा से भर आया। वह सोचने लगा- 'औरत संसार में सृष्टिकर्ता की सर्वश्रेष्ठ सुन्दर सृष्टि होती है। वह सृष्टि की सम्पूर्ण मादकता, प्रेम, सौन्दर्य, सृजन, पालन और लय की प्रेरक संजीवनी शक्ति को आत्मसात किये रहती है। वह बहन, बेटी, बहू, पत्नी और माँ के रूप में देवी है, सम्माननीय और सम्पूज्य है और घर-आँगन, समाज, संसार की शोभा, इज्जत, रौनक, रोशनी, चमक-दमक, चहक और महक है। वह हर जगह को खूबसूरत, हर काम को दिलचस्प और हर स्थान को गुलजार बना देती है। औरत गृहलक्ष्मी, सनातनसंस्कृति-संस्कार संवाहिका और अन्नपूर्णा है। घर-गृहस्थी का साज-सँभाल करना, परिवार-समाज के आचरण को बनाना तथा कर्त्तव्य, कोमलता, प्रेम, त्याग-सेवा, संयम और सहनशीलता से जीवन की कठिन-कठोर और विषम यात्रा को सरल, सुखद और सुन्दर बनाना ही स्त्री का कार्य है। वह परिवार, समाज और सृष्टि की नींव है। औरत चाहे तो घर को आबाद कर दे, स्वर्ग बना दे या चाहे बर्बाद कर दे, नर्क बना दे। सुभार्या संसार की सबसे बड़ी विभूति है, जो मनुष्य के चरित्र को उज्ज्वल और पूर्ण बना देती है, जो आत्मोन्नति की प्रेरक है। विवाह का उद्देश्य भोग नहीं, जीवन की पूर्णता और आत्मा का विकास है।

पत्नी का प्रेम, प्रेरणा एवं प्रोत्साहन पुरुष के लिये उतना ही जरूरी है जितना इंजन के लिये ईंधन। श्रद्धा के असीम प्रेम एवं प्रोत्साहन ने विश्वास के सन्ताप को हल्का कर दिया था और उसमें एक नई जीवनी शक्ति भर दी थी जिससे उसके सोये हुये अरमान फिर जाग उठे, कुछ कर गुजरने की तमन्ना फिर अंगड़ाई लेने लगी।

उधर प्रेरणा की याद भी उसे कुछ कर गुजरने के लिये प्रेरित करती रहती। प्रेम के अंकुर को विरह जल बढ़ाता है। प्रेरणा के प्रति उसका प्रेम अब एक नया रूप ले रहा था। प्रेरणा के यह शब्द उसके कानों में हमेशा गूँजते रहते-"तुम शायद अपनी शक्ति को नहीं पहिचानते मगर मैं जानती हूँ कि तुम कुछ हो और कुछ होकर रहोगे।"

परन्तु ऐसे विचार स्थाई न रहते विचार बदलते और वह फिर निराशा, ग्लानि और सन्ताप की अग्नि में जलने लगता। कभी-कभी तो वह ऐसे जीवन से इतना ऊब जाता कि उसे ऐसा जीवन पलभर बिताना दूभर हो जाता। उसे अपना

जीवन बिल्कुल निरुद्देश्य और निस्सार लगता।

मगर जो ज्वाला हमें जलाती है, वह जिलाती भी है। जिस सामन्ती समाज के कारण विश्वास को ऐसी परिस्थिति का शिकार बनना पड़ा था, जिस व्यवस्था के कारण उसे ऐसे दिन देखने पड़े थे, उसके खिलाफ उसके मन में विद्रोह उफन रहा था। पहले तो उसके मन में यह विचार उठा कि वह ऐसे सड़े- गले लकीर पीटने वाले समाज से नाता ही तोड़ ले मगर फिर उसने सोचा-

'यह मन बैरी अति प्रबल नहिं काहू को मीत है।
मन के हारे हार है, मन के जीते जीत है।।'
'आलस्यं हि मनुष्याणां शरीरस्थो महान रिपुः।
ताम् समूल समुत्सार ह्याशावाद परो भव।।'
मरने के बाद आदमी कुछ नहीं सोचता।
मरने के बाद आदमी कुछ नहीं करता।।
कुछ नहीं सोचने और कुछ नहीं करने से।
आदमी मर जाता है।।

आलस्य, निराशा, हताशा मृत्यु है और आशा, उत्साह, उल्लास जीवन है। 'मन के हारे हार है, मन के जीते जीत।" जीवन अनमोल है। जीवन निजी नहीं समाज और सृष्टि की सम्पत्ति है। ठोकरें इंसान को चलना सिखाती हैं। इस प्रकार पलायन तो कायरता और अकर्मण्यता होगी। उससे मुख मोड़ लेने से तो समाज को और मनमानी करने की खुलो छूट मिल जायेगी और उसके अत्याचारों के शिकार और बुरी तरह से पिसते चले जायेंगे। जीवन हँसी खेल तो नहीं लेकिन जीवन को गीत गाते गुनगुनाते हँस-खेलकर बिताना एक कला है-

'न मुँह छुपा के जिओ, न सर झुका के जिओ।
गमों, दुखों के दौर में भी, मुस्कुरा के जिओ।।'
'जीवन केवल संघर्ष नहीं क्रीड़ा भी है, भावन भी है।
जीवन न जेठ की दोपहरी, मधुऋतु भी है, सावन भी है।।
जीवन न रैन बसेरा है, न यायावरों का डेरा है।
यह तो एक सार्थक सफर है, इसमें मंजिल है, पड़ाव है,
सबेरा है।।'
'यह संसार मनुष्य के लिये एक परीक्षा स्थल है।
पग पग प्रश्न कठोर देख कर होती बुद्धि बिकल है।।
किन्तु स्वात्मबल विज्ञ सत्पुरुष ठीक पहुँच अटकल से।
हल करते हैं प्रश्न सहज ही अविरल मेधा बल से।।'
'बिना चढ़े फुनगी पर जो चाहता सुधाफल पाना।

पीना रस-पीयूष और यह मन्दर नहीं उठाना।।
खारा कह संसार-सिन्धु को वही छोड़ देता है।
सुधा श्री मणि-रत्न कोष से पीठ फेर लेता है।।'

मनुष्य एक सबुद्धि सामाजिक प्राणी है। हमें समाज में रहकर ही वह क्रान्ति करनी है जिससे सामन्ती समाज की धज्जियाँ उड़ जायँ और उसके ठेकेदारों, दलालों, माफियाओं का नामोनिशान मिट जाय। सामन्ती समाज वैचारिक क्रान्ति, जनान्दोलन के आगे ही घुटने टेकता है। महापुरुषों ने इसी शक्ति से समाज का कायाकल्प किया था। क्या वही शक्ति हममें नहीं आ सकती? परमाणु में कितनी शक्ति है, फिर मनुष्य तो अनुपम असंख्य परमाणुओं से बना होता है- प्रत्येक आत्मा में अनन्त ऊर्जा, ज्ञान, शक्ति सामर्थ विद्यमान है। बस उसे जानने जगाने की जरूरत है-

'यह पीर पर्वत सी पिघलनी चाहिये।
इस हिमालय से अब गंगा निकलनी चाहिये।।'

रात की नीरवता बढ़ गई थी। सब सो रहे थे पर विश्वास अब भी जग रहा था। उसके मस्तिष्क में नाना प्रकार के विचार बन-बिगड़ रहे थे। वह सोच रहा था-'कादर मन कहुँ एक अधारा। दैव दैव आलसी पुकारा।"

यह जन्म हुआ किस अर्थ अहो, सोचो जिससे यह व्यर्थ न हो।'
'कर न सके जो जन कल्याण। उससे तो अच्छा पाषाण।'
'पूत सपूत वही कहलाता। जो मातृभूमि का मान बढ़ाता।।'

तब उसे ऐसा अपूर्व, अनुपम, अनूठा क्या करना चाहिये जिससे समाज और राष्ट्र सेवा के साथ-साथ वह परिवार के प्रति भी अपने कर्तव्य को निभा सके। दिमाग में कोई बात जम ही नहीं रही थी। यकायक बुद्धि ने सूझ दी- बच्चे परिवार, समाज, राष्ट्र और विश्व के भविष्य हैं, क्या शिक्षक बनकर नई पीढ़ी और समाज को आदर्शवान तथा चरित्रवान नहीं बनाया जा सकता जो विश्व के लिये नितान्त आवश्यक है? समाज का बनना-बिगड़ना और उन्नति-अवनति तो उन्हीं पर निर्भर है। शिक्षक समाज का सृजक, पालक और संहारक है- 'शिक्षक तो है युग निर्माता, छात्र भविष्य के भाग्य विधाता।'

'अब तक का इतिहास बताता, मानव है निज भाग्य विधाता।।'

'अप्प दीपो भव' (स्वयं दीपक बनो)-

'बड़ा जी रखा काम का ढंग जाना, बखेड़ों दुखों उलझनों को न माना।
जिन्होंने हवा देख कर पाल ताना, जिन्हें आ गया बात बिगड़ी बनाना।।
उन्होंने करामात कर ही दिखाये, भला कब तरैया न वे तोड़ लाये?'

निराशा और हताशा के बादल छँट चुके थे। खिन्नता प्रसन्नता में बदल

गई। मन में उल्लास भर आया। एक पंथ दो काज-अब वह अध्ययन- अध्यापन के साथ-साथ एक संस्कारित, सुशिक्षित शिक्षक बनकर आदर्श समाज की संरचना में अपना सर्वस्व निछावर कर देगा-

'अभी तो कुल दीपक हैं हम कल सूरज बन जायेंगे।
घर-घर रोशन करके हम तो सब जग जगमगायेंगे।।'
हम सुसंस्कारित शिक्षक बन शिक्षा में नई क्रांति लायेंगे।
समग्रविकास सर्वोदय हित समग्रक्रांति की अलख जगायेंगे।।
सहीशिक्षा सुसंस्कार से मंजिल तक पहुँचायेंगे।
युगपरिवर्तन लायेंगे, स्वर्णिमइतिहास बनायेंगें।।

यही सोचता हुआ वह कब सो गया, जानने ही न पाया।

15

प्रकृति पुरुष के लिये भोग्य बन, नित्य नई छबि है दिखलाती।
शब्द, स्पर्श, रस, रूप, गंध के है पंचामृत पात्र सजाती।।
पर प्राकृतिक पर्यावरण को जब दारुण दानवता दहलाती।
वह चंडी बन रौद्र रूप धर तभी कहर ढ़ाती तड़पाती।।
देने वाला देता है तो छप्पर फाड़ कर देता है।
लेता है तो चमड़ी उधेड़ लेता है।।

फरवरी और मार्च में भयंकर उपलवृष्टि हो जाने से हरी-भरी लहलहाती फसलों का तो कहीं नामोनिशान ही नहीं रह गया था। खपरैलों के खपड़े चूर-चूर होकर गिट्टी की तरह बिखर गये थे। पक्की छतें भी क्षतिग्रस्त हो गई थीं। पेड़ों-पौधों की पत्तियाँ ही नहीं छाल और डालियाँ तक निशर गई थीं। झोपड़ों-खपरैलों को फाड़कर ओले घरों के अन्दर गिर रहे थे जिनके घुलने से अनाज, कपड़ा और समान भीग गया था। भरेठों के नीचे खड़े होकर लोगों ने जान बचायी थी। जो जंगलों, खेतों और बाहर से नहीं आ पाये थे उनके लिये परेशान परिवार के लोग ईश्वर से प्रार्थना कर रहे थे। चारों ओर हाहाकार मचा था, लगता था प्रकृति प्रलय करने पर तुली हुई है।

भयंकर उपलवृष्टि से भारी संख्या में जीव-जन्तु, पशु-पक्षी मरे थे। कई बच्चे-बूढ़े, स्त्री-पुरुष भी हताहत हुये थे। कुछ देर पहले जहाँ हरे-भरे फूले-फले वन-उपवन, बाग-बगीचे, लहलहाती फसलें मस्ती में झूम रही थीं वहीं श्मशान की वीरानगी नजर आ रही थी, जिसे देखकर आँसू आ जाते और कलेजा फटने लगता। जिन खेत-बारियों को देखकर मन न अघाता था, घर-परिवार और भोजन तक भूला रहता था। अब उधर जाने की इच्छा तक न होती थी। खेतों

में सड़ रही फसलें और अन्न, नदी-नालों, जलाशयों में मरी मछलियों, जीव-जन्तुओं की दुर्गन्ध से रहाइश न हो रही थी और भयंकर बीमारियों के फैलने की आशंका पैदा हो गई थी। बन्धी बँधानों, नदी-नालों में ओलों की जो शिल्लियाँ बन गई थीं, वातावरण में ठंडक बढ़ जाने से कई दिनों तक नहीं घुल पाई थीं। चारों ओर अजीब मायूशी छाई हुई थी। साल भर की मेहनत-मजदूरी, खाद-बीज बर्बाद हो जाने, परोसी हुई थाली छिन जाने, सालभर के लिए दाने-चारे और बसर की विकराल समस्या आ जाने से किसानों मजदूरों को तो साँप सूँघ गया था। दाने-चारे की खोज में वे इधर-उधर भटक रहे थे। पशु-परानी और स्वयं को भुखमरी से बचाने के लिये लोग जीविका की खोज में गाँवों से शहरों की ओर भागने लगे थे।

भयंकर उपलवृष्टि से भुखमरी तो क्षेत्र में पहले से ही थी। गर्मियों में लपलपाती लू में भी लोग राहत कार्यों में खून-पसीना एक करके अपना और अपने बाल-बच्चों का पेट पाल रहे थे। सबकी आँखें अगली फसल पर टिकी हुई थीं। किन्तु अबकी अतिवृष्टि और तूफानी वर्षा तो फसल ही नहीं धरती तक को लीलने पर तुली हुई थी। शुरू में गाँव वाले जर-जेवर बेंचकर राशन की दुकान से सड़ा अन्न और आटा खरीद कर बसर करते रहे। उसके बाद बहुतेरे कंद, मूल, फल, खजूर के गबौझे उबाल कर अथवा कच्चे ही खाकर पेट की आग बुझाते रहे। मगर अब मौसम का मिजाज बिगड़ने से तो जैसे भूखों मरने के ही दिन आ गये हों।

दीनू क्या करता? उससे अब भूख से बिलबिलाते चिथड़े लपेटे बच्चों का दुख नहीं देखा जा रहा था। अनाज खरीदने के लिये उसके पास फूटी कौड़ी तक नहीं थी। वह फटेहाल, तूफानी वर्षा से ढ़ही चौपाल में बैठा चिन्ता में डूबा हुआ था।

"सुना है? कोटे की दुकान में गल्ला बँट रहा है।" फटी-पुरानी धोती में किसी प्रकार शरीर ढकने की कोशिश करती उसकी पत्नी दया पास आकर बोली।

"खरीदने के लिये कुछ हो तब न?" दीनू कातर नजरों से पत्नी की ओर देखते हुये अपनी दशा पर झुंझला उठा।

दया ने अपना मंगलसूत्र पति के हाथ में रख दिया।

"दया!" दीनू की आँखों में आश्चर्य उमड़ आया। थूक निगलता हुआ वह बोला-"यही एक जेवर तो तुम्हारे पास बचा है।"

दया के मुख में म्लान मुस्कान मचल गई।

"नहीं, नहीं, इसे मैं नहीं बेचूँगा।" दीनू उसे वापस करते बोला-"मैं अब सुहाग की इस आखिरी निशानी को तो किसी कीमत पर नहीं बेच सकता। चाहे......."

"मेरे लिये मेरा सुहाग और बच्चे ही असली आभूषण हैं।" मुस्कुराते हुए उसने कहा।

मरता क्या न करता? तीन दिनों से भूख से बिलबिला रहे फटेहाल बच्चों की दयनीय दशा और पत्नी के आग्रह को देखकर दीनू भारी मन से मंगलसूत्र लेकर राशन के लिये चल पड़ा।

आसमान में सावन की रिमझिम करती कारी कजरारी इन्द्रधनुषी घटायें घुमड़ रही थीं। घुमड़ती घटाओं के नीचे उड़ते हुये बगुलों की पंक्तियाँ भली लग रही थीं। पवन के झकोरों, रसभरी फुहारों से हरे-भरे पेड़-पौधे मस्त होकर झूम रहे थे। बादलों के विद्युत-विलास से संसार प्रकाश से नहा उठता। घनघोर गर्जन-तर्जन से पृथ्वी काँप उठती। ऋतुओं की रानी वर्षा ने पेड़-पौधों, लताओं का सौन्दर्य निखार दिया था। तरह-तरह के रंग-बिरंगे जीव-जन्तु वर्षात में बढ़ गये थे। शस्य श्यामला धानी धरती की छाती से निकलती सोंधी-साँधी गन्ध ऐसी लगती जैसे मन-प्राणों में समाती जा रही हो। डालों, घोंसलों पर बैठे पक्षी आनन्द विह्वल चहकते, 'चूँ-चूँ कर रहे थे। हरियाली से हरे-भरे वन-पर्वत प्रदेश सुन्दर सुहावने हो उठे थे। प्रकृति सजी-सँवरी दुल्हन सी सुन्दर एवं मोहक लग रही थी। रंग-बिरंगे परिधानों से सजे-सँवरे झूले खनकती हँसी और सुमधुर गीतों से सुहावने लग रहे थे। किन्तु प्रकृति का यह मनहर रूप धीरे-धीरे भयावह होता जा रहा था। चार दिनों से प्रलयंकारी मूसलाधार बारिस हो रही थी। जल-थल जलामयी हो गये थे। नदी-नाले किनारे के बन्धनों को तोड़कर खेती-बारी, गाँवों शहरों को उदरस्थ करने के लिये हहराते बढ़ते जा रहे थे। झोपड़ियों और कच्चे मकानों की कौन कहे, पक्के मकान भी उस प्रलयंकारी बाढ़ और तूफानी वर्षा के थपेड़ों से ढह रहे थे जिससे धन-जन और माल मवेशियों की भारी क्षति हुई थी। दिन में शाम का सा अँधेरा था तो रातें काल रात सी लग रही थीं। कहीं-कहीं जुगुनू अपनी जलती-बूझती टार्चों से उस घटाटोप अंधकार में भूले-भटकों को राह दिखाने का असफल प्रयास कर रहे थे। कई बन्धों बँधानों के टूटने और दरारें पड़ जाने से अचानक बाढ़ बढ़ने से रातोंरात अनेक गाँव-बस्तियों के बह जाने से करोड़ों की सम्पदा, हजारों मवेशी, स्त्री-पुरुष, बच्चे-बूढ़े तथा लाखों एकड़ की लहलहाती फसलें उदरस्थ कर लेने पर भी जैसे अभी उसकी क्षुधा शान्त न हुई थी। नदियों- नालों में बहती हुई मवेशियों, मनुष्यों, जीव-जन्तुओं की सड़ी लाशों से दुर्गन्ध उठ रही थी जिन पर कौवे, गीध-चील चाँच चला रहे थे। धन्नियों- बल्लियों, बहते हुये पेड़ों, डालियों को पकड़े 'बचाओ', 'बचाओ' चिल्लाते स्त्री, पुरुष, बच्चे, बूढ़े और मवेशी बहे जा रहे थे।

बड़ा वीभत्स रोमांचकारी दृश्य था। कुछ लोग तैर कर बहती लाशों, मूर्छित, मरणासन्नों के गहने, कपड़े लूटने में लगे थे तो कुछ बचाने, बहती बल्लियों, लकड़ियों और माल-मवेशियों को पकड़ने में जुटे थे। इस लालच और दुस्साहस

में कुछ को प्राणों से भी हाथ थोना पड़ा।

प्रलयंकारी हहराती लहरों से जूझते जान की बाजी लगाकर बिरले बहादुर बहते-डूबते लोगों को बचाने में लगे थे। राहत नौकायें बाढ़ पीड़ितों को राहत देने और उनके माल-मवेशियों को सुरक्षित स्थानों में पहुँचाने में लगी हुई थीं। उन्हें स्कूलों, कालेजों, राहत शिविरों, हातों, घरों और धर्मशाला में रक्खा गया। चारों ओर हाहाकार मचा हुआ था। मंत्री, मुख्यमंत्री और प्रधानमंत्री ने बाढ़ क्षेत्रों का हवाई सर्वेक्षण कर स्थिति का जायजा लिया।

कई दिनों बाद बाढ़ तो बुढ़ा गई थी मगर वर्षा, बाढ़ से गिरे घरों, खओं-खत्तियों, बखारियों, कोठिला-कोठिलियों, बोरों आदि में भरे अनाज और खेती-बारी के सड़ने की सड़ाँध तथा शुद्ध पेयजल के अभाव से तमाम बीमारियों, दाना-चारा, रोटी, कपड़ा और मकान के अभाव में त्राहि-त्राहि मची थी। सरकार और समाजसेवी संस्थाओं की ओर से उनके लिये देय अनुदान, दाना-चारा, कपड़ा और अन्य राहत सामग्रियों को लूटने-खसोटने में भ्रष्ट अधिकारियों, कर्मचारियों, दलाल, नेताओं की गिद्ध-दृष्टि लगी थी।

भयंकर उपलवृष्टि हो या अतिवृष्टि और बाढ़, भयावह सूखा हो या अन्य विपदा विश्वास साथियों के साथ पीड़ितों को दुख-दर्द में दाढ़स बँधाता, लोगों को पीड़ितों की सहायता के लिये प्रोत्साहित करता, राहत पहुँचाने के लिये शासन-प्रशासन का ध्यान आकृष्ट करता। उसे यह देखकर आश्चर्य होता कि ऐसी आपदा में भी जीवन-मौत से जूझ रहे बच्चों, बूढ़ों, असहायों, गरीबों को मिलने वाले बाढ़ राहत-अन्न, अनुदान, कपड़े, कम्बल आदि को भ्रष्ट अधिकारी, कर्मचारी, बिचौलिये, दलाल, नेता साँठ-गाँठ से फर्जी कागजी खानापूरी कर उस पीब को भी पीने के लिये तरह-तरह के हथकंडे अपनाते हैं! गृहगिरी, अनुदान, कर्ज और असहाय, वृद्ध, विधवा, विकलांग पेंशन तक प्रायः उन्हें ही मिलती हैं जिनसे 'हक-हकूक (घूस) मिलता है चाहे उसके लिये वह पात्र हों अथवा न हों! इस बन्दरबाँट में नीचे से ऊपर तक अधिकारियों, कर्मचारियों, दलालों, नेताओं की मिली भगत और लीपापोती होने से जनता की शिकायतें, हो-हल्ले, सत्याग्रह नक्कार खाने में तूती की आवाज बन कर रह जाते हैं या जाँच का दिखावटी नाटक कर जाँच अधिकारियें को भी लेन-देन का जरिया बन जाते हैं! खोदा पहाड़ निकली चुहिया की कहावत चरितार्थ होकर रह जाती है और इंसान की हड्डी तक चबा जाने वाले इन नरपिशाचों के खूनी चेहरों, खूनी दांतों में चमक बढ़ जाती है!

* * *

विश्वास सबेरे घूम कर लौट रहा था कि दीनू के दरवाजे स्वार्थ की आवाज कान में पड़ी। वह दीनू से आँख निकाल कर कह रहे थे-"क्या आज भी तुम काम करने नहीं चलोगे दीनू? मेरा कितना हरजा हुआ यह तुम नहीं सोचते?"

दीनू के लड़के विद्रोह ने अकड़ते हुये कहा- "अब वह किसी की मजूरी न करेंगे। हमें अपना खेत बोना है।"

स्वार्थ ने आँखें निकाल कर कहा- "काम कैसे नहीं करेगा? बीच में काम नहीं छोड़ सकता। कुड़ मूँदकर छोड़ना हो छोड़ दे करना हो करे। उसके पहले नहीं छोड़ सकता।"

विद्रोह ने हेकड़ी दिखाते हुये कहा- "उन्होंने किसी की गुलामी नहीं लिखाई है। जब तक इच्छा थी काम किया। अब नहीं इच्छा है, नहीं करेंगे। इसमें कोई जोर जबरदस्ती नहीं कर सकता।"

"तो दीनू काम करने नहीं चलेगा?"

"नहीं।"

"तो हमारे रुपये और अनाज दे दो। असल समेत साढ़े सात सौ रुपये और मय सवाई के २४ कुन्तल गेहूँ होता है। मैंने समझा था महीनेवारी में कटते जायेंगे, लेकिन तुम्हारी इच्छा नहीं है, तो मत करो। धन्ना सेठ बनते हो तो धन्ना सेठी का काम करो।"

दीनू ने स्वार्थ से कहा- "तुम्हारी चाकरी से मैं कब इन्कार करता हूँ मालिक, मगर हमारे खेत भी बोने को हैं।"

विद्रोह ने गरजते हुये बाप से कहा- "कैसी चाकरी और किसकी चाकरी? यहाँ कोई किसी का चाकर और मालिक नहीं। सभी बराबर हैं। बड़ा अंधेर है, किसी को कुछ रुपये और अनाज उधार दे दिये और उससे सूद दर सूद और सवाई दर सवाई में जिन्दगी भर काम लेते रहे! मूल ज्यों का त्यों! यह महाजनी नहीं है, पीब पीना है पीब।"

"तो रुपये-अनाज दे दो, बेकार झिक झिक करने से क्या लाभ? मैं ४/- सैकड़ा माहवारी ब्याज लेता हूँ। तुम्हें गाँव-घर का अपना परजा समझकर ३/- पर ही दिया था। अनाज तो सवाई तूर उठता ही है।"

"हम तो सवा रुपया सैकड़ा सालाना से एक कौड़ी बेसी नहीं देंगे और अनाज साल में सवाई से एक दाना बेसी नहीं। तुम्हें इस हिसाब से लेना हो तो लो, नहीं तो अदालत से लेना। इस हिसाब से ही कम नहीं होता।"

"मालूम होता है, तुमको बड़ी गर्मी हो गई है।"

"गर्मी उन्हें होती है जो एक के चार लेते हैं। हम तो मजूर हैं। हमारी गर्मी पसीने के रास्ते बह जाती है। मुझे याद है तुमने भैया की तेरही में सौ रुपये और ४० किलो गेहूँ उधार दिये थे। उसी के अब ११९२५ रुपये हो गये! और ४० किलो के ९ कुन्तल!! कुछ हद है! अंधेर हो गई अंधेर! इसी तरह तुमलोगों ने किसानों को लूट लूट कर मजूर बना डाला और आप उनकी जमीन-जायदाद के मालिक बन बैठे। सौ के ११९२५ रुपये! ४० किलो के नौ कुन्टल!! गजब हो गया! कितने

दिन हुये होंगे दादा?" दीनू ने कातर कंठ से कहा-"यही आठ-नौ साल हुये होंगे।"

विद्रोह ने दाँतों तले अँगुली दबाते हुये कहा-"नौ साल में सौ रुपये के ११११२५ रुपये और ४० किलो के ९ कुन्टल गेहूँ! सवा रुपये के हिसाब से कितने रुपये और साल में सवाई के हिसाब से कितना गेहूँ होता है?"

अँगुलियों के पोर में हिसाब लगाते हुये थोड़ी देर में विद्रोह बोला-"नौ साल में १०० रुपये के असल समेत १२२५ रुपये और गेहूँ असल मिलाकर साढ़े चार कुन्टल हुये। इससे बेसी मैं एक फूटी कौड़ी भी न दूँगा।" शोर सुनकर विश्वास और कई लोग इकट्ठे हो गये थे। स्वार्थ ने पाखण्ड और लालच लेखपाल को बीच में डालकर कहा-"सुनते हो भैया इसकी बातें। अपने ११११२५ रुपये और ९ कुन्टल गेहूँ छोड़कर १२२५ रु० और साढ़े चार कुन्टल गेहूँ ले लूँ, नहीं अदालत करूँ। इस तरह का व्यवहार हुआ तो कितने दिन संसार चलेगा? प्यादा से फरजी भयो टेढ़ो-टेढ़ो जाय- दो आखर पढ़ लिया तो दिमाग आसमान में चढ़ गया! छोटे मुँह और बड़ी बातें और यह दीनू बैठा सुन रहा है। दीनू तुम मेरे रुपये और अनाज हजम कर जाओगे? मैंने ११११२५ रुपये और नौ कुन्टल गेहूँ भी छोड़े, अदालत भी नहीं जाऊँगा मगर मैं अपने पूरे ११११२५ रुपये और नौ कुन्टल गेहूँ लेकर दिखा दूँगा और तुम मेरे द्वार पर आओगे और हाथ बाँध कर दोगे, नहीं तो अगले जन्म बैल बनकर तो भरोगे ही।"

पाखंड गाँव में साधु और महात्मा मशहूर थे। सौ-सौ चूहे खाय बिलारी हज को चली-जवानी ढलते ही साधु वेश बना राम नाम की खेती में उम्र काट रहे थे। वे प्रातः ही पूजा पर बैठ जाते और घण्टों ढोंग-ढ़पाल, जोग-टिटिम्मा, पूजा-पाठ, दिखावे में लगे रहते। सभी उनकी तपस्या के गुण गाते न थकते थे। मगर 'करतब बायस भेस मराला' वह साक्षात् कपटमुनि और कालनेम थे। मुख में राम बगल में छूरी-उनके फंदे में फँसा हुआ फिर उठ कर पानी न माँगता था। वह फूटनीति में पूरे नारद थे। भाई-भाई, बाप-बेटे तक में मुँड़ फुटौहल करा देना उनके बायें हाथ का खेल था। अब वह चोरी-डकैती तो न करते थे, उसमें जोखिम और भंडाफोड़ होने का डर था। मगर-चोरी डकैती के काम में सह, संरक्षण देने और हिस्सा बँटाने में वह पाप न समझते थे। चोरी गये माल को विचारने में वह मशहूर थे। बीमारी में दवा-दुवा भी करते हैं और झाड़-फूँक भी, जैसी मरीज की मर्जी हो। वह चोर के भी साथी हैं और शाह के भी, पर मौका पाकर किसी से कुछ न उठा रखते थे। जब भूमिहीनों को पट्टे बँटे तो पाखण्ड और स्वार्थ ने विविध हथकड़ों से कर्मचारियों-अधिकारियों को मिलाकर काफी जमीन डकार ली थी। पाखण्ड तो सार्वजनिक रहूनी, रास्ते, चारागाह, खलिहान और तालाब तक में दौत गड़ाये हुये थे! गउयें और ढोर भूखे-प्यासे मर जाँय तो उनकी बला से-ईश्वर नाम जपने, व्रत, अनुष्ठान और पूजा-पाठ करने से कहीं पाप पास फटक सकता है! गाँव में किसी को उन पर विश्वास नहीं है पर उनके पास कुछ ऐसा वशीकरण है कि लोग

बार-बार धोखा खाकर भी उनके जाल में फँस जाते हैं!

और लालच, लेखपाल समुदाय के सदगुणों के साक्षात् अवतार थे। वह यह नहीं देख सकते थे कि कोई बिना उनकी मर्जी ग्राम समाज या किसी किसान भाई की इंच भर भी जमीन दबा ले। वह गाँव में पुण्यात्मा मशहूर थे। वह अनुष्ठान, पूजा-पाठ कराते और हर पूर्णमासी को सत्यनारायण की कथा सुनते। साधु-महात्माओं का स्वागत सत्कार करते। कथा-वार्ता सुनते। पर पटवारी होने के नाते अच्छे-अच्छों से अपना काम बेगार में करवाते। समझौते या मेलजोल में उनका विश्वास न था वह तो निर्जीवता के लक्षण हैं! वह संघर्ष के पुजारी हैं जो सजीवता और बहादुरी के लक्षण हैं! उनकी लेखनी में ऐसा जादू था कि आये दिन एक न एक गुल खिले रहते-किसानों को एक-दूसरे से लड़ाकर उन्हें खुद लूटते और पुलिस, वकील तथा कचहरियों से लुटाते। सारा गाँव उनसे काँपता था। किसानों से दाना-चारा, फल-सब्जी, घी, दूध-दही खुद खाते, कचेहरी और पुलिस को भी भेंट चढ़वाते रहते थे। इलाके भर में उनकी खासी धाक थी। किसानों- मजदूरों को पीछे-पीछे फिराने में उन्हें मजा आता था। जिस शिकार को फँसाते उसकी हड्डी तक चबा जाते थे। मौका पाकर न चूकते थे, पर जिसका खाते थे, उसका बजाते भी थे। सौ, दो सौ कर्ज देकर उन्होंने कई हजार कमा लिये थे।

पाखंड और लालच दोनों ने मनमानें ब्याज पर रुपये उठाये थे। उन्होंने सोचा कि अगर विद्रोह के देखा-देखी औरों ने भी ऐसे सिर उठाया तो उनका दीवाला पिट जायेगा। वे बोले-"अभी यह नये बजार आया है तभी बढ़ चढ़ कर ऐसी बातें बघार रहा है और अदालत से लेने की धमकी दे रहा है। अदालत की हवा नहीं खाई है। किसी के पाले पड़ जायेगा तो सभी भूत भाग जायेंगे।" मरे को मन भर लकड़ी से जलाओ या दश मन से उसे क्या चिन्ता। दीनू गिड़गिड़ाते हुये बोला- "मालिक, लड़कों की बात पर न जाओ, वह कौन होता है। लेन-देन तो हमारे-तुम्हारे बीच हुआ है। मैं जब तक जीऊँगा, एक-एक पैसे भरूँगा।"

स्वार्थ के जाते ही भीड़ छँट गई। विद्रोह ने बाप की ओर तिरस्कार भरी नजरों से देखते हुये कहा-"तुम्हीं लोगों ने सिर पर चढ़ाकर इन सबका दिमाग बिगाड़ दिया है। अब जिन्दगी भर सूद और सवाई में दम घोटायेगा, डाँट ऊपर से पिलायेगा और सिर पर चढ़कर मजूरी कराते-कराते तुम्हें मार डालेगा। फिर भी सूद-सवाई खतम नहीं होगी बल्कि तुम्हारे बाद आने वाली पीढ़ियों का भी खून पीती रहेगी।"

अपने विचार में सत्य का पक्ष लेते हुये दीनू बोला- "कुछ भी हो धर्म और नीति से मुख न मोड़ना चाहिये बेटा, अपनी-अपनी करनी अपने साथ है। हमने जिस सूद-सवाई पर लेन-देन किया है, उससे मुकरना ठीक नहीं। लोग थुवा-थुवा करेंगे और पंचों में भद्द अलग होगी। ऐसा धन हमें न पचेगा। ऐसी कमाई इन्हीं लोगों को हजम होती है।"

त्योरी बदलते हुये विद्रोह बोला-"जिसने बेंच दिया ईमान। करो नहीं उनके गुणगान।" यह पंच नहीं घुसुर पंच हैं, राक्षस हैं, पक्के राक्षस! मैं मुँह देखी करने वाले इन शैतानों की नस-नस पहिचानता हूँ। चोर-चोर मौसेरे भाई-यह सब हमारी जगह-जमीन छीन कर माल मारना चाहते हैं। जिसके लिये किसी न किसी बहाने की ताक में लगे रहते हैं। गरीबों का गला काटना दूसरी बात है, दूध का दूध और पानी का पानी करना दूसरी बात। यह सब एक ही थैली के चट्टे-बट्टे हैं। इनके डर से हम अपने हाथों अपनी चिता क्यों बनावें? फिर धर्म और नीति से मुख मोड़ने और किसी के धन हड़पने के लिये कह ही कौन रहा है? मैं यही तो कहता हूँ इतनी सूद-सवाई नहीं देंगे। बैंक वाले एक रूपया लेते है तो वे सवा रूपये लें लें। साल में अनाज की सवाई कम थोड़ी होती है? या फिर 'दाम दूगुन अनाज तीगुन' लें लें। इससे ज्यादा की चाहना करना तो खून पीना है खून।" यह कहता हुआ विद्रोह भीतर चला गया।

दया ने पूछा "आज सबेरे-सबेरे दादा से क्यों भिड गये?" विद्रोह ने सारा वृत्तान्त कह सुनाया। अन्त में बोला-" इनके ऊपर रिन का बोझ एक के चार बढ़कर पहाड़ हो जायेगा। मैं कहाँ तक भरूँगा। इन्होंने कमा-कमा कर इन शैतानों का घर भरा है। मैं क्यों इनकी खोदी हुई खंदक में गिरूँ? मैं जानबूझ कर अपने हाथों अपनी कब्र न खोदूँगा।"

16

मुख्यमंत्री ने जैसे ही प्रादेशिक समाचार में प्रदेश को सूखाग्रस्त घोषित किया, पूरे प्रदेश में खुशी की लहर दौड़ गई। मंत्रियों के चेहरे खिल उठे। सत्ताधारी दल के विधायकों ने गर्व से गर्दन तान कर मूँछों पर ताव दिया। कृषि, सिंचाई, बिजली, विकास और माल विभागों के अफसरों, सहायकों, मैकेनिकों, क्लर्कों, कर्मचारियों और चपरासियों ने इस खबर के सुनते ही आपस में एक-दसरे को बधाइयाँ दीं। मुख्यमंत्री को धन्यवाद दिया। सबके मुर्दा चेहरों पर रौनक दौड़ गई।

दूसरे ही दिन मुख्यमंत्री ने मंत्रिमंडल की एक जरूरी बैठक बुलाई। मंत्रिमंडल ने तुरन्त फैसला किया कि सूखे की स्थिति का उसी तरह से मुकाबला किया जाय जैसे हमला होने पर दुश्मन का किया जाता है। कृषि, सिंचाई, विद्युत, वित्त, विकास और मालमंत्रियों ने अपने विभागों को जोरदार कार्यक्रम चलाने को कहा। सबसे पहले मुख्यमंत्री ने हवाई दौरा किया फिर अन्य मंत्रियों ने सूखा का हवाई सर्वेक्षण किया।

सरकार ने फैसला किया कि खरीफ की सूखाग्रस्त फसल को किसी भी कीमत पर बचाया जाय। नहरों को हर समय चालू रखा जाय। नलकूपों को हर समय बिजली दी जाय। खराब पड़े नलकूप तुरन्त ठीक कराये जाँय। मुनाफाखोरों, जमाखोरों और कालाबाजारियों पर कड़ी नजर रखी जाय। ग्रामीणों को गाँव में

तुरन्त काम दिये जाँय। 'चेकडैम', तालाब, नलकूप बनवाये जाँय। लोगों को नाली, खडंजों, सड़कों की मरम्मत के कामों पर लगाया जाय। मुख्यमंत्री ने सूखा का युद्धस्तर पर सामना करने के लिये तुरन्त केन्द्रीय सरकार से सूखा सहायता की माँग की। बाँटने के लिये ज्यादा गेहूँ चावल और खाद्यान्न माँगा।

इस तरह सरकारी स्तर पर एक जोरदार सूखा राहत कार्यक्रम शुरू हो गया। मुख्यमंत्री और मंत्रियों ने सचिवों को रेडियोग्राम पर और सचिवों ने मंडलाधीशों, जिलाधीशों को वायरलेस पर संदेश दिया। उन लोगों ने जिला के अधिकारियों को फोन पर कहा। जिलाधीशों ने जिले के अधिकारियों की आवश्यक बैठक बुलाकर बताया कि प्रदेश सूखाग्रस्त घोषित हो गया है। खरीफ की फसल को किसी भी कीमत पर बचाया जाना चाहिये। नहरें हर समय चलें। बिजली हर समय रहे। ट्यूबवेल हर समय काम करें। खराब ट्यूबवेलों को तुरन्त ठीक कराया जाय। नहरों को किसान बीच में न काट लें, इसके लिये नहरों की सुरक्षा का प्रबन्ध होमगार्ड के लोगों को सौंप दिया जाय।

इस प्रकार सरकारी इरादा सरकारी कर्मचारियों के बीच कार्य में परिवर्तित होने चल दिया। खबर ठेकेदारों, दलालों और बिचौलियों तक पहुँची और उन्होंने अपनी-अपनी पहुँच के सरकारी अमलों को तुरन्त अण्डे, मछली, मुर्गे, बकरे कटवाकर देशी से लेकर विदेशी तक की दावतें और उपहार दिये। सूखापर्व धूमधाम से मनाना शुरू हुआ। पिछली रबी की फसल वाला समय इन सबके लिये बहुत बुरा रहा। प्रकृति ने ऊपरी आमदनी पर पानी ही फेर दिया। रबी की बोवाई से लेकर उसके पकने तक फसल को जब-जब पानी की जरूरत पड़ी कमबख्त बादल आसमान में आये और गड़गड़ाकर बरस गये। पिछले साल बरसात में पानी भी ठीक बरसा। नतीजा यह हुआ कि बाँधों में पर्याप्त पानी जमा था। नहरें भी पूरे समय अल्हड़ यौवना की तरह उफनती हुई चलती रहीं। पूरे प्रदेश के कृषि, सिंचाई, बिजली, विकास और माल विभागों में मुर्दनी सी छाई रही। कहीं कोई चीख-पुकार, कमी या अभाव नजर नहीं आया। किसान प्रसन्न और सन्तुष्ट बना रहा। पर इन विभागों के सरकारी अमलों के सीने पर साँप लोटते रहे। पूरा मौसम उनके लिये सूखा जा रहा था। सब दुखी थे। प्रकृति को जी भर कर कोस रहे थे। अब उनकी सारी खुशी खरीफ की फसल पर निर्भर करती थी। कृत्रिम उपग्रहों ने देश के मौसम विभाग को जून के मध्य तक मानसून की प्रगति के बारे में आशाजनक खबरें दी तो इन खबरों को सुन-पढ़कर ये लोग मायूस होने लगे। सबके चेहरे मुर्दा, रुआँसे और मनहूस नजर आते रहे।

कर्मक्षेत्र के बी.डी.ओ. सबसे ज्यादा दुखी और मायूश हो रहे थे। वह रबी की फसल के बुरे समय में मुअत्तल कर दिये गये थे। परगनाधिकारी, जिला विकास अधिकारी, जिलाधिकारी को वह साध चुके थे और उन्हें अब पूरी आशा थी कि खरीफ की फसल तक उनकी मुअत्तली का आदेश वापस ले

लिया जायेगा। वापस ले लिया गया तो अपने अफसरों को साधने में जो हजारों खर्च कर दिये, उसे वह कमा लेंगे। पर मानसून की आशाजनक खबर ने उन्हें एकदम हताश कर दिया।

उनकी हताशा से उनकी पत्नी बहुत दुखी हुई। पूछ बैठीं-"आजकल विज्ञान में रोज नये-नये करिश्मे हो रहे हैं। कोई वैज्ञानिक इस पर खोज क्यों नहीं करता कि जब चाहो मानसून आ जाय और जब चाहो चला जाय। अगर हम लोग मानसून पर कब्जा कर लें तो एक ही दिन में लखपती हो सकते हैं।"

"फिलहाल हमलोग खाकपती होने जा रहे हैं। पिछले अकाल में हमने ५० लाख कमाये थे। तुम्हारे नाम से एक बस खरीद ली थी। लड़के के नाम ट्रक डाल लिया था। शहर में एक तिमंजिला मकान खरीदकर किराये पर उठा दिया था, यह सोच कर कि उसके किराये को हमलोग जोड़ते रहेंगे, जब तक बेटी की शादी की उम्र आयेगी, हमारे पास खासी रकम होगी और हम उसकी शानदार शादी कर देंगे। पर सब योजना गड़बड़ा गई।

लोगों के कलेजों पर हमारी प्रगति के कारण साँप लोट रहे थे। अफसरों से झूठी-सच्ची शिकायतें की गईं। उन्हें लगा कि सोने का अंडा देने वाली इस मोटी मुर्गी को फंसाया जाय। दुष्टों ने अपना खराब समय अच्छा करने के लिये हमें मुअत्तल कर दिया और सबने मिलकर ५० लाख में से १० लाख झपट लिये। अधिकारियों ने वादा किया था कि खरीफ की फसल तक मेरा मुअत्तली का आदेश वापस ले लिया जायेगा और कमाने का मौका फिर दे दिया जायेगा। पर इस मनहूश मानसून का बुरा हो, जिसके बारे में कृत्रिम उपग्रह ने खबर दी है कि वह ठीक प्रगति कर रहा है।

अगर मानसून ठीक रहा तो सारी योजना धरी रह जायेगी। हम कमाई न कर सकेंगे। कमाई के लिये मानसून का खराब होना जरूरी है।" बी.डी.ओ. लगातार अपनी पत्नी को बताये जा रहे थे। पर मानसून उनमें से किसी के बस में नहीं था।

जैसे ही मानसून के टाँय-टाँय फिस्स होने की सूचना उपग्रहों ने मौसम विभाग को दी और सरकार को केन्द्र से चेतावनी मिली और मुख्यमंत्री ने प्रदेश को सूखाग्रस्त घोषित किया, सरकारी अमलों में खुशी की लहर दौड़ गई। बी.डी.ओ. तो खुशी से पागल होकर अपने आँगन में कड़ी धूप में नाचने लगे।

लोग जाड़ों में धूप सेंकते हैं मगर बी डी.ओ. सूखी जुलाई की घमस, गर्मी और तीखी चिलचिलाती धूप में दोपहर में आँगन में धूप में नाच रहे थे। हड़बड़ाई हुई पत्नी कूलर लगे कमरे से बाहर निकल कर आई-"क्या पागल हो गये हो जी?"

उनके लड़का-लड़की भी अपने कूलर लगे ठंडे कमरे से निकल कर भागते आये, "अरे पिताजी, जुलाई का महीना जरूर है, पर पानी कहाँ बरस रहा है जो आप आँगन में इस तरह नहाने का नाटक कर रहे हैं?"

बी.डी.ओ. खिलखिलाकर हँसे, "अरे मेरे लाइलो, यह सावन के महीने में सूखा-स्नान है। इसका जो मजा हम लोगों को मालुम है, वह तुम लोग बरसते पानी की ठंडी फुहारो में नहाने वाले क्या जानो? देखने में यह सूखा-स्नान है, पर वास्तव में यही तो सेंट, गुलाबजल और कूलर के फब्बारों के नीचे शीतल स्नान का मजा हम लोगों को देता है।"

बी.डी.ओ. जरा सी देर में ही पसीने से लथपथ हो गये। उन्होंने अपनी बनियान उतार फेंकी और हँसते हुये फिर कूलर लगे कमरे में आ गये, "डार्लिंग, अब जाग जाओ। मौका हाथ से नहीं जाने देना है। सूखा हर साल नहीं पड़ा करता। इस साल पड़ने वाला है तो उसे अपने लिये निचोड़ कर रख लेना है। मेरे कपड़े जल्दी से निकालो। केस की फाइल निकाल दो। सौ-सौ के नोटों की तीन-चार गुड्डियाँ भी निकाल दो। सूखा घोषित हो गया है। मुझे अपना मुअत्तली का आदेश तुरन्त वापस करवा लेना चाहिये। कमाने का मौसम आ गया।"

साहिबा आज्ञाकारिणी पत्नी की तरह भीतर के कमरे में दौड़ी गई। बी.डी.ओ. ने धूप स्नान से तपा बदन कूलर में ठंडा किया और तुरन्त स्नान घर में जा घुसे। नहा धोकर निकले तो पत्नी ने उन्हें कपड़े, फाइल और नोटों की गड्डियाँ सौंप दीं। लड़के ने फ्रिज से बर्फ निकाल कर पिता के लिये शीतल पेय बनाया। उसे हलक में उतार बी.डी.ओ. अपने अफसरों के बँगलों की तरफ दौड़ चले।

बी.डी.ओ. सबसे पहले प्रमुख को पटाकर परगनाधिकारी के पास पहुँचे। परगनाधिकारी को नौकरी करते यह चौथा साल था। इन चार सालों में उन्होंने चार बड़े शहरों में चार शानदार बँगले अपने घरवालों के नामों से खरीद लिये थे। उनकी पत्नी ने इधर जेवर खरीदने का नया शौक पाला था। शहर के जौहरी का कहना है कि परगनाधिकारी की पत्नी के पास जवाहिरात जड़े जेवरों का वजन किलो तक पहुँच गया है।

परगनाधिकारी की बैठक में इस समय उनके चहेतों का जमघट था।

वह उन सबसे सूखे का युद्धस्तर पर मुकाबला करने के बारे में रायमशविरा कर रहे थे। सामने की मेज पर विदेशी उम्दा बोतलें खुली रखी थीं। नमकीन में काजू और कलेजी के टुकड़े थे।

बी.डी.ओ. ने उनकी बैठक में घुसते ही सबसे पहले तो झुककर उनको प्रणाम किया, फिर उन्हें बधाई दी, "हुजूर, मुबारक हो, सूखा घोषित हो गया है। सूखा आपको सपरिवार मुबारक हो साहब!"

परगनाधिकारी ने उन्हें बैठने तक को नहीं कहा। बी.डी.ओ. बेचारे खड़े ही रहे। धुत होने के बाबजूद वे लोग बहक नहीं रहे थे। वे मामले की गम्भीरता ताड़ गये। सब एक-एक कर उठकर बाहर चले गये।

सबके बाहर जाते ही बी.डी.ओ. ने अपनी एक जेब खाली की। एक गड्डी

सामने की मेज पर रख दी, "क्यों आप हमारे बच्चों का निवाला छीन रहे हैं साहब, आपतो देवता हैं, हम पर मेहरबानी कीजिये, हजूर, केस रफादफा करने का वादा कर चुके हैं आप। सूखा घोषित हो चुका है। निलम्बन का आदेश वापस करा दीजिये, हजूर कमाने का मौका है। हजूर, चाहें तो स्टाम्प पेपर पर लिखकर दे दूँगा-आधा आप लोगों का और आधा हमारा। इस बार जरा भी गड़बड़ी नहीं करूँगा, हजूर।"

"आधे में से आधा हमें ऊपर दे देना पड़ता है, फिर हमारे पास क्या बचता है? तुमसे चौथाई ही तो? कुछ बढ़ो तो सोचें।" परगनाधिकारी यों तो काफी पिये हुये थे पर काम की बातों के दौरान वह कतई नहीं बहकते।

बी.डी.ओ. मन ही मन हिसाब लगाने लगे। हिसाब लगाकर उन्होंने परगनाधिकारी के सामने दाँत निपोरे "बहुत खतरा उठाना पड़ता है साहब! आप लोग तो साफ बच जाते हैं, फँसते हमी लोग हैं। मुअत्तल भी हमी होते हैं। फिर मुअत्तली का मामला ठीक कराते समय आप लोग अलग से हमें निचोड़ते हैं। चौथाई में कैसे जिन्दा रहेंगे साहब?"

"देखो, सूखा घोषित हो चुका है। राहत कार्यक्रम बनेंगे और जोरदार कमाई होगी। अगर इस सूखे के अवसर पर ही अपनी मुअत्तली का आदेश वापस चाहते हो तो आधे से ऊपर बढ़ो। कल से तुम्हें बहाल कराये देते हैं। बोलो?"

"हजूर, आप ही लोगों के कारण यह सब करना पड़ता है। पिछली बार जितने भी काम कराये गये............"

"सब की जाँच हो चुकी है। एक भी काम सही नहीं पाया गया जबकि लाखों-करोड़ों रुपयों के वारे-न्यारे हो गये।" "हम क्या करें, साहब?" बी.डी.ओ. ने कहा- "आपतो नये आये हैं साहब, आपकी जगह जो साहब थे, उन्होंने मुझसे खुला कह दिया था कि हर काम में चौथाई अलग से।"

"तीन चौथाई काम तो सही होना चाहिये।" परगनाधिकारी झल्लाये।

"फी काम में चौथाई डी.डी.ओ. साहब, फिर हर काम का चौथाई हिस्सा ऊपर के अधिकारियों ने ले लिये। अब आप ही बतायें हजूर, हम क्या करते?"

"लेकिन जाँच से पता चला कि काम के नाम पर काम का केवल नाटक किया गया है।" परगनाधिकारी सोफे पर सँभल कर बैठ गये।

"हजूर, कर्मचारियों, अधिकारियों और नेताओं को खुश रखकर ही यह सब हो सकता है। हमें पता था कि इसमें मुअत्तल होना निश्चित है। फिर उस मुअत्तली के आदेश को खत्म कराने के लिये आप लोगों को खुश भी करना पड़ेगा। इस बीच हमें अपनी बीबी बच्चे भी पालने होंगे। यह सब कैसे होता?"

"तुम्हारे कारण सभी की बड़ी बदनामी हुई है। 'मीडिया', अखबार वालों को न जाने कहाँ से सारी बातें पता चल गई। विधानसभा तक में सवाल उठ गया।

ऐसी मुसीबत फिर मत पैदा कर देना। काम जरा हाथ-पाँव बचाकर किया करो।"

वह कुछ देर सोचते रहे, फिर बोले-"बताओ, राहत कार्यक्रम के लिए क्या योजना है तुम्हारे पास?"

"हमने जितने सम्पर्क मार्ग, खडंजे, मेड़बन्दी, तालाब, नाली, नलकूप, नहर पहले बनवाये थे, उनमें थोड़ा काम कर कराकर फिर नया काम दिखा देते हैं। आप लोग उन्हे नया दिखा दीजिये। इस तरह आधी बचत वैसे ही हो जायेगी। उसके बाद नये कामों के साथ पुराने कामों के रख-रखाव, मरम्मत और पक्की नालियों-खड़ंजों को फिर से नये निर्माण की स्वीकृति दिला दीजिये। इस तरह उनका पैसा भी ....

फिर पुराने नलकूपों के मोटर, ट्रान्सफार्मर फुंक गये दिखा दीजिये..... उन सबकी मरम्मत, बाईडिंग, वायरिंग आदि कराने के नाम पर...... उसके बाद आपरेटरों को सतर्क कर दीजिये। हजूर, सरकार कह रही है कि नलकूपों, नहरों को हर समय चालू रखा जाय। जो दूर दराज के गाँव है उनमें ऊपर से सिंचाई पैसा बाँध दीजिये। जब तक वह पैसा किसान न दें, उनके खेतों को पानी न दिया जाय। सिर्फ उन्ही गाँव के किसानों को नहर काटने दिया जाये जो ज्यादा पैसे दें।"

"और क्या? परगनाधिकारी मुस्कुराये- "आखिर हमें सूखे का युद्ध स्तर पर सामना जो करना है।"

दोनों कुछ देर हँसते रहे।

बी.डी.ओ., डी.डी.ओ. के बँगले पर पहुँचे तो देखा, उनके बँगले से जिले के विधायक, दूसरे नेता, और कई बी.डी.ओ. निकल रहे थे। सब खुश थे। सबको डी.डी.ओ. ने दरवाजे तक छोड़ा था विधायकों से हाथ बहुत गरमजोशी से मिलाया था। एक विधायक ने कहा- "हमारे क्षेत्र का ख्याल रखियेगा। खूब राहतकार्य होने चाहिये। सूखा, आकाल बार-बार नहीं पड़ा करता। एक कार्यावधि में एक बार या बहुत हुआ तो दो बार। जनता को खुश करने का यही तो सुनहरा मौका है।"

"आप चिन्ता न करें, वह काम होगा कि लोग आप के गुण गाने लगेंगे। बस आप ऊपर के कार्यक्रम में मेरी बताई योजनाओं की स्वीकृति दिलवा दीजिये।"

"आप पहले जिला और मंडल कार्यालयों से अपनी योजनाओं के कागज तो भेजें। मंत्री जी और मुख्यमंत्री जी से स्वीकृति दिलवाना हमारा काम है। वहाँ से योजना को स्वीकृत ही समझिये" विधायक ने कहा। वे लोग गये तो डी.डी.ओ. की नजर बी.डी.ओ. पर पड़ी। लहकते हुये बोलें-"अरे तुम खूब आये इस वक्त।"

"सबसे पहले आप मेरी बधाइयाँ लें, हुजूर।" बी.डी.ओ. ने कहा।

"किस बात की बधाइयाँ?" डी.डी.ओ. साहब चकराये।

"सूखा पड़ गया साहब, इसकी।" बी.डी.ओ. हँसे-"न सूखा पड़ता और

न इतने सारे विधायक, नेता आपको घेरने इस गरमी में आते। हुकुम करें, मैं आपकी क्या सेवा करूँ।"

डी.डी.ओ. ने विस्तार से सारी योजनायें बी.डी.ओ. को बतलाईं- "तुमको इसलिये बता रहा हूँ कि तुम अनुभवी आदमी हो। दूसरे इतने अनुभवी नहीं हैं।"

"उसी अनुभव की तो सजा भुगत रहा हूँ साहब! आपने अभी तक बहाल नहीं किया। समय आ गया है कमाई का, अब बहाल कर दीजिये। आप लोगों को इस सूखे में वह तरी पहुँचाऊँगा कि याद रखेंगे।"

बी.डी.ओ. ने तुरन्त दूसरी जेब में रखी गड्डी डी.डी.ओ. के सामने सरकाई। डी.डी.ओ. उसे जेब में रखते हुये हँसे-"आज ही सी.डी.ओ. और जिलाधिकारी कार्यालय चले जाओ। मेरी योजनाओं को स्वीकृति दिलवाओ। अपना केस भी लिये जाओ, मैं लिखे देता हूँ।" बी.डी.ओ. बैठे रहे। डी.डी.ओ. ने उनके बारे में पूरी रिपोर्ट तुरन्त टाइप करवाई-"भयंकर सूखे को ध्यान में रखते हुये यह जनता के हित में है कि इन पर लगाये गये मामूली आरोपों को फिलहाल नजरअंदाज कर इन्हें काम करने का एक मौका इस चेतावनी के साथ दे दिया जाय कि यह आइन्दा शासन के प्रति ईमानदार रहें और जनता की सेवा मनोयोग व निष्ठा से करें। चूँकि राहतकार्यों के सम्पादन में यह विशेष दक्षता रखते हैं, इसीलिये मैं इनकी फिलहाल सूखा संकट काल में बहाली की सिफारिश करता हूँ। क्षेत्र में इनके अनुभव और दक्षता की आवश्यकता है।"

बी.डी.ओ. ने उस पत्र की भाषा देखी तो तीसरी जेब से एक गड्डी और निकालना चाहा-"हुजूर, यह क्या? इसमें तो आप 'फिलहाल' लिखा रहे हैं। पूर्णतः दोषमुक्त कर दें हुजूर, वर्ना आप लोगों की जगह कोई नया अफसर आ गया तो रगड़ देगा साहब! उसे क्या पता चलेगा कि मैं आप लोगों के लिये कितना उपयोगी आदमी हूँ।"

"आप इतने अधीर क्यों होते हैं? जब इतना किया है तो वह भी कर देंगे, पर वक्त की नाजुकता को समझिये। आपका मामला 'मीडिया' और अखबारों में ऊधम मचाता रहा है। विधानसभा में भी उठा था। एक मौका दे दिये हैं। फिर कुछ कमा जोड़ लो आगे फिर देखेंगे।"

बी.डी.ओ. समझ गये 'फिलहाल' उन्हें इसीलिये लटका दिया गया है, जिससे वह इन लोगों के हिस्से में कोई कटौती न करें। बिना हीलाहवाला किये इनका हिस्सा अग्रिम दे दिया करें। इतने अनाड़ी नहीं कि इस भाषा का अर्थ न समझते हों। जिले के शाहंशाह को बी.डी.ओ. ने सूखा पीड़ितों को राहत पहुँचाने के लिये डी.डी.ओ. की योजनाओं के बारे में विस्तारपूर्वक बताया। योजनाओं के कागज उनके सामने रखे। जिले के शाहंशाह मुस्कुराये-"योजनायें अच्छी हैं, खूब कमाई होगी। डी. डी.ओ. ने हमारे लिये क्या भेजा है?"

बी.डी.ओ. चकराये बोले- "हुजूर, काम शुरू होने दीजिये। आप लोगों का

हिस्सा बिना नागा मैं खुद दे जाऊँगा।"

"हम हिस्से की बात नहीं कर रहे, वह तो दोगे ही। इन योजनाओं को हमारे हस्ताक्षर बिना ऊपर कोई स्वीकार नहीं करेगा। हमारे हस्ताक्षरों की कुछ कीमत है, यह डी.डी.ओ. भूल गये क्या? ऐसी कमाऊ योजनायें हम यों ही मुफ्त में नहीं स्वीकारते।"

"हुजूर, विधायक लोग स्वयं आये थे इन योजनाओं को लेकर।"

"तो विधायक अपना हिस्सा लेंगे। हमारा हिस्सा हमें मिलना चाहिये, फिर ऐसे कच्चे काम की पकड़-धकड़ भी नहीं हो पाती। सारा काम अभी सूखा से बचाने के लिये किया जायेगा। पानी अच्छी तरह बरस गया तो सब बह जायेगा। ऐसे कमाऊ काम को डी.डी.ओ. क्या अकेले हजम कर पायेंगे।"

"विधायकों ने विश्वास दिलाया है कि वे इन योजनाओं को मंत्री जी से स्वीकृति दिलवा देंगे। हमारा ख्याल है, विधायक लोग खुद मंत्री जी को इन योजनाओं के लिये उपहार देंगे।"

"वे दें या न दें, दस्तखत हमारे जायेंगे। ऊपर से अधिकारी हमसे अपना हिस्सा वसूल लेंगे। उनसे मंत्री जी वसूल लेंगे। आप तो अनुभवी आदमी हैं, सब जानते हैं। फिर भला हम अपना हिस्सा क्यों छोड़े?" आखिर बी.डी.ओ. ने वहाँ भी जेब खाली की। दस्तखत करवाये फिर अपना मामला आगे रखा। उसके लिए दूसरी जेब खाली की। डी.डी.ओ. की सिफारिश को उन्होंने स्वीकार लिया। बी.डी.ओ. से कहा-"जरा ईमानदारी से काम किया कीजिये, फिर हमें ऐसी शिकायतें नहीं मिलनी चाहिये।"

सूखा सहायता अभियान पूरे जोर शोर से चल रहा है। किसान दिनभर खेतों में पानी, बिजली का इन्तजार करते हैं। तारों में बिजली आये तब तो पानी मिले और काम चले।

गाँवों में नेता किसानों को समझाते हैं-"सारी बिजली शहरों को दी जा रही है। उनके सिनेमा, दूरदर्शन, कूलर, एअरकंडीशनर, कार्यालय, चिकित्सालय, कलकारखाने चलने जरूरी हैं इसलिए गाँवों की बिजली काटकर उन्हें दी जा रही है।"

शहरों में भी बिजली गुल है। शहरों में आन्दोलनकारियों की भीड़ को नेता और अफसर समझाते हैं- "बाँधों में पानी लेबिल के नीचे चला गया है।

सूखे के कारण और नहरों को पानी देने के कारण बाँध तेजी से खाली हो गये। बिजली कम बनती है। वह गाँवों को दी जा रही है। फसल बचाना जरूरी है। उसके बिना आप खायेंगे क्या? देश के लिये और अपने लिये त्याग कीजिये। कम बिजली से काम चलाइये।"

किसान नहरों में पानी का इंतजार कर रहे हैं। नहरों में पानी नहीं है। कुछ

का कहना है, नहरें कहीं बीच में लोगों ने काट ली हैं, इसीलिये खाली पड़ी हैं। कुछ का कहना है सब अफसरों की बदमाशी है, जिससे पैसा मिल रहा है वहाँ कटवा कर सारा पानी खोल देते हैं। जिन गाँवों से पैसा नहीं मिल रहा, वहाँ नहरों, ट्यूबवेलों में पानी नहीं दिया जा रहा। उनसे कहा जाता है कि सूखे से बाँधों में पानी कम हो जाने और बिजली की कमी से नहर, ट्यूबवेल कहाँ से चलें? खेत सूखते जा रहे हैं। फसल को बचाने के लिये सरकार ने तेजी से नये नलकूप खोदने की योजना बनाई है। नये नलकूपों, तालाबों, नहरों की खुदाई जारी कर दी गई। आने वाले विधायकों से किसान पूछते हैं-"प्यास लगने पर कुआँ खोदने से क्या लाभ होगा? पहले वाले नलकूपों को ही बिजली नहीं मिलती, नये को कैसे मिलेगी?" विधायक प्रसन्न हैं। जनता को समझा रहे हैं-"ट्यूबवेल तो बन जाने दो, यह फसल तो खत्म हो गई, अगली फसलें तो बचेंगी।" कोई किसान दबी जबान कहता है-"नेताजी का भी कुछ तय हो गया होगा।" राहत कार्य में सड़कें, खड़ंजे, तालाब, नहरें, नालियाँ, मेड़ें, बन्धियाँ बनाई जा रही हैं। उन पर मजदूरों को सरकारी दर पर मजदूरी दिखाकर कम में काम कराया जा रहा है। सरकारी कर्मचारी काम करा रहे हैं। मजूरी का 'मस्टररोल' तैयार हो रहा है। कागज में पाँच सौ काम करते दिखाये जाते हैं तो असल में काम कर रहे होते हैं दो सौ आदमी! काम अधिक दिखाया जा रहा है जबकि होता है बहुत कम! नीचे से ऊपर तक बन्दरबाँट चल रहा है।

कहरसाली में काम देने के लिये बहाने खोजे गये हैं। सूखे की स्थिति का युद्धस्तर पर मुकाबला किया जा रहा है! काम के बदले अनाज और रुपये देने का निर्णय सरकार ने लिया है। रोज लाखों रुपये और हजारों कुन्टल अनाज मजदूरी में बँट जाता है। पुरानी खुदी सड़कों, पटरियों, मेड़ों पर दुबारा मिट्टी डाली जा रही है! खुदे हुये तालाब फिर खोदे जा रहे हैं! पक्की सड़कों के किनारे मिट्टी डालकर उन्हें सुरक्षित किया जा रहा है। तालाबों, नलकूपों, नहरों की झराई-सफाई, मरम्मत हो रही है।

एक पत्रकार पूछ बैठता है-"इंजीनियर साहब इन अनुत्पादक-अस्थाई कामों का क्या अर्थ है? काम ही कराना है तो सही, स्थाई ऐसे काम कराइये जिससे वाकई में किसानों व गाँवों को लाभ हो।" इंजीनियर जबाब देते हैं-"यह सरकार जाने, हम तो हुकुम बजाते हैं। ऊपर से आदेश मिला, यह कराओ, हम करा रहे हैं।"

सरकार के प्रतिनिधि नेताओं से पत्रकारों ने जबाब माँगा। नेता बोले- "मंत्री जी चाहते हैं, सरकार चाहती है, इसीलिये हो रहा है।"

मंत्री और मुख्यमंत्री से पूछा गया। उनका जबाब था-"लोगों को किसी तरह जिन्दा रख रहे हैं हमलोग। पहले कहरसाली पड़ती थी तो हजारों लाखों लोग और मवेशी मर जाते थे। अब देखिये, कोई मर नहीं रहा। सबको काम

मिला हुआ है। बदले में अनाज और रुपया मिल रहा है और लोग जिन्दा हैं।"

एक पत्रकार झल्लाकर कहता है-"यह तो हेराफेरी कर कराकर जनता की गाढ़ी कमाई के टैक्स के पैसों से काली कमाई करने का धंध बन गया है। इसे सही योजना बनाकर सही तरीकों से खर्च किया जा सकता था।"

विरोधी दल के पास खड़े सुन रहे नेता ने व्यंग्य किया-"आप लोग कैसे पत्रकार हैं? अगर सरकार सही योजना बनाकर सही तरीके से सही पैसा खर्च कर देगी तो बीच के नेता, मंत्री, अफसर, कर्मचारी, ठेकेदार क्या धूनी रमायेंगे? साधु बनकर खड़ताले बजायेंगे? इन्हें पैसा कैसे और कहाँ से मिलेगा? समाज सेवा और विकास के स्थान पर अब राजनीति भी कमाई का जरिया बन गई है।"

मंत्रीजी चिढ़ गये, बोले-"सौ सौ चूहे खाय बिलारी हज को चली! खिसियानी बिल्ली खम्भा नोचे।" 'पर उपदेश कुशल बहुतेरे। जे आचरहिं ते नर न घनेरे।।' आप लोगों ने अपने शासन के दौरान क्या किया था? लाखों टन अनाज और करोड़ों रुपये काम के बदले बाँटे और तमाम घपले, घोटाले किये।"

पत्रकार नूराकुश्ती पर मुस्कुरा कर बोले-

"अपने चेहरे दाग किसे नजर आते हैं?
वक्त आइना है जोकि सबको दिखा देता है।।"

बहरहाल, सूखापीड़ितों की सहायता जारी है। सूखे का मुकाबला युद्धस्तर पर जारी है। राहत कार्यक्रम चल रहे हैं। मंत्रियों से लेकर अफसरों, कर्मचारियों, ठेकेदारों, दलालों, विचौलियों, बिकाऊ पत्रकारों तक सबको यह सूखा कमाई का मौका दे रहा है! सूखाराहत, अनुदान, अन्त्योदय, तकाबी, लोन, छूट, प्रदर्शन के खाद-बीज आदि की फर्जी खानापूरी और विकास कार्यक्रमों आदि में भारी घपला, कमीशन और रिश्वत से खासी रकम कट रही है। हाथी के दाँत खाने के और, और दिखाने के और-मंत्री, सांसद, विधायक, अधिकारी, जिला पंचायत अध्यक्ष, प्रगुखादि अपने क्षेत्रों में दौड़ा और जाँच के बहाने प्रायः पैसा बटोरने में लगे हैं!

पत्रकारों ने फिर करोड़ों रुपयों के घपले आँकड़ों सहित छापे हैं। अखबारों ने संतरी से लेकर मंत्री तक के बन्दरबाँट का किस्सा ब्योरेवार छापा है। विरोधीदल के नेताओं ने विधानसभा के अगले सत्र में सवाल पूछने के लिये तैयारी कर ली है। पर विश्वास को पता है मानसून की तरह सवाल का जबाब भी टाँय-टाँय फिस्स होने के बाबजूद ध्वनिमत से पास हो जायेगा। सरकार का बहुमत है, विरोध पक्ष असंगठित है, इसीसे उसकी संख्या बहुत कम है। सरकार जो चाहेगी करती रहेगी और देश इसी तरह उन्नति के शिखर पर पहुँचता रहेगा? प्रगति करता रहेगा? कभी सूखा तो कभी बाढ़, कभी ओला, तूफान तो कभी भूचाल और महामारी। सरकार युद्धस्तर पर उनका मुकाबला ऐसे ही हवा-हवाई करती रहेगी! वे ही चोर वे ही पहरुवा!! कैसी बिडम्बना है?

खजानों को चोरों से ही नहीं पहरेदारों से भी खतरा है!
देश को दुश्मनों से ही नहीं गद्दारों से खतरा है।।

रिश्वतखोरी, कमीशनखोरी, बेईमानी भ्रष्टाचार की जड़ हैं-

'भ्रष्टाचारी कर रहे देश खोखला आज!
रिश्वत सुविधाशुल्क बन, अब बन गई रिवाज!!
अब बन गई रिवाज, दण्ड-धर्म का तनिक न भय है!
नीचे से ऊपर तक सबका हक हिस्सा तय है!!
शर्म हया पी गये, जटिल है यह बीमारी!
रक्तबीज सम पनप रहे हैं भ्रष्टाचारी!!'

17

कच्चा रास्ता, घुटने भर धूल, काँदव-कीचड़, पैदल चलने वाले का जूता डूब जाये, साइकिल सवार को उतर कर खींचना पड़े और नंगे पैर वाले हिल जायें इस मटही बैतरणी में!

धूल में निखरे माटी के रंग वाले जोड़ी बैल मौन, भरी बैलगाड़ी को मटही बैतरणी से पार करते चले जा रहे थे। उस पर बैठा है गाड़ीवान। कठबाँसी गाड़ी पर लोहे सा आदमी। शरीर काला था या हो गया? बिना बटन का कटा कुर्ता, बढ़ी दाढ़ी और बालों पर जमी धूल। पर बेपरवाह!

गाड़ी के पीछे-पीछे एक स्त्री और एक लड़की चल रहे थे। लड़की के माथे पर झबर-झबर बाल और एक फ्रॉक है। वह किस कपड़े का है कहा नहीं जा सकता। वह गर्दन के पास फट गया है और गाँठ दे दी गई है जिससे वह पीछे की ओर टँग गया है। यह तय करना सरल नहीं है कि वह मैला अधिक हैं या फटा-पुराना और वह औरत ठीक धूल की तरह मलिन न सूती-ऊनी-रेशमी, धूल से बुनी वस्त्र जाति को अपमानित करने वाली लुगरी से लिपटी, प्रसन्नता से खिली हुई चली जा रही थी। धूल उनकी इज्जत बचा रही है। वास्तव में यह धूल ऐसी है कि जहाँ पड़ जाती है वहाँ पवित्रता आ जाती है और किसी बात की ओर ध्यान नहीं जाता है।

औरत उस लड़की की माँ थी और मर्द उसका बाप। वे चल नहीं रहे थे, उस कठिन धूल, धूप में चुपचाप बैलों की तरह अपनी ही जिन्दगी की गाड़ी खींच रहे थे।

विश्वास एक मुकदमें के सिलसिले में कचेहरी से लौट रहा था। स्वार्थ ने स्वार्थान्ध होकर अभिलाष बाबू के सिधाई और विश्वास का नाजायज लाभ उठाकर सुनियोजित षड़यंत्र और रिश्वत से उनका हक बेईमानी से दबा लिया था

और फर्जी बँधा लिया था।

मुकदमे से लौटता विश्वास मुकदमेबाजी के मकड़जाली शोषण पर सोचता इनकी त्रासदी पर सोच रहा था इनके कपड़े क्यों साबूत और साफ नहीं होने चाहिये? खरीदने के बाद क्यों वह कभी धुलने के लिये नहीं गये? यह सुख नहीं मजबूरी है कि किसी प्रकार शरीर ढका है। सूख रूख खाकर धूल में जीना, हड्डियाँ तक कँपा देने वाले कड़कते जाड़े में भी सथरी में कुकुरी मारकर सोना। वह क्या करें? गन्दगी और मैल उन लोगों के लिये शब्द हैं, जिनके पास पैसा, सोड़ा, साबुन हैं, समय है। खून-पसीना एक करके कमाते हैं मगर उनसे छीनकर दूसरे बैठे-बैठे गुलछर्रे उड़ाते हैं और विश्व के पालन-पोषण करने वाले अन्नदाता किसानों मजदूरों की आँतें भूख से कुलबुलाती रहती हैं।

आज जब मनुष्य संसार के दुर्लभ भोगों को नाकाफी करार देकर चन्द्र, मंगल आदि लोकों की ओर दौड़ रहा है, हमारे गँवार किसान-मजदूर गरीबी और भूख से और चिपक गये! जो पहले चमरौधा जूता पहनते थे, उन्नति करके बढ़िया बूट पहनने लगे। जो बूट पहनते थे वे उन्नति करके अनेक किस्म के मूल्यवान जूते सजाकर रखने लगे। मगर जो पहले नंगें पाँव रहते थे आज कहाँ हैं? आज भी नंगें हैं! दिन-रात काम करते-करते, पसीना बहाते बहाते, थेगरा-पैबन्द लगाते-लगाते, फटा-चिथड़ा पहनते- पहनते, अधिकारियों-कर्मचारियों, गुंडों, बदमाशों, दलालों, पुलिस-वकीलों की लूटखसोट, धौंस सहते-सहते और नेताओं के आश्वासन सुनते-सुनते ऊब गये। फिर भी श्रमजीवी जनता अज्ञानवश अन्धश्रद्धा, अन्धविश्वास, भय एवं भाग्यवाद की मानसिक जंजीरों में जकड़ी रही। फलतः उसकी निर्णयशक्ति एवं विरोध की भावना क्षीण रही और शासक तथा शोषक वर्ग के शोषण, छल-कपट, कुचक्र के विरुद्ध संघर्ष करने की भावना 'कुंठित रही।'

बस्तुतः--

गरीबी मिटाने की सिर्फ बातें ही बातें हैं,
जो खुद दौलत के भूखे हैं, वे गरीबी क्या मिटायेंगे?
गरीबों का लहू इनकी शानो-शौकत, इनकी कारों का ईंधन है,
गरीबी मिट गई तो क्या फिर ये यूँ ही झूँठी सब्जबागी सियासत में फँसा पायेंगे?
गर गरीबी मिट गई तो क्या फिर ये यूँ ही हमें बेवकूफ बना पायेंगे??
आम आदमी के सामने मजबूरी है,
मृगमरीचिका में दौड़ना पड़ता है, समय के साथ चलना पड़ता है।
दोस्तो, दौर ऐसा है कि इन धूर्तों को हाथ जोड़ना पड़ता है।।

दो-किसानों में बातें हो रही थीं। एक बोला- "अब की साल नवान्न शहर

से बेसाह कर आयेगा। अन्न गांव से शहर जाता था और अब शहर से गाँव में आयेगा। जब अन्न आता है तो 'नवान्न' भी आये? अथवा अबकी साल चलो भाइयो चलो, पशु-परानी सब हाँक ले चलो शहर में। वहाँ न अकाल, न हाहाकार। खेत का रोना न खाद, बीज, सिंचाई, कटाई, कतराई, और न अन्नाप्रथा की झंखन। सिनेमा, वीडियो, बी. सी.आर., टी.वी., ट्रांजिस्टर, टेप, डी.जे., आर्केस्ट्रा और विविध मनोरंजनों का बारह मास बसन्त! वातानुकूलित गगनचुम्बी भव्य अट्टालिकायें, बिजली की रंग- रंग की रोशनी में देवदुर्लभ सुखों को भोग रहे देवलोक के देव-देवांगनायें! यहाँ के जल, जंगल, जमीन-पहाड़ों-पत्थरों, खनिजों, नदियों, बाँधों, वनों, लकड़ियों, पत्तियों आदि सभी संसाधनों की लूट और प्रत्यक्ष-अप्रत्यक्ष करों एवं मुकदमेबाजी, रिश्वतखोरी आदि मकड़जाली दोहन-शोषण के कुचक्र से हमें कंगाल करके शहरों की चकाचक सड़कें, कल-कारखाने बहुमंजिली इमारतें आधुनिकतम सुख-सुविधाओं से सजती रहीं। ऐय्याशियों के जश्न होते रहे जबकि देहात कच्चे माल और संसाधनों के बावजूद कल-कारखानों, कुटीर एवं लघु उद्योगों, गृह उद्योगों, ग्राम उद्योगों और सुख-सुविधाओं की बाट जोहते रहे! यहाँ के किसान-मजदूर शोषण की चक्की में पिसते हुये गरीबी, भुखमरी, अकाल, अभाव, अज्ञान से जूझते रहे। जल है तो जीवन है-सिंचाई और पेयजल के अभाव में यहाँ की रत्नगर्भा धरती प्यासी तड़पती रही। यहाँ के खनिजों, पत्थरों, गिट्टी, मोरम, ईंटों से दुनिया की मिलें सड़कें, इमारतें बनती- सजती रहीं जबकि यहाँ की प्रायः गाँठी भर धूल या कीचड़ भरी पुल-पुलिया विहीन ऊबड़-खाबड़ सड़कें, ढर्रे, गलियाँ और गाँव अपने भाग्य पर आँसू बहाते रहे!

छोड़ो यह धूल-धक्कड़, मरियल मैले बैलों का, भूखे प्यासे तड़पते पिल्लों का भूखा-सूखा मुल्क। वहाँ अमरावती, देवांगनायें, फिल्मी परिधान, लास नृत्य, विविध विलास, हृदयहारी वाद्यवृन्द, साज-संगीत, भवन में कुबेरकोष, मन में पारिजात सौरभ और तन में आकाश गंगा की धवलिमा!"

गाँव का स्वर्ग शहर में चला गया! ग्रामीण संसाधनों का शोषण कर शहर फूल-फल रहे हैं!! मर-मर जाँय बैलवा, बाँधे खाँय तुरंग!!! वहीं फूल, वहीं हरियाली, वहीं उद्योग धंन्धे, कल-कारखाने, विश्वविद्यालय, कृषि विश्वविद्यालय हैं। वहीं क्षीरसागर, वहीं विष्णु वहीं ब्रह्मा और इन्द्र हैं। वे हमारे मंत्री और शासक-प्रशासक हैं। वे अधिकारी और देश सेवक हैं! मौज आती है तो रेत में नाव की तरह सूखे में रबी और खरीफ अभियान चलाते हैं। हरितक्रान्ति, कृषिक्रान्ति और श्वेतक्रान्ति का नारा देकर एक भी आदमी को भूख और कुपोषण से न मरने देने की घोषणा करते हैं! वे भीषण भाषण वाले, खिले चेहरे वाले, सेवा के रोजगारी, शुभ-लाभ के काश्तकार! योजना की बाढ़, कानून की धारा, स्वार्थ-तीर्थ के गोते, हर हर गंगा, बने भत्ते, भरी फाइल, चले लाल फीता, सड़कों

पर भर-भर्र मोटरें, मोबाइल, वायरलेस, रेडियो, टी.बी., बी.सी.आर., वीडियो, डी.जे., आर्केस्ट्रा, फिर कहाँ छूट गई टूटे तवा और फूटी कठौती वाली घिनौनी दुनिया? 'दैवो दुर्बल घातकः' टूटा हल, मरियल बैल, ट्रैक्टर की हैसियत नहीं, अकाल, दुकाल आदि के मार से रोते-कलपते खेत, प्यासी धरती, रुवाँसा चेहरा, धुवाँसा गाँव, बिथका पौरुष, टूटा किसान, सबसे ऊपर भूमिपुत्र टूटा किसान और तब भी अभागा, विश्व का अन्नदाता कहलाता चला जाता है!!"

विश्वास विचार कर रहा था--

'कहीं हाथों में शराब के छलकते हुये प्याले हैं,
कहीं पानी से निगलते हुये सूखे निवाले हैं!
क्यों ढूंढते हो रत्नों को महलों के खजानों में,
अरे, पत्थर के खान से हमने कोहिनूर निकाले हैं!!'

झोपड़ियों में रहकर महलों के स्वप्न देखने वाली बात चाहे हास्यास्पद समझी जाय, परन्तु यह ध्रुव सत्य है कि अलकापुरी की स्पर्धा करने वाले मणि-माणिक्य-मंडित महलों की महिमा और गरिमा झोपड़ियों की आधारशिला पर स्थित हैं। श्रम के मोती जीवन ज्योती-धूप, वर्षा, सर्दी-गर्मी और दिन- रात की परवाह न करने वाले किसानों मजदूरों के श्रमविन्दुओं से ही वैभव की दीवारें बनती हैं। ग्राम महोदधि के दैनिक मंथन से ही उन रत्नों का जन्म होता हैं जिससे इन शहरों, महलों, देश और विश्व का अस्तित्व है. रौनक है। किसानों-मजदूरों की बस्तियाँ, ये ग्राम ही सच्चे देव मन्दिर हैं, सभ्यता-संस्कृति, विकास और विश्व की आत्मा हैं।

'इस धरती का बन्दन, इसकी माटी चन्दन,
जिस पर भवन खड़े हैं, जिससे अमन-चमन।
धन-धान्य से भरे, उस भूमि को नमन।।'

वह सोचता जा रहा था-

'यह धरती फल-फूल अन्न धन रत्न उगलने वाली।
यह पालिका मृगव्य जीव की अटवी सघन निराली।।
शैल-श्रेणि सर सरि खनिज रत्नादि भरे हैं।
रत्नाकर जिनमें मुक्ता विद्रुम प्रवाल बिखरे हैं।।'
'मही नहीं जीवित है मिट्टी से डरने वालों से।
जीवित है यह इसे फूँक सोना करने वालों से।।
ज्वलित देख पंचाग्नि जगत से निकल भागता योगी।
धुनी बनाकर उसे तापता अनासक्त रस भोगी।।'

विश्वास गाँव पहुँचा तो देखा उसके दरवाजे कई लोग इकट्ठे हैं और

उनमें अनेक विषयों पर चर्चा हो रही है। रासन की दुकान की धाँधलेबाजी, चोरबाजारी, मनमानी और मजदूर मुहल्ले में मलेरिया, डायरिया और हैजे का प्रकोप खासतौर से चर्चा का विषय थे।

सबसे ज्यादा गर्मागर्मी का विषय था प्रधान और कोटेदार की मिलीभगत से राशन का गबन। प्रधान पर आरोप था कि उसने अपने एक चहेते के नाम राशन आदि का परमिट लिया था जिसे गाँव में बाँटने के बजाय चोरबाजारी में बेंचकर अपनी जेब गर्म करने का दोनों ने धंधा कर रखा था। इसमें शक नहीं कि इससे ग्रामीण बड़े उत्तेजित थे पर इससे भी बढ़कर यह बात थी कि प्रधान के व्यवहार ने उन्हें अधिक उत्तेजित कर दिया था। प्रधान चुने जाने के पहले वह एक मामूली आदमी था पर चुने जाने के बाद वह प्यादा से फरजी बन गया। उसका खुद का एक गुट था। आम जनता के दुख-दर्द, परेशानी से उसका कोई वास्ता न था। उसके घमंड का कोई ठिकाना न रहा।

वह अक्सर पुलिस, अधिकारियों और नेताओं से मिलता जुलता रहता। उसकी प्रधानी में गाँव की हालत बद से बदतर हो गई। ग्रामीणों की कठिनाइयाँ, गुट-बन्दी और मुकदमेबाजी कई गुना बढ़ गई। लोग उससे नाराज थे और अब उसे फूटी आँख भी देखना न चाहते थे। इसीलिये समस्या का कोई हल खोजने के लिये लोग इकट्ठा हुये थे। चर्चा का विषय था कि प्रधान के विरुद्ध अविश्वास का प्रस्ताव लाया जाय और उसे प्रधानी से हटा दिया जाय। कुछ ने प्रधान की तरफ से सफाइयाँ दी पर कुछ लोगों ने उसकी नुक्ताचीनी में कोई कोर कसर न छोड़ी। अन्त में विवाद ने वाकयुद्ध का रूप धारण कर लिया। शब्दों के अग्निबाण चलने लगे। गाली- गलौज तक की नौबत आ पहुँची।

यकायक विश्वास चिल्लाया "भाइयो, क्या मामला है? क्यों शोरगुल करके सर पर आसमान उठा रखा है?"

यह बात इतने नाटकीय ढंग से कही गई थी कि विवादं रुक गया। शोरगुल की जगह शान्ति छा गई। लोगों ने आश्चर्यजनक संयम दिखलाया। एक व्यक्ति ने विनम्रता से कहा- "भाई साहब, काला बाजारी के कारण राशन की दुकान में राशन नहीं मिलता। मजदूर मुहल्ले में मलेरिया, डेंगू, डायरिया और हैजा फैल गया है। विकास कार्यों में भ्रष्टाचार, घपले हैं जिससे हमलोग किकर्त्तव्यविमूढ़ हैं। अतः हमारा अनुरोध है कि आप इन कठिनाइयों से फन्दा छुड़ाने में हमारी मदद करें।"

"आप क्यों गोलमाल बात करते हैं? क्यों नहीं साफ-साफ बात कर रहे हैं कि गाँव के लिये जो चीजें राशन की दुकान में आती हैं, उन्हें प्रधान और कोटेदार अधिकारियों की मिली भगत से चोरबाजारी में बेंच रहे हैं।" विश्वास के कुछ कहने के पहले ही विद्रोह ने कहा।

मोह के लिये ये शब्द बडे असह्य थे। उससे न रहा गया, बौखला उठा-

"कौन माई का लाल कहता है कि प्रधान चोरबाजारी करता है। वह इस साल राज्य में अच्छे प्रधानों में माने गये हैं। इसके उपलक्ष्य में उन्हें ५० हजार रुपये का इनाम भी दिया गया है। ऐसे कर्मठ व्यक्ति पर ऐसे छींटे उछालना भद्दी बात है।"

"क्या प्रधान को इनाम दिया गया है? झूठ, सफेद झूठ। हमारी ग्राम पंचायत को इनाम मिला है पर प्रधान उसे निगल गया है।" विद्रोह ने बात काटी।

विवाद फिर बढ़ता जा रहा था। विश्वास को फिर हस्तक्षेप करना पड़ा-"अरे मेहरबानी करके जरा सब्र करो और विवेक से काम लो। एक दूसरे पर कीचड़ उछालने से क्या लाभ?"

विश्वास के हस्तक्षेप से विद्रोह आपे से बाहर हो गया "ऐसे लोग जहन्नुम में जाँय। इन दिनों प्रायः जुगाड़ी, दबंग, गुंडे, बदमाश, बेईमान, तिकड़मी और अवसरवादी लोग नेता बन बैठे हैं। हमारा प्रधान भी नेता बनने का दावा करता है। नौकरशाही का दलाल, कुटिलताओं का एक पुंज"-विद्रोह ने घृणा भरी आवाज में कहा।

"तो और आगे चर्चा करने की कोई जरूरत ही नहीं। आप लोग किसी समझौते पर नहीं पहुँच सकते और गाँव वालों की कठिनाई नहीं दूर हो सकती।" विश्वास ने कहा और अपने स्थान से उठ खड़ा हुआ।

अँधरन मा कनवै राजा, पिछड़े, दलित ग्रामीणों का अपने आप बना नेता स्वार्थ भी उठा और बोला- "इस मूर्खतापूर्ण वाद विवाद में पड़ने से क्या लाभ? दूसरे तरीके ही काम में लाने होंगे।" यह कह कर वहाँ से चल दिया। बाकी लोग भी उसके पीछे-पीछे हो लिये। सिर्फ वहाँ विद्रोह, विश्वास और मोह रह गये। थोड़ी देर की चुप्पी के बाद मोह ने सुझाव दिया कि प्रधान से मिलकर इस समस्या का हल निकाला जाय। विश्वास ने भी इस सुझाव का समर्थन किया। जो कुछ वहाँ हुआ उस पर विश्वास को बड़ी खिन्नता हुई। वह थोड़ी देर रुक कर बोला "ठीक है, प्रधान के पास चलें।"

* * *

प्रधान अपने नवनिर्मित ड्राइंग रूम में बैठा हुआ था। कोटेदार, मोह तथा पंचायत सचिव भी वहाँ मौजूद थे। चारों विश्वास के बारे में बातें कर रहे थे। धूर्ततापूर्ण ढंग से प्रधान कह रहा था "देखो, वह मूर्ख मुझे सत्य, धर्म और ईमान का पाठ पढ़ाने आया था। चाँदी की जूती के बल पर मुझमें नेता बनने की सामर्थ्य है। देखो मोह, इस बार प्रमुखी हमारी पकड़ से बाहर न जाने पाये। इस काम के लिये मैंने तुम्हें पहले ही पचास हजार रुपये दे दिये हैं। जरूरत पड़ी तो और भी दूँगा। काम चलता रहे, सदस्य बनाते रहो। मेरी बात समझे?"

मोह ने हाँ में हाँ मिलाते हुये कहा- "आप निस्फिक्र रहें, अब की बाजी हाथ से न जाने पायेगी। अपना काम जोरों से चल रहा है।"

थोड़ी देर रुक कर प्रधान ने इधर-उधर देखकर कहा-"कल बहुत देर तक वह मुझे सत्य और ईमान का पाठ पढ़ाने की चेष्टा करता रहा। सुबह से वह गाँव में गया हुआ है, हो सकता है जल्दी ही लौट आये।"

मोह बड़े सोच-विचार में पड़ गया। उसने कहा-"मैं उसे आपके यहाँ ले आया था। आपको उसकी अच्छी तरह से देखभाल करनी चाहिये थी। कौन जाने कि वह किस तरह गाँव वालों को भड़का दे.... ।"

"थोड़ी देर पहले मैंने उसे विद्रोह के घर के आगे देखा था। विद्रोह उसके साथ था। कुछ किसान-मजदूर भी उसके साथ थे।" बीच में ही बात काटकर पंचायत सचिव ने कहा।

यह खबर सुनकर प्रधान को कोई खास चिन्ता नहीं हुई-"अरे, हमें क्या मतलब वह कहीं भी जाय। मैं ऐसे लोगों से खूब निपटना जानता हूँ। अगर मैं चाहूँ तो उसके हथकड़ी डलवाकर उसका दिमाग ठीक कर दूँ।" शेखी बखारते प्रधान ने बड़े निश्चिन्त भाव से कहा।

मोह को प्रधान की यह बात अच्छी न लगी। चेतावनी की वाणी में उसने कहा-"नहीं यह कोई तरीका नहीं है। कुछ उपयुक्त और व्यावहारिक तरीके निकालने होंगे। आप जानते हैं कि ऐसे मौकों पर पैसों से आसानी से छुटकारा पाया जा सकता है। उसकी अच्छी तरह जेब गर्म कर दीजिये, उसका मुँह बन्द हो जायेगा। इन नोटों में दुनिया कैद है-दादा बड़ा न भैया, सबसे बड़ा रुपैया।"

पंचायत सचिव के अलावा सभी ने इस मजाक का मजा लिया। लेकिन पंचायत सचिव पर इससे कोई फर्क न पड़ा। कुछ सरकारी कामकाज से वह चिन्तित था। उसे कुछ कागजात ठीक करने थे।

"प्रधान जी, कुछ जरूरी कागजात मेरे पास हैं और उन पर आपका ध्यान देना जरूरी है।" उसने नम्रतापूर्वक प्रधान से प्रार्थना की। उसने यह भी कहा-"लेखा परीक्षक जल्दी ही आने वाला है। हमें लाखों रुपये का हिसाब ठीक करना है। तालाब की खुदाई के लिये जो रुपया रखा गया था उसका भी हिसाब-किताब ठीक करना है। इसी तरह ग्राम पंचायत के लिये इनाम में जो रुपया मिला, नाली, रास्ता, रोशनी, रपटा खड़ंजे और पंचायतघर के लिये जो........" वह बात भी पूरी न कर सका था कि प्रधान गुस्से में भरकर चिल्लाया "भाड़ में जाय हिसाब-किताब। जब आये तो लेखा परीक्षक को मेरे पास भेज देना। तुम्हारा मतलब है कि पैसे मैं अपनी जेब से भरूँ? मछली तो अपने ही तेल में तली जायेगी। समझे।"

बेचारा सचिव घबड़ा गया और सिवास इसके कुछ न कह सका-

"लेखा परीक्षक तो बड़ा ईमानदार और कानून पसन्द आदमी है।" प्रधान और चिढ़ गया। झल्लाकर बोला- "भाड़ में जाय। ईमानदार आदमी की बात मुझसे मत करो। मैंने ऐसे हजारों देखे हैं........

वह अपना वाक्य पूरा भी न कर सका था कि बाहर- "बेईमानी, चोरबाजारी, लूटखसोट"- "कालाबाजारी, मिलावटखोरी, जमाखोरी" "चोरी है, डकैती है, पाप है।" "चोरी है, बेईमानी है, अधर्म है, पाप है।"

"घपला, घोटाला, भ्रष्टाचार, शोषण और बेईमानी"......"बन्द हो।"

"भ्रष्टाचारियों और बेईमानों का".... ."नाश हो।" के नारे सुनाई दिये।

कमरे में हलचल मच गई। कमरे के अन्दर के लोग खिड़कियों से झाँकने लगे। एक बड़ी भारी भीड़ दिखाई दी जो प्रधान के घर की ओर बढ़ी आ रही थी। यह भीड़ नहीं एक जुलूस था और विश्वास आगे-आगे चल रहे थे। विद्रोह, स्वार्थ तथा बहुत से किसान-मजदूर उनके पीछे थे।

ज्योंही जुलूस प्रधान के दरवाजे पहुँचा त्योंही

"शोषण, बेईमानी, चोरबाजारी, भ्रष्टाचार". ."बन्द हो।"

"शोषकों भ्रष्टाचारियों और बेईमानों का नाश हो।" के नारों से आकाश गूँज उठा।

इन नारों से प्रधान के गुस्से का कोई ठिकाना न रहा। वह कमरे से बाहर आया और धमकी देते हुये बोला- "क्या मतलब है तुम्हारा? मैं इस पागलपन को बर्दास्त नहीं कर सकता। निकल जाओ यहाँ से वर्ना मैं पुलिस को बुलाता हूँ।"

"मेहरबानी करके हमारी बात सुनिये, प्रधान जी! आप नाराज न हों। दाने-दाने को मोहताज ये लोग भूखों मर रहे हैं। इन्हें काम की और आपकी सहायता की जरूरत है।" विश्वास ने नम्रतापूर्वक कहा।

विश्वास के शब्दों ने आग में घी का काम किया। प्रधान आपे से बाहर हो गया। आगबबूला होकर वह बोला- "तू भोली भाली जनता को भड़का कर आग से खेल रहा है। शासन की शान्ति व्यवस्था भंग करने की जिम्मेदारी तेरे सिर पर होगी। तू परोपकारी और समाजसेवी होने का दम भरता है मगर तू उन लोगों का पिट्ठू है जो असन्तुष्ट गुट के हैं और तोड़फोड़ कराकर ओट से शिकार खेलना चाहते हैं।"

"मैं काठ का उल्लू नहीं कि किसी के हाथ की कठपुतली बनकर नाचता फिरूँ। मैं तो सत्य, धर्म और न्याय का पुजारी हूँ। सिद्धान्तों के लिये मैं किसी के भी खिलाफ संघर्ष करने और जुलूस निकालने में नहीं झिझकूँगा। अन्याय और अधर्म करना तो पाप है ही, अन्याय और अधर्म सहन करना भी पाप है। यहाँ लोग भूखों मर रहे हैं और आप लोग जिन्होंने जनता जनार्दन की सेवा करने का वचन दिया है, सार्वजनिक हितों को ताख में रखकर अपनी इमारतें बनाने, पेट भरने, धंधे बढ़ाने में लगे हैं। सचमुच यह बड़ी निन्दनीय बात है। मैं आपके काम की निन्दा किये बिना नहीं रह सकता।

'सेवक कर पद नयन से मुख सो साहिब होई।
तुलसी प्रीति की रीति सुनि सुकबि सराहहिं सोई।।'
'मुखिआ मुख सों चाहिये खान पान कहुँ एक।
पालइ पोषई सकल अँग तुलसी सहित विवेक।।'

फिर जन समूह को संबोधित करते वह बोला--

"दोस्तो, मिलेगी भला तुम्हें कैसे मंजिल?
राहजन बन गये जब राह दिखाने वाले!!"

प्रधान के लिये तो यह बहुत बड़ी बात थी। आग बबूला होते हुये ताव में आकर बोला-"तू कहाँ का धूर्त यहाँ चला आया। नीचे से लेकर ऊपर तक सभी ने मेरे काम की प्रसंशा की है। मंत्री तक मुझसे खुश हैं और उनकी हमेशा ही मुझ पर छत्रछाया है तो तू निठल्ला, निखट्टू, मूर्ख किस खेत की मूली है जो मेरे काम और चरित्र पर छींटाकसी करने का साहस करता है? जस देव तस पूजा, अभी पुलिस बुलाता हूँ।"

उसका चेहरा घृणा और घमंड से तमतमा रहा था। उसने कुर्सी मँगवाई। जब कुर्सी आ गई तो उसे भीड़ के सामने रखवा कर गुर्राता हुआ उस पर बैठ गया। विश्वास पर इस गुस्से का कोई असर नहीं पड़ा। दृढ़ और ठंडे दिमाग से उसने जबाब दिया-"प्रधानजी, क्रोध पाप कर मूल-बंदरघुड़ की दिखाकर सत्य और न्याय का गला नहीं घोटा जा सकता। अब वे दिन लद गये। अब आपको सत्य और न्याय के सामने घुटने टेकने ही पड़ेगे।" इस उत्तर से प्रधान आपे से बाहर हो गया। आँखें लाल-पीली करते हुये वह विश्वास की ओर झपटा। विद्रोह मोर्चा लेने को तैयार था और तो कोई आगे न बढ़ा पर विद्रोह ललकारता हुआ आगे बढ़कर बोला "उपदेशो हि मूर्खाणाम् प्रकोपाय न शान्तये" तू लड़ना चाहता है। हम भी तैयार है। 'शठे शाठ्यम् समाचरेत्' लातों के भूत बातों से नहीं मानते। अब एक भी लाजबान निकाली तो हम तेरी बोटी-बोटी उड़ा देंगे।"

कायरता की तरह वीरता भी संक्रामक होती है। विद्रोह के आगे बढ़ते ही औरों की भी हिम्मत बढ़ गई। तू-तू मैं-मैं होने लगी। कुछ ने प्रधान को पकड़ लिया। एक क्षण बाद ही प्रधान जी की मेहमानी होने लगी। उस पर धड़ाधड़-तड़ातड़ पड़ने लगे। खतरा देखकर कोटेदार, मोह और पंचायत सचिव वहाँ से खिसक गये।

विश्वास को लोगों के गुस्से पर बड़ा आश्चर्य हुआ। वह प्रधान की ओर दौड़ा और उत्तेजित भीड़ से बचाने की कोशिश करने लगा। क्रोधित भीड़ को शान्त करना बड़ा टेढ़ा काम है। यदि प्रधान ठंडा न पड़ता तो हालत और बिगड़ जाती। मुक्के पड़ने पर उसके होश ठिकाने हो गये थे। उसका घमण्ड चूर-चूर हो गया था। वह गिड़गिड़ाते हुये बोला "ईश्वर के वास्ते मुझ पर रहम करो। जो कुछ

मेरे पास है, उसे ले लो, पर मेहबानी करके मेरी जान बख्शो। मैं अभी त्याग पत्र दे रहा हूँ। मेहरवानी करके मुझे मारो मत।"

ज्यों ही स्वार्थ ने त्यागपत्र की बात सुनी, वह चिल्लाया "रुको, झगड़ा यहीं और अभी तय हो जाना चाहिये। आप सभी लोग शान्त हो जाँय।" चाल चल गई। भीड़ भी शान्त होकर पीछे खड़ी हो गई। स्वार्थ और प्रधान आमने-सामने थे। विश्वास प्रधान के पास था और बड़ा उद्विग्न था। उसने भीड़ से कहा-"आप लोगों ने बड़ा आपत्तिजनक व्यवहार किया है। प्रधान पर प्रहार करके आपलोगों ने न सिर्फ कानून को अपने हाथों में लिया हैं, बल्कि बड़ा भारी अन्याय भी किया है। आपका काम कानून के अनुसार न सिर्फ दंडनीय है, बल्कि मानव धर्म के प्रतिकूल है।" विश्वास के झिड़कने का दोहरा असर हुआ। एक तरफ तो इससे भीड़ उत्तेजित हुई और दूसरी ओर प्रधान में फिर कुछ जान लौट आई। भीड़ में से किसी ने कहा-"सब एक ही थैली के चट्टे-बट्टे इकट्ठे हो गये हैं। चोर-चोर मैंसेरे भाई। हाथी के खाने के दाँत और दिखाने के और होते हैं। इनकी मिली भगत है। अब तर्कबाजी में कोई तुक नहीं, अपने-अपने घर चलो।"

वे चलने को हुये पर स्वार्थ को यह पसन्द न था। उसने भीड़ को रोके रहने को कहा और फिर प्रधान से त्याग पत्र माँगा। विश्वास ने एतराज किया-"नहीं, इस प्रकार वह त्यागपत्र नहीं देंगे। यह कोई समस्या का हल नहीं है। इस तरह जबरन किसी से त्यागपत्र लेना न सिर्फ गैर कानूनी है बल्कि अनैतिक भी है।" उसने जोर देकर कहा।

"क्या कल तुम प्रधान से नहीं मिले थे? प्रधान ने अच्छी तरह से तुम्हारी जेब गर्म कर दी होगी। हम यहाँ और इसी समय उसका त्यागपत्र लेकर छोड़ेगे।" स्वार्थ ने गर्म होकर कहा।

"वही दिखाते सच्ची राह, जिन्हें न पद पैसे की चाह।' उपप्रधान जी, आप सिर्फ इसीलिये उनका त्यागपत्र माँग रहे हैं कि आप खुद उनकी जगह लेना चाहते हैं। भला लोगों का इससे क्या भला होगा?" विश्वास ने प्रत्यारोप लगाते हुये कहा।

इस प्रत्यारोप ने आग में घी का काम किया। स्वार्थ विश्वास पर बरस पड़ा। भीड़ के और लोग भी बहती गंगा में हाथ धोने लगे। जिसके मुँह से जो निकला, कहने से न चूका। इधर प्रधान में काफी साहस आ गया था। वह बोला-"जिसे जो करना हो करे, मैं त्यागपत्र नहीं दूँगा।"

वाद-विवाद होते-होते गाली-गलौज शुरू हो गई। भीड़ को सम्बोधित करते हुये स्वार्थ बोला-"देखो, गंगा तीरे गंगादास, यमुना तीरे यमुनादास, बगुलाभगत तुम्हारा यह नेता तुम्हारे हित के लिये तुम्हारे साथ यहाँ लड़ने आया था। पर कल ही यह प्रधान से मिलकर लूट का कुछ हिस्सा हथिया चुका है तभी यह इस लुटेरे भ्रष्टाचारी और चोरबाजारी का पक्ष ले रहा है। अब और यहाँ ठहरने का कोई

तुक नहीं, अब यहाँ से चलें। हमें फिर किसी समय इस सम्बन्ध में अपना रास्ता तय करना होगा।" यह कहते हुये वह वहाँ से भीड़ के आगे चल पड़ा।

"भाइयो! मेरी भी सुनो। हम बातचीत के द्वारा ही समझौते पर पहुँच सकते हैं। विवाद विवाद से, संवादहीनता से नहीं बातचीत, संवाद, सूझ- बूझ, सुलह, समझौते से सुलझते हैं। मुझे आप झिड़क सकते हैं। गालियाँ दे सकते हैं। पर मैं सभी समस्याओं को शान्तिपूर्ण ढंग से सूझ-बूझ, संवाद, समझौते से हल करने के पक्ष में हूँ। मैं सत्य, प्रेम और अहिंसा पर आधारित विवेकपूर्ण क्रान्ति में विश्वास करता हूँ....... ।" विश्वास व्यर्थ में ही यह वकालत करता रहा।

यह अरण्यरोदन था। आँधर के आगे रोवै, आपन दीदा खोवै-जाती हुई भीड़ ने उसकी एक न सुनी। थोड़ी देर बाद वहाँ केवल दो ही व्यक्ति थे- विश्वास और प्रधान! दोनों शान्त थे। दोनों ही अपने-अपने विचारों में डूबे हुये थे। थोड़ी देर बाद प्रधान बोला-"वे रात में मेरा घर लूट सकते हैं। मुझे पुलिस को सूचित कर देना चाहिये। विश्वास, आप बहुत आगे बढ़ गये हैं। आपके कारण मुझे मुँह की खानी पड़ी और आप के कारण ही मेरी पिटाई हुई। आपने ही मेरे खिलाफ इन लोगों को भड़काया, नहीं यह तूफान न उठता। जाओ, यहाँ से चले जाओ। करो जो कुछ कर सकते हो।" कहता हुआ वह घर के अन्दर चला गया।

विश्वास निःसहाय था। उसके दिमाग में तरह-तरह के विचार उठ रहे थे। उसका चित्त बहुत उद्विग्न था। वह सोच रहा था-

'कहहिं वेद इतिहास पुराना। विधि प्रपंच गुन अवगुन साना।।'
'जड़ चेतन गुन दोषमय विश्व कीन्ह करतार।
संत हंस गुन गहहिं पय परिहरि बारि बिकार।।'

जीवन कर्तव्य, निष्ठा, श्रम, सेवा, संकल्प और साधना का पथ है। अभी लोगों को मेरी सत्य निष्ठा पर अटूट विश्वास नहीं है। लोगों में विश्वास पैदा करने के लिये सोने सा तपना और कसौटी पर कसना होगा-

'कसे कनक मनि पारिख पाये। पुरुष परखिअहिं समय सुभाये।।'

सत्य का मार्ग टेढ़ा होता है-इसमें अनेक कठिनाइयों का सामना करना पड़ता है। सत्य परेशान होता है, पराजित नहीं। यह मायामय संसार चक्रव्यूह के समान है। काम, क्रोध, लोभ, मोह, मद, मत्सर और अज्ञान इसके सात चक्रफेरे हैं, जिन्हें पार कर मंजिल तक पहुँचना आसान नहीं--

इरादे नेक भी निरर्थक हैं अगर आचरण में नहीं आते।
सही मार्गदर्शन सदाचरण बिना कभी मंजिल नहीं पाते।।
'चलो-चलो सब कोउ कहै, पहुँचै बिरला कोय।
काम क्रोध मद मोह मत्सर अज्ञान लोभ को खोय।।'

लोग बहुत अहंकारी, मतलबी, मक्कार, कृतघ्न, गद्दार, चाटुकार, धूर्त,

दगाबाज और नैतिकता विहीन अवसरवादी हो गये हैं। बेईमानी, भ्रष्टाचार, दुराचार, रिश्वतखोरी, मिलावटखोरी, मुनाफाखोरी, कमीशनखोरी, कालाबाजारी, चोरबाजारी, स्वार्थान्यता आदि की जड़े पाताल तक पहुँच चुकी हैं-

अब इंसान इस दौर में बदला है इस तौर।
सम्मुख है वह और कुछ पीछे है कुछ और।।

जैसी सोच-समझ, वैसा समाज, लोगों के नस-नस में दौड़ते रक्त में बेईमानी, स्वार्थ, घोटाला, भ्रष्टाचार, रिश्वतखोरी, मक्कारी, मिलावटखोरी, मुनाफाखोरी, चोरबाजारी, कमीशनखोरी, कृतघ्नता, नैतिकताविहीन अवसरवादिता, बुजदिली और गद्दारी के संक्रामक कीटाणु दौड़ रहे हैं। इन कीटाणुओं को नष्ट करने के लिये ऐसी क्रान्ति की आवश्यकता है जो ऐसे सामन्ती समाज को जड़ से उखाड़ फेंके। मगर इस क्रान्ति का नेतृत्व कौन करे? न जाने ऐसे क्रान्तिकारी किस मिट्टी के बने होते हैं! उनका कलेजा किस धातु का होता है!! उनमें कौनसी शक्ति भरी होती है!!!

संसार में अकेले आना और अकेले ही जाना है, इससे घबराओ नहीं- 'एकला चलो रे'- 'चरैवेति, चरैवेति'- चलते रहो, चलते रहो (लक्ष्य की ओर बढ़ते रहो।)

'कर्म प्रधान विश्व करि राखा। जो जस करै सो तस फल चाखा।।'
'करै जो करम पाव फल सोई। निगम नीति अस कह सब कोई।।'
दुनिया में हौसले से एकला भी जो आगे बढ़े।
इतिहास है दुनिया झुकी, पीछे कारवाँ के कारवाँ बढ़े।।
'अहर्निशं सेवामहे-आराम हराम है, कार्यान्तर ही विश्राम है।

गति में शक्ति है, उन्नति है, गति नहीं तो दुर्गति है- '

'गत्च्छन् पिपीलिको याति योजनानां शतैरपि।
अगच्छन् वैनतेयोऽपि पदमेकं न गच्छति।।'

'माता भूमिः पुत्रो अहं पृथिव्याः', सतत गतिशील पृथ्वीपुत्र हो, आत्म ज्योति के प्रकाश में आगे बढ़ते रहो। दृढ़ संकल्प, शक्ति, श्रम, साधना, सोत्साह, साहस, सोल्लास, आत्मबल और आत्मविश्वास से आगे बढ़ते रहने से ही सफलता या सिद्धि सम्भव है-

'वीर भोग्या वसुन्धरा'
'उद्यमेन हि सिद्धन्ति कार्याणि न मनोरथैः।
नहि सुप्तस्य सिंहस्य प्रविशन्ति मुखे मृगाः।।'

कठिनाइयों मनुष्य को संघर्षशील, सहनशील और शक्ति-सामर्थ्य सम्पन्न बनाती हैं-

'मान लो तो हार है, ठान लो तो जीत है'

'जीवन में सुख दुःख निरन्तर आते जाते रहते हैं।
सुख तो सभी भोग लेते हैं. दुःख धीर ही सहते हैं।।
जिन्दगी कठिनाइयों का रास्ता है, झेलते ही झेलते आसान होगा।
देखकर डरना नहीं तूफान चालते, एकदिन तूफान ही जलयान होगा।।'
मंजिल उन्हें मिलती है, जिनके सपनों में जान होती है।
पखनों से ही नहीं, हौसलों से उड़ान होती है।।'

कई दिन बाद एक जाँच अधिकारी वहाँ आया। ग्रामपंचायत और गाँव के हालातों के बारे में उसे जाँच-पड़ताल करनी थी। वह प्रधान के घर ठहरा था और बिल्कुल सन्तुष्ट होकर लौटा था। उसकी जेब गर्म कर दी गई थी। वह विकाऊ निकला!

कुछ दिनों बाद एक प्रमुख दैनिक पत्र में आज की ऐसी स्थिति और मानसिकता का समालोचनात्मक विश्लेषण किया गया था। उसमें बड़े दर्द भरे उदगार थे। लेख के अन्त में कहा गया था कि क्या करोड़ों किसानों- मजदूरों, शोषितों-पीड़ितों और बंचितों के भी अच्छे दिन आयेंगे? उनका कौन नेतृत्व करेगा?? सिर्फ भविष्य, जिसके बारे में कुछ नहीं कहा जा सकता, जो अगम, अगोचर और अनिश्चित है। जो बीत चुका है, उस पर आँसू बहाना बेकार है। सयानों का सही मार्गदर्शन मिले, युवा जग जायें, जग जग जाय। जागरुक युवा घर-परिवार, समाज, राष्ट्र और संसार की सबसे बड़ी शक्ति, सम्पत्ति वर्तमान और भविष्य हैं।

यह था लेख का सारांश। लेखक थे विश्वास।

18

मजदूर बस्ती, झुग्गी-झोपड़ियों की छोटी-छोटी बदबूदार कोठरियाँ गली के दोनों ओर थीं। गलियों में गंदगी, कीचड़ भरा रहता था, जिसकी दुर्गन्ध चारों ओर फैला करती थी।

जिस समय भोर में कारखाने का भोंपा बजता था, अँधेरा छाया रहता था। नगर सोया रहता था। उसकी तीखी लम्बी आवाज सुनकर मजदूर बस्ती जाग उठती थी। थके हुये मजदूरों को तब तक पूरा विश्राम भी नहीं मिल पाता था और न उनकी आँखों से नींद की खुमारी ही दूर होती थी, फिर भी अपनी छोटी-छोटी कोठरियों से वे लोग निकल पड़ते थे। मैले कपड़े और फटे जूते पहने, लाल-लाल अलसाई आँखों से वे कीचड़ भरे दुर्गन्धपूर्ण रास्ते से कारखाने की तरफ चल पड़ते थे।

उस समय कारखाने की ऊँची चिमनियों से काला धुवाँ उठने लगता

था। झुंड के झुंड मजदूर कारखानों में घुस पड़ते थे। उसके बाद मशीनों की खड़खड़ाहट में सब कुछ डूब जाता था। शाम को सूर्यास्त हो जाने के बाद वे कारखाने से छुट्टी पाते थे। धुवाँ, धूलधक्कड़ से सने जब वे कारखाने से निकलते थे, उनके चेहरे पर थकावट और भूख के चिन्ह साफ दिखलाई पड़ते थे, फिर भी उनमें आनन्द और उत्साह की झलक रहती थी। उस दिन की उनकी त्रासदी का अंत हो जाता था और घर पहुँचकर भोजन और आराम पाने की आशा से उनको कुछ राहत मिलती थी।

दिन भर में अपनी आवश्यकतानुसार मशीनें उनकी शक्ति को चूस लेतीं थीं और उनके जीवन को निरन्तर कमजोर बनाती जा रही थीं। दिन पर दिन वे अनजाने ही मृत्यु की ओर खिंचते जाते थे। अपनी उस हालत में भी वे खुश थे। उनके थके हुये जीवन में स्फूर्ति और आनन्द के भ्रम में सुर्ती, सुपाड़ी, पान, बीड़ी, सिगरेट, चिलम, गुटखा, मदिरा सहारा थी, जोकि उनके जीवन को और खोखला कर रही थीं। नशाखोरी उनका और उनके परिवार, पास पड़ोस का सुख चैन छीन कर उन्हें दिनोंदिन बर्बादी की ओर ढकेल रही थी।

छुट्टी के दिनों में वे लोग दोपहर तक सोते थे। उसके बाद उठकर अपने अच्छे-अच्छे कपड़े पहिन कर कोई मन्दिर, मस्जिद, गिरजाघर, गुरुद्वारा जाते और कोई सिनेमाघर की राह लेते। मन्दिर, मस्जिद, गिरजाघर, गुरुद्वारा में न जाने के कारण नवयुवकों को उनके बड़े-बूढ़े बहुत फटकारते थे। लौटते समय रास्ते में जुआ और शराब का अड्डा जमता था, जहाँ कारखाने और मशीनों की ही चर्चा होती थी। बातचीत में वे बाबुओं, मैनेजर और मिल मालिक को बड़ी गालियाँ देते थे। इसके अतिरिक्त वे न तो किसी विषय पर बातें ही करते थे और न कुछ सोच ही सकते थे। नशे में घर लौटने पर बीबी-बच्चों से झगड़ा कर बैठते थे और कभी-कभी उनको निष्ठुरता से पीट भी देते थे।

खाली दिमाग शैतान का घर-गम गलत करने के नाम पर अधिकतर मजदूर मदिरा पीते थे और जहाँ-तहाँ अड्डा जमाते थे। वे गन्दे गाने गाते और नाचते थे। बहुत रात बीतने पर वे घर लौटते थे। उस समय उनके कपड़े फटे रहते थे और शरीर पर मार के निशान उभरे रहते थे। मारपीट में जीत होने पर अपनी बड़ाई करते और हार होने पर रोने लगते थे। कभी-कभी उनके माँ-बाप उनको पागलपन की अवस्था में शराब खाने या नाली में से लोटपोट उठा लाते थे। आये दिन आपस में गालियाँ देते और लड़ते-झगड़ते रहते थे।

इन मजदूरों के हृदय में सदैव एक तरह का असन्तोष और बेचैनी बनी रहती थी, इसे वे समझ नहीं पाते थे। वह एक तरह का बोझा था जिसे हल्का करने और शान्ति पाने के लिये वे मामूली सी बात पर भी जंगली पशुओं की तरह आपस में लड़ते झगड़ते और खून खराबा तक कर बैठते थे। जन्मकाल से ही उनकी यही अवस्था रहती थी मानों वह उनके जीवन का एक कठिन रोग

हो जो जीवन की अन्तिम साँस तक रहता है और किसी तरह भी उनका पीछा नहीं छोड़ता। उनका जीवन उद्देश्यहीन था और वे पशुओं की तरह अपना जीवन व्यतीत करते थे।

बहुत दिनों से उनके जीवन का गन्दा नाला इसी तरह बहता चला आ रहा था। प्रतिदिन उनको एक ही तरह का काम करना पड़ता था, इसीलिये उनका झुकाव भी एक ही तरफ रहता था। जीवन की इस धारा को बदल देने, उसको नवीन, सुखी और आनन्दमय बना देने की इच्छा, अवसर और ज्ञान ही उनको नहीं था।

जब कोई नया मजदूर उनकी बस्ती में आता था तब उसके नये होने के कारण उसकी बातचीत में उन्हें दो चार दिन उत्सुकता रहती थी। उससे दूसरे शहरों, गाँवों का हाल सुनकर वे समझ जाते थे कि सभी स्थानों में मजदूरों की यही अवस्था है।

कभी-कभी नये आदमी आकर उनसे ऐसी बातें करते थे, जिनको उन्होंने कभी सुना ही नहीं था, किन्तु उनकी बातों पर विश्वास नहीं होता था। वे आशा भी नहीं करते थे और न सपने में ही कभी सोच सकते थे कि उनकी इस घृणित अवस्था का भी कभी अन्त होगा और उनको उन्नत जीवन बिताने का कभी अवसर मिलेगा। यह घृणित अवस्था उनके जीवन से इस तरह गुँथी हुई थी कि इसको दूर करने में भी वे डरते थे। जीवन में कोई नवीनता लाने में उन्हें डर मालूम होता था।

दीन मुहम्मद का भी जीवन इसी तरह बीता है। वह किसी की परवाह नहीं करता था। अपनी बस्ती का सबसे बलवान मनुष्य समझा जाता था। उसका चेहरा काला गम्भीर था और आँखें छोटी-छोटी थीं। चेहरे पर हमेशा अविश्वास की झलक बनी रहती थी। वह अपने काम में बड़ा होशियार था और कभी भी गैरहाजिर नहीं होता था, फिर भी वह कारखाने में कम मजदूरी पाता था।

छुट्टी के दिन वह किसी न किसी को पीट देता था, इसीलिये बस्ती के सभी लोग उससे डरते थे। कोई उसको पसन्द नहीं करता था। उन लोगों ने उसको मारने की कई बार कोशिश की, लेकिन ज्योंही उसे हमले की खबर मिलती वह होशियार हो जाता था। उस समय लट्ठ, लोहे की छड़, पत्थर या कोई भी चीज जो वह पा जाता उसे ही लेकर लड़ने के लिये तैयार हो जाता था। उसके पीले दाँत क्रोध से कटकटाने लगते थे और उसकी दोनों छोटी-छोटी आँखें जलने लगती थीं जिसे देखकर फिर कोई भी उसके सामने जाने का साहस नहीं करता था और लोग धीरे-धीरे खिसक जाते थे। "नीच" वह अपनी आँखें चढ़ाकर कहता और उन्हें चुनौती देता था।

"नीच" शब्द उसका तकिया कलाम शब्द था। कारखाने के मैनेजर से लेकर पुलिस के दरोगा तक सभी को वह गुस्से में इसी शब्द से पुकारता था। घर आकर

गुस्सा होने पर पत्नी, पुत्र को भी कहता "नीच"।

उन दिनों उसके पुत्र इंसाफ की अवस्था बीस वर्ष की थी। एक दिन न जाने क्यों नाराज होकर वह उसके सिर के बाल मुट्ठी में पकड़ने लगा। इंसाफ झट से हाथ में हथौड़ा लेकर उठ खड़ा हुआ और बोला-"खबरदार, मुझ पर हाथ न उठाना।"

बाप गरज उठा-"क्या?"

इंसाफ गम्भीर स्वर से बोला "बहुत हो चुका, मैं अब बात-बात में मार नहीं खा सकता।"

पिता ने एक बार उसकी ओर देखा। उसके बाद पीठ के पीछे अपने रोयेंदार हाथ बाँध कर बोला- "अच्छा!" उसकी छाती फट चली। उसने एक लम्बी साँस लेकर कहा-"नीच।"

उसके बाद उसने पत्नी को बुलाकर कहा- "तुम्हारा लड़का बड़ा हो गया है। अब वही तुमको खिलायेगा। मुझसे तुम लोग अब कुछ मत माँगना।"

पत्नी ने साहस करके कहा- "और तुम कमाकर उड़ाओगे?"

"इससे तुझे क्या मतलब? नीच!" तभी से उसने लड़के की तरफ घूम कर नहीं देखा। उससे एक शब्द भी नहीं बोला।

उस दिन खूब भोर में ही जब कारखाने का भोंपा बज रहा था, बहुत कष्ट भोगने के पश्चात् उसका प्राणान्त हो गया। उसके मर जाने पर उसकी स्त्री रोने लगी, किन्तु उसके लड़के के आँसू नहीं निकले। कुछ ने कहा-"दीन मुहम्मद मर गया उसके स्त्री का कष्ट मिट गया।" एक ने कहा-"बेचारा बड़ा दिलेर आदमी था।"

अन्य मजदूरों की तरह उसकी भी अन्त्येष्टि करके लोग अपने-अपने घर लौट आये।

* * *

दो सप्ताह बीत गये। उस दिन प्रकाशपर्व दिवाली थी। शराब के नशे में चूर इंसाफ घर लौटा। बाप की ही तरह मेज पर घूँसा मार कर बोला- "खाना लाओ।" माँ उसकी दशा देख सन्न रह गई। दुख से उसकी छाती फटने लगी। माँ उसको शान्त करने की चेष्टा करने लगीं।

इंसाफ भर्राई हुई आवाज में बोला-"माँ, तुम दुखी क्यों हो?"

आज पहली बार उसने शराब पी थी। शराब के नशे में वह धुत था फिर भी उसको कुछ होश था, इसीलिये माँ की व्यथापूर्ण दृष्टि ने उसे चंचल बना दिया। वह सोचने लगा-"क्या मैं शराबी हूँ? क्या मैं शराबी हूँ?"

उसको आन्तरिक दुःख हुआ और अपने आँसू न रोक सका। इस रुलाई को उसने नशे के पागलपन में दबा देना चाहा।

माँ ने करुण स्वर में कहा "बेटा, तूने यह काम क्यों किया? प्रकाशपर्व दीपावली तो हमें बाहर ही नहीं भीतर के भी अन्धकार को मिटाने की प्रेरणा देती है। तुझे ऐसा नहीं करना चाहिये था।"

उसकी तबियत घबड़ाने लगी और उल्टी होने लगी। माँ ने उसे पकड़कर कमरे में लिटा दिया और भीगे तौलिये को उसके माथे पर रख दिया। इससे उसको कुछ राहत हुई किन्तु माँ का करुण मुख देखकर उसे पीड़ा होने लगी। उसको चक्कर आने लगा और वहाँ की सभी चीजें उसे धुँधली-सी मालूम होने लगीं।

माँ का स्नेहपूर्ण स्वर उसके कानों में पहुँचा "बेटा,-

सद्गुण है सर्वश्रेष्ठ सम्पत्ति। दुर्गुण सबसे बुरी बिपत्ति।।

शराब और जुआ तो व्यभिचार, बर्बादी और पाप के जननी-जनक हैं। तू शराबी बन जायेगा तो तेरी बुढ़िया माँ की देखभाल कौन करेगा? तू कैसे उसे खिलायेगा? तू मदिरा, मांस छोड़ दे बेटा। जैसा खाये अन्न वैसा बने तन-मन, जैसा करे आहार वैसे बनें विचार। जैसे सोच-विचार वैसे संस्कार- व्यवहार।

मदिरा मांस राक्षसी भोजन। दूषित करते तन-मन जीवन।।
जैसा भोजन वैसा तन-मन। जैसा चिन्तन वैसा जीवन।।"

उसने कहा-"बस्ती में बहुत से पीते हैं।"

ठीक बात थी। प्रायः मजदूर पीते थे। नशे के अतिरिक्त उनके पास मनोरंजन और आनन्द लेने का दूसरा कोई साधन नहीं। तो भी माँ ने कहा-"मगर तुम मत पीना बेटा! तेरा बाप बीड़ी शराब पीकर मुझे जीवन भर जलाता, मारता रहा। अब तू तो मेरे ऊपर दया कर।

अगर चाहते सुख से जीना। कभी नहीं तुम मदिरा पीना।।
जो हुआ नशे का शिकार, उजड़ा उसका घर-परिवार।।
नशा नाश कर देगा, फिरोगे दाने-दाने को।
कटोरा हाथ में होगा, न देगा कोई खाने को।।"

माँ के इन करुण शब्दों को सुनकर, उसे उस समय की बातें याद आने लगीं जब बाप शराब पीकर माँ को पीटता था। वह गौर से माँ को देखने लगा। कठिन परिश्रम, गरीबी और बाप के अत्याचार से उनका शरीर टूट गया था। उनका चेहरा गोल और गम्भीर था। ललाट पर चिन्ता की रेखायें थीं और चोट का गहरा घाव था। सिर में भी बालों के ढेर में चोट के दाग थे। उनकी आँखों से आँसू बह रहे थे।

इंसाफ बोला "रोओ मत माँ! जरा पानी दो।"

माँ ने उठते हुये कहा-"ला रही हूँ।"

जब वे पानी लेकर आई तो देखा इंसाफ सो रहा था। गिलास को मेज पर रखकर माँ आँखों से आँसू बहाती हुई भगवान को याद करने लगीं।

उस समय बाहर नशे में चूर मजदूर चिल्ला रहे थे और कुछ गाली बक रहे थे। दिन बीतते गये, पहले के ही दिनों की तरह, किन्तु उसके बाद इंसाफ ने फिर कभी शराब, गुटखा, धूम्रपान आदि नशे को छुआ तक नहीं।

उसकी समझ में आ गया था कि पहला धन निरोगी काया और पहला सुख निरोगी काया। नशे का अंजाम, बर्बादी का पैगाम, कोई भी नशा बर्बादी, रोग और मौत का आमंत्रण है, राक्षसी प्रवृत्तियों का प्रेरक और स्वास्थ्य, सुख-शान्ति, खुशहाली का शत्रु है-

'नशा नाश की जड़ है, नशा न करिये कोय।
सुख-शान्ति सुमति हरै, मरे कुटुम्बी रोय।।'

19

हिन्दुओं और मुसलमानों में आये दिन ठनी रहती थी। जरा-जरा सी बात पर दोनों दलों के सिरफिरे जमा हो जाते और दो चार के अंग-भंग हो जाते। कहीं बनिये ने डाँडी मार दी और मुसलमानों ने उसकी दुकान पर धावा कर दिया। कहीं किसी मुसलमान ने किसी हिन्दू का घड़ा छू लिया और मुहल्ले में फौजदारी हो गई। एक मुहल्ले में सोहन ने सलीम का कनकौवा लूट लिया तो इसी बात पर मुहल्ले भर के हिन्दुओं के घर लुट गये। दूसरे मुहल्ले में दो कुत्तों की लड़ाई पर सैकड़ों आदमी घायल हुये क्योंकि एक सुशील का कुत्ता था, दूसरा सईद का। निज के रगड़े-झगड़े साम्प्रदायिक संग्राम में खींच लाये जाते थे। कहीं मन्दिर का झगड़ा है तो कहीं मस्जिद का तो कहीं जुलूस निकालने को लेकर। दोनों ही दल फिरकापरस्ती और मजहब के नशे में चूर थे। दोनों के देवताओं के भाग जागे, जहाँ कुत्ते निद्रोपासना किया करते थे, वहाँ पुजारी जी की भंग घुटने लगी। मस्जिदों के दिन फिरे। मुल्लाओं ने अबाबीलों को बेदखल कर दिया। जहाँ साँड जुगाली करता था, वहाँ पीर साहब की हाड़ियाँ चढ़ीं। हिन्दुओं ने 'महाबीर दल' बनाया, मुसलमानों ने 'अलीगोल' सजाया। मन्दिरों में ईश्वर कीर्तन की जगह नबियों की निन्दा होती थी, मस्जिदों में नमाज की जगह देवताओं की दुर्गति।

मार्च के मनोरम महकते मदमस्त मौसम में होली के उमंग, उल्लास, उत्साह, हुड़दंग, हँसी और ठिठोली के बौराये दिन थे। गलियों में रंग-गुलाल के छींटे उड़ रहे थे। वे नई रोशनी के जवान जो रंग को भूखा भेड़िया समझते थे या पागल गीदड़, आज जीते जागते इन्द्रधनुष बने हुये थे। संयोग से एक मियाँ साहब मुर्गी हाथ में लटकाये चले जा रहे थे। उनके कपड़े पर दो चार छींटे पड़ गये। बस, गजब ही तो हो गया, आफत ही तो आ गई। तिल का ताड़ बना सीधे मस्जिद पहुँचे और मीनार पर चढ़ कर बाँग दी-"ऐ उम्मते रसूल! आज एक काफिर के

हाथों मेरे दीन का खून हुआ है। उसके छींटे मेरे कपड़ों पर पड़े हुये हैं। या तो काफिरों से इस खून का बदला लो, या मैं मीनार से गिरकर नबी के खिदमत में फरियाद सुनाने जाऊँ। बोलो, क्या मंजूर है? शाम तक मुझे इसका जबाब न मिला तो तुम्हें मेरी लाश मस्जिद के नीचे नजर आयेगी।"

मुसलमानों ने यह ललकार सुनी और उनकी त्योरियाँ बदल गई। दीन का जोश सिर पर सवार हो गया। शाम होते-होते दस हजार सिरों में कफन लपेटे, औजार लिये, मस्जिद के सामने आकर दीन के खून का बदला लेने के लिये जमा हो गये। उनके बीच मौलाना साहब ने न जाने क्या जहर उगला कि मुसलमानों ने अपने हथियार को दूनी ताकत से चलाने की सोची-उन्हें गाय की कुर्बानी करने की धुन सवार हो गई।

सारे शहर में तहलका मच गया। पहले तो हिन्दुओं के होश फाख्ता हो गये। होली का नशा हिरन हो गया। मगर कुर्बानी की बात सुनकर उन्हें भी अब यह जिद सवार हो गई कि चाहे खून की नदी बह जाय, पर कुर्बानी न होने पायेगी।

इधर हिन्दू महासभा के अध्यक्ष सुधीर बाबू कभी इस अफसर के पास जा जाते, कभी उस अफसर के। गृहमंत्री, मुख्यमंत्री, प्रधानमंत्री, राष्ट्राध्यक्ष को 'फैक्स भेजे। मुसलिम नेताओं के नाम 'फैक्स भेजे, लेकिन कोई फल न निकला। इतनी जल्दी कोई इंतजाम न हो सका।

निराश होकर वह घर लौटे, वहाँ, हजारों आदमी खड़े थे। उन्हें देखते ही चारों तरफ हलचल मच गई। लोगों ने चारों तरफ से आकर उन्हें घेर लिया। अभी तक फौज का अफसर न था, फौज दुविधा में पड़ी हुई थी, समझ में न आता था कि क्या करें? सेनापति के आते ही सिपाहियों में जान आ गई, जैसे सूखते धान में पानी पड़ जाय।

सुधीर बाबू ललकार कर बोले-"क्यों भाइयो! क्या विचार है? यहाँ कुर्बानी होगी? आप जानते हैं, अगर आज हम यहाँ कुर्बानी करने देंगे, तो कौन कह सकता है कि कल को हमारे मन्दिरों और घरों के सामने गो हत्या न होगी।"

कई आवाजें एक साथ आयीं "भाइयो, सुन लो, अगर कोई पीछे कदम हटायेगा, तो उसे गौ हत्या का पाप लगेगा।"

कई आवाजें "अजी देखिये, छक्के छुड़ा देंगे, एक-एक का सिर फोड़कर रख देंगे।"

सभी को यों उत्तेजित करके सुधीर बाबू आगे बढ़े और जनता 'हर-हर महादेव', 'जय भवानी', 'जय बजरंग' और 'जय श्रीराम' की जयध्वनि से वायुमंडल को कम्पायमान करती हुई उनके पीछे चली। उधर मुसलमानों ने भी अस्त्र-शस्त्र सँभाले। करीब था कि दोनों में मुठभेड़ हो जाय कि एकाएक विश्वास आगे बढ़कर सुधीर के समाने खड़े हो गये और विनीत किन्तु दृढ़ भाव से बोले-"आप अगर उधर जाते हैं तो मेरी छाती पर पाँव रखकर जाइये। मेरे देखते यह

अनर्थ न होने पायेगा।"

सुधीर ने चिढ़कर कहा-"हट जाओ। अगर एक क्षण भी देरी हुई तो फिर पछताने के सिवा और कुछ हाथ न आवेगा।"

विश्वास "आप लोग वहाँ जाकर करेंगे क्या?"

सुधीर-"हम उन जालिमों से गौ को छीन लेंगे। उन आततायियों को सदा के लिये सबक सिखा देंगे।"

विश्वास-"अहिंसा परमो धर्मः' का सिद्धान्त गौओं के लिये ही नहीं, मनुष्यादि के लिये भी तो है? सोचिये एक गाय के पीछे कितने लोग कुर्बान हो जायेंगे। 'शरीर माध्यम हि खलु धर्म साधनम्', काया राखे धर्म है। जान है तो जहान है, नहीं तो बस शमसान है।"

सुधीर-"कैसी बातें करते हो जी! क्या यहाँ खड़े होकर अपनी आँखों से गौ की हत्या होते देखें?"

विश्वास-"क्या आप लोग भी उन लोगों की तरह कट्टर धर्मान्धता के शिकार हो जायेंगे? अगर आप एक बार दिल थाम कर देख लेंगे तो शायद फिर आपको कभी यह दृश्य न देखना पड़े।"

सुधीर-"हम इतने उदार और सहनशील नहीं हैं।"

विश्वास-"ऐसे अवसर पर भी?"

सुधीर-"हम महान से महान उद्देश्य के लिये भी यह मूल्य नहीं दे सकते। इन दामों स्वर्ग भी मँहगा है।"

विश्वास "भाइयो, जरा विचार से काम लो।"

कई आवाजें- "ऐसे समय विचार से काम लेना कायरों का काम है। जब अस्त्र-शस्त्र से काम लेने का मौका आये, तो विचार को ताख पर रख देना चाहिये।"

विश्वास-"तो फिर जाइये, लेकिन उस गौ को बचाने के लिये एक भाई का खून करना पड़ेगा।"

सहसा एक पत्थर किसी तरफ से आकर विश्वास के सिर में लगा। खून की धारा बह निकली, लेकिन विश्वास अपनी जगह से हिले नहीं। सिर थाम कर बोले-"अगर मेरे रक्त से आपकी क्रोधाग्नि शान्त होती हो तो यह मेरे लिये सौभाग्य की बात है। अगर मेरा खून और कई जानों की रक्षा कर सके तो इससे उत्तम कौन सी मृत्यु होगी?

'सुनहु जे राम भगति रत विगत काम मद क्रोध।
सब प्रभु मय देखहिं जगत केहिं सन करहिं विरोध।।"

फिर दूसरा पत्थर आया, पर अबकी विश्वास को चोट न लगी। पत्थर कानों

के पास से निकल गया।

सुधीर गरज कर बोले-"यह कौन पत्थर फेंक रहा है? सामने क्यों नहीं आता? क्या वह समझता है कि उसीने गौ की रक्षा का ठेका ले लिया है? अगर वह बड़ा वीर है, तो क्यों नहीं दो कदम आगे बढ़कर अपनी वीरता दिखाता। पीछे खड़ा पत्थर क्यों फेंकता है?"

एक आवाज-"धर्म द्रोहियों को मारना अधर्म नहीं है।

'महाभारत' में कहा गया है- "अहिंसा परमो धर्म:, धर्म हिंसा तदैव च।"

सुधीर-"जिसे तुम धर्म का द्रोही समझते हो, वह तुमसे कहीं सच्चा धार्मिक है।"

एक आवाज-"सच्चे धार्मिक आप ऐसे ही होते हैं, जो मौके पर बगलें झाँकने लगें।"

कई आदमी-"यह कौन अध्यक्ष पर आक्षेप कर रहा है? कोई उसकी जबान पकड़कर क्यों नहीं खींच लेता?"

सुधीर-"आप लोग सुन रहे हैं, मुझ पर कैसे-कैसे दोष लगाये जा रहे हैं। मैं सच्चा धार्मिक नहीं, मैं मौका पड़ने पर बगलें झाँकता हूँ? ऐसा आदमी आपका अध्यक्ष बनने के योग्य नहीं है। आप उस आदमी को अपना अध्यक्ष बनायें, जिसे आप सच्चा धार्मिक समझते हों।"

कई आदमी-"महाशय, आपको ऐसे मुँहफट आदमियों की बात का ख्याल न करना चाहिये।"

सुधीर-"यह मेरी बरसों की सेवा का उपहार है। जिस सेवा का फल अपमान हो, उसे दूर ही से मेरा प्रणाम है।"

यह कहते हुये सुधीर बाबू घर की तरफ चले। कई आदमियों ने उन्हें रोकना चाहा, आरजू मिन्नतें कीं लेकिन उन्होंने एक न सुनी। वह तेजस्वी आदमी थे। अपनी संस्था पर स्वेच्छाचारी राजाओं की भाँति शासन करना चाहते थे। आलोचनाओं को सहन करने की उनमें सामर्थ्य ही न थी।

उनके जाते ही यहाँ "तू-तू", "मैं-मैं" होने लगी। एक दूसरे पर आक्षेप करने लगे। एक मुखिया सब सुखिया, सब मुखिया सब दुखिया, गालियों पर नौबत आई, यहाँ तक कि दो-चार आदमियों से हाथापाई भी हो गई।

विश्वास ने जब देखा कि इधर से अब कोई आशंका नहीं है तो वह लपक कर मुसलमानों के सामने आ पहुँचे और उच्च स्वर से बोले-"हजरात, मैं कुछ अर्ज करने की इजाजत चाहता हूँ।"

एक आदमी-"सुनो, सुनो, यही तो अभी हिन्दुओं के सामने खड़ा था।"

दूसरा आदमी-"दुश्मनों के पैर उखड़ गये। सब भागे जा रहे हैं।"

तीसरा आदमी-"इसी ने शायद उन्हें समझा-बुझाकर हटा दिया है। देखो

क्या कहता है?"

विश्वास-"अगर कुर्बानी करना आप अपना मजहबी फर्ज समझते हों तो शौक से कीजिये। मैं आपके मजहबी मामले में दखल नहीं दे रहा हूँ। लेकिन क्या यह लाजमी है कि गाय की कुर्बानी की जाये और यहीं की जाय?"

एक आदमी-"हमारी खुशी है चाहे जिसकी कुर्बानी जहाँ चाहेंगे करेंगे, तुमसे मतलब?"

विश्वास-"बेशक, मुझे बोलने का हक नहीं, लेकिन इस्लाम की जो इज्जत मेरे दिल में है, वह मुझे बोलने के लिये मजबूर कर रही है। इस्लाम ने कभी दूसरे मजहब की दिलजारी नहीं की। उसने हमेशा दूसरों के जज़बात का लिहाज किया है। अगर आप इन लोगों के जजबात का लिहाज करके गाय की कुर्बानी न करें तो यकीनन इस्लाम के बकार में फर्क न आयेगा। किसी की जान बचाकर पुण्य नहीं ले सकते तो ईश्वर की दी हुई जान लेने के गुनहगार तो न बनें। फिर गाय को आदरणीय और पूज्य मानना कोई इन्हीं लोगों की बपौती नहीं है। गाय, मनुष्य के लिये संसार के सभी पशुओं से अधिक लाभदायक और आवश्यक पशु है। अनादिकाल से इसके बछड़े, छाती फाड़कर सबके लिये अन्न उपजाते आ रहे हैं। जिस तरह माँ के समान इसका सर्वोत्तम दूध उन लोगों की धमनियों में दौड़ रहा है, उसी तरह आप लोगों के। आपलोग भी इसके गोबर-गोमूत्र का प्रयोग घरों की सफाई, ईंधन, खादादि में करते हैं उसी तरह वे लोग भी। जिस प्रकार वे लोग गाय के ऋणी हैं उसी प्रकार आप लोग भी। इसलिये इंसानियत के नाते हमें इतना कृतघ्न न होना चाहिये कि महज दिलजारी के लिये हम इस मूक पशु के ऊपर जुल्म ढाबें? फिर बे लोग नारामझ हैं जो गौ रक्षा को केबल अपनी बपौती समझते हैं। गाय के सभी ऋणी हैं, उसका आदर, उसकी सुरक्षा करना हर इंसान का फर्ज है।

जीना है तो जीना सीखो प्रेम मिताई से।
दानवता ही बस बढ़ेगी हाथापाई से।।"

एक मौलवी ने जोर देकर कहा-"ऐसी मीठी-मीठी बातें हमने बहुत सुनी हैं। कुर्बानी तो होकर रहेगी। जब दूसरे हमारे ऊपर जब्र करते हैं, तो हम उनके जजबात का क्यों लिहाज करें?"

इंसाफ बड़े गौर से विश्वास की बातें सुन रहा था। मौलवी साहब की उदण्डता पर चिढ़कर बोला-"बुरा न मानियेगा मौलवी साहब! अगर दश सिपाही आकर यहाँ खड़े हो जाँय, तो बगलें झाँकने लगियेगा। फिर भाई साहब ने ठीक ही कहा कि गाय ऐसे जानवर का सभी को कृतज्ञ होना चाहिये। इंसानियत और धर्म का यही तकाजा है।"

मौलवी-"किसकी मजाल है कि हमारे दीनों उमूर में मजाहमत करे।"

इंसाफ-"मजा मारैं बड़े मियाँ, धक्का खाँय मुजावर! आपको तो अपने हलवे-पूड़ी से काम है, जिम्मेदारी तो हमारे ऊपर आयेगी। दुकानें और घर हमारे लुटेंगे। आपके पास फटे बोरिये बिस्तर के सिवा और क्या रखा है? जब वे लोग मसलहत देकर किनारा कर गये, तो हमें भी अपनी जिद से बाज आना चाहिये। क्या आप समझते हैं, वे लोग आपसे डर कर भागे? हमारे दुगुने आदमी थे। अगर चढ़ आते, तो यहाँ ठहरना मुश्किल हो जाता-

भावना की आँधी में न अन्धे बनिये।
झुकना भी सीखिये सदा न तनिये।।
झुकता वही है जिसमें जान होती है।
अकड़ तो मुर्दे की पहिचान होती है।।
सम्प्रदाय-जाति का जहर मत घोलिये।
समाज जोड़िये मत उसे तोड़िये।।"

मौलवी-"जनाब, जिहाद करना कोई खाला जी का घर नहीं। आप दुनिया के बन्दे हैं, दीन-हकीकत क्या समझें?"

इंसाफ-"कट्टर धर्मान्धता नासमझी है, उन्माद है, पागलपन है, विनाश की जड़ है, महापाप है। आप लोगों की इज्जत और सरवत इसी प्रकार लड़ाते रहने पर ही कायम है। भड़काऊ भाषणों से बस, आप लोग इसी प्रकार एक न एक शिगूफा छोड़ा करते हैं मगर जो आदमी दूसरे से जितनी ही नफरत करता है, समझ लीजिये कि वह खुदा से उतनी ही दूर है। आपकी शहादत तो कहीं नहीं गई है, जिल्लत तो हमारी है-

जेहाद के नाम पर जुल्मोसितम खून खराबा करके जन्नत के ख्वाब दिखाने वालों।

ऐसे दकियानूशी सड़ियल सोच शैतानियत से जन्नत नहीं जहन्नुम में भी जगह नहीं मिलती।।

फोड़ तोड़ की बात मत कीजिये,
रक्त से फाग की बात मत कीजिये।
प्रेमजल से बुझती नफरत की आग है,
आग से आग की बात मत कीजिये।।
दो चार दिन की जिन्दगी मिलजुल कर काट लो,
औरों के दुख-दर्द को मिलजुल कर बाँट लो।
अल्लाह न सिर्फ मस्जिद में न सिर्फ मन्दिर में राम हैं,
हर एक सच्चे दिल में परमेश्वर का धाम है।"

मौलवी-"भाइयो, आपलोग इंसाफ की ज्यादती देख रहे हैं। आप ही

फैसला कीजिये कि दीन मामलात के उलमा का फैसला वाजिब है या उमरा का?"

एक मोटे ताजे दढ़ियल आदमी ने कहा- "आप बिस्मिल्लाह कीजिये। उमरा को दीन से कोई सरोकार नहीं।"

यह सुनते ही एक आदमी बड़ा सा छूरा लेकर निकल पड़ा और कई आदमी गाय की सींग पकड़ने लगे। गाय अब तक तो चुपचाप खड़ी थी। छूरा देखते ही वह भय से कातर होकर छटपटाने लगी। विश्वास यह दृश्य देखकर तिलमिला उठे। निराशा और क्रोध से काँपते हुये बोले-"भाइयो, एक मूक, बेकस जानवर को मारना बहादुरी नहीं। खुदा बेकसों के खून से नहीं खुश होता, हाँ आपके मौलवी और मुल्ला जरूर खुश हो सकते हैं। अगर जवाँमर्दी दिखानी है, तो किसी शेर का शिकार करो, किसी चीते को मारो, किसी जंगली सुअर का पीछा करो। खुदा तो खुदी (अहंकार) की कुर्बानी से खुश होता है। जिस गाय का एहसान तुम्हारी रगों में समाया हुआ है उसके प्रति ऐसा व्यवहार शैतानियत ही नहीं मजहब के लिये कलंक है। अभी तक किसी की हिम्मत न पड़ी कि छुरा हाथ में लेता। जब वे चले गये तो आप शेर हो गये।"

एक आदमी-"तो क्यों चले गये? मैदान में खड़े क्यों न रहे? गौरक्षा का जोश दिखाते। दुम दबाकर भाग क्यों खड़े हुये?"

विश्वास-"मगर आप तो अभी भी उनकी दिलजारी पर कमर कसे हुये हैं। क्रोध-प्रतिशोध पाप की जड़ है, काल है, आग है, एक पागलपन है। जबान में जहर भी है और अमृत भी-बातै हाथी पाइया बातैं हाथी पाँव-

जहाँ दया तहाँ धरम है, जहाँ लोभ तहाँ पाप।
जहाँ क्रोध तहाँ काल है, जहाँ क्षमा तहाँ आप।।

खैर, जैसी करनी वैसी भरनी, जो चाहे करें। अपनी-अपनी करनी अपने साथ है। मगर मैं यकीन के साथ कहता हूँ कि अब वे दिन दूर नहीं कि जब मजहब के नाम पर खून की नदियाँ बहाने वाले भेड़ की खाल में छिपे भेड़ियों को खुदा के यहाँ मुँह छिपाने को जगह न मिलेगी। उनके सिर पर यह पाप चढ़कर बोलेगा। मगर अपनी आँखों के सामने मैं एक बेकस जानवर की हत्या होते नहीं देख सकता। आज आपको इस गौ के साथ एक इंसान की भी कुर्बानी करनी पड़ेगी।" यह कहते हुये विश्वास ने तेजी से लपक कर गाय की गर्दन पकड़ ली। सभी चकित होकर विश्वास की ओर ताकने लगे।

मौलवी साहब ने क्रोध से उन्मत्त होकर कहा-"कलाम पाक की कसम, हट जाओ, वर्ना गजब हो जायेगा।"

विश्वास-"हो जाने दीजिये। खुदा की यही मरजी है कि आज गाय के साथ मेरी भी कुर्बानी हो।"

मोटे-ताजे एक दढ़ियल ने पूछा-"क्यों भाई, तुम कहाँ रहते हो?"

विश्वास-"मैं यहीं अध्यापक हूँ।"

मौलवी-"कसम खुदा की, तुम जैसा दिलेर आदमी नहीं देखा। तुम कलमा क्यों नहीं पढ़ लेते?"

विश्वास-"मैं बस एक ईश्वर का कायल हूँ। वही सारे जहान का खालिक और मालिक है। फिर और किस पर ईमान लाऊँ?"

मौलवी-हमारे हजरत को अल्लाह ताला का रसूल मानते हो?"

विश्वास-"मैं न हिन्दू हूँ, न मुसलमान और न ईसाई। मैं बस एक इंसान हूँ। मत-मजहब, पंथ अलग-अलग हो सकते हैं मगर मानव जाति एक है, मानव धर्म एक है। ईश्वर ने सभी को एक समान पैदा किया है, यहाँ आकर चाहे कोई कुछ बन जाय--

ईश्वर ने तो हम सबको है इंसान बनाया।
फिर सम्प्रदाय-जाति किसने उपजाया??
ईश्वर ने तो हम सबको है इंसान बनाया।
हमने ही इन्हें हिन्दू, ईसाई या मुसलमान बनाया।।
दंभ है झूठा ऊँच-नीच का। झूठा झगड़ा सम्प्रदाय जाति का।।
सम्प्रदाय जाति का नहीं महत्व। मानवता है असली तत्व।।
बस एक है मानव जाति हमारी, बस एक है मानव धर्म हमारा।
हिन्दू-मुस्लिम, सिक्ख, ईसाई धर्म नहीं मजहब हैं कारा।।

जाति प्रजाति जानवरों-जन्तुओं में होती है, मनुष्यों में नहीं वस्तुतः मनुष्य का मूल्यांकन जन्म से नहीं कर्म से होना चाहिये। जातीयता, साम्प्रदायिकता समाज की सड़न है, पिछड़ापन है, अज्ञान है, भटकाव है, कलंक है, पाप है। मैं हजरत मुहम्मद को ही नहीं, ईसामसीह, महावीर, महात्मा बुद्ध आदि सभी को ईश्वर या खुदा का रसूल मानता हूँ। पैगम्बरों तथा अवतारों ने समाज या धर्म में आई हुई कुरीतियों को दूर करके लोगों को मानवता का मार्ग दिखाया। बाद में अज्ञानता और स्वार्थवश उनके अनुयायियों ने उसे अलग धर्म बना अपने निहित स्वार्थों के लिये प्रयोग किया तथा अपने मतलब के अनुसार उसमें तोड़-मरोड़ करके अपना उल्लू सीधा किया। धर्म का मूल प्रेम-भाईचारा, मानव कल्याण और विश्व कल्याण है-'है प्रेम जगत में सार और कुछ सार नहीं।' धर्म का काम समाज को जोड़ना है, तोड़ना नहीं। आज धर्म का जो स्वरूप है, वह हमारे जनजीवन में धर्मान्धता, कट्टरता, असहिष्णुता, घृणा, आतंक, हिंसा, विघटन, संकीर्णता और स्वार्थ जैसी अनेक बुराईयों का प्रतीक मात्र बन कर रह गया है जो समाज को जोड़ने की जगह तोड़ने का ही अधिक काम कर रहा है! धर्म की आड़ में अलगाव, कट्टरता, आतंक, नफरत, घृणा, द्वेष, दंगा-फसाद, हिंसा और

साम्प्रदायिकता का जहर फैलाया जा रहा है!! धर्म के नाम पर इंसान इंसान को बाँटा जा रहा है!! मन्दिर-मस्जिद, गिरजे, गुरुद्वारे इंसान-इंसान में भेदभाव और नफरत पैदा कर लड़ा रहे हैं!!!

जब-जब होता है दंगा,
आदमी हो जाता है और भी नंगा!
धर्म और मजहब का नाम,
व्यर्थ में होता है बदनाम,
आँखों से बरसने लगती घृणा की धारा,
विवेक को बंदी कर लेती है उन्माद की कारा,
पड़ोसीपन सड़कों पर सिसकता है,
हैवानियत के खूनी पंजे में-
आदमियत असहाय तड़पता है!!

धर्म, नफरत, घृणा, हिंसा नहीं सिखाता। 'अहिंसा परमो धर्मः'-धर्म में हिंसा का कोई स्थान नहीं किन्तु हम धर्म की आड़ लेकर लोगों का खून बहाते हैं और उस अधर्म को धर्म का नाम देते हैं! लोगों को न दीनों पर दया आती है, न अनाथों पर! धर्म के नाम पर ऐसे-ऐसे घिनौने कर्म और पाप होते हैं, जिन पर पशुओं को भी लज्जा आती है, पिशाचों के भी रोंगटे खड़े होते हैं। बताइये भला यही धर्म है?"

एक आदमी-"हमारे साथ खाने-पीने से परहेज तो नहीं करते?"

विश्वास-"जरूर करता हूँ मगर पाक-साफ हो तो किसी के साथ परहेज नहीं।"

इंसाफ-"काश, आप जैसे समझदार और लोग भी होते। यहाँ तो मनुष्य मनुष्य के साथ कुत्तों तथा अन्य जानवरों से भी गया गुजरा व्यवहार करते हैं। पशुओं और जानवरों से इतना परहेज नहीं जितना मनुष्य मनुष्य से छुवाछूत मानते और घृणा करते हैं! सचमुच आपसे मिलकर दिल खुश हो गया। नफरत की आग से जलते हुये समाज में अब कुछ-कुछ उम्मीद हो रही है कि बहुत जल्दी ही लोग धर्म के वास्तविक अर्थ को समझकर आपस में प्रेम, सहानुभूति, सद्भाव, सहयोग, सहअस्तित्व और अमन चैन से रहेंगे और अच्छी तरह से सोच समझकर ही हर कदम उठायेंगे कि-

हम कौन हैं, क्या कर रहे हैं, क्या हमारा कर्म है?
कैसा समय, कैसी दशा, कैसा हमारा धर्म है??

अब आप जाइये। मैं आपको यकीन दिलाता हूँ कि अब कुर्बानी न होगी।"

विश्वास-"और भाइयों से तो पूछिये।"

कई आवाजें-"होती तो जरूर, लेकिन अब न होगी। आपने हमारी आँखें जो खोल दी हैं। वाकई आप कमाल के आदमी हैं--

अब तो प्रेम एकता भाईचारा लाना है। झगड़े सभी मिटाना है।।"

इंसाफ-"यहाँ आप कहाँ रहते हैं? मैं आपसे मिलूँगा।"

विश्वास-"आप क्यों तकलीफ उठायेंगे, मैं खुद हाजिर हूँगा।"

इंसाफ तथा दूसरे बुजुर्ग लोगों ने विश्वास को गले लगाकर रुखसत किया। इधर उसी वक्त गाय की पगहिया खोल दी गई। वह जान लेकर भागी और लोग भी इस नव जवान के साहस, संयम और समझ की तारीफ करते हुये चले।

विश्वास को आते देखकर सुधीर बाबू कमरे से निकल आये और उन्हें छाती से लगाते हुये बोले "भैया, आज तुम्हारी सूझ-बूझ और साहस को देखकर मैं दंग रह गया। आज तुमने वह काम कर दिखाया, जो सैकड़ों आदमियों के रक्तपात से भी न होता।"

विश्वास- मेरा कुछ भी पुरुषार्थ नहीं। यह लोगों की शराफत थी कि उन्होंने मेरी अनुनय विनय सुन ली।"

सुधीर-"यह शक्ति समझ सब में नहीं होती। अनुनय-विनय हमने भी सैकड़ों बार की, लेकिन हर दफे गुत्थी और उलझती ही गई। आइये, आपके घाव की मरहमपट्टी तो हो जाये।"

अब तक विश्वास के दर्शनों के लिये खासी भीड़ जमा हो चुकी थी। सुधीर ने घर में जाकर अपनी पत्नी प्रेरणा से कहा-"आज मेरे एक दोस्त की दावत करनी होगी। भोजन खूब दिल लगाकर बनाना। आज तुम्हारी पाक परीक्षा होगी।"

प्रेरणा-"वह कौन आदमी था, जिसने भीषण रक्तपात होने से बचाया?"

सुधीर-"वही तो मेरे दोस्त हैं, जिनकी दावत करने को कह रहा हूँ। बेचारे बहुत भले आदमी हैं। यहीं प्रोफेसर हैं।"

प्रेरणा-"मैं झरोखे पर बैठी सब तमाशा देख रही थी। जब हिन्दुओं ने उन पर पत्थर फेंकना शुरू किया तो ऐसा क्रोध आता था कि वहीं से फटकारूँ। बेचारे के सिर से खून निकलने लगा, लेकिन वह जरा भी न डिगे। जब वह मुसलमानों के सामने आकर खड़े हुये, तो मेरा कलेजा धड़कने लगा कि कहीं सबके सब उन पर टूट न पड़ें। बड़े ही साहसी आदमी मालूम होते हैं। सिर में अधिक चोट आ गई है क्या?"

सुधीर-"हाँ, खून जम गया है, लेकिन उन्हें उसकी कुछ परवाह ही नहीं। डाक्टर को बुला रहा हूँ। **'जाको राखे साइयाँ मार सके न कोय।**

बाल न बाँका कर सकै जो जग बैरी होय।।"

पड़ोस में डाक्टर रहते थे। सुधीर ने उन्हें बुलाकर घाव पर पट्टी बँधवा दी। फिर कुछ देर तक बातें होती रहीं। धीरे-धीरे भारी भीड़ जमा हो गई थी।

आखिर भोजन का समय आया जब खाने गये तो विश्वास और प्रेरणा एक दूसरे को देखकर दंग रह गये। प्रेरणा ने हाथ जोड़कर नमस्ते किया और बोली- "अरे विश्वास बाबू आप हैं! आपने तो आज कमाल कर दिखाया। मुझे आप से ऐसी ही आशा थी। क्या सिर में ज्यादा चोट आ गई है?"

विश्वास-"नहीं तो, भाई साहब ने ख्वाहमख्वाह पट्टी बँधना दी है। प्रेरणा जी, मुझे यह विश्वास नहीं था कि आपसे अचानक इस प्रकार भेंट हो जावेगी!" मुस्कुराते हुये विश्वास ने कहा।

सुधीर ने हँसते हुये कहा-"लो आप तो पुराने परचित निकल गये! विश्वास बाबू, क्षमा करना, बहुत दिन देखे हो गये, मैं तो पहिचान ही न पाया था।"

विश्वास ने मुस्कुराते हुये कहा- "मैं भी तो इसी दोष का भागी हूँ। आशा है क्षमा कर देंगे।"

विश्वास यहाँ कोई आधे घण्टे बैठे रहे। प्रेरणा ने उनके घर की अच्छाई-भलाई और सारा वृत्तान्त पूछा।

विश्वास जब बाहर आये तो देखा इंसाफ के साथ कई लोग मिलने के लिये आये हुये हैं।

सुधीर ने सभी को आदर-सत्कार से बैठाया और जलपान कराया। देर तक उन लोगों से बातें होती रहीं। अपने संदेश में सभी को आगाह करते हुये विश्वास ने कहा-

"न हिन्दू के लिये न इसाई न मुसलमान के लिये।
जियें तो हम जियें सारे जहान के लिये।।
तोड़ दरवाजे कहीं घर में न आतताई अंधड़ धँसे।
ठठाकर बेकस बेबशों पर न हैवानियत हँसे।।
द्वेष-दुश्मन एकता का धन न लूटे देखियेगा।
गुनगुनाती जिन्दगी की लय न टूटे देखियेगा।।"

जब चलने का समय हुआ तो इंसाफ ने विश्वास के मस्तक पर अबीर लगाते हुये कहा- "विश्वास बाबू, आज का शुभ पर्व होली मुबारक हो।"

विश्वास ने इंसाफ के अबीर लगाकर उसे छाती से लगा लिया। इधर इंसाफ के साथ आये हुये लोगों ने उपस्थित लोगों से दिल खोलकर होली खेली, गले मिले और अबीर लगाई।

साम्प्रदायिकता की कृत्रिम बेड़ियाँ टूट चुकी थीं और वे समझ गये थे- '

बैर करोगे बैर बढ़ेगा प्रीति करोगे प्रीति।
जैसा मुख वैसा दीखेगा जग दर्पण की रीति।।'
वैमनस्य बुराई अहं अनाचार की होलिका हमें जलाना है।

समता एकता प्रेमरंग रंग स्वर्ग धरा पर लाना है।।'

* * *

नारी हृदय अगाध सागर की भाँति है जिसमें न जाने क्या-क्या छिपा होता है। प्रेरणा तिल-तिल प्रेमाग्नि में जल कर राख हो रही थी परन्तु अपनी वेदना को किसी अन्य पर प्रकंट नहीं होने देती थी। वह एक पतिव्रता पत्नी की तरह दिन-रात अपने पति की सेवा करती, ससुराल वालों से बड़े प्रेम से बातें करती। उनके सामने सदैव उसके होठों पर मुस्कान खेलती रहती मगर एकान्त में उसकी खिलखिलाहट और मुस्कानें खो जातीं और वह विश्वास के लिये आँसुओं के हार पिरोती रहती। रात में जब सभी सुख की नींद सोते होते, वह अपने बिस्तर पर करवटें बदलती रहती। व्याकुलता तथा विकलता के कारण उससे शैया पर लेटना कठिन हो जाता। भूली- बिसरी स्मृतियाँ उसके आँखों के सामने चलचित्र की भाँति नृत्य करती रहतीं-

यह बिसंगति जिन्दगी के द्वार पर सौ बार रोई।
बाँह में है और कोई चाह में है और कोई।।

इधर जब से उसने उस दिन विश्वास को जनहित में प्राण की बाजी लगाते देखा, वह उसकी अनन्य भक्त बन गई थी।

सुबह वह समाचार पत्र देख रही थी कि विश्वास के एक लेख को देखकर वह चौंक पड़ी। बड़े ही मार्मिक ढंग से मौलिक विचार व्यक्त किये गये थे। प्रेरणा को मानों प्राण मिल गये। सुध-बुध खोये उसकी आँखें लेख के शब्दों को पी रही थीं-

"हम हिन्दू, मुसलमान, ईसाई, पारसी आदि है या आर्य?"

"अगर हिन्दू हैं तो हिन्दू धर्म किसने चलाया था? राम ने चलाया था? अगर नहीं, तो क्या कृष्ण ने चलाया था? या फिर बुद्ध आदि ने हिन्दू धर्म का आविष्कार किया था?

अच्छा फिर यही बता दो कि किस वेद, उपनिषद या किस धर्मग्रन्थ ने हिन्दू धर्म की वकालत की थी? क्या 'बाल्मीकीय रामायण', 'महाभारत' या 'गीता' ने ऐसे गीत गुनगुनाये थे? या फिर 'रामचरितमानस' ने इस नये धर्म का जन्म दिया था? अरे भाई साहब, आप तो बिल्कुल चुप साध गये! इतने प्रश्न पूछने पर भी आपके जूँ तक न रेंगी!! जब आपको जड़-गोबर तक का भी कुछ पता नहीं है तो काहे को हिन्दू का तमगा लटकाये फूले नहीं समा रहे हो! यह कितनी हास्यास्पद बात है!!

देखिये आप बहक रहे हैं, जरा जमीन पर पैर रखकर मेहरबानी करके यह तो बता दीजिये कि आप आर्य से हिन्दू कैसे बन गये?? सनातन धर्म के बजाय हिन्दू धर्म कहाँ पा गये?? दुनिया के प्राचीनतम सभ्यता- संस्कृति वाला विश्वगुरु

गौरवशाली आर्यावर्त या भारत 'हिन्दुस्तान' और 'इण्डिया' कैसे बन गया?? और आप आर्य से 'हिन्दू' और 'इंडियन' कैसे बन गये? भारतीय क्यों न बन सके??? जबकि आर्यों का आदि स्थान यही है। दुनिया के प्राचीनतम ग्रन्थ ऋग्वेद का उद्घोष था- "कृण्वंतोविश्वमार्यम्" (ऋग्वेद ९.६३.५) अर्थात् विश्व को आर्य (अच्छा अर्थात् सभ्य) बना दो। 'विजानीह्यार्यान्ये च दस्यवः (ऋग्वेद मं० १/सू०५१/मं०८) अर्थात् विज्ञानी (विद्वान धर्मात्मा) ही आर्य और अन्य दस्यु या दुष्ट अर्थात् अनार्य हैं। वस्तुतः 'आर्य' शब्द उतना जाति या मतबोधक नहीं जितना कि 'गुण-कर्म- स्वभाव' और सम्मान बोधक है।

अच्छा यही बताइये कि हम ईसाई, यहूदी, मुसलमान, पारसी आदि कैसे बने? इसके पहले हमारे पूर्वज क्या थे? कौन धर्म मानते थे? क्या उसके पहले धर्म नहीं था?

यह सब पूछते ही बस आप तोड़-मरोड़ कर बनाये हुये शैतानी इतिहास के पन्ने पलटने लगें। ऐसे इतिहास की होली जला दो। मानवता के लिये अलगाव और नफरत के बीज बोने वाले ऐसे इतिहास को नेस्तनाबूद कर दो। ऐसी शिक्षा की अरथी निकाल दो जो गुमराह करके घर-घाट का भी नहीं छोड़ रही। 'हिन्दू' 'फारसी भाषा' का शब्द है। जिसका अर्थ फारसी शब्दकोष में इस प्रकार है-

"फिरोज-उल-लुगात" पृष्ठ १४४ = चोर, लुटेरा, गुलाम, काला।

"करीम-उल-लुगात" पृष्ठ २९० गुलाम, काफिर, चोर।

"लुगाते-किशोरी" पृष्ठ ५७४ चोर, डाकू, राहजन, गुलाम।

जबकि 'आर्य' का अर्थ-सभ्य, सुसंस्कृत, श्रेष्ठजन, सज्जन, परोपकारी, न्यायकारी, धर्मात्मा, ईश्वरभक्त है।

मेरे भाइयो! आपको मालूम होना चाहिये कि तथाकथित हिन्दू, मुसलमान, यहूदी, ईसाई, पारसी, जैन, बौद्ध, सिक्ख की रगों में आर्यों का ही रक्त दौड़ रहा है। बिश्व के ८० प्रतिशत से भी अधिक यहूदी ईसाई और ९५ प्रतिशत से भी अधिक इस्लाम मानने वालों के पूर्वज आर्य हैं और तथाकथित हिन्दू तथा पारसी तो आर्यों की ही अलग-अलग जगहों में बसी शाखायें हैं। जिज्ञासु ईसामसीह को आर्यों के पास बैठकर ही तत्व के दर्शन मिले थे-

थे शिष्य ईसा आर्यों के यह पता भी है चला।
ईसाई मजहब भी तो है बौद्ध साँचे में ढला।।

इस तथ्य को समझ लेने से हमारे आँखों में चढ़ाया गया पर्दा हट जाता है और यह सत्य हमारे सामने आ जाता है कि हम सब आर्य सन्तान हैं, हमारे पूर्वज एक हैं, हमारा खून एक है। हम सब भाई-भाई हैं। वास्तव में राम, कृष्ण, महावीर, बुद्ध, ईसा, ऋषि, महर्षि आदि तो क्रांतिकारी समाज सुधारक, कालजयी

महापुरुष हैं। जिन्होंने पहले से चले आ रहे धर्म में आये अंधविश्वासों, रूढ़ियों, कुरीतियों को दूर करने का प्रयास कर मानवता का मार्ग दिखाया।

मगर अफसोस! अपना उल्लू सीधा करने वालों ने जब काठ का उल्लू बनाने तथा आपस में लड़ाने के लिये कहा कि आप हिन्दू हैं, ईसाई हैं, मुसलमान हैं, तो पागलों सा चिल्लाने लगे "हाँ, हाँ", हम हिन्दू हैं! हम ईसाई हैं!! हम मुसलमान हैं!!!"

क्या पागलपन है! यह आम नहीं, इमली है' तो पढ़ाये पट्टू सा बिना सोचे-समझे रटने लगे-"हाँ, हाँ, यह आम नहीं, इमली ही है! बिल्कुल इमली ही है!!" क्या हम इतने नासमझ हैं कि किसी के अंधा कह देने से हम अपने को अन्धा मान लेंगे? अगर 'नहीं' तो जब सूरदास कहा गया तो नयनसुख होते हुये भी क्यों कहा जाने लगा-"हाँ, हाँ, हम सूरदास हैं! हमारे आँखें नहीं हैं!! हम अंधे हैं!!!"

जरा खुले दिल-दिमाग से सोचिये कि क्या अपना उल्लू सीधा करने वालों के हुलकारने और लड़ाने से हमें कुत्तों सरीखे लड़ने लगना चाहिये? हमें आपस में ऐसे लड़ते देखकर अपनी-अपनी खिचड़ी अलग पकाते देखकर क्या हमारे पूर्वजों की आत्मायें रोती न होंगी? बस कीजिये, अपने को बहुत हँसा चुके! अपनी-अपनी डफली अपना-अपना राग अलाप कर अब और न हँसाइये!

अज्ञानी मत-मजहब जाति सम्प्रदाय से तोड़ते हैं।
ज्ञानी समता समरसता सौहार्द से जोड़ते हैं।।

यही कहते हैं चारों वेद। मानव-मानव में नहिं भेद।।
मानव मानव एक समान। परमपिता की सब सन्तान।।
सबका तो भगवान एक है। उसकी सब सन्तान एक हैं।।

सुबह का भूला राही शाम तक घर आ जाये तो भूला नहीं कहाता-

हिन्दू मुस्लिम सिक्ख ईसाई, मानव हैं सब भाई-भाई।
दम्भ है झूठा ऊँच-नीच का, झूठा झगड़ा सम्प्रदाय जाति का।।
अपना चातुर्वर्ण विधान, है गुण कर्म स्वभाव प्रधान।
छोड़ो ऊँच-नीच का दम्भ, एक ही है हम सबका आरम्भ।।
हिन्दू मुस्लिम सिक्ख इसाई जाति आदि के नाम पर समाज बाँटने वालो।
कुछ तो शर्म करो जाति मजहब के नाम पर भगवान तक बाँटने वालो।।
मन से अन्धविश्वास मिटाओ, शाश्वत मानवता अपनाओ।।
मत मजहब जाति-पाँत का नहीं महत्व। मानवता है असली तत्व।।

वास्तव में हम सभी 'मनु' की संतान मानव अर्थात् 'आदम' की औलाद आदमी हैं, आपस में भाई-भाई हैं, सब एक हैं, हमारे पूर्वज एक हैं। बस हमें अब जग जाना है। विश्व का बच्चा बच्चा उस सच्चिदानन्द परमशक्ति परमपिता

परमेश्वर की संतान हैं, उस परमशक्ति परमपिता परमेश्वर के सभी लाइले बेटे, बेटियाँ हैं, भाई-भाई हैं-

'अव्वल अल्ला नूर उपाया कुदरत के सब बन्दे।
एक नूर से सब जग उपज्या कौन भले कौन मन्दे??'
सब में है वह नूर समाया। कौन है अपना कौन पराया??

हम सब इतने नासमझ नहीं कि मजहबी जल्लादों और दलालों के इशारे बन्दरों की तरह नाचते रहें, कुत्तों की तरह लड़ते रहें, पागलों की तरह अपना-अपना राग अलापते रहें और वे अपना उल्लू सीधा करने के लिये हमें पंथ, मत-मजहब, जाति-सम्प्रदाय में बाँटकर हमारी नासमझी की खिल्ली उड़ाते रहें!

'हम कौन थे क्या हो गये हैं और क्या होंगे अभी?
आओ विचारें आज मिलकर ये समस्यायें सभी।।'

अफसोस! उन रंगे सियारों की काली करतूतें देखकर हमारे खून में तूफानी ज्वार क्यों नहीं उमड़ता! उल्टे उनके हाथ की कठपुतली बने हम नाचते क्यों हैं! ओह, हमारा खून इतना ठंडा हो चुका है! हम इतना गुमराह हो चुके हैं!! हमें इतनी आसानी से काठ का उल्लू बनाया जा सकता है!!!

मत-मजहब, सम्प्रदाय जाति के दावे झूठ।
सोचो समझो हासिल इनसे फूट है फूट।।

ईश्वर हमें सद्बुद्धि दे--गर्व से कहो कि हम आर्य हैं, भारतीय हैं-

एक हैं हम सबका मजहब प्यार और इंसानियत।
इंसान-इंसान से नफरत खूँरेजी ही है हैवानियत।।
इंसान का इंसान से हो भाईचारा।
यही है मानव धर्म हमारा, यही पैगाम हमारा।।
मज़हब की दीवारें तोड़ो मानवता स्वीकार करो।
जाति पंथ के बन्धन तोड़ो जन जन से प्यार करो।।"

लेख में ऐसा अनूठापन था, ऐसी अनोखी युक्तियाँ थी, उन तथ्यपरक प्रेरक जोशीले चुभते शब्दों में ऐसा जादू था कि बार-बार पढ़ने पर भी प्रेरणा का मन नहीं अघा रहा था। पढ़ते-पढ़ते अलौकिक विचारों से उसका मन-मयूर नाच उठा और वह बुदबुदा उठी-"कितने सुन्दर, कितने उच्च, कितने अनूठे तथ्यपरक मौलिक विचार हैं। ऐसे ही समन्वयकारी शिल्पियों की आज विश्व को आवश्यकता है।"

वह विचारों में डूब गई। उसकी आँखें डबडबाई हुई थीं।

20

इंसाफ जगा ही था कि पास पड़ी पत्रिका उठाकर पढ़ने लगा। उसमें एक ऐसा मौलिक और मार्मिक लेख था जिसे कई बार पढ़ने और गुनने की इच्छा हो रही थी--

"मंजिल"

लेखक-विश्वास

'रुको मनुष्य आँख में असीम अंधकार है,
रुको मनुष्य पैर में विनाश का प्रहार है!
झुको कि भूमि चूम लो, रुको कि तुम उखड़ रहे,
रुको मकान जल रहे, गाँव नगर उजड़ रहे!!'

विश्व एक बिशाल नाट्यशाला है और हम सभी उसके विभिन्न पात्र हैं। उस दिन सूत्रधार को न जाने क्या सूझी, न जाने क्या सोचकर उसने विश्वरंग-मंच में ऐसा प्राणी ला खड़ा किया, जिसे देखकर तहलका मच गया, सब दंग रह गये-जिसके न सींग थे, न पूँछ! जिसके हाथ थे! जो रोता था! हँसता था!! और संभाषण भी कर लेता था!!! सब मंत्रमुग्ध दाँतों तले अँगुली दबाये आँखें फाड-फाड़ कर उस अनोखे मानव नामधारी जन्तु को देख रहे थे।

आखिरकार सूत्रधार को क्या हरकत सूझी कि उसने बेचारे इस जन्तु के सींग-पूँछ भी उखाड़ लिये? क्या इस क्षतिपूर्ति के लिये ही उसे बाँह, बुद्धि और वाणी का मुआवजा देकर फुसला दिया? अगर ऐसा ही है तो उसे पेड़ा दिखाकर पत्थर मारा गया है, वह मृगमरीचिका से ठगा गया है।

कहाँ सींग-पूँछ! कहाँ बाँह और बुद्धि-वाणी!! सींग पूँछ वाले, धूर्त, दम्भी-पाखंडी, बगुलाभगत तो नहीं होते-वे अपने भाइयों को मिलावट का विष तो नहीं पिलाते! भ्रष्टाचार, रिश्वत के लिये दाँत तो नहीं दिखाते!! जोंक बनकर गरीबों का खून चूसकर मोटा तो नहीं बनना चाहते!!! अपने से बलवान और तीन तोफान करने वालों के तलुवे तो नहीं चाटते, चरण धो- धोकर तो नहीं पीते! इसके अलावा वे स्वार्थ, दम्भ और अहं की कठपुतलियाँ बनकर मत-मजहब, रंग, नश्ल, वर्ण, वर्ग, जाति, भाषा, वेश, क्षेत्र के कारागार और कठघरे स्वयं बनाकर उनमें कैद तो नहीं हो जाते!

मत-मजहब, रंग, नश्ल, जाति और शक्ति से मदान्ध होकर वे अपने ही बनाये अस्त्रों-शस्त्रों से अपने पैर में कुल्हाड़ी तो नहीं मार लेते!!

'कड़कता उसमें किसी का जब कभी अभिमान,

फूंकने लगते सभी हो मत्त मृत्यु विषान।
यह मनुज ज्ञानी श्रृगालों कुक्कुरों से हीन,
हो किया करता अनेकों क्रूर कर्म मलीन।।
देह ही लड़ती नहीं है जूझते मन-प्रान,
साथ होते ध्वंस में उसके कला-विज्ञान।
इस मनुज के हाथ में विज्ञान के भी फूल,
बज्र होकर छूटते शुभ धर्म अपना भूल।।'

पर उनके इतनी बुद्धि कहाँ? आखिरकार पशु ही तो हैं। उनमें भला इतना धर्म कहाँ? उनके पास भला 'एम.ए.', 'एम.एस-सी.' और 'डी-लिट', 'डी.एस-सी.' की 'डिग्रीयों' के बंडल कहाँ?

काश, उनके पास भी कहीं बुद्धि होती, 'एमएस-सी.', 'डी.एस-सी' की डिग्रीयाँ होतीं तो आज परमाणु बम की ऐंठ में उनके पाँव भी जमीन पर न पड़कर मिजाज राकेटों में उड़ते होते और मातामही को श्मसान बनाकर उसके ऋण से उऋण होने में कोई कसर न उठा रखते--

'सुन्दर हैं विहँग सुमन सुन्दर, मानव तुम सबसे सुन्दरतम।
निर्मित सबकी चिर सुषमा से, तुम निखिल सृष्टि में चिर निरुपम।।
यौवन ज्वाला से वेष्ठित तन, मृदु त्वच सौन्दर्य प्ररोह अंग।
न्योछावर जिस पर निखिल प्रकृति, शोभा प्रकाश के रूप रंग।।'

क्या यही मानव, सृष्टि की सर्वोत्तम कृति है? क्या इसीलिये परमपिता ने सींग-पूँछ न देकर बुद्धि, विवेक, वाणी और बाँह का वरदान दिया है कि वह किसी घर-घाट का न रह जाय? पूरी सृष्टि को भी ले डूबे हैं? लेकिन बात ऐसी नहीं है, क्योंकि हर पिता के अपने कुछ अरमान होते हैं और होनहार पुत्र द्वारा ही उसे अपने अरमानों की पूर्ति की आशा होती है जिससे उसके प्रति उसका प्रेम भी अधिक होता है।

इसीलिये शायद परमपिता ने अपने प्रिय पुत्र मानव को ही बाँह बुद्धि, विवेक और वाणी का वरदान दिया था कि जिससे वह इस विश्व वाटिका में विवेक के बीज बोकर, मानवीय प्रेम का पीयूष पिलाकर सोने को भी सुगन्ध प्रदान कर सके, आकाश के तारों को भी इस वाटिका में सजा सके जिससे उसकी शोभा, सुगन्ध से पृथ्वी ही नहीं अपितु गगन तक जगमगा-गमगमा उठे और स्वर्ग भी उस वाटिका के चरण चूमने के लिये लालायित हो उठे।

मगर परमपिता की आशाओं में पानी फिर गया। उस परमपिता के अरमान आँसू बहाते रहे। खुदा ने गंजे को नाखून दिया-बाँह, बुद्धि और वाणी के मद में मदान्ध मानव के पैर जमीन पर न पड़ने लगे। सभी अपना- अपना सिक्का

जमाने के लिये बाँह, बुद्धि और वाणी के वरदान का दुरुपयोग करने लगे उन्होंने धर्म के आवरण में अधर्म को जन्म दिया। मानव के विनाश का ब्यूह रचा जाने लगा। स्वार्थ और अहं ने अपना पैर फैलाना शुरू किया। कुछ इने-गिने स्वार्थी अहंवादियों ने धर्म के नाम पर मानव को हिन्दू, ईसाई तथा मुसलमान आदि में बेरहमी से बाँटना शुरू किया! बस फिर क्या था, इस मृगमरीचिका में गुमराह मानव मानवता की डगर से भटक कर हिन्दू, यहूदी, ईसाई और मुसलमान आदि के अपने बनाये घेरों में बन्द होता चला गया, बन्द होता चला गया!!

ईश्वर ने मानुष जनम हमको हीरा दिया,
इसे बिरथा गँवाये तो वह क्या करे?
बाँह बुद्धि वाणी का वरदान उसने बस हमको दिया,
सुख-सुविधा नहीं दुख-दर्द दुनिया को दे,
उसे बिरथा गँवाये तो वह क्या करे?
अन्न दूध दही घृतादिक ईश्वर ने हमको दिया,
मेवा-मिष्ठान फल-फूल भी उसने पैदा किया,
फिर भी अमृत छोड़कर अरे बावरे,
मांस-मदिरा जो खाये तो वह क्या करे?
दीन-दुखियों के दिल को दुखाने लगे,
दुष्कर्म में मन को लगाने लगे!
जो न माने सद्‌शास्त्रों के भी बचन,
तो लाख चौरासी पाये तो वह क्या करे??

जरा सोचिये, यह बाँह, बुद्धि विवेक और वाणी का कैसा उपहास था! भला अपने हाथों अपने पैरों में कुल्हाडी मारने का ऐसा उदाहरण कहाँ मिलेगा!! आह, वह दिन मानव इतिहास के लिये कितना अभिशाप बनकर आया था जिस दिन मानव मानव को, भाई भाई को कुछ स्वार्थी धर्म के ठेकेदारों-दलालों ने जाल में फँसाकर इन कारागारों में बन्द किया होगा! मानवता फूट-फूट कर कितना रोई होगी? परमपिता की आँखों तक में आँसुओं का सावन भादौं उमड़ा होगा और जब भुवन भास्कर से यह दृश्य न देखा गया होगा तो रोती हुई लाल आँखों से उन्होंने भी अपना मुँह छिपा लिया होगा। स्वार्थी धर्म के ठेकेदारों-दलालों की गोटें लाल हो ही चुकी थीं, उन्होंने समझा सभी काठ के उल्लू अच्छा फँसे। उनका स्वार्थ और अहं सुरसा की तरह बढ़ने लगा। धर्म के ठेकेदारों-दलालों में भी अपना अपना सिक्का जमाने की होड़ मचती गई और फल यह हुआ कि गुमराह मानव जिन इने गिने कारागारों में अभी कैद थे, हर एक कारागार को और दीवारों में बाँटना शुरू हुआ और उनकी संख्या दिन दूनी रात चौगुनी बढ़ती गई, जिससे मानव मानव, भाई भाई के बीच में दीवारें बढ़ती गईं, बढ़ती गई! मानवता सिर

पीटती रही, रोती रही!!

'वह दौर भी देखे हैं इतिहास के पन्नों ने-
लम्हों ने खता की और सदियों ने सजा पाई है!'

उदाहरण के तौर पर विश्व के सबसे प्राचीन तथाकथित धर्मों में से हिन्दू धर्म के कारागार को ही लीजिये जिससे स्पष्ट हो जायेगा कि हर कारागार की वही दुर्गति है, हर कारागार के कैदियों को वही घुटन और दुःख हैं जिनका न आदि है न अन्त!

प्रारम्भ में हिन्दू कारागार को ब्राह्मण, क्षत्रिय, वैश्य और शूद्र इन चार वर्णों की कालकोठरियों में बाँटा गया। हो सकता है बाँटने वालों ने सामाजिक व्यवस्था और कर्त्तव्यकर्म की शिक्षा देने के लिये कैदियों को अपराध के मुताविक 'ए', 'बी', 'सी', 'डी' वर्गों में बाँटा हो, परन्तु इतना निश्चित है कि मानवता को यह दूसरी ठोकर सिद्ध हुई। पहले नाम के साथ जाति जोड़ना हेय समझा जाता था मगर बाद में गुलाम मानसिकता में जातिवाद का जहर दिनोंदिन बढ़ता गया। भेंड़ की खाल में छिपे भेड़िये, बगुलाभगत धर्म के ठेकेदार भी बरसाती मेंढकों की तरह बढ़ने लगे जिससे उन कोठरियों में शुक्ल, मिश्र, त्रिपाठी, पाण्डेय, द्विवेदी, त्रिवेदी, चतुर्वेदी, चौहान, बुन्देला, बनाफर, बघेल, गुप्ता, अग्रवाल, जायसवाल, साहू, कुम्हार, चमार, ढोमार आदि न जाने कितने रंग-बिरंगे पिजड़ों में मानवों को बन्द करके कोठरियों को अजायबघर के रूप में सजाया गया! इतना ही नहीं, हिन्दू कारागार को और दीवारों में बेरहमी से बाँटकर कुछ ब्रांच कारागार भी बौद्ध, जैन, सिक्ख आदि का चोंगा पहिनाकर विश्व रंगमंच पर उतारे गये और मानवता के बीच दीवारें बढ़ती गईं!! साधु-संतों, महंतों में भी मत मतान्तर, पंथ, सम्प्रदाय!

कहने का तात्पर्य यह है कि गुमराह मानव, मानव से दिन दूना रात चौगुना दूर होता गया और उसकी श्रेष्ठता और शक्ति के टुकड़ों के टुकड़े होते गये! इतना ही नहीं, इन कारागारों में बन्द भेड़ियों की रक्त पिपासा बढ़ती गई। दूसरे कारागार के बन्दियों को अपने अपने कारागारों में ठूँसने की होड़ शुरू हुई और मानव इतिहास के पन्ने खूनी लेखनी से लिखे जाने लगे।

कुछ महापुरुषों से मानवता की जब यह दुर्गति न देखी गई तो उन्होंने भटके राहियों को रास्ता दिखाने की कोशिशें भी कीं, मानव के खून से होली खेलने वाले मानवों को सही रास्ते पर लाने का भगीरथ प्रयत्न किया। मर्यादा पुरूषोत्तम राम, कर्मयोगी कृष्ण, स्वामी महावीर, महात्मा बुद्ध, ईसा मसीह, आदिशंकराचार्य, महर्षि दयानन्द, विवेकानंद आदि, ऋषियों, महर्षियों, वीर बलिदानियों ने खून पसीना एक करके मानव मानव को कैद से छुटकारा दिलाना चाहा। मगर हाय री मानवता का दुर्भाग्य! जिन कठघरों को तोड़ने के लिये उन महापुरूषों ने प्राणों की बाजी लगा दी, जिस विष को पान करके शिव ने संसार

को विनाश से बचाना चाहा, जिसके लिये ईसा ने 'क्रूस' पर चढ़ मौत को गले लगाया, महावीर, बुद्ध, आदिशंकराचार्य, महर्षि दयानन्दादि, ऋषियों-महर्षियों ने सत्य, प्रेम और अहिंसा के लिये जान की बाजी लगा दी, उनके बाद इस स्वार्थी संसार ने, स्वार्थी सम्प्रदाय, मत, मजहब, 'रिलीजन' के स्वार्थी ठेकेदारों-दलालों ने साजिशन रुमानी सब्जबाग दिखाकर सभी को क्रूर कराल कारागारों में कैद करने की जेहादी मुहिम छेड़ दी! कैद की साँस में पले गुमराह मानव से इससे अधिक भला उम्मीद ही क्या की जा सकती थी? क्या ईसा ने 'क्रूस' पर चढ़कर सत्य का यही संदेश दिया था कि ईसाईयत की कारा बना लो? परमपिता परमेश्वर ने यह थोड़ी चाहा था कि मानव जाति को मद्धान्ध, मायावी स्वार्थान्ध, मनगढ़ंत शैतानी किताब की शैतानी शिक्षा से जाहिल, जालिम, बर्बर, जेहाद का एक दुर्दान्त बर्बर क्रूर कराल कारागार बना उसी में कैद हो जाओ और सभी को उसी बर्बर क्रूर कराल कारागार में कैद करने की जेहादी मानसिकता कैसा पागलपन है??!!! ऐसे शैतान धर्म-अधर्म, पुण्य-पाप, जन्नत-जहन्नुम जीवनमूल्यों और मानवीय मूल्यों को बिल्कुल ही नहीं समझ पा रहे हैं।

जैसी शिक्षा सोच वैसी समझ, सावन के अंधे को तो बस हरा ही हरा सूझता है-आँख के अंधे गाँठ के पूरे लोगों ने मानवता की उन राहों को गुमराह शैतान सिरफिरों ने अपनी अपनी बपौतियाँ बनाई! साथ ही उनके नाम की मुहर लगाकर उन्हें भी काँटों में घसीटा! सम्प्रदाय, पंथ, मत- मजहब, 'रिलीजन' और मन्दिर, मस्जिद, गिरजे, गुरुद्वारे, रंग, नस्ल, वर्ण, वर्ग, जाति, भाषा और क्षेत्र के झगड़े खड़े किये और उन कारागारों में कैद होने और करने का जेहाद छिड़ गया!!

मर्ज छलाँगे मारता बढ़ता गया और एक दिन ऐसा आया जब मानव से मानवता उसी प्रकार गायब हो गई जैसे कुसंगति से सद्गुण गायब हो जाते हैं! अगर मानव में मानवता होती तो सम्प्रदाय, मत, मजहब, पंथ, 'रिलीजन' के नाम पर खून की नदियाँ न बहाई जातीं। उसमें अगर तनिक भी मानवता रह गई होती तो युद्धों, विश्वयुद्धों, दंगों, फसादों में मानव, मानव के खून से होली न खेलता। सींग-पूँछ वालों तक को भी विनाश के वीभत्स दृश्य देखकर रोना न आता! काश, मानव अब भी इससे सबक ले लेता, उसकी खून की प्यास, स्वार्थ और अहं अगर और जीभ न फैलाते, अरबों, खरबों सैन्यशक्ति, शस्त्रास्त्रों की होड़ में न बहाकर भूखों-प्यासों, जरूरतमन्दों की सेवा, सुख, सुविधा समृद्धि, शिक्षा, सुरक्षा स्वास्थ्य में लगाते तो मानवता और परमपिता की सृष्टि पर रहम होती, नहीं तो प्रलयंकारी शस्त्रास्त्रों से लैस अंतरिक्ष की सैर करने वाला यह गुमराह सिरफिरा स्वार्थान्ध मदान्ध मानव जो भी गुल खिलाये थोड़ा है!

'गर्व है? परमाणु के भी भेद खोले,
किन्तु मन की भेदग्रन्थि न खोल पाये!

दूर तारों से किया सम्पर्क हमने,
पर पड़ोसी से न हम, हँस बोल पाये!!'
'आज आदमी की शक्ल से डर रहा है आदमी,
आदमी हो आदमी को मार रहा है आदमी!!
समझ में नहीं आ रहा क्या कर रहा है आदमी!
आदमियत से कितना दूर होता जा रहा है आदमी!!'

अब प्रश्न यह उठता है कि क्या कराल कारागार की कोठरियों के भीतर विभिन्न कोठरियों में कैद रक्त पिपासु गुमराह सिरफिरा स्वार्थान्ध मदान्ध मानव को, सम्प्रदाय, पंथ, रिलीजन, मत मजहब, वर्ण, रंग, नश्ल, जातियों, उपजातियों, क्षेत्र, भाषा, भेष के घेरों में घिरे, तंग गलियों में भटकने वाले मानव को निराश होकर हाथ पर हाथ रखकर बैठ जाना चाहिये? क्या हार खाकर बैठ जाने से मंजिल का मुख देखने का सौभाग्य प्राप्त कर सकेगा?? तो उसकी बुद्धि-विवेक, उसकी वाणी, उसके हाथ पैर किस मर्ज की दवा हैं??? जो कार्य से जी चुराना चाहते हैं, जो हाथ-पैर हिलाना नहीं चाहते, वही असम्भव शब्द की आड़ लिया करते हैं।

मानव की जो बुद्धि, हृदयहीन विज्ञान, मन-मस्तिष्क पर चढ़कर सुखों की मृगमरीचिका में उसे भटकाकर उसे विनाश के कगार पर लाकर अभिशाप सिद्ध हो रही है अगर वही बुद्धि, हृदय और हाथ को 'विवेक सूर्य' के प्रकाश में साथ लेकर चले तो वह दिन दूर नहीं जब 'विवेक सूर्य' के प्रकाश में डग भरता मानव अपनी मानवता को पहिचान कर परम प्रकाश, परमानन्द या सच्चिदानन्द को प्राप्त कर लेगा।

'कर विचार देखहु मन माहीं, पराधीन सपनेहु सुख नाहीं'-यह निःसंदेह कहा जा सकता है कि मानवता का सच्चा स्वरूप हम तभी देख सकेंगे जब हिन्दू, मुस्लिम, ईसाई आदि सम्प्रदाय, पंथ, 'रिलीजन', मत, मजहब, वर्ण, रंग, नस्ल, जाति, उपजाति, क्षेत्र और भाषा की जेल तथा जेल के भीतर की कोठरियों, पिंजड़ों, बेड़ियों, हथकड़ियों की धज्जियों की होली जलायें और उनसे अपने को और मानवता को सच्ची स्वतंत्रता दिलाने के लिये प्राणों को हथेलियों में लेकर शिव बनकर ऐसा तांडव करें जिसके सामने संगीने झुक जायें, तोपें और परमाणुबम दहलकर सच्चे शहीदों के चरण चूमें। मानवता की खोज में फाँसी के फंदे नई चिनगारियाँ पैदा करें।

कैद में अब भी जी रहे हो? हथकड़ी बेड़ियाँ पड़ी हैं!
घेरे तोड़ो, खुली हवा-धूप में साँस लो, देखो दुनिया कितनी हसीं है।।

आज स्वतंत्रता का क्या मजाक है? कौन कहता है कि हम और आप

स्वतंत्र हैं? यह केवल मृगमरीचिका में भटकाया जा रहा है.। सच्ची स्वतंत्रता को मानव उसी दिन पहिचानेगा जिस दिन वह घेरों की घुटन से ऊब कर उन्हें तोड़ फेंकने के लिये उतावला हो उठेगा, जिस दिन इन कैदखानों से छुटकारा पाने के लिये उसके खून में ज्वार का तूफान उमड़ने लगेगा-ऐसा तूफान जो सर्वोदय समग्रक्रांति जनजागरण जनान्दोलन का महाप्रलय बनकर इनका नामोनिशान सदा सदा के लिये नेस्तनाबूद कर दे-

'आजादी आई भी तो क्या, कायम हैं गुलामी की रस्में!
जनता का जीवन आज भी है, शरमायादारों के बस में!!'
'उगा सूर्य कैसे कहो मुक्ति का यह, उजाला करोड़ों घरों में न पहुँचा?
खुला पीजड़ा है मगर रक्त अब भी, थके पंक्षियों के परों में न पहुँचा!!
न शान्ति व्यवस्था न एकात्मता है, भरी है मनों में अभी भी गुलामी!
वही राग गुलामियत का सुनाते तो बनते बड़े लोग नामी गरामी!!
लुढ़की मदिर जिन्दगी की लयों में मगर मुक्ति गायन स्वरों में न पहुँचा!
प्रजातंत्र की धार उमड़ी धरा पर मगर नीर जन-सागरों में न पहुँचा!!'

आज विश्व में सम्प्रदाय, पंथ, 'रिलीजन', मत-मजहब, फिरकापरस्ती, रंग, नस्ल, जातियों, उपजातियों आदि की नित नई बनने वाली दीवारों तथा छोटी-मोटी तंग अंधेरी गलियों का ऐसा जाल सा बिछ गया है जिसमें गुमराह मानव अँधेरे में अंधे राही की तरह भटक रहा है! राहों के मकड़जाल में फँसी उसकी बुद्धि चकराकर पनाह माँग रही है! अपनी अपनी डफली अपना अपना राग अलाप रहे हैं!! 'मुण्डे मुण्डे मतिर्भिन्नः'- जितने मत उतने पथ-जिधर नजर दौड़ाओ बस राहों ही राहों, दीवारों, कारागारों का ताना बाना सा दिखाई पड़ रहा है! क्या इन्हीं राहों दीवारों, कारागारों से उसका पेट भी भर सकेगा? पेट के लिये तो अन्न चाहिये, पर वह मिलेगा कहाँ? उसे पैदा कहाँ किया जाय? जहाँ अन्न पैदा होता था वहाँ तो राहों, दीवारों, कारागारों, कब्रों का जाल बिछ चुका है। तभी तो आज मानव और मानव की बुद्धि दाने दाने के लिये मोहताज होकर मानव का ही खून पी रही है! रोंगटे खड़े हो रहे हैं इस वीभत्स दृश्य को देखकर!!

वेदना से विकल विश्व आहत हो रहा!
सृष्टि का करने विनाश परमाणु सृजित हो रहा!!
भू जल व्योम मानव ईश का बटवारा हो रहा!
धर्म सम्प्रदाय संस्कृति के नाम पर विश्व खंडित हो रहा!!
न्याय धर्म मानवता ईमान सिसक सिसक कर रो रहा!
स्वयं का करने विनाश मानव क्यों तत्पर हो रहा?

आज का मानव जागकर भी क्यों सो रहा??
अगर आज धरा ब्योम ईश धर्म देश बँट रहा!
तो क्या मानव यही प्रगति है कर रहा??
वह देश सम्प्रदाय जाति आदि के आधार पर अपना रक्त?
लाल के अतिरिक्त क्यों न पीला नीला हरा काला कर रहा??

ऐ राहों, दीवारों की भूलभुलैया में भटका-भरमा गुमराह मानव, तू यह मत भूल कि तू जिस डाली में बैठा है उसी को काट रहा है! बस अब रुको नहीं तो फिर तुम्हारा और इस सुन्दर सृष्टि का नामोनिशान न रह जावेगा।

'रक्त लिप्त बिष दग्ध धरा को नव जीवन, नव प्राण चाहिये।
कुंठित गति लुंठित संस्कृति को अब तो नव निर्माण चाहिये।।'
मंदिर मस्जिद गिरजा गुरुद्वारा नहीं, हमें तो सर्वव्यापी भगवान चाहिये।
हिन्दू मुस्लिम सिक्ख ईसाई नहीं, बस सच्चा इन्सान चाहिये।।
हम क्या बनाने आये थे क्या बना बैठे?
कहीं मंदिर कहीं मस्जिद कहीं गिरजा बना बैठे।।
हमसे तो अच्छे परिन्दे हैं जो कभी मंदिर, कभी मस्जिद, कभी गिरजे पर जा बैठे।।
मंदिर मस्जिद गिरजे गुरुद्वारे में, मत बाँटो भगवान को।
धरती अम्बर सागर बाँटा, मत बाँटो इंसान को।।
मंदिर मस्जिद गिरजा गुरुद्वारा नहीं घर जुदा खुदा का है।
दिल दर तो मत तोड़ किसी का यह घर खास खुदा का है।।
इधर मंदिर उधर मस्जिद इधर गुरुद्वारा उधर गिरजा।
जेहादी पागलपन छोड़कर जिधर चाहे उधर गिरजा।।
मत लड़ो वेद बाइबिल पुरान आदि के लिये।
जीना है तो जीना सीखो लोक कल्याण के लिये।।

मेरे दोस्त, अपने को बहुत हँसा चुके। अब तो अपनी मानवता पर तरस खाकर उन तमाम दीवारों और राहों गलियों को विवेक 'बुलडोजर' से हमेशा हमेशा के लिये नेस्तनाबूद कर दो और उन तमाम गलियों को गोली मारकर मानवता की बस एक ऐसी सीधी डगर बनाओ जिससे अंधे, लूले, लंगड़े तक सभी अखंड आनन्द सर्वव्यापी सच्चिदानन्द या मंजिल तक पहुँच सकें, भूलने भटकने का कोई सवाल ही न रह जाय।

मंदिरों मस्जिदों गिरजों गुरुद्वारों, 'कान्वेन्ट', 'मान्टेसरी', मदरसों तक,
मिले अधिकतर गुमराहों के डेरे!

जहाँ आदमी बन सके चाहिए बस वही मानवता की डगर रे।।
इससे, अब तो यारो, धर्म बस यही अपनाया जाये,
जिसमें इंसान को इंसान बनाया जाये।
मजहब ने जहर घोला है मंदिर मस्जिद गिरजे गुरुद्वारे में,
फिर कैसे भला प्यार भाईचारे को बढ़ाया जाये?
मंदिर मस्जिद गिरजे गुरुद्वारे में कब तक भरमा जाये?
इससे तो अच्छा है कि रोतों को हँसाया जाये।।
धर्म के नाम हो रही खूँरेजी बन्द हो इसके लिये,
हर अँधेरे को उजाले में तो लाया जाये।
कपटमुनि, कंचनमृग, कालनेमि और साधुवेशी रावण से,
न जाने कब तक यह समाज छला जाये?
कालिया ने तो विष घोला है सरोवर सुरसरि सागर में,
फिर कैसे खुशहाली आये, कहाँ पिया नहाया जाये?
मेरे दुख दर्द का तुम पर हो असर ऐसा,
मैं रहूँ भूखा तो तुमसे भी न खाया जाये।
जिस्म दो होके भी दिल एक हो अपने ऐसे,
तेरा आँसू मेरी पलकों से उठाया जाये।।

परन्तु यह लड़कों का खेल नहीं, न वह गुड़ जिसे चींटे खा जाँय।

विश्व के इस महानतम लक्ष्य की प्राप्ति में दाँतों पसीना आयेगा, आकाश पाताल एक करने पड़ेंगे, पत्तियों से उलझने और नोचने तोड़ने से समस्या सुलझने के बजाय नई नई कोपलों में फूटती रहेंगी। विषवृक्षों को जड़ से उखाड़ फेंकना ही बस एक मात्र उपाय है। बस न रहे बाँस न बजे बाँसुरी--

पर्वत से भी हैं ऊँची दीवार जाति मजहब की।
है कैद इनके अन्दर सारा जहाँ हमारा।।
ये जाति सम्प्रदाय मजहब हैं इंसानियत के दुश्मन।
क्योंकि इन्होंने बहाया है सदा से लहू हमारा।।
प्यार भाईचारा सुख शान्ति सिमट रहे हैं।
नफरत की आग में जल रहा यह गुलशिताँ है प्यारा।।
मानवता ही वह मरहम है बस इस जहाँ में।
जो जिगरे जख्म भर जहाँ जन्नत बनाये प्यारा।।

मगर इन विषवृक्षों को उखाड़ फेकना ऐसी टेढ़ी खीर है जिसे सही शिक्षा, सोच, संस्कार और 'मीडिया' की जादुई छड़ी फेरकर ही सीधी खीर में बदला

जा सकता है। किन्तु ऐसी एकांगी बुद्धि की शैतानी शिक्षा शैतानी इतिहास और अधिकतर - अश्लीलता, अंधविश्वास, आतंक, हिंसादि परोसने वाले 'मीडिया' टी.वी. सिनेमा आदि से नहीं क्योंकि मनुष्य के मस्तिष्क, हृदय और हाथ भी तो हैं। ऐसी शिक्षा किस काम की जिसके शैतानी सोच, संस्कार, 'साइंस' 'टेक्नालॉजी' के घमण्ड में जमीन में पाँव ही न पड़कर मिजाज राकेटों में उड़ रहे हों। 'सा विद्या या विमुक्तये' शिक्षा मस्तिष्क हृदय और हाथ का समुचित संतुलित विकास करते हुये सर्वांगीण विकास और सच्चिदानन्द की प्राप्ति का साधन है।

हमारी शिक्षा तब तक शिक्षा का मखौल उड़ाना है जब तक उसमें उपरोक्त त्रिवेणी का संगम न हो जाय और हमारा इतिहास तो स्वार्थ की स्याही से लिखा गया इतिहास के नाम पर कलंक है। जन जन की जबानों पर बसे परमार्थ और सत्य की बेदी पर अपने हाथों अपने अंग को काट काट कर देने वाले शिवि, अधर्मियों, अत्याचारियों, अन्यायियों, भ्रष्टाचारियों से मानवता की रक्षा के लिये जीते जी अपनी हड्डियों तक का दान करने वाले दधीचि, स्वयं भूखे रहकर भूँखों को खिलाने वाले रन्तिदेव, सत्य और वचन की रक्षा के लिये मरमिटने वाले हरिश्चन्द्र, विश्व को विनाश के मुख से बचाने के लिये विष का पान कर शिव का मंत्र फूँकने वाले शिव को भुलाकर हमारा इतिहास अशिव होकर इतिहास का मखौल बनकर रह गया है! भला कहीं इस खूनी इतिहास और फूहड़ सिनेमाई अपसंस्कृति की शिक्षा लेकर मानव मानवता के उस पवित्र पथ पर बढ़ सकेगा? उस इंसानियत की डगर पर चल उसे 'विवेकसूर्य' के प्रकाश में अपना नया इतिहास लिखना होगा, योग-अध्यात्म-विज्ञान संयुक्त संस्कार-सदाचार युक्त सही शिक्षा अपनानी होगी तभी आकाश के तारे तोड़कर इस विश्ववाटिका में सजाना उसके बाँचे हाथ का खेल हो सकेगा। 'जियो और सबको जीने दो'-

बहुत बहा है खून धरा पर अब न और बहाओ।
शैतान नहीं इंसान बनो सुख शान्ति सुधा सरसाओ।।
मत उजाड़ो इस सुन्दर चमन को, इसी में सभी ही जान बसती है।
उजड़ गया गर गुलिस्ताँ यारो, तो न हम रहेंगे न यह गुलिस्तां यारो।।

यह तो बिल्कुल स्पष्ट है कि 'सत्यम् शिवम् सुन्दरम्' का समन्वयकारी शिल्पी ही मानव को मानवता की मंजिल पर पहुँचाने का स्तुत्य प्रयास करके अपने प्राणपुष्प की पंखुडियाँ बिखेरकर कोटि कोटि नवपुष्पों को खिला सकेंगे जिससे विश्ववाटिका महमहा उठेगी और उनकी गरिमा से मानवता गरिमावान हो उठेगी और एक दिन उनकी गरिमा का गान ही मानवता के इतिहास का सच्चा स्वर होगा।

इस बहती त्रिवेणी में डुबकी लगाने के लिये मानवता सभी शिल्पियों के दरवाजे खटखटा रही है-उनकी ओर आशाभरी नजरों से देखती हुई उनकी बाट जोह रही है, आशा है अब उसे निराश न होना पड़ेगा। अश्रु बहाती, बेड़ियों

में जकड़ी, राक्षसों के कारागार में छटपटाती मानवता ऐसे शूर शिल्पियों, साहित्यकारों, समाजसेवियों, राजनीतिज्ञों, कलाकारों, वैशानियों की ओर आँखें बिछाये बाट जोह रही है जो 'सत्यं शिवं सुन्दरम्' से समन्वित लोकतांत्रिक, सर्वोदयी, लोकतांत्रिक समाजवाद की स्थापना के लिये समग्रक्रान्ति की मशाल जलाते चलें-

'शक्ति के विद्युत्कण जो ब्यस्त बिकल बिखरे हों हो निरुपाय।
समन्वय उसका करे समष्टि, विजयिनी मानवता हो जाय।।'

उस प्रेरक लेख को पढ़कर उसे ऐसे लगा जैसे वह पहले का इंसाफ न हो। जीवन के इतने अमूल्य समय को कूपमंडूकता में खो देने पर उसे असीम ग्लानि तथा वेदना हो रही थी। वह मंत्रमुग्ध सा विश्वास के 'सोच' (चिन्तन) पर विचार कर ही रहा था कि इतने में उस दिन का अखबार भी आ गया। वह उसे देखने लगा। उसमें विश्वास के पिछले लेखों की आलोचनायें- समालोचनायें भरी पड़ी थीं। सुप्रसिद्ध समालोचकों ने उसके क्रान्तिकारी विचारों की भूरि-भूरि प्रशंसा की थी। यकायक उसकी आँखें एक लेख पर अटक गई। उसके लेखक थे विश्वास। उस अनूठे मौलिक लेख में 'गागर में सागर' भरने का स्तुत्य प्रयास किया गया था। लेख इस प्रकार था--

"विश्व धर्म-विश्व दर्शन"

"सनातन धर्म, संस्कृति और राष्ट्र सर्वोपरि है"- यह एक सार्वभौमिक और सर्वकालिक सत्य है।

"श्रूयतां धर्म सर्वस्वं श्रुत्वा चाप्यवधार्यताम्।
आत्मनः प्रतिकूलानि परेषां न समाचरेत्।।"

(धर्म का सार सुनो और सुनकर धारण भी करो। स्वयं को अनुचित लगने वाले व्यवहार दूसरे के लिए मत करो।)

"यतो अभ्युदय निःश्रेयस सिद्धिः स धर्मः"

(जिससे अभ्युदय और परमार्थ की सिद्धि हो वही धर्म है)

"आचारः परमो धर्मः" (सदाचरण परम धर्म है।)

"आचाराल्लभते ह्यायुराचाराल्लभते श्रियम्।
आचारात् कीर्तिमाप्नोति पुरुषः प्रेत्य चेह च।।"

(पुरुष निश्चित रूप से सदाचार से (दीर्घ) आयु को प्राप्त करता है, सदाचार से धन-वैभव पाता है, सदाचार से इस लोक में और परलोक में कीर्ति प्राप्त करता है।)

सदाचरण ही धर्म है, मुक्ति का द्वार है।
सदाचरण के बिना मानव जीवन बेकार है।।

"धृति क्षमा दमोऽस्तेयं शौचमिन्द्रिय निग्रहः।
धीर्विद्या सत्यमक्रोधो दशकं धर्म लक्षणम्।।"

(धैर्य, क्षमा, दम (मन का वश में होना), चोरी न करना, शुद्धता-पवित्रता, इन्द्रिय निग्रह, बुद्धि, विद्या, सत्य, क्रोध न करना ये दस धर्म के लक्षण हैं।)

"परहित सरिस धर्म नहिं भाई। पर पीड़ा सम नहिं
अधमाई।।"

वास्तव में सभी मनुष्यों, मनुष्येतर प्राणियों और प्रकृति के साथ मनुष्यता का व्यवहार ही धर्म है।

'धार्यते इति धर्मः', धर्म 'धृ' धातु + 'घञ्' प्रत्यय = धारण करना, आचरण में लाना, व्यवस्था बनाये रखना से बना है। आज धर्म का गलत, संकीर्ण और साम्प्रदायिक अर्थ समझने से ही यह साम्प्रदायिकता, नफरत, विभेद, दुर्व्यवस्था, दंगा-फसाद, हिंसा, आतंक, अलगाव, आपाधापी, बेईमानी और भ्रष्टाचार बढ़ रहा है। धर्म और मत, मजहब, पंथ, 'रिलीजन', साम्प्रदायिकता में तो वही विरोध है जो पवित्रता-अपवित्रता में, पुण्य-पाप में और अच्छाई- बुराई में है।

संसार में सत् और असत् की शक्तियाँ सदैव संघर्ष किया करती हैं। ये सारे संसार पर अपना अपना अधिकार स्थापित करने की चेष्टा करती हैं। ईश्वर ने इस जगत् की सृष्टि सत्-असत् की शक्तियों के पारम्परिक संघर्ष -देवासुरसंग्राम को प्रदर्शित करने वाली नाट्यशाला के रूप में की है। सृष्टि के समान मनुष्य के मन में भी सत्-असत् का संघर्ष देवासुरसंग्राम सदैव होता रहता है। प्रत्येक जाने अनजाने वह या तो देव या दानव सेना का सैनिक है। उसके प्रत्येक कार्य से सत् या असत् देवया दानकी शक्तियों को सहायता प्राप्त होती है-

'आहार निद्रा भय मैथुनं च समानमेतत् पशुभिर्नराणाम्।
धर्मो हि तेषामधिको विशेषा धर्मेण हीनाः पशुभिः समानाः।।'

मुक्ति के "सात सोपान" (कर्त्तव्यकर्म)

'सात सोपानो' के अनुसार आचरण करने वाले देव और विपरीत आचरण करने वाले दानव सेना के सैनिक समझने चाहिये।

"कर्म प्रधान विश्व करि राखा।
जो जस करै सो तस फल चाखा।।"

१. पंच देव-१ माता २ पिता ३ आचार्य ४ अतिथि ५ पत्नी के लिये पति और पति के लिये पत्नी के प्रति कर्त्तव्य।

२. ईमानदारी से रोजी-रोटी कमाना।

३. सब के दुख-सुख में सच्चे दिल से हाथ बँटाना।

४. जिस परिवार, समाज, राष्ट्र और विश्व के हवा, जल, मिट्टी आदि से शरीर बना, पला-पोषा उस मातृभूमि परिवार, समाज, राष्ट्र और विश्व के प्रति कर्त्तव्य निभाना।

५. सत्य के ग्रहण करने और असत्य के छोड़ने में सर्वदा उद्यत रहना।

६. दीन-बन्धु, पतित-पावन और समदर्शी होने की क्षमता प्राप्त करना।

७. अलगाववादी, आतंकवादी, गुमराह सिरफिरे, अत्याचारी, अनाचारी, अन्यायी, अहंकारी, भ्रष्टाचारी, मायावी, मिथ्याचारी, रिश्वतखोर, कमीशनखोर, शोषक, दुराचारी, बेईमान, हिंसक, पापी राक्षसों का विरोध करना।.

धर्म- १. 'कर्त्तव्यकर्म का सम्यक ज्ञान।

२. 'कर्त्तव्यकर्म के प्रति सम्यक श्रद्धा।

३. 'कर्त्तव्यकर्म पर सम्यक आचरण।

ईश्वर-जिसके ॐ, ब्रह्म, परमात्मादि नाम हैं, जो सच्चिदानन्दादि लक्षण युक्त है, जिसके गुण, कर्म, स्वभाव पवित्र हैं, जो सर्वज्ञ, सर्वशक्तिमान, सर्वव्यापक, अजन्मा, अनन्त, निराकार, दयालु, न्यायकारी, सब सृष्टि का कर्ता, भर्ता, हर्ता, सब जीवों के कर्मानुसार सत्य, न्याय से फलदाता आदि लक्षणयुक्त है, उसी को परमेश्वर कहते हैं।

ईश्वर भक्ति-ईश्वर के गुण, कर्म, स्वभावानुसार दीनबन्धु, पतितपावन, न्यायकारी, परोपकारी, ईमानदार और समदर्शी होना तथा मन, वचन, कर्म से अन्याय, अत्याचार, अधर्म, अंधविश्वास भ्रष्टाचार, शोषण और पाखंड का खुलकर विरोध करना ही ईश्वर की सच्ची भक्ति है, अन्यथा 'मुख में नाम बगल में छूरी' तो केवल ढोंग और बगुलाभक्ति है।

गुरु-जो अज्ञानान्धकार दूर कर सत्य को ग्रहण करावे और मिथ्याचार असत्य को छुड़ावे वह गुरु है।

साधु-असाधु-सत् साधना सदाचरण रत साधु, असत्मार्गी असाधु, सत् का मनन करने वाला मुनि और सत्य का दर्शन करने वाला ऋषि है-

"पर उपकार वचन मन काया! संत सहज सुभा खगराया।।"

-'रामचरित मानस' उ0का0 १२० (ख)।। ७

'संत सहहिं दुख परहित लागी। पर दुख हेतु असंत अभागी।।'

-'रामचरितमानस' उ0का0 १२०।। ८

"विद्या विवादाय धनं मदाय शक्तिः परेषां पर पीड़नाय।
सन्तेषु दुष्टैः विपरीतमेतत् ज्ञानाय दानाय च रक्षणाय।।"

देव-दिव्य आचरण वालों को 'देव', अदिव्य आचारी को 'असुर', अनाचारियों

को 'राक्षस', पापियों को 'पिशाच' कहते हैं।

देव पूजा-१. माता २. पिता ३. आचार्य ४. पत्नी के लिए पति और पति के लिए पत्नी ५. अतिथि पूजा-सज्जन, परोपकारी, ईमानदार, समाजसेवियों तथा पीड़ितों-शोषितों की सेवा, सम्मान, सहयोग पंचदेवपूजा, इनको न मानकर इतर पाषाणादि पूजा 'अदेव पूजा' है, अज्ञान है, अंधविश्वास है, वेद विरुद्ध है।

वेदों- उपनिषदों में भी मान्य 'पंचदेव' यही हैं-

१. मातृ देवो भव २. पितृ देवो भव ३. आचार्य देवो भव ४. अतिथि देवो भव

५. 'पतिभिर्देवैरस्तथा'।

"प्रात काल उठि के रघुनाथा। मातु पिता गुरु नावहिं माथा।।"

-'रामचरितमानस'-बाल० २०४/४

पूजा- समाजहित में 'जहँ जहँ जाये सोइ परिकरमा, जो जो करै सोइ पूजा।"

"स्व कर्मणा तम् अभ्यर्च.. गीता"-१८/४६

भजन- आदत बुरी सुधार ले बस हो गया भजन।
सत्कर्म में मन लगा ले बस हो गया भजन।।

तीर्थ-जिससे अज्ञान और दुख सागर से तरे वही तीर्थ। समाजसेवा, सत्संग, सत्यभाषण, परोपकार, पुरुषार्थ, विद्यादानादि जितने शुभकर्म हैं वहीं तीर्थ हैं, इतर जल स्थलादि भावनात्मक एकता, मेल-मिलाप और पर्यटन के केन्द्र हैं।

यज्ञ-आडम्बर नहीं सदाचरण, 'समाजहित और सत्कार्य' यज्ञ हैं।

योग-'यम नियम आसन प्राणायाम प्रत्याहार धारणा ध्यान समाधिः इति अष्टांग योगः उच्यते।' योग माने जोड़-समर्पण भाव से शरीर-मन- मस्तिष्क, लोक-परलोक और आत्मा परमात्मा से जोड़ने की साधना योग है। शक्ति, शुद्धि, संयम सन्तुलन की साधना योग है। 'योगः चित्तवृत्ति निरोधः', 'योगः कर्मसु कौशलम्' - "गीता"-२/५०

दान- विद्यादान सर्वोत्तम दान है। समाजहित के लिए किये गये हर कार्य दान हैं। लोगों को सदाचरण, सन्मार्ग के लिये प्रेरित करना दान है। भूले-भटकों को मार्ग दिखाना दान है। जीव रक्षा दान है। रक्तदान, नेत्रदान आदि अंगदान जीवनदान, महादान हैं। अपंग, असहाय और गरीबों की सहायता करना दान है। प्यासे को पानी और भूखे को भोजन देना दान है। मार्ग से ठोकर, काँटा तथा बाधा हटाना दान है। सुपात्र को मतदान लोकहित का पुण्यकार्य है, कुपात्र को कुदान, पाप और राष्ट्रधर्म-समाज के साथ गद्दारी है।

पुरुषार्थ-पुरुषार्थ सफलता की कुँजी है। पुरुषार्थ से प्रारब्ध बनते, इसके सुधरने

से सुधरते और बिगड़ने से बिगड़ते हैं, इसीसे प्रारब्ध की अपेक्षा पुरुषार्थ बड़ा है।

परोपकार-जिससे सबके दुराचार-दुख छूटें, श्रेष्ठाचार-सुख बढ़ें उसके करने को परोपकार कहते हैं।

पाप-पुण्य-पर पीड़ा पाप और पर उपकार पुण्य है-

"परहित सरिस धर्म नहिं भाई। पर पीड़ा सम नहिं अधमाई।।"

मुक्ति-मातृऋण एवं मातृभूमिऋण, पितृऋण, गुरुऋण, पारिवारिक तथा सामाजिक ऋणों से उऋण होना ही मुक्ति है। मुक्ति के 'सात सोपान' पर मन-वचन-कर्म से आचरण ही मुक्ति का एक मात्र मार्ग है इतर सब भ्रम हैं, ढोंग-ढकोसले हैं, अंध विश्वास हैं।

"स्वे स्वे कर्मण्यभिरतः संसिद्धिं लभते नरः।" - 'गीता'-१८/४५

धर्म को सनातन धर्म क्यों कहते हैं?

चूँकि धर्म (कर्त्तव्यकर्म) के पैदा होने की कोई निश्चित तिथि नहीं है, वह शाश्वत है, सनातन है अर्थात् अनादिकाल से अजर-अमर चला आ रहा है, इसीलिये धर्म की इसी विशेष विशेषता को बताने के लिये धर्म के पहले 'सनातन' शब्द विशेषण के रूप में जुड़ा हुआ है। सार्वभौमिक सर्वकालिक धर्म जिसको सदा से मानते आये और मानते रहेंगे उसको सनातन (नित्य) धर्म कहते हैं। अखिल विश्व के लिये 'सत्यम् शिवम् सुन्दरम्' की प्रेरणा देने वाले संसार के सभी महापुरुष सनातन धर्म के प्रचारक हैं और सद्ज्ञान, सन्मार्ग, सदाचरण तथा शांति, सद्भाव, सौहार्द की प्रेरणा देने वाले संसार के सभी सद्ग्रन्थ सनातन धर्म के आदरणीय धर्मग्रन्थ हैं। 'अज्ञानी, मूढ़ाग्रही और कुयें के मेढ़कों की ही बुद्धि सत्य को स्वीकारने में झिझकेगी मगर जो सत्य खोजी हैं, सत्य के पुजारी हैं, जो महान हैं वे वाह्याडम्बरों, पिंजड़ों, कठघरों, कारागारों, दीवारों, ढोंग, ढकोसलों, रूढ़ियों, कुरीतियों, अंधविश्वासों के जाल को तोड़कर 'सत् चित् आनन्द' रूपी सर्वव्यापी परमेश्वर को प्राप्त करेंगे। ऐसी महान आत्मायें धन्य हैं।

धर्म बनाम मत-मजहब 'रिलीजन'

१. संसार में पंथ, मत-मजहब, 'रिलीजन' अनेक हो सकते हैं मगर मानव का मात्र एक सनातन मानवधर्म होता है।

२. समाज में आई रूढ़ियों, कुरीतियों और अंधविश्वासों का सुधार तो महान लोग कर सकते हैं मगर उन्हें धर्म का प्रवर्तक समझना भयंकर भ्रम है, क्योंकि धर्म का प्रवर्तक तो हो ही नहीं सकता, धर्म तो शाश्वत और सनातन है, जबकि पंथ, मत-मजहब रिलीजन, सम्प्रदाय आदि के प्रवर्तक होते हैं।

३. धर्म शाश्वत, सनातन और अनादि है, जबकि पंथ, मत-मजहब 'रिलीजन' के जन्म की विशेष तिथि होती है।

४. धर्म शाश्वत और सनातन है, उसकी उत्पत्ति का श्रेय किसी एक के सिर नहीं बाँधा जा सकता, जबकि पंथ, मत-मजहब, 'रिलीजन' आदि किसी व्यक्ति विशेष के मस्तिष्क की उपज होते हैं।

५. 'मनमस्तिष्क-हृदय-हाथ' का समुचित समन्वय करते हुये कर्त्तव्यकर्म और परोपकार करना ही धर्म है, जबकि पंथ, मत-मजहब, 'रिलीजन' आदि मन-मस्तिष्क हृदय-हाथ को कैद करने के लिये लुभावने पिंजड़े सा कार्य कर रूढ़वादिता, धर्मान्धता, अंधविश्वास, वाह्याडम्बर, ढोंग, ढकोसला, पाखण्ड, दिखावा बढ़ाते हैं।

६. धर्म पवित्र गंगा है तो पंथ, मत-मजहब, रिलीजन मनुष्यों द्वारा निकाली गई नहरों और रजबहों के समान हैं।

७. पंथ, मत-मजहब, 'रिलीजन' आदि धर्मान्धता, कट्टरता, संकीर्णता, साम्प्रदायिकता, फिरकापरस्ती और नफरत का जहर घोलकर समाज को तोड़ते हैं। धर्म सत्य, सदाचार, सद्भाव, सौहार्द, सुख-शान्ति, प्रेम, भाईचारा बढ़ाकर समाज को जोड़ता है।

८. धर्म (फर्ज-सत्कर्म, सत्कर्तव्य) के पालन से परिवार, देश, दुनिया, समाज सुव्यवस्थित रहते हैं। मनुष्य महात्मा बनकर परमात्मा (सत्-चित्-आनन्द) को प्राप्त करता है, जबकि पंथ, मत-मजहब, 'रिलीजन' आदि का अन्धानुकरण देश- दुनिया, समाज में नफरत, विद्वेष, विघटन और दंगा-फसाद के कारण बनते हैं।

९. धर्म अखिल विश्व को धारण (व्यवस्थित) करता है, जबकि पंथ, मत-मजहब, 'रिलीजन' फिरकापरस्ती, नफरत और कूप मण्डूकता से ऊपर नहीं उठने देते हैं।

१०. धर्म चरम लक्ष्य (मंजिल) तक पहुँचने के लिये एक मात्र अलौकिक राजपथ है तो पंथ, मत-मजहब, 'रिलीजन', फिरकापरस्ती, भटकाने वाली तंग अँधेरी गलियाँ या भूल-भुलइया हैं।

प्रार्थना

'तेजो असि तेजो मयि धेहि', 'ओजो असि ओजो मयि धेहि।'
'धियो असि धियो मयि धेहि,' 'बलं असि बलं मयि धेहि।'
'वीर्यं' असि वीर्यं मयि धेहि।।'

(हे ईश्वर!) तुम तेज हो मुझमें तेज धारण करो, तुम ओज हो मुझमें ओज धारण करो। तुम बुद्धि हो मुझमें बुद्धि धारण करो, तुम बल हो मुझमें बल धारण

करो, तुम पराक्रम हो मुझमें पराक्रम धारण करो।)

'असतो मा सद् गमय', 'तमसो मा ज्योतिर्गमय', 'मृत्योर्मा अमृतं गमय।'

(मुझे असत्य से सत्य की ओर ले चलो, मुझे अन्धकार से प्रकाश की ओर ले चलो, मुझे मृत्यु से अमरत्व की ओर ले चलो।)

'सर्वे भवन्तु सुखिनः सर्वे सन्तु निरामयाः।
सर्वे भद्राणि पश्यन्तु मा कश्चिद् दुःख भाग्भवेत्।।'

(सभी सुखी हों, सभी निरोगी हों, सभी का कल्याण हो, किसी को किसी प्रकार का दुख न हो)

धर्म की जय हो। अधर्म का नाश हो।
प्राणियों में सद्भावना हो। विश्व का कल्याण हो।

शपथ

धर्मं शरणं गच्छामि, सत्यं शरणं गच्छामि, योगं शरणं गच्छामि। '

'ॐ सहनाववतु, सहनौ भुनक्तु, सह वीर्यं करवावहै।
तेजस्विनावधीतमस्तु, मा विद्विषावहै।।'
ॐ शान्तिः! शान्तिः!! शान्तिः!!!

(हम साथ-साथ एक दूसरे की रक्षा करें। साथ-साथ भोजन करें। साथ-साथ पराक्रम के कार्य करें। साथ-साथ अध्ययन करें और तेजस्वी बनें तथा एक-दूसरे से घृणा और द्वेष न करें।)

अब इंसाफ के दिल, दिमाग और आँखें खुल गई थीं। जिन गुत्थियों को वह काफी दिनों से नहीं सुलझा पा रहा था वे सुलझ गई थीं। उसकी बेड़ियाँ टूट चुकी थीं। अब वह सत्य को समझ गया था। यकायक वह बुदबुदा उठा-

"धर्म शरणं गच्छामि, सत्यं शरणं गच्छामि, योगं शरणं गच्छामि।"

21

आज साधना पढ़ाने के बाद घर न जाकर तीर्थराज प्रयाग में लगने वाले विश्व के सबसे बड़े मेले सजे-धजे कुम्भ मेले की ओर चली ही थी कि उसके कानों में आवाज पड़ी- "रुक जा ओ जाने वाले रुक जा, मैं हूँ राही तेरी मंजिल का।"

साधना ने घूम कर नहीं देखा क्योंकि वह जानती थी कि पान वाले की दुकान से कोई मनचला उसे अपनी ओर आकर्षित करने के लिये कोई अश्लील गीत गा रहा था। प्रतिदिन जब वह इस दुकान के पास से गुजरती थी तो उस पर

कोई न कोई फिकरा अवश्य कसा जाता था। कई बार तो उसके मन में यह धारणा बहुत जोर पकड़ लेती थी कि किसी अवारा लौंडे को गरीबान से पकड़कर उसके मुँह पर तीन-चार चप्पल लगा दे। किन्तु वह कभी ऐसा कर नहीं सकी क्योंकि इसमें उसकी ही बदनामी होती थी। उन बदमाश आवारा बिगड़े लौंडों का क्या बिगड़ता?

बाल विधवा साधना अपनी जिन्दगी के दिन बड़े ही संयम और साधना से व्यतीत कर रही थी। उसको इस सड़े समाज के ऐसे वातावरण से बेहद घृणा थी। वह सोच रही थी 'सहितस्य भावः साहित्यम्' जिस प्रकार दूषित भोजन से शरीर अस्वस्थ हो जाता है उसी प्रकार अश्लील पुस्तकों, पत्रिकाओं और कलाओं से मन-मस्तिष्क विकृत हो जाते हैं। अश्लील या बाजारू पुस्तकों, पत्र-पत्रिकाओं, फूहड़ सिनेमा, टी.वी., सीडी, वीडियो, वी.सी.आर., टेप, ट्रांजिस्टर, डी.जे., आर्केस्ट्रा आदि का वैचारिक प्रदूषण, सांस्कृतिक प्रदूषण और सामाजिक वातावरण के सत्यानाश करने में अधिक हाथ है। क्योंकि स्वार्थसुरा में मदहोश इन सभी में अधिकतर अश्लीलता, अवारागर्दी, अंधविश्वास, प्यार मुहब्बत, हिंसा, मारधाड़, कत्ल, डाका, चोरी बदमाशी, अलगाव, आतंक, जुआ, जेबकतरने, धूम्रपान और शराब पीने को ही शिक्षा दी जाती है! एक समय था जब यहाँ राम, लक्ष्मण, हनुमान, कृष्ण, भीष्म, भीम, अर्जुन, अभिमन्यु ऐसे वीर पैदा होते थे और एक आज का समय है जबकि सभी अपनी सभ्यता, संस्कृति, स्वाभिमान, महानता और मानवता को भूल बैठे हैं। वे राम, कृष्ण, ऋषि-महार्षि आदि बनने के बजाय अर्थपिशाच अधिकारी, वकील, इंजीनियर, डाक्टर, अवसरवादी नेता और फिल्म के अभिनेता बनने के स्पप्न देख रहे हैं! वे स्त्रियों की भाँति कमर लचका-लचका कर नृत्य करना, अश्लील गीतों की धुनें अलापना, आवारगी, अवज्ञा और फैशन को गर्व की बात समझते हैं!!

पहले लोग स्त्री की लाज बचाने के लिये जान की बाजी लगा देते थे और आज उसकी इज्जत लूटने में कोई लज्जा अनुभव नहीं करते! पहले पराई स्त्री की ओर देखना पाप समझा जाता था किन्तु आज तो पैदा होते ही प्रेमरोग से ग्रस्त हो जाते हैं! किसी भी राह चलती लड़की को देखकर अश्लील गीत अलापने या आवाजें कसने में उन्हें तनिक भी लज्जा नहीं लगती-

'गंदे फूहड़ गीत न गाओ। मर्यादा समझो शरमाओ।।
मर्यादित जीवन अपनाओ। नर्क नहीं जग स्वर्ग बनाओ।।'

परन्तु अकेले नर ही नहीं नारी भी भौतिकता की चकाचौंध में अपने मार्ग से बहुत भटक गई है और यदि इसी पथ पर चलती रही तो एक दिन वह अपनी अस्मिता, अपनी मान-मर्यादा मिट्टी में मिला देगी। कहाँ तो सीता, सावित्री, अनुसुइया, उर्मिला और दमयन्ती ऐसी नारियों जिन्होंने सारा जीवन कष्टों में काटा परन्तु उफ तक न की। कहाँ पैसे पर विज्ञापन, 'माडलिंग' आदि के लिये

बिकने वाली आज की नारी जो खाँय भतार का गाँवें यार का अपने अतीत को भूल कर क्लबों में जाकर पर पुरुषों के संग नृत्य करती और उनकी बाहों में बाँह डाल कर घूमना गर्व की बात समझती हैं! आज यदि किसी बालिका से पूछा जाय कि वह क्या बनना चाहती है तो वह पार्वती, सीता, सावित्री, गार्गी, मैत्रेयी, उर्मिला, अनसुइया, दमयन्ती, लक्ष्मीबाई आदि का नाम लेने के बजाय उत्तर देगी कि वह फिल्म की अभिनेत्री बनना चाहती है! लड़के-लड़कियाँ रात-दिन फिल्मी दुनिया के रूमानी ख्वाबों में खोये रहते हैं-

ऊँची विद्या ऊँचे बोल। सदाचार बिन माटी मोल।।
धनबल, जनबल, बुद्धि अपार। सदाचार बिन सब बेकार।।
'वृत्तं यत्नेन संरक्षेत वित्तमायाति याति च।
अक्षीणो वित्ततः क्षीणो वृत्ततस्तु हतो हतः।।'
(चरित्र की सप्रयत्न सुरक्षा कर, धन तो आता-जाता है।
धन गया गनीमत है, चरित्र गर गया सर्वस्व नष्ट हो जाता है।।)
जो मन-वचन-कर्म से पवित्र है, वही चरित्रवान ही यहाँ महान है।

"साधना!" इन्द्रधनुषी विद्युत बल्लरियों, झालरों से जगरमगर कुम्भ मेला के एक जलपान गृह में बैठी हुई उसकी सहेली प्रेरणा ने आवाज दी।

"ओह, प्रेरणा तुम!...... तुम्हारे तो दर्शन दुर्लभ हो गये।"

साधना ने जलपानगृह में घुसते हुये नमस्ते करते मुस्कुराकर कहा- "धन्य भाग,, यहाँ तो युगल जोड़ी के दर्शन हो रहे हैं।"

"आइये, आइये, बस आप की ही कमी थी।" सुधीर और विश्वास ने मुस्कुराते हुये कहा।

साधना आकर प्रेरणा, श्रद्धा और आशा के पास बैठ गई। जलपान कर रहे सभी का ध्यान यकायक लाउडस्पीकर से आ रहे कविता पाठ की ओर खिंच गया--

आश्वासनों के ढोल बजाने लगे हैं लोग।
हर फन से चमन अपना सजाने लगे हैं लोग।।१।।
दमखम नहीं इतनी कि आफताब बन सकें।
सूरज से अपना रिस्ता बताने लगे हैं लोग।।२।।
दुनियाँ में सुकाम से हो नाम इसमें बड़ा है बल।
इसलिये बदनामी में ही नाम कमाने लगे हैं लोग!!३!!
जीवन में कभी खुद का पसीना नहीं बहा।
औरों के खूँ से दीपक जलाने लगे हैं लोग।।४।।
मंदिर या तीर्थ, चर्च या मस्जिद में जाकर।

स्वारथ के देवता को मनाने लगे हैं लोग।।५।।

जिनके कि कारनामों से हैरान देश है।

उनके ही दुर्गुणों के गुण गाने लगे हैं लोग!!६!!

"पर स्थिति तो वैसी की वैसी है, चाहे जो भी पार्टी शासन में आये सामान्य लोगों की तो वही हालत है। न जाने ये लोग कुर्सियों में बैठ कर क्या कर रहे हैं? वही आपाधापी, वही ठगी, वही मँहगाई, वही भ्रष्टाचार।" जलपान कर रहे विश्वास और प्रेरणा में बातें हो रही थीं। प्रेरणा-"मँहगाई की तो न कहिये, सुरसा की तरह बढ़ती ही जा रही है। पहिले लोग हीरे-जवाहरात सँभाल कर रखते थे, अब दूध-घी, चीनी ही नायाब चीज हो रही हैं।"

"अभी क्या है कुछ दिन और ठहर जाइये, दूध घी, चीनी के लिए लोक तरस जायेंगे अंधेर नगरी अनबूझ राजा। कौन भाव भाजी, कौन भाव खाजा!!"

धीरे-धीरे और लोग भी वार्ता के इस घेरे में घिर आये "तो अभी कौन सा मिलता है खाने को? दस-दस, बारह-बारह किलो घी माँ रख लेती थीं, दूध-दही की तो बात ही क्या थी अब तो बस निरोध अपना लो, नसबन्दी करवा लो।"

साधना-**"शासक जहाँ चरित्र विहीन। वहाँ आपदा नित्य नवीन।।**

चाटुकार को जिसने पाला। उसका समझो पिटा दिवाला।।

करते वही राष्ट्र उत्थान। जिनको है चरित्र का ध्यान।।"

बातों का कोई सिर-पैर न था पर एक तेजी थी, एक आक्रोश था, गहमागहमी थी, एक असन्तोष था जो उफन-उफन जाता था।

विश्वास- "जस राजा तस प्रजा-सही शिक्षा संस्कार सोच समझ के अभाव से-सार्वजनिक जीवन में चारित्रिक पतन के कारण ही अहंकार, स्वार्थ और अर्थ के लिये अनर्थ हो रहे हैं! आज नेता, पूँजीपति, उद्योगपति, व्यापारी, ठेकेदार, पुलिस, अधिकारी, कर्मचारी, वकील, डाक्टर, इंजीनियर, होटलवाला हर कोई काली कमाई के चक्कर में अन्य का शोषण कर रहा है। जो जितनी बड़ी कुर्सी पर है उतना ही बड़ा चोर है। सभी पद पहुँच, पैसे के पीछे पागल हैं! बेईमानी, भ्रष्टाचार, रिश्वतखोरी, कमीशनखोरी, करों के मकड़जाल, मँहगाई में देश तवाह होता जा रहा है! योजनाओं से देश तो कम यहाँ के नेता, मंत्री, पदाधिकारी, पूँजीपति, उद्योगपति, व्यापारी, इंजीनियर, डाक्टर, वकील, ठेकेदार, दलाल, बिचौलिये फूल-फल रहे है! अस्पतालों में उपचार के नाम पर अत्याचार और लूट खसोट की जाती है! नकली, मँहगी दवाइयाँ और अस्पतालों की दवाइयाँ बेचकर रोगियों को लूटा जाता है। मरीजों के मसीहा बने अर्थपिशाच यमराज सहोदर डाक्टरों द्वारा उनके जीवन-मौत का सौदा किया जाता है!! सरिया, सीमेन्ट आदि बेचकर मानक की अनदेखी कर बालू की बेसी से बाँधों, पुलों, पुलियों, सड़कों, सरकारी भवनों का निर्माण होता है! अपने स्वार्थ, सुख-सुविधा

के लिये सार्वजनिक सम्पत्ति तक को हड़पने, काली कमाई करने, चोरी करने में भी असामाजिक तत्वों को लज्जा नहीं लगती। दोषी घूँस लेकर छोड़ दिये जाते हैं! अपने सुख-सुविधा के लिये दूसरों को नोचने-खसोटने, कमीशनखोरी, काली कमाई करने में तनिक भी हिचक नहीं! धर्म के नाम पर अधर्म, ठगी और लूट का धन्धा करने में तनिक भी लज्जा नहीं लगती! आराम के लिये जहाँ के लोग कामचोरी और हराम की कमाई करने में नहीं चूकते, सही कमाई से जहाँ लोगों के पेट नहीं भरते, उस समाज और देश का न जाने क्या होगा? जहाँ बाड़ ही खेत खा रही हो!! वह समाज और देश कैसे आगे बढ़ेगा? इस पर चिन्ता ही नहीं चिन्तन जरूरी है।

'खेद है जमाने का दौर कुछ ऐसा है!
कि सब कुछ बन गया आज पैसा है!!
चन्द रुपइयों में सत्य-ईमान क्यों बेंच देता है आदमी?
आदमी होकर आदमी को क्यों खाये जा रहा है आदमी??"

बहुत देर से चुप बैठे एक व्यक्ति ने कहा "भूखों का क्या ईमान? जब खाने को नहीं होगा तो न ताकत होगी, न ईमान होगा।"

श्रद्धा ने कहा-"यह तो आप कहिये, गरीब तो इतना बेईमान नहीं है। वह बेचारा क्या बेईमानी करेगाः बेईमानी तो बड़े लोग करते हैं। जो जितना बड़ा है, वह उतना ही बेईमान है! ईमान अधिकांश लोगों में है कहाँ?-

भौतिकता की चकाचौंध में हम चरित्र निर्माण न भूलें।
स्वार्थसाधना की आँधी में वसुधा का कल्याण न भूलें।।

वास्तव में बड़कपन सुकार्यों से होता है, धन से नहीं।"

"हाँ, हाँ, अभी एक धन्नासेठ मुझे मिले थे। कह रहे थे कि पचीसों 'एम. एल.ए., एम.पी. तो उनकी जेबों में रहते हैं -

जहाँ सरकार व्यापारी, वहाँ की प्रजा दुखारी।"

"इन लोगों की आप क्या बात करते हैं? इन लोगों को यह शक्ति जनता ने प्रदान किया है, धन्नासेठों, बदमाशों ने नहीं।"

मुस्कुराते हुये व्यंग कविता सुनाते विश्वास बोले--

"हम सड़क पर जा रहे थे,
सड़क के दोनों तरफ बेशरम के पौधे
फूले और लहलहा रहे थे,
पास में खेत सब सूखे पड़े थे
और किसान अपने घरों में भूखे पड़े थे!
मैंने कहा कि वह दिन कब होगा

जब इन बेशरम के पौधों में अनाज के दाने लगेंगे
और सब लोग पेट भर खाने लगेंगे।
मेरे मित्र ने कहा कि तुम इतना भी नहीं जानते
कि बेशरम फूलता है फलता नहीं,
मैंने कहा कि मेरे देश के बेशरम तो
फूलते भी है और फलते भी हैं
हम शरम लिये बैठे थे बैठे रह गये,
और जैसे थे वैसे के वैसे रह गये!
और जो बेशरम हो गये,
वह क्या थे और क्या हो गये!! वह क्या थे.....!!!"

यह सुनकर एक ठहाका गूँज उठाता है।

सुधीर-"आज का नेता प्रजातंत्र और जनता के हित की दुहाई देकर जब धन के ठेकेदारों और बदमाशों से मित्रता करता है तो हास्यास्पद है, ढकोसला है, धोखेबाजी है। वास्तव में जनता में जागरूकता की कमी से आँख के अन्धे गाँठ के पूरे अधिकतर दंदफन्दी, तिकड़मी, चालू, चापलूस, जुगाड़ी, गुंड़े-बदमाश प्रधान, प्रमुख, अध्यक्ष, एम.एल.ए., एम.पी., मंत्री बन बैठे और जो शिक्षित, सच्चरित्र, ईमानदार, कर्मठ व्यक्ति थे वे दिन भर राशन की दुकान पर और सभी जगह 'लाइन' (क्यू) में खड़े रह गये। शासन की बागडोर पूँजीपतियों, गुंड़ों-बदमाशों, बेईमानों, दलालों, तिकड़मियों, दंदफंदियों तथा उनके पिट्ठुओं के हाथों में में है, सभी जगह उन्हीं का बोलबाला है-जिनके बैंक बैलेंस, बन्दूक-बदमाश है सब उनके पास!"

आशा-"शिक्षित और ईमानदार लोगों को किसने मना किया है? क्यों नहीं आगे आते?"

सुधीर-"भला आदमी कहाँ तक कीचड़ उछाले? आज तो ईमानदार आदमी कोने में खड़ा है। जेहिके बैंक बैलेंस, बन्दूक बदमाश वहै बड़मनई! चोरी करो, डाका डालो, खून करो, खूब लूटो-खसोटो, दलाली करो, बस अधिकारियों नेताओं को खिलाओ-पिलाओ तो सब ठीक! काम परे कुछ और है, काम सरे कुछ और, जब मतलब निकल गया तो पहिचानते नहीं, चमत्कार को नमस्कार है-सब उसकी इज्जत करते हैं, मान करते हैं, माला पहिनाते हैं और जो अपनी ईमान की कमाई में रहेगा, वह तो वैसे ही सिकुड़ा-सिमटा रहता है-

साँचे को साँचा ही पूछे, झूठे जग पतियाय!
गली-गली गोरस फिरै मदिरा बैठ बिकाय!!"

श्रद्धा-"पर क्यो सिकुड़ा सिमटा रहता है? क्यों नहीं आगे आता? क्यों नहीं

अकड़ता और क्यों नहीं हिम्मत करता?"

सुधीर-"कैसे हिम्मत करे? वह अपनी आत्मा का खून करके हराम की कमाई नहीं कर सकता। उसे बेईमानी के मेवे-मिठाई से ईमानदारी की रूखी रोटियाँ अच्छी हैं। उसे बम-बन्दूकों की, लूट खसोट की, तिकड़म की, दबंगई की, भ्रष्टाचार की, मदिरा-मांस, नोट के बदले वोट की राक्षसी राजनीति रास नहीं और वह आटा-दाल के चक्कर से फुरसत नहीं पाता।"

साधना-"पर जहाँ पढ़े-लिखे लोग हैं, वहीं क्या है? थाना, कचेहरी, कार्यालय, बैंक, अस्पताल, स्कूल, कालेज, यूनिवर्सिटी ही देख लीजिये, वहाँ तो पढ़े-लिखे ही लोग हैं पर स्थिति और बदतर है। कालेज और यूनिवर्सिटी तो अक्सर बन्द पड़ी रहती हैं। पढ़े-लिखे लोगों ने तो और भयानक स्थिति कर रखी है। कभी यह हड़ताल कभी वह हड़ताल! तिकड़म, झूठ-फरेब, ठगी, बेईमानी, छीनाझपटी, रिश्वतखोरी, भ्रष्टाचार, लूट-खसोट और आतंक में तो वे दो कदम और आगे हैं!

'विद्या विवादाय धनं मदाय शक्तिः परेषाम् पर पीड़नाय।
संतेषु दुष्टैः विपरीतमेतत् ज्ञानाय दानाय च रक्षणाय।।'

प्रेरणा मुस्कुराते हुये व्यंग में बोली-

"इस दुनिया में बड़े सभ्य लोग रहते हैं
वे हवा-पानी की शुद्धता तो देखते हैं,
पर जहरीली परम्पराओं को आँख मीच कर पी जाते हैं!
भोजन और धर्म के आड़म्बर का तो ध्यान रखते हैं,
पर कफन तक छीन कर आँख मूँद कर खा जाते हैं!
रहन-सहन दिखावे में तो बड़े सभ्य लगते हैं,
पर ओछेपन अंधविश्वास की बेड़ियों में वे जकड़े हैं!
कितने सभ्य है आज भी इस दुनिया के लोग!!"

विश्वास-"आचरण की सभ्यता ही सही मायने में सभ्यता है। ऊपर से ओढी सभ्यता ढोंग है, पाखण्ड है, दिखावा है, छलावा है।

सादा जीवन उच्च विचार, सुखमय जीवन के आधार।
शरीर तो बहुत सँवर चुके, रूह का श्रृंगार कीजिये।
द्वेष-दम्भादि दुर्गुणों से दूर हो, सद्गुणों से प्यार कीजिये।।
तन पवित्र मन पवित्र कर्म पवित्र कीजिये।
सत्संग सदाचरण से शाश्वत सुयश लीजिये।।

वास्तव में चरित्रहीन कला, ज्ञान, विज्ञान, तकनीक अभिशाप है। जो शिक्षा जीवन संग्राम में जूझने के लिये समर्थ, संस्कारवान, आत्मनिर्भर नहीं बना

सकती, जो मनुष्य में चरित्रबल, परहित भावना तथा सिंह के समान साहस नहीं ला सकती भला वह भी कोई शिक्षा है? शिक्षा वह है जो जीवन निर्माण, चरित्र निर्माण, मनुष्य निर्माण, समाज निर्माण, राष्ट्रोन्नति तथा आत्मोन्नत में सहायक हो। शिक्षा का उद्देश्य, व्यक्ति और समाज का सर्वांगीण विकास करना, पुरुषार्थ चतुष्टय-धर्म, अर्थ, काम, मोक्ष प्राप्त करने योग्य बनाना, लोकहित, सुरक्षा, सुख, शांति, संतुष्टि से संयुक्त करना है। 'सा विद्या या विमुक्तये'- आज जिन विद्यायों का अध्ययन किया जाता है और सीखा जाता है, वे पेट भरने के लिये हैं या डिग्रियां, मान-सम्मान पाने के लिये। इनसे आत्मज्ञान नहीं होता। आत्मज्ञान ही सच्चा और सहज ज्ञान है। समस्त ज्ञान का सार आत्मज्ञान, आत्म संस्कार, आत्मसाक्षात्कार है, उसके बिना मनुष्य का ज्ञान नितान्त अधूरा है- 'आतम ज्ञान बिना क्या भटके क्या काबा क्या काशी?'

जमाने में उसने बड़ी बात कर ली।
आत्मशक्ति से जिसने मुलाकात कर ली।।

जिज्ञासु शिष्यभावना और सद्गुरु की कृपा से ही उसे जाना जा सकता है और दैनिक जीवन, जिन्दगी से जोड़ा जा सकता है। उसके बिना परमानन्द, परमशांति और विश्वशांति संभव नहीं और न मनुष्य जीवन की मंजिल ही मिल सकती है। 'गुरू कीजे जानके, पानी पीजे छान के', सद्गुरु वह है जो अज्ञानान्धकार से ज्ञान के प्रकाश की ओर- आत्मज्ञान की ओर ले जाये, पुरुषार्थचतुष्टय-धर्म, अर्थ, काम, मोक्ष से, लोकहित से, संतुष्टि-सुख-शांति से संयुक्त करा सके - 'सन्तो सो सदगुरू मोहिं भावै। जो अज्ञान सहित सब पापाचार मिटावै।।'

'गुरु कुम्हार शिष कुम्भ है, गढ़ गढ़ काढ़े खोट।
भीतर हाथ सहार दे, बाहर बाहे चोट।।'
गुरू कीजै जान के, पानी पीजै छान के-
'जाका गुरु ही अंधला तो चेला तो अति अंध।
अंधहिं अंधा ठेलिया दोनों कूप पड़ंत।।"

सुधीर-"हाँ, बात तो आप की ठीक है, हर जगह अलग ही खिचड़ी पक रही है। असल में जैसा खाय अन्न वैसा बने मन और जैसा विचार वैसा व्यवहार।

"अनाचार बढ़ता है कब? सदाचार चुप रहता है जब"

विश्वास की ओर देख कर मुस्कुराते हुये प्रेरणा बोली-

"मैं भी वही चाहूँ और तुम भी वही चाहो,
फिर गम का सबब क्या है, क्यों रोने को जी चाहे?

इन सभी समस्याओं का कोई समाधान तो होगा? क्या यह मर्ज इतना असाध्य और लाइलाज है?"

विश्वास-"असाध्य तो नहीं मगर जब तक लोगों में नैतिकचरित्र, अध्यात्म, विज्ञान, योग तथा धर्म के सही समझ की कमी है, धर्म को- मानवीय मूल्यों को, योग-अध्यात्म-विज्ञानसमन्वित रोजगारपरक संस्कारित शिक्षा को आचरण और रोजमर्रा जिन्दगी के हर क्षेत्र, हर क्षण से नहीं जोड़ा जाता यह अज्ञान, आपाधापी, अभाव, अनाचार, अन्याय, आतंक और भ्रष्टाचार खत्म न होगा-

सभी समस्याओं का सही शिक्षा है बस एक समाधान।
दिनचर्या में अपनाओ योग विज्ञान।।
अगर चाहते हो दिव्य जीवन निरोगी काया।
व्यायाम, आसन, प्राणायाम करें मनभाया।।
'ज्ञान दूर कुछ क्रिया भिन्न है, इच्छा क्यों पूरी हो मन की?
एक दूसरे से न मिल सकें, यह विडम्बना है जीवन की।।"
धर्म ढ़ोंग तो है नहीं, उसे कार्य आचरण में लाओ।
अमन-चैन यदि चहो धरा पर मानवता अपनाओ।।

'यतोअभ्युदय निःश्रेयससिद्धिः स धर्मः' धर्म को तो ऐसा होना चाहिये जो जन-जन को रोटी, कपड़ा, मकान और सुशिक्षा देने के साथ उन्हें सर्वव्यायी परमशक्ति, परमप्रकाश, परमेश्वर से जोड़े और अपने तथा दूसरों के दुखों को दूर करने की, समग्रविकास, सर्वोदय की शक्ति और प्रेरणा दे-

'श्रूयताम् धर्म सर्वस्व श्रुत्वा चाप्यवधार्यताम्।
आत्मनः प्रतिकूलानि परेषां न समाचरेत्।।'
करें नहीं ऐसा व्यवहार। जो न स्वयं को हो स्वीकार।।
देखें पर दुःख अपने दोष। समुचित साधन से संतोष।।

हर व्यक्ति ईमानदारी से अपना काम करें तो कोई समस्या ही न रह जाय-

'अपना-अपना करें सुधार। तभी मिटेगा भ्रष्टाचार।।'

स्वयं सुधार जगत उद्धार-

स्वयं सुधार से ही जग सुधार का काम होय आसान।
इससे पहिले स्वयं सुधार पर दें पूरा-पूरा ध्यान।।
हम सुधरेगें जग सुधरेगा। हम बदलेंगे युग बदलेगा।।
अपना-अपना करें सुधार। तभी स्वर्ग बनेगा यह संसार।।

अपना सुधार करना समाज और संसार की सबसे बड़ी सेवा है। लेकिन लोगों के चरित्र में तब तक सुधार नहीं होगा, जब तक योग-अध्यात्म- विज्ञान संयुक्त, नशामुक्त, नैतिकशिक्षा और रोजगारपरक, लोकतांत्रिक, संस्कारवान, सर्वोदयी समाजवादी शिक्षा का समुचित विकास न होगा। मत-मजहब, पंथ, सम्प्रदाय, 'रिलीजन' नहीं, सनातन धर्म जीवन और जगत् के लिये जरूरी

है। सनातन धर्म एक शाश्वत व्यवस्था है। 'धर्मो रक्षति रक्षितः' धर्म जीवन में सदाचरण, सत्कार्य करने की प्रेरणा प्रदान करता है। वस्तुतः सदाचरण ही धर्म है। शासन- प्रशासन, परिवार और समाज को सदैव धर्म (सदाचरण) के अनुशासन में चलना चाहिये। "यतो धर्मस्ततो जयः"-"धर्म में जय', 'अधर्म अधर्म में भय- धर्महीन जीवन उच्छृंवल और नारकीय होता जाता है क्योंकि उससे आत्मा का पतन होता है और निरंकुशता, अन्याय, अत्याचार, अनाचार, भ्रष्टाचार, पापाचार बढ़ते हैं-

सदाचरण ही, धर्म परमेश्वर पूजा है, बोले मीठे बैन।
सदाचरण ईमान से दुहूँ लोक सुख-चैन।।

जो लोग यह कहते हैं कि धर्म का राजनीति से कोई सम्बन्ध नहीं, वास्तव में वे धर्म और राजनीति के वास्तविक अर्थ को ही नहीं समझतें- वे नहीं जानते कि धर्म का अर्थ क्या है? धर्म (सदाचरण) रहित राजनीति तो अधर्म है, अहं, अन्याय, अत्याचार, अनाचार, बेईमानी, ठगी, भ्रष्टाचार की जननी है। राजनीति जब नैतिक मूल्यों, उसूलों पर चलेगी तो बेईमानी भ्रष्टाचार, दुराचार, आपाधापी, अन्याय, अत्याचार, अनाचार, अस्थिरता, अवसरवादिता अपने आप खत्म हो जायेंगे।"

जब से कई लोग उफन रहे थे। एक बोला-

"नहीं मन होता है- गीत गुनगुनाने को,
कुछ भी नहीं बचा है अब और आजमाने को।
लूटखसोट आतंक अपहरण हत्यायें,
कोई तो बताये क्या हो गया जमाने को?

यह घड़ा भर जाने के लक्षण हैं। आज की स्थिति आदमी को पागल कर देने के लिये काफी है। ऐसी स्थिति का तो एक ही इलाज है, कोई जानदार डिक्टेटर हो तो कोड़े मार-मार कर सबको ठीक कर दे, दो-चार को सूट कर दे।"

श्रद्धा चुप सी हो गई थी पर अब उससे नहीं रहा गया-"आप समझते हैं डिक्टेटर आपको ठीक कर देगा? आप चाहते हैं आपको मार-मार कर कोई दूसरा ठीक करे। प्रजातंत्र आपसे केवल इतना चाहता है कि आप स्वयं को ठीक करें, पर आप लोग चाहते है कि कोई कोड़े मार-मार कर आपको सरकस के जानवरों सा रास्ते पर लाये।"

थोड़ा रुक कर विश्वास की ओर देखते हुये बोली- "मेरे विचार से संकीर्ण जाति-सम्प्रदाय क्षेत्र परक विरोध मूलक प्रजातंत्रीय पद्धति के स्थान पर जाति-सम्प्रदाय, क्षेत्रीयता विहीन प्रजातंत्रीय शासन प्रणाली अपनाने की आवश्यकता है, इससे हमारा राजनैतिक वातावरण इतना शान्त, स्वच्छ एवं सुदृढ़ हो जायेगा कि आज की अनेक समस्यायें स्वतः समाप्त हो जायेंगी।"

"मगर यह आप कैसे कहती हैं? आज प्रजातंत्र के आवरण में ही तो यह भ्रष्टतंत्र, लूटतंत्र, आपाधापी, अलगाववाद, आतंक और भ्रष्टाचार पनप रहे हैं। उसी के आवरण में साम्राज्यवाद को दृढ़ बनाने वाले बढ़ रहे हैं। अब तो विश्व को साम्यवाद की आवश्यकता है, तभी सुख और शान्ति है। तभी प्रत्येक मनुष्य मनुष्यता की परिभाषा समझ सकेगा और समान रूप से जीवन के सुखों का उपभोग कर सकेगा।"

विश्वास-"साम्यवाद तो ऐसा आदर्श है जो व्यवहार में नही लाया जा सकता जैसे सभी अंगुलियों में एका है पर साम्य नहीं। अब साम्यवाद की खाल में छिपे रक्त-पिपासु साम्राज्यवादी भेड़ियों का भंडाफोड़ हो चुका है। फिर साम्यवाद के नारे की ओट में जो निरंकुशता, लूटखसोट, हिंसा-हत्या, आतंक, अत्याचार, छीना-झपटी, बलात्कार, नौकरशाही. का नग्ननृत्य होता है, उसे देखकर शैतानों के भी रोंगटे खड़े हो जाते हैं। अब तथाकथित प्रजातंत्र, पूँजीवाद, साम्यवाद एवं वामपंथी गुटों में बँटे हुये संसार को योग-अध्यात्म-विज्ञान समन्वित, 'सत्य, प्रेम-अहिंसा' आधारित समन्वयात्मक शासन प्रणाली 'विकेन्द्रित लोककल्याणकारी लोकतांत्रिक समता समरसता एकतामूलक पारदर्शी जवाबदेह जोड़ने वाले समन्वयी, सर्वोदयी समाजवादी राष्ट्रवाद की आवश्यकता है। इसके लिये नैतिकता विहीन निरंकुश दलतंत्र, सामन्ती व्यवस्था, भ्रष्टतंत्र और भ्रष्ट नौकरशाही के खिलाफ एक सुनियोजित समग्रक्रांति सकारात्मक सियासत की आवश्यकता है। अब यह भली भांति उभर कर सामने आ चुका है कि आज के तथाकथित जनतंत्र (संकीर्ण दलतंत्र, माफियातंत्र) में निहितस्वार्थी नेताओं द्वारा जाति-सम्प्रदाय, मत मजहब, 'रिलीजन', वर्ण, वर्ग, रंग-नश्ल, क्षेत्रवाद, भाषावाद आदि की भावनायें भड़का कर जोड़तोड़, तिकडम, झूँठ फरेब, दोंग, दिखावा, धनबल, बाहुबल आदि के द्वारा वोट बैंक के लिये जनता जनार्दन को लोकलुभावन लफ्फाजी जुमलेबाजी के झाँसों से मूलमुद्दों, मुख्यधारा से भरमा, भटका, गुमराह कर अपने-चमचों और गुडों-बदमाशों, दबंगों, मक्कारों को क्षेत्र की, देश की जनता पर लादकर चुनावों में येनकेन प्रकारेण मदिरा-मांस और नोट के बदले वोट प्राप्त करने में जनता की गाढ़ी कमाई के करोड़ो अरबों रूपये पानी की तरह बहाकर सत्ता के दुरुपयोग और हनक से दन्द-फन्द, धाँधली, घपला, घोटाला, हेराफेरी कर कराकर कुर्सी हथियाने के हथकंडों और तिकड़मों से दिनोंदिन बेईमानी, गद्दारी, राष्ट्र धर्म से दंगाबाजी, दुलारी, धोखाधड़ी, छल-कपट, हेराफेरी, दलाली, लूटखसोट, दंगाफसाद, अन्याय, अधर्म, अराजकता, अपहरण, आतंक, अलगाव, विघटन, वैमनस्य, मँहगाई, भ्रष्टाचार, ब्यभिचार, रिश्वतखोरी, जमाखोरी, मक्कारी, मुनाफाखोरी नशाखोरी, तस्करी, कालाबाजारी, कालाधन, जातीयता, साम्प्रदायिकता, फिरकापरस्ती तथा वंशवादी, परिवारवादी, जातिवादी, सम्प्रदायवादी, क्षेत्रवादी, भाषावादी, तिकड़म, धूर्तता, झूँठ-फरेब की नैतिकता विहीन, नकारात्मक अनर्गल

आरोप, प्रत्यारोप की अन्यायपूर्ण, निरंकुश, समाज, राष्ट्रबाँटने वाली ओछी अवसरवादी, भ्रष्ट राजनीति बढ़ रही है और चुने जाने पर ऊपर से थोपा गया वह तथाकथित जनप्रतिनिधि क्षेत्र और जनता के हितों का प्रतिनिधित्व न करके टिकट देने-दिलाने और मदद करने वाले आकाओं, बाहुबलियों, धनबलियों, पूँजीपतियों के हाथ की कठपुतली बना प्रायः उनके और अपने स्वार्थों के पूर्ति में लगा रहता है। इससे आज का तथाकथित जनतंत्र जनता से कटता जा रहा है और चन्द निहितस्वार्थी, तिकड़मी, भाई- भतीजावादी, वंशवादी, जातिवादी साम्प्रदायिक, क्षेत्रवादी, भाषावादी, अवसरवादी, अलगाववादी, गुण्डों-बदमाशों, लफ्फाज सिद्धान्तहीन सत्तालोलुपों के शतरंज का मोहरा बनकर रह गया है! उन्हें कुर्सी में बिठाने का पुरस्कार जनता को विद्वेष, वैमनस्य, हिंसा, दंगा-फसादों में कुर्बानी देकर विघटन, बेकारी, बेरोजगारी, कमरतोड़ मँहगाई, करों-टैक्सों का भारी बोझ ढोकर चुकाना पड़ता है! जिससे गरीब गरीब ही रहा, अमीर और अमीर होता गया। इतना ही नहीं 'वोटबैंक' बनाने की होड़ में जनता को जातीयता, साम्प्रदायिकता, फिरकापरस्ती, क्षेत्रीयता, विघटन और नफरत की आग में झोंक कर समाज और राष्ट्र की एकता, अखंडता, सभ्यता-संस्कृति, अमन-चैन और जनतंत्र के भविष्य को अंधेरे में डाल दिया गया है। ओछी राजनीति के चलते कट्टरता, भीड़तन्त्र, साम्प्रदायिक हिंसा, आतंक, अन्याय, अत्याचार, अनाचार, भ्रष्टाचार, बेइमानी, ठगी झूठ-फरेब, लफ्फाजी को हवा मिल रही है। 'वैलेट' पर 'बुलेट' हाबी है!

तिकड़म झूठफरेब, जुमलेबाजी, लफ्फाजी घपले घोटाले ड्रामेबाजी ये कैसे नुमाइन्दा हैं?

सियासत में गिरगिट सा रंग बदलने वालों से दुनिया दुखी गिरगिट भी शर्मिन्दा हैं!!

प्रजातंत्र के नाम पर बहुत बढ़ा अन्धेर!
गधे मलाई खा रहे, अंधे हाथ बटेर!!"

विश्वास व्यंग विनोद में बोले--

"सारे जहाँ से अच्छा यह देश है हमारा।
हम बुलबुले हैं इसके ये रसगुला हमारा।।
रसगुला समझकर हम देश खा रहे हैं!
और खा चुके जो उसको पचा रहे हैं!!
है हाजमा हमारा खा जायें खाद चारा!
सारे जहाँ से अच्छा ....!!१।।
नेता यहाँ हमारे घर-घर में बस रहे हैं!
लहरा रहे हैं फन सा जनता को डस रहे हैं!!

संसद, विधानभवन भी कहलाते मंदिर, नागों का हैं पिटारा!
सारे जहाँ से अच्छा ....!!२।।

भारत में सांस्कृतिक 'कल्चर' ये ला रहे हैं।
'कल्चर' को कल चर क्यों ये देश खा रहे है!!
कल की किसे है चिन्ता, जब आज है हमारा।
सारे जहाँ से अच्छा ....!!३।।

पहले घोटाले सिर तो पड़ जाया करते ओले।
अब कीजिये घोटाले और गाओ ओले-ओले!!
इनके लिये घोटाला, बादाम है छुहारा!
सारे जहाँ से अच्छा ....!!४।।

चुन-चुन के जिनको भेजा चुन-चुन के दाँव मारे!
एक्शन फिल्म में जैसे लड़ते बड़े सितारे!!
ढुम ढुम ढिशुम-ढ़िशुम ढुम, हीरो ने जम कर मारा!
सारे जहाँ से अच्छा ....!!५।।

कुर्सी है एक लेकिन होते अनेक हल्ले।
जनता है बाल जैसी, है हाथ इनके बल्ले!!
बल्ला जिधर घुमाया, छक्का उधर ही मारा!
सारे जहाँ से अच्छा ....!!६।।

होना था आज जिनको बस कारावास अंदर
आवास कार पाकर, हैं आज वे सिकन्दर!!
कहलाते हैं कलन्दर, है चमकता सितारा।
सारे जहाँ से अच्छा ....!!७।।

हर रोज यह खबर है, दुर्घटनायें घट रही हैं।
कहीं बन्दूके कहीं बम कहीं गैस फट रही है!!
घर फूँक के हमारा, वे देखते नजारा!
सारे जहाँ से अच्छा ....!!८।।

धंधा मिलावटों का जोरों पर चल रहा है!
अमृत जिसे समझते, वह विष उगल रहा है!!
बहती हवा विषैली, गंगा का जल भी हारा!
सारे जहाँ से अच्छा ....!!९।।

अनपढ़ भी पढ़ रहे हैं, फाइल बता रही है!

आगे बढ़ रहे हैं फाइल बता रही है!!
फाइल बता रही है, बढ़ती प्रगति की धारा!
सारे जहाँ से अच्छा ....!!१०।।
फैशन तो आज देखो, कपड़ा उड़ा है तन से!
मेकप से तन ढ़का है, खुशबू उड़े बदन से!!
अब शर्म लाज कैसी, सब कुछ किया किनारा!
सारे जहाँ से अच्छा.......................!!११।।"

इसके बाद विश्वास बोले-"इस विषम स्थिति से बचने का एक मात्र उपाय है जाति, सम्प्रदाय, क्षेत्रीयता, दंद-फंद, धनबल, बाहुबल, मदिरा-मांस और नोट पर आधारित तथाकथित जनतंत्र (संकीर्ण दलतंत्र) को तिलांजलि देकर चुनाव सुधार कर जनता ग्राम पंचायत से लेकर ऊपर तक बिना नशाखोरी, शराबखोरी, लोभ लालच के, बिना खर्चीले चुनाव प्रचार के, जाति-सम्प्रदाय, क्षेत्रीयता, धनबल, बाहुबल के जाल से निकल समर्पित समाजसेवी, संस्कारवान, सच्चरित्र, ईमानदार प्रतिभाओं को ५ वर्षों के लिये जनप्रतिनिधि/राज्याध्यक्ष / राष्ट्राध्यक्ष / विश्व सरकार अध्यक्ष चुनकर लोकहित में बहुमत के निर्णय से धर्मनिरपेक्ष नहीं मत-मजहब, पंथ या सम्प्रदाय निरक्षेप, उसूलों पर आधारित योग-आध्यात्म-विज्ञान संयुक्त एकतामूलक विकेन्द्रित, लोककल्याणकारी, पारदर्शी जनतंत्रीय समाजवादी शासन को संचालित करें तभी समग्रविकास, सुराज, विश्व सरकार, 'वसुधैवकुटुम्बकम्', विश्वशांति, सुरक्षा और निरस्त्रीकरण का सपना साकार हो सकता है।"

प्रेरणा, श्रद्धा और आशा की ओर देखकर व्यथित वाणी में विश्वास बोले-**"बालविवाह, बहुविवाह, तीनतलाक, हलाला करने वाले कैसे हैवान दरिन्दा है?**

जिनकी दरिन्दगी दुराचार, दकियानूशी सड़ियलसोच शैतानियत से दुनिया दुखी शर्म भी शर्मिन्दा है!!"

नर-नारी एक दूसरे के पूरक हैं, सृष्टि की श्रेष्ठतम संरचना हैं। जागृत नारी नारायणी है, दुर्गा है-

"यत्र नार्यस्तु पूज्यन्ते रमन्ते तत्र देवताः।
यत्रै तास्तु न पूज्यन्ते सर्वास्तत्राफलाः क्रियाः।।"
एक नहीं दो-दो मात्रायें नर से भारी नारी।
माँ बहन बहू बेटी बन चहकाती फुलवारी।।
इससे- जागो शक्ति स्वरूपा नारी, तुम तो दिव्य क्रांति चिनगारी।
उद्भव पालक प्रेरक संहारक तुम बदल दो दुनिया सारी।।

अब आप लोग आगे आयें। महिला सशक्तीकरण जरूरी है-

पुरुष के पौरुष से ही सिर्फ बनेगी धरा नहीं यह स्वर्ग।
चाहिये नारी का नारीत्व तभी धरा होगी यह स्वर्ग।।

मैं सच कहता हूँ, अगर महिलायें क्रांति का बीड़ा उठालें तो दुनिया का नक्शा ही बदल जाय। प्रायः हर कामयाबी के पीछे औरत का हाथ होता है।

धुंध ही धुंध है दूर तक राह में, रोशनी भी छिपी धुंध की छाँह में।
हम अकेले-अकेले कहाँ जायेंगे, साथ तुम हो तो मंजिल भी पा जायेंगे।।

जागृत औरतें आगे आ जाँय तो क्या नहीं हो सकता?--

डाँड़ सँभाल लिया जब तुमने, छिछला बना तभी मझधार।
बिना कहे ही लगे छपकने, एक साथ लाखों पतवार।।"

प्रेरणा प्रत्युत्तर में मुस्कुराते हुये बोली-"आप ठीक कहते हैं, एक-दूसरे के श्रद्धा- विश्वास और प्रेरणा से मंजिल तक पहुँचा जा सकता है। ठीक तो है-

अंधकार को क्यों धिक्कारें? अच्छा है हम दीप जलायें।।
घर-घर रोशन कर हम अंधकार को दूर भगायें।।"

सहसा ध्वनिविस्तारक की आवाज ने आकृष्ट किया। कविता-पाठ चल रहा था--

"सुनायें गम की किसे कहानी हमें तो अपने सता रहे हैं।
स्वार्थ में जुल्मों सितम के खंजर हमारे दिल पर चला रहे हैं!!'
'हर दिल में बेबसी का गम हो गया है यार,
अब रोशनी पर हावी तम हो गया है यार!
लगता है आज चाँद भी अस्तित्व हीन सा
शोला भी आफताब का नम हो गया है यार!
अपनी ही धरती है अपना गगन,
फिर भी बोझिल सा रहता है मन,
भीड़ में भी लगता है एकाकीपन,
रहेगी कब तक कुहरे से ढ़की सूरज किरन!
अपनापन आज हुआ दुर्घटना ग्रस्त,
जिसको भी देखो वह दीख रहा त्रस्त,
अवमूल्यित जीवन वैसाखी के बल,
लक्ष्यहीन ढूँढ़ रहा प्रश्नों के हल!
रह रह उभर रहा है बस एक ही सवाल,

क्यों मूल्य रोशनी का कम हो गया है यार?
जिन पर उम्मीद देश को थी और नाज था,
स्वारथ की बहारों में वे रम गये हैं यार!
पतझर के बाद चमन में आई थी नव बहार,
अब रंग उस बहार का गुम हो गया है यार!
लगता था क्रांति की घटायें घिरकर रहेंगी,
तूफान उठते-उठते मगर थम गया है यार!
जब जब भी खून मचला इतिहास लिख गया,
कैसी हवा बही कि खून जम गया है यार!!"

सहसा विश्वास का नाम भाषण के लिये सुन सभी उत्सुकता से मंच की ओर देखने लगे। विश्वास के मंच पर पहुँचते ही तालियों की तड़तड़ाहट से आकाश गूंज उठा। किन्तु दूसरे ही क्षण बिल्कुल शांति छा गई। सभी विश्वास के भाषण सुनने को सतर्क हो गये-

"हे शिव अब ताण्डव कर दो!"

"अमृत तो पीना सभी चाहते हैं, जहर पी सका न तुम्हारे सिवा कोई!

अमृत पीने वाले देव तो देव ही रह गये मगर विष पीकर शिव देवों के देव महादेव ही नहीं सुरों-असुरों के महेश्वर हो गये।

मानवता के प्रहरी हे शिव! (कल्याणकारी, परोपकारी, समाज सेवी शिल्पी) बस अब बहुत हो गया, अब नहीं देखा जाता, बस बस अब ताण्डव कर दो-ऐसा महातांडव जैसा कभी न हुआ हो जिससे जमीन और आकाश थर्रा जायें, समुद्र में तूफानी ज्वार आकाश चूमने लगें। हे विषपायी भोलेनाथ, भला आप कब तक संसार को बिनाश की ज्वाला से बचाने के लिये, हलाहल पीते रहेंगे! सर्पों-बिच्छुओं से संसार को बचाने के लिये उन्हें कब तक गले में लपेटते रहेंगे!!

भला कब तक इन सब को दूध पिलाते रहेंगे? इन सबका तो बस विष ही बढ़ता है। हे भूतनाथ (प्राणियों के स्वामी) भूतों, प्रेतों, पिशाचों को कब तक पालते रहेंगे! स्वयं दिगम्बर रहकर सोने की लंका इन राक्षसों को कब तक लुटाते रहेंगे!! अत्याचारी रावण ऐसे अहंकारी स्वार्थी दुराचारी भक्तों तथा उनके नाती-पोतों की आबादी, बरसाती मेढ़कों की तरह दिन दूनी रात चौगुनी बढ़ती जा रही है! उनके खूनी पंजों से भयभीत जन जन चीख रहा है, चिल्ला रहा है। मानवता रावण के कारागार में छाती पीट पीट कर रो रही है! छटपटा रही है!! जिस रास्ते या चाहे जिस गली से निकल जाइये 'नाम से पावन, काम से रावन' और उनके

नाती-पोते भेड़ियों सा मुँह फैलाये खून चूसते, हड्डियाँ चबाते नजर आयेंगे! 'विनाशकाले विपरीत बुद्धि' बेईमानी, ठगी, चोरी, डकैती, राहजनी, लूट-खसोट, निर्दयता, घृणा, द्वेष, अपहरण, अलगाव, आतंक, अन्याय, अत्याचार, अनाचार, दुराचार, भ्रष्टाचार, हिंसा, दलाली, मक्कारी का नंगा नाच हो रहा है!!--

घर-घर लंका बनी हुई है, किस-किस घर में आग लगायें?
गली-गली रावण मिलते हैं, इतने राम कहाँ से लायें??

राक्षसी सेना ने सभी जगह अपना झंडा फहरा दिया है! ब्लाक में जाइये तो ब्लैकासुर खा जायें, पुलिस में जाइये तो महिषासुर निगल जायें और डकार भी न लें!! विद्युत विभाग में बैठे विद्युज्जिह्व डस रहे हैं!!! थाना देखकर, तहसीली-कचेहरी, न्यायालय, कार्यालय देखकर तो रूह काँपती है, रोंगटे खड़े होते हैं इंसान का खून चूसते देखकर, इंसाफ की हत्या के लिये नाना प्रकार के हथकंड़े देखकर!! राजधानियों की क्या कहें असुरारि! कहीं कुम्भकरण पहाड़ सा पेट फुलाये भयंकर मुख फैलाये लोगों को कच्चा ही खाये जा रहा है, मदिरा के घड़े के घड़े खाली कर रहा है!! कहीं मायावी मेघनाद मेघ के समान गर्जना करके लोगों का खून पी रहा है! प्यादों और फरजियों के ऐसे रंग-ढंग हैं तो भला रावण के क्या कहने, वहाँ तो गरीबों के खून से जश्न मनाये जा रहे हैं! बहू-बेटियों को मनोरंजन के लिये स्टेज पर नचाया जा रहा है!! अनियंत्रित दशों इन्द्रियाँ दशमुख बन इंसानियत का गला घोट रही हैं!!!

व्यंग-विनोद के लहजे में विश्वास बोले--

"विजया दशमी मंडप में मुझे मायाबी रावण मिल गया।
उसकी मस्ती देखकर मेरा कलेजा हिल गया।।
मैंने पूछा, "अरे रावण, तुझे राम से लड़ना है।
भारी भीड़ के सामने उनके हाथों मरना है।।
परन्तु तू मस्त हँस रहा है, गा रहा है!
क्या तुझे मौत का डर नहीं सता रहा है??"
वह बोला--"सुनो जी, अब मैं केवल सामने लड़ने-झगड़ने
के झंझट में नहीं पड़ता हूँ।
रामायण युग की तरह राम से केवल सीधी लड़ाई ही नहीं लड़ता हूँ।।
हमें आज की मतलबी राजनीति भा गई है।
छल-कपट, मक्कारी, गद्दारी जल्लादी-जेहादी हमें कला आ गई है।।
अब मैं और मेरी सेना राम और सनातनी संस्कृति से लड़ाई लड़ती है।
मौका मिलते ही अब की राक्षसी शैली में प्रहार करती है।।
स्वार्थ साधन के हर हथकंडे अपनाती है।

जाति-सम्प्रदाय, मत, मजहब, 'रिलीजन', पंथ
आदि की भावना भड़काती है।।
बहुरूपिया बन जैसे भी हो माया जाल में शिकार फँसाती है।
खाने-पीने की चीजों में मिलावट लूटखसोट नकली दवाओं से
औरों को मौत के मुँह में झोंक अपना उल्लू सीधा कर लेती है!!
दाना चारा कोयला और खाद तक खा जाती है!
उसे शान से पचाती है!!
भ्रष्टाचार घोटालों, दलाली, रिश्वतखोरी से सोने की लंका बनाती है!
मौका मिलते ही दलबदलू बन
सरकार में शामिल होकर सबके होश उड़ाती है!!
अपने संतोष के लिये मेरा पुतला जला लेना,
मगर मैं धर्म और राष्ट्र विरोधी गद्दारों के सहारे कभी नहीं मरूँगा!!
मगर मैं ....''

आज सावित्री, शकुन्तला, अनसुइया, दमयन्ती, द्रौपदी का सतीत्व दम तोड़ रहा है! राक्षस उन्हें पथ भ्रष्ट करने के लिये तरह-तरह के प्रलोभन दे रहे है! सत्यवान को पुनः यमराज ने कस लिया है! दुष्यन्त शकुन्तला को पहिचान ही नहीं पा रहें हैं! नल- दमयन्ती ऐसे भूल भुलैया में पड़ गये हैं कि रास्ता ही नहीं सूझ रहा है!! नककटी सूपनखा तो अब 'लेटेस्ट कट' में बनठन कर राम और लक्ष्मण के पीछे हाथ धोकर पड़ गई है! अब तो उसने 'प्लाटिक सर्जरी से नाक भी लगवा ली है-अब कब तक लक्ष्मण उसकी नाक काटते रहेंगे? कंचनमृग मरीचिका सीता, राम और लक्ष्मण को फिर-फिर छल रही है! कपटमुनि, कालनेमि कपटजाल बिछा रहे। हैं!! साधुवेशी रावण अब तो 'धर्म की जय हो', 'अधर्म का नाश हो 'प्राणियों में सद्भावना हो', 'विश्व का कल्याण हो' के नारे लगाता लक्ष्मण रेखा को चुनौती दे रहा है!!

पर द्रोही परदार रत पर धन पर अपवाद।
ते नर पाँवर पापमय देह धरे मनुजाद।।
'करहिं उपद्रव असुर निकाया।
नाना रूप धरहिं करि माया।।'

अब बहू बहन बेटे बेटियाँ दुधमुँही बच्चियाँ तक महफूज नहीं ऐसे हैवान दरिन्दा हैं! जिनकी दरिन्दगी दुराचार से दशमुख दानव दैत्य दनुज दुर्योधन दुस्शासन भी शर्मिन्दा हैं!! 'नाम से पावन काम से रावन' ढोंगी-पाखण्डी, लोभी, लालची, लम्पट जालसाज धर्म, अध्यात्म के नाम पर अधर्म, आडम्बर, पाखंड,

छल-कपट, ढोंग-ढकोसलों से ठगी का धंधा चला रहे हैं!!

'साधु भया तो क्या भया, माला पहिरी चार।
बाहर भेस बनाइया, भीतर भरी भंगार।।'
'मन न रँगाये रँगाये जोगी कपरा.....?'
'बंचक भगत कहाइ राम के। किंकर कंचन कोह काम के।।'
'लखि सुवेष जग बंचक जेऊ। वेष प्रताप पूजिअत तेऊ।।
उघरहिं अंत न होइ निबाहू। कालनेमि जिमि रावन राहू।।'

'जहँ-जहँ चरण पड़ें ऐसे संतन के तहँ तहँ बँटा धार, लाखों की संख्या में ऐसे अकर्मण्य, नशेड़ी, निठल्ले, ढोंगी-पाखंडी, बहुरूपियें, ठग, जालसाज, लोभी, लालची, लम्पट, कनफूँकू, गुरूघंटाल, कठमुल्ले मौलवी, पोप, पादरी छल-छन्द, झूठ-फरेब, आडम्बर, ढोंग-पाखण्ड मायाजाल में फंसाकर आँख अन्धे गाँठ के पूरे धर्मान्ध, अंधविश्वासी अज्ञानी जनता का हर तरह से शोषण कर संडा-संडी भू भार हो रहे हैं! समाज को भ्रमित-गुमराह करने, ठगने, जुमलेबाजियों, लफ्फाजिओं, लतीफों, गपोड़ों- कपोलकथाओं, पोपलीलाओं साज-बाज, नाच-गान में मूल मुद्दों से गौरवशाली अतीत से भटकाने, भरमाने, बरगलाने और मिलावटी कचरा-कबाड़ परोसकर अकर्मण्यता, पलायन, भाग्य भरोसे बैठने की शिक्षा देने के सिवा समाज को सही मार्गदर्शन का उनमें सही ज्ञान और क्षमता ही नहीं है जिससे वे धर्म के नाम पर अंधभक्त भोली-भाली जनता को कपोल कल्पित कथायें-लीलायें सुना-दिखा, नचा-गवा, गुमराह कर धर्म को कमाई और ऐशोआराम का धंधा बना जातिगत व साम्प्रदायिक भावनायें भड़का-लड़ाकर विकास की दौर में बाधक, धर्म, सनातन संस्कृति, राष्ट्र और समाज के लिये अभिशाप और भूभार हो रहे हैं!!

'मेरो तेरो मनवा कैसे एक होई रे?
मैं कहता आँखिन के देखी, तू कहता कागद कै लेखी?
मैं कहता सुरक्षावनहारी, तै राख्यो अरझाई रे।
मेरो तेरो मनवा कैसे एक होई रे??'

ऐसे साधु-संत, संन्यासी, सच्चे योगी, सद्गुरु, तत्वज्ञ दुर्लभ हैं जो व्यष्टि और समष्टि, परिवार को, समाज को, सत्ता को, संसार को योग-अध्यात्म-विज्ञान समन्वित सहीज्ञान, सत्य, संयम, सदाचरण, सद्धर्म, ईमान, शौर्य, सौहार्द, शांति, सुख-समृद्धि और सर्वांगीण विकास का सही मार्ग-दर्शन कर मानव को लोक-परलोक, परमपिता परमात्मा से जोड़ सकें-कायाकल्प कर सकें- उसे वेद शास्त्र, 'रामायण', 'महाभारत', 'गीता' से जनजीवन को जोड़ सकें।

'पर उपकार बचन मन काया। संत सहज स्वभाव खगराया।।'
जो लोक कल्याणार्थ जिये वह सच्चा संत मनस्वी है।

जो केवल अपने ही लिये जिये वह क्या खाक तपस्वी है??

हे देवाधिदेव महादेव! आज मर्यादा और मानवता का मार्ग दिखाने वाले राम- लक्ष्मण ने भी माता-पिता, गुरु के खिलाफ आन्दोलन छेड़ दिया है! वे माता-पिता से कह रहे हैं- 'मम्मी-डैडी', विश्वामित्र का मख जाये भाइ में, दूध का जला मट्ठा फूंक-फूंक कर पीता है। ताड़का, शूपनखा, मारीच आदि से हमको क्या लेना देना? इन्होंने ही ऐसी पट्टी पढ़ाई थ्री जिससे हमें रावण आदि से बेभाव दुश्मनी मोल लेनी पड़ी थी। अब हमें ऐसी खुराफात नहीं मोल लेनी जिससे फिर इतिहास के पन्ने दुहराने पड़ें। अरे, यह महराज तो सभी धान एक भाव तौलते हैं-कलुआ-भैरमा के साथ फट्टी में बैठ कर भला कौन अपनी 'पोजीशन फाल' करेगा? इनकी पढ़ाई और सेवा से जंगलों की खाक खूब छान चुके। भीलनी शबरी के घर जूठे बेर खाये और 'वन नरों' के साथ मारे-मारे फिरते रहे। अब बायाँ कान पकड़ते हैं, इन्होंने खूब उल्लू बनाया था। भला डालडा खाकर अब धनुष तोड़ने की जिल्लत मोल लेकर आज सभ्य संसार में कौन अपनी और अपने देश की हँसी करायेगा? हम तो किसी 'मिस वर्ल्ड' (विश्वसुन्दरी) से शादी करेंगे जो पार्टियों, विज्ञापनों, फिल्मों की रौनक बढ़ा सके, अखबारों के मुखपृष्ठ पर छा सके, जिसके गीत गाकर कवि, लेखक, पत्रकार संसार को सभ्य बनाने के साथ ही अमर हो सकें और जो विदेशियों का मनोरंजन करके विदेशी ऋण ला सके, नहीं तो हम लोग कैसे जियेंगे? बने रहें ऐसे दाता तो भला बेकार कौन हाथ-पैर मारे? 'लाइन' में खड़े हो जाओ चार-छः घंटे ही तो खड़े रहना है, फिर सिनेमा, टी.वी., वी.सी.आर., सी.डी., डिस्कोडांस, डीजे, आर्केस्ट्रा देखो न कोई है-है न है-ठे, 'ईट-ड्रिंक ऐन्ड बी मैरी (खाओ-पिओ और मौज करो), 'टा-टा' हम तो पब्लिक स्कूल जाते हैं। अब हम न इतने बुद्ध हैं, न वह भइपन है, न ही वह मातृ-पितृभक्ति कि घरफोरी मंथरा के बहकावे में सौतेली माँ कैकेई के कहने से पिता की आज्ञा मानकर राज्य-सुख छोड़कर जंगलों में दर-दर की ठोकरें खाते फिरें! फिर सीता, उर्मिला आदि ही नहीं भरतादि भी तो अब स्वार्थान्ध हो भाई परिवार के लिये तनिक भी सुख- सुविधा, स्वार्थ, लोभ, छोड़ने के लिये कतई तैयार नहीं हैं, तो भला कैसे पारिवारिकमर्यादा, प्रेम-एकता, भाईचारा और सामाजिक धर्म (कर्त्तव्य) निभाते फिरें?

तमसा तीर क्रौंच का अब तो नित्य नया बध होता है!
और हजारों वहाँ क्रौंचियों का क्रन्दन भी होता है!!
पर बाल्मीकि का हृदय आज पत्थर बनता जाता है!
अब असहाय क्रॉचियों का वह दर्द नहीं छू पाता है!!

सीताहरण आज होता है, पर रावण का हनन न होता!
मानवता दम तोड़ रही है, दानवता का दमन न होता!!
मिलते हैं सुग्रीव मगर अब मिलती पावन प्रीत नहीं!

अस्तु सुनिश्चित होती है अब रविवंशिन की जीत नहीं!!
एक दु:शासन नहीं, हजारों दु:शासन दिखते हैं!
और सैकड़ों द्रोपदियों के चीर नित्य खिंचते हैं!!
चीर हरण अब द्रोपदियों के, आज बहुत आसान हो गये!
उनके करुण क्रन्दन कौन सुने ज़ब कृष्ण भी अनजान हो गये??

हे असुरारि! आज कंस आदि की दिल दहलाने वाली बढ़ती क्रूरता, निर्दयता और हैवानियत से पृथ्वी काँप रही है! पूतना आदि कृष्ण के पीछे हाथ धोकर पड़ गये हैं! धर्मराज, लौहपुरुष भीम और गांडीवधारी अर्जुन आदि फिर शकुनी के कपट जाल में फँस जुये में हार कर द्रोपदी को विवश होकर नंगा होते देख रहे हैं!!

भीष्म, द्रोण आदि के चुप रहने का सबने देख लिया परिणाम।
धृतराष्ट्र, गांधारी बैठे गद्दी पर क्या होगा अंजाम??

भीष्म, द्रोण और कृपाचार्य आदि को अधर्मी, अन्यायी, अत्याचारी, अनाचारी, स्वार्थान्ध, मदान्ध, दुष्ट दुर्योधन ने खरीद लिया है! सिंहासन पर अंधे धृतराष्ट्र और गांधारी बैठे हैं!! भाई-भाई का हक-हिस्सा मारने- मरवाने के लिये शकुनी बने बेईमानों-तिकड़मियों दहचालियों, फरेबियों ने सत्य, ईमान, धर्म, न्याय, मर्यादा को तिलांजलि देकर कुटम्ब में कुटम्मस, घर-घर घइहँस ही नहीं महाभारत रचा रखा है!!! घर-परिवार में सुसंस्कार, मर्यादा, अनुशासन, सुमति, सहमति, सहयोग प्रेम-एकता न होने से घर- परिवार, बच्चे बिगड़े, समाज बिगड़ा, देश-दुनिया बिगड़ी-

'जहां सुमति, तहँ-सम्पति नाना। जहाँ कुमति तहँ विपति निधाना।।'
'मनुजता रही कराह-कराह, आह है कौन पूछता हाल?
राक्षसी चक्की में पिस रहे, मनुजता के जर्जर कंकाल।।'

हे गंगाधर! आज जन-मन में बहने वाली देवनदी प्रदूषित हो रही हैं। कालिया विषधर विष घोल रहा है! युगों से देवी द्रौपदी श्रीकृष्ण की बाट जोह रही हैं और कर्मयोगी कृष्ण आज सिनेमा टाकीज के चक्कर लगा रहे हैं! आज वह भला'गीता' क्या गायेंगे जब वह गुनगुना रहे हैं- 'बोल राधा बोल संगम होगा कि नहीं!!'

वह सिनेमा के गीत गुनगुनाते मौजमस्ती मारते फिरें कि जन कल्याण के लिये चीथड़ों लिपटी भूखी जनता के लिये संघर्ष मोल लेते फिरें। वह इतने नादान नहीं कि जानबूझ कर अपने पैर में कुल्हाड़ी मारें?? कभी उन्होंने फटीचर सुदामा के साथ फट्टी में बैठ कर यह पट्टी पढ़ी थी जो दुर्योधन के मेवे छोड़ विदुर के घर शाक खाते, सुदामा की दरिद्रता पर आँसू बहाते और धर्मराज का साथ देकर अर्जुन के सारथी बने फिरते रहे मगर वह अब धोखा नहीं खायेंगे। अब वह ऐसी

पाटी नहीं पढ़े तभी तो चमत्कार को नमस्कार है! अब वह खुले दिल से दुर्योधन और दुःशासन के बहसियानेपन को पानी दे रहे हैं-"नंगी करदो द्रोपदी को, क्या फूहड़पन है जो ढेरों साड़ी से शरीर की सुन्दरता को छिपा रखा है? आज हम जब 'टापलेस' से भी आगे जा रहे है! मालूम होता है इस फूहड़ को कभी सिनेमा, टी.वी. आदि देखने का भी सौभाग्य नसीब नहीं हो सका। ऐसी औरतों के कारण देश को संसार के सामने सिर ऊँचा करने में शर्म खानी पड़ती है। क्या बुर्जुआपन है, भला ऐसी औरतों के भरोसे कहीं देश में जागृति आयेगी? इंसान से गलती एक बार होती है। मैंने एक बार इसकी चीर बढ़ाकर गलती कर ली, मगर देर आये दुरुस्त आये। दुःशासन, देख क्या रहे हो? खींच लो इसकी चीर, शुभ काम में देर क्या? ऐसी देरदार में तो देश को सभ्य बनाने में सैकड़ों साल लग जायेंगे!

हे योगेश्वर, आप तो समाधि साधे आँख बन्द किये बैठे हैं नहीं तो यहाँ के गली-गली और घर-घर में, मंदिरों, मस्जिदों, गिरजों, गुरुद्वारों में हो रहे दानवनृत्य को देखकर दंग रह जाते-न जाने कितने 'रवल मायावी देव सनातन' त्रिपुरासुर, वृत्रासुर, भस्मासुर, अंधकासुर, तारकासुर, जालन्धर, हिरण्याक्ष, हिरण्यकश्यप, कपटमुनि मायावी मारीच भेड़ की खाल में भेड़िये खून चूस रहे हैं! कुर्सियों के लिये तो अंधी 'चेयर रेस' (कुर्सी दौड़) हो रही है, देश पार्टियों का अखाड़ा बन गया है, पार्टियों में रस्साकसी हो रही है-एक दूसरे पर कीचड़ उछाल रहे हैं, स्वार्थान्धिता और कुर्सी मोह में जयचंद, मानसिंह और मीरजाफर के अभिनय हो रहे हैं! कुछ के पेट इतने बढ़ गये हैं जो राष्ट्रधर्म और राष्ट्रीयचरित्र को तिलांजलि देकर देश को प्रान्तों और टुकड़ों में काट कर देशसेवा करने के लिये बेचैन हो रहे हैं!! किसी में इतनी तमीज नहीं जोकि राष्ट्र, देश, और विश्व की एकता, अखंड़ता की मिशाल कायम कर विश्वबन्धुत्व, 'वसुधैवकुटुम्बकम्' विश्वशान्ति का सपना साकार कर सकें--

चाहे जितना दूध पिलाओ आस्तीनों के साँप है ये डसना तो इनकी फितरत है।

जयचन्द मानसिंह मीरजाफर की ये औलादें गद्दारी विश्वासघात तो इनकी फितरत हैं।।

एकता अखंड़ता की तो बस बातें करें मगर बीज बिघटन के बोते हैं ये!

जाति वर्ण वर्ग भेद मिटाने की बातें करें जड़ें उन्हीं की मगर सींचते हैं ये!!

साम्प्रदायिक सौहार्द तो है बस बातों में नफरत का जहर मगर घोलते हैं ये!

लोकतंत्र धर्म-ईमान की बस बातें करें जड़ें उन्हीं की मगर खोदते हैं ये!!

फूल-फल न चढ़ाने तथा पूजा देने में जरा सी भी असावधानी से बड़ा राक्षस छोटे को भुर्ता बनाकर खा रहा है! राम, कृष्ण, ऋषियों-महार्षियों महावीर, बुद्ध, ईसा आदि को भी काँटों में घसीट कर उनके नामों की आड़ में 'मुँह में राम

बगल में छूरी-'धर्म की जय हो' 'अधर्म का नाश हो,' 'प्राणियों में सद्भावना हो' 'विश्व का कल्याण हो' के कोरे नारे लगा कपटमुनि, कालनेम जनता जनार्दन को ठग रहे हैं! भ्रष्टाचारी भी भ्रष्टाचार के खिलाफ भाषण कर रहे हैं! जियत न परसे माँड़ मरे में परसे खाँड-माता पिता और गुरुओं की एक न सुनने तथा अपने से बलवान और तीन-तोफान जानने वालों के तलुवे चाटने और उनके सामने पूँछ हिलाने को यह लोग सभ्यता समझते हैं तभी तो पशु भी इनकी सभ्यता देखकर सिर नीचा कर लेते है!! सत्संग और ज्ञानचर्चा होते देखकर तो इन्हें तिजारी आ जाती है।

'दोष पराये देख कर चला हसंत हसंत।
जो दिल खोजूँ आपनो ताको आदि न अंत।।'
'दुर्जनः सर्षप मात्रानि पर दोषानि पश्यति।
आत्मनः बिल्ब मात्रानि पश्यन्यपि न पश्यति।।'

आपन टेंटर न देखें आनकेर फूली निहारे, चाईंचुगली दर-दहचाल, निन्दा, तिकड़म, पार्टीबन्दी, घृणा, नफरत, द्वेष का जहर घोलना और अवगुणों की खान होकर भी दूसरों की आलोचना या हँसी-खिल्ली उड़ाना गरीबों पर नजर पड़ते ही नाक-भौं सिकोड़ना इनकी आदत है। उनके बीच बैठने उठने से उन्हें असभ्य करार किये जाने का भय हो जाता है! उनकी 'प्रेस्टिज' का पारा शून्य डिग्री पर पहुँच जाता है!! लेकिन उनका खून न जाने क्यों मीठा लगता है!!! दो कौड़ी के चाकर जनतंत्र में भी जनता जनार्दन पर रोब गाँठते है, अन्नदाताओं को हिटलरशाही दिखाते है! जिसमें खाते हैं उसीमें छेद करते हैं!! कौड़ी लागी लोभवश करहिं किसी पर भी घात!

पृथ्वी पुनः ईश्वर से गुहार लगा रही है, चीख-चिल्ला रही है। उसको पापी राक्षस बस्तियों, बनों, पहाड़ों और महासागरों से भी भारी छाती के पीपल लग रहे है। इस नक्कारखाने में तूती की आवाज भला कौन सुनता है-रिश्वत लेने वाले रिश्वत देकर छूट जाते हैं! पैसे के लिये इज्जत और ईमान बेंचा जाता है!! मुद्राराक्षस से सभी परेशान है!!!

कहते हैं उल्टी गंगा नहीं बहती लेकिन आज अयोध्या पर लंका का झंडा फहरा रहा है! विश्व के अन्नदाता किसान को तो यह राक्षस गिद्ध सरीखे चारों ओर से नोच रहें हैं! लेखपाल, कानूनगो आदि की काली कलम में ही इनका भाग्य झूल रहा है!! उनकी खूनी कलम के करामात से पुलिस, कचेहरियाँ और वकील फूल-फल रहे है!!! गरीबों बेबशों के खून से रंगीनियों के जश्न मना रहे हैं और वह रक्तहीन किसान चुटकी भर सत्तू दबाये मृगमरीचिका में फँसे दर-दर की खाक छान रहे हैं। उन राक्षसों के चरणों में नाक रगड़ रहे हैं जो उनकी हड्डियाँ तक चबा जाने की ताक में है!! ओह, शर्म-हया और इंसानियत को तिलांजलि दे दी गई है!!! यह कितना वीभत्स दृश्य है असुरारि, मेरे तो रोंगटे खड़े हो रहे हैं!

शेरों के हर गुहाद्वार पर रँगे स्यार हुँकार रहे हैं!
चीते भगतिन बिल्ली का मुँह कातर बने निहार रहे हैं!!
मानसरोवर का निर्मल जल बगुले सब ढ़कढ़ोर चुके हैं!
खेद हंस को ताल तलैया, वे मोती सकल बटोर चुके हैं!!
गीध-चील कौवों-कुत्तों की टोली उत्सव मना रही है!
मांस भक्ष कर रक्त पी चुकी, ठठरी बस लड़खड़ा रही है!!
कैसे प्राण पहन पायेंगे जब कंकाल बिखर जायेंगे!
तब फिर किया न होगा कुछ भी खेत गधे जब चर जायेंगे!!

हे वृषभ (धर्म) वाहन, महेश्वर शिव! आज यह संसार अशिव की गुलामियत से शिवत्व को पहिचान ही नहीं पा रहा है! धर्म की सही समझ न होने से ही धर्म के नाम पर अधर्म, ढ़ोंग, ठगी, बेईमानी, नफरत, कटुता, दंगे, खून-खराबे विध्वंस, विघटन हो रहे हैं! पश्चिम के अन्धकार में भटकने वाले तमचर पूरब के सूर्य से कहीं आँखे मिला सके हैं? वे जब रात को ही दिन समझ बैठते हैं तो भला इसमें पूरब के सूर्य का क्या दोष है? पश्चिम की भोगवादी, उपभोक्तावादी शिक्षा-संस्कृति-संस्कार विश्व को बाजार की, उपभोग की दृष्टि से देखते हैं जबकि हमारी शिक्षा-संस्कृति-संस्कार 'वसुधैव कुटुम्बकम्' के हैं। आज जब शिक्षा-दीक्षा से पूर्व के योग-अध्यात्म- संस्कार-संस्कृति संयुक्त 'सत्यम्, शिवम्, सुन्दरम्, सूर्य को दूध की मक्खी की तरह निकाल दिया गया है और स्वार्थान्ध बिकाऊ 'मीडिया भी दिन-रात अधिकतर अश्लीलता, अंधविश्वास, आतंक, नशाखोरी, मारधाड़, हिंसादि परोसते रहते हैं तो भला दिनचर सूर्यवंशी राम पैदा होंगे या निशिचर रावण का परिवार? बोये बीज बबूल का आम कहाँ से होय? जो भस्मासुरीय शिक्षा और इतिहास अंधकार की स्याही से ठेके पर लिखा गया है उसमें सूरज का प्रकाश कहाँ? दिनकर का उजाला कहाँ? तभी तो आज मस्जिद, मदरसे, चर्च, 'मान्टेसरी', 'कान्वेन्ट' कालेज और विश्वविद्यालय भस्मासुर निकालने के कारखाने बन गये हैं! आज अगस्त्य, बृहस्पति, वशिष्ठ, विश्वामित्र, बाल्मीकि, भरद्वाज, ब्यास, संदीपन, शंकराचार्य, चाणक्य, दयानन्द, विवेकानन्द जैसी संतशक्ति किंकर्तव्यविमूढ़ हैं! शुक्राचार्य, द्रोणाचार्य की अशिवत्व की कुंठा से बस धकाधक लाखों काम के न काज के दुश्मन अनाज के भ्रमित भस्मासुर मदान्ध, स्वार्थान्ध हो राष्ट्रहित, जनहित, लोकहित, मानवीयता और संवेदनशीलता को तिलांजलि दे सड़क रॉको, रेल रोको, चक्काजाम पत्थरबाजी, बन्दूक-बमबाजी आदि आन्दोलनों तथा विद्यालयों, कार्यालयों, रेलों, बसों, डाकघरों, बैंकों, फैक्ट्रियों, खेतों-खलिहानों और समाज में आग लगाकर माँ-बाप, गुरुओं तथा समाज और राष्ट्र को टैक्सों, कर्जों, नफरत, खून-खराबा, अलगाव, आतंक, अनाचार, अत्याचार के दलदल में दफनाकर

मातृऋण तथा मातृभूमिऋण, पितृऋण, गुरुऋण और समाजऋण से उऋण हो रहे हैं!!!--

हड़ताल कहीं जलूस जाम बन्द कहीं कारखानों में ताले हैं,
लूट-खसोट-आतंक अपहरण हत्या कहीं,
विवादों का घर बने मंदिर मस्जिद गिरजे गुरुद्वारे हैं!
अरे देखो, वह शोलों से करने चले उजाले हैं!
जो कहते हैं रोटी मिलेगी सभी को वही छीन लेते निवाले हैं!!
एक दिन तुम्हें डसेंगे वो दूध पिलाने वालो,
वो साँप जहरीले जो आस्तीनों में पाले हैं!!

हे समाधिस्थ योगेश्वर शिव! इन बर्बर निर्दयी राक्षसों, अलगाववादियों, आतंकवादियों, अनाचारियों, भस्मासुरों से पृथ्वी त्राहि-त्राहि कर रही है-सत्य, धर्म, ईमान, न्याय, जनहित, राष्ट्रहित, लोकहित उनके जबड़ों में पड़े चीख रहे हैं! चिल्ला रहे हैं!! इंसानियत का गला घुट रहा है!!!

बेचैन हैं हवायें, हर ओर बेकली है!
अत्याचार आतंक तिकड़म से हर ओर खलबली है!!
हर तरफ बेवशी घुटन है, सहमा सहमा सा हर आदमी है!
जोर जुल्म बढ़ रहे है, शैतान बन गया आदमी है!!

हे नीलकंठ! हे भस्मी शिव! वह देखो भस्मासुर तो अब आप को ही भस्म करने को आ रहे हैं! 'जेहिं सन नीच बड़ाई पावा। ताहि प्रथम हत मूढ़ नसावा!' बस अब बहुत हो चुका, इन राक्षसों से आप एक-एक से कब तक जूझते रहेंगे, अब तो तीसरे नेत्र (दिव्य विज्ञान चक्षु) से षणयंत्र साजिश से मनगढ़ंत इस भस्मासुरीय शिक्षा को ही राख कर दीजिये, महातांडव से ऐसे षणयंत्र साजिश से मनगढ़ंत, कपोलकल्पित भस्मासुरीय इतिहास को ही दफना दीजिये, इस सामन्ती, निरंकुश राष्ट्र धर्म विरोधी, वंशवादी, परिवारवादी, भ्रष्ट व्यवस्था को ही नेस्तनाबूत कर दजिए जिससे न रहे बाँस न बजे बाँसुरी। युगों-युगों से इंसान के अन्दर के इस शैतान, हैवान, राक्षस के बध के लिये दुनिया में अनेकों अवतार, महापुरुष हुये, धर्मग्रन्थों, तीर्थों, ब्रतों, पर्वों, अनुष्ठानों, यज्ञों के अम्बार खड़े किये गये, हर साल होली- दशहरे में आसुरीय प्रवृत्तियों के प्रतीक जलाते रहे, दशहरा, दिवाली मनाते रहे। हमने दुनिया को युद्ध नहीं बुद्ध दिये, फिर भी दुर्दान्त दानवों को न मार सके! मौका मिलते ही इंसान के अन्दर का शैतान इंसानियत पर हावी हो हैवान बन इंसानियत और दुनिया के लिये चुनौती ही बना रहा है!! रक्तबीज सा बढ़ता ही रहा है!!!

इस जहाँ में हमने प्रायः प्यार-भाईचारे के गीत गाये।

मुक्ति के गीत गाये, शांति के गीत गाये।।
एकता, सद्भाव और सौहार्द के गीत गाये।
हैवानियत की हार इंसानियत के जीत गाये।।
फिर भी इंसान को इंसान न बना पाये!!

लोग राक्षसी वृत्तियों से नफरत करते हैं उनके पुतले भी हैं जलाते। विडम्बना तो यह धार्मिक बनते हैं पर अपनी राक्षसी वृत्तियों को नहीं मार हैं पाते!!

'अहिंसा परमो धर्मः, धर्म हिंसा तदैव च'- 'महाभारत'

(अर्थात् अहिंसा मनुष्य का परमधर्म है किन्तु धर्म की रक्षा, सुरक्षा के लिए हिंसा उससे भी श्रेष्ठ धर्म है।)

अस्तु सनातन धर्म, लोककल्याण, सभ्यता-संस्कृति ओज और ऊर्जा के प्रतीक हे शिवशंकर! ज्ञान-भक्ति- कर्मयोग रूपी त्रिशूल से दैहिक दैविक-भौतिक त्रिशूलों से रक्षा करने वाले शिव!! 'सत्यम्-शिवम्- सुन्दरम्' समन्वित न्यायमूलक, समता समरसता, एकतामूलक पारदर्शी लोकल्याणकारी लोकतांत्रिक समाजवाद के महातांडव का बस अब अवसर आ गया है नहीं तो फिर कट्टरपंथियों, गुमराह, बर्बर, जाहिल, जालिम, जेहादियों, आतंकवादियों, बंदूकों, बमों, परमाणुबमों, तोपों, राकेटों, मोर्टारों, मिसाइलों, केमिकलास्त्रों, जैविकास्त्रों महामारी और दैवीआपदाओं के प्रलयंकारी महाविनाश से बारूद के ढेर पर बैठे विश्व को कौन बचा सकेगा?

'का वर्षा जब कृषि सुखाने। समय चूकि पुनि का
पछिताने?'

हे प्रलयंकर शिव! हे नटराज!! डमरू के डिमडिम महाघोष से महातांडव कर अब स्वर्गिक सृष्टि-सृजन का यह शिव सन्देश दो--

'फिर राम कृष्ण निकलें घर घर गली गली से।
गुरुवर हों वशिष्ठ विश्वामित्र संदीपनी से।।'
क्यों घुटन नैराश्य कुंठा त्रास की बातें करें?
एक तिनका ही सही विश्वास की बातें करें।।
पास रहते दूरियाँ लेकर बहुत दिन जी लिये,
अब हर के दुःख-दर्द की, दिलों के पास की बातें करें।।
दर्द तो है दर्द इसकी जाति क्या, पहिचान क्या?
हर किसी के दर्द के एहसास की बातें करें।।
खौफ के बादल छटें हर स्वप्नदर्शी आँख से,
इन्द्रधनुषी रंग की, मधुमास की बातें करें।।

स्मरण रहे, सप्ताह के सात दिनों में ही परीक्षित (परवशजीव) को कालब्याल डसता है, कथा-कहानी, भागवत, पुराण, पूजा-पाठ, अनुष्ठान, आडम्बर आदि उसे नहीं बचा पाते- उसे सत्य, धर्म, सन्मार्ग पर नहीं लगा पाते, सब कमाई, शोषण के श्रोत और धंधा बनकर रह गये हैं! इससे तो जीवन में जितना ही स्वयं सुधार, सदाचरण, जन कल्याण, लोक कल्याण, लोक सेवा हो सके श्रेयस्कर हैं-

मानव जीवन अनमोल व्यर्थ मत इसे गँवाना।
अनमोल है रे हर पल बेकार न गँवाना।।
श्रेयस्कर सत्कर्तव्य सत्मार्ग पर न्योछावर हो जाना।
सोचो, इस नश्वर जीवन का कुछ भी नहीं ठिकाना।।
केवल नेकी का फल रह जायेगा, बाकी मिट्टी में सब मिल जायेगा।
मिट्टी ही ओढ़न, मिट्टी दसावन, मिट्टी में तन मिल जायेगा।
केवल नेकी का फल रह जायेगा, बाकी मिट्टी में सब मिल जायेगा।।
इससे-प्रति क्षण सार्थक हो जीवन का, समय बड़ा अनमोल।
स्वर्ग बना डालें धरती को वाणी में रस घोल।।
ऐसे कर्म करें निष्ठा से हो सबका उपकार।
बनें प्रेरणा श्रोत सुकर्म से हो सबका उद्धार।।
याद रहे- 'कीर्तिर्यस्य स जीवति'-

'इतिहास उनका होता है
जो देवों की तरह अमृत नहीं,
शिव की तरह हलाहल पीते हैं।
और जो अपने लिये ही नहीं,
औरों के लिये जीते हैं।।'
जय शिव! जय शिवा!!

इस ओजस्वी भाषण के खत्म होते ही तालियों की तड़तड़ाहट-गड़गड़ाहट से आकाश गूँज उठा और जनसमूह चिल्ला उठा--

"इन्कलाब"..........."जिन्दाबाद।"

"भ्रष्ट सत्ता, भ्रष्ट व्यवस्था मिटा के रहेंगे".. "विकास, सुशासन लाके रहेंगे।"

"ढोंगी, भ्रष्टाचारी, शोषणकर्त्ता"............. "राक्षस हैं, शैतान हैं।"

"घपला, घोटाला, भ्रष्टाचार"............."बन्द करो राक्षसी व्यवहार।"

मानवता अपनाना है"........................."दानवता दफनाना है।"

इतने में कुछ हलचल हुई और हल्ला हुआ-"पुलिस आ गई!"

और भीड़ में भगदड़ मच गई।

22

पहले इंसाफ दूसरे मजदूर लड़कों की तरह रहता था। नाच-गान, सिनेमा, टी.वी. आदि से सन्ध्या व्यतीत होती थी। दूसरे लोगों की तरह घड़ी, मोबाइल, टी.वी. और ट्रांजिस्टर खरीदा था, मगर ठाट-बाट की इन चीजों को अब पसन्द नहीं करता था और न उनसे कोई आनन्द ही मिलता था। मांस- मदिरा, धूम्रपान आदि नशे के नुकसान समझ उनसे बेहद घृणा हो गई थी।

माँ की उस पर कड़ी निगाह थी। उन्होंने देखा कि लड़के के चेहरे पर ऐसा भाव फूटता जा रहा जो पहले कभी नहीं था। उसके मन में मानों कोई आग जल रही हो। उसके नेत्रों को देखने से ऐसा मालूम पड़ता था मानों किसी बात पर वह क्रोधित हो। उसके मित्र उससे मिलने के लिये आते लेकिन उसे न पाकर लौट जाते थे। धीरे-धीरे उन्होंने आना बन्द कर दिया। उनका लड़का किसी नये और अच्छे रास्ते पर चल रहा था, उसे वह प्रकट नहीं कर रहा था, मानों वह ऐसे राह से चल रहा हो जो गुप्त है, इसलिये वह डरती थीं।

माँ ने देखा कि वह पुस्तकें लाकर पढ़ता रहता है। कभी-कभी उनमें से कागज पर कुछ लिख लेता है। बड़ी रात तक वह पुस्तकें पढ़ता रहता था।

छुट्टियों के दिन सबेरे ही घर से निकल पड़ता और बड़ी रात को घर लौटता था। उसकी बातचीत का ढंग भी बदल गया था। उसके मुँह से अब अनेक नये शब्द सुनाई पड़ते थे। उसका कमरा और सारा सामान, जो कुछ भी था सभी साफ-सुथरा रहता था। कमरे में पुस्तकें करीने से रखी थीं और दीवार पर प्रेरक चित्र भी टँगे थे--

घर में टँगे हुये जो चित्र। वह बतलाते व्यक्ति चरित्र।।

सब लोगों से उसका स्वभाव भी भिन्न होता जा रहा था। इसका क्या कारण है? माँ के मन में भय होने लगा। वह शहर में जाता है, किन्तु उसके चाल चलन में भी कोई खराबी नहीं दिखाई देती। जो कुछ वह कमाता है सब लाकर उसके ही हाथ में रख देता है तो क्या हो गया है उसे? माँ सोचती रहती।

इसी तरह दो वर्ष बीत गये। एक रात को भोजन के बाद इंसाफ कमरे के एक कोने में पुस्तक लेकर बैठा था। माँ चुपचाप उसके पास आ खड़ी हुई। इंसाफ ने उनकी ओर जिज्ञासु दृष्टि से देखा।

माँ कुछ हिचकिचा कर बोलीं--"एक बात पूँछती हूँ, दिन-रात तू क्या पढ़ता रहता है?"

इंसाफ ने कहा--"बैठो माँ!"

माँ जरा संकुचित होकर उसके पास बैठ गई। इंसाफ बोला "जिस पुस्तक को पढ़ने की मनाही है, मैं वही पुस्तक पढ़ रहा हूँ। ऐसी पुस्तक को पढ़ने की मनाही है क्योंकि इसमें हम मजदूरों की दशा का सच्चा विवरण लिखा है। ऐसी पुस्तकें छिपाकर छापी जाती हैं। मेरे पास पुस्तकें हैं, यदि यह बात पुलिस जान ले तो मुझे जेल में डाल देगी। मैं सत्य को जानना चाहता हूँ, इसलिये मुझे जेल की सजा होगी।"

माँ ने लड़के की तरफ ध्यान से देखा। उसे ऐसे मालूम पड़ा कि यह मेरा पहले का लड़का नहीं है बल्कि कोई नया आदमी है। उसने पूछा-"तू क्यों ऐसा काम करता है?"

"माँ, मैं सत्य को जानना चाहता हूँ।"

भय से माँ का हृदय काँप उठा और आँखों में आँसू आ गये। इंसाफ ने स्नेहपूर्ण स्वर में कहा- "चिन्ता मत करो माँ! देखो तो तुम्हारा जीवन क्या है? तुम्हारी उम्र पचास वर्ष की है, किन्तु जीवन में क्या एक दिन भी तुम्हारा सुख से बीता? पिता जी तुमको रोज मारते थे। अब मैं समझ गया कि वह क्यों ऐसा करते थे। उनका जीवन दुःख से भरा हुआ था। वह अपना क्रोध तुम्हारे ऊपर उतारते थे। किन्तु वह जानते नहीं थे कि उनके दुःख का कारण क्या है? कारखाने में तीस साल तक कठिन परिश्रम करने रहे। पहले जब उन्होंने काम शुरू किया था उस समय वहाँ दो इमारतें थीं। अब वहाँ सैकड़ों इमारतें खड़ी हो गई हैं। किन्तु उनको क्या मिला? इस औद्योगिक क्रांति में, मालिक और मशीन की उन्नति हुई, किन्तु मालिक और मशीन के लिये काम करते-करते मनुष्य मर गया--

इस दौर तरक्की में यह बात हुई साबित,
जीना तो बहुत मुश्किल, मरना बहुत आसाँ है!"

उसने पूछा--"तुमको जीवन में कभी आराम मिला है? सुख का कोई क्षण ऐसा भी बीता है जिसे तुम याद रख सकती हो?" इंसाफ की आँखों से एक ज्योति निकल रही थी।

माँ ने करुण भाव से सिर हिला दिया। सचमुच ही उनके जीवन में याद रखने योग्य सुख का दिन कभी नहीं आया।

लड़के के मुँह से आज उन्होंने नई बात सुनी। उनका मन आनन्द से भर उठा। बोलीं-"तुम क्या करना चाहते हो?"

"इस पुस्तक को पढ़ूँगा, पढ़कर दूसरों को सुनाऊँगा, सिखाऊँगा। मजदूरों को पढ़ना आवश्यक है। उनको जानना चाहिये कि उनका जीवन क्यों इतना दयनीय है।"

"क्या तुम कुछ कर सकोगे बेटा?"

उसके बाद वह उत्साह और जोश के साथ उन मनुष्यों की बातें सुनाने लगा

जो सभी का कल्याण चाहते हैं। स्वार्थी, शोषक तथा नासमझ लोग उनको अपने रास्ते का रोड़ा समझ रास्ते से हटाने का प्रयास करते हैं या जेलों में बन्द करा देते हैं! ऐसे शोषक लोग आदमी नहीं हैं, शैतान हैं।"

वह फिर बोला-"मैं ऐसे लोगों से मिल चुका हूँ जो संसार के सर्वश्रेष्ठ मनुष्यों में हैं।"

उसकी बातें सुनते-सुनते माँ का मन भय से काँप उठा। उन्होंने कहा- "तुम सावधान रहना बेटा!" किन्तु फिर उनको ध्यान हुआ कि वह कैसे सावधान रहेगा? इसलिये फिर बोलीं- "तुम बहुत कमजोर हो गये हो बेटा! तुम्हें जो उचित लगे वही करो किन्तु यहाँ जो लोग हैं वे एक दूसरे से ईर्ष्या- द्वेष और घृणा करते हैं, दूसरों को नुकसान पहुँचाते हैं और खुश होते हैं! लोगों को कष्ट देने में ही उनको खुशी होती है! उनके जीवन के बारे में जब तुम अपने विचार प्रकट कर उनकी गलती बताओगे तो त्रे तुम पर ही नाराज होंगे और तुम्हारा नुकशान करने का उपाय करने लगेंगे।"

इंसाफ बोला "मैं जानता हूँ। किन्तु माँ मुझे सत्य का पता लग गया है। इसलिये सभी मनुष्यों को मैं नये रूप में देखने लगा हूँ अब वे मुझे अच्छे लगते हैं। लड़कपन में मैंने उनसे डरना सीखा था। बड़े होकर मैंने ईर्ष्या- द्वेष, घृणा करना सीखा परन्तु अब मैं उनको नई दृष्टि से देख रहा हूँ। अब सबके लिये मेरे मन में दुःख होता है। अब मैं समझ गया कि सभी में ईश्वर का वह नूर, वह सत्य है जिसे हम अज्ञान के कारण नहीं समझ पाते।" माँ चुपचाप उसकी बातों को सुन रही थीं। उनके मन में आशा, भय और आनन्द के भाव उठ रहे थे।

* * *

उस दिन कारखाने की छुट्टी थी। इंसाफ घर के बाहर निकलते समय बोला- "माँ, यहाँ रविवार को कुछ लोग आयेंगे।"

"कौन लोग?"

"कुछ तो गाँव के हैं, बाकी शहर से आ रहे हैं।"

"शहर से!" भय से माँ का मुँह मलिन हो गया।"

इंसाफ ने यह देखकर कहा- "क्या बात है माँ? क्या डर रही हो?"

"हाँ, शहरी आदमी हैं, कौन जाने कैसे होंगे?"

माँ की बात सुनकर इंसाफ को दुःख हुआ। दूसरे ही क्षण क्रोधित होकर बोल उठा--"जो डरा सो मरा, इसी डर से हम लोगों का सर्वनाश हो रहा है। वे शैतान लोग इसी डर से लाभ उठाते हैं और हमको और भी डरपोक बना देते हैं। किन्तु माँ जब तक डरती रहोगी तब तक मिमियाते- मिमियाते मरना ही पड़ेगा। बकरे की माँ क़ब तक खैर मनायेगी? बलि बकरे की होती है, शेर की नहीं। राक्षसों के सामने मिमियाना बुजदिली है, कायरता है। साहस और उपाय से बचा

भी जा सकता है। हमें साहस करना चाहिये। अब भय के भूत को भगाकर निडर बनना होगा। वह दिन अब आ गया है।"

माँ ने कहा-"सारा जीवन तो हम लोगों का डरते-डरते बीता है। साहस करके क्या हम लोग रह सकते हैं?"

"तो भी वे लोग जरूर आयेंगे। मैंने जो निश्चय किया है वह बदलेगा नहीं।" क्षुब्ध स्वर में इंसाफ बोला।

तीन दिनों तक माँ का हृदय इस ऊहापोह में धड़कता रहा कि जो लोग आ रहे हैं वे न जाने कैसे होंगे?

रविवार का दिन आ गया। माँ को उस दिन किसी तरह शांति नहीं मिल रही थी। एक अज्ञात आशंका से वह काँप रही थीं। उसके बाद शाम को जब इंसाफ ने कहा--"माँ मैं बाहर जा रहा हूँ। थोड़ी देर बाद लौटूँगा। वे लोग आवें तो बैठाना," सुनकर माँ अपने को सँभाल न सकीं उनका दिल जोर से धड़कने लगा। वह कुर्सी पर बैठ गईं। बाहर घना अँधेरा छाया था। माँ को किसी के पैरों की आहट सुनाई पड़ी।

कोई दरवाजे पर दस्तक दे रहा था। माँ चौंक कर उठ खड़ी हुईं। यकायक दरवाजा खुला। कमरे में एक अपरिचित आदमी आया। उसने हाथ जोड़कर नमस्ते किया। माँ ने भी उत्तर में नमस्ते करके कहा-

"इंसाफ आता होगा, बैठो।"

आगन्तुक ने कमरे में चारों तरफ सरसरी निगाह से देखा फिर वह चारपाई पर बैठ गया। उसके बाद माँ के साथ खूब मजे में बातचीत शुरू कर दी-घर गृहस्थी की बातें।

मन ही मन माँ सोच रही थीं-कितना अच्छा आदमी है।'

उसका नाम था-विश्वास।

उसके बाद एक युवती आई। वह बहुत सुन्दर थी, घने काले काले बाल थे। उसका नाम था-साधना। उसको देखते ही माँ को अपनी मरी हुई लड़की की याद आ गई। हृदय में स्नेह उमड़ने लगा।

उसके बाद आया उनके गाँव के पुराने चोर बूढ़े दुर्जन का लड़का-साहस! माँ तो उसे देखकर अवाक हो गई। बोलीं-"तुम"?

उसने पूछा-"इंसाफ घर में है?"

"नहीं है।"

माँ ने सोचा-'जस जेहकर बाप महतारी तस तेहकर लरिका।'

साहस विश्वास और साधना की ओर देखकर बोला-"नमस्कार मित्रो!" विश्वास ने हँसते हुये उससे हाथ मिलाया।

माँ चकित हो गई-'साहस भी इनके संगठन में शामिल है?'

उसके बाद कारखाने के चौकीदार सन्तोष का लड़का त्याग आया, उसके साथ एक और अपरिचित था। सबके अन्त में इंसाफ आया। उसके साथ पुरुषार्थ और कारखाने के दो मजदूर थे।

माँ ने इंसाफ से धीरे से पूछा- "ये ही लोग गुप्त सभा के आदमी हैं?" "हाँ।" कह कर अभिवादन करते इंसाफ कमरे में घुसा।

जिस कमरे में सभा होनी थी-एक कोने में बत्ती जल रही थी। पहले सबने खड़े होकर न्यायमूलक समतासमरसताएकतामूलक लोककल्याणकारी लोकतांत्रिक सर्वोदयी समाजवादी ईशप्रार्थना प्रारम्भ की-

"वह शक्ति हमें दो दयानिधे, कर्त्तव्य मार्ग पर डट जावें।
पर सेवा पर उपकार में हम जग जीवन सफल बना जावें।।
हम दीन. दुःखी निबलों-बिकलों के सेवक बन सन्ताप हरें।
जो हैं अटके भूले भटके उनको तारें खुद तर जावें।।
छल दम्भ द्वेष पाखंड झूठ अन्याय से निशि-दिन दूर रहें।
जीवन हो शुद्ध सरल अपना शुचि प्रेम सुधा रस सरसावें।।
निज आन-मान मर्यादा का प्रभु ध्यान रहे अभिमान रहे।
'सब जनहिताय' 'सब जन सुखाय' बलिदान विश्वहित हो जावें।।
वह शक्ति हमें दो दयानिधे कर्तव्य मार्ग पर डट जावें।।"

प्रार्थनोपरांत सभी बैठे सावधान सुन रहे थे। साधना पढ़ रही थी--

"पंचशील" (१. सत्य २. प्रेम ३. अहिंसा ४. अस्तेय ५. अपरिग्रह) पर आधारित योग अध्यात्म-विज्ञान समन्वित पारदर्शी विक्रेन्द्रित लोकतांत्रिक न्यायमूलक, समता-समरसता एकतामूलक सभी समस्याओं की जननी जनसंख्या विस्फोट एवं जमीन जेहादियों को जहन्नुम पहुँचाने वाली सम्प्रदाय, मत, मजहब, पंथ, 'रिलीजन' निरपेक्ष लोककल्याणकारी पारदर्शी जवाबदेह समाज जोड़नेवाली सर्वोदयी समाजवादी व्यवस्था में-

१. जाति-सम्प्रदाय, क्षेत्रीयता, धनबल, बाहुबल-गुंडा-माफिया राज के जाल से छुटकारा मिलने के साथ ही जनता के खून-पसीने की कमाई के करोड़ों-अरबों रुपये चुनाव प्रचार में बहाये बिना चुनाव सुधार कर समर्पित समाज सेवा, सदाचरण, सुशिक्षा, सुसंस्कार और ईमानदारी के आधार पर जनता लोकहित में बिना बाहुबल, धनबल, लेन-देन, नशाखोरी-शराबखोरी के प्रलोभन के ५ वर्षों के लिये ग्राम पंचायत से लेकर ऊपर तक अपने ईमानदार प्रतिभा सम्पन्न जनप्रतिनिधि, राज्याध्यक्ष, राष्ट्राध्यक्ष, विश्व सरकार के अध्यक्ष आदि चुनेगी। सरकार का गठन राष्ट्रहित और क्षेत्रीय प्रतिनिधित्व के आधार पर होगा।

२. जाति-सम्प्रदाय, मत-मजहब, 'रिवीजन', पंथ, वाममंथ, वर्ण, वर्ग, रंग-नश्ल, भाषा, भेषभूषा, क्षेत्रीयता, धनबल, बाहुबल, सत्ता के दुरुपयोग और हनक पर आधारित तानाशाही, निरंकुश भ्रष्ट दलगत दलदल की सिद्धान्तहीन नैतिकता विहीन ओछी राजनीति तथा राजनीति में अपराधीकरण के खात्मे से राजनीति में बाहुबलियों, धनबलियों-पूँजीपतियों, गुंडों बदमाशों, माफियाडानों, दबंगों, दंदफंदियों, दलबदलुओं, धूर्तों, अवसरवादियों, अलगाववादियों, चमचों, भ्रष्टाचारियों के भ्रष्टतंत्र, लूटतंत्र, भाई-भतीजातंत्र, वंशतंत्र के स्थान पर ईमानदार प्रतिभा सम्पन्न सच्चरित्र समर्पित समाज सेवियों का वर्चस्व हो जाने से दंदफंद, द्वेष, दंगाफसाद, दबंगई, राष्ट्रधर्म से दुसाघी, दगाबाजी, गद्दारी, धूर्तता, धोखाधड़ी, छल-कपट, झाँसे, झूठ-फरेब, फर्जीवाड़ा, घपला, घोटाला, हवाला, हेराफेरी, दलाली, ठगी, लफ्फाजी, लूटखसोट, आपाधापी, करों के भारी बोझ, भ्रष्टाचार, व्यभिचार, रिश्वतखोरी, जमाखोरी, मँहगाई, मिलावटखोरी, मक्कारी, मुनाफाखोरी, तस्करी, कालाबाजारी, कमीशनखोरी, कालाधन, जातीयता, साम्प्रदायिकता, क्षेत्रीयता, प्रान्तीयता, फिरकापरस्ती, रंग-नस्लवादी, भाषावादी, अलगववादी, आतंकवादी, अवसरवादी वंशवादी, परिवारवादी, फूट डालनेवाली संकीर्णसोच, तिकड़म की, शराब-कवाब-शवाब की, नोट के बदले वोट की नैतिकता विहीन अन्यायपूर्ण अनर्गल आरोप-प्रत्यारोप की नकारात्मक, निरंकुश, भ्रष्ट, ओछी राजनीति का अन्त हो जाने से सुशासन, सुरक्षा, सुव्यवस्था, समग्रविकास सुनिश्चित हो सकेगा।

३. सत्ता लोलुपों, बाहुबलियों, पूँजीपतियों, टिकट देने-दिलाने वालों के कठपुतली बन उनके और पिट्ठुओं के हित में राष्ट्रहित, लोकहित, समाजहित की उपेक्षा कर स्वार्थ साधन, चमचेंगीरी, तिकड़म, गुंडई, लूटखसोट भ्रष्टाचार, घोटालों में लगे रहनेवाली परिवार पोषक भ्रष्ट व्यवस्था के ऊपर से थोपे गये तथाकथित जनप्रतिनिधियों की जगह समर्पित समाजसेवा, सदाचार और सुशिक्षा सुसंस्कार के आधार पर जनता के हितों का प्रतिनिधित्व करने वाले संस्कारवान सच्चरित्र सुयोग्य ईमानदार जनप्रतिनिधि चुने जाने से एकता, अखंडता, सदभावना, सहयोग, सहअस्तित्व और जनतंत्र तथा मौलिक अधिकारों-कर्त्तव्यों, मानवाधिकारों की भावनायें सुदृढ़ होकर धर्मनिरपेक्ष नहीं अपितु मत-मजहब, 'रिलीजन' पंथ, सम्प्रदाय निरपेक्ष 'सुराज', 'सर्वोदय', जनता के प्रति जवाबदेह सरकार, विश्वसरकार, विश्वशान्ति, सुरक्षा, निरस्त्रीकरण और 'वसुधैवकुटुम्बकम्' की स्थापना हो सकेगी।

४. समाज से पूँजीवादी, साम्यवादी, अलगाववादी, विघटनवादी, वंशवादी परिवारवादी, परोपजीवी, सामन्तशाही, नौकरशाही, फीताशाही अन्यायपूर्ण भ्रष्टव्यवस्था उठ जावेगी और ऊँच- नीच, छुवाछूत, गरीब-अमीर के बीच की खाँई पटकर रहेगी। सामन्तशाही और पूँजीवादी व्यवस्था जैसा नहीं

होगा कि एक तो दूसरे की कमाई पर गुलछर्रें उड़ा रहा हो और उसीके सामने दूसरे रोटी-कपड़ा-मकान के लिये, दाने-दाने के लिये, सुरक्षा सुशिक्षा, स्वास्थ्य और विकास के लिये मोहताज हों।

५. शोषण, उत्पीड़न, अधर्म, अन्याय, अत्याचार, अनाचार, आतंक, ठगी, बेईमानी, बेकारी, बेरोजगारी, बदहाली, मँहगाई, मिलावटखोरी, मुनाफाखोरी, जमाखोरी, कालाधन, कालाबाजारी, कुपोषण, रिश्वतखोरी, नशाखोरी, कमीशनखोरी, करों के मकड़जाल, भ्रष्टाचार और भ्रष्टव्यवस्था से छुटकारा मिलेगा तथा मानवता की सदाचार, शिष्टाचार, संवेदनशीलता, सहयोग, सहानुभूति, शौर्य, सौहार्द, शान्ति, प्यार-भाईचारा, दया, त्याग तथा परोपकार- परमार्थ आदि की भावनायें प्रबल होंगी। आत्मज्ञान होने और सभी के जगने-जगाने से 'मीडिया' और सभी के नजरिये में परिवर्तन होगा 'पंचशील और 'सत्य-प्रेम-अहिंसा पर आधारित योग-अध्यात्म-विज्ञान संयुक्त, नशामुक्त, रोगमुक्त, स्वदेशी स्वाभिमानयुक्त, पारदर्शी विकेन्द्रित लोकतांत्रिक समता-समरसता न्यायमूलक सर्वोदयी समाजवादी राष्ट्रवादी स्वच्छ, स्वस्थ, सम्पन्न, सुखी समाज की स्थापना हो सकेगी।"

साहस ने कहा-**"माँग रहा मजदूर किसान। रोटी कपड़ा और मकान।।"**

जोश में भरकर इंसाफ बोला--"केवल पेट भरना क्या सब कुछ है? नहीं, हम मनुष्य बनना चाहते हैं। हम चाहते हैं--

रोटी कपड़ा और मकान। साथ-साथ नैतिक उत्थान।।

आज जो हमारे मालिक बने हुये हैं, उन्हें यह दिखला देना चाहते हैं कि हमारी बुद्धि उनसे कम नहीं है, हमारी शक्ति भी उनसे बहुत अधिक है। हम उन्हें बता देना चाहते हैं कि अधिकार का फल पसीने के बीज से पैदा होता है।"

लड़के के मुँह से ऐसी बातें सुनकर माँ की छाती गर्व से फूल उठी।

विश्वास बोले--

"दग्ध कर पर को स्वयं भी भोगता दुख दाह!
जा रहा मानव चला अब भी पुरानी राह!!
अपहरण शोषण वही कुत्सित वही अभियान!
खोजना चढ़ दूसरों के भस्म पर उत्थान!!
शील से सुलझा न सकना आपसी व्यवहार!
दौड़ना रह-रह उठा उन्माद की तलवार!!

मित्रो, इतिहास से सबक लेकर ही स्वर्णिम इतिहास बनाया जा सकता है। भूतकाल सीखने के लिए होता है, भूतकाल जीने के लिए नहीं हुआ करता। अतीत व्यतीत हो गया है, जीने के लिए तो है वर्तमान एवं भविष्य। हमें इस गन्दे जीवन से निकलकर मानवाधिकार तथा मानवीयमूल्यों की स्थापना के

लिये, सुनहले भविष्य की तरफ जाने के लिये 'सत्य-प्रेम-अहिंसा' पर आधारित योग-अध्यात्म-विज्ञान संयुक्त एकतामूलक लोककल्याणकारी विकेन्द्रित पारदर्शी लोकतांत्रिक न्यायमूलक समतासमरसतामूलक विकासवादी सर्वोदयी समाजवाद का सहारा लेना ही पड़ेगा। साथ ही आज के तथाकथित लोकतांत्रिक समाजवाद के कोरे नारों में भ्रमित जनता को जगाना पड़ेगा--

अँधेरा हम मिटायेंगे, हर को हम जगायेंगे।
घर-घर रोशन करके हम, स्वर्ग धरा पर लायेंगे।।"

इसी तरह उन लोगों में बातें होती रहीं, उसके बाद आधी रात को सभा समाप्त हो गई। सभी अपने-अपने घर चले गये।

माँ ने पूछा-"यह युवती कौन है?"

इंसाफ ने कहा- "अध्यापिका है।"

"इस जाड़े में भी उसके शरीर पर ठीक से गरम कपड़े नहीं हैं। ठंड लगने से बीमार पड़ सकती है। उसके घर वाले कहाँ हैं?"

"शहर में! उसका बाप अत्यन्त धनवान है। यह हमारे संगठन में शामिल हुई है, इसीलिये उसने इसे घर से निकाल दिया है। धनवान की लड़की है। दुःख-कष्ट कभी इसने नहीं झेला किन्तु आज अँधेरी ठंडी रात में शहर जा रही है--

धन-वैभव का दंभ भले लगता सुखकर है।
पर जनसेवा राजभोग से भी बढ़ कर है।।"

"शहर जा रही है? क्यों गई? यहाँ भी तो रह सकती थी?"

"तब तो हमारे संगठन की बात प्रकट हो जायेगी। संगठन खड़ा होने तक हम लोग यह नहीं चाहते। फुरै मंत्र जब करै दुराऊ, कानों कान अभी लोगों को खबर न लगनी चाहिये।"

माँ ने कहा--"मेरी समझ में तो तुम लोग कोई अनुचित काम नहीं कर रहे हो। तो भी।"

"तो भी माँ! हमें जेल जाना पड़ेगा। हमारे काम में कोई भी बुराई नहीं है और न हम उसमें बुराई आने देंगे।"

भय से माँ की छाती काँप उठी। बोलीं-"भगवान तुम लोगों की रक्षा करें।"

इंसाफ ने कहा--

"लम्बा मारग दूर घर बिकट पंथ बहु मार।
कह सन्तो कैसे पाइये, दुर्लभ हरि दीदार।।"

यह कह वह अपने कमरे में चला गया।

माँ खिड़की के पास खड़ी होकर बाहर की तरफ ताकती रहीं। अँधेरी रात थी। हवा सनसनाती हुई ठंडक बरसा रही थी। साधना साथियों के साथ बढ़ी जा

रही थी। हवा में उसके कपड़े उड़ रहे थे। बर्फीली हवा के थपेड़े मुँह पर लग रहे थे। हड्डियों को कँपा देने वाली ठिठुरन भरी ठंड से ठिठुरते हाथ पैरों का खून जम सा गया था। सुनसान अँधेरी रात साँय- साँय कर रही थी। रास्ते के दोनों तरफ पेड़ों की काली काली दीवारें खड़ी थीं। पेड़ हवा में झूम रहे थे। दूर बहुत दूर शहर का क्षीण प्रकाश दिखाई पड़ रहा था। माँ उन सभी के लिये भगवान से कातर स्वर में प्रार्थना करने लगीं।

23

दिन बीतते जा रहे थे। प्रत्येक रविवार को इंसाफ के मकान पर संगठन के लोगों की सभा होती थी। साधना भी आती थी। माँ उससे बहुत खुश थीं। उन्होंने उसके लिये दस्ताना और मोजा बुना था। अगली बार उसको उन्होंने पहिना दिया।

साधना बोली--"मजदूरों के जीवन में दुख का अन्त नहीं है, माँ! वे इतना कष्ट और अत्याचार सहते हैं फिर भी उनमें जितनी दया, ममता है उतनी धनवानों में नहीं है जबकि वे मजदूरों के परिश्रम से ही इतना बढ़े हैं।"

माँ ने कहा--"तुम अपने घर वालों को छोड़कर इतना कष्ट क्यों उठाती हो?"

"सभी को दुखों-कष्टों से मुक्ति दिलाने के लिये कष्ट झेलने में अलौकिक आनन्द आता है, आत्मतुष्टि मिलती है। केवल माँ की याद से मुझे कष्ट होता है। वह तुम्हारी ही तरह हैं। कभी-कभी मुझे उनको देखने की इच्छा होती है।"

अब उन लोगों में तर्क-वितर्क बहुत बढ़ गया था। इंसाफ अब उन चर्चाओं में बहुत दिलचस्पी लेता था।

कभी-कभी साधना नहीं आती थी। विवेक आता था। माँ उसे भी खूब पसन्द करती थीं। वह माँ के साथ साधारण विषयों पर बातचीत किया करता था।

विश्वास के साथ उनकी पत्नी श्रद्धा भी अक्सर आ जाया करती थीं। प्रेरणा, सुशील, आशा और सुधीर भी आ जाते थे।

अब इन लोगों की सभा सप्ताह में दो बार होने लगी। वे लोग क्रान्तिकारी गीत भी गाते थे। वे प्रायः नये-नये गीत नये स्वर में गाते थे।

एक दिन त्याग ने कहा- "अब सड़कों पर निकल कर हम लोग ये गीत गायेंगे।"

माँ के हृदय में भी ऐसे नये-नये विचार आने लगे। एक दिन उन्होंने विश्वास से कहा-"तुम लोग बड़े विचित्र आदमी हो। तुम्हारी दृष्टि में देश- विदेश का कुछ भी भेद नहीं है। सभी तुम्हारे मित्र हैं। सभी के दुख से तुम दुखी होते हो और उनके सुख से सुखी होते हो।"

विश्वास ने कहा--"संसार के लिये हम और यह सारा संसार हम लोकतांत्रिक

सर्वोदयी समाजवादियों का है। हम लोगों को रंग, नस्ल, वर्ण, वर्ग, जाति, मजहब, क्षेत्र, भाषा का कोई भेद नहीं। सारी दुनिया के किसान- मजदूर, शोषित-पीड़ित और जगे हुये लोग हमारे मित्र हैं। दंभी, अन्यायी, आतंकी, अत्याचारी, भ्रष्टाचारी, बेईमान, शोषक, समाज के शत्रु हैं। हमारी संख्या कितनी है, हमारी शक्ति कितनी है, यह हम सब समझने लगे हैं। हमलोग दुनिया के चाहे किसी स्थान में क्यों न रहें हमारा बन्धन दृढ़ होता जा रहा है। हमें नवीन युग दिखाई पड़ रहा है। सामान्य जन अपने लिए जीते हैं जबकि श्रेष्ठजन समाज, समष्टि, संसार के लिए जीते हैं--

'अयं निजः परोवेति गणना लघुचेतसाम्।
उदारचरितानां तु वसुधैवकुटुम्बकम्।।"

माँ के भी समझ में बात आ गई 'ठीक है, किसानों-मजदूरों, शोषितों-पीड़ितों की असीम शक्ति है।'

इंसाफ के संगठन का काम बढ़ता गया। इंसाफ एक अखबार निकालना चाहता था। उसमें मजदूरों की अवस्था तथा उनके संगठन की बातें लिखी जायेंगी। मजदूर लोग उसे पढ़कर अपनी अवस्था के सम्बन्ध में सचेत हो उठेंगे।

एक दिन विवेक बोला--"हम लोगों के बारे में बस्ती के लोग कानाफूसी कर रहे हैं। अब हम लोगों को सावधान हो जाना चाहिये।"

विश्वास बोले--"इतना डर किस बात का है?"

किन्तु विवेक की बात ठीक निकली। इंसाफ के मकान के बारे में बस्ती के लोग आलोचना करने लगे। मकान के चारों तरफ तरह-तरह के लोग दिन-रात घूमने-फिरने लगे। शराबखाने के बूढ़े मालिक ने एक दिन माँ से रास्ते में पूछा-"कैसी हो? तुम्हारे लड़के का क्या हाल है? उसका ब्याह क्यों नहीं कर देती? उसको अब सँभाल कर रखने की जरूरत है। ये लोग न तो मन्दिर-मस्जिद, चर्च, गुरुद्वारा ही कभी जाते हैं और न कभी त्योहार-पर्व पर एकत्रित होते हैं। ये लोग आपस में न जाने क्या खुसुर- फुसुर करते रहते हैं? यह सब क्या हो रहा है? ऐसा कौन सा गुप्त परामर्श ये लोग करते हैं?"

माँ क्या उत्तर दें वह समझ न सकीं। उसके बाद एक दिन उनको एक बुढ़िया ने सावधान किया। वह उनकी पड़ोसन थी।

माँ ने घर आकर कहा--"सभी तुम लोगों की निन्दा कर रहे हैं। तुम सबके साथ शराब नहीं पीते, ब्याह नहीं कर रहे हो। फिर भी जहाँ-तहाँ की लड़कियों के साथ मिलते-जुलते हो। बस्ती की लड़कियाँ भी तुमसे नाराज हैं।"

इंसाफ बोला-"होने दो।"

साहस-**"जो उपहास विरोध पचाते, वे ही महत्कार्य कर पाते।**

वे मूर्ख हैं, गँवार हैं। उनको यह बात समझ में नहीं आती कि ब्याह करने से

उनकी क्या हालत होगी? वैसे ही इतना दुख और कष्ट! यदि ब्याह करें तो लड़के बच्चे पैदा होंगे तो दरिद्रता, दुःख, दुर्दशा और बन्धन बढ़ेगा ही।"

माँ ने कहा--"यह तो वे देखती हैं, फिर भी वे क्या कर सकती हैं?" इंसाफ बोला-"उनमें सही समझ नहीं है। अगर औरतें जग जाँय तो जग जग जाय।" माँ ने कहा--"तुम लोग उन्हें समझा दो।"

इंसाफ बोला--"वे समझेंगी नहीं।"

विवेक बोला--"अच्छी बात है, चेष्टा करके देख लिया जाय।

औरतें देश-दुनिया की रौनक हैं शान हैं।
उनके पिछड़ेपन का कारण संकोच भय अज्ञान हैं।।"

इंसाफ बोला--"चेष्टा करने लगोगे तो दो दिनों के बाद ब्याह कर बैठोगे। तो इससे हम लोगों का काम कितना आगे बढ़ेगा?"

माँ चिन्तित हो उठीं। उन्होंने देखा कि लड़का शादी नहीं करना चाहता। यह तो आश्चर्य की बात है। उनको बहुत दुख हुआ, किन्तु कर ही क्या सकती थीं?

रात को माँ जब अपने कमरे में सोने के लिये गईं, उस समय तक इंसाफ और विवेक बगल वाले कमरे में बातचीत कर रहे थे। दोनों कमरों के बीच में दीवार का अन्तर था। इंसाफ और विवेक की आपस में जो बातचीत हो रही थी वह माँ को सुनाई पड़ रही थी। दोनों में ब्याह के बारे में बातें चल रही थीं।

विवेक साधना से विवाह करना चाहता था। किन्तु इंसाफ उसको समझाने लगा--"क्रांतिकारियों, गरीब मजदूरों को ब्याह नहीं करना चाहिये। इससे उनके दुखमय जीवन का दुख और भी बढ़ जाता है। दरिद्रता की सीमा नहीं रहती। भविष्य में मजदूरों का जीवन सुखमय हो सके, इसके लिये क्रांतिकारी लोकतांत्रिक सर्वोदयी समाजवादियों को सब सुख त्याग करके काम करना चाहिये। किसी स्त्री के साथ अपने को बाँध लेना तो बेड़ीबद्ध बन्दी की भाँति सम्पूर्ण स्वतंत्रता खो देना है। तब उसके अन्दर जो शक्ति है, शौर्य है, जो आशा है, वह उस पर एक भार की भाँति चढ़ बैठती है और उसका जीवन शोकाछन्न हो उठता है--

मन लोभी मन लालची, मन चंचल मन चोर।
मन के मते न चालिये, पलक-पलक मन और।।"
'मैं मन्ता मन मारि कै नान्हा कर कर पीस।
तब सुख सोवै सुन्दरी ब्रह्म झलक्कै सीस।।'
'ब्रह्मचर्येण तपसा देवो मृत्युमपाघ्नत्।"

विवेक ने कहा--"यह क्या सम्भव है?"

"इसके सिवा दूसरा उपाय ही क्या है? सामन्तशाही समाज ने हमें कहीं का नहीं छोड़ा।"- इंसाफ ने उत्तर दिया।

"मेरी अवस्था में पड़ने पर भी क्या तुम इतने दृढ़ रह सकते हो?"

इंसाफ- "बिल्कुल"।

विवेक चौंक उठा, बोला-"ऐं।"

इंसाफ- "इसलिये इस बात को सोचना छोड़कर काम करते चलो। सबके सुख के लिये सर्वस्व न्योछावर कर दो। सब सुख विसर्जन कर दो। भविष्य में मजदूरों का जीवन जिससे सुखमय हो, जिससे वे मनुष्य की तरह रह सकें, उसी चेष्टा में मन-वचन-कर्म से जुट जाओ। यही हमारा व्रत है-- '

सुन्दरता आनन्द मूर्ति है, प्रेम नदी मोहक मतवाली।

कर्म कुसुम के बिना किन्तु क्या भर सकती जीवन की डाली??"

विवेक ने मुस्कुराते हुये कहा--"बहुत अच्छा -

"मातृवत् परदारेषु पर द्रव्येषु लोष्ठवत्।

आत्मवत् सर्वभूतेषु यः पश्यति स पण्डितः।।"

वह समझ गया कि इंसाफ उसकी अवस्था में पड़ने पर भी अपने को संयत रख सकता है।

माँ ने लम्बी साँस ली।

दूसरे दिन सारे मजदूर बस्ती में बड़ा उत्साह दिखाई पड़ा। लोकतांत्रिक सर्वोदयी समाजवादी मजदूरों में परचे बाँटे गये थे। उन परचों में छपा था-मजदूरों की यथार्थ अवस्था का वर्णन, अपने हक के लिये लड़ने की अपील, अन्य स्थानों के मजदूरों की हड़ताल का समाचार और अन्त में संगठित होकर काम करने का उनमें आवाहन था। उन परचों को पढ़कर मजदूरों में तरह-तरह की आलोचनायें होने लगीं। जिन्हें अधिक वेतन मिलता था वे लोकतांत्रिक सर्वोदयी समाजवादियों पर बिगड़ उठे। उन्होंने मालिकों को परचे दिखाये। नव जवान मजदूरों में जोश उमड़ पड़ा। किन्तु अधिकांश मजदूरों ने कहा--"यह तो हुल्लड़बाजी है, इससे कुछ भी नहीं होने का।" तो भी वे लोग हृदय से चंचल हो उठे।

अब दूसरे-चौथे दिन परचे मिलने लगे। उनके निकलने में देर होती या न निकलते तो लोग बेचैन हो उठते क्योंकि उसमें उनके हित की बातें लिखी रहती थीं।

माँ जानती थी परचों की जड़ में उनके लड़के का विशेष हाथ है। इससे उनके मन में आनन्द, गर्व और भय भी होता था।

वह बुढ़िया फिर उस दिन सन्ध्या को आई और बोली--"तुमको मैंने उस

दिन बताया था? आज उसका फल तुमको मालूम हो जायेगा।" माँ ने कहा--"क्या?"

"पुलिस आयेगी! तुम्हारे घर और साहस के घर। सुशील का घर भी नहीं छूटेगा। अब देखो, कैसी आफत आती है।"

डर के मारे माँ के हाथ-पाँव काँपने लगे। वे बैठ गईं, किन्तु दूसरे ही क्षण इंसाफ पर आने वाली मुसीबत का ख्याल आते ही हृदय में साहस भर गया। वह सुशील के घर की ओर दौड़ पड़ीं। खबर सुनकर सुशील बोला- "तुम जाओ। मैं सबको खबर दे रहा हूँ।"

माँ घर आकर कागज-पत्र, परचे, पुस्तकें जो कुछ भी उनको मिला छाती में लगाकर काँपती हुई कमरे में इधर-उधर टहलने लगीं। वह समझती थीं कि इंसाफ खबर पाते ही घर दौड़ता हुआ आ जायेगा, किन्तु कारखाने की छुट्टी होने पर ही वह विश्वास के साथ आया।

माँ थक कर रसोई घर में बैठी हुई थीं। उन्होंने पूछा--"तुमने कुछ सुना?" इंसाफ ने कहा--"हाँ! लेकिन तुम डर क्यों रही हो?"

विश्वास ने कहा--"डरने से कोई लाभ नहीं है। इससे क्या कोई विपत्ति से बच सकता है? तो फिर क्यों डरती हो माँ?"

माँ उठ खड़ी हुई। कागज-पत्र, परचे, पुस्तकें रखकर कहा--"इसलिये?" विश्वास और इंसाफ हँसने लगे।

इंसाफ उनमें से कुछ पुस्तकें और पर्चे चुनकर छिपा आया।

विश्वास माँ को ढाढ़स देकर कहने लगे-"डरने की कोई बात नहीं माँ! वे लोग मनहूस और निकम्मे हैं। समूचे मकान में उलट-पलट कर ढूँढ़ते हैं और मुँह लटका कर चले जाते हैं। किन्तु उनको मिलता क्या है? कुछ भी नहीं। एक बार उन्होंने मेरे घर पर छापा मारा था। कुछ न पाने पर भी पूछताछ के बहाने मुझे पकड़कर ले गये थे। वहाँ मुझे जेल में चार माह रखा गया। वहाँ कोई काम नहीं था। एकदम आलसी की तरह बैठे रहना पड़ता था। यही तो हालत है इनकी। सरकार से वेतन मिलता है, कुछ न कुछ तो करना ही चाहिये। नौकरी कैसे रहेगी?"

माँ आश्वस्त हुई।

किन्तु पुलिस उस दिन नहीं आई। एक महीने बाद अचानक आ गई। सबेरे का समय था। इंसाफ, विश्वास और साहस आपस में बातें कर रहे थे। माँ झपकी ले रही थीं।

इंसाफ किसी काम से रसोई घर में गया था, लौटकर बोला--"पुलिस की आहट मालुम पड़ रही है।"

सुनते ही माँ की छाती काँप उठी। वह काँपते-काँपते बिछौने से उठ पड़ीं। इंसाफ बोला--"लेटी रहो। उठो मत। तुम्हारी तबियत ठीक नहीं है।" पुलिस

सहित दरोगा कमरे में आ गया। उसके साथ गाँव का चौकीदार भी था।

चौकीदार बोला--"यही है इंसाफ और यह है उसकी माँ।"

दरोगा ने रोब से पूछा--"क्या तुम्हीं इंसाफ हो?"

"हाँ।"

"तुम्हारे मकान की तलाशी लूँगा।"

"बहुत अच्छा।"

पास वाले कमरे में कोई आवाज हुई। दरोगा वहाँ दौड़ता हुआ गया और बोल उठा--"तुम कौन हो? तुम्हारा क्या नाम है? इधर आओ।"

साहस बाहर निकल आया। पुलिस तलाशी लेने लगी। सामान- असबाब उलट-पुलट कर तोड़फोड़ कर इधर-उधर फेंकना शुरू किया। माँ लेटी हुई थी। दरोगा बोला--"उठो बुढ़िया।"

इंसाफ बोला--"वह बीमार है।"

"तुम चुप रहो। ऐ बुढ़िया.."

"दरोगा कागज-पत्र और पुस्तकें देख-देख कर एक तरफ फेंकता जा रहा था।

साहस से सहा नहीं गया। वह बोल उठा--" इन्हें फेंकने की जरूरत क्या है?"

दरोगा उसकी तरफ भौंहे चढ़ाकर देखने लगा। माँ भय से घबड़ा उठीं। फिर साहस का साहस देखकर अवाक हो गई। इंसाफ से धीरे से कहा-"साहस से कह दो, वह चुप रहे।" दरोगा बिगड़ उठा--"ऐ चुप रहो। क्या बोल रहे हो? यह वेद, उपनिषद, रामायण, गीता, बाइबिल, पुरान, सत्यार्थप्रकाश कौन पढ़ता है?" इंसाफ ने नम्रता से कहा-"मैं! इनसे सही समझ से मंजिल की तरफ बढ़ने की प्रेरणा मिलती है।"

दरोगा ने आश्चर्य से कहा--"ये पुस्तकें किसकी हैं?"

"मेरी हैं।" इंसाफ बोला।

"हूँ!" साहस की तरफ घूमकर दरोगा बोला--"तुम विश्वास हो?"

"हाँ!" उसको धकेल कर विश्वास ने सामने आकर कहा-"मैं विश्वास हूँ।" दरोगा दोनों की तरफ लाल आँखों से घूरते हुये बोला--"खबरदार!"

उसके बाद जेब से कागजों का पुलिन्दा निकालकर बोला--"विश्वास! इसके पहले भी शांतिभंग और राजनैतिक अपराध में तुमको गिरफ्तार किया गया था? तुम्हारे मकान की तलाशी हुई थी?"

"हाँ, कर्मक्षेत्र में। किन्तु वहाँ की पुलिस बहुत सभ्य थी। वे लोग मेरे नाम के पहले 'मिस्टर' शब्द संबोधित करते थे।"

दरोगा भौंहे सिकोड़ कर बोला--"मिस्टर विश्वास! बता सकते हो कि कौन

बदमाश भड़काने वाली पुस्तकें और पर्चे बाँटते हैं?"

विश्वास कुछ कहने ही वाला था कि साहस बोल उठा--"बदमाशों को तो सामने ही देख रहे हैं।"

दरोगा बिगड़ उठा। बोला--"इस सुअर को यहाँ से पकड़ ले जाओ।" दो सिपाही साहस को पकड़ ले गये।

तलाशी खंत्म होने पर दरोगा बोला- "मिस्टर विश्वास! आपको गिरफ्तार किया जाता है।"

"किस अपराध में?"

"वह बात मैं आपको बताऊँगा। ओ बुढ़िया, तू लिखना-पढ़ना जानती है?"

इंसाफ ने कहा--"नहीं।"

"तुम चुप रहो। मैं बुढ़िया से पूछ रहा हूँ।"

माँ का मन घृणा से भर उठा। उनसे सहा नहीं गया। दरोगा के सामने हाथ हिलाकर बोल उठीं--"तुम लोग क्यों इस तरह लोगों को कष्ट देते हो? यह पाप.."

दरोगा बोला--"चुप रहो। बेकार की बातें मत करो।" सिपाहियों से बोला--"उस सुअर को ले आओ।"

साहस को दो सिपाही ले आये। दो सिपाही उसके दोनों हाथ पकड़े हुये थे। दरोगा ने उससे चिल्लाकर कहा--"टोप उतारो।"

"ये लोग तो मेरे हाथ पकड़े हुये हैं। टोप क्या मैं पाँव से उतारूँ?"

साहस ने इतने जोर से चिल्लाकर कहा कि दरोगा सहम गया। उसके

बाद उसको और विश्वास को गिरफ्तार करके चला गया। इससे इंसाफ बहुत दुखी हुआ। पुलिस उसको नहीं ले गई। वह सोचने लगा यह तो मेरा अपमान है।

माँ ने कहा--"घबड़ाओ मत! तुमको भी वे लोग ले जायेंगे।"

"ले तो जायेंगे ही।"

माँ ने लम्बी साँस ली।

इंसाफ बोला--"तुम दुखी मत होना माँ। दृढ़ रहो। आने वाली मुसीबतों के लिये तैयार रहो। मानवकल्याण के लिये हमको बहुत सहना पड़ेगा

'वह पथ की पथिक कुशलता क्या, जिस पथ पर बिखरे शूल न हों।

नाविक की धैर्य परीक्षा क्या, यदि धारायें प्रतिकूल न हों।।

'लहरों से डरकर नौका पार नहीं होती। कोशिश करने वालों की कभी हार नहीं होती।।"

24

दूसरे दिन यह खबर फैल गई कि पुलिस ने उस रात को और भी कई जगहों पर छापा मारा था और त्याग, विवेक आदि दूसरे पाँच आदमियों को गिरफ्तार करके वह ले गई है।

सुशील उस दिन आया और इंसाफ से गर्व के साथ बोला--"मेरे मकान की भी तलाशी उन लोगों ने ली थी, किन्तु मुझे गिरफ्तार नहीं किया।"

इंसाफ चुपचाप उसकी बातें सुनता रहा। उसका मन खिन्न होता जा रहा था। कुछ देर में सुशील चला गया। थोड़ी देर बाद संकल्प आया। संकल्प उसका पड़ोसी है। उसके साथ इंसाफ की खूब बातचीत होती थी। वह बड़ा अच्छा आदमी था।

उसने कहा--"तुम लोग कोई भी खराब काम नहीं करते फिर भी लोग तुम लोगों को खराब कहते हैं। तुम लोग मन्दिर-मस्जिद, गिरजे गुरुद्वारे नहीं जाते, मैं भी नहीं जाता। मन्दिर-मस्जिद, गिरजे गुरुद्वारे ये सब साम्प्रदायिक उन्माद, फिरकापरस्ती, नफरत और विभेद पैदा करते हैं। यह सब धर्म का ढोंग और विभेद मुझे अच्छा नहीं लगता।

'अग्नौ क्रियावतो देवो, हृदि देवो मनीषिणाम्।
प्रतिमा स्वल्प बुद्धीनाम् ज्ञानीनां सर्वत्रः शिवः।।'

(कर्मकांडियों का देव अग्नि में, मनीषियों का हृदय में, कम बुद्धिवालों का प्रतिमा में और ज्ञानियों का सर्वत्र-सबके कल्याण में है।)

मानव का सबसे बड़ा धर्म है मानवता का आचरण और समाज सेवा। जिसने ढोंग को ही धर्म माना, उसका और उस समाज का भगवान ही मालिक है। 'ब्रह्म एको द्वितीयो नास्ति' –

ईश्वर तो है केवल एक, लेकिन उसके नाम अनेक।
धर्म सनातन तो है एक, लेकिन मत मजहब हैं पंथ अनेक।।
'जाकी रही भावना जैसी। प्रभु मूरत देखी तिन तैसी।।'
मन्दिर मस्जिद गिरजे गुरुद्वारे में ही नहीं, सर्वत्र प्रभू का धाम।
सब में नूर उसी का है अलग-अलग है नाम।।
'सो अनन्य जाके अस मति न टरइ हनुमन्त।
मैं सेवक सचराचर रूप स्वामि भगवन्त।।'
रामायण गीता गुरुग्रन्थ हो या बेद बाइबिल पुरान।
मानवता मर्यादा ही धर्म है कहते वेद पुराना।।

वस्तुतः ईमानदारी से मनुष्योचित कर्त्तव्य-कर्म करना ही धर्म और परहित ही पूजा है। खेत-खलिहान, विद्यालय, न्यायालय, कार्यालय, कारखाने, अस्पताल

आदि मन्दिर हैं और ईमानदारी परिश्रम से बहा पसीना पवित्र गंगाजल। तुम लोग अच्छे आदमी हो। ये पर्चे तुम लोग ही निकालते हो?"

"हाँ!"

भय के मारे माँ की छाती काँप उठी। उन्होंने छिपाने की चेष्टा की। संकल्प ने हाथ हिलाकर उनको आश्वासन दिया और इंसाफ से कहा--"बहुत अच्छे लेख रहते हैं। कोई-कोई तो बड़े ही मार्मिक और प्रेरक रहते हैं। बहुत अच्छा है। जनता को जगाओ। अब तक कुल बारह पर्चे निकले हैं?"

"हाँ!" इंसाफ ने कहा।

"मैं सबको पढ़ चुका हूँ।"

इसके बाद दोनों में उन पर आलोचनायें होने लगीं।

संकल्प ने कहा--"तुम ठीक कहते हो। उम्र में कौन बड़ा है, कौन छोटा है-इसका उतना महत्व नहीं, किसका विचार ठीक है, यही असल बात है और देखो, धर्म तथा भगवान के नाम पर शैतान लोग क्या नहीं करते? जनता को स्वर्ग-नर्क, पाप-पुण्य का भय दिखाकर दबा रखते हैं। सत्य के लिये वे जनता को लड़ने नहीं देते। सत्य को छिपा रखते हैं। मुट्ठी भर लोग स्वार्थवश धर्मान्ध जनता को बरगला कर अपनी इच्छानुसार नचा रहे हैं! धर्म के नाम पर धंधा चला रहे है!! ठीक कहते हो, हमारा धर्म ढकोसला बन कर रह गया है! इससे हम लोगों का नुकसान ही हुआ है--

'युग-युग से हम खोज रहे हैं सुरपुर के भगवान को।
किन्तु न खोजा अब तक हमने धरती के इंसान को!!
चर्चा ब्रह्मज्ञान की करते, किन्तु पाप से तनिक न डरते!
राम नाम जपते हैं दुख में, साथी हैं रावण के सुख में!!
माटी पूजा, लोहा पूजा, पूजा है पाषाण को!
किन्तु न पूजा अब तक हमने धरती के इंसान को!!
खोजे मन्दिर-मस्जिद गिरजे, परमेश्वर पैगम्बर सिरजे!
सत्य प्रेम ईमान न खोजा, बस पूजा पाठ करते हैं रोजा!!
दुनिया के मेले में देखा नित्य नये सामान को।
किन्तु न देखा अब तक हमने धरती के इंसान को!!
खोजें हम नमाज भजन में छिपा रहा वह तो क्रन्दन में।
हमने निशि-दिन धर्म बखाना, लेकिन धर्म नहीं पहचाना!!
पैसा जाना, जाति-सम्प्रदाय पहचाना, जाना हैं विज्ञान को!
किन्तु न जाना अब तक हमने सर्वश्रेष्ठ इंसान को!!"

माँ उनकी बातें सुनकर व्यथित हुई, बोलीं--"तुम लोग भगवान और धर्म

के सम्बन्ध में ऐसी क्या बातें कर रहे हो?" इंसाफ बोला--"माँ, जिस मंगलमय भगवान की पूजा तुम करती हो उनको हमलोग कुछ नहीं कहते। हम उस भगवान, धर्म और छद्म धर्मनिरपेक्षता की बातें कह रहे हैं, जिनके नाम पर शैतान लोग हमें दबा कर रखते हैं, हमें भ्रमित, गुमराह कर ठगते हैं और बरगला कर उल्लू बना कर अपना उल्लू सीधा करते हैं।"

संकल्प बोल उठा-"जैसी दृष्टि वैसी सृष्टि -

ब्रह्ममयी मायामयी, युग विध एकहि सृष्टि।
ताको तैसी लखि परै, जाकी जैसी दृष्टि।।
अनविचार अनाचार अधर्म से संसार भयंकर भारी।
सद्विचार सदाचरण से संसार सहज सुखकारी।।
'एकोऽहं बहुस्यामि' -'सर्वम् खलु इदम् ब्रह्म' -
'सियाराम मय सब जग जानी, करउँ प्रनाम जोर जुग पानी।।'

'ईशावास्य इदं सर्वम्' सारा संसार ही ईश्वर का विराट रूप और उसका महामन्दिर है। सबमें उसी का नूर है--

यह सारा संसार उसी की काया माया है।
दुनिया के कण-कण में वही समाया है।।
'हरि व्यापक सर्वत्र समाना। प्रेम ते प्रगट होहिं मैं जाना।।
देश काल दिसि विदिसिहु माहीं। कहहु सो कहाँ जहाँ प्रभु नाहीं।।'
'जड़ चेतन जग जीव जत सकल राम मय जानि।
बन्दहुँ सबके पद कमल सदा जोरि जुग पानि।।'
ओ भगवान को भजने वालो, क्या भगवान को जाना है?
शोषित पीड़ित दीन-दुखी में क्या उसको पहिचाना है??

अब तो नजरिया बदलना होगा और लोगों को समझाना होगा कि भगवान को पाने के लिये कहीं जाने की जरूरत नहीं अज्ञान मिटाने की जरूरत है, दिलदर्पण की स्वच्छता, आत्मज्ञान जरूरी है। मनुष्य तो ईट-पत्थर का कृत्रिम निर्जीव नहीं, ईश्वर का बनाया चलता-फिरता सर्वश्रेष्ठ जीवन्त मन्दिर, मस्जिद गिरजा, गुरुद्वारा है और आत्मा उसमें बैठी ईश्वर की जीवन्त मूर्ति है। कण् कण और रग-रग में रमा होने से ही उसका नाम राम भी है--

तुझमें राम मुझमें राम सबमें राम समाया।
प्रेम भाव से मिल तू सबसे क्यों फिरता भरमाया??
कस्तूरी कुंडलि बसै मृग ढूँढ़ें बन माहिं।
वैसे घट घट राम हैं दुनिया देखे नाहिं।।

ज्यों तिल माहीं तेल है ज्यों चकमक में आग।
तेरा साईं तुज्झ में जाग सके तो जाग।।
मोको कहाँ ढूँढ़े बन्दे मैं तो तेरे पास रे।
न मंदिर मस्जिद गिरजे में न तीरथ में बास रे।।
ईश्वर नहिं बैठा वन-मठ में। बसा हुआ वह तो घट-घट में।।
ईश्वर तो है जब घट-घट में। फिर क्यों ढूँढ़े गिरजे गुरुद्वारे, मस्जिद-मठ में??
ईश्वर को कहीं तीर्थ मेलों में न ढूँढो, मंदिर-मस्जिद के झमेलों में न ढूँढो।
गिरजे गुरुद्वारे के फेरों में न ढूँढ़ो, किसी मजहब के डेरों में न ढूँढ़ो।।
ईश्वर अनाथों की आहों में मिलेगा, बेसहारा वृद्धों की बाहों में मिलेगा।।
हर मुश्किल हर राहों में मिलेगा। इंसानियत की सच्ची निगाहों में मिलेगा।।
राम सुमिर के रहम करे न, फिर कैसे सुख पायेगा?
कपट छोड़ के करम करे न, तो फिर तू पछतायेगा।।
राम का नाम ही नहीं राम सा काम हो तभी सार्थक है।"

दोनों में कुछ और बातें होती रहीं। फिर संकल्प यह कहते हुये जाने लगा--

"घर ही को मंदिर मस्जिद गिरजा गुरुद्वारा बनइबै,
मंदिर मस्जिद गिरजा गुरुद्वारा काहे का जइबै?
मातु-पिता गुरु सेवा करिकै कोटिन तीरथ फल पईबै,
तीरथ हज आदि काहे का जइबै??
सासू को गौरा ससुर महादेवा पति परमेश्वर पत्नी परमेश्वरी बनइबै,
मंदिर मस्जिद आदि काहे का जड़बै?
कहैं यही सब अवगुण तजिकै, जीवन सफल बनइबै,
तीरथ हज आदि काहे का जइबै??"

इंसाफ-"ठीक कहते हो 'सार सार को गहि रहै, थोथा देय उड़ाय"-

जटा रखाये भस्म रमाये जंगल करै मुकाम।
जाय हिमालय करै तपस्या नहिं पावै विश्राम।।"

माँ उनकी बातें ध्यान से सुन रही थीं। संकल्प अब बराबर आता था। इंसाफ के साथ उसका उसी तरह तर्क वितर्क होता, आलोचनायें, समालोचनायें होतीं। जैसी संगत वैसी रंगत - उनसे माँ बहुत सी बातें सीखने लगीं--

'हानि कुसंग सुसंगत लाहू। लोकहु वेद विदित सब काहू।।'

' इंसाफ का मकान मजदूरों के लिये आशा का केन्द्र बन गया। इंसाफ पर सभी मजदूर श्रद्धा रखते थे। जब भी उन पर कोई अत्याचार होता या उनके सामने कोई जटिल समस्या आती, वे उसके पास दौड़े आते थे। कारखाने के पीछे एक

बहुत बड़ा दलदल था, जंगल-वृक्षों, लताओं, झाड़ियों से भरा हुआ। गर्मी वर्षात के दिनों में उसमें से बड़ी दुर्गन्ध निकलती थी। उस पर गहरे रंग की काई जमी हुई थी। उससे बहुत मच्छर पैदा होते थे। जिनके काटने से मलेरिया, फाइलेरिया, डेंगू, मस्तिष्क ज्वर, चिकनगोनिया, डायरिया फैलता था। बीमारी और प्रदूषण से प्रतिवर्ष बहुत से मजदूर मर जाते थे।

वह दलदल वृक्षारोपण से सुधर सकता था। कारखाने के मालिक और मैनेजर ने एक तीर से दो शिकार करने की सोची। उन्होंने सोचा कि दलदल को साफ करा दिया जाये तो जंगल की लकड़ियों से अच्छी आमदनी हो सकती है और उस स्थान पर कारखाने का और विस्तार किया जा सकता है। किन्तु सफाई का खर्च कहाँ से आवेगा? दलदल की सफाई होने से जबकि मजदूरों का ही स्वास्थ्य ठीक होगा तब क्यों न उनसे ही खर्च लिया जाय। उनसे खर्च वसूल करने की युक्ति सोची। उन्होंने हुक्म दिया कि प्रत्येक मजदूर को अपनी मजदूरी में से पाँच प्रतिशत दलदल की सफाई के लिये खर्च देना होगा। यह सुनते ही मजदूर बिगड़ उठे। यह हुक्म सिर्फ मजदूरों के लिये ही निकाला गया था, बाबू लोग इससे बरी थे। वे लोग मैनेजर के दाहिने हाथ थे।

इंसाफ की तबियत उस दिन खराब थी। वह कारखाने नहीं गया था। दो मजदूरों ने उसके घर आकर उसे खबर दी। उन लोगों ने कहा--"सब लोग कह रहे हैं कि क्या ऐसा कोई कानून है कि दलदल की सफाई के लिये खर्च हम लोगों को देना पड़ेगा? यदि कानून नहीं है तो हमलोग क्यों दें? हरे पेड़ कटवा कर पर्यावरण प्रदूषण का पाप क्यों लें?"

इंसाफ बोला--"स्वच्छ रखें हर जगह हर घर हर डगर।
स्वच्छ स्वस्थ खुशहाल रहे हर गाँव नगर।।

पर्यावरणीय संतुलन, पर्यावरण संरक्षण के लिये तो वृहद वृक्षारोपण अभियान की आवश्यकता है--

धरती माता करे पुकार। बच्चे कम हों पेंड़ हजार।।
वृक्ष धरा के हैं भूषण। दूर करें यह सभी प्रदूषण।।
जब तक हैं वन, तभी तक है जीवन।

दरअसल दलदल की सफाई के बहाने वे हमारे पैसे-परिश्रम से वन और वृक्षों की सफाई कराकर दोहरी कमाई करना चाहते हैं। वृक्ष और वन तो हमारे ही नहीं धरती के सभी प्राणियों के पालक-पोषक, रक्षक और संसार के शोभा श्रृंगार हैं--

ये वन यदि रक्षित हैं। तो हम सभी सुरक्षित हैं।।
मिटेगा तभी पर्यावरण प्रदूषण। जब वन होंगे धरती के आभूषण।।
दान-पुण्य बहुतै किये तीरथ किये हजार।

वृक्षारोपण यदि न किया तो सब हैं बेकार।।"

एक मजदूर बोला--"तीन वर्ष पहले भी हमलोगों के लिये विश्राम कक्ष बनवाने के नाम पर हम लोगों की मजदूरी में से एक लाख रुपये वसूल किये गये थे किन्तु वह उनकी जेब में चला गया। यह मालिक और मैनेजर आदमी नहीं अर्थ पिशाच हैं, चाहते हैं मजदूर अपने वेतन से उन्हें पैसे दें। जो नहीं देता, उसकी तनख्वाह ही काट ली जाती है। पूछने पर बताते हैं कि गैर हाजिर थे या कि देरी से आये थे या चन्दे के बहाने से!"

इंसाफ ने कहा--"यह रुपये भी उसी तरह उनकी जेब में चले जायेंगे।

इस तरह रुपया वसूल करने का कोई कानून नहीं है। यह तो डकैती है। तुमलोग जाओ और सबको समझाओ कि ऐसा कोई कानून नहीं है। हमारे शोषण, फंडों और कटौतियों में घपलों और हेराफेरियों से ये मोटे और मालामाल हो रहे हैं!"

वे दोनों चले गये। इंसाफ उसी समय कागज लेकर लिखने बैठ गया। लिखना समाप्त करके उसने कहा- "माँ! इसी समय शहर में जाकर यह कागज हमारे आदमियों को दे आओ। हमारे अखबार के अगले अंक में यह अवश्य छपना चाहिए।"

युवा, वृद्ध सभी से लड़के को सम्मान पाते देखकर गर्व और आनन्द से माँ की छाती फूल उठी और उसी काम का भार अपने ऊपर दिये जाने से वह और भी खुश हुईं, बोलीं--"अभी जाती हूँ।"

"खूब सावधानी से ले जाना।"

माँ कागज को कपड़ों के अन्दर छिपाकर शहर चली गईं और बड़ी रात को लौटी। दूसरे दिन ही उसका असर दिखाई पड़ा।

सोमवार को भी इंसाफ की तबियत ठीक नहीं थी। वह कारखाने नहीं गया। यकायक दोपहर को संकल्प दौड़ता हुआ आया और बोला-- "कारखाने में हलचल मच गई है। मजदूर बिगड़ उठे हैं। तुम अभी चलो, वे लोग तुमको बुला रहे हैं। वे काम करने को तैयार नहीं हैं।"

इंसाफ चल पड़ा।

माँ ने कहा--"वह बीमार है। वहाँ जाकर क्या करेगा? मैं भी चलूँगी।"

इंसाफ ने कारखाने में जाकर देखा कि मजदूरों की भीड़ लगी है। उस समय वहाँ का वातावरण बड़ा क्षुब्ध था। मजदूर मुट्ठियाँ तान-तान कर "जिन्दाबाद।"

"इन्कलाब"................"जिन्दाबाद।"

"आवाज दो"..............."हम एक हैं।"

"मनमानी, शोषण, भ्रष्टाचार" "नहीं सहेंगे अन्याय, अत्याचार" के नारे लगा रहे थे।

कबाड़ के ढेर पर खड़े होकर कई मजदूर हाथ हिलाहिला कर जोशीले भाषण कर रहे थे। उसके पहुँचते ही किसी ने कहा--"चुप रहो, चुप रहो, इंसाफ आ गया।"

उस समय पुरुषार्थ कह रहा था--"हमें न्याय के लिये, अपने हक के लिये और शैतानों ने हमारा जो शोषण और रक्तपान किया है उसके खिलाफ अब हमें लड़ना पड़ेगा--

'छीनता हो स्वत्व कोई और तू त्याग तप से काम ले यह पाप है।
पुण्य है विच्छिन्न कर देना उसे बढ़ रहा तेरी तरफ जो हाथ है।।
क्षमा शोभती उस भुजंग को जिसके पास गरल हो।
उसको क्या जो दंतहीन विषरहित विनीत सरल हो।।
न्यायोचित अधिकार माँगने से न मिले तो लड़ के।
तेजस्वी छीनते स्वत्व को जीत या कि खुद मर के।।"

लोहे के ढेर पर इंसाफ जा खड़ा हुआ। उसने कहा--"भाइयो!" उसी क्षण सब लोग शान्त हो गये।

इंसाफ के अन्दर एक शक्ति जाग उठी, वह बोला--"भाइयो! मनुष्य को प्रतिदिन जिन चीजों की जरूरत पड़ती है उन्हें कौन तैयार करता है? हमलोग, मजदूर लोग। अपने पसीने से धरती को सींचकर हमेशा से खाने के लिये अन्न कौन पैदा करता रहा है? खेतिहर मजदूर लोग। हवेलियाँ, कारखाने, रेल, सड़क, पुल, वाहन, बाँध, बिजली, नहरें, कपड़ा, दवा, सिक्का, खिलौना अर्थात् मनुष्य को जो कुछ आवश्यक है, उनको हमेशा से कौन बनाता आया है? हम मजदूर लोग।

'श्रमेव जयते'-श्रम सफलता, समृद्धि, सुख, शान्ति और विकास की कुंजी है--

सच तो यह है जिन हाथों में श्रम के छाले हैं।
वही हाथ तो भरण विकास का बोझ सँभाले हैं।।
क्या जल-थल क्या अम्बर धरनी।
जिधर देखिये श्रम की करनी।।
मंदिर मस्जिद गिरजे गुरुद्वारे तुम्हीं बनाते ऐ श्रमिको!
राजमार्ग मिलों महलों कम्प्यूटर यानों तक श्रम है तुम्हारा ऐ श्रमिको!!

किन्तु हम लोगों के बारे में सोचता कौन है? कौन हमारी भलाई के लिये आगे बढ़ता है? कौन हमें मनुष्य समझता है?

वक्त गुलशन पर पड़ा तब लहू हमने दिया।

जब बहार आई तो कहते हैं तेरा क्या काम है!!

उसने आक्रोश में आगे कहा--

"अबे, सुनबे गुलाब,
भूल मत गर पाई, खुशबू रंगो आब।
खून चूसा खाद का तूने अशिष्ट,
डाल पर इतरा रहा है कैपीटलिस्ट!
कितनों को तूने बनाया है गुलाम,
माली कर रखा, सहा वर्षा, जाड़ा घाम!!"

माँ एक तरफ चुपचाप खड़ी थीं।

इंसाफ के भाषण पर तरह-तरह की आलोचनायें होने लगीं।

इंसाफ कह रहा था--"साथियो, ये कल-कारखाने किसका रक्त पीकर शैतानों की तरह धुँवा उड़ा रहे हैं? हम मजदूरों का। मुनाफाखोर मालिकों, मैनेजरों से लड़ने का समय अब आ गया है। हमें अपनी रक्षा आप ही करनी पड़ेगी। हमारी नीति सबके लिये एक होगी। सबके लिये हम, हमारे लिये सभी। लोकतांत्रिक सर्वोदयी समाजवाद की स्थापना के लिये हमारा संघर्ष चलता रहेगा। मिल के प्रबन्ध और लाभ-हानि में श्रमिकों की भागीदारी होनी चाहिये। तभी इस शोषण और दोहन से छुटकारा मिल सकेगा। मैनेजर को बुलाकर पूछना चाहिये, देखे वह क्या जवाब देता है? समस्या का समाधान संवाद, सहमति समझौते से सुलझाना समझदारी है।"

चारों ओर से आवाज आई- "मैनेजर को बुलाओ। वह आकर हम लोगों को बतावें।"

"किन्तु मैनेजर के पास जायेगा कौन? कौन प्रतिनिधित्व करेगा?" बहुत तर्क वितर्क के बाद प्रतिनिधि चुने गये-संकल्प, इंसाफ और सुशील। किन्तु उनके जाने के पहले ही कुछ लोग बोल उठे--"मैनेजर आ रहा है। स्वयं आ रहा है।"

किसी ने उसके लिये रास्ता नहीं छोड़ा। वह स्वयं लोगों को दोनों हाथों के इशारे से इधर-उधर हटाता हुआ अपना रास्ता बनाता लोहे के ढेर पर आ पहुँचा। उसको देखते ही सब मजदूर चुप हो गये। सभी भय से आतंकित होकर मैनेजर को देखने लगे।

मैनेजर खड़ा था। लम्बा हृष्ट-पुष्ट जवान था। चेहरे पर अवज्ञा और अधिकार का भाव था। भौंहें टेढ़ी हो रही थीं, मानों वह किसी की जरा भी परवाह नहीं करता।

वह बोला--"तुमलोग काम छोड़कर यहाँ हल्ला क्यों मचा रहे हो? मिल में आग लगाना चाहते हो? फौरन पुलिस बुलाना चाहिये।"

"हम पागल नहीं कि मिल को नुकसान पहुँचायें या आग लगायें। मिल हमारे खून-पसीने के ईंट-गारे से बनी है। हमारी हड्डियों की ताकत से ही इसका अस्तित्व है।" इंसाफ आगे बढ़कर संकल्प और सुशील की ओर संकेत कर बोला--

"कर्मचारियों ने हम तीन आदमियों को अपना प्रतिनिधि चुना है और यह कहने का अधिकार दिया है कि हमलोगों से जो वसूली हो रही है उसे आप रद्द कर दें और हमारे फंडों-कटौतियों के लेखे-जोखों की लेखापर्ची दी जायँ।" मैनेजर ने उसकी तरफ बिना देखे ही कहा--"क्यों?"

"यह वसूली गलत और गैर कानूनी है और हमारे फंडों-कटौतियों में भारी घपला है।"

"अच्छा! तुम समझते हो कि हमने तुम लोगों से रुपया वसूल करने की यह तरकीब निकाली है। और...?"

"हाँ! यह गरीब मजदूरों के साथ ज्यादती है।"

संकल्प और सुशील से पूछने पर भी यही उत्तर मिला।

मैनेजर इंसाफ की तरफ तीक्ष्ण दृष्टि से देखकर बोला--"तुम हमारी इस योजना में कुछ अच्छाई नहीं देखते? इसमें तुम लोगों की भलाई करने की इच्छा क्या निहित नहीं है?"

"नहीं! अगर कारखाना अपने खर्च से यह काम करता तो हम समझते कि वह हमारी भलाई करना चाहता है।"

"यह कारखाना है, यहाँ खैरात नहीं बँटती। जाओ सब लोग काम करो। पन्द्रह मिनट के अन्दर नहीं जाओगे तो बर्खास्तगी की कार्यवाई होगी।"

यह कह कर मैनेजर लोहे के ढेर से उतरकर दनदनाता हुआ चला गया। उसके जाने के साथ ही खलबली मच गई।

किसी ने इंसाफ से कहा- "बोलिये नेताजी, अब क्या करना चाहिये?"

मैनेजर को देखकर तो सभी एकदम भीगी बिल्ली बन गये थे। अब?"

इंसाफ बोला--"भाइयो! मेरा प्रस्ताव है कि जब तक हमारी माँगे पूरी नहीं की जातीं तब तक हमलोग हड़ताल करें।"

उसके इतना कहने पर चारों तरफ तरह-तरह की बातें होने लगीं। किसी ने कहा--"हमलोगों को उल्लू बनाकर अपनी-नेतागीरी चमकाना चाहता है।"

"बिना हड़ताल किये वे लोग ठीक रास्ते पर नहीं आ सकते।"

"जरा सी बात के लिये सबकी रोजी-रोटी चली जायेगी।"

" रोजी-रोटी कैसे जायेगी? हमलोगों के सिवा काम कौन करेगा?"

"बहुत लोग हैं।"

"कौन करेगा? कौन हैं वे विश्वासघाती? कोई इतना अधम नही कि किसी की रोजी-रोटी में खलल करे।"

भीड़ से किसी की आवाज आई--"हमलोग झमेले में पड़ गये। इससे अच्छा है कि रुपया ही दिया जाय।"

इंसाफ लोहे के ढेर पर से उतरकर माँ के पास जा खड़ा हुआ। पुरुषार्थ ने कहा--"इन्हीं लोगों को साथ लेकर तुम लड़ाई जीतोगे? ये लोग हड़ताल करेंगे? यदि करेंगे भी तो बहुत कम लोग उसमें भाग लेंगे। अधिकांश डरपोक और स्वार्थी हैं। ये लोग क्या लड़ाई लड़ेंगे? कहीं चूहे बिल्ली के गले में घंटी बाँध सके हैं?-

"शार्दूल को स्वांग कर कूकर कर करतूत!
तुलसी तापर चहत हैं कीरत विजय विभूत।।"

इंसाफ कुछ नहीं बोला। उसका सारा उत्साह ठंडा पड़ गया। अपनी शक्ति पर उसको जो विश्वास हो गया था, वह ढह गया।

सहसा सुशील की आवाज सुनकर सभी शान्त हो गये। लोहे के ढेर पर खड़ा वह कह रहा था--

"ये श्रम के मंदिर हैं साथी, ये मेहनत के शिवाले।
जीवन यहाँ जन्म लेता है, मिलकर हाथ बटा ले।।'
श्रम ही तप है, श्रम ही पूजा, श्रम ही तो है बन्दन।
श्रम ही भक्ती, श्रम ही शक्ती, श्रम ही तो चन्दन-अर्चन।।

साथियो, मैनेजर का मिल में कुछ नहीं लगा हुआ है। मिल की नींव में कर्मचारियों का खून-पसीना लगा हुआ है। मिल की नींव और दीवारों की चुनाई हमारे खून-पसीने में सरिया सीमेन्ट सान कर की गई है। उसकी ईंटों में मजदूरों की हड्डियों का बल है। यह मिल, मालिक-मैनेजर की नहीं राष्ट्र की सम्पत्ति है, हजारों कर्मचारियों के जीवन-निर्वाह का साधन है। इसकी बर्बादी राष्ट्रीय सम्पत्ति की बर्बादी है, कर्मचारियों और उनके बाल- बच्चों की बर्बादी है। मिल मालिक, मैनेजर स्वार्थ के वशीभूत होकर अन्धे हो गये है, उनका दृष्टिकोण स्वार्थपूर्ण, संकुचित और भावनायें कलुषित हो गई हैं। मैनेजर भी एक मजदूर ही है परन्तु सत्य रूप को भुलाकर अपना सम्बन्ध पूँजी और पूँजीपति से जोड़ रहा है। यह उसकी भूल है और इसी भूल के कारण एक दिन उसे अपना अस्तित्व खो देना होगा। ठंडे दिमाग से हृदय में हाथ रखकर जरा सोचिये कि यदि यह मिल न रहेगी या बन्द रहेगी तो आपको अपनी रोजी-रोटी के लिये दूसरी जगह तलाशनी होगी। आपको बीबी-बच्चों के साथ दर-दर भटकना पड़ेगा। क्या तुरन्त ही आपको कहीं काम मिल जायेगा? नहीं यह आसान नहीं।

इसके अलावा औद्योगिक अशान्ति और कामबन्दी के कारण उत्पादन की

कमी से देश को, उपभोक्ताओं को कितनी परेशानी और क्षति होगी? जमाखोरों, कालाबाजारियों, मुनाफाखोरों का शोषण बढ़ेगा, इसको भी तो हम सोचें--

क्रूर अभावों के अन्धकार को दूर भगाओ ऐ श्रमिको!
श्रम के दीप जलाओ श्रमिको, श्रम के दीप जलाओ।।

हमारे प्राण रहते राष्ट्र की और हमारी पालक-पोषक इस सम्पत्ति को आँच न आनी चाहिये। हमारी हड़ताल मिल के विरोध में नहीं, मिल मालिक और मैनेजर के नीतियों के विरोध में होनी चाहिये। अधिकार और कर्त्तव्य का चोली-दामन का साथ है। कर्त्तव्य के बीज में ही अधिकार का फल निहित है-

अधिकारों का वह हकदार, जिसको कर्त्तव्यों से प्यार।

आइये, जब तक यह मनमानी, भ्रष्टाचार, घपले, शोषण समाप्त नहीं होते, हम सांकेतिक हड़ताल में काली पट्टी बाँधकर काम करें फिर अगले कदम के विषय में विचार करेंगे।"

सभी ने इस प्रस्ताव को तालियों की गड़गड़ाहट में हर्षोल्लास से स्वीकार कर लिया।

सभी मजदूर काम पर चले गये। मिल का वातावरण मशीनों की खड़खड़ाहट में खो गया। किन्तु इंसाफ फिर बाहर नहीं रह सका। उसी रात को उसको पुलिस गिरफ्तार करके ले गई।

25

दूसरे दिन की बात है। घर सूना था। माँ का मन बहुत घबड़ा रहा था। वह सोच रही थी कि पुलिस लड़के को न जाने कितना कष्ट दे रही होगी। वह कितना कष्ट भोगता होगा।

संकल्प आया और बोला--"डरने की कोई बात नहीं है। शैतानों ने कल मेरे मकान पर भी धावा किया था, किन्तु मुझे नहीं ले गये। इंसाफ को ले गये। मैनेजर ने पुलिस की जेब गरम की होगी, तभी वे उसे ले गये। वे चोर-चोर मौसेरे भाई हैं। दोनों ही हमारे धन और प्राण के ग्राहक हैं।"

माँ ने कहा--"अब इंसाफ और विश्वास के लिये सबको लड़ना चाहिये।"

संकल्प हँसने लगा--"यह तो बहुत ही कठिन बात है। कौन लड़ेगा? सैकड़ों वर्षों से शैतानों की शक्ति बढ़ती ही रही है। हम लोगों में एकता नहीं है। कितना मतभेद है। इच्छा करने से ही क्या हम लोग एक हो सकते हैं? यह बाधा तब तक रहेगी जब तक हम यह आपस का मतभेद दूर नहीं करते।"

थोड़ी देर बाद वह चला गया। उसकी बातों का माँ पर अच्छा प्रभाव पड़ा। उनका मन दृढ़ हो गया।

रात के समय धीरज और सुशील आये।

सुशील बोला--"जानती हो माँ! साहस, त्याग और विवेक जेल से छूट गये हैं।"

"अच्छा! वे कितने दिन जेल में रहे?"

"पाँच महीना पन्द्रह दिन। इंसाफ और विश्वास की उनसे मुलाकात हुई थी। इंसाफ ने तुमको संदेश भेजा है कि घबड़ाना मत और विश्वास ने प्रणाम कहा है। जेल तो हमारी लड़ाई के बीच एक विश्राम की जगह है। उससे डरने की कोई बात नहीं है। कल कितने आदमी गिरफ्तार किये गये, यह जानती हो माँ! चालीस आदमियों को।"

"यह क्या कहते हो?"

"अभी तो अंगडाई है, आगे कठिन लड़ाई है। और भी दस आदमियों को पकड़ेंगे, उनमें से मैं और एक यह सुशील भी है।"

यह जानकर माँ की छाती का बोझ जरा हल्का हो गया कि उनका लड़का ही अकेला नहीं है। बोली"वे तुम लोगों को ज्यादा दिन जेल में रख न सकेंगे।"

सुशील ने कहा--"ठीक बात है। अब एक काम की बात सुनो। बात यह है कि ये पर्चे अगर कारखाने में न जायेंगे तो मालिक लोग क्या सोचेंगे, जानती हो? सोचेंगे कि यही लोग उन पर्चों को लिखते, छपाते और बाँटते थे, नहीं तो उनके पकड़े जाने के बाद ही पर्चों का बँटना क्यों बन्द हो गया? उस हालत में इंसाफ और उसके साथियों को जेल से छोड़ेंगे ही नहीं। इसलिये जरूरी है कि कारखाने में पहले की ही तरह पर्चे बँटते रहें। किन्तु कठिनाई यह है कि किसके द्वारा ये पर्चे कारखाने भेजे जाँय। फाटक पर आजकल कड़ा पहरा रहता है। जो भी अन्दर जाता है, उसकी तलाशी ली जाती है।"

माँ उनके मन की बात जान गई कि वे लोग उनकी सहायता चाहते हैं।

मानव कल्याण के लिये लड़ने वाले लड़के के लिये वह कौन काम नहीं कर सकतीं? बोलीं--"मुझसे क्या सहायता हो सकतीं है, बताओ।"

"बुढ़िया दुखिया तो रोज ही वहाँ खोमचे लेकर जाती है। उसके हाथ से पर्चे क्या भेज नहीं सकतीं?"

माँ ने कहा--"खूब कहते हो। तब तो बस्ती भर के लोग जान जायेंगे।"

"तो क्या करना चाहिये?"

"अच्छा मैं खुद ही काम का भार अपने ऊपर लेती हूँ।"

"बहुत अच्छा! बहुत अच्छा!!"

माँ का चेहरा आंनन्द से खिल उठा। समझ गईं, पहले जैसे पर्चे कारखाने में पहुँचते थे वैसे ही पहुँचते रहेंगे तो लड़के की भलाई होगी। मालिक लोग समझेंगे

कि इस काम की जड़ में दूसरे लोग हैं।

वे दोनों निश्चिन्त होकर चले गये। जाते समय दोनों ने पूछा--"तो कल हम पर्चे तुम्हारे पास भेज दें?"

माँ ने कहा--"हाँ, अवश्य।"

दूसरे दिन कारखाने में नई खोमचे वाली दिखाई पड़ी। खाने की छुट्टी में चारों तरफ से मजदूरों ने उसको घेर लिया। उन्होंने तरह-तरह उसको सान्त्वना दी। कुछ मजदूरों ने गुस्से में कहा--"तुम्हारे लड़के को फाँसी पर चढ़ा देने की जरूरत है जिससे वह लोगों को बिगाड़ न सके।"

यह बात सुनकर डर के मारे माँ का कलेजा काँप उठा।

उसी समय कारखाने में एक और काण्ड हो रहा था। पुलिस आई थी। वे लोग धीरज को पकड़ कर ले जा रहे थे। उनके पीछे-पीछे मजदूरों का एक दल था। संख्या में सौ से वे अधिक रहे होंगे। वे लोग पुलिस वालों पर ब्यंग बोल रहे थे और हँस रहे थे।

एक ने धीरज से कहा--"कहो मित्र! सरकारी ससुराल जा रहे हो?" दूसरे ने कहा--"कितना आदर हो रहा है, देखो! साथ में अंगरक्षक जा रहे हैं।"

सुनकर सब हँसने लगे।

तीसरे ने कहा--"अब ये लोग करेंगे क्या? चोर-डाकुओं, गुंडों- बदमाशों, दलालों से तो साँठ-गाँठ है तो अब अच्छे आदमियों को ही पकड़ रहे हैं। अच्छे आदमियों को भी बदमाश बनने के लिये ये विवश कर देते हैं।"

किसी ने कहा--"इन अभागों को लज्जा भी नहीं आती, दिन दहाड़े ऐसा काम!"

पुलिस वाले खूब तेजी से चल रहे थे मानों उनके ब्यंग-वचनों से बचना चाहते हों। माँ ने देखा कि धीरज प्रसन्नता से पुलिस के बीच जा रहा था। यह सोचकर वह गर्व का अनुभव करने लगीं कि इन सबकी जड़ में उनका लड़का भी है! वह खाने की वस्तुयें बेंच कर घर लौट आई।

उस समय दिया बत्ती हो चुकी थी। वह बैठी सुशील की राह देख रही थीं कि किसी ने दरवाजा खटखटाया। उन्होंने तुरन्त उठकर दरवाजा खोल दिया। दरवाजा खुलते ही साधना भीतर घुस आई।

वह पहले से मोटी हो गई थी। उसे देखकर वह अवाक हो गईं। बोलीं-

"तुम इतने दिन कहाँ थी?"

"मैं जेल में थी माँ!"

"जेल में?"

"हाँ! सुशील के आने के पहले ही मैं अपने कपड़े बदल डालना चाहती

हूँ। यह लो पर्चे।"

"तुम ले आई हो! और सुशील?"

"हाँ, लो रखो!" कहकर शाल हटाते ही पर्चे पत्तों की तरह बिखर गये।

माँ ने उन्हें बीनते हुये कहा--"इसीलिये तुम मोटी मालुम हो रही थी। तुम आई कैसे?"

"पैदल चल कर।"

"यह बोझा लेकर तुम इतनी दूर पैदल ही चली आई। जेल में तुम्हारा शरीर एकदम आधा हो गया। बैठो-बैठो।"

बाहर किसी के पैरों की आहट सुनाई पड़ी। साधना उठ खड़ी हुई। माँ घबडा उठीं।

साधना ने कहा--"दरवाजा मत खोलो। देखो, अगर पुलिस हो तो कहना मैं इसे नहीं पहचानती। अँधेरे में गलती से इस मकान में घुस आई और आते ही बेहोश हो गई। इसके कपड़े उतारते समय ये पर्चे.. ..।"

माँ ने कहा--"ऐसा कहने की क्या जरूरत है?"

साधना ने दरवाजे से कान लगाते हुये कहा--"नहीं, पुलिस नहीं है। मालुम होता है कि.......।"

उसकी बात खत्म भी न हो पाई थी कि सुशील कमरे में आ गया।

साधना को देखकर उसने कहा- "अरे, तुम आ गई! माँ इसने पुलिस को खूब बेबकूफ बनाया। जेलर ने कुछ कहकर इसका अपमान किया था। इसने कहा कि यदि वह माफी न माँगेगा तो मैं अनशन करूँगी और आठ दिनों तक अनशन करती रही। यहाँ तक कि मरने तक की नौबत आ गई थी। लाचारन उसको माफी माँगनी ही पड़ी।"

माँ ने कहा--"ओह, ऐसी बात है!" प्रशंसा और स्नेहपूर्ण दृष्टि से साधना की ओर उन्होंने देखा।

साधना ने कहा--"और मैं क्या करती? उससे माफी मँगाने के सिवाय दूसरा उपाय ही नहीं था। जबान से निकली बोली, बन्दूक से निकली गोली वापस तो होती नहीं।" यह कहकर वह उठ खड़ी हुई और जाने के लिये तैयार हो गई।

माँ ने कहा--" इतनी रात को यहीं रहो न?"

"नहीं, मुझे जाना जरूरी है।"

सुशील उसके साथ न जा सका। उसको वहाँ पर काम था। साधना अकेले ही चली गई। माँ चाय तैयार करके ले आई।

सुशील ने कहा--"जानती हो माँ, यह पूँजीपति की लड़की है। बड़े प्यार से इसका लालन-पालन हुआ है। जेल का खाना उसे कैसे पसन्द आता। इसीलिये

इतनी दुबली-पतली हो गई है। एक मजेदार बात जानती हो माँ?"

माँ ने पूछा--"क्या?"

"विवेक और यह दोनों ब्याह करना चाहते हैं।"

"ऐसी बात है! तो क्यों नहीं कर लेते?"

"कैसे कर लें? यह बाहर रहती है तो वह जेल में रहता है और जब वह बाहर रहता तो यह जेल में रहती है। फिर ब्याह हो तो कैसे?"

माँ ने एक लम्बी साँस ली--" इसी कारण से तो इंसाफ भी शादी नहीं कर रहा है।"

सुशील ने कहा--"तुम किस-किस के लिये रोओगी माँ! हम क्रान्तिकारियों का जीवन ही ऐसा है। सबके लिये रोती रहोगी तो अन्त में आँखों में आँसू ही न रहेगा। विवाह और क्रान्ति दोनों एक साथ कठिन कार्य हैं। हमारे एक और मित्र की बात सुनो पाँच वर्ष बाद जेल से छूटकर वह अपनी स्त्री से भेंट करने गये। जब घर पहुँचे तो उनकी स्त्री जेल भेज दी गई थी। मेरी भी स्त्री थी माँ! किन्तु वह भी पाँच वर्ष तक जेल में सड़ती रही और अंत में वहीं मर कर स्वर्ग सिधार गई। माँ, यह त्याग, तपस्या, संघर्ष और साधना का पथ है। बलिदान और कर्त्तव्य का पथ है, ठगी, धोखा और छल-कपट का नहीं।" माँ की आँखों से आँसू बहने लगे। किन्तु सुशील पत्थर की मूर्ति की तरह चुपचाप बैठा चाय पी रहा था।

26

दूसरे दिन की बात है। दोपहर का समय था। माँ कारखाने के फाटक पर जा खड़ी हुई। सिर पर खाने के सामान का भारी बोझा था किन्तु फाटक पर बहुत कड़ा पहरा था। आज अधिक कड़ाई थी। जो भी अन्दर जाता था उसकी खूब तलाशी ली जाती थी।

माँ ने कहा--"बैटा, बोझा लेकर खड़ा नहीं रहा जाता। गर्दन टूटी जा रही है, अन्दर जाने दो।"

पहरेदार ने कहा--"जा-जा।"

माँ बोझा लेकर अन्दर घुस गई। अपनी जगह पहुँचकर बोझा उतार कर सुस्ताने लगीं। बूढ़ी होने के कारण बहुत हाँफने लगी थीं। थोड़ी देर में साहस और त्याग आये। वे कारखाने में बढ़ई का काम करते थे।

साहस ने इशारे से पूछा--"मटर है?"

"कल लाऊँगी।"

यह उन लोगों का गुप्त संकेत था। दोनों खुश होकर माँ के सामने बैठ गये। बर्तन की तरफ झुक ही रहे थे कि एक बंडल पर्चे साहस के हाथ में पहुँचकर झोले

में पहुँच गये। दोनों माँ से गप्प करने लगे। खाने की चीजों को झुक झुककर देखने लगे। धीरे-धीरे उनके पास बहुत से मजदूर आ गये। वह चिल्ला-चिल्लाकर बेंचने लगीं-"गरमागरम छोले, समोसे, सब्जी, जायकेदार बढ़िया पराठे और पूड़ियाँ। ताजी पकौडियाँ।"

सभी मजदूर बहुत भूखे थे। माँ से खाना खरीदकर खा-खा कर वे लोग चले गये। किन्तु साहस और त्याग दोनों धीरे-धीरे खा रहे थे। सभी लोगों के चले जाने पर माँ ने बाकी पर्चे उनके हाथ में दे दिये और खाली बर्तन लेकर घर को चल पड़ीं। आज उनके आनन्द का ठिकाना नहीं रहा। उन्हें ऐसा मालूम हो रहा था कि जीवन का एक दिन सार्थक हो गया।

रात में विश्वास घर आये। वह जेल से छूटे थे। माँ उन्हें छाती से लगाकर रोने लगीं। विश्वास को माँ बहुत प्यार करती थीं। जैसे वह उनके दूसरे बेटे हों।

विश्वास ने कहा--"तुम रोओ मत माँ! इंसाफ अच्छी तरह है। शीघ्र ही छूट जायेगा कोई चिन्ता की बात नहीं।" उसके बाद वह जेल की बातें सुनाने लगे। उनकी बात खत्म होने पर माँ ने कहा--"मैंने तुम लोगों का एक काम कर दिया है।"

"कौन काम?"

माँ ने बताया किस तरह उन्होंने कारखाने में पर्चे पहुँचाये।

विश्वास ने कहा--"तुमने हमारे काम में बहुत बड़ी सहायता की है।"

माँ ने कहा--"एक बात मैंने सुनी है, क्या वह सच है?"

"कौन बात?"

"विवेक साधना से शादी करना चाहता है?"

विश्वास ने कहा--"ऐसी बात नहीं है माँ! दोनों एक-दूसरे को प्यार करते हैं। किन्तु वे शादी नहीं करेंगे। हम लोग तो क्रांतिकारी हैं। हमारे जीवन में घर-गृहस्थी में फँसने की फुरसत कहाँ है? अपवाद रूप में जो विवाहित क्रांतिकारी हैं भी उनमें लोककल्याण ऐसे महान कार्य के लिये क्रान्ति की ऐसी ज्वाला जल रही है कि उन्हें घर-गृहस्थी तथा और कोई भी चीज बाँधकर नहीं रख सकते। फिर इंसाफ और विवेक तो लोहे की तरह दृढ़ हैं। वे कभी डिगेंगे नहीं--

मंदिर मस्जिद गिरजे गुरुद्वारे, जल रहे हैं!
खेत खलिहान कार्यालय कारखाने जल रहे हैं!!
गुलशन से गलियाँ तक जल रही हैं!
महलों से मड़ैयाँ तक जल रही हैं!!
सारी दुनिया सुलग रही है!
फिर स्वार्थ श्रृंगार सुहाये कैसे??"

माँ ने कहा--"मैं जानती हूँ बेटा! लोककल्याण के लिये ही तुम लोग इतना दुख कष्ट झेल रहे हो। मैं जानती हूँ कि तुम लोग सत्य की प्रतिष्ठा चाहते हो। किन्तु बेटा! जब तक दुनिया की छाती पर निर्दयी स्वार्थी शोषक शैतान सवार रहेंगे तब तक उस सत्य की प्रतिष्ठा क्या हो सकेगी? सभी मनुष्यों के सुख-शान्ति की व्यवस्था क्या हो सकेगी? कभी नहीं, किसी तरह भी नहीं।"

"बात तो तुम ठीक कह रही हो माँ! किन्तु जहाँ चाह है वहाँ राह है- हम लोगों का जब वही लक्ष्य है, तब जैसी भी परिस्थिति हो हमें जनकल्याण के लिए आगे बढ़ते ही जाना होगा, चाहे प्राण भले ही चले जाँय। फिर मनुष्य यदि चाह ले तो--

'इस भुज इस प्रज्ञा के सम्मुख, कौन ठहर सकता है?
कौन विभव वह जो कि मनुज को दुर्लभ रह सकता है??"

दूसरे दिन दोपहर में माँ खोमचा लेकर फिर कारखाने को चल पड़ीं। वहाँ पहुँचने पर उन्होंने देखा कि पहरेदार क्रोध से आग बबूला हो रहे थे। आज बहुत ही कड़ाई के साथ तलाशी ली जा रही थी। उन लोगों ने माँ को रोक कर कहा-"ऐ बुढ़िया! खड़ी हो जा।"

माँ ने डरते-डरते कहा--"खड़ी होती हूँ बेटा, किन्तु यह खाने की चीजें ठंडी हो जायेंगी।"

"होने दो।"

उन लोगों ने माँ की तलाशी ली। कुछ भी नहीं मिला। तब उन्होंने कहा- "जा।"

माँ अन्दर चली गईं।

बूढ़े सन्तोष ने चारों ओर होशियारी से देखते हुये माँ से कहा--"तुम ने सुना। कल लोकतांत्रिक समतामूलक सर्वोदयी समाजवादी लोग पर्चे बाँट गये हैं। इसी से समझ लो कि तुम्हारा लड़का इस सबमें नहीं है। तो भी उसको पकड़ ले गये हैं। कैसा अत्याचार है, बताओ तो?"

माँ ने सिर हिलाया। वह चिल्ला-चिल्ला कर कहने लगीं "गरमागरम पकौडियाँ, बढिया पूड़ियाँ, पराठे, जायकेदार सब्जी, समोसे, छोले.. I"

मजदूर लोग दोपहर को छुट्टी होने पर आये। सभी उत्तेजित थे। सबके मुँह में पर्चों की चर्चा थी। पुलिस इधर-उधर घूम रही थी। अधिकारियों के चेहरे क्रोध से तमतमाये हुये थे।

साहस और त्याग आज भी आये। साहस ने कहा--"माँ, तुम्हारा खाने का सामान बहुत अच्छा है। जो खाता है, बड़ाई करता है। फिर धीरे से बोला-

"जो पढ़ना नहीं जानते इसके लिये दुखी हैं।"

माँ सुनकर बहुत खुश हुईं। खाना बेंचकर वह लौट आईं। आज उन्होंने

जाना कि पर्चों और पुस्तकों का जनता पर कितना असर पड़ता है।

विश्वास बैठे पुस्तक पढ़ रहे थे। माँ ने उनसे कारखाने की खबर सुनाकर कहा--"जो लोग पढ़ना नहीं जानते, वे अफसोस कर रहे थे। मैं भी तो उन्हीं लोगों की तरह हूँ, बचपन में जो कुछ सीखा था वह भी बिल्कुल भूल गई।"

विश्वास-"**माता-पिता हैं यदि अज्ञान। बच्चे कैसे बनें महान??**

जीवन के सुख का आधार। शिक्षित संस्कारित हो हर परिवार।।

परिवार जीवन की पहली पाठशाला है। माँ तो प्रथम गुरु होती है—

पढ़ी-लिखी माँ, समाज की रहनुमा।

मैं तुमको पढ़ना सिखाऊँगा, माँ!

अज्ञानों को देना ज्ञान। सर्वश्रेष्ठ है विद्यादान।।"

"इस उमर में?"

"सीखने में उमर की क्या बात है?

जगे देश की क्या पहिचान। पढ़ा लिखा हो हर इंसान।।

पढ़-लिखकर जब बने इंसान। तभी बनेगा मनुज महान।।"

उसी दिन से माँ की पढ़ाई शुरू हुई। माँ की आँखों में आँसू भर आये। बोलीं--"आज नहीं तो कल मर जाऊँगी और अब मैंने पढ़ना शुरू किया है।"

"विश्वास ने कहा--"इसमें तुमसे अधिक इस व्यवस्था का दोष है। इस अवस्था में भी तुम में पढ़ने और सत्य को जानने की इच्छा तो जागृत हुई। तुम तो अपने दुख की अवस्था समझ सकती हो। बहुत से तो कुछ समझ ही नहीं सकते। विद्या विहीन व्यक्ति अंधे के समान है।

'विद्या विहीनः पशुभिः समानः' इससे-

पढ़-लिख कर हम बनें इंसान। बिना पढ़े हैं पशू समान।।

'येषां न विद्या न तपो न दानं, ज्ञानं न शीलं गुणो न धर्म :।

ते मृत्युलोके भुविभार भूता, मनुष्य रूपेण मृगाश्चरन्ति।।'

वे लोग जानवरों की तरह जीवन बिता रहे हैं। फिर भी समझते हैं कि हम बहुत अच्छी तरह हैं! पशुवत व्यवहार करना, केवल पेट भरना ही जानते हैं! उनका अमूल्य मानव जीवन मानों केवल इसीलिये ही है!!

यही पशु प्रवृत्ति है कि आप-आप ही चरे।

वही मनुष्य है कि जो मनुष्य के लिये मरे।।

ये किसान-मजदूर दिन-रात काम करते हैं फिर भी मालिक और शोषक उन्हें कुत्ते से बदतर समझते हैं! उन्हीं की मेहनत से अपने लिये महल और ऐशो-आराम जुटाते हैं। फिर भी बेचारे किसान-मजदूर रोटी-कपड़ा और मकान के लिये ही परेशान रहते हैं! यदि वे कोई आपत्ति उठाते हैं. अपनी अवस्था सुधारना चाहते

हैं और मनुष्य की तरह जीने का अधिकार चाहते हैं तो मालिक और शोषक लोग तरह-तरह के हथकंडे अपनाकर उन्हें परेशान करते हैं, जेल में बन्द करा देते हैं, उनकी हत्या करा देते हैं, उनके सर्वनाश की और भी कितनी ही चेष्टायें करते हैं! जबरा मारै और रोने न दे-वे लोग उन्हें गुलाम की तरह रखना चाहते हैं! इस दुर्दशा और संत्रास से जो लोग मुक्त होना चाहते हैं वे ही तो मनुष्य हैं।

पढ़ी लिखी माँ, होती है घर-समाज की रहनुमा।

अशिक्षित रहना एक अभिशाप है। शिक्षा सफलता और विकास की कुंजी है। शिक्षा पारस है, कल्पवृक्ष है। 'विद्याधनं सर्व धनं प्रधानम्'- नैतिकमूल्यों पर आधारित रोजगारपरक लोकतांत्रिक न्यायमूलक, समतासमरसता मूलक समाजवादी सही शिक्षा की आवश्यकता है। उसके बिना कुछ भी सम्भव नहीं है। शिक्षा का उद्देश्य व्यक्ति और समाज का सर्वांगीण विकास करना और पुरुषार्थ चतुष्टय-धर्म, अर्थ, काम, मोक्ष प्राप्त करने योग्य बनाना, लोकहित, सुख-शान्ति, संतुष्टि, संयुक्त करना है। शिक्षा से ही इंसान इंसान है, महान है--

पढ़ना सीखें लिखना सीखें। सुन्दर भविष्य गढ़ना सीखें।।

जगे देश की क्या पहिचान। पढ़ा-लिखा मजदूर किसान।।

शिक्षित संस्कारित हो हर इंसान, मिटे गरीबी और अज्ञान।।

"बुद्धिर्यस्य बलं तस्य' सही शिक्षा को जीवन से जोड़े बिना हमारी यह लड़ाई असफल होगी। 'श्रद्धावान लभते ज्ञानम्', 'ऋते ज्ञानात् न मुक्तिः' - वास्तव में जब तक ज्ञान-चक्षु से मन-मस्तिष्क और हृदय का अन्धकार दूर नहीं होता, तो केवल बाहरी प्रकाश या चमक-दमक जीवन में संस्कार, सुख-समृद्धि, शान्ति, संतुष्टि और आत्मविश्वास नहीं ला सकते।

'माता शत्रुः पिता बैरी येन बालो न पाठितः।
न शोभते सभा मध्ये हंस मध्ये बको यथा।।"

माँ विश्वास की बातें समझ गईं। उनके मन में और भी उत्साह उमड़ उठा। वह खूब मन लगाकर पढ़ने लगीं।

विश्वास ने कहा--"माँ! इंसाफ जेल से लौटने पर जब देखेगा कि तुम पढ़-लिख सकती हो तब वह बहुत ही खुश होगा। तुमसे हम लोगों को काम में बहुत मदद मिलेगी।"

"मुझसे?"

"हाँ।"

उस दिन से माँ को अपनी शक्ति पर विश्वास हो गया।

माँ का अधिकतर समय पढ़ने-लिखने में, घर-गृहस्थी के कामों में और लोकतांत्रिक समाजवादियों के संगठन की सहायता करने में ही बीतने लगा।

एक दिन संकल्प आया। आते ही उसने माँ के साथ आन्दोलन के बारे में आलोचना शुरू कर दी। उसने कहा--"पढ़े-लिखे लोग और अध्यापक ही लिखते हैं और वे ही इन पर्चों का खर्च भी जुटाते हैं। उन पर्चों में बड़े लोगों के खिलाफ ही लिखा रहता है। मुझे संदेह है कि इसके पीछे उनका कोई गुप्त उद्देश्य है।"

सुनकर माँ सिहर उठीं। बोलीं-"तो क्या तुम कहना चाहते हो कि मेरा इंसाफ भी उन्हीं लोगों के साथ है? वह कभी कोई खराब काम नहीं कर सकता।"

"यह तो जानता हूँ तो भी कहता हूँ कि उन लोगों से दूर ही रहना अच्छा है।"

"तुम क्या करना चाहते हो।"

"मैं यहाँ से गाँवों में जा रहा हूँ। मैं और विवेक वहाँ काम करेंगे। गाँव के लोगों को समझायेंगे क्योंकि अधिकांश आबादी गाँवों में है, जिनको जगाये बिना हम मंजिल नहीं पा सकेंगे। गाँव जगेंगे तो देश जगेगा। जो सत्य है वही हम उनके सामने रखेंगे। वे लोग सत्य को समझ लें और अपनी अवस्था समझ कर आप ही अपना रास्ता ठीक करके चलें। इसीलिये अब हम गाँवों में किसानों-मजदूरों के पास जा रहे हैं। किसान-मजदूर समाज की रीढ़ हैं, उत्पादन, निर्माण, विकास, हरियाली और खुशहाली की जड़ हैं, इसी से विश्वास चाहते हैं कि गाँवों-शहरों में सब जगह उनको जगाने के साथ-साथ सभी को जगाया जाय, सब में सहयोग, सद्भाव, सौहार्द, दया, त्याग, प्यार-भाईचारा बढ़ाया जाय जिससे हम नये विश्व का, नवयुग का निर्माण कर सकें।"

"वे लोग तुम्हारी बात मानेंगे?"

"क्यों न मानेंगे? जिस तरह समझेंगे उसी तरह समझायेंगे।"

"इस काम में भारी खतरा है। संकल्प! तुमको सत्य के लिये, विश्वकल्याण के लिये तरह-तरह की मुशीबतों का सामना करना पड़ेगा। नासमझ, मूर्ख, बेईमान, भ्रष्ट, अधर्मी, आतताई, शोषक लोग तुम्हारे साथ अत्याचार करेंगे।"

"घबराने से काम नहीं चलेगा--

धरती माता सबकी माता, परमपिता परमेश्वर है।
माँ की गोद पिता की छाया, बोलो फिर किसका डर है??
जीवन में सुख-दुख निरन्तर आते-जाते रहते हैं।
सुख तो सभी भोग लेते हैं, दुःख धीर ही सहते हैं।।

'कर्मण्येवाधिकारस्ते मा फलेषु कदाचन', जो बोयेंगे वही तो काटेंगे-
'बोये बीज बबूल का आम कहाँ ते होय?'-

व्यर्थ नहीं जाता है बोया हुआ पसीना,
अलबत्ता उगने में देर भले हो जाये।
एक न एक दिन सुनवाई होगी श्रम की,

मौजूदा महौल में अंधेर भले हो जाये!!

हम किसान-मजदूर सबके पास जायेंगे। उनमें छिपे गुदड़ी के लालों को जगाना है। वहाँ वातावरण बनाना है। विश्वास से यह बातें कह देना।"

"कह दूँगी। तुम अब भी कारखाने में काम करते हो?"

"नहीं, मैंने छोड़ दिया है।"

"कब जाओगे?"

"कल सबेरे।"

संकल्प नमस्ते करके चला गया। माँ अकेली बैठी रहीं। अँधेरी रात थी। उनको ऐसा मालूम हुआ कि उनका सारा जीवन ऐसे अन्धकार में बीत गया। थोड़ी देर में विश्वास आये। माँ ने उनसे संकल्प की बात कही। विश्वास बहुत खुश हुये। बोले-" उन्होंने ठीक काम किया है। गाँव जगाना जरूरी है। किसानों, खेतिहर मजदूरों के बीच जाकर काम न करने से काम कैसे बनेगा?"

माँ ने कहा--"संकल्प कह रहा था कि तुम लोगों को धन कहाँ से आता है? कौन देता है? जिनके विरुद्ध यह आन्दोलन चल रहा है, यह धन क्या उन्हीं लोगों से मिलता है?"

विश्वास हँसने लगे। उन्होंने कहा- "माँ, ऐसा भी क्या कहीं हो सकता है। धन की ही तो हमें कमी है। कितने कष्ट से हम लोगों को धन जुटाना पड़ता है। धन रहता तो चिन्ता ही क्या थी? हमको धन मिलता है जागरूक किसानों मजदरों, समाज सेवियो से। एक तो वे यों ही परेशान रहते हैं, उसीमें वे बेचारे दान देते हैं। विद्यार्थियों से भी दान मिलता है। वे भी बड़े कष्ट से देते हैं। अध्यापकों के बारे में जो कहती हो उसमें कुछ सच्चाई अवश्य है। भले-बुरे दोनों ही प्रकार के मनुष्य उनमें हैं। वे लोग भी कुछ देते हैं। जिस दिन हमारी जीत होगी, उस दिन तक भी यदि वे लोग हमारे साथ रहे तो समझेंगे कि वे सच्चे हैं और हमें धोखा नहीं दे रहे हैं। अध्यापक आचार्य युग निर्माता होते हैं।"

माँ उनकी बात सुनकर खुश हुई और कहा--"ठीक कहते हो।"

विश्वास ने कहा- **"माँ! अँधेरे और उजाले की जंग जारी है।**

हवा चराग बुझाती है, और हम जलाते हैं।।

हर चुनौती से दो दो हाथ हमने किये।

हमने हमेशा है जलाये बुझाये दिये।।

वे दिन अब बहुत दूर नहीं हैं जब संसार से अज्ञान, अन्याय, अत्याचार, अनाचार, भ्रष्टाचार और शोषण उठ जायेगा। मनुष्य, मनुष्य को दास न बना सकेगा। एक स्वर्णिम संसार बन रहा है। हम लोग बना रहे हैं। अन्यायियों, अत्याचारियों, अलगाववादियों, आतंकवादियों, भ्रष्टाचारियों, चोरों-लुटेरों, धूर्तों, स्वार्थपरायणों, ढोंगियों, शोषकों, बंचकों, व्यभिचारियों, बदमाशों,

निर्दयियों को हमलोग अवश्य ही निर्मूल करेंगे। वह स्वर्णिम समय आ रहा है जब मनुष्य मनुष्य में भेदभाव न होगा। मनुष्य जो कुछ गढ़ता है, तैयार करता है, सब में वह अपना उचित हिस्सा पायेगा। किसी को भी किसी चीज की कमी के कारण कष्ट नहीं सहना पड़ेगा। सभी का साथ-सहयोग और सभी का समग्रविकास हो सकेगा। कोई किसी का शोषण और उत्पीड़न न करेगा। हमारा उद्घोष है-

'तेन त्यक्तेन भुंजीथा: मा गृध: कस्यस्विद् धनम्'

हमें बेईमानी, ठगी, भ्रष्टाचार से अतिरिक्त अर्जित करने की नहीं अपितु लोकहित में अर्पित करने की भावना जगानी होगी।

मानव को मानव हमें बनाना है।
मानव में छिपे दानव को दफनाना है।
दानवता को मानवता में बिन परवाह बदल देंगे।
अगर सहयोग मिला सबका तो स्वर्णिम इतिहास बना देंगे।।

इसके लिये हमें जगना, सबको जगाना और सबको साथ लेकर बढ़ना होगा। सबमें सद्भाव, सौहार्द, दया, त्याग, प्यार-भाईचारा लाना होगा। योग-अध्यात्म-विज्ञान संयुक्त सही शिक्षा, सही राजनीतिक, आर्थिक, धार्मिक, सामाजिक, सांस्कृतिक समझ, वैचारिक क्रान्ति और सत्याग्रह, धरना, अनशन, प्रदर्शन, जनजागरण, जनान्दोलन, जनसहयोग से ही यह सम्भव है--

'न त्वहं कामये राज्यं न स्वर्गं नापुनर्भवम्।
कामये दुःख तप्तानां प्राणिनामार्त नाशनम्।।'

माँ विश्वास की बात बहुत ध्यान से सुनती रहीं। आशा और आनन्द से उनका हृदय भर उठा। उन्होंने कहा--"आँधर देखे तो पतियाय। वे दिन क्या मैं देख सकूँगी?"

विश्वास--**"मंजिल मुझे मिले या न मिले इसका गम नहीं।"**
मंजिल की जुस्तजू में हमारा कारवाँ तो है।।

खेल-खिलाड़ी जीवन-पाँसा, जब तक श्वाँसा तब तक आशा, हो सकता है माँ! कि वे दिन मैं भी न देख सकूँ। उस दिन को लाने के लिये राह में ही जीवन खो देना पड़े। फिर भी मुझे दुख नहीं है। परिश्रम, त्याग, तपस्या, बलिदान के बिना वह दिन आ नहीं सकता। लेकिन वह दिन जरूर आवेगा, वे दिन हम लाकर रहेंगे। जो लोग उस समय रहेंगे वे सुखी होंगे। लोगों को जगाना होगा-

माँ, माँग रही है माँ बलिदान,
जागो जागो सोने वालो, धन यश गौरव खोने वालो,

साहस खोकर रोने वालो, करो योग गंगा स्नान।
माँ, माँग रही है माँ बलिदान।।
जिन्दगी सिन्दूर है पूरब दिशा का। जिन्दगी का काम है सूरज उगाना।।
सूर्य छुप गया तो क्या सुबह नव जरूर आयेगी।
नई सुहानी रश्मियाँ यह अँधेरा लील जायेंगी।।

हमलोग केवल वर्तमान सुख की बात ही नहीं सोचते बल्कि जीवन- जगत् के सुखद स्वर्णिम भविष्य की बातें भी सोचते हैं--

जीना तो उसका जीना क्या जो सर को झुकाकर जीते हैं?
जीना तो उन्हीं का जीना है जो स्वर्णिम इतिहास बना दिया करते हैं।।

जीना तो है उसी का जिसने यह राज जाना।
है काम आदमी का औरों के काम आना।।
मानव तन पाना जन धन पाना व्यर्थ है सब कुछ पाना।
यदि हर प्राणी के हित में न अपना हित पहिचाना।।
जीना तो लोकहित के लिये, मरना तो लोकहित के लिये।
ये साँसे समाज के लिये, ये धड़कते हैं लोकहित के लिये।।"

माँ इंसाफ से मिलने तीन बार जेल गई थीं किन्तु जेल के अधिकारी ने उनको तीनों बार लौटा दिया था। उसने कहा कि अभी भेंट नहीं होगी, अगले सप्ताह होगी।

लौटाने पर भी माँ के साथ उसका व्यवहार अच्छा था। लौटकर माँ ने विश्वास से कहा--"वह आदमी बड़ा विनम्र था।"

विश्वास ने जबाब दिया--"रहा होगा, किन्तु ऐसी ही विनम्रता से वे लोग महात्मा को भी फाँसी पर लटका सकते हैं। उनमें से किसी में भी मनुष्यता नहीं है। उनमें से किसी में भी समझने की शक्ति नहीं है और न हृदय ही है! वे लोग यंत्रवत् हैं। उन्होंने जीवन में केवल हुक्म बजाना ही सीखा है। निर्जीव कलपुर्जे की तरह हुक्म बजाया करते हैं। उनके अधिकारी इसी की उन्हें शिक्षा भी देते हैं।"

माँ को उनकी बात पर विश्वास हो गया। अगले सप्ताह माँ फिर इंसाफ से मिलने गईं जेल का पहरेदार वहाँ खड़ा था। उसने कहा--"घर- गृहस्थी की बातों के सिवा और कोई बात तुम लोग नहीं कर सकते।"

माँ-बेटे में बातचीत शुरू हुई। माँ ने लड़के का कुशल समाचार पूछा। घर-गृहस्थी की बातें बताईं फिर पूछा--"ये तुमको कब छोड़ेंगे?" उसके बाद उन्होंने कहा--"पर्चे के लिये तो तुमको पकड़ा है किन्तु कारखाने में फिर पर्चे बाँटे गये हैं।"

"बाँटे गये हैं?" इंसाफ का चेहरा आनन्द से खिल उठा।

पहरेदार ने कहा--"खबरदार! ऐसी बातें मत करो।"

इंसाफ ने पूछा--"आजकल तुम क्या करती हो?"

"मैं खोमचा लेकर कारखाने जाती हूँ।" यह कहकर वह इंसाफ की तरफ इस तरह ताकने लगीं कि वह उनके मन की बात समझ गया। खुशी से वह फूल उठा। उसने कहा--"मुझे बड़ा आनन्द हो रहा है कि तुमको एक काम मिल गया है। कारखाने में तुमको जाने दिया?"

"पर्चे बँटने के बाद फाटक पर मुझे भी......"

पहरेदार बोला--"फिर वही बातें! जल्दी से बातचीत खत्म करो। समय अब पूरा हो गया।"

माँ आँसू बहाती हुई लड़के से बिदा हुईं। लड़के के लिये दुख से उनकी छाती फटने लगी।

27

शाम का समय था। कमरे में बत्ती जल रही थी। माँ कमरे में अकेले बैठी पढ़ रही थीं। कमरे में एक आदमी घुस आया। माँ उसको देखकर पहले तो अवाक हो गईं, फिर बोलीं- "तुम? तुम कहाँ से आ गये?"

"मैं जेल से आ रहा हूँ। तुम्हारे घर में रोशनी देखकर तुम्हारा हालचाल जानने के लिये घुस आया।" कहता हुआ साहस बैठ गया।

"तुम तो एकदम सूख गये हो!" चोर का लड़का होने के कारण माँ उसे कभी पसन्द नहीं करती थीं, किन्तु आज वह खुश हुई। कीचड़ से कमल भी तो होता है यह सोचते हुये उन्होंने कहा--"बैठो, जरा चाय तैयार कर दूँ।"

विश्वास अन्दर कुछ कर रहे थे। उन्होंने कहा- "माँ, बैठो, मैं ही चाय तैयार किये देता हूँ।"

माँ साहस से जेल के हालचाल पूछने लगीं। माँ ने अनुभव किया कि उसके गले का स्वर विचित्र था। भौहै तनी हुई थीं।

विश्वास चाय लेकर कमरे में आये। साहस ने कहा--"देखो, कुछ लोगों को मार डालने की जरूरत है।"

विश्वास ने गम्भीर स्वर में कहा--"क्यों क्या बात है?"

"कुछ लोगों को खतम कर देना होगा।"

"क्यों, बताओ तो? ईश्वर की सर्वोत्तम सृष्टि मनुष्य को मार डालने का अधिकार किसने दिया है?"

"मनुष्य को मारना तो घोर पाप है मगर समाज के शत्रु पापी राक्षसों को मारना पाप नहीं। लातों के भूत बातों से नहीं मानते।

मेरी मान्यता है-- **माया मायावी सन करई।**

साधुता साधू सन आचरई।।

गुडे, बदमाश, दुराचारी, दलाल, दंदफंदी, अन्यायी, अत्याचारी, अलगाववादी, आतंकवादी, भ्रष्टाचारी, रिश्वतखोर, तस्कर, तिकड़मी, कालाबाजारी, बेईमान, ढोंगी, शोषक समाज के शत्रु हैं, पापी राक्षस हैं। ऐसे असामाजिक तत्वों से मैं घृणा करता हूँ। ऐसे लोग हमसे शत्रुता रखते हैं। जैसे को तैसा-हम सभी उनको ईंट का जवाब पत्थर से देंगे। अगर मेरा बाप चोर है तो... ..." यह कहकर ही वह रुक गया। क्रोध के आवेश में फिर बोला--"दुर्मत का मैं खून कर दूँगा।"

विश्वास ने पूछा--"क्यों उसने क्या किया है?"

"उसने? वह ड्रगमाफिया, तस्कर- पुलिस, गुंडों, भ्रष्टाचारियों का दलाल है। वह बहुत ही निकम्मा, दुष्ट, दहचाली आदमी है। उस ड्रगमाफिया, तस्कर ने दलाली की लालच में कई आदमियों का सर्वनाश किया है-

कुसंगति का रोग कैंसर सा भयंकर और टी. बी. सरीखा संक्रामक होता है-

'को न कुसंगति पाय नसाई , रहे न नीच मते चतुराई।'

उसके कारण मेरे पिता भी मुखबिर, दलाल, बिचौलिया ड्रगमाफिया तस्कर बनने का विचार कर रहे हैं।"

विश्वास समझ गये कि साहस किस लिये इस तरह जान पर खेलने को तैयार है। मुखबिर, बिचौलिया, दहचाली, दलाल और ड्रग माफिया, तस्कर को वह चोर से भी गया गुजरा समझता है। अपने बाप का अधःपतन देखकर कौन लड़का शान्त रह सकता है? यों ही पिता के कारण उसका जीवन लांछित था, अब तो उसकी जलन असह्य हो गई। साहस ने फिर कहा--"मेरी छाती पर हाथ रखकर देखो, कैसी आग जल रही है। कैसा भीषण क्रन्दन हो रहा है।"

विश्वास ने उसको सान्त्वना देने की चेष्टा की। उसको समझाया--

"करें सदा हम ऐसे काम। जिनके हों अच्छे परिणाम।।"

किन्तु साहस पर उनके समझाने का खास असर नहीं हुआ। उसने कहा- मुझे घर जाने की इच्छा नहीं होती है।"

माँ ने कहा--"ठीक है, जब तक चाहो तुम यहीं रहो, यहीं से अपना काम करो।"

चाय पीते हुये विश्वास साहस को समझाने लगे। उन्होंने कहा--

"किस ओर है मंजिल, किस ओर जा रहे हैं?

अनमोल है हर पल यूँ ही गवाँ रहे हैं??

"लोग जब हम लोगों को समझने लगेंगे तब उनके गन्दे विचार बदल जायेंगे और सही मनुष्य बनने का प्रयास करेंगे जिससे बड़े भाग्य से मिला मानव शरीर सार्थक हो सके। कारखानों में समता-समरसता एकता मूलक लोकतांत्रिक सर्वोदयी समाजवाद का प्रचार अच्छी तरह हो रहा है। मजदूरों में वह फैल रहा है।"

साहस ने कहा- "किन्तु उसका प्रचार बहुत धीरे-धीरे हो रहा है और तेजी से होना चाहिये।"

विश्वास ने कहा--"हड़बड़ी से गड़बड़ी होती है। मनुष्य घोड़ा तो है नहीं जिसे चाबुक लगाकर, कोड़े मारकर जोरों से हाँका जा सके। अधिकांश तो अपने स्वाभाविक चाल से ही चलते हैं।"

"मुझे ऐसी चाल से सन्तोष नहीं होता। मैं चाहता हूँ......"

"किन्तु हमें पहिले सीखना होगा, समझना होगा, फिर लोगों को समझाना होगा। जोश में होश नहीं खोना चाहिये।"

"और हम लोग लड़ेगें कब?"

हमारी लड़ाई तो चल ही रही है--

"पहिले क्रान्ति दिलों में आती। फिर समाज में वह छा जाती।।

जीत के पहले हममें से बहुतों को बलिदान होना पड़ेगा। जानते हो साहस, तेज हथियार से पहले तेज बुद्धि की जरूरत पड़ती है पहले शस्त्रास्त्र नहीं शास्त्रार्थ चाहिये, पहले चाहिये योग-अध्यात्म-विज्ञान समन्वित रोजगारपरक संस्कारवान शिक्षा, लोगों के मन का परिवर्तन। अब 'सत्य-प्रेम-अहिंसा' संपृक्त सही शिक्षा-संस्कार का शस्त्रास्त्र लें। यह शस्त्रास्त्र जब हमें मिल जायेगा, तब हमें किसी दूसरे शस्त्रास्त्र की जरूरत न रहेगी। समस्यायें बन्दूकों-बमों से नहीं बातचीत और सही समझ से सुलझती हैं। लोकतांत्रिक न्यायमूलक, समता-समरता एकता मूलक समाजवादी योगयुक्त सदाचारयुक्त संस्कारवान रोजगारपरक सही शिक्षा से हृदय परिवर्तन, चरित्र निर्माण और जनजागरण द्वारा ही जनक्रान्ति और समग्रविकास सम्भव है--

घर-घर सद्विचार फैलायें। इस धरती को स्वर्ग बनायें।।
बने सभी सज्जन शालीन। दें समाज को दिशा नवीन।।"

रात अधिक हो गयी थी। भोजनोपरान्त वे लोग सोने चले गये।

* * *

दिन बीतने लगे। प्रतिदिन शाम को लोकतांत्रिक समाजवादियों की बैठक गुप्त स्थानों पर होती थी। दूर-दूर से लोग आते थे और बड़ी रात तक आपस में बातें करते थे। माँ पर परचे पहुँचाने का भार था। वे कारखाने में परचे पहुँचाती

थीं। पहरेदार उनकी तलाशी लेते थे, पर कुछ नहीं पाते थे। इससे उनका क्रोध बढ़ता ही जा रहा था। अपनी सफलता के कारण माँ को अपने काम में अब बहुत आनन्द आने लगा था।

साहस को कारखाने के काम से हटा दिया गया था। इन दिनों वह लकड़ी के गोदाम में काम कर रहा था। वह भी बैठकों में भाग लेता था, सबके चले जाने पर भी वह बैठा रहता था। विश्वास के साथ वह बराबर विचार-विर्मश करता था।

एक दिन साहस ने कहा- "आज मनुष्य जो इतना गरीब है, दुखी है, अन्धकार में भटक रहा है, उसके लिये कौन जिम्मेदार है?"

विश्वास ने कहा--"आज की अन्यायपूर्ण भ्रष्ट व्यवस्था, अज्ञान और भ्रष्टतंत्र जिम्मेदार है और सभी लोग जिम्मेदार हैं जो इस व्यवस्था में सन्तुष्ट रहते हैं।"

"क्या शोषक वर्ग और उनके पिट्ठू, दलाल दोषी नहीं हैं?"

विश्वास उसको समझाने लगे-"इस आर्थिक, सामाजिक, सांस्कृतिक, राजनैतिक और धार्मिक व्यवस्था के लिये केवल उन्हीं लोगों को दोषी समझने से काम न चलेगा, और लोगों का भी इसमें कुछ हाथ है जो सामन्तशाही, लूटतंत्र, भ्रष्टतंत्र, और भ्रष्ट नौकरशाही भ्रष्ट व्यवस्था के कारण अनेक कष्ट उठाते हैं फिर भी उसी में सन्तुष्ट रहते हैं।"

साहस ने कहा--"मैं इस बात को मानता हूँ। मैं यह भी मानता हूँ कि और लोग भी इसके लिये दोषी हैं। मैं मानता हूँ कि वे लोग ही ज्यादा जिम्मेदार हैं जो दूसरों के परिश्रम का सुख भोगते हैं। वे ही और लोगों का शोषण करते हुये आनन्द से जिन्दगी बिता रहे हैं। वे सब निकम्मे, पतित और बेकार हैं। उन लोगों को जड़ से उखाड़ फेंकना होगा।"

उसने कहा--"दुर्मत इन लोगों का दलाल है।"

कहते-कहते उसकी आँखें क्रोध से जलने लगीं--"ऐसे शैतानों को खत्म करना ही पड़ेगा।" यह कह कर वह चला गया।

विश्वास ने कहा--"माँ! दुर्मत सचमुच ही शैतान है। वह बहुत बढ़ गया है। लोगों के पीछे ही पड़ा रहता है। चारों ओर घूम-घूमकर खबर लेता और लड़ाता-भिड़ाता रहता है। साहस जैसा बिगड़ा हुआ है, उससे मालूम होता है कि वह उसको किसी दिन खूब सबक सिखायेगा। साहस की तरह का आदमी जब बिगड़ उठता है तो रक्तपात किये बिना नहीं रहता।"

माँ उनकी बातें समझ गई। उन्होंने सोच लिया कि साहस किसी दिन कोई सांघातिक काम कर बैठेगा।

एक दिन जेल से छूटकर यकायक इंसाफ आया। माँ के आनन्द का ठिकाना नहीं रहा। विश्वास भी आ गये। तीनों में बातें होने लगीं। चाय नास्ते के बाद माँ खाना ले आई।

विश्वास ने सब समाचार बताते हुये बताया--"संकल्प गाँवों में किसानों-मजदूरों में काम करने चले गये हैं।"

इंसाफ बोला--"इससे हम लोगों को कितना लाभ होगा? संकल्प की उम्र अधिक होने पर भी उनको अभी बहुत शिक्षा की आवश्यकता है। उनको अभी पूरी जानकारी नहीं है। मैं रहता तो जाने नहीं देता।"

विश्वास ने कहा--"आघात पर आघात लगने से जिसका मन विद्रोही हो उठा है, जिसमें शोषण, अन्याय, अत्याचार आतंक के खिलाफ आक्रोश और क्रांति की ज्वाला भड़क उठी है, वह किसकी बात मानेगा? उसको कौन पकड़ रखेगा? यह भी तो सत्य है कि भावना में आग लगे बिना और सबको साथ लिये बिना समग्रक्रान्ति और समग्रविकास सम्भव नहीं। आग हृदय में लगती है तो मनुष्य तूफानों से खेलता है। आग बुद्धि में लगती है तो मनुष्य विद्रोह किये बिना नहीं रहता।"

"किन्तु क्या यह भी सत्य नहीं है कि ज्ञान मन का अन्धकार दूर कर सकता है।"

"बिल्कुल सत्य है तभी तो समझ सकेंगे कि सत्ता, सम्पत्ति, सम्मान, सुख-सुविधा सुरक्षा की हक की इस लड़ाई में--

नहीं संगठित शोषित लोग, रहे इसी से संकट भोग।
दश वोट में आठ हमारे, फिर किसान-मजदूर क्यों हाथ पसारे?
जागने का वक्त आ गया, जगाने का वक्त आ गया।
भ्रष्ट व्यवस्था के खिलाफ समग्रकांति का वक्त आ गया।।"

दोनों में इसी प्रकार तर्क होता रहा। माँ बैठी सुनती रहीं। उन लोगों की सभी बातें समझ न सकने पर भी इतना तो समझ गईं कि इंसाफ किसानों के बीच काम नहीं करना चाहता और विश्वास का मत है कि किसानों-मजदूरों को ही नहीं सभी को नैतिकमूल्य आधारित लोकतांत्रिक न्यायमूलक समता-समरसताएकतामूलक सर्वोदयी समाजवाद की शिक्षा देनी चाहिये। उन लोगों से भी अपने काम में मदद मिलेगी। जीवन की सार्थकता, सफलता-: १. योग अध्यात्म-विज्ञान संयुक्त संस्कारवान सही शिक्षा-स्वाध्याय, २. सत्संगति ३, संयम, शिष्टाचार-सदाचरण, ४. स्वानुशासन ५. श्रम-स्वावलम्बन ६. सहयोग, सहकारिता, ७. समाजसेवा ८. ईमानदारी और आत्मविश्वास पर निर्भर है।'

माँ ने विश्वास के विचारों को ठीक समझा।

* * *

नववर्ष दिवस आ रहा था। जो लोकतांत्रिक समाजवादी जेल में थे, छूट कर आ गये थे। इस अवसर पर जो उत्सव होगा उसकी तैयारियाँ होने लगीं।

किन्तु किस तरह उत्सव मनाया जाय इस पर मतभेद हो रहा था। अन्त में निश्चित हुआ कि 'सब जन हिताय, सबजन सुखाय' समग्रक्रांति के लिये लोकतांत्रिक समाजवादी लोग पर्चों, पोस्टरों, पुस्तकों, पत्र-पत्रिकाओं से जनजागृति के साथ हाथ में झंडा, बैनर लेकर जुलूस बनाकर रास्ते रास्ते घूमेंगे, लोकतांत्रिक न्यायमूलक समतासमरसताएकतामूलक समाजवाद की जय मनायेंगे और राजधानियों से लेकर जिला, तहसील, ब्लाक तथा गाँव स्तर तक गरीबी, शोषण, वर्ग, वर्ण, रंग नश्ल, लिंग भेद, भाषाभेद, क्षेत्रीयता, प्रांतीयता, जातीयता, साम्प्रदायिकता, बेईमानी, ठगी, दलाली, गद्दारी, धोखाधड़ी, झूठ-फरेब, धूर्तता, तिकड़म, हेराफेरी, लूटखसोट, अन्याय, अत्याचार, आतंक, अलगाववाद, अवसरवाद, अज्ञान, अंधविश्वास, रिश्वतखोरी, कमीशनखोरी, जमाखोरी, नशाखोरी, चोरी, डकैती, तस्करी, करों के भारी बोझ, कालाबाजारी, कालाधन, कुपोषण, बेरोजगारी, बेकारी, बदहाली, व्यभिचार, भ्रष्टाचार, मँहगाई, मक्कारी, दम्भ, द्वेष, दुराचार, कुरीतियों, ढोंग-ढंकोसलों, अन्यायपूर्ण व्यवस्था, तानाशाही और पर्यावरण प्रदूषण के खिलाफ सत्याग्रह, धरना, अनशन, प्रदर्शन, घेराव, सामाजिक बहिष्कार, जनजागरण-अभियान, जनान्दोलन और जनसहयोग आन्दोलन के आयोजनों से जनजागृति कर जनान्दोलन को विश्वआन्दोलन का रूप प्रदान करेंगे। निरंकुश भ्रष्टसत्ता, भ्रष्ट व्यवस्था का पत्ता साफ करने के लिये जनजागरण, जनमत तैयार करेंगे।"

उन लोगों से माँ ने सुना कि 'ईमानदारी से काम करना बहुत बड़ी समाज सेवा, साधना तथा धर्म है। जो बेईमानी, बदमाशी, भ्रष्टाचार, ठगी से, मेहनत किये बगैर खाते हैं वे चोर हैं, डकैत हैं, अधर्मी हैं.. पापी हैं। समाज में एक श्रेणी के लोग हैं जो समाज के शत्रु हैं जिन्हें शोषक वर्ग कहते हैं। यह बड़े बिलासप्रिय होते हैं। इनका समाज में एक विशेष स्थान है। इन्हीं के हाथ में धन-दौलत भी है। समाज भी इन्हीं के इशारे पर चलता है। शासक-प्रशासक, जमींदार, पूँजीपति, ठेकेदार, मैनेजर, मालिक, मठाधीश, कठमुल्ले, पंडे-पुजारी, पोप-पादरी और उनके दलाल इस श्रेणी के अन्तर्गत हैं। मध्यमवर्ग के लोगों में भी एक शोषक वर्ग है। शोषकवर्ग के लोगों की संख्या बहुत अधिक नहीं है। यह लोग ही समाज के घोर शत्रु हैं। यही लोग और लोगों को ठगते हैं। यह शोषक शैतान लोग सबको आपस में लड़ाते भिड़ाते रहते हैं जिससे लोग संगठित होकर उनका विरोध न कर सकें। आँख के अन्धे गाँठ के पूरे उल्लू के पट्ठों को तो ये स्वार्थान्ध अपने इशारे पर नचाते रहते हैं। समाजरूपी शरीर में यह लोग जोंक के समान हैं। दूसरों का रक्त और पीब पीकर यह मोटे हो रहे हैं।'

माँ का मकान अब दिन-रात गुलजार रहता था। कितने ही लोग आते थे और आपस में विचार-विमर्श करते थे।

एक दिन माँ ने सुना, श्रद्धा विश्वास से कह रही थीं-"जुलूस का नेतृत्व तुम्हीं

करोगे?"

विश्वास ने कहा--"हाँ, इस काम का भार मैंने अपने ऊपर ही रक्खा है।"

"तो तुम्हें फिर जेल जाना पड़ेगा और किसी को यह काम नहीं दिया जा सकता?"

"नहीं।"

"तुम जेल चले जाओगे तो हम लोगों का कितना नुकशान होगा, इस पर तुमने कुछ विचार किया है? तुम और इंसाफ ही क्रांतिकारियों के नेता समझे जाते हो। इस बार फिर यदि तुमको पकड़ लेंगे तो फिर जल्दी नहीं छोड़ेंगे।"

"जीवन एक संग्राम है। समाजसेवा, सत् संघर्ष, साहस और पुरुषार्थ में ही आत्मतुष्टि और जीवन का काव्य है--

संग्राम जिन्दगी है लड़ना इसे पड़ेगा।
जो लड़ नहीं सकेगा आगे नहीं बढ़ेगा।।
अधिकतर आदमी वक्त के साँचे में ढल जाते हैं।
पर इतिहास उनका होता है जो साँचे को ही बदल जाते हैं।।
महान वह नहीं जिनको हालात बदल देते हैं।
महान वह हैं जो हालात बदल देते हैं।।

लोकहित में मैंने जो निश्चय कर लिया है; उस पर दृढ़ रहूँगा। वही ठीक है। कोई भी मुझे हटा न सकेगा-

'प्रारंभ्यते न खलु विघ्न भयेन नीचैः,
प्रारंभ्य विघ्न विहिता विरमन्ति मध्याः।
विघ्नैः पुनः पुनरपि प्रतिहन्यमानाः,
प्रारंभ्य चोत्तम जनाः न परित्यजन्ति।।"

"मेरे अनुरोध पर भी नहीं।"

"ऐसा अनुरोध करना तुम्हारे लिये उचित नहीं है--

जिन्दगी हर कदम एक जीवट का जंग है।
जीत जायेंगे हम अगर हमसफर संग है।।
तेरा साथ है तो मुझे क्या कमी है?
अँधेरों में भी मिलती मुझे रोशनी है।।

मुस्कुराते हुए विश्वास बोले--

"देख दुख-दर्द धीरज न खोना, शीघ्र सुखों का फेरा लगेगा।
रात जितनी अँधेरी रहेगी, भोर उतना उजेरा लगेगा।"

"किन्तु यह क्यों नहीं सोचते कि मैं भी मनुष्य हूँ। श्रद्धा ने धीरे से कहा-

'जिय बिन देह नदी बिन बारी। तैसेहिं नाथ पुरुष बिन नारी।।"

"लोकहितार्थ प्रेरणा प्रदायिनी पत्नी किसी भी देवी से बढ़कर है। समाज हित में तुम्हें ऐसा अनुरोध नहीं करना चाहिये--

सब जन हिताय, सब जन सुखाय। अर्पित हो अपना मनुज काय।।"

श्रद्धा चुप हो गई।

माँ अच्छी तरह समझ गईं कि दोनों ही क्रांतिकारी हैं। एक-दूसरे को प्यार करने पर भी जिस काम का भार लिया है उसके कारण घर-गृहस्थी के बन्धन में ही फँस कर नहीं रह सकते।

माँ का मन दुख से भर उठा--"क्या आजीवन ये लोग कष्ट ही झेलते रहेंगे?"

इंसाफ से माँ ने पूछा--"नव वर्ष दिवस को क्या होगा?"

इंसाफ ने कहा--"सत्याग्रह होगा, जुलूस निकलेगा, लोकतांत्रिक समाजवादियों का जुलूस। मैं सबके आगे झंड़ा लिये रहूँगा।"

"इसमें कोई आफत तो नहीं आयेगी?"

"इसके लिये पुलिस हमें गिरफ्तार कर सकती है। जेल की सजा होने की सम्भावना है।"

माँ की आँखें आँसुओं से भर गई।

इंसाफ ने कहा--"यह काम तो मुझे करना ही पड़ेगा। लोकहित में यह तो मेरा कर्त्तव्य है। कर्त्तव्य में तुम बाधा दोगी?"

माँ ने धीरे से कहा--"नहीं, मैं बाधा नहीं दूँगी।"

फिर भी उनकी आँखों का आँसू नहीं रुका। इंसाफ ने इसे देख कर कहा-- "तुम दुखी मत हो माँ! सभी माताओं का कर्त्तव्य है कि अपने लड़कों को ऐसे काम में खुशी-खुशी जाने दें--

जो किसी के काम आता धन्य है जग में वही।
अर्थ ही को जोड़कर कोई सुयश पाता नहीं।।"

माँ ने कहा--"मैं हूँ माँ। लड़के की विपत्ति में आँसू बहाये बिना क्या मैं रह सकती हूँ? मैं तुमको बाधा नहीं देती।"

इंसाफ बोल उठा--"इस तरह का प्यार ऐसा होता है जो सारे जीवन को जकड़ कर रखता है।"

माँ का कलेजा काँप उठा। उन्होंने कहा--"मैं तुमको बाधा नहीं दूँगी। मैं जानती हूँ कि सभी के कल्याण के लिये ही यह काम करना पड़ रहा है।"

इंसाफ ने कहा--"सबके लिये ही नहीं, आत्मतुष्टि-आत्मसंतोष के लिये मुझे

यह काम करना है। सदाचरण, सत्संघर्ष, साहस, पुरुषार्थ, परोपकार और परमार्थ ही सही जीवन है।"

माँ ने फिर कुछ भी नहीं कहा। विश्वास दरवाजे के पास खड़े थे। उन्होंने सभी बातें सुन ली थीं। नाराज होकर बोले--"माँ से कहीं इस तरह बातें की जाती हैं? ऐसा व्यवहार माँ के साथ तुम क्यों करते हो?

माँ तो माँ है माँ से जहाँ है, माँ से बढ़कर कोई कहाँ हैं?

माता-पिता और सद्गुरु ईश्वर के साकार स्वरूप होते हैं-

मंदिर मस्जिद गिरजे गुरूद्वारे में वो भगवान हैं जिन्हें हमने बनाया है, घर में माता-पिता, सद्गुरु वो जीवन्त भगवान हैं जिन्होंने हमें बनाया है-

माता पिता तो हैं जन्मदाता भाग्य विधाता।
इससे है इनका सबसे ऊँचा पवित्र नाता।।
हम कभी माँ-बाप का कर्जा चुका सकते नहीं।
हम पर किये उपकार कितने, गिने जा सकते नहीं।।

माता-पिता के सेवा आशीर्वाद से गणेश जी प्रथम पूज्य, राम-भगवान राम और श्रवणकुमार श्रवणकुमार बन गये।

'अभिवादनशीलस्य नित्यो वृद्धोपसेविनः।
चत्वारि तस्य वर्धन्ते आयुर्विद्या यशोवलम्।।"

उनकी बातों से इंसाफ को होश हुआ। वह समझ गया कि यह अच्छा नहीं हुआ। उसने माँ से माफी माँगी। माँ पिघल गयी।

उन्होंने कहा--"अच्छा तुम जो उचित समझो करो।"

विश्वास से उन्होंने कहा--"उस पर अब तुम क्रोध मत करो।"

मुस्कुराते हुये विश्वास बोले--"उस पर क्रोध करके क्या मैं रह सकता हूँ? इसको मैं प्यार करता हूँ किन्तु इसको बहुत घमण्ड हो गया है। इसी से कभी-कभी बड़ा रूखा व्यवहार करता है। यों ही मनुष्य के दुख का अन्त नहीं है। उस पर ऐसे व्यवहार से उसका दुख और क्यों बढ़ाया जाय?

'ऐसी बानी बोलिये मन का आपा खोय।
औरन को शीतल करे आपहुँ शीतल होय।।
मीठी बानी बोल से सुख पहुँचे चहुँ ओर।
बशीकरन यह मंत्र है तज दे वचन कठोर।"

इंसाफ ने हँसकर कहा--"अब शान्त रहो! बहुत व्यंग कर चुके।" दोनों मित्र गले मिले। माँ को ऐसे लगा मानों दोनों ही उनके बेटे हों। उनके आँखों से आनन्द की धारा बह चली।

माँ ने कहा--"देखो, इस दुख में भी आज कल मेरे मन में एक तरह का

अलौकिक आनन्द हो रहा है जो पहले कभी नहीं होता था। सभी बातें मानों बदलती जा रही हैं।"

विश्वास ने कहा--"तुम ठीक कह रही हो माँ! संसार में बड़ा परिवर्तन हो रहा है। मनुष्यों में दिव्य विचारधारायें प्रकट हो रही हैं। लोग समझने लगे हैं कि आर्थिक, सामाजिक, राजनैतिक रूप से पिछड़े, विपन्न, शोषितों, गरीबों की अपेक्षा नैतिक, धार्मिक, आध्यात्मिक, सांस्कृतिक और मानवीयमूल्यों में विपन्न पिछड़े पूँजीपति, तिकड़मी, आतंकवादी, अन्यायी, अत्याचारी, बंचक, बेईमान, बदमाश, व्यभिचारी, भ्रष्टाचारी, शोषक, गद्दार कहीं अधिक दयनीय, पिछड़े और विपन्न तो हैं ही, पतित और पापी भी हैं। 'सर्वोदय' की अब यह नई 'सोच' बढ़ रही है। नया आनन्द आ रहा है। दंभ-द्वेष, स्वार्थपरता, लोभ, भ्रष्टाचार, शोषण, घृणा, क्षेत्रीयता, जातीयता, वर्ण, वर्ग, रंग, नस्ल, लिंगभेद, भाषाभेद, साम्प्रदायिकता, निर्दयता, बेईमानी, अन्याय, आतंक, अपहरण, अत्याचार, अनाचार, अलगाववाद, अंधविश्वास, कुरीतियाँ, दकियानूसी विचार ये सब दुनिया से दूर हो जायेंगे, इनसे लोग घृणा करने लगेंगे। किन्तु इसके लिये प्रयास करना होगा, योगक्रान्ति से समग्रक्रान्ति लाना होगा, जगना, सभी को जगाना और साथ लेकर बढ़ना होगा। सबमें कार्यसंस्कृति, सहयोग, सद्भाव, दया, त्याग, प्यार-भाईचारा लाना, सभी को संयमी, स्वस्थ, सभ्य सुसंस्कृत संवेदनशील बनाना और लोकमत जगाना होगा नहीं तो वह आनन्द नहीं आ सकता-

विश्वमंगल साधना के हम हैं सजग पुजारी।

आराधक हैं विश्वशांति के अक्षय टेक हमारी।।

लोकहित, समाजहित, सर्वोदय, समग्रविकास, समग्रक्रान्ति की इस लड़ाई में हम न डरेंगे, न रुकेंगे, न झुकेंगे, न थकेंगे, न बिकेंगे। हम आखिरी दम तक लड़ेंगे और जीतेंगे-

हम हार नहीं मानेंगे, रार नहीं ठानेंगे।
काल के कपाल पर स्वर्णिम इतिहास रच डालेंगे।।
इस आश में मिटा देंगे हम अंधकार को,
तूफां में चराग जलाये हुये हैं हम।
जलने का कोई डर न झुलसने की फिकर है,
सूरज की ओर कदम बढ़ाये हुये हैं हम।।"

माँ का मन नयी आशा आनन्द और विश्वास से भर गया।

28

दूसरे-दिन सबेरे की बात है, विश्वास और इंसाफ काम पर चले गये थे। अच्छी तरह सूर्य का प्रकाश भी नहीं फैला था, जिज्ञासा दौड़ती हुयी माँ के घर

आयी। आते ही उसने कहा--"दुर्मत का खून हो गया। देखने चलोगी?"

उसकी बातें सुनते ही माँ का कलेजा काँप उठा। तुरन्त एक आदमी पर उन्हें खून करने का सन्देह हो गया तो भी उन्होंने पूछा- "किसने उसका खून किया?" उसने कहा- "वह क्या वहां अभी तक बैठा है कि उसे बता सकूँ? चलोगी देखने?"

जिज्ञासा के साथ माँ उसे देखने के लिये चली गई। रास्ते में चलते-चलते उसने कहा--"कल रात तुम्हारे घर की खिड़की से मैं झाँक कर देख गयी थी। पर तुम लोग घर में ही थे।"

माँ चौक उठीं। उन्होंने कहा- "क्या कहती हो! हम लोग उसका खून क्यों करेंगे, हम लोग यह काम कर ही नहीं सकते।"

"कर क्यों नहीं सकते? वह तुम लोगों पर कड़ी नजर रखता था, इसलिये तुम लोगों के सिवा और कौन उसकी हत्या करेगा?" माँ ने कहा--"ऐसा काम हम लोग कर ही नहीं सकते।" किन्तु उनको बार-बार साहस की बात याद आने लगी।

माँ ने देखा कि कारखाने से कुछ ही दूर पर भीड़ लगी है। भीड़ में आगे बढ़ कर उन्होंने देखा कि दुर्मत की लाश पड़ी हुई है किन्तु उसके शरीर या आसपास की जमीन पर कहीं भी खून का दाग नहीं है। शायद उसका गला दबाकर खून किया गया है। भीड़ में से किसी ने कहा--"जैसी करनी वैसी भरनी इसको अपनी करनी का ठीक ही फल मिला है।"

"कौन कहता है, यह बात?" कहती हुई पुलिस भीड़ को ठेलकर लाश के पास पहुँची। उसी समय भीड़ तितर-बितर हो गई। सभी दूर खड़े होकर देखने लगे।

थोड़ी देर में माँ घर चली आई। साहस के लिये उनके मन में चिन्ता होती रही। इंसाफ भी देखने गया था। उसके आने पर माँ ने पूछा- "किसी को पुलिस ने गिरफ्तार किया?"

"नहीं।"

"वे लोग साहस के बारे में कुछ कहते हैं?"

"नहीं, वह कल नदी के किनारे लकड़ी के गोदाम में गया था। अभी तक लौटा नहीं है।"

माँ की घबराहट दूर हुई, किन्तु सोचने लगीं फिर उसका खून किसने किया।

विश्वास और इंसाफ उस समय खाना खाने बैठे थे। खाते-खाते इंसाफ ने कहा--"स्वार्थ के लिये हत्या ऐसा पाप करना अधर्म का काम है। किन्तु अनाचारी, अत्याचारी, अधर्मी, आतंकी हिंसक राक्षसों की हत्या करने का मैं विरोधी नहीं। फिर मनुष्य जब राक्षस बनकर मनुष्य पर अत्याचार, अनाचार, आतंक, अन्याय करता है तब ऐसे राक्षस की हत्या पाप नहीं। किन्तु उसकी तरह

गन्दे और निकम्मे आदमी की हत्या! यह तो मेरे समझ में ही नहीं आता।"

विश्वास ने कहा--"वह भी राक्षस से कम नहीं था।"

"यह तो मैं जानता हूँ कि वह घृणित राक्षस था। पर यह काम बहुत ही छोटा हुआ।"

"इसके सिवा समाज के शत्रु उस गद्दार, मक्कार, दुरात्मा, दुष्ट, दगाबाज, दहचाली, दलाल के साथ और क्या किया जा सकता था?"

इंसाफ ने थोड़ी देर तक चुप रहकर कहा--"तुम उस तरह के किसी आदमी का खून कर सकते हो?"

विश्वास ने दृढ़ता से कहा--"लोकहित में, सत्य और न्याय के लिये मैं सब कुछ कर सकता हूँ। यहाँ तक कि अपनी अन्यायी, अत्याचारी, दुष्ट दुरात्मा, दगाबाज, मक्कार, बेईमान सन्तान को भी......."

माँ सिहर उठीं, बोलीं--"क्या कहते हो?"

विश्वास ने मुस्कुराकर कहा--"ठीक ही कहता हूँ--

अत्याचार सहन करने का कुफल यही होता है।
पौरुष का आतंक मनुज दुर्बल होकर खोता है।।
अन्याय करना या कि सहना यह महा दुष्कर्म है।
न्यायार्थ अपनों को भी समुचित दंड देना धर्म है।।

अधर्म, अन्याय, आतंक, अत्याचार, अनाचार, भ्रष्टाचार, लूट और झूठ का विरोध करना हर इंसान का फर्ज है। जब पृथ्वी पर सर्वत्र भ्रष्टाचार, निर्दयता, अशांति, अधर्म, अन्याय, अनाचार और आतंक का बोलबाला हो, अत्याचारी, अन्यायी, भ्रष्टाचारी राक्षसों के अत्याचार, अनाचार, दुराचार, पापाचार चरमसीमा में हों, सही आदमी और जनता जनार्दन का जीना दूभर हो जाय, पृथ्वी भ्रष्टाचार, अधर्म, अन्याय, अनाचार, अत्याचार, आतंक से त्राहि-त्राहि करने लगे तो मानवीय मूल्यों की रक्षा, धर्म, न्याय, शान्ति व्यवस्था, सभी के शिक्षा, स्वास्थ्य, सुख-सुविधा, सुरक्षा, सर्वांगीण विकास, लोककल्याण, खुशहाली और 'सत्य-प्रेम अहिंसा' पर आधारित समता- समरसताएकतामूलक समाज के संस्थापना के लिये जो संघर्ष करता है वही युगपुरुष नर से नारायण हो जाता है--

कहते हैं सद्ग्रन्थ सभी गीता या रामायण।
शुभ कर्मों से धीरे-धीरे नर बनता नारायण।।"

इंसाफ चुपचाप खाने लगा।

विश्वास एकायक उत्तेजित होकर कहने लगे-"कभी-कभी हमें बाध्य होकर ऐसा करना पड़ता है। ऐसे राक्षसों पर ऐसा ही कठोर बन जाना पड़ता है क्योंकि

हर तरह से समझाने पर भी वह महामूर्ख मानवता के रास्ते में रुकावटें डालते हैं। जो लोग अपनी आत्मा का हनन करके स्वार्थ के लिये दूसरों को लूटते, खून करते या ठगते हैं, ऐसे राक्षसों का खून करना क्या अन्याय है? पाप है? तो मैं पूछता हूँ कि जिनके हाथ में शासन और व्यवस्था की बागडोर है, जिनके पास पुलिस है, जेल हैं, जल्लाद हैं-- जिनकी मदद से कानून और व्यवस्था के नाम पर वे खून करते हैं, डाके डालते हैं, दूसरों की जायदाद छीन लेते हैं, यह सब क्या है? वे जो जेलखाने हैं, जो सजायें दी जाती हैं वे सब किसके लिये हैं? वे अपने सुख और सुविधा के लिये ही उनका उपयोग करते हैं। वे लोग सैकड़ों की संख्या में मनुष्यों की हत्या करते हैं। यदि कभी ऐसा समय आ जाय कि उन लोगों को सजा देनी हो तो उस हालत में मैं क्या करूँगा? उन लोगों को कठोर से कठोर दण्ड दूँगा। ऐसे लोग मानवता के शत्रु हैं, किन्तु मैं यह स्वीकार करता हूँ कि उन्हें मारकर भी सत्य, न्याय और धर्म को प्राप्त नहीं किया जा सकता। उसकी उत्पत्ति और प्राप्ति तो हमारे ही संघर्ष, त्याग और बलिदान से ही हो सकती है। आत्मज्ञान, आत्मसंस्कार, प्यार-भाईचारा और दूसरों के दुख-दर्द बाँटने से हो सकती है।

मैं जानता हूँ एक दिन ऐसा आयेगा जब घृणा, दंभ-द्वेष, निर्दयता और हिंसा न रहेगी लोभ, रिश्वतखोरी, कमीशनखोरी, नशाखोरी, भ्रष्टाचार, अत्याचार, अनाचार, अन्याय, आतंक और अंधविश्वास न रहेगा, मनुष्य स्वतंत्र होकर उन्नति के चरम शिखर पर चढ़ेगा। तब हमारा जीवन सुख- शान्ति, समता, स्वतंत्रता, सौन्दर्य, शिव और सत्य से परिपूर्ण होगा। लोग प्रेम और सहयोग से रहेंगे। तब यह खून-खराबा, छीनाझपटी, बैमनस्य, बेईमानी, भ्रष्टाचार, रिश्वतखोरी, कमीशनखोरी, नशाखोरी, भाषाभेद, क्षेत्रीयता, साम्प्रदायिकता, जातीयता, रंग-नस्ल, वर्ण, वर्ग, लिंगभेद न रहेगा। किन्तु इस समय......"

इंसाफ ने पूछा--"तुम इतने उत्तेजित क्यों हो रहे हो। तुमको क्या हो गया है?"

विश्वास ने कहा--"मैंने ही उसका खून किया है।"

माँ और इंसाफ दोनों चौंक उठे। किन्तु अपने को सँभालकर दोनों ही विश्वास की उद्विग्नता दूर करने की चेष्टा करने लगे।

विश्वास ने कहा- "मैंने क्यों खून किया है, तुम नहीं जानते? उसने मेरा अपमान किया था। उस दलाल, ड्रगमाफिया, नशाखोर तस्कर के समाजद्रोह और अपमान को मैं नहीं सह सका। कल रात उस समय मैं कारखाने की तरफ से जा रहा था। वह मेरे पीछे-पीछे यह कहता हुआ चलने लगा--"तुम सभी लोगों का नाम पुलिस के रजिस्टर में हैं। नववर्ष दिवस के पहले ही तुम लोगों को जेल जाना पड़ेगा।" यह सुनकर मैं हँस पड़ा। किन्तु मेरा खून खौल कर सारे शरीर में दौड़ने लगा। वह फिर मुझसे कहने लगा--"तुम बड़े चतुर आदमी हो। इस काम को छोड़कर शासन-प्रशासन और पुलिस की खुशामद, दलाली करते तो इससे

तुम्हारी उन्नति होती।"

इंसाफ! इससे अधिक मेरा अपमान किसी ने नहीं किया था। इससे अच्छा होता कि वह मेरे मुँह पर तमाचा मार देता, मैं उसे सह लेता, किन्तु यह तो मेरे मनुष्यत्व का अपमान था, मैं सह न सका। मैंने पीछे घूमकर उसे एक घूँसा मारा और चल दिया।

उसका क्या हुआ, मैंने देखा भी नहीं। मैंने सुना कि वह गिर पड़ा। घूँसा लगने से कोई मर जायेगा यह मैं समझता ही नहीं था। पर जुआ, शराब और ऐय्याशी ने उसे खोखला कर दिया था। मेरे मन में केवल यही ख्याल आया कि एक कमीने कुत्ते को मैंने लात मार कर हटा दिया है। सुनता हूँ कि उसका खून हो गया है। इस बात पर मुझे विश्वास ही नहीं हुआ।

इंसाफ! ऐसे घृणित राक्षस को मारना पाप नहीं है, किन्तु बहुत छोटा काम है। यह कलंक मैं आजीवन मिटा न सकूँगा।"

इंसाफ ने पूछा--"अब क्या करोगे?"

"मैंने खून किया, कैसे किया, बताने में मुझे भय नहीं है। किन्तु ऐसा छोटा काम करके जेल जाने में लज्जा मालूम होती है। हत्या के अपराध में अगर कोई दूसरा पकड़ा गया तो मैं जाकर हाजिर हो जाऊँगा नहीं तो मैं स्वयं नहीं जाऊँगा।"

इंसाफ ने कहा--"देखो माँ! हमारा जीवन भी कैसा है? हम लोगों को ऐसी दशा में रखा गया है कि आपस में संघर्ष किये बिना हम रह नहीं सकते। हमारा संघर्ष होता है बेईमानों, शोषकों, भ्रष्टाचारियों, रिश्वतखोर अधिकारियों, पुलिस, सेना, अन्यायिओं, अत्याचारियों, अनाचारियों, अलगाववादियों, आतंकवादियों, ढोंगियों, साम्प्रदायिकतत्वों, दहचालियों, दलालों, चाटुकारों तथा इसी तरह के लोगों से। किन्तु माँ! वे लोग भी हमलोगों के बीच के ही मनुष्य हैं। हमलोगों की ही तरह मालिक, हाकिम- हुक्काम, पूँजीपति, पोप, पादरी, मुल्ला-मौलवी दलाल उनका भी खून चूसते हैं। उनकी गिनती मनुष्यों में नहीं होती। साधारण मनुष्य भी उन्हें घृणा की दृष्टि से देखते हैं। शोषक वर्ग एक दल को दूसरे दल के पीछे ललकार देते हैं, एक दल से दूसरे दल पर आघात कराते हैं। मनुष्य को हथियार बना दिया जाता है। उन्हें पत्थर की तरह कठोर और निर्दय बना दिया जाता है। वे लोग जब खून करते हैं तब उनका हाथ जरा भी नहीं काँपता! उनके मन में जरा भी दुख नहीं होता! यंत्र की तरह खून कर डालते हैं! बल्कि खून करने में उन्हें आनन्द आता है! किन्तु विश्वास ने अनजान में खून किया है फिर भी वह बहुत दुखी हैं और उन्हें बड़ी ग्लानि हो रही है।

वे लोग खून-खराबा क्यों करते हैं, जानती हो माँ! 'जर-जमीन जोरू' यानी धन, दौलत, जमीन-जायदाद, बैंक बैलेन्स, विलासिता, झूठे, शान- शौकत, सुख-ऐश्वर्य और अहं-दबंगई-रंगबाजी के लिये जोकि क्षणभंगुर हैं, नश्वर हैं-साथ में एक पैसा तो जाता नहीं, हाँ करनी ही साथ जाती है, इसीलिये हमलोग लड़ते हैं

सत्य, धर्म, ईमान और न्याय के लिये, सभी की खुशहाली के लिये। यह कितना बड़ा काम है, कितना महान कार्य है, कितना पवित्र ईश्वरीय कार्य है। कर भला तो हो भला--

वेद बाइबिल पुरान आदि में बात मुख्य हैं दोय।
दुख दीन्हे दुख होत है, सुख दीन्हे सुख होय।।"

विश्वास घूमने के लिये बाहर निकल गये। बाहर किसी के आने की आहट सुनाई पड़ी। इन लोगों ने समझा कि पुलिस आ गई। किन्तु दरवाजा ठेल कर संकल्प कमरे में आ गये। आजकल वह गाँवों में रहते हैं। कारखाना छोड़कर जाने के बाद से फिर वह इधर नहीं आये थे। जाते समय वह अपने साथ बहुत सी पुस्तकें और पर्चे लेते गये थे। उन्हीं के जरिये वह वहाँ पर सत्य, संगठन और एकता का प्रचार करते थे। किसानों, खेतिहर मजदूरों, समाज सेवियों में पुस्तकों की बड़ी माँग थी। पुस्तकें खत्म हो जाने के कारण और पुस्तकें, पर्चे लेने वह आये थे।

माँ और इंसाफ ने संकल्प का आदर के साथ स्वागत किया। संकल्प ने बताया कि गाँवों में प्रचार कार्य तेजी से चल रहा है।

उन्होंने कहा-"मुझे वहाँ पर काम करने की अनेक सुविधायें हैं। जिन पुस्तकों से लोगों को जगाकर अज्ञान, असत्य, अत्याचार, अन्याय, अनाचार और भ्रष्टाचार से लड़ने के लिये तैयार करना है, उन्हीं को मैं पढ़ाता हूँ। पुलिस को जब पता लगेगा कि वे पुस्तकें जनता पढ़ रही है तो वह हलके के दो-एक अध्यापकों को पकड़ेगी। मेरे ऊपर उनका संदेह नहीं हो सकता।"

इंसाफ ने कहा--"क्या यह उचित है कि आपके काम के कारण दूसरों को दुख भोगना पड़ेगा।"

"इसमें अन्याय कहाँ है? अध्यापक लोग प्रायः सामन्ती व्यवस्था के पोषक हैं, उनके ऊपर पुलिस को संदेह न होगा। जिनके पास पुस्तकें मिलेंगी केवल वे ही लोग पकड़े जायेंगे। इसके सिवा स्कूल में जो पुस्तकें पढ़ाई जाती हैं उनमें क्या कोई निषिद्ध विषय नहीं है? है, अप्रत्यक्ष रूप से है। अध्यापक लोग इस सामन्ती व्यवस्था के लिये दोषी हैं, नहीं अगर वे मनुष्य कल्याण और विश्वकल्याण के लिये वैचारिक क्रान्ति लाने, सभी को जगाने, मानव को मानव-महामानव बनाने, कार्यसंस्कृति लाने में हमारा साथ दें तो संसार का नक्शा ही बदल जाय। ऐसे लोगों के साथ मित्रता कैसे हो सकती है? वे विपद में फँसेंगे तो हमें विशेष दुख न होगा, दुख होगा साधारण लोगों के विपद में, उनके कष्ट में।"

माँ ने कहा--"मालिकों, पूँजीपतियों, हाकिम हुक्कामों अभिजात वर्ग में भी दो-चार आदमी ऐसे मिलेंगे जो लोग जरूरत पड़ने पर हमारे लिये प्राण दे सकते हैं।"

संकल्प ने कहा--"मैं उन लोगों की बात नहीं कहता किन्तु उनमें से अधिकतर लोगों का व्यवहार हमलोगों के प्रति कटुतापूर्ण है। हमलोग कहेंगे आम' तो वह लोग कहेंगे 'इमली'। यदि हमको भर पेट भोजन मिलने लगे तो उनको नींद नहीं आयेगी।

गाँवों में जाकर मैंने जो कुछ देखा है, उससे मैं सिहर उठा हूँ। सियासत दारों, पुलिस, दलालों, दबंगों, दहचालियों, दरिंदों, दुराचारियों, बेईमानों, बिचौलियों, बदमाशों, चोरों, डकैतों, गुंडों, माफियाओं, अन्यायियों, अत्याचारियों, अनाचारियों, आतंकवादियों, तिकड़मियों, कमीशनखोरों, हाकिम हुक्कमों के डराने-धमकाने, जुल्मों के दहशत और प्रत्यक्ष-अप्रत्यक्ष करों, सही-फर्जी कर्जों के बोझ, मुकदमेबाजी, घूसखोरी, नशाखोरी, कमीशनखोरी, भ्रष्टाचार, ठगी आदि के मकड़जाली शोषण-दोहन में जोताई-बोवाई, खाद, बीज, सिंचाई, मेहनत-मजदूरी आदि में लागत, मँहगाई की मार में, अशिक्षा, अभाव, अकाल-दुकाल में मनुष्य इस प्रकार कैसे जीवित रहता है! तुम लोग शहरी आदमी हो, इस मकड़जाली शोषण को क्या जानो? जाके पैर न फटी बेंवाई वे क्या जानें पीर पराई? वैसी निर्दयता, अनीति, अधर्म, अत्याचार, अन्याय, अपहरण, आतंक, असुरक्षा, जातीयता, साम्प्रदायिकता, रिश्वतखोरी, कमीशनखोरी, घपला, घोटाला, भ्रष्टाचार, धूर्तता, छलछन्द, छुआछूत, झूँठ-फरेब, मक्कारी, गद्दारी, घृणा, ईर्ष्या-द्वेष, वैमनस्य, तिकड़म, दहचाल, नंगई का नंगा नाच तुम लोगों ने देखा नहीं है।। गाँव में भूख, कुपोषण, गरीबी, लाचारी, बेरोजगारी, अभाव, अशिक्षा और अज्ञानता परछाईं की तरह उनके साथ लगी रहती हैं। निर्धनता एक बड़ा अभिशाप है। भूख, लाचारी, अज्ञानता, अभाव और स्वार्थान्धिता मनुष्य की आत्मा को भी खा जाती है। उनमें मनुष्यता के चिन्ह गायब हो जाते हैं। गाँव के मनुष्यों का जीवन पशुओं से भी बदतर या चलती- फिरती लाशों सा है। उनका जीवन बिल्कुल गया-गुजरा हो गया है। खून पसीना एक कर जो कमाते भी है उन पर निर्दयी शैतानों की तीखी नजरें लगी रहती हैं कि कहीं उनके पास कुछ बच तो नहीं गया। बच जाने पर तरह-तरह के हथकंड़ों से वे उसे छीन लेते हैं--

'प्रकृति धाम यह तृण-तृण, कण-कण यहाँ प्रफुल्लित जीवित।
यहाँ अकेला मानव ही रे चिर विषण्य जीवन-मृत।।
अकथनीय क्षुद्रता विवशता भरी यहाँ के जन में।
घर-घर में है कलह, खेत में कलह, कलह है वन में।।"

माँ और इंसाफ स्तब्ध होकर बैठे हुये उनकी बातें सुन रहे थे। संकल्प ने फिर कहा--"गाँवों का जीवन देखकर मैं तन-मन और आत्मा से विद्रोही हो उठा हूँ। गाँवों की अपनी विशेष पीड़ा है, विशेष समस्या है कि गाँवों की कोख से पैदा हुये उसकी ममतामयी सोंधी महकती माटी में पले-पुषे, खेले- कूदे, पढ़े-लिखे प्रायः होनहार शिक्षक, साहित्यकार, कलाकार, वैज्ञानिक, समाजसेवी,

नेता, अधिकारी, इंजीनियर, डाक्टर, वकील जिनसे गाँव की धरती माता को ग्रामोदय की बड़ी आशायें होती हैं, बड़े अरमान होते हैं, वे उसके दुख-दर्दों, उसकी समस्याओं, उसकी दीन-हीन दशा और ममता को ठुकराकर, गाँवों में बसना तो दूर गाँव में काम करना भी न चाह कर गाँवों को गँवारों, गुंड़ों, बदमाशों, बेईमानों, बंचकों, घूँसखोरों, दलालों-दहचालियों, ठेकेदारों, शोषकों के हवाले छोड़कर बस अपनी ही सुरक्षा, ऐशो-आराम और अमन-चमन की मरीचिका में शहरों-कस्बों को आबाद करते जा रहे हैं! कैसी बिडम्बना है--"माता न कुमाता पुत्र कुपुत्र भले ही।" 'जननी जन्मभूमिश्च स्वर्गादपि गरीयसी'-काश, वे लोग माँ की ममता को, उसकी पीड़ा को, अरमानों को और अपने कर्त्तव्यों-फर्जों को भी समझ सकते, मातृऋण-मातृभूमि के ऋण और उसके उपकारों से उऋण होने की, वहीं बसकर उसके विकास की, सुरक्षा की भी सोचते तो अभागे गाँवों की सभी समस्यायें सही शिक्षा, सही समझ, सहयोग, सहकारिता, स्वावलम्बन, श्रमदान से सुलझ जातीं और आर्थिकक्रांति, कृषिक्रान्ति, हरितक्रान्ति, श्वेतक्रान्ति, वृक्षारोपण, पर्यावरण सुरक्षा से समग्रविकास, सुख-सुविधाओं से सज-सँवरकर ये गाँव हरियाली, खुशहाली से स्वर्ग से सुन्दर बन गये होते, उनकी तस्वीर और तकदीर बदल गई होती--

जिस कोख ने जन्मा हमें वह पूज्य जननी वसुन्धरा। '
जिस गोद ने पाला हमें वह वन्दनीय जननी वसुन्धरा।।'
'जिसके पंचतत्व को पाकर हमने जन्म लिया है।
जिसका खाकर अन्न सुधा सम नीर समीर पिया है।।
स्वर्ग से बढ़कर मातृभूमि यह मातातुल्य मही है।
सोचो, इसकी इस दुर्गति का क्या हम पर दोष नहीं है??'
चारों ओरी ताल तलैया, घन बगिया की छाँव रे।
स्वर्ग से सुन्दर लागे भइया आपन गाँव-गिराँव रे।।
यह वह धरती है जिसकी माटी चन्दन भी है सोना है।
इसे स्वर्ग से सुन्दर बनाकर मातृऋण से उऋण होना है।।

मैं शहरी आदमी ठहरा। इन सब बातों को मैं बिल्कुल ही नहीं जानता था। गाँव में ही अब बस गया हूँ। मैं शोषकों शैतानों के आराम के लिये काम नहीं करूँगा बल्कि उनसे निपटारा करूँगा। घृणा, द्वेष, दलाली, दुराचार, भ्रष्टाचार, अन्याय, अत्याचार, आतंक, अपहरण, निर्दयता, रिश्वतखोरी, कमीशनखोरी, कालाबाजारी, मिलावटखोरी, मुनाफाखोरी, जमाखोरी, जातीयता, साम्प्रदायिकता, संवेदनहीनता, अंधविश्वास, कुरीतियों, ढोंग-ढकोसलों के दृश्यों ने मेरे हृदय में आग लगा दी है। मेरा हृदय जल रहा है। मैं चाहता हूँ कि उन ग्रामीणों, किसानों-मजदूरों के दिमाग में भी समग्रक्रान्ति की ज्वाला भर दूँ जिससे

वे संगठित होकर बुजदिली छोड़कर ग्रामस्वराज ही नहीं ग्रामसुराज के लिये, स्वदेशी, स्वाभिमान के लिये न्यायपूर्ण व्यवस्था और जोर-जुल्म से लडने-मरने के लिये तैयार हो जाँय, नहीं तो किसी तरह भी सत्य की जीत न हो सकेगी।

शिक्षा की यदि कमी न होती, और सभी जनता जग जाती।
तो ये ग्राम स्वर्ग बन जाते, शान्ति सुधारस में सन जाते।।

हमें ऐसी योग-अध्यात्म-विज्ञान समन्वित रोजगारपरक संस्कारवान सही शिक्षा-दीक्षा, साहित्य और 'मीडिया' चाहिये जो उन्हें जगा दे, जिससे वे अपनी अच्छाई-बुराई समझ सकें, उनमें 'सत्य-प्रेम अहिंसा' सहयोग और स्वावलम्बन की भावना भर दे जिससे उनकी नस-नस में बैचारिकक्रान्ति की धारा बहने लगे और वे स्वराज से सुराज की ओर कदम बढ़ा सकें-

गाँव के झगड़े गाँव में निपटायें।
पुलिस कचेहरी में समय धन न गँवायें।।"

हँसते हुये वह बोले--"मैं तो लोगों से कहता हूँ--

भले डाँट बैरी और बीबी की खाना,
मगर यारो थाना कचेहरी न जाना।
कचेहरी वकीलों कर्मियों की परसी है थाली,
कचेहरी तो पटवारी पुलिस की है पाली!!
थाना अदालत तो धन देखते हैं!
कैसे मिले वह जतन देखते हैं!!
ग्राम स्वराज ही नहीं ग्राम सुराज यदि लाना है।
तो सभी को शिक्षित जागरूक बनाना है।।"

वह फिर कहने लगे--"जानते हो इंसाफ! कुछ चाहते है-कि अब कैद का बदला कैद या अपहरण और मौत का बदला मौत से चुकाया जाय। किन्तु कैद या प्राण लेना-देना सहज है। आवश्यकता है जनजागरण की, सहकारिता की, ग्रामविकास की, नैतिकमूल्यों-मानवीयमूल्यों के स्थापना की, कार्यसंस्कृति, श्रमदान, सद्भाव, सहयोग, सहभागिता, प्यार भाईचारे की, भव्य-दिव्य जीवन के लिये योग-अध्यात्म विज्ञान संयुक्त वैचारिकक्रान्ति की, आत्मविश्वास की, अन्तर्दृष्टि की, दिव्य सोच की--

चन्दन है इस देश की माटी, तपोभूमि हर गाँव है।
हर बाला देवी की प्रतिमा, बच्चा बच्चा राम है।
ग्राम्यविकास की रुकी धारा को जन-जन को नव जीवन देंगे।
अगर सहयोग मिला सबका तो स्वर्णिम इतिहास बना देंगे।।"

इंसाफ ने कहा--"हमलोग गाँव के लिये भी अखबार निकालेंगे। उसके लिये

हमें गाँवों की समस्यायें और समाचार दिया कीजिये।"

"हाँ-हाँ, दूँगा। खूब सरल भाषा में लिखना। ऐसी भाषा हो जिसे एक छोटा बच्चा भी समझ जाय।"

इतने में गाँव से आया एक युवक जिसका नाम सुमत था। संकल्प ने इंसाफ से उसका परिचय कराया।

सुमत इंसाफ के घर की पुस्तकों को देखते हुये बोला--"आपके यहाँ तो बहुत सी पुस्तकें हैं। इन्हें पढ़ने क का समय तो शायद आप लोगों को बहुत कम ही मिलता होगा। किन्तु गाँव में पढ़ने के लिये बहुत समय मिलता है।"

इंसाफ ने कहा--"किन्तु पढ़ने की इच्छा शायद कम है?"

"इच्छा क्यों कम होगी? बहुत इच्छा है। पोथियों का पहाड़ ढोने और उनमें भटकने के बजाय अब ऐसा समय आ गया है कि सही विचारों पर न चलने से बुद्ध ही रहना होगा। किन्तु मनुष्य ऐसा नहीं चाहता है, इसीलिये समाज को सही आइना दिखाने वाली, सही विचारों, दिव्य जीवनदर्शन वाली सदगुरु, विश्व की अनुपम, अनूठी धरोहर ऐसी क्रान्तिकारी पुस्तक की माँग बढ़ रही है। मानवाधिकारों, मौलिक अधिकारों-कर्त्तव्यों, मानवीयमूल्यों, आदर्शों की, सत्य की स्थापना, सर्वोदय, स्वर्णिम भविष्य और सबकी मुक्ति हेतु वैचारिकक्रान्ति, योग-अध्यात्म-विज्ञान समन्वित, सुशिक्षा, समग्रक्रान्ति, समग्र विकास, सर्वोदय, जनजागरण के लिये तो सभी सद्शास्त्रों का सार ऐसा अनुपम अनमोल अमर ग्रन्थरत्न मशाल है। इसमें मानव से महामानव, पुरुष से महापुरुष बनने, शून्य से शिखर तक, फर्श से अर्श (आकाश) और पुरुषार्थ चतुष्ठय-(धर्म, अर्थ, काम, मोक्ष) मंजिल तक पहुँचने का सही मार्गदर्शन है।"

इंसाफ ने पूछा--"तुम्हारे पास कुछ जगह-जमीन है?"

"कुछ थी, किन्तु कई हिस्सों में बँट जाने से उसमें खेती करने से गुजर नहीं होता। सोचता हूँ सेना या पुलिस में भर्ती हो जाऊँ। मैं जानता हूँ कि शोषक लोग उनके जरिये अपना उल्लू सीधा करने से बाज नहीं आते, किन्तु मैं जाऊँगा उसका अन्त करने के लिये, मानवीयमूल्यों की स्थापना के लिये। अब वह दिन आ गया है।"

इंसाफ बोला--"दिन आ गया है, यह सच है, किन्तु यह काम बड़ा कठिन है। उनसे क्या कहना होगा, किस तरह कहने से वे लोग बात समझेंगे, यह पहले जान लेना आवश्यक है।"

"जान लूँगा, सीख लूँगा।"

"मालिक लोग जान जायेंगे तो तुम्हें गोली से उड़ा देंगे या जेल में डाल देंगे।"

"यह तो मैं जानता हूँ किन्तु सही ज्ञान, सत्संघर्ष, त्याग, बलिदान सें इंसान जगेगा और अज्ञान, अभाव, अन्याय, अत्याचार, अनाचार, आतंक, घूँसखोरी,

भ्रष्टाचार, दुराचार, दमन, शोषण आदि के विरुद्ध विद्रोह कर देगा--

व्यर्थ कभी सत्संघर्ष न जाता, ब्यर्थ न जाती कुर्वानी।।

इंसाफ चुप हो गया।

संकल्प ने कहा--"हमलोगों के जाने का समय हो गया है। विश्वास से मुलाकात न हो सकी, उनसे हम लोगों का प्रणाम कहियेगा।"

वे लोग विश्वास की बेजोड़ क्रान्तिकारी पुस्तक की पचासों प्रतियाँ साथ लेते गये। जाते समय सुमत ने कहा- "मानवीयमूल्यों-आदर्शों, मानवाधिकारों, मौलिक अधिकारों-कर्त्तव्यों, मानवधर्म की स्थापना करने वाला, योग-अध्यात्म-विज्ञान समन्वित संसार के सभी सद्शास्त्रों का सार, समग्रकांति से, समग्रविकास, सर्वोदय, पुरुषार्थ चतुष्टय- 'धर्म, अर्थ, काम, मोक्ष' प्रदाता, नर्कजाल से छुटकारा दिलाने वाला ऐसा अद्वितीय, अनूठा, गौरवग्रन्थ अंधकार में अमर अलौकिक उजाला है। ज्ञानगंगा, ज्ञानामृत, कथामृत, ज्ञानमहायज्ञ है, संजीवनी है, कामधेनु है, कल्पवृक्ष है, अक्षय ऊर्जा श्रोत है। इस कालजयी कृति से अच्छा गुरु, मित्र, सत्संग और मार्गदर्शक दूसरा कोई नहीं है। यह सप्रेरणाप्रदायक, जनजागरण का अनूठा ज्ञानकोष, विश्व की बेजोड़, अनुपम, अमूल्य, अमर अमानत है।"

विश्वास के आने पर इंसाफ ने कहा--"संकल्प आये थे, उनके अन्दर समग्रक्रान्ति की ज्वाला जल रही है।"

विश्वास ने कहा--"हाँ, गाँव के किसानों मजदूरों का मन भी खट्टा हो गया है। वे लोग भी शोषण, भ्रष्टाचार, अत्याचार, अन्याय, अनाचार, आतंक, मँहगाई, नशाखोरी, नंगई से मुक्ति चाहते हैं, रोटी-कपड़ा-मकान चाहते हैं, सुशिक्षा, सुरक्षा, समृद्धि और सुख-शान्ति चाहते हैं। वे लोग जब जग जायेंगे तब सामन्ती व्यवस्था को, तानाशाही, भ्रष्टतंत्र को, भ्रष्ट नौकरशाही को, बेईमानी, रिश्वतखोरी, नशाखोरी, भ्रष्टाचार, अधर्म, अनाचार, अत्याचार, अन्यायपूर्ण व्यवस्था को खत्म कर डालेंगे। जो अन्याय, अत्याचार, अनाचार चिरकाल से उनके ऊपर होता आया है, वह उस विप्लव की आग से जल-भुनकर राख हो जायेगा।" इंसाफ ने कहा--

"फिर उसके बाद ही वे लोग मजदूरों के विरुद्ध उठ खड़े होंगे।"

"ऐसा क्यों होगा? हमलोग उनको समझायेंगे, उनको बतायेंगे कि मजदूरों और किसानों दोनों की माँगें एक ही हैं। मतभेद हो सकते हैं मनभेद नहीं, दोनों ही चाहते हैं घृणा, दुर्दशा, बेईमानी, रिश्वतखोरी, भ्रष्टाचार, शोषण, घपला-घोटाला, धोखाधड़ी, अन्याय, अत्याचार, अनाचार, अभाव और अज्ञान से मुक्ति, रोटी-कपड़ा और मकान। वे लोग हमलोगों की बातों पर जरूर विश्वास करेंगे क्योंकि उनक और हमारा रास्ता अलग-अलग नहीं है। किसान-मजदूर समाज, देश तथ विश्व विकास की धुरी हैं, रीढ़ हैं। कहावत है-मिला जुला खाओ मिलजुल कर रहो –

जब अकेला जला तो दिया ही बना।
साथ मिलकर जला तो दिवाली बना।।
स्वयं जगो और सबको जगाओ।
बदल दो जमाना धरा जगमगाओ।।

जमात करामात है, इससे हमें किसानों, मजदूरों, शोषितों को ही नहीं सभी को जगाना है, सभी को साथ लेकर आगे बढ़ना है। सबके साथ सहयोग से ही समग्रक्रान्ति, समग्र विकास, सर्वोदय सम्भव है–

'हम गाँव-गाँव नगर-नगर जायेंगे, सबको हम जगायेंगे।
यो
ग सीखेंगे सिखायेंगे, निरोगी सब बनायेंगे।।
स्वाभिमान जगायेंगे, समग्रक्रांति, समग्रविकास लायेंगे।
कैसे-कैसे लुट रहे, सबको हम बतायेंगे।।'
आतंकी आतंक मचाये भारी।
बचाओ बचाओ अरे खरारी।।

हमें यह मूलमंत्र लेकर आगे बढ़ना है--

प्रेम-एकता स्वतंत्रता समानता रहे।
सारे विश्व में चरित्र की प्रधानता रहे।।
'वक्त की आवाज है मिलके चलो।
जिन्दगी का राज है मिलके चलो।।"

29

एक दिन साहस आया। उसने अफसोस करते हुये कहा--"उस राक्षस को मैंने मार डालने का विचार किया था, किन्तु बीच में ही किसी ने मेरा शिकार छीन लिया!"

इंसाफ ने कहा--"जो ही मन में आये वही मत बको साहस! सावधान होकर बातें करो। दीवारों के भी कान होते हैं।"

साहस ने कहा--"भाई तुम लोग इतना काम कर रहे हो, मैं कुछ भी कर नहीं पाता। मेरा जीवन ही व्यर्थ है। लगता है संसार से संन्यास ले लूँ।"

विश्वास बोले-- "मनुष्य अपने भाग्य का स्वयं निर्माता है-

निश्चेष्ट होकर बैठ रहना यह महा दुष्कर्म है।
सचेष्ट होकर कर्म करना यह हमारा धर्म है।।

न भागो, न भोगो, जागो-

संघर्षों से डर संन्यास खोजना कायरता है मन की।
है सच्चा मनुजत्व ग्रन्थियाँ सुलझाना जीवन की।।
क्या ढोंगी साधु भागता कभी गेह या वन से?
सदा भागता फिरता है वह एक मात्र जीवन से।।
कितने ही आये चले गये, है कितनों को आना-जाना।
अगर लोकहित कर न सके, तो व्यर्थ हुआ आना-जाना।।

यह वहम कि कोरे पूजा-पाठ, जप-तप, यज्ञ, व्रत, कथा, भागवत, भजन, भक्ति, अनुष्ठान आदि करके हम अभीष्ट पा सकते हैं, हमको किसी काम का नहीं छोड़ेगा। सही सिक्षा सही समय सत्संगति, सदाचरण, सद्भाव, सौहार्द, ईमानदारी, मर्यादित जीवन, प्रेम-एकता, लोककल्याण, लोकसेवा ही सबसे बड़ा धर्म, धाम, यज्ञ, जप, तप, पूजा-पाठ, व्रत, आराधना, उपासना, अनुष्ठान, भजन और भक्ति है। इससे बड़ा, महान, शुभ, पवित्र, पुण्य और कोई काम हो ही नहीं सकता।

फिर मत कहना कुछ कर न सके।
दुर्लभ जीदन नहिं सँवर सके।।
जो पल गुजर गया वो नहिं फिर से हाथ आना।
अनमोल है रे हर पल बेकार न गँवाना।"

"तो मुझे कोई काम दो।"

विश्वास--"तुम निराश न हो। काम की कमी नहीं है। जहाँ चाह है वहाँ राह है-'वीर भोग्या वसुन्धरा।"

इंसाफ ने कहा--"हमलोग किसानों मजदूरों को जगाने के लिये एक अखबार निकालने वाले हैं। एक प्रेस खोलेंगे। हम तुम्हें काम सिखा देंगे फिर तुम उसमें काम करना।"

"अच्छी बात है। किसानों-मजदरों और सभी को जगाना जरूरी है। नेकी और पूछ-पूछ? मुझे ऐसे काम में काफी आनन्द आयेगा।"

* * *

नववर्ष दिवस के उत्सव की तैयारी हो रही थी। सभी के मन में आनन्द और उत्साह था। हर तरफ सर्वोदय, समग्रविकास के लिये समग्रक्रान्ति के पर्चे बँट रहे थे। दीवालों पर, पेड़ों पर, इमारतों पर, थानों-कचेहरियों, कार्यालयों, विद्यालयों की दीवालों पर यत्रतत्र-सर्वत्र पर्चों की भरमार थी। विश्वास और इंसाफ को आराम करने की फुरसत नहीं थी। माँ के ऊपर भी काम का भार था। सभी काम में लगे हुये थे। पुलिस भी चारों ओर दौड़-धूप कर रही थी। शहर जासूसों से भर गया था, किन्तु वे कुछ कर नहीं पा रहे थे। किसको किस दोष में पकड़ें, यह उनके समझ में ही नहीं आता था। वे डरते थे कि कहीं जनता इससे और न भड़क उठे।

क्योंकि पूरे देश में केन्द्र से लेकर ब्लाक, तहसील, जिला तथा राज्य मुख्यालयों में सत्याग्रह, धरना, अनशन, प्रदर्शन, असहयोग आन्दोलन जनान्दोलन बन गया था।

नववर्ष दिवस को क्रान्तिकारियों का केन्द्रीय कार्यालय उत्सव का केन्द्र बन गया। सबेरा होने पर सभी तैयार होने लगे। माँ का मन आनन्द और आशंका से काँप रहा था। आशंका हो रही थी कि पुलिस कहीं आज इंसाफ और विश्वास को गिरफ्तार न कर ले। वे नेता हैं। इंसाफ तो जुलूस में सबके आगे झंड़ा लिये रहेगा। पुलिस का सारा क्रोध उनके ही ऊपर है। उन्होंने विश्वास से धीरे से कहा-"तुम इंसाफ पर ध्यान रखना। उसके साथ रहना।"

विश्वास बोले--"जब तक रह सकूँगा, रहूँगा।"

माँ और विश्वास में जो बातें हुई, इंसाफ न जान सका।

इंसाफ ने कहा--"माँ, यदि हमलोग गिरफ्तार हो जायेंगे तो सुधीर तुम्हारी हर तरह से सहायता करेंगे।"

उसी समय पुरुषार्थ दौड़ता हुआ आया और बोला--"चलो, चलो, सभी बाहर निकल पड़े हैं। चौराहे में भीड़ लगी है। कारखाने के फाटक पर खड़े होकर साहस, त्याग और सुशील भाषण कर रहे हैं। कारखाने से बहुत से लोग निकल आये हैं। सभी आप लोगों की प्रतीक्षा कर रहे हैं।"

उस समय दिन के दस बज रहे थे।

इंसाफ ने कहा--"हमलोग भी तैयार हैं, चलो।"

माँ, इंसाफ, विश्वास, पुरुषार्थ जुलूस के साथ निकल पड़े। मकानों के दरवाजों, छतों, खिड़कियों और रास्तों में लोगों की भीड़ लगी थी। लोग आपस में बातें कर रहे थे। इंसाफ और उसके साथियों को जाते देखकर एक आदमी बोल उठा--"अभी पुलिस इन लोगों को पकड़ लेगी, तब ये लोग ठीक हो जायेंगे।"

दूसरे ने कहा--"पकड़ने दो इससे कुछ फर्क नहीं, और भी बहुत लोग हैं।"

किसी ने कहा--"हाथी चलता रहता है कुत्ते भौंकते रहते हैं।" रास्ते में गुलाम का मकान मिला। गुलाम का एक हाथ मशीन में कट गया था, वह काम नहीं कर सकता था, इसलिये कारखाने से उसे कुछ सहायता मिलती थी। उन लोगों को देखते ही वह चिल्ला उठा-"अरे इंसाफ! पाजी!! तेरा सिर काट लिया जायेगा, देखना। जनता को बिगाड़ता है।"

यह सुनकर माँ का कलेजा काँप उठा। किन्तु इंसाफ एकदम शान्त था। वह उन लोगों के पास आकर बोला--"क्यों जी, तुमलोग दंगा करने जा रहे हो?"

इंसाफ बोला--"हमलोग क्या पागल हैं?"

विश्वास ने कहा--"हमलोग झंडा लेकर अन्यायियों, अत्याचारियों, भ्रष्टाचारियों, ढोंगियों, रिश्वतखोरों, बेईमानों, बंचकों, बदमाशों, शोषकों, के

खिलाफ जुलूस निकालने जा रहे हैं। क्रान्तिगीत गाते हुये सड़कों पर घूमेंगे। वह गाना सर्वोदय का है। वह मानवाधिकार तथा मानवमुक्ति का गान है। तुम भी उसे सुनना।"

गुलाम बोला--"मैं तुम लोगों के पर्चे पढ़ता हूँ। सब जानता हूँ। माँ, तुम भी इन लोगों के साथ विद्रोह करने जा रही हो?"

माँ ने कहा--"हाँ, यदि मृत्यु आवे तो भी सत्य, ईमान को नहीं छोड़ूँगी।"

गुलाम बोला--"वे लोग ठीक ही कह रहे थे। कारखाने में पर्चे तुम्हीं पहुँचाती हो!"

इंसाफ बोला--"किन लोगों ने कहा है?"

"कई लोग कहते हैं। अच्छा, मैं जाता हूँ।"

गुलाम के चले जाने पर इंसाफ ने कहा--"माँ, तुम भी जेल जाओगी।" माँ ने कहा--"जाना होगा तो जाऊँगी।"

इधर दिन जितना चढ़ता जा रहा था, लोगों की भीड़ और उत्तेजना भी उतनी ही बढ़ती जा रही थी। संसद के समीप पार्क पर भारी भीड़ लगी हुई थी। इंसाफ और उसके साथियों को साहस का स्वर सुनाई पड़ा। वह भाषण कर रहा था। कह रहा था--"फलों से जैसे रस निचोड़ा जाता है उसी तरह से शोषक हमारे शरीर से रक्त निचोड़ रहे हैं। जो पीड़ितों की पीर नहीं जानते वह इंसान नहीं शैतान हैं, शैतान!"

जनता समर्थन में बोल उठी--"ठीक है।"

विश्वास बोल उठे--"शाबास!" और उसी क्षण वह भीड़ में अदृश्य हो गये। उसके बाद ही उनकी गम्भीर गर्जना सुनाई पड़ने लगी-"भाइयो और बहनो!, लोग कहते हैं दुनिया में अनेक तरह की जातियाँ हैं-हिन्दू, मुसलमान, ईसाई, अंग्रेज, जर्मन, तुर्की, रूसी, चीनी, यहूदी, पारसी आदि लेकिन हम इसे नहीं मानते। संसार में केवल दो जातियाँ हैं-शोषक और शोषित या शैतान और इंसान। क्षेत्र, पहिनावा, भाषा, वेशभूषा, रहन- सहन से वे हिन्दू, मुसलमान, ईसाई, अंग्रेज, जर्मन, तुर्की, रूसी, यहूदी, पारसी आदि हो सकते हैं किन्तु व्यवहार में सभी एक तरह के हैं। सभी इंसानों का खून चूसते हैं और उन पर अत्याचार करते हैं। हमें तो सभी को सहअस्तित्व का मूलमंत्र समझाना है--'जियो और जीने दो'--

'क्यों इतना आतंक ठहर जा, ओ, गरबीले!
जीने दे सबको सुख से और तू भी सुख से जी ले।।"

"भ्रष्टाचारियों, शोषक शैतानों का"....." नाश हो!" जनता उत्साह से चिल्ला उठी।

विश्वास फिर कहने लगे-"साथियो! एक बनो, नेक बनो। हमें चाहिये विविधता में एकता-मनुष्य केवल मनुष्य, जो विवेकशील, दृढ़, तेजस्वी, कर्मठ,

आत्मविश्वासी, दयालु, निराभिमानी, शिष्टाचारी एवं सदाचारी हों। चरित्रवान, ईमानदार, कर्मठ, लोकसेवी इंसान ईश्वर की सर्वश्रेष्ठ संरचना है। अकेला चना भाड़ नहीं फोड़ सकता, 'संघे शक्तिः सर्वदा'-

पृथकता लाती सदा विनाश।
एकता लाती सदा विकास।।
है कार्य ऐसा कौन सा साधे न जिसको एकता?
देती नहीं अद्भुत अलौकिक शक्ति किसको एकता??
एक-एक एकादश हुये, किसने नहीं देखे सुने?
हाँ, शून्य के भी योग से हैं अंक होते दस गुने।।

आज नव वर्ष दिवस है--

बिगुल बज गया महाक्रांति का वीरो शौर्य दिखाना है।
असमंजस में समय गँवा कर कायर नहीं कहाना है।।
जगमगाते सूर्य बनके हम सब जग को जगमगायेंगे।
ताजगी तेज तपन लिये नया विहान लायेंगे।।
सद्भावना की, सर्जना की, सत्य सन्धान की।
सुगन्धभरी सुनहली बेला है नवविहान की।।

अब हम दुनिया के सभी लोकतांत्रिक समतासमरसताएकतामूलक सर्वोदयी समाजवादी भ्रातृत्व के बन्धन में बँध जायेंगे। हम सभी उसी एक परमपिता परमेश्वर की सन्तान हैं। रंग, नस्ल, वर्ण, वर्ग, लिंग, जाति, मजहब, भाषा, वेशभूषा, क्षेत्र, पद और धन से जो ऊँच-नीच, छोटा-बड़ा मानते हैं वे मूर्ख हैं, अज्ञानी हैं क्योंकि सभी का परमपिता तो एक है परमपिता का दिया यह शरीर सभी का पंचभौतिक तत्वों से बना है और सभी की असीम शक्ति सम्पन्न आत्मा तो उसी का अंश है। भय, भूख, भ्रष्टाचारमुक्त न्यायमूलक समता-समरसता एकता मूलक, पारदर्शी, स्वच्छ, स्वस्थ, सम्पन्न सुखी समाज की संस्थापना, योगक्रान्ति से समग्रक्रान्ति, समग्रविकास, सुरक्षा, सुराज, सुशासन हमारा लक्ष्य है--

इंसान से इंसान का हो भाईचारा, यही है धर्म यही पैगाम हमारा।
कौन है ऊँचा? कौन है नीचा? सब हैं एक समान रे।
प्रेम की ज्योति जला हृदय में, सबमें प्रभू पहिचान रे।।

अब हम लोग एक प्राण, एक आत्मा होंगे-

वे सम्प्रदाय जाति आदि से तोड़ेगे। हम समता सौहार्द से जोड़ेंगे।।
समता सौहार्द सुचिता लायें। इस जीवन को दिव्य बनायें।।

हमारा एक मत, एक 'मिशन', एक धर्म, एक ही संगठन होगा। दीन-

दुखियों के आँसू पोंछने, अन्त्योदय, सभी के सुख, सर्वोदय, पतितों के उद्धार, प्रेम एकता, और लोकनीति, लोककल्याण, भाईचारा, मानवाधिकारों, मौलिक अधिकारों-कर्त्तव्यों और विश्वकल्याण, जाति, मत मजहब, पंथ, 'रिलीजन', सम्प्रदाय निरपेक्ष समता समरसता एकतामूलक 'सत्य प्रेम अहिंसा' आधारित पारदर्शी जवाबदेह लोकतांत्रिक समन्यकत्मक समाजवादी राष्ट्रवादी सुव्यवस्था सुराज सुशासन सुख शांति, सुरक्षा, विश्वशान्ति के लिये अज्ञान, अधर्म, अभाव, अन्याय, अत्याचार, आतंक, अनाचार, दरिन्दगी, दुराचार, घूसखोरी, भ्रष्टाचार, ठगी, बेईमानी, धूर्तता, नशाखोरी, मक्कारी, जेहादी मानसिकता, भ्रष्ट व्यवस्था के खिलाफ सत्य, धर्म, ईमान, सदाचरण, सकारात्मक सियासत और न्याय की जो लड़ाई लड़ी जा रही है, उस युगनिर्माण अभियान में, जनजीवन के समग्रविकास से जुड़ी समग्रक्रान्ति में 'मनसा वाचा कर्मणाः' सभी अपने को बलिदान करने के लिये तैयार हो जाओ शास्त्र और शस्त्र से ही धर्म रक्षा सुरक्षा संभव है। धर्म केवल रास्ता दिखाता है, मंजिल तक तो सत्कर्म ही पहुँचाता है।

हो जाओ तैयार साथियो हो जाओ तैयार।
अगर लोकहित काम न आये तो जीवन बेकार।।
अर्पित कर दो तन मन धन।
कर लो सार्थक मानव जीवन।।
आया नया जमाना है अब नया सबेरा लाना है।
अँधेरा सभी मिटाना है, धरती को स्वर्ग बनाना है।।"
अधर्म से बढ़ते अन्याय अत्याचार अनाचार में जुबाँ खोलेगा कौन?
यदि हम भी चुप रहे तो फिर भला अन्याय के खिलाफ बोलेगा कौन??

एक आदमी चिल्ला उठा--"पुलिस! पुलिस आ रही है!"

सभी चौंक उठे। घूम कर सबने देखा-जीपों गाड़ियों और मोटरसाइकिलों से पुलिस आ रही थी। वे लोग आते-आते कहते आ रहे थे--"भागो, भागो।"

शासन-प्रशासन की पूरी ताकत नीचे से लेकर ऊपर तक आन्दोलन को कुचलने में लगी थी।

विश्वास रास्ते के बीच में थे। एक मोटरसाइकिल उन पर चढ़ने को ही थी कि वह हट गये। साथ ही माँ ने उनको एक तरफ खींच लिया और कहा- "तुमने वचन दिया है कि इंसाफ के साथ रहोगे।"

विश्वास बोले--"भूल हो गई, चलो-चलो।"

वे लोग एक मैदान में आये। यहाँ लगभग पचास हजार से अधिक भीड़ इकट्ठी थी। उसमें स्त्रियाँ, बच्चे, बूढ़े सभी थे। त्याग उन लोगों के बीच भाषण कर रहा था। वह उन लोगों के सम्बन्ध में कह रहा था जो लोग लोककल्याण के लिये जेल गये थे और कष्ट सह रहे थे।

अचानक सायरन बज उठा। जो लोग बैठे हुये थे, वे उठ खड़े हुये। जनता में किसी के मुँह से कोई बात नहीं निकल रही थी। सभी स्थिर थे, मौन थे। सभी के चेहरे भयभीत और उदास थे। इतने में इंसाफ का स्वर सुनाई पड़ा- "भाइयो और बहनों! हमारा नारा है-'न अन्याय करेंगे, न अन्याय सहेंगे।' अत्याचार, अन्याय, आतंक, अनाचार भ्रष्टाचार बेईमानी, ठगी का सामना करने वाला ही सच्चा शूरवीर है।

ध्येय मार्ग पर चलो वीर फिर पीछे कभी न निहारो।
हिम्मत कभी न हारो वीरो हिम्मत कभी न हारो।।"

माँ के हृदय में मानों आग जल उठी। उनकी दोनों आँखें जल उठीं। शरीर और मन की सारी शक्ति बटोर कर वह इंसाफ के पीछे आ खड़ी हुई। इंसाफ कहने लगा--"भाइयो और बहनों! मर्यादा पुरुषोत्तम राम की तरह सबको संगठित करके राम के राह पर चलकर ही यह धरती स्वर्ग बन सकती है, मंजिल मिल सकती है--

जो बनता है राम सरीखा। प्यारा पुत्र वही धरती का।।
'जहँ जहँ जायें सोइ परिकरमा, जो जो सत्कर्म करें सोइ पूजा।'

पहले तो हम राम बनें, राम सा काम करें, अगर राम नहीं बन सकते तो रावण तो न बनें। हम अहंकार, अन्याय, अत्याचार, अनाचार, आतंक, हिंसा और अंधविश्वास, छल-कपट, ठगी, बदमाशी, बेईमानी, रिश्वतखोरी, नशाखोरी, भ्रष्टाचार, घपला, घोटाला से भरा पापपूर्ण घृणित जेहादी जीवन छोड़ दें इसका समय अब आ गया है। ऐसे जीवन से तो बस जहन्नुम में पड़े सड़ना होगा।

अहंकार शैतानियत से जात है, यश वैभव औ बंस।
न मानो तो देख लो दुर्गती, रावण, कौरव, कंस।।

अब समय आ गया है कि हम जीवनमूल्यों की रक्षा के लिये अहंकारियों, तिकड़मियों, ढोगियों, भ्रष्टाचारियों, गद्दारों, बंचकों, शोषकों, शैतानों, नशाखोरों नफरत का जहर घोलने वालों तथा 'फूट डालो और राज करो' की नीति करने वालों को जड़ से उखाड़ फेंकें। समता, सामाजिकन्याय, सर्वोदय, अन्त्योदय, न्यायपूर्ण व्यवस्था और विश्वकल्याण के लिये संगठित हो जाँय। अब हम लोग बता देंगे कि हम कौन हैं? स्वाधीनता, समता, सुरक्षा, सौहार्द, सुख, शान्ति, सहयोग और 'सत्य-प्रेम-अहिंसा' पर आधारित लोककल्याणकारी लोकतांत्रिक समता-समरता, एकतामूलक सर्वोदयी समाजवाद का झंडा हम अब आसमान में फहरायेंगे। यही है वह झंडा, 'श्रमेव जयते', 'सत्यमेव जयते'--

सौ बार यह कहा है हर बार यह कहेंगे।
हम एक थे हम एक हैं हम एक रहेंगे।।
हम एक होकर हिलमिल कर प्रगति करेंगे।

मानवता के हित जियेंगे और मरेंगे।।
हम मुश्किलों तूफानों से भी नहीं डरेंगे।
सबकी सुख-शान्ति खुशहाली के लिये मिलकर बढ़ेंगे।।
लक्ष्य हो ऊँचा हमारा हम विजय के गीत गायें।
जीत कर कठिनाइयों को लक्ष्य तक हम पहुँच पायें।।"

इंसाफ के हाथ में लोककल्याणकारी लोकतांत्रिक समता-समरता एकता मूलक सर्वोदयी समाजवादियों का झंडा पक्षी की तरह आकाश में फहराने लगा। झंडा एक बार ज्योंही जरा झुका त्योंही दस-बारह हाथों ने पकड़कर आकाश में फहरा दिया।

इतने में 'समग्रक्रान्ति लाके रहेंगे"........"भ्रष्टाचार, भ्रष्टतंत्र मिटा के रहेंगे।"

"आवाज दो"............ "हम एक हैं।"

"अनेकता में एकता"............. "यह है हमारी विशेषता"

"अत्याचार, भ्रष्टाचार, महगाई कुकराधान"..............."यह है कुशासन की पहिचान।"

"न्यूनतम एकल कर व्यवस्था लाओ"......."कमीशनखोरी, करों के मकड़जाल, मँहगाई से बचाओ।"

"दमन दानवता की सरकार हटाना है"......."विकेन्द्रित लोकतांत्रिक समता-समर सताएकतामूलक समाजवाद लाना है।"

आतंकवादियों, अलगाववादियों, ढोगियों, शोषकों, शैतानों का"................"नाश हो।"

'जातिवादी, साम्प्रदायिक सरकार"......"नहीं चलेगी, नहीं चलेगी।"

"उत्पीड़न, मिलावट, रिश्वतखोरी, भ्रष्टाचार"..............."यह सब हैं राक्षसी व्यवहार।

"घपला, घोटाला, भ्रष्टाचार"......... " "बन्द करो राक्षसी व्यवहार।"

"भ्रष्टाचार मिटायेंगे"........."कालाधन राष्ट्रीयसम्पत्ति घोषित करायेंगे।"

"नहीं सहेंगे कमीशनखोरी, अनाचार, भ्रष्टाचार"..............."जेल में रहना है स्वीकार।"

"हर जोर-जुल्म के टक्कर में"......."संघर्ष हमारा नारा है"

"अभी तो अंगडाई है"............."आगे कठिन लड़ाई है।"

"याचना नहीं अब रण होगा"........."संग्राम महाभीषण होगा।"

"जो हम से टकरायेगा"............."चूर-चूर हो जायेगा।" के नारों से आकाश गूँज उठा।

उसके बाद विश्वास बोले-"वीरो और वीरांगनाओ! 'योगस्थः कुरु कर्माणि-

हमें योग- अध्यात्म-विज्ञानसंयुक्त, सुसंस्कारवान, रोजगारपरक सुशिक्षा सुसंस्कार से भ्रष्टाचार, भ्रष्टआचरणमुक्त, हवाला, घपला, घोटाला, धोखाधड़ी, माफियामुक्त, सदाचारयुक्त, नशामुक्त, रोगमुक्त, स्वदेशीस्वाभिमानयुक्त, सहीसमझ, स्वानुशासनयुक्त, न्यायमूलक, समता-समरसताएकतामूलक सर्वोदयी समाजवादी समाज की संरचना के शिवसंकल्प के साथ: आगे बढ़ना है--

मन में हो स्वदेशी तन में हो स्वदेशी
मर जायें तो भी होवे कफन स्वदेशी।

हमें योग, अध्यात्म, स्वदेशी, स्वावलम्बन, आयुर्वेद और विज्ञान को रोजमर्रा जिन्दगी से जोड़कर वामन से विराट बन सर्वत्र छा जाना है। जीवन जगत् का हर पहलू योग से जुड़ा है। योग तन-मन-मस्तिष्क, आत्मा-परमात्मा, परिवार-समाज, देश-दुनिया से जुड़ने-जोड़ने का का सशक्त साधन और साध्य है। सबसे सुखी निरोगी काया, भोग से रोग, योग से निरोग-योगासन प्राणायाम संजीवनी है।' 'अनुलोम-विलोम' 'कपालभाति' से कपालभ्रान्ति भी मिट जाती है। योग, अध्यात्म और विज्ञान से ही जीवन-जगत और लौकिक-पारलौकिक सभी समस्याओं का समाधान सम्भव है। योगासन प्राणायाम से सभी प्रकार की बीमारियाँ, विकार और बुराइयाँ दूर हो जाती हैं। योग जीवन-जगत्, जगदीश्वर से जोड़ता है, तोड़ता नहीं, योगासन प्राणायाम कामधेनु है, कल्पतरु है, पारत है। योग से बड़ा कोई जप नहीं, योग से बड़ा कोई तप नहीं, इससे तन-मन-धन से योग से सुसंगठित होकर पूरे जोश-जुनून, उमंग, उल्लास, उत्साह, आत्मविश्वास, शिवसंकल्प से मंजिल की ओर बढ़ो--

योगी बनो पवित्र बनो, जीवन में सच्चरित्र बनो।
योगी बनो निरोगी बनो, सहयोगी-उपयोगी कर्मयोगी बनो।। '
उत्साहो हि बलवानार्य नोत्साहात् परं बलम्।
सोत्साहस्य हि लोकेषु न किंचिदपि दुर्लभम्।।'

उनका ओजस्वी उद्बोधन सुन जनता और उत्तेजित हो उठी। उनकी बातों से उन्हें योगक्रान्ति से समग्रक्रान्ति, समग्रविकास, स्वच्छ, स्वस्थ, समृद्ध, सुखी, सुरक्षित स्वर्णिम जीवन का पता लगा और उन्हें अनेकता में एकता, विश्वबन्धुत्व, विश्वशान्ति, अन्त्योदय, ग्रामोदय, सर्वोदय, सुराज, सुशासन, सुरक्षा, स्वच्छ, स्वस्थ, सम्पन्न, सुखी भविष्य कीं आशा बँधी। उनके मन, आत्मा और शरीर में संजीवनी शक्ति जाग उठी।

इंसाफ ने झंडा ऊपर उठाया। साहस सिंहनाद कर उठा--

" भाइयो, पौरुष-पुरुषार्थ पारस है-

"पुरुष हो पुरुषार्थ करो जिससे यह जीवन व्यर्थ न हो।

कर न सको पुरुषार्थ अगर मत अपने को पुरुष कहो।।

इरादे बुजदिलों के शर्द होते हैं। इरादे मजबूत हैं जिनके वे मर्द होते हैं।।

जिन्दगी जिन्दादिली का नाम है, मुर्दादिल क्या खाक जिया करते हैं??

सब लोग चलो, योग-अध्यात्म-विज्ञान संयुक्त नवजीवन के मार्ग में आगे बढ़ो। पुराने सड़े जीवन को छोड़ दो और न्यायमूलक, समतासमरसता एकतामूलक समग्रकांति, समग्रविकास, सर्वोदय, पारदर्शी जवाबदेह सरकार के लिये सुसंगठित होकर शिव संकल्प के साथ मिलकर कारगर कदम बढ़ाओ--

उठो क्रांति का बिगुल बजा दो नवयुग की तैयारी है।
अत्याचार भ्रष्टतंत्र मिटा दो दृढ़ संकल्प की बारी है।।
सौ-सौ पहाड़ बाधायें भी हिम्मत न हमारी हर पायें।
काले बादल विपदाओं के मंजिल न हमारी भरमायें।।
घनघोर घटाओं का गर्जन वर्षन उपलवृष्टि तूफान हो।
मंजिल न हमारी भरमायें यदि आगे बढ़ने की की चाह हो।।
वक्त है कम लम्बी मंजिल तुम्हें तेज कदम बढ़ना होगा।
सतत साधना के पथिको तुम्हें सर्वोदय करना होगा।।
लक्ष्य न ओझल होने पाये कदम मिलाकर चल।
मंजिल जरूर कदम चूमेगी आज नहीं तो कल।।"

जुलूस आगे बढ़ा। झंडा लिये इंसाफ सबके आगे चल रहा था। विश्वास के साथ जुलूस उद्बोधन गीत गाते हुये बढ़ रहा था। वह लोकतांत्रिक न्यायमूलक-समतासमरसता-एकता मूलक समाजवाद का, समग्रक्रांति, समग्रविकास, सर्वोदय, सुरक्षा, सुख-शांति का उद्घोष था। उसमें नवजीवन, नवजागरण, प्रेम-एकता का सन्देश था--

"उठो सोनेवालो सबेरा हुआ है, वतन के फकीरों का फेरा हुआ है।
उठ जाग मुसाफिर भोर भई अब रैन कहाँ जो सोवत है।
जो सोवत है सो खोवत है, जो जागत है सो पावत है।।
बहुत सो चुके और बहुत खो चुके अब तो जागो सबेरा हुआ है।।
सुबह हुई अब जाग अमृत बरस रहा। योग धर्म में लाग अमृत बरस रहा।।
कर योगासन प्राणायाम अमृत बरस रहा।।"

उद्बोधन गीत का उद्घोष करते हुये जुलूस संसद की ओर बढ़ रहा था-

"ऊँघना कैसे उचित? दस दिशि लगी जब आग प्रहरी!

उठ, सतत अब जाग प्रहरी!
बस्तियों में आ घुसे हैं बन्धु! कितने ही लुटेरे,
अमन अस्मत आन ईमान को आस्तीनों के अहि डसें रे।
घोर तम लेकर जहाँ प्रिय! आ रहे हैं नित सबेरे!
तप स्वयं बन तेज अद्भुत, त्याग अब तो नींद गहरी,
उठ, सतत अब जाग प्रहरी!! ऊँघना.......... !

रक्त रंजित विश्व में यह देश कहता कुछ कहानी,
शाश्वत सनातन संस्कृति की स्नेह सिंचित है रवानी।
विश्व में बन्धुत्व, सुख सर्वत्र की शुभ सर्जना में,
विश्वहित में पी गरल, सब क्लेश जायें भाग प्रहरी!
उठ, सतत अब जाग प्रहरी!! ऊँघना.......... !

उठ, भ्रमित सब बन्धुओं को पथ सुझाना है तुम्हें ही,
ज्ञान का, विज्ञान का सूरज उगाना है तुम्हें ही।
सर्वोदयी शाश्वत संस्कृति को फिर सजाना है तुम्हें ही,
सुखद स्वर्गिक स्वर्णिम सबेरा तुम्हें लाना धरा पर
प्रबुद्ध पौरुषपुंज प्रहरी! उठ, सतत अब जाग प्रहरी!!
ऊँघना कैसे.........!"

शिव-शक्ति-शास्त्र-शस्त्र के साधक हम, सनातन धर्म सेनानी हैं।
राम-कृष्ण ऋषियों मुनियों के वंशज हम 'गीता' 'मानस' अनुगामी हैं।।

आनन्द और आशा से माँ की छाती भर उठी। वह उस भीड़ में पड़ कर बढ़ नहीं पा रही थीं। जुलूस ज्यों-ज्यों आगे बढ़ता जाता था, भीड़ भी उतनी बढ़ती जा रही थी। गाना भी उतना ही जोरदार होता जा रहा था। ऐसा ऐतिहासिक आन्दोलन कभी किसी ने नहीं देखा था।

कोई-कोई सन्देह प्रकट करने लगे कि जुलूस निकाल कर घूमने से, झंड़ा फहराने से, गाना गाने और भाषण करने से क्या होगा? निराशा और ईर्ष्या ने कहा--"यह हुल्लड़बाजी है। इससे कुछ भी न होगा।"

माँ इन लोगो की बातें सुन रही थीं। एक ने कहा--"देखो क्या होता है? सैनिकों का दल प्रमुख स्थानों सहित संसद के पास खड़ा है।"

दूसरे ने कहा--"मंत्री भी आये हैं! मैंने अपनी आँखों से उनको देखा है।" यह सुनकर एक मजदूर खुश होकर बोल उठा--"वे लोग हमसे कितना डरते है। देखों मंत्री स्वयं आये हैं!"

इनमें से किसी की बात माँ को अच्छी नहीं लग रही थी। वह भीड़ ठेलकर

आगे बढ़ने लगीं। किन्तु आगे बढ़ते-बढ़ते उनको रुक जाना पड़ा।

ऐसा मालूम पड़ा कि जुलूस के अगले भाग को संसद के समीप आगे बढ़ने से रोक दिया गया है। गाने का सुर भी मानों किसी तरह का धक्का पाकर काँप उठा। भीड़ को तितर-बितर करने के लिये अश्रुगैस और पानी की बौछारें छोड़ी जा रही थीं। जनता में एक प्रकार की दहशत और आतंक की भुनभुनाहट सुनाई पड़ने लगी। उसके बाद फिर उद्बोधन गीत शुरू हुआ -

"ऐ जवानो! उठो वक्त यह कह रहा,
खुद को बदलो, जमाना बदल जायेगा।
शक्तियों को लगाओ सही काम में,
तो स्वर्ग पृथ्वी पर खुद ही उतर आयेगा।।
हर युग का इतिहास बताता युग निर्माता रही जवानी।
जब भी शिव संकल्प ले बढ़े युग निर्माता बनी जवानी।।
उठो जवानो, जागरण का समय आ गया।
समग्रक्रांति सृजन का समय आ गया।।
युवा शक्ति अब आगे आओ। श्रृजन सौख्य के श्रोत बहाओ।।'

'ऐ जवानो! विश्व भर की दृष्टि तुम पर है लगी।
है मनुज जीवन की तुम्हीं में ज्योति सबसे जगमगी।।
दोगे न तुम तो कौन देगा योग युगनिर्माण में।
उगता हुआ सूरज़ ही लाता सबेरा संसार में।।'

'तुम्हारे खून में युग का नया विश्वास सोया है।
नई धरती, नया सूरज, नया आकाश सोया है।।

नये निर्माण का इतिहास खोजो मत किताबों में।
जगाओ तुम तुम्हारे खून में इतिहास सोया है।।

सबेरा हैं तिमिर के लूटने से लुट नहीं सकते।
नदी की धार हैं सौ बार रोको रुक नहीं सकते।।

तुम्हारे खून में उन्नत हिमालय की धरोहर है।
भले सौ खंड होकर टूट जायें झुक नहीं सकते।।'

'ऐ जवानो, जिस ओर जवानी चलती है उस ओर जमाना चलता है।
डर कर मत रुक, गर रुका जमाना रुकता है।।
संघर्षों के साये में ही सुजस सफलता मिलती है।
इतिहास उधर मुड़ जाता है, जिस ओर जवानी चलती है।।

आने वाले कल की तुम तस्वीर हो।
नाज करेगी दुनिया तुम पर दुनिया की तकदीर हो।।"

इस बार बड़े जोश से गाना होने लगा किन्तु बहुत देर तक नहीं चला।

हुक्म हुआ - "मारो इनको।"

लाठीचार्ज से भगदड़ मच गई। जों लोग गा रहे थे वे दो-दो, एक-एक करके खिसकने लगे। अफरा तफरी मच गई। भीड़ छटने लगी थी।

माँ समझ गई कि सामने क्या हुआ है। वह झटपट आगे बढ़ने लगीं आगे जाने पर उनको इंसाफ का स्वर सुनाई पड़ा। वह कह रहा था- "साथियो, सैनिक और सिपाही भी हमारे ही बीच के हम लोगों की ही तरह मनुष्य हैं, हमारे भाई हैं। हमारा नारा है- 'जय जवान, जय मजदूर किसान।' देश की सुरक्षा, सुख-समृद्धि हम सभी पर निर्भर है। वे हमारे भाई हैं। वे लोग हमारे ऊपर क्यों अत्याचार करेंगे? हम लोग जिस सत्य का प्रचार कर रहे हैं। जिस बात के लिये लड़ रहे हैं, वह उन लोगों की भी भलाई के लिये है। इस समय वे लोग हमारी बात भले ही न समझें तो भी आगे वह दिन आ रहा है, जब वे भी हमारे साथ मिले बिना नहीं रहेंगे। वे लोग भी हमारे इस झंड़े के नीचे आ जायेंगे। यह झंड़ा उन लोगों का भी है। चलो, हम सब 'सर्वोदय' का झंड़ा लेकर आगे बढ़ें। दृढ़ होकर कदम बढ़ाओ--

वक्त के तेज थपेड़ों से जो डर जायेगा।
वह जमाने की निगाहों से उतर जायेगा।।
कब तक देखोगे जलते यों डर कर भीषण ज्वालों से?
कूद पड़ो रे अंगारों में जूझो उठते ज्वालों से।।"

किन्तु जनता आगे न बढ़ कर इधर-उधर खिसकने लगी। इस तरह बहुत से लोग खिसक गये। कई लोग घायल हो गये थे।

मैदान से थोड़ी दूर पर संगीनधारी सैनिकों की टुकड़ी दीवार की तरह रास्ता रोक कर खड़ी थी। उनकी कतार को भेद कर आगे बढ़ना कठिन था। माँ और भी आगे बढ़ चलीं। इंसाफ के साथियों में से भी बहुत से इस अग्निपरीक्षा की घड़ी में उनको छोड़कर चले गये थे। उसके साथ विश्वास, साहस, त्याग, धीरज, पुरुषार्थ और कुछ लोग रह गये थे। वे लोग और दूसरे जो साथी थे, गाते बढ़ने लगे। किन्तु सैनिकों के पास पहुँचने के पहले ही ठिठक कर खड़े हो गये। जनता एक कदम भी आगे नहीं बढ़ी। किन्तु इंसाफ और उसके साथी जो संख्या में दश-बारह रहे होंगे गाना गाते हुये वैसे ही आगे बढ़ते रहे--

"जगो जगाओ लगो लोकहित होवे बेड़ा पार।
फिर क्या जागे भला जब सोवे पाँव पसार??
जगने जगाने का करो जतन, मिले जगत को नवजीवन।

अर्पित कर दो तन-मन-धन, माँग रहा बलिदान वतन।।"

माँ ने देखा कि जो आदमी इंसाफ के साथ थे, सैनिकों के पास पहुँचते ही एक-एक करके खिसकने लगे किन्तु इंसाफ, विश्वास, साहस, पुरुषार्थ, धीरज और त्याग वैसे ही गाना गाते हुये बढ़ते जा रहे थे। इंसाफ के हाथ में लोकतांत्रिक सर्वोदयी समाजवादियों का झंडा फहरा रहा था। गाना गाते-गाते वे जोश से भर जाते थे-

"शांत खड़ा जो माँ की अस्मत लुटती देख रहा हो,
दुष्ट हाथ के द्वारा साड़ी खिंचती देख रहा हो!
टप-टप आँसू माँ के जिसको नहीं दिखाई देते,
दिल दहलाने वाले क्रंदन नहीं सुनाई देते!
माँ के अरमानों को जिसने स्वार्थ तराजू तौला,
खण्ड-खण्ड हो रही अस्मिता फिर भी खून न खौला!
उसको कौन सपूत कहेगा, बोलो मौन हुये क्यों?
मरे हुये उसके मानस को पानीदार कहें क्यों??"

एकायक सुनाई पड़ा--"गोली चलाओ।"

माँ ने दोनों हाथों से कलेजा थाम लिया। संगीनें सूर्य के प्रकाश में चमक उठीं। हवाई फायर हुये। रबड़ की गोलियाँ चलीं। फिर सैनिकों को हुकुम हुआ "आगे बढ़ो।

माँ स्थिर दृष्टि से देख रही थीं। सैनिक लोग पूरे रास्ते में फैलकर संगीन उठाये दृढ़ कदमों से शान्त भाव से बढ़ने लगे।

माँ इंसाफ की तरफ बढ़ने लगीं। उन्होंने देखा कि विश्वास इंसाफ के सामने खड़े होकर उसको बचाये हुये थे। इंसाफ चिल्ला उठा- "हट जाओ सामने से झंडा आगे रहेगा। सैनिक, सिपाही राष्ट्ररक्षा और जन-धन की सुरक्षा, शान्ति व्यवस्था के लिये हैं कि निहत्थी जनता के जायज शांतिपूर्ण सत्याग्रह, जनान्दोलन को कुचलने और उन पर लाठियाँ, गोलियाँ चलाने के लिये?"

इतने में एक फौजी अफसर सामने आ खड़ा हुआ। वह चमकती हुई संगीन विश्वास के सीने पर लगाये हुये जमीन पर पैर पटककर बोला "हट जाओ।"

उसके पीछे एक और अफसर था। वह भी संगीन से लैस था। माँ की चेतनाशक्ति लुप्त हो गई। वह आगे बढ़ने लगीं। पीछे की भीड़ अब और तितर बितर हो गई।

इंसाफ हाथ में झंडा लिये ऊपर उठाये रहा। झंडे को घेर कर बलिदानियों की एक बहुत दृढ़ दीवार खड़ी हो गई।

एकायक गम्भीर स्वर में आदेश हुआ--" उसके हाथ से झंड़ा छीन लो।" एक फौजी अफसर ने यह हुक्म दिया। उसके बाद ही संघर्ष शुरू हो गया। झंड़ा आकाश में लहरा रहा था।

उस अफसर ने कड़कती आवाज में आदेश दिया--"इन लोगों को गिरफ्तार करो।"

हुक्म मिलते ही संगीन लेकर सैनिकों ने उन्हें घेर लिया। झंड़ा जोर से कांप कर अदृश्य हो गया। ठीक उसी समय सुनाई पड़ा--"आह!"

माँ ने चिल्लाकर पुकारा--"इंसाफ! इतने में सिपाहियों के बीच से आवाज आई- "माँ अलविदा!"

"तो इंसाफ जीवित है। वह जीवित है।"

उसके बाद ही उन्हें सुनाई पड़ा विश्वास का स्वर--"माँ अलविदा!"

माँ ने पैरों के अंगूठे पर उचक कर सिपाहियों के सिरों के ऊपर से देखा। विश्वास और इंसाफ जा रहे थे। चिल्लाकर उन्होंने पुकारा--"इंसाफ! विश्वास!!"

दोनों ही सैनिकों के बीच से बोल उठे--"साथियो अलविदा!" चारों तरफ गड़बड़ी मच गई। भगदड़ और गाली-गलौज होने लगी। एक फौजी अफसर ने माँ को धकेल कर कहा--"भाग जा।"

एक स्थान पर टूटा हुआ झंड़ा पड़ा था। माँ ने ज्योंही उसे उठाना चाहा त्योंही एक फौजी दौड़ता आया और उनके हाथ से झंड़ा छीनकर फेंक दिया। किन्तु घर की तरफ माँ के पैर न बढ़ सके और सभी भागते जा रहे थे।

एक सिपाही ने उनको धकेल कर कहा--"भाग जा, चुड़ैल!"

माँ ने उस झंड़े को फिर उठा लिया। कुछ दूर जाकर वह रुक गईं और घूम कर खड़ी हो गई। रास्ते में कोई नहीं था, कुछ दूर पर लोग शोर कर रहे थे। माँ उन्हीं की तरफ बढ़ने लगीं। लोग तरह-तरह की बातें कर रहे थे। माँ का हृदय जोरों से धड़क रहा था, मानों वह फट जायेगा। वह भीड़ में घुस पड़ीं और चिल्लाकर बोल उठीं--"साथियो! ईश्वर के नाम पर मेरी बात सुनो।" सब लोग सम्मान के साथ एक तरफ खड़े हो गये।

एक आदमी ने कहा--"भाइयो, देखो उसके हाथ में हम लोगों का झंडा है।" एक दूसरे ने उसको धमका कर कहा--"चुप।"

माँ कहने लगीं--"मित्रो! मैं पूछती हूँ कि क्या अधिकार है कुछ व्यक्तियों को जीवन भर बैठे-बैठे अच्छा खाने, अच्छा पहनने, नाच, राग-रंग देखने और ऐशो आराम करने का जबकि वे जीवन में शोषण और बेईमानी के सिवाय कोई काम नहीं करते और दूसरी ओर किसानों, मजदूरों को दिन-रात पसीना बहाने पर भी भर पेट भोजन नहीं मिलता। तुम कहोगे यह अपना-अपना भाग्य है। परन्तु मैं इस भाग्यवाद को नहीं मानती।

भाग्यवाद की आड़ में शोषण, बेईमानी और परोपजीवेतिा, चोरी, डकैती के ही तो रूप हैं--

'भाग्यवाद आवरण पाप का और शस्त्र शोषण का।
जिससे रखता चुरा एक जन भाग दूसरे जन का।।
नर समाज का भाग्य एक है, वह श्रम, वह भुज बल है।
जिसके सम्मुख झुकी हुई पृथ्वी, विनीत नभ तल है।।'

सरकार यदि चाहे तो ऐसे भाग्यों को बदल सकती है, निठल्ले, जँगरचोर, कामचोर को कर्मण्य बना सकती है, कर्तव्य-पथ दिखला सकती है। अब जीवन में यह समानता, समरसता समाज को, सरकार को लानी ही होगी। तुम लोग निर्भय होकर आँखें खोलकर देखो हम लोग आज सत्य, धर्म और न्याय के लिये असत्य, अधर्म, अन्याय, अत्याचार, अनाचार, आतंक, भ्रष्टाचार, घूसखोरी, बेईमानी, बेरोजगारी, गरीबी और भ्रष्टतंत्र, भ्रष्ट व्यवस्था से लड़ने निकल पड़े हैं। लोकतांत्रिक समाजवादी एक भीषण लड़ाई में कूद कर रक्तदान कर रहे हैं। समाजसेवा, सर्वोदय और सभी के लिये वे अपने आपको उत्सर्ग कर रहे हैं। वे एक नवीन सुनहले युग का, नवीन जीवन का आह्वान कर रहे हैं। वह जीवन 'सत्य, प्रेम-अहिंसा', न्याय और सभी की सुरक्षा, सुख-शान्ति, समृद्धि का होगा।

'साथियो! दिया ने हमेशा दिया ही दिया है।
विष अँधेरा पिया और उजाला दिया है।।'

हमारे लाइले आज सत्य, ईमान-धर्म, न्याय, सुख-शान्ति और विश्वकल्याण के लिये लड़ रहे हैं। दंभी, द्वेषी, स्वार्थी, लोभी, अज्ञानी, अहंकारी, अत्याचारी, आतंकी, बेईमान, रिश्वतखोर, भ्रष्टाचारी और भ्रमित लोग उन्हें दबाने के लिये अनेक कष्ट दे रहे हैं। आज वे लोग मानवीयमूल्यों मानवाधिकारों-कर्तव्यों की प्रतिष्ठा के लिये संघर्ष कर रहे हैं। वे दुनिया के किसानों, मजदूरों, शोषितों, पीड़ितों और सभी की भलाई के लिये लड़ रहे हैं। तुमलोग क्या उन्हें छोड़कर चले जाओगे? विपत्ति के मुँह में झोंक कर क्या भाग जाओगे? क्या लोग इतने मतलबी, कृतघ्न, बुजदिल और गद्दार हो गये हैं? अपनी और अपनी संतानों की दुर्गति के बारे में एक बार तुम लोग सोचो। नवजीवन के पथ पर तुम्हें ले चलने के लिये वे प्रकाश दिखला रहे हैं। उनके हृदय में नवयुग लाने के लिये आग जल रही है। सभी के कल्याण के लिये तुम लोग उनकी सहायता करो। उन पर विश्वास करो। उन्हें छोड़कर मत जाओ--

अब न गफलत में सोओ मेरे साथियो,
जग कर बढ़ो नहीं तो पछताओगे।
वही पायेगा मंजिल जो रुकेगा नहीं,
अगर रुक गये तो फिर पछताओगे।।

'दुःख शोक जब जो आ पड़े, सो धैर्य पूर्वक सब सहो।
होगी सफलता क्यों नहीं कर्त्तव्यपथ पर दृढ़ रहो।।"

माँ इतनी उत्तेजित हो उठी थीं कि वह दृढ़ भाव से खड़ी न रह सकीं। लड़खड़ा गईं। किसी ने पीछे से उन्हें थाम लिया।

सब लोग उत्तेजित हो उठे। कहने लगे--"ठीक कहती हो। हम लोग उनको, अपने लाइलों को छोड़कर भाग नहीं सकते।।"

बूढ़ा सन्तोष आगे बढ़ कर बोला--"मेरा एक लड़का कारखाने के मशीन में फँसकर मर गया। आज वह जीवित रहता तो मैं त्याग की तरह उसको भी उनके साथ भेज देता। कहता-"बेटा! जाओ सत्य धर्म की लड़ाई में, न्याय की लड़ाई में, मानवता की प्रतिष्ठा में--

पूत सपूत वही कहलाता। जो मातृभूमि का मान बढ़ाता।।
एक बात कहनी है हमको, देश के पहरेदारों से।
सँभाल के रखना अपने घर को, छिपे हुये गद्दारों से।।
ऊहापोह का समय गया, बढ़ो लिखो इतिहास नया।।"

लोग कहने लगे--" इनका कहना सच है। हमारे लाइले सत्य, धर्म- ईमान और न्याय की प्रतिष्ठा करना चाहते हैं। इसके लिये ही वे संघर्ष कर रहे हैं। क्या संघर्ष और संकट की घड़ी में हम उनको छोड़कर चले जायेंगे? इस देवासुर संग्राम में ऐसे समाजसेवियों का तो सबको सम्मान एवं सहयोग करना चाहिये--

'धन्य मनुज जो सदा सत्य का करते शोध,
जिनको है अपनी गौरव गरिमा का बोध।
जिन्हें दीन पर दया क्रूर पर आता क्रोध,
अत्याचारों का अभीष्ट है जिन्हें विरोध।
शोषित जन के पीड़ित जन के कर को थाम,
बढ़े जा रहे उधर जिधर है मुक्ति प्रकाम।।"

जनता उत्तेजित और आक्रोशित हो उठी। सबका हृदय जल उठा। उन्होंने यह निश्चय किया कि मर मिटेंगे मगर शांतिपूर्ण सत्याग्रह-धरना, अनशन, प्रदर्शन जनजागरण से सत्य, धर्म ईमान और न्याय की प्रतिष्ठा करके रहेंगे।

30

माँ घर पहुँच गई। घर सूना था, पर मन चिन्ता से भरा हुआ था। वह गुमसुम बैठी सोच रही थीं--

'बनी के सेहरे पर लाखों निसार होते हैं।
बनी बिगड़ती है तो दुश्मन हजार होते हैं।।'

उनके आँखों के सामने नव वर्ष दिवस के जुलूस का दृश्य नाच रहा था।

जुलूस के आगे-आगे इंसाफ और विश्वास चल रहे थे। इंसाफ के हाथ में झंडा हवा में लहरा रहा था। संगीन लिये सिपाहियों-सैनिकों का दल उनके ऊपर टूट पड़ना चाहता था। यह दृश्य देखते-देखते माँ बार-बार उत्तेजित होने लगीं। उनके मन में बार-बार प्रश्न उठने लगा--"यह सब क्या है?" रोते-रोते उनकी आँखो का आँसू सूख गया। ह्रदय भी सूख गया।

सन्ध्या हो गई थी, उन्होंने बत्ती जला दी। थोड़ी देर में पुलिस आई। वे लोग मकान की तलाशी लेने लगे। उन लोगों का जो अफसर था वह बोला- "बुढ़िया! अपने लड़के के मन में शासन और व्यवस्था के प्रति प्रेम नहीं जगा सकी, इसमें तुम्हारा ही दोष है।"

मकान की तलाशी लेकर वे लोग चले गये। वह भी बत्ती बुझा कर सो रहीं। बूढ़ी तो थीं ही, दिन भर के परिश्रम और उत्तेजना से सोते सोते तरह- तरह के सपने देखने लगीं। सपना इंसाफ और विश्वास के बारे में और उस दिन की घटना के सम्बन्ध में था। सबेरे सहसा नींद खुल गई। उठकर वह घर साफ करने लगीं। उन्हें याद पड़ा कि सोने के पहले वह प्रार्थना करना भूल गई थीं। उन्होंने प्रार्थना की, उनका मन उदास था। अब क्या करें? किसी बुद्धिमान और सन्त स्वभाव सज्जन के साथ बातचीत करने की उन्हें बड़ी इच्छा होने लगी। उसी समय सुधीर आये। उनको देखकर वह डरती हुई बोलीं--"यहाँ क्यों आये हो? अगर पुलिस तुम्हें देख लेगी तो अवश्य पकड़ ले जायेगी।"

मुस्कुराते हुये सुधीर ने कहा--"डरने की कोई बात नहीं है माँ! डरते रहने से काम नहीं चलेगा। विश्वास और इंसाफ के साथ यह तय हुआ था कि उनकी गिरफ्तारी के बाद मैं तुमको शहर ले जाऊँगा, चलोगी तो?"

"वे जब कह गये हैं तो जरूर चलूँगी। किन्तु किसी को मैं कष्ट देना नहीं चाहती।"

"तुम्हारे कारण वहाँ पर कोई कष्ट न होगा। तुम हमारे घर रहोगी।"

"वहाँ मैं बेकार बैठकर क्या करूँगी?"

"वहाँ तुमको बहुत काम मिलेंगे।"

"घरेलू काम-काज की बात नहीं कर रही हूँ।"

"घर के काम नहीं। जो काम तुम करना चाहोगी वही तुम कर पाओगी।"

"क्या काम है?

"बहुत काम हैं, जैसे जेल में जाकर इंसाफ के साथ भेंट करके संकल्प का पता मालूम करना जो किसानों मजदूरों के लिये अखबार निकालने की बात कर गया था।"

माँ खुश होकर बोल उठीं"मुझे उसका पता मालूम है। मुझे दो मैं दे आती हूँ।"

इसके दूसरे दिन सुधीर माँ को अपने साथ शहर ले गये।

* * *

घर में केवल सुधीर थे। जिस समय माँ वहाँ गईं, उस समय उनकी पत्नी प्रेरणा नहीं थी।

सुधीर ने कहा--"माँ मैं सरकारी कर्मचारी था। जिस विभाग में काम करता था, उसका काम ग्रामों की अवस्था की जानकारी प्राप्त करना, उनके विकास का प्रयास करना और उसका विवरण बड़े अफसरों के पास भेजना था। मगर शासन-प्रशासन ग्रामीणों का न तो दुःख दूर करते थे और न उसकी कोई चेष्टा करते थे! ग्रामीण गरीबी में तड़प-तड़प कर अकाल मृत्यु के शिकार होते हैं। उनके बच्चे बहुत कमजोर पैदा होते हैं और बहुत से बीमारी और कुपोषण से जल्दी मर जाते हैं! यह सब हम देखते रहते थे। उनके दुःख कष्ट का कारण भी हम जानते थे। उनके विकास के लिये ही हम वेतन पाते थे!"

माँ ने पूछा--"तुम क्या काम करते थे?"

"मैं ग्राम विकास अधिकारी था। किसानों मजदूरों को मैं सही मायने में जगाने के लिये पुस्तकें पढ़ने के लिये देता था। इसी अपराध में मुझे पहले जेल की सजा हुई थी। जेल से निकलकर मैं सक्रिय समाजसेवा में जुट गया। मुझे फिर जेल की सजा हुई। छूटने पर एक रिश्वतखोर अधिकारी से मेरा झगड़ा हो गया। उसके और पुलिस की साँठगाँठ से फर्जी मुकदमों में मुझे फंसाकर मुझे फिर कारावास की सजा करा दी गई। वहाँ मैं पाँच वर्ष रहा। उसके बाद......."

माँ अवाक होकर सुधीर के मुँह की तरफ ताकती रहीं--' इसने जीवन में इतना कष्ट उठाया है, फिर भी हँसते-हँसते उसको झेलता रहा है।'

सुधीर ने कहा--"आज प्रेरणा आ रही है, माँ।"

"प्रेरणा कहाँ रहती है?"

जहाँ साहसी समाजसेवी की जरूरत पड़ती है वह वहीं पहुँच जाती है।"

"प्रेरणा दोपहर को आई। माँ से मिलकर वह बहुत खुश हुई। बातचीत के सिलसिले में प्रेरणा ने कहा--"इस समय सबसे जरूरी काम है कि विश्वास, इंसाफ और उनके साथियों को जेल में न सड़ने दिया जाय। उनकी वहाँ रहने की कोई जरूरत नहीं है। बाहर उनकी बड़ी जरूरत है। सत्याग्रह, शांतिपूर्ण धरना, अनशन, प्रदर्शन, जनजागरण और जनान्दोलन से सरकार पर दबाव बनाकर ही उन्हें जल्दी बाहर लाया जा सकता है।"

माँ और प्रेरणा में देर तक जनजागरण, जनान्दोलन, वैचारिकक्रांति और समग्रक्रांति पर विचार-विमर्श होता रहा।

प्रेरणा बड़े ठाठबाट में थी। माँ को अच्छा नहीं लग रहा था। वह माँ के मन की बात समझ गईं, मुस्कुराते हुये बोलीं--" इतनी सजावट, ठाठबाट सब पुलिस

की आँख में धूल झोंकने के लिये है। अपनी अस्मिता आत्मतुष्टि और सुरक्षा के लिये सृजक-पालक-संहारक, शक्तिस्वरूपा नारी जब तक स्वावलम्बी नहीं होती तब तक वह आदर्श समाज की रचना में अपनी सही भूमिका नहीं निभा सकती। सही शिक्षा से ही यह सम्भव है--

पढ़ी-लिखी नारी, समाज की उँजियारी।
नारी यदि शिक्षित है, तो परिवार समाज सुरक्षित है।।"

उन कपड़ों को उतार कर उसने साधारण कपड़े पहन लिये। प्रेरणा पियानों बहुत बढ़िया बजाती थी। पियानों लेकर वह बैठ गई। माँ मुग्ध होकर सुनने लगीं।

पियानों रखकर प्रेरणा ने कहा--"माँ! आज मैंने तुम्हारी कहानी सुनी है। इसके पहले मैं अपने को ही सबसे दुःखी समझती थी। मेरे पति को कई बार कारावास किया गया। मैं खुद जेल गई। जीवन में बहुत दुःख आये, किन्तु माँ! तुम्हारे दुःखों की तुलना में मेरे दुःख कुछ भी नहीं हैं।" इसके बाद यह निश्चित हुआ कि वह माँ के साथ संकल्प के पास जायेगी और उससे अखबार के विषय में बातचीत करके सारा प्रबन्ध कर आयेगी।

वह गाँव पास में नहीं था। वहाँ से काफी दूर था। तीन दिनों के बाद माँ और प्रेरणा मजदूरिनी के वेश में उस गाँव को रवाना हुई। उनका चेहरा और पोशाक देखकर कोई नहीं कह सकता था कि मजदूरिनें नहीं हैं।

रास्ते में प्रेरणा ने अपने जीवन की विचित्र घटनायें माँ को सुनाई। उसके क्रांतिकारी जीवन की कहानियाँ जैसी रोमांचकारी थीं, वैसी ही करुण थीं। किस समय वह नकली नामों से खुपिया पुलिस की आँखों में धूल झोंक कर बनावटी वेश में एक शहर से दूसरे शहर और देहातों में जनजागरण के लिये पुस्तकें, पत्र-पत्रिकायें, पर्चे पहुँचाती रही। उसके मकान में एक छोटा सा प्रेस था। पता लगाकर एक दिन पुलिस ने मकान पर धावा किया। उसी समय वह नौकरानी के वेश में चकमा देकर उनके सामने से ही निकल गई। उसके बाद उसने एक और घटना सुनाई। एक दिन वह रेल से जा रही थी। उस डिब्बे में उसी बेंच पर एक जासूस भी बैठा था। वह उसी के खोज में जा रहा था। उस समय प्रेरणा साधू के वेश में थी। जासूस उसके साथ बातें करने लगा। उसने अपनी शेखी बघारते हुये कहा--"इस बार वह चुड़ैल भाग नहीं सकती। बड़ी तरकीब से मैंने ढूँढ़ निकाला है। वह बगल के डिब्बे में है।"

जब स्टेशन पर गाड़ी रुकती तो वह उतर पड़ता था। बगल के डिब्बे में झाँककर लौट आता था और कहता था-"वह दिखाई नहीं पड़ती, शायद सो रही है।"

अचानक रेल लड़खड़ाई और चीख-चीत्कार से वातावरण डूब गया।

सावधानी हटी दुर्घटना घटी-पता चला कि आतंकवादियों ने लाइन में बम रख दिये थे। इस कायराना हृदय विदारक हादसे से सैकड़ों बेगुनाह हताहत हुये। कई तो अनाथ हो गये। कइयों का तो पूरा परिवार ही साफ हो गया। झटके से हमारे डिब्बे में भी चोटें आईं। दिल दहलाने वाले इस भयानक वीभत्स दृश्य को देखकर सभी के रोंगटे खड़े हो गये। समाचार मिलते ही क्षत-विक्षत लाशों के अम्बार में रोते-कलपते, दहाड़ें-पछाड़े खाते स्वजनों को खोजते नर-नारियों, बच्चों-बूढ़ों के करुण क्रन्दन से प्रकृति भी रो उठी, पत्थरों को भी आँसू आ गये।

मनुष्य के मुखौटे में बारूद, बम, बन्दूक के बल पर ऐसी दानव लीला करने वाले अज्ञानी, गुमराह, स्वार्थान्ध, मदान्ध, मौत के सौदागर, महापापी अर्थपिशाचों, खूंखार आतंकवादियों, दुर्दान्त दानवों, दरिन्दों, बदमाशों, डकैतों, कट्टरपंथी जेहादियों, हत्यारों का हृदय कितना कठोर होता है जो ऐसे हैवानियत पर भी खुश होते और ठहाके लगाते हैं!

जेहाद के नाम पर जुल्मोंसितम खूनखराबा करके
जन्नत के ख्वाब देखने वालों।
ऐसी हैवानियत दरिन्दगी दहशतगर्दी दानवता से
दुनिया दुखी दोजख भी शर्मिन्दा है।।

ऐसे कितने ही विध्वंशात्मक, अहंकारी, आत्मघाती, नकारात्मक सोच वाले अज्ञानी, गुमराह, हरामखोर, हैवान, दरिन्दे, आतंकी राक्षस कुत्तों की मौत मारे जाते हैं, सपरिवार परेशान, प्रताड़ित और बदनाम होते हैं। माता और मातृभूमि के कोख को कलंकित करते हैं फिर भी न जाने कैसा पागलपन है? कैसी कुंठा है? कैसी हैवानियत है कि घरों-दुकानों, चौराहों, खेतों-खलिहानों, कल-कारखानों, विद्यालयों, कार्यालयों, बैंक, बाजारों, बर-बरातों, सभा- समारोहों, रेलों-बसों, विमानों, मेलों, मंदिरों-मस्जिदों, गिरजों, गुरुद्वारों में अंधाधुन्ध गोलियों-बमों की बैछारों या अपहरण उत्पीड़न हत्या से बेगुनाह बच्चों, बूढ़ों, नर-नारियों को दरिंदगी से मार-कलपा कर अपने और परिवार, पूर्वजों के मुँख में कलंक की कालिख पोत कल्प कल्पान्तर के लिये घोर नर्क का पारपत्र बनवा रहे हैं!!

निरपराधों की अनगिनत लाशें! रोते भाई बहिन बाप!
दहाड़ मार छाती पीटती माँ और नव ब्याहता!!
फटती छाती निराश फटी-फटी आँखें!
भूखे-प्यासे बिलखते बच्चे!!
जगह-जगह आतंक! गोली! बमबारी! धुवाँ!
रक्त रंजित गली! चौराहे! खेत-खलिहान!!
क्यों? किसके लिये यह सब?
शैतान क्यों बन गया है इंसान??

ईश्वर की सर्वश्रेष्ठ संतान मनुष्य को मारने का किसी को क्या अधिकार है? परमपिता कितना दुखी और नाराज होता होगा? स्वार्थ, लोभ, अज्ञानता मदान्धता और बौखलाहट में दूसरों को ही नहीं अपने को और अपनी औलादों तक को बर्बादी में झोंक देना कितनी महामूर्खता है! क्या इंसान हैवान होकर इतनी निर्दयता, नीचता तक उतर सकता है!! ऐसे नरकगामी, दुर्दान्तदानवों का मुँह देखना पाप है। उनकी जितनी ही निन्दा की जाय कम है, ऐसे सिरफिरे नरपिशाचों को तो सरे आम गोली से उड़ा देना चाहिये था फांसी पर चढ़ा देना चाहिये--

'सदा से धरा का प्रमान यही, जो जरा सो बरा, जो बरा सो बुताना।'
'सन इव खल पर बन्धन करई। खाल कढ़ाय बिपत सहि मरई।।'
'पर अकाज लगि तन परिहरहीं। जिमि हिम उपल कृषी दल गरहीं।।'
'उदासीन बरु रहिय गोसाईं। खल परिहरिय श्वान की नाईं।।"

प्रेरणा ने आगे कहा- "माँ! अहंकार, अन्याय, अत्याचार, अपहरण, आतंक, अनाचार, अधर्म है, अपराध है, पाप है, हैवानियत है। ये पापकर्म ही अन्तः करण की मलिनता और पतन के कारण हैं। जब तक पापकर्मों से घृणा, ग्लानि नहीं होती, सही शिक्षा, सही समझ, सकारात्मक सोच और सुकार्यों से अन्तःकरण पवित्र नहीं होता तब तक न तो वास्तविक दृष्टि- दिव्यदृष्टि का उदय होता है न हैवानियत, शैतानियत से उबर कर इंसान, इंसान ही बन पाता है। अज्ञान, अहंकार, अन्याय, अत्याचार, अनाचार, अँधेरे और पाप का चोली-दामन का साथ है। योग-अध्यात्म-विज्ञान संयुक्त रोजगारपरक संस्कारवान सही शिक्षा, सत्संग, श्रम-स्वावलम्बन, स्वानुशासन और और धर्म के सही समझ से ही हम मनुष्य का सही मार्गदर्शन कर सकते हैं। उसके अन्दर सो रहे इंसान को जगा कर ही उसके अन्दर के शैतान को मार सकते हैं। निम्न चेतना से ऊपर उठ कर उच्च चेतना-दिव्य चेतना में जी सकते हैं।

एक हाथ वे हैं जो मरणासन्न आदमी में ले आते हैं जीवन,
दूसरे वे जो मासूम निरपराध लोगों की कर देते है निर्मम हत्या!
एक हाथ वे हैं जो चूल्हों में आग फूँकते हैं,
दूसरे वे जो एक ही झटके में नष्ट कर देते हैं चूल्हे!
एक हाथ वे जो इतिहास के पन्नों पर लिखते हैं जीवन की कविता,
दूसरे वे जो इतिहास को फेंक देते हैं समन्दर में!
दुनिया में दो तरह के हाथ हैं-एक वे जो निर्माण करते हैं,
और दूसरे वे जो विनाश करते हैं!
अपने दिल पर रखकर हाथ सच-सच सोचें

कि हम किस तरह का हाथ रखते हैं??

इंसान गिरता है तो शैतान, हैवान बन जाता है, उठता है तो भगवान तक बन जाता है--

कोशिश हो सबका भला करें, बुरा किसी का करें नहीं।
फूल नहीं बन सके अगर तो काँटे बनकर चुभें नहीं।।
भला किसी का कर न सको तो बुरा किसी का मत करना।
पुष्प नहीं बन सकते हो तो काँटे बनकर मत रहना।।
बन न सको भगवान बनो इंसान, शैतान कभी भी मत बनना।।

मानव का दानव बन जाना उसकी पराजय है, मानव का मानव होना उसकी विजय है और मानव का महामानव होना उसका चमत्कार है। प्रत्येक व्यक्ति की आत्मा में अनन्त ज्ञान, ऊर्जा, शक्ति-सामर्थ विद्यमान है। मनुष्य में शक्ति की नहीं संयम, साधना, सुसंस्कार, सदाचरण, शिवसंकल्प की कमी है। मानव में सुप्त असीम ज्ञान, संयम, शक्ति-सामर्थ को संस्कारवान सम्यक शिक्षा, योगासन- प्राणायाम से जगाकर हर मानव महामानव, हर पुरुष महापुरुष बन सकता है- देह-गेह, देश-दुनिया को सुधार सकता है, स्वर्णिम इतिहास रच सकता है। यशः शरीर से सदा जीवित रह सकता है -

'न तस्य रोगो जरा न मृत्युः' इसलिए 'योगस्थः कुरुकर्माणि..."-'गीता' २/४८

'योगी बनो सहयोगी बनो उपयोगी बनो रे'।
भोगी नहीं रोगी नहीं कर्मयोगी बनो रे।।'

हम लोग योग-अध्यात्म-विज्ञानसमन्वित, सुसंस्कारसंयुक्त शिक्षा के माध्यम से किसानों मजदूरों, शोषितों, पीड़ितों तथा शोषकों सभी लोगों को जगाने, प्यार, भाईचारा बढ़ाने, स्वास्थ्य, सुरक्षा सुख-समृद्धि, सर्वोदय, शांति लाने, अन्याय, आतंक, अत्याचार, अनाचार, भ्रष्टाचार, नशाखोरी मिटाने के लिये लड़ रहे हैं। हमें विजय अवश्य मिलेगी। योग-अध्यात्म-विज्ञान सुसंस्कारसंयुक्त शिक्षा, सदाचरण, आत्मज्ञान, वैचारिकक्रान्ति, जनजागरण और जनान्दोलन से ही यह सम्भव है--

रोशनी को दीपक हैं जलते स्नेहसिक्त बाती जलाकर।।
अंधेरा तो मिटेगा जन-जन में आत्मज्योति जगाकर।।"

इसी प्रकार बातें करते-करते दोपहर वे दोनों उस गाँव में पहुँचीं। सामने हरे भरे खेत थे। कुछ किसान उनमें काम कर रहे थे। वे एक से संकल्प का पता पूँछ कर वहाँ चली गईं।

एक झोपड़ी के पास जाकर उन लोगों ने देखा कि वहाँ संकल्प, विवेक, उत्साह और दो किसान खाने के लिये बैठे थे।

माँ ने पूँछा--"कैसे हो संकल्प?"

संकल्प उठकर माँ को तीक्ष्ण दृष्टि से देखने लगे।

माँ ने कहा--"हम लोग तीर्थयात्रा के लिये निकले हैं। मैंने सोचा कि रास्ते में अपने भाई से भेंट करती चलूँ। यह मेरी एक सहेली है।"

संकल्प ने माँ को नमस्कार करके प्रसन्नता से पूछा--"अच्छी तरह हो? यह शहर नहीं, गाँव है। यहाँ सभी अपने आदमी हैं। झूठ बोलने की जरूरत नहीं है।"

शेष सभी लोग आगन्तुकों की तरफ उत्सुकता से देख रहे थे। संकल्प ने कहा--"हम लोग यहाँ साधुओं की तरह रहते हैं। जाड़ा, गर्मी, वर्षा में तन-मन, लगन से दिन-रात ईमानदारी से, परिश्रम-तप करके सबका भरण- पोषण करने वाले अन्नदाता किसान-मजदूर सच्चे साधू हैं, संत हैं। यह हैं, विश्वास के पूज्य पिता अभिलाष, यह उनकी ममतामयी माता ममता और यह उत्साह उनके अनुज हैं--

सुशील दम्पति स्वस्थ तन सुमति शिष्ट संतान।
धर्म कर्म ईमान रत घर वैकुण्ठ समान।।

यहाँ पर सब कामों की देखभाल करने का भार हम सब पर है। कभी-कभी विश्वास और श्रद्धा आकर मार्गदर्शन कर जाते थे।"

माँ और प्रेरणा का परिचय देते हुये संकल्प ने कहा--"इन लोगों को भूख जरूर लगी होगी।"

ममता उन्हें सादर बैठालते हुये बोलीं-"उत्साह, चाय-नाश्ता लाओ।" उत्साह ने चाय-नाश्ता लाकर आगन्तुकों को दिया।

इसके बाद सभी ने पूछा--"विश्वास और इंसाफ के क्या समाचार हैं?"

माँ ने लम्बी साँस लेकर कहा--"वे जेल में हैं।"

"जेल में? फिर जेल में!"

ममता ने पूछा--"वे जेल क्यों गये?"

माँ ने नववर्ष दिवस की घटना का संक्षेप में वर्णन किया। विश्वास और इंसाफ के बारे में बातें होने लगीं।

उत्साह ने कहा--"वे अवश्य ही जानते थे कि इस बार उनको आजीवन कारावास कर दिया जायेगा।"

निःश्वास छोड़ते हुये ममता ने कहा- "हाँ, शायद वे जानते थे।"

अभिलाष--"शायद नहीं, वे अवश्य ही जानते थे। जनता को जगाने तथा जनहित के लिये ही उन्होंने यह काम किया है। उन पर हमें गर्व है।"

प्रेरणा--

"धन्य जनम जगतीतल तासू। पितहिं प्रमोद चरित सुनि जासू।।

'तनय मातु पितु तोषनिहारा। दुर्लभ जननि सकल संसारा।।'

वे हैं महानायक, लोकनायक, युगपुरुष, इतिहासपुरुष, हमारे जीवन्त प्रेरणापुंज, ऊर्जाश्रोत हैं। समग्रक्रांति, समग्रविकास, सर्वोदय की मशाल हैं-

मुझको तो ऐसे लगता है भटक रहे संसार में।
जैसे परम प्रकाश जल रहा आँधी और तूफान में।।

वे युगपुरोधा, युगप्रवर्तक, महान कर्मयोगी, सच्चे संत और सच्चे मसीहा हैं-

'पर उपकार बचन मन काया। संत सहज सुभाव खगराया।।'
'संत सहहिं दुख परहित लागी। पर दुख हेतु असंत अभागी।।'

वे हैं हमारे रहनुमा, सच्चे पथप्रदर्शक, भूखी-प्यासी झोपड़ियों की मुस्कान, शोषितों, बंचितों, विकलांगों, बेसहारों, लाचारों, उपेक्षितों, असहायों, पीड़ितों की आशा और उजड़े, धुलहे खंडहरों की खुशहाली--

'कीरति भनिति भूति भल सोई। सुरसरि सम सब कर हित होई।।"

विवेक--"**फूलों की शैय्या तज करके पथ सेवा का जो अपनाता।**
वह मानव ही इस दुनिया में नर से नारायण बन जाता।।
तप त्याग भरा जिसका जीवन परहित में अर्पित तन-मन-धन।
जन-जन के सुख से हो पुलकित जो हो शोषित का संजीवन।।
दीपक सा तिल-तिल जल करके पथ आदर्शों का दिखलाता।
वह मानव ही इस दुनिया में नर से नारायण बन जाता।।
सूरज सा जिसने तप- तपकर चमकाया आत्मज्योति प्रखर।
सब ऋद्धि-सिद्धियाँ भी पाकर चलता-फिरता सेवक बन कर।।
हर प्राणी जिसका सम्बन्धी पर नारी है भगिनी माता।
वह मानव ही इस दुनिया में नर से नारायण बन जाता।।
जो कर्म धर्ममय सदा करे पर रूढ़िवाद में नहीं बहे।
हँस-हँस कर आघात सहे संघर्षों में सहज रहे।।
जग जीवन का विष पी-पीकर पीयूष धरा पर बरसाता।
वह मानव ही इस दुनिया में नर से नारायण बन जाता।।
मिल जाते हैं दीन जहाँ बनता उनका है बन्धु वहीं।
वैभव में आसक्ति नहीं, खोजी अपनी ही मुक्ति नहीं।।

जग का सन्ताप मिटाने को निज सुख-समृद्धि जो ठुकराता।
वह मानव ही इस दुनिया में नर से नारायण बन जाता।।"

इस पर संकल्प कहने लगे--

"अपनों के लिये जीना तो आम कहानी है।
औरों के लिए जीना ही जिन्दगानी है।।
अपनों के लिए तो पशु पक्षी भी जीते हैं।
मानव तो वह हैं जो औरों के लिये जीते हैं।।
किसी के काम जो आये उसे इंसान कहते हैं।
पीड़ितों की पीर पी जाये उसे भगवान कहते हैं।।
किसी का खून चूसता जो उसे शैतान कहते हैं।
दुख-दर्द दूसरे को बाँटे उसे शैतान कहते हैं।
दुख-दर्द दूसरे का बाँटे उसे भगवान कहते हैं।।

नर-नारी में नारायण-नारायणी का अवतरण करना हमारा लक्ष्य है। उस दिन दरोगा ने मुझे बुलाकर कहा था--"अबे गधे पादरी और मौलवी ने तेरी शिकायत की है कि तू जनता को भड़काता फिरता है?

मैंने कहा--"मुझे गधा क्यों कहते हो? मैं किसी का नुकशान नहीं करता। खून-पसीना एक करके मेहनत और ईमानदारी से रोटी कमाता हूँ, सभी को सन्मार्ग सिखाता हूँ, गधा कैसे हूँ? मैं क्या गलत कहता हूँ कि-

"देश-दुनिया को नकली फादर-मदर, मजार-चादर के फंदी से बचना और बचाना चाहिए।

देश-दुनिया को तो बस शाश्वत सनातनधर्म संस्कृति सूरज का सुनहला सवेरा चाहिए।"

यह कहते ही उसने मेरे मुँह पर जोर से एक थप्पड़ मारा। इसके बाद तीन दिन तक मुझे थाने में बन्द रखा।"

संकल्प क्रोध से काँप रहे थे। उन्होंने घूँसा तान कर भ्रष्ट और कमीने अधिकारियों, कर्मचारियों को लक्ष्य करके कहा--" उन लोगों को कभी भी क्षमा नहीं किया जायेगा। उनके अत्याचारों का बदला हम लोग अवश्य लेंगे। यदि हम न ले सके तो कोई दूसरा लेगा। उनसे न लिया जा सका तो उनकी औलादों से लिया जायेगा। मगर बदला अवश्य लिया जायेगा।

वह याद रखें—

'ईश्वर के घर लगती देर, किन्तु नहीं चलता अंधेर।
जैसी करनी वैसा फल, आज नहीं तो निश्चय कल।।"

इसके बाद शान्त होकर वह फिर कहने लगे-"पादरी को उस दिन मैंने कौन

सी ऐसी बात कही थी? उस दिन वह लोगों को समझा रहा था-

"मनुष्य एक भेड़ों का झुंड है। इसके लिये एक चरवाहा चाहिये।"

यह बात सुनकर मैंने कहा--"हाँ, उस बगुलाभगत की तरह जिस पर मछलियों ने विश्वास किया था। कुछ दिनों बाद देखा गया कि कइयों को वह हजम कर गया था।"

पादरी मेरी तरफ तिरछी नजर से देखकर समझाता रहा--" ईश्वर से प्रार्थना करनी चाहिये, प्रभु हमें सहिष्णुता दो, संतोष दो, धैर्य दो।"

मैंने कहा--"हम लोग पुकारने में तो कसर नहीं करते, किन्तु गरीबों की सुनने की फुरसत कहाँ है?"

पादरी ने कहा-"तुम क्या प्रार्थना करते हो?"

मैंनें कहा--"एक ही प्रार्थना करता हूँ-'असतो मा सद् गमय!' 'तमसो मा ज्योतिर्गमय!' केवल मैं ही क्यों अधिकांश मनुष्य यही प्रार्थना करते हैं--"हे ईश्वर, दुनिया में जो लोग धूर्तता, रिश्वतखोरी, भ्रष्टाचार, व्यभिचार, दुराचार, ठगी, बेईमानी, शोषण करते हैं, अन्याय, आतंक, अत्याचार, अनाचार, ढोंग करते हैं, उन लोगों से ईंटें ढ़ोवाओ, पत्थर तोड़वाओ, कोयला खोदवाओ, लकड़ी चिराओ, फावड़ा कराओ और हल चलवाओ जिससे उन्हें कुछ तो समझ आ सके कि बिना श्रम के खाना चोरी है, डकैती है, पाप है।"

विवेक बोले--

"बड़े भाग ग मानुष तन पावा। सुर दुर्लभ सब ग्रन्थहिं गावा।।
नर तन राम नहिं कवनिउ देही। जीव चराचर जाचत जेही।।
नरक स्वर्ग अपवर्ग निसेनी। ज्ञान विराग भगति शुभ देनी।।
नर तन पाइ विषय मन देहीं। पलटि सुधा ते सठ विष लेहीं।।'

सम्पूर्ण सृष्टि में सर्वश्रेष्ठ दुर्लभ मानव शरीर पाकर भी जो उसे सदाचरण, लोकहित, लोकसेवा के ईश्वरीय कार्यों में न लगाकर स्वार्थों में छोटे-छोटे उद्देश्यों, खुशियों और ओछे कामों, ठगी, ढोंग, पाखण्ड में बर्बाद करता है वह ईश्वर, ईश्वर की रचना, मातृभूमि, माता-पिता, गुरुजनों एवं स्वयं के साथ अन्याय, धोखा और गद्दारी करता है, अनमोल मानवजीवन का अनादर और अपमान करता है -

वह जीवन भी क्या जीवन है जो काम लोकहित आ न सका?
वह मानव भी क्या मानव है जो मानवता अपना न सका??
सार्थक तो वह मानव जीवन जो संसार के लिये हो।
उपकार के लिये हो, सत् कार्य के लिये हो।।

धर्म का लबादा ओढ़े लोभ और स्वार्थवश धर्म को धंधा और ठगी का साधन समझने वाले, समाज को गुमराह करके विभेद साम्प्रदायिकता, नफरत

और अंधविश्वास का जहर घोलने वाले सामन्ती व्यवस्था के पोषक धर्म के ठेकेदार बने साधुवेशी इन ढोंगी पाखंडी ठगों, पाखंड़ी पुरोहितों, पंडे-पुजारियों, पोप-पादरियों, कठमुल्लों-मौलवियों, मौलानों, मठाधीशों को अधमगति पाकर लख चौरासी के चक्कर लगाने होंगे क्योंकि 'मन न रँगाये, रँगाये जोगी कपरा'....? 'मनः एव मनुष्याणाम् कारणम् बन्ध मोक्षयोः', जैसी करनी वैसी भरनी, मनुष्य गुण-कर्म-स्वभावानुसार उत्तम, मध्यम या अधम गति को प्राप्त करता है--

'स्वार्थ नहीं परमार्थ महान। वेश नहीं गुण-कर्म प्रधान।।

सदाचार ही धर्म का आधार है। मनुष्यत्व ही मुक्ति का द्वार है।।'

जो 'सर्वभूतहितेरतः' आत्मज्ञानी निष्काम कर्मयोगी १. मातृऋण-पितृऋण २. गुरुऋण ३. धरती माता के ऋण से उऋण हो ईमानदारी, त्याग-तपस्या से लोकसेवा, समाज सेवा, सर्वोदय, सदाचरण, परोपकार, जनजागरण और विश्वकल्याण के कार्य करता है वह महात्मा, परमप्रकाश परमात्मा और परमानन्द को प्राप्त कर जन्म-मरण से मुक्त हो महाकल्पपर्यन्त सर्वत्र उन्मुक्त विचरण करता है।

और जो 'सर्वभूतहितेरतः' आत्मज्ञानी सकाम कर्मयोगी १. मातृऋण-पितृऋण, २. गुरुऋण ३. धरतीमाता के ऋण से उऋण हो ईमानदारी, त्याग-तपस्या से लोकसेवा, समाज सेवा, सर्वोदय, सदाचरण, परोपकार, जनजागरण और विश्वकल्याण के कार्य करता है वह कर्मानुसार स्वर्गसुख भोग कर पुण्य क्षय होने पर पुनः मनुष्य शरीर प्राप्त कर कर्मानुसार फिर उत्तम मध्यम या अधमगति को प्राप्त होता है। संसार कर्म और कर्म का फल है-

स्वर्ग-नरक सब यहीं हैं, बोलो मीठे बोल।

चार दिनों की जिन्दगी जहर रहा क्यों घोल??

जो बड़े भाग्य से मिलने वाले सर्वोत्तम मनुष्य शरीर को पाकर भी-

१. मातृऋण- पितृऋण २. गुरुऋण ३. धरती माता के ऋणी रह उनको अपमानित, उत्पीड़ित, प्रताड़ित करते हैं, सत्गुरु, सत्शास्त्र, सत्संग, सदाचरण और सद्शास्त्रों से वंचित अज्ञान, अधर्म, काम, क्रोध, लोभ, स्वार्थ, अहंकारवश आत्मस्वरूप न पहिचान, राक्षस बन चोरी, डकैती, गुंड़ई, बदमाशी, दलाली, ठगी, शोषण, उत्पीड़न, हिंसा, हत्या, अपहरण, आतंक, अन्याय, अत्याचार, अनाचार, दरिन्दगी, दुराचार, भ्रष्टाचार, फर्जीवाड़ा, हवाला, घपला-घोटाला, घूसखोरी, जमाखोरी, मिलावटखोरी, मुनाफाखोरी, नशाखोरी, तस्करी चोरबाजारी, कामचोरी, बेईमानी, छल, दंभ, द्वेष, पाखंड, झूठ-फरेब, घृणा, मतमतान्तर के कोरे कर्मकांडों, कपोलकथाओं, गपोडों, ढकोसलों और लोकविरोधी समाजविरोधी, साम्प्रदायिक उन्माद के पाप में डूब जाते हैं वह कुकर्मानुसार कृमि, कीड़े-मकोड़े, कीट- पतिंगे, पशु-पक्षी आदि चौरासी लाख योनियों के नर्कजाल में फँस कर दुःख भोगते रहते हैं—

'काहु न कोउ सुख दुख कर दाता। निज कृतकर्म भोग सब भ्राता।।
करय जो करम पाव फल सोई। निगम नीति अस कह सब कोई।।'

विवेक जोर देते बोले--

"कुर्वन्नेवेह कर्माणि जिजीविषेत्छतं समा:।' (यजुर्वेद ४०/२)

(कर्म करते हुए ही सौ वर्ष जीने की इच्छा करो)

'कर्म प्रधान विश्व करि राखा। जो जस करै सो तस फल चाखा।।'

इसलिए मंजिल पाने के लिये हमें हमेशा अपने कर्त्तव्यपथ पर सही समझ और ईमानदारी से यह ध्यान रखते हुये बढ़ते रहना चाहिये कि-

'यह जन्म हुआ किस अर्थ अहो? सोचो, जिससे यह व्यर्थ न हो।।'
'हम कौन हैं, क्या कर रहे हैं, क्या हमारा कर्म है?
कैसा समय, कैसी दशा, कैसा हमारा धर्म है??"

सबने कहा--"बिल्कुल सही है सुकर्म ही सफलता की कुंजी है, तभी तो हम लोग 'सत्य-प्रेम अहिंसा' के लिये, सभी के सुख-शांति, सर्वोदय और लोककल्याण के लिये सभी को जगा रहे हैं, असत् से संघर्ष कर रहे हैं।"

उस समय दिन खतम नहीं हुआ था। भोजन के बाद माँ और प्रेरणा आराम करने लगीं। संकल्प पुस्तक और पर्चे पढ़ने लगे। किसान लोग काम पर चले गये।

थोड़ी देर बाद संकल्प ने प्रेरणा से कहा--"हम काम पर जा रहे हैं। आपके साथ एक किसान बातें करना चाहता है।"

प्रेरणा ने कहा--"उनको बुलाओ।"

संकल्प ने उत्साह से धीरे से कह दिया कि शाम को उसे बुला लेना। उसके बाद माँ और प्रेरणा के सिवा सभी चले गये। माँ वहीं काठ के तख्त पर लेट गईं। थकावट के मारे थोडी ही देर में उन्हें नींद आ गई।

शाम को संकल्प और उनके साथी काम से लौट आने पर चाय पीने बैठे। उन्हें खासने की आवाज सुनाई पड़ी।

संकल्प ने प्रेरणा से कहा--"उसके खासने की आवाज सुनाई पड़ रही है। वह आ रहा है। उसका नाम विद्रोह है। उसकी बातें सुनियेगा।"

सामने जंगल और बड़े-बड़े पेड़ थे। झुरुर-झुरुर पुरवइया झुरुक रही थी। रीवाँ की रीं-रीं और झींगुरों की झनकार सुनाई पड़ रही थी। उनके बीच से लाठी टेकता हुआ एक नर कंकाल आया। उसके कपड़े तार-तार हो रहे थे। सिर के बाल खड़े-खड़े थे। आँखे धँस गई थीं, किन्तु चमक रही थीं। उसके आते ही विवेक ने उसके साथ माँ और प्रेरणा का परिचय कराया।

विद्रोह ने प्रेरणा से कहा--"आप ही किसानों मजदूरों के लिये पुस्तकें- परचे ले आई हैं?"

"हाँ"

"उन लोगों की तरफ से मैं आपको धन्यवाद देता हूँ। इन पुस्तकों में सत्य का प्रचार किया गया है। किन्तु अभी किसान-मजदूर लोग इसका मतलब नहीं समझ पाते। उनकी सोचने-समझने की शक्ति का विकास अभी तक नहीं हुआ। किन्तु मैंने अपने जीवन में ही इन बातों का प्रत्यक्ष अनुभव किया है।"

कहते-कहते उसकी साँसे रुकने लगीं। वह अपनी लम्बी-लम्बी उँगलियों से छाती दबाकर बड़े कष्ट से खासने लगा।

प्रेरणा ने कहा--"शाम को ठंढ़क में निकलना आपके लिये ठीक नहीं हुआ। आपको तो सही उपचार-आयुर्वेद और योगासन-प्राणायाम की आवश्यकता है--' करें योग रहें निरोग-

सब रोगों की एक दवाई। सुबह-शाम प्राणायाम करो मेरे भाई।।"

"मेरे लिये अब मृत्यु ही अच्छी है। मैं मरूँगा ही, किन्तु मरने के पहले सब लोगों को यह बात बता जाऊँगा कि कितने अत्याचार और कितने पाप मैंने देखे हैं। मेरी उम्र केवल पचास वर्ष की है। दस वर्ष पहले मैं अनायास ही एक कुन्तल वजन की चीजें अपने कंधे पर उठा लिया करता था। जिसमें इतनी ताकत हो उसे कम से कम पचासी वर्ष तक जीवित रहना चाहिये। किन्तु मेरे जीवन के पैंतीस वर्ष चुराकर किसने मेरी यह अवस्था कर दी है? इस सामन्ती व्यवस्था ने, भ्रष्टतंत्र ने, मालिकों ने, दुराचारी अर्थपिशाचों ने। जबकि वास्तव में यह मालिक नहीं, धन, लोभ, बिलासिता, दम्भ की कठपुतली हैं, गुलाम हैं। सबका मालिक तो बस एक परमपिता परमेश्वर है।"

संकल्प ने कहा--"सुनिये इसकी बातें।"

विद्रोह फिर कहने लगा--"यह केवल मेरी ही नहीं, करोड़ों आदमियों की बातें हैं। किन्तु वे मुँह से यह बात नहीं कह पाते, मन ही मन सोचते हैं। अत्यधिक परिश्रम, शोषण और कुपोषण के कारण कितने ही लोग मरते जा रहे हैं। कितने ही लोग अपंग हो पशुवत जीवन बिताते हुये भूख की ज्वाला और रोगों से मरते जा रहे हैं। इन बातों का प्रचार होना आवश्यक है। सबको इन बातों की जानकारी होनी चाहिये।"

उत्साह ने विद्रोह को पकड़ कर तखत पर बैठा दिया। विद्रोह बोलते- बोलते हाँफने लगा था। जरा रुक कर वह फिर कहने लगा--"पूँजीपति, शोषक शैतान समाज की छाती को स्वार्थ के जूतों से रौंद रहे हैं। काम कराते-कराते वे कामचोर लोग मनुष्यों को क्यों मार डालते हैं? स्वार्थ के लिये, उनका जीवन क्यों नष्ट कर डालते हैं? जानते हो मैंने एक मिल में अपना जीवन नष्ट कर डाला है।

किन्तु काली कमाई, कंचन और कामनी के लिये काले मन, काले धन वाले ये मालिक क्या करते हैं? ठगी, बेईमानी, लूट खसोट, हेराफेरी, भ्रष्टाचार,

पाप करते हैं? दुराचार, व्यभिचार और ऐय्याशी करते हैं। जिस स्त्री को प्यार करते हैं उसके लिये श्रृंगार की जितनी भी सामग्री हो सकती है, सभी उन्होंने सोने की बनवा दी है! उन साज श्रृंगार की वस्तुओं में हमारे हृदय का रक्त है। हमारा जीवन उसके ही लिये नष्ट किया गया। क्योंकि हमें कठोर परिश्रम में लगाये बिना और हमारे शोषण बिना वे लोग सुखी और विलासी जीवन नहीं बिता सकते। अपनी प्रियतमा के लिये सोने और जवाहरात का श्रृंगार नहीं बनवा सकते। आधुनिक सुख-सुविधाओं से लैस अट्टालिकाओं में ऐशो-आराम और रंगरेलियाँ नहीं कर सकते। दौलत, शोहरत, औरत की हसरत ही इनकी फितरत है। जबकि हमारी औरतें और बच्चे जिन्दगी भर कड़ी मेहनत करने पर भी रोटी कपड़ा मकान के लिये ही परेशान रहते हैं। इस पाप से पूँजीपति, भ्रष्टाचारी, बंचक, बेईमान, माफिया और शोषक शैतान क्या बच सकते हैं?"

विवेक ने ब्यंग से हंस कर कहा--"कहा जाता है है कि मनुष्य ईश्वर की प्रतिमूर्ति है। ईश्वर की प्रतिमूर्ति की यह अवस्था! वाह मानव! बन रहा दानव!! हमें ऐसे मालिक नहीं, माली चाहिये जो सम्पुष्टि, सँभाल, संरक्षण दे सकें।"

माँ ने प्रेरणा से धीरे से पूछा--"वह जो कह रहा है क्या सच है?"

प्रेरणा ने कहा--"सत्ता, सुरा, सुन्दरी में मदहोश शोषक वर्ग अपने स्वार्थ, सुख-सुविधा के लिये क्या नहीं करता? धन-दौलत और ऐशो आराम की हविश ने इंसान को हैवान बना दिया है!"

उत्साह ने कहा--"ऐसों को तो फाँसी होनी चाहिये या ऐसों को सर्वसाधारण के सामने खींचकर टुकड़े-टुकड़े करके उसके अपवित्र माँस को कुत्तों को खिला देना चाहिये। जिस दिन इंसान जाग उठेगा, उस दिन वह तहलका मचा देगा। उस दिंन अपने ऊपर किये गये अत्याचार, अन्याय, आतंक, अनाचार और पाप को उनके रक्त की धारा से वह धो डालेगा। वह रक्त उनकी ही रगों से चूसा गया है। पाप का घड़ा एक न एक दिन अवश्य फूट कर रहेगा। जो जैसा बोयेगा, वैसा काटेगा।"

'त्रिविधम् नर्कस्येदं द्वारं नाशनमात्मनः।
कामः क्रोधस्तथा लोभस्तस्मातेतद् त्रयं त्यजेत्।।'

(काम, क्रोध और लोभ ये तीन नरक के द्वार और नष्ट कर देने वाले हैं, इससे इन तीनों को त्याग देना चाहिये।)

संकल्प ने कहा--"इस विषय पर जितनी पुस्तकें अब तक निकली हैं, उन सबकी अपेक्षा विद्रोह का जीवन अधिक मर्मस्पर्शी है। इसी तरह मनुष्य का रक्त चूसकर शोषक, शैतान लोग उसके शरीर को फेंक देते हैं। उसका कारण यह है कि जीवन में जितना भी सुख, आनन्द और आराम है, उसे वे पतित, स्वार्थी स्वयं ही भोगना चाहते हैं किसी को भी उसमें हिस्सेदार नहीं बनाना चाहते। गरीबों के खून-पसीने की कमाई के शोषण, घूसखोरी, बेईमानी, तिकड़म से वे लोग सोना,

चाँदी, जवाहरात खरीदते हैं। आलीशान मकान, मोटर-कार और ऐशो आराम की वस्तुयें खरीदते हैं। लड़के-लड़कियों के लिये अच्छे-अच्छे कपड़े, खिलौने, पढ़ाई और सुख के साधन जुटाते तथा शादी-समारोहों में पानी की तरह पैसे बहाते हैं! अंधाधुन्ध जुआ, शराब, कबाब-सबाब और ऐय्याशी में फूंकते हैं!!

उनके लिये हम लोग दिन-रात काम करें, काम करते-करते ही मर जाँय और वे हमारे शोषण और खून-पसीने की कमाई से पैसा जमा करें, उससे सुख-ऐश्वर्य लूटें, मौज उड़ावें और हमारे बच्चे रोटी-कपड़े, मकान के लिये ही जीवन भर तरसते रहें? जबरा मारे रोने न दे-

उन्हें कत्ल में भी लुत्फ आती है!
हम आह भी भरते हैं तो होते हैं बदनाम!!

मगर याद रहे-- **करते जो बेईमानी के धन्धे। होते है वे अकिल के अन्धे।।**

जो अनीति करते पछताते। वही काटते जैसा बोते।।

अपने तथा अपनी आल-औलाद के लिये पाप के पहाड़ पर बनी सोने की लंका उनको तथा उनकी आल-औलाद को भी नष्ट कर देगी--

'मन पछतैहे अवसर बीते..........
हम-हम कर धन धाम समारेन अन्त चले उठ रीते।'
दूसरों को दुःख देकर क्या कभी कोई सुखी हो पाया?
तो काली कमाई करतूतें कर क्यों कुबुद्धि भरमाया??
नहीं सुख पाते औरों को सताने वाले।
खुद जला करतें हैं औरों को जलाने वाले।।"

विद्रोह हाँफते-हाँफते बोला--"मैं चाहता हूँ कि तुम लोग इसका बदला लो, बदला--

'रक्त है? या है नसों में क्षुद्र पानी।
जाँच कर तू शीश दे दे कर जवानी।।"

उसकी आँखों से चिनगारियाँ निकल रही थीं।

संकल्प ने कहा--"यह रोज हम लोगों से यही कहता है।"

माँ ने कहा--"इसके सिवा तुम लोग और क्या सुनोगे? प्रति दिन ही जहाँ ऐसा ही अन्याय हो रहा है, करोड़ों मनुष्यों का शोषण हो रहा है. उनकी खून की कमाई से बेईमान, बंचक, बिचौलिये, कामचोर, हरामखोर, शोषक, शैतान लोग मजा लूट रहे हैं, तब तुमलोग दूसरी बात सुनने की कैसे आशा करते हो? मगर इसके लिये हमें विध्वंसात्मक नहीं रचनात्मक कारगर कदम उठाने होंगे। वैचारिकक्रांति लानी होगी।"

प्रेरणा ने कहा--"वह दिन आ रहा है जिस दिन दुनिया के किसान, मजदूर, दलित, शोषित, बंचित, विकलांग, बेसहारा, लाचार, उपेक्षित, असहाय और पीड़ित लोग संगठित होकर एक साथ घोषणा करेंगे-'बेईमानी, बदहाली, शोषण, ठगी, अत्याचार, अनाचार, अन्याय, आतंक, भ्रष्टाचार, काली कमाई का कुचक्र अब हम नहीं बर्दास्त करेंगे।' उस दिन उन पापी, पतित, बंचकों, शोषकों, शैतानों की सारी शक्ति धूल में मिल जायेगी--

'न्यायोचित सुख सुलभ नहीं जब तक मानव मानव को।
चैन कहाँ धरती पर तब तक शान्ति कहाँ इस भव को।।"

उत्साह ने कहा--"उसके लिये सही शिक्षा, सुसंस्कार, आत्मविश्वास और जनजागरण की आवश्यकता है। इस देवासुर संग्राम में अपने को हीन समझने से हम लोगों की जीत नहीं हो सकती। हीन और पतित वे हैं जो चोरी-डकैती, दलाली, बेईमानी, ठगी, शोषण, घूसखोरी, भ्रष्टाचार, अत्याचार, अन्याय, अनाचार, आतंक, अपहरण, हत्या ऐसे पाप करते हैं। ईमानदारी से अपने खून-पसीने की कमाई से बसर करने और समाजसेवा करने वाले महान हैं। भला वे हीन हो सकते हैं?-

समाज के लिये जियें लोकहित के लिये जियें।
ये धड़कनें ये साँसें हों मातृभूमि के लिये।।
बदलेंगे तस्वीर विश्व की परमपिता प्रभु की संतान।
घर-घर में खुशहाली होगी मानव होगा देव समान।।"

विद्रोह के जाने के बाद उनमें काफी समय तक युगनिर्माण अभियान, समग्रक्रांति, समग्रविकास, सर्वोदय, जनजागरण तथा जनान्दोलन के उपायों और साधनों पर विचार-विमर्श होता रहा। भोर होते ही माँ बोलीं--"अब हम जाना चाहती हैं।"

सब लोगों ने उठ कर आदर के साथ उनको विदा किया।

31

माँ का जीवन ऐसे ही कामों में बीतने लगा। उनके कामों का मानों अन्त नहीं था। घर का काम, बाहरी काम, संगठन का काम, अपना निजी काम-ये सभी काम उन्हें करने पड़ते थे। अब उन्होंने पढ़ना-लिखना भी सीख लिया था और वह समझ गई थीं कि-

'मति कीरति गति भूति भलाई। जब जेहिं जतन जहाँ जेहिं पाई।
सो जानब सतसंग प्रभाऊ। लोकहुँ बेद न आन उपाऊ।।'

संगठन का काम था-लोकतांत्रिक सर्वोदयी समाजवादी पुस्तकों, परचों,

पत्र- पत्रिकाओं के प्रचार से जनजागरण करना। वह तरह-तरह के बनावटी वेश धारण करतीं थीं और विभिन्न स्थानों में आती-जाती थीं। उनका अनुभव पहले से अब बहुत बढ़ गया था। बहुत से स्थानों में घूमने-फिरने से मनुष्यों की विभिन्न परिस्थितियों को देखने से समझ गई थीं कि संसार में अपार धन और सुख-सुविधायें भरी हैं किन्तु मनुष्य के दुःख दारिद्र्य और रोगों का अन्त नहीं! संसार में प्रचुर अन्न और अस्पताल हैं तो भी खाना और सस्ता, सही उपचार न मिलने से मनुष्य तड़प-तड़प कर मर रहे हैं! संसार में स्कूल, कालेज, विश्वविद्यालय और पुस्तकालय सहस्त्रों की संख्या में हैं तो भी मनुष्य योग-अध्यात्म-विज्ञान संयुक्त संस्कारवान रोजगारपरक सही शिक्षा, सही समझ, सदाचरण के अभाव में दीन दशा में ही पड़ा हुआ है! भूख से बिलबिलाता मनुष्य रास्ते की धूल में बैठकर भीख माँग रहा है और सामने ही हवेलियों में रंगीनियों के जश्न मनाये जा रहे हैं!! उनके पास ही गगनचुम्बी मंदिर, मस्जिद, गिरजे, गुरुद्वारे बने हुये हैं। जहाँ सोने-चाँदी और रंगबिरंगी बिजली की सजावटें शोभा पा रही हैं! कहाँ है वह ईश्वर जो दीनबन्धु और पतित पावन है? पहिले माँ भगवान से प्रार्थना किया करती थीं। लेकिन यह सब देखकर उनकी रुचि भगवान की ऐसी प्रार्थना से हट गई। वह समझ गईं कि भगवान नाम से नहीं अच्छे काम से प्रसन्न होते हैं -

'भ्रम के भटकावे छोड़ो और काम लोकहित कर लो।
ढ़ोंग ढकोसले छोड़ो योग और सदाचरण की राह पकड़ लो।।
ईश्वरभक्ति लोकसेवा है, एक अर्थ दो नाम।
मंदिर मस्जिद गिरजे गुरुद्वारे में नहीं मिलते हैं राम।।
पृथ्वी पर सुख-शांति बढ़ाना देकर सुख श्रम शक्ति।
मनुष्यता का अर्थ यही है और यही हरिभक्ति।'
'परहित सरिस धर्म नहीं भाई। पर पीड़ा सम नहीं ' अधमाई।।'

वह अब मानवता और विश्वकल्याण के लिये जीने-मरने वाले विश्वास और इंसाफ के विषय में सोचती रहती हैं। उनका फैसला अभी तक नहीं हुआ, किन्तु इसके लिये उनको अब कोई दुःख नहीं होता, बल्कि मन में गौरव का अनुभव करती हैं। अब वह सोचा करतीं थीं-

'मात्र चित्र की नहीं चरित्र की पूजा करो।
मात्र व्यक्ति नहीं व्यक्तित्व की पूजा करो।।'

'मानव ने पत्थर पूजा पर मानव को कब पहिचान सका?
यद्यपि उसकी ही छाया में पा रूप-रंग भगवान सका।।
मानव फुटपाथों पर सोता भगवान भजन के झूलों पर!
मानव सुत पत्तल चाट रहे नैवेद्य उधर थाली भर कर!!

जा रही हजारों की लाशें बेकफन कब्र श्मसानों में!
श्रृंगार न पूरा हो पाता उनका रेशम चाँदी सोनों में!!
मूरत नहलाई जाती हैं, दुर्भाग्य दूध से घी से!
भूखी भिखमंगिन का बच्चा दो बूंद न पी पाया कल से!!
यदि यही धर्म के हैं ठेके तो लानत है इन पर ठोकर!
स्वर्ग-नर्क का सौदा अब नीलाम न होगा सड़कों पर!!'

सुधीर फुरसत मिलने पर माँ से बातें करते कहते- "माँ, आज मनुष्य को रुपया, रोटी और रोशनी का अभाव है किन्तु एक समय ऐसा आयेगा जब यह अभाव न रहेगा। तब वह स्वयं रुपया और रोटी से भी बढ़कर ज्ञान, परोपकार, सबकी सुरक्षा, सुख-शांति, समृद्धि और विश्वकल्याण की चाह करेगा। सभी समय, शक्ति, सामर्थ, सुशिक्षा और सम्पत्ति का सदुपयोग करेंगे।"

यह सुनकर माँ सोचने लगती हैं--'कब वह समय आयेगा।'

उस दिन सुधीर बाहर से आते ही बोले--"माँ! एक विचित्र खबर है।"

माँ उनके मुँह की तरफ ताकने लगीं।

वह बोले- "एक कैदी जेल से भाग गया है। सुनते हैं कि वह कोई क्रांतिकारी है, किन्तु वह कौन है, यह नहीं मालुम हो सका है।"

खबर सुनते ही माँ सिहर उठीं। उन्होंने कहा--"शायद इंसाफ ही हो।"

सुधीर बोले--"वह ऐसा नहीं कर सकता। उस समय मैं रास्ते में था, किन्तु मैंने उसे कहीं नहीं देखा। मैं फिर जा रहा हूँ।"

माँ ने कहा--"मैं भी चलूँगी।"

सुधीर ने कहा--"तुम सुशील के पास जाओ। देखो, शायद वह कुछ जानता हो।"

माँ उसी क्षण घर से निकल पड़ीं और सुशील के घर पहुँचीं। किन्तु ज्योंही सीढ़ियों से ऊपर चढ़ने लगीं त्योंही ठिठक कर खड़ी हो गईं। दरवाजे पर वह कौन है? जेब में हाथ डाले खड़ा मुस्कुरा रहा है। उनको पहले भ्रम हुआ कि कौन है, किन्तु दूसरे ही क्षण भ्रम दूर हो गया।

आश्चर्य से पुकार उठीं-"साहस! साहस!!"

इसके बाद उससे मिलने के लिये उसकी ओर लपकीं। साहस ने हाथ हिलाकर इशारे से कहा--"जाओ, जाओ!"

माँ सरपट से सीढ़ियाँ चढ़कर सुशील के कमरे में पहुँचीं और उनके कान में कहा--"साहस जेल से भाग आया है।"

सुशील हँसने लगे, बोले--"किन्तु मुझसे तो उठा नहीं जाता, किस तरह उसका स्वागत करूँ।"

उसके स्वागत करने की जरूरत नहीं पड़ी। वह खुद ही कमरे में आ गया। बोला--"बड़े भाग्य से आप लोगों के दर्शन मिले हैं। शहर में मैं किसी को नहीं पहचानता। ऐसा मालुम हो रहा था कि शायद फिर जेल लौट जाना पड़ेगा। वहाँ खड़ा-खड़ा मैं सोच रहा था कि मैं अगर नहीं भागता तभी अच्छा था। ठीक उसी क्षण माँ से भेंट हो गई।"

सुशील ने कहा--"बैठो भाई! तुम कैसे भाग निकले?"

साहस सुशील के बिछौने के पास बैठ गया और उनके हाथ पर हाथ रखकर बोला--"मैं कैसे भाग आया? कैदियों ने झगड़ा कर डाला था जिससे नाराज होकर वार्डर उनको पकड़-पकड़कर मार रहे थे। उस समय जेलखाने में गड़बड़ी मच गई थी। चेतावनी की घंटी बजने लगी। फाटक पर कोई पहरेदार नहीं था। मैं बाहर निकल आया। उसके बाद से इधर-उधर छिपने की जगह ढूँढ़ रहा हूँ।"

माँ ने पूछा विश्वास और इंसाफ कैसे हैं?" "अच्छी तरह हैं! सभी उनको मानते हैं। मुझे बड़ी भूख लगी है।"

पुलिस संघर्ष में घायल सुशील बहुत बीमार थे। उनके जीवन की आशा नहीं थी। उन्होंने धीरे से कहा--"माँ बाईं तरफ की कोठरी में करुणा है। उससे कहो कि बुला रहे हैं।"

माँ ने जाकर करुणा को जैसे ही पुकारा, वह बाहर चली आई। उसने पूछा--"रोगी की हालत क्या खराब है?"

माँ ने कहा--"नहीं, बुला रहे हैं।"

वह माँ के साथ कमरे में आई।

सुशील ने कहा--"करुणा! यह महाशय बिना अनुमति के जेल से चले आये हैं। पहले इनको कुछ खाने को दो। उसके बाद इनको कुछ दिन छिपा रखो।"

करुणा ने कहा--"मैं सब कर लूँगी, किन्तु तुम चुप रहो। तुम्हारे लिये बोलना अच्छा नहीं है। तुमने अभी तक दवा क्यों नहीं खाई? ऐसी लापरवाही क्यों करते हो? तुम्हें थोड़ी ही देर में अस्पताल जाना पड़ेगा।" करुणा साहस को साथ लेकर चली गई।

सुशील ने कहा--"औरत बहुत ही चतुर और कर्मठ है। यही हम लोगों की किताबें और परचे छापती है।"

माँ ने कहा--"चुप रहो। दवा खा लो।"

थोड़ी देर बाद करुणा ने आकर कहा-"माँ, कपड़े बदल कर इसी समय साहस को यहाँ से जाना पड़ेगा। तुम जाकर बाजार से उसके लिये कपड़े खरीद लाओ।"

किन्तु उस समय कपड़े खरीदना सहज नहीं था। दुकान-दुकान पर जासूस

घूम रहे थे, यह देखने के लिये कि कोई नया कपड़ा खरीदने तो नहीं आया। माँ उसी क्षण बाहर निकल पड़ीं और उनकी आँखों में धूल झोंक कर साहस के लिये कपड़े खरीद लाईं।

साहस वही कपड़े पहन कर उनके साथ चल पड़ा। वह उसको एक सुरक्षित स्थान पर पहुँचा कर लौट आईं।

लौटने पर पता चला कि सुशील को अस्पताल भेज दिया गया है। माँ भी उसी क्षण उनको देखने चली गईं।

वह जिस समय वहाँ पहुँचीं उस समय सुशील की अन्तिम अवस्था थी। उस समय भी वह बातें कर रहे थे और माँ की आँखों के सामने ही कुछ देर में चल बसे। दुःख से माँ की छाती फटने लगी। वह रुलाई न रोंक सकीं। करुणा धीरे-धीरे माँ के पास आ खड़ी हुई और रुँधे कंठ से बोली--"वह चले गये। उनकी तरह खुश मिजाज आदमी मैंने कहीं नहीं देखा। दुःख से किसी समय वह बिचलित नहीं हुये। उनके साथ मैं बहुत दिन काम कर चुकी हूँ। हम दोनों जेल में एक साथ थे। लोभ और स्वार्थ ने कभी उनकी आत्मा का गला नहीं दबोचा। धन कभी उनका सौदा करने में सफल नहीं हो सका। आलस्य, कायरता, निराशा और निर्बलता कभी उनके पास तक नहीं फटकीं। जीवन में उन्होंने सत्य के लिये और दूसरों के दुःख-दर्द बँटाने के लिये बहुत कष्ट सहन किये हैं। फिर भी उन्होंने कभी हिम्मत नहीं हारी। वह महान कर्मयोगी और हमारे पथ प्रदर्शक थे। आज बिदा हो गये।" कहते-कहते करुणा का गला भर आया।

सुशील के अन्त्येष्टि की तैयारी होने लगी। सुशील के घर बैठकर सभी साथी उनकी प्रसंशा कर रहे थे। बातों के सिलसिले में ही विश्वास और इंसाफ की चर्चा छिड़ गई। साहस भी वहाँ था। उसने कहा--" इंसाफ और उसके साथियों के जेल से भाग निकलने की व्यवस्था करना आवश्यक है।"

श्रद्धा ने कहा- "माँ तुम्हारा क्या विचार है?"

माँ ने कहा--"साहस जो कुछ कहता है यदि वह ठीक हो तो उसके लिये हम लोगों को चेष्टा करनी चाहिये।"

सुधीर ने कहा--"हमें यह जान लेना आवश्यक है कि हमारे जेल के साथी सचमुच ही भाग निकलना चाहते हैं?"

माँ ने कहा--"वे लोग जेल से मुक्त होना नहीं चाहेंगे, यह भी क्या कोई बात है?"

प्रेरणा ने कहा--"परसों विश्वास और इंसाफ से भेंट करना है। उनकी राय लेनी पड़ेगी।"

माँ ने कहा--"बहुत अच्छा।"

किन्तु उसके पहले ही एक घटना घट गई।

दूसरे दिन सुशील की अन्त्येष्टि थी। अस्पताल के सामने सैकड़ों की संख्या में लोग एकत्र थे। वे लोग अन्त्येष्टि के लिये जुलूस के साथ जाना चाहते थे। सभी लोग निहत्थे, शान्त और शोकमग्न थे। किन्तु उसी शान्त जनता के जुलूस के साथ में भी शांति व्यवस्था के नाम पर सशस्त्र पुलिस दल आ पहुँचा।

अस्पताल के फाटक में से लाल फीतों से बँधी एक अर्थी लेकर लोग निकले। लोगों ने सिर झुकाकर दिवंगत क्रांतिकारी के लिये सम्मान प्रदर्शित किया। पुलिस अफसर अपने दल के साथ भीड़ में जबरदस्ती घुस गया और अर्थी को घेरकर उसने हुक्म दिया--"लाल फीता काट डालो।"

किन्तु किसी ने भी उसके आदेश का पालन नहीं किया। तब उसने पुलिस को हुक्म दिया--"कफन का फीता काट डालो।"

आदेश पाते ही पुलिस ने फीता काट डाला। जनता पागल हो उठी। पुलिस के साथ उनका संघर्ष होना ही चाहता था किन्तु संगठन के नेताओं ने उनको शान्त किया। उन्होंने कहा--

"साथियो! अभी सहन करो। हम लोगों का समय आ रहा है। अभी सहन करने का समय है।"

जुलूस अर्थी लेकर धीरे-धीरे शमसान में पहुँचा। किसी के मुँह से कोई बात नहीं निकलती थी।

चिता तैयार थी। एक युवक ने उसके ऊपर खड़े होकर कहना शुरू किया-

"मित्रो! बड़े भाग्य से देव दुर्लभ यह मनुज तन मिला है।
सोचो, क्या केवल कमाने खाने को ही यह यह मिला है??
क्या भरोसा है इस जिन्दगी का? साथ देती है कब तक किसी का??
कुछ नेक काम कर ले दुनिया से जाने वाले।
जाते हैं रोज लाखों बेकार ही गँवाने वाले।।"

पुलिस अफसर ने कहा--"अधिकारियों के आदेशानुसार तुम लोग यहाँ पर भाषण नहीं कर सकते।"

युवक ने कहा--"मैं केवल दो-चार बातें कहूँगा। मित्रो!

न घर मेरा न घर तेरा दुनिया रैन बसेरा है।
दो दिन का जग में मेला, सब चला चली का खेला है।।
दुनिया के जो मजे हैं हरगिज कम न होंगे।
चर्चे यूँही रहेंगे, अफसोस हम न होंगे।।
यह दुनिया तो अजीब फानी देखी।
यहाँ की हर चीज आनी-जानी देखी।।
जो आके न जाये वो बुढ़ापा देखा

और जो जाके न आये वो जवानी देखी।।
मत किसी का दिल दुखा, दुख-दर्द सबके बाँट लें।
कर भला होगा भला, गाँठ में ये बाँध ले।।

मृत्यु के निर्मम हाथों से आज तक कोई छुटकारा नहीं पा सका। छोटा हो या बड़ा, धनी हो अथवा निर्धन, अत्याचारी हो अथवा उत्पीड़ित, धर्मात्मा हो अथवा पापी या नास्तिक एक न एक दिन हर एक को इस नश्वर संसार से कूच करके काल कवल बनना ही पड़ता है--

मिट्टी में मिलेगी मिट्टी, हवा में हवा, पानी में पानी।
पानी के बुलबुला जैसी है तेरी जिन्दगानी।।
तेरे जैसे लाखों आये, लाखों इस माटी ने खाये।
झूँठी तेरी शान रे, मत कर तू अभिमान रे।।

असंख्य मनुष्यों का देहान्त अपनी आँखों से देखने पर भी हम लोग शिक्षा नहीं ग्रहण करते तथा हम सांसारिक हेराफेरियों, चोरी, डकैती, ठगी, धोखाधड़ी, धूर्तता, झूठ, फरेब, जोड़तोड़, मिलावटखोरी, मुनाफाखोरी, लूटखसोट, निर्दयता, संकीर्णता, अन्याय, अत्याचार, अनाचार, आतंक, घूँसखोरी, भ्रष्टाचार, दुराचार, व्यभिचार, नशाखोरी और बेईमानियों से बाज नहीं आते--

'निहाई की चोरी करी सूजी दीनी दान!
उचक-उचक देखत फिरें कितनी दूर विमान!!

राजनीति, धर्मनिरपेक्षता और जाति, सम्प्रदाय, धर्म के नाम पर सारे संसार को छल-कपट एवं धोखा देकर अपना उल्लू सीधा करते हैं! चन्द दिनों की अल्प आयु में ऐसे-ऐसे पाप करने के भागी होते हैं, जिनके वर्णन से हो मानव की आत्मा काँप उठे। विवश, गरीब, अज्ञान जनता को अपने छल-कपट के जाल में फँसाकर उनके खून-पसीने की कमाई हड़प कर लेते हैं और अपनी भावी पीढ़ियों के लिये पाप की कमाई एकत्र कर मृत्यु से जा नाता जोड़ते हैं-

'दुनिया में बहुत कमाया क्या हीरे क्या मोती।
पर क्या करें यारो, कफन में जेब नहीं होती।।'
'जोड़-जोड़ कर भरा खजाना फिर भी तृष्णा अड़ी रही।
छूट गये सब अँगले-बँगले खाली बारादरी रही।।'
'रे मन यह दो दिन का मेला रहेगा।
कायम न जग का झमेला रहेगा।।'

सोचो, साथ क्या जायेगा? **'बहुत गई थोड़ी रही, थोड़ी हू अब जाय।'** मनुष्य मुट्ठी बन्द किये आता है और खुली मुट्ठी जाता है। सामान सौ साल का पल की खबर नहीं! जब अन्त में हमारी यह काया भी मिट्टी में मिल जाती

है और कर्म के सिवा हमारा कोई साथ नहीं देता तो मूर्ख आदमी पता नहीं किस भ्रम में फँस कर अपने और औलाद के आमोद प्रमोद के लिये बेईमानी, चोरी-डकैती, लूट-खसोट, छल-कपट, धूर्तता, ठगी, ढोंग, पाखंड, जालसाजी, झूठ-फरेब और धोखाधड़ी से शोषण और भ्रष्टाचार कर पाप करता और दूसरों को कष्ट पहुँचाता है! संतान को सुसंस्कार देना और ईमानदार बनाना सभी सम्पत्तियों से श्रेयस्कर है-

'पूत सपूत तो का धन संचय? पूत कपूत तो का धन संचय??'

'कबिरा कहा गरबियो ऊँचो देखि अवास।
काल्ह परेव भुइँ लोटना, ऊपर जामें घास।।'

काश, सबके समझ आ जाती कि-

पशु-पक्षी भी खाते सोते बच्चे पैदा करते एक दिन जाते हैं मर।
सर्वोत्तम मानव तन पाकर जगहित में कुछ करनी करले नर।।
मानी रह जाते ना गुमानी रह जाते यहाँ,
कहने को केवल कहानी रह जात है।
'बड़े भाग मानुष तन पावा। सुर दुर्लभ सद् ग्रन्थन गावा।।'

और 'रहना है दिन चार, साथ में कर्म ही जाना है' तो वह औरों के देहावसान से सबक लेता और समाजविरोधी, लोकविरोधी कार्यों से अपना लोक-परलोक न बिगाड़ता--

मैं मेरी के राग में फँसा चूतिया चित्त।
जानत है मानत नहीं कथा पढ़त सुनत है नित्य।।
चलना सँभल सँभल के माया ठगिन बड़ी है।
जिससे न पछताना पड़े कहीं फिर क्षणभंगुर यह जिन्दगी है।।
'मृतं शरीरमुत्सृज्य काष्ठ लोष्ठ समं क्षितौ।
बिमुखा बान्धवा यान्ति धर्मस्त्वनुगच्छति।।'
'हाड़ जरैं ज्यों लाकड़ी केश जरै ज्यों घास।
सब जग जरता देख कर भयो कबीर उदास।।'

मित्रो- **'किसको ढ़कती नही, काल की छाया?'**
जाता है निश्चय जीव, यहाँ जो आया।।
लेकिन वे शिव, मर कर भी जीते हैं।
जो जग को अमृत बाँट जहर पीते हैं।।'
'परहित लागि तजइ जो देही। संतत संत प्रशंसहिं तेही।।'

'नास्तितेषाम् यशः काये जरा मरणजं भयम्'

'यशः शरीरेण मृतः स जीवति।'

'सब जन हिताय, सब जन सुखाय' मर कर भी अमर अपने गुरू और साथी की चिता के पास खड़े होकर आइये हम लोग शपथ करें कि इन्होंने जो कुछ सिखाया है उसे हम लोग कभी न भूलेंगे--

'तुमने जीवन दिया जगत् हित जग तुमको क्या देगा?
अपनी आग तेज करने को नाम तुम्हारा लेगा।।'

जिस भ्रष्टतंत्र, निरंकुश भ्रष्ट व्यवस्था, विघटन, बेईमानी, निर्दयता, अन्याय, अत्याचार, हिंसा-आतंक के कारण समाज का सर्वनाश हो रहा है, जिनके चोरी-डकैती, अन्याय, अत्याचार, दुराचार, भ्रष्टाचार और शोषण से हम दिन-रात पिस रहे हैं, उन्हें हम जड़ से उखाड़ फेंकेंगे। मरते दम तक हम सत्ता में सत्य, सदाचार, सुशासन की स्थापाना के लिये, सबकी सुरक्षा, सुख, समृद्धि, शांति, सद्भावना के लिये लड़ते रहेंगे--

'कबिरा जब पैदा हुये जग हँसे हम रोये।
ऐसी करनी कर चलें, हम हँसे जग रोये।।'
'सुखों-दुःखों से भरा एक सफर है जिन्दगी।
औरों के काम आये तो अमर है जिन्दगी।।"

उसने जोश में कहा--**"हर सुबह जाती ढली है शाम में।**
जिन्दगी अनमोल क्यों गवाँ रहे बेकाम में??
साँसों का क्या भरोसा रुक जाय कब कहाँ पर?
सत्कर्म ऐसे कर लें न पछताना पड़े कहीं पर।।
यह चार दिन की जिन्दगी खुद के लिये जिये तो क्या जिये।
जो औरों के लिये जिये सचमुच जिये नहीं तो बिरथा जिये।।

सत्कर्म ऐसे करें जो सर्वत्र साथ दे सकें।
यहाँ भी साथ दे सकें और वहाँ भी साथ दे सकें।।

'सरफरोसी की तमन्ना अब हमारे दिल में है।
देखना है जोर कितना बाजुये कातिल में है।।
वक्त आने पर बता देंगे तुझे ओ आसमां।
हम अभी से क्या बतायें, क्या हमारे दिल में है।।"

पुलिस अफसर ने चिल्लाकर कहा--" इनको गिरफ्तार करो।" किन्तु उसकी बात पूरी भी न हो पाई थी, चारों ओर से आवाज आने लगी-

"इन्कलाब"....."जिन्दाबाद।"

"भ्रष्टाचार, दमन-दानवता की सरकार".....''नहीं चलेगी, नहीं चलेगी।"

"सभी समस्याओं का समाधान"..."समग्रक्रांति, समग्रविकास।"

"समग्रक्रांति, समग्रविकास"..."हम लाके रहेंगे, लाके रहेंगे।"

"हर जोर-जुल्म के टक्कर में"......"संघर्ष हमारा नारा है।"

उसी क्षण पुलिस ने उन लोगों पर आक्रमण कर दिया। युवक को उन लोगों ने घेर लिया। जनता भी पुलिस के हाथ से उसको छुड़ा लेने के लिये पागल हो उठी। पुलिस लाठी-डंडा, आँसूगैस चलाने लगी। श्मशान भूमि की मिट्टी खून से लाल हो उठी। माँ भी एक तरफ घबड़ाई हुई खड़ी-खड़ी देख रही थीं। युवक कहने लगा--"साथियो! तुम लोग शान्त हो जाओ। ये ले जाना चाहते हैं तो ले जाने दो। जरा-जरा सी बात पर खून बहाना ठीक नहीं। बन्दूकों, बमों, तोपों की लड़ाई तो हम शांतिपूर्ण सत्याग्रह, जनजागरण, और जनान्दोलन से ही जीत सकते हैं।"

क्रोध से पागल जनता उसकी बातों से शांत हो गई।

ठीक उसी समय प्रेरणा एक घायल युवक को ले आई।

उसने कहा-- "माँ, इसको लेकर अभी यहाँ से चली जाओ। पुलिस देखते ही इसको पकड़ लेगी।"

माँ उसको लेकर उसी क्षण वहाँ से चली गईं। वह उसको घर ले आईं। डाक्टर उसकी चिकित्सा करने लगा।

* * *

सभी विश्वास और इंसाफ को जेल से बाहर निकाल लाने की चेष्टा करने लगे। उनका बाहर आना आवश्यक था। उनके जेल में रहने से संगठन के काम का हर्ज हो रहा था।

माँ को शहर की उत्तेजना, भीड़-भाड़, भाग-दौड़, शोर-सराबा अच्छे नहीं लग रहे थे। वह गाँव में जाकर काम करना चाहती थीं। यह निश्चय हो गया कि वह गाँव जायेंगी। जाने के एक दिन पहले वह जेल में लड़के से भेंट करने गईं।

विश्वास और इंसाफ से भेंट करके वह बाहर निकलीं तो श्रद्धा और प्रेरणा ने उनसे पूछा--"माँ, क्या वे बाहर आने को राजी हैं?"

माँ ने कहा--"नहीं वे कहते हैं समग्रक्रांति से समग्रविकास, सर्वोदय के लिये जेल तो आन्दोलनकारियों और क्रांतिकारियों को मंजिल तक पहुँचने में पड़ाव है, प्रेरणा प्रदायक है, गर्व और गौरव की बात है।"

दूसरे दिन सबेरे वह गाँव के लिये चल पड़ीं। चलते रास्ते से न जाकर वह एक दूसरे रास्ते से गईं। क्योंकि उस समय चित्रकूट क्षेत्र के रामनगर, बाल्मीकिआश्रम और राजापुर क्षेत्र में आन्दोलनकारियों की खूब गिरफ्तारियाँ हो रही थीं।

संकल्प इस समय चित्रकूट क्षेत्र में थे। इस समय वहाँ रामायण मेला चल रहा था। माँ जिस समय वहाँ पहुँचीं दिन ढल रहा था।

चित्रकूट सुरम्य विन्ध्याचल पर्वतश्रृंखला के मध्य-उत्तर में एक बहुत बड़ा धाम है। कुछ अंशों में शहर की तरह है। माँ उतर कर एक चाय की दुकान में घुस गईं। चाय तैयार करने का आदेश देकर वह खिड़की के पास बैठ गईं। खिड़की के उस तरफ नगर भवन था। माँ ने देखा कि नगर भवन की सीढ़ी पर एक किसान बैठा है।

एकायक वहाँ दरोगा आ धमका। एक किसान से उसने कुछ पूछा। किसान ने उठ कर हाथ से एक तरफ इशारा किया। दरोगा सीढ़ियों से नगर भवन में चला गया।

मेज पर चाय रखकर दुकान के नौकर ने कहा--"अभी-अभी एक चोर पकड़ा गया है।"

माँ ने पूछा--"चोर? उसने क्या चुराया था?"

"यह मैं नहीं जानता।"

माँ ने देखा कि नगर भवन के पास लोग इकट्ठे हो रहे हैं। किसी के मुँह से कोई बात नहीं निकल रही थी। माँ के साथ पुस्तकों-पर्चों का थैला था। उस थैले को बेंच के नीचे रखकर और शाल लपेट कर वह चली गई और नगर भवन के सामने जा खड़ी हुईं। उसके बाद वह सीढ़ियों से ऊपर चढ़ने लगीं। उसी समय पास के बगीचे की ओर उनकी दृष्टि गई, यकायक वह ठिठक कर खड़ी हो गईं। वह कठपुतली की तरह एकटक बगीचे की तरफ देखती रहीं। बगीचे के बीच में संकल्प खड़े थे। उनके दोनों हाथ पीठ के पीछे बंधे थे। उनके दोनों तरफ पुलिस के सिपाही भी खड़े थे। संकल्प ने भी उनको देख लिया।

संकल्प ने गम्भीर स्वर में कहा--"भाइयो! मैं चोर नहीं हूँ। मैं किसी की कोई चीज चुराता नहीं, न किसी से छेड़छाड़ करता हूँ और न किसी के घर में में आग लगाता हूँ-

'जननी सम जानहिं परनारी। धन पराव विष ते विषभारी।।'

'मातृवत् परदारेषु पर द्रव्येषु लोष्ठवत्। आत्मवत् सर्वभूतेषु यः पश्यति सः पंडितः।।' सत्य, धर्म-ईमान और न्याय के लिये मैं गरीबी, अज्ञान, असत्य, अधर्म, अन्याय, अत्याचार, अनाचार, आतंकवाद, अलगाववाद, उग्रवाद, हवाला, घपला, घोटाला, कट्टरवाद, कालाधन, कालाबाजारी, कमीशनखोरी, धोखाधड़ी, बेईमानी, बदहाली, बेरोजगारी, रिश्वतखोरी, मिलावटखोरी, मुनाफाखोरी, नशाखोरी, भ्रष्टाचार, शोषण, पाखंड, ढोंग, ढकोसलों, आडम्बर, अंधविश्वास, के विरुद्ध लड़ता हूँ। जिस पुस्तक में किसानों-मजदूरों, शोषितों-पीड़ितों और सभी की भलाई की, मौलिक अधिकारों-कर्त्तव्यों की, अन्त्योदय,

ग्रामोदय, सर्वोदय, समग्रविकास के लिये समग्रक्रांति और सुराज, सुरक्षा, सुशासन की सच्ची बातें लिखी हैं, उसका मैंने प्रचार किया है, इसलिये इन लोगों ने मुझे गिरफ्तार किया है।"

लोग उनको घेर कर खड़े हो गये।

संकल्प कहने लगे--**"सेवा परमोधर्मः', 'अहर्निशं सेवामहे'-**

पढ़ो लिखो खुद को पहिचानो। जगो जवानो मजदूर किसानो।।

इस बेजोड़ सद्ज्ञान, सुप्रेरणाप्रदायिनीकालजयी कृति में तुम लोगों पर किये गये अन्याय, अत्याचारों के साथ योगक्रांति, समग्रक्रांति, समग्रविकास, सर्वोदय, पुरुषार्थ चतुष्टय (अर्थ-धर्म-काम-मोक्ष) की बातें लिखी हुई हैं। योग-अध्यात्म-विज्ञान समन्वित इस सद्ग्रन्थ में संसार के सभी सद्ग्रन्थों का निचोड़ है। जनजीवन, दिव्यजीवन से जुड़ा यह अमर अनूठा ज्ञानकोष है। इस अनुपम अमरग्रन्थ को पढ़ना-पढ़ाना, परायण और प्रचार-प्रसार करना और आचरण में लाना कितने ही महायज्ञों और अनुष्ठानों से बढ़ कर कल्याणकारी और पुण्यदायी महायज्ञ है। इसमें बताये पुरुषार्थ चतुष्टय (धर्म, अर्थ, काम, मोक्ष) मार्ग में चलना ही सच्चा आत्मज्ञान, मंजिल या मुक्तिमार्ग है। संसार में तथा संसारसागर से पार साध्य की प्राप्ति के लिये यह सही साधन और सच्चा साथी है। सद्गुरु न भी मिले तो भी यह सदग्रन्थ ही सदगुरु है, सच्चा मार्गदर्शक है, सर्वोत्तम कोटि की सत्संगति है। सत्संघर्ष, समग्रक्रांति, समग्रविकास, सर्वोदय, सन्मार्ग, सद्भाव की मशाल है, अमर उजाला है--

दिनकर से जब छिड़ी लड़ाई अंधकार है हारा।
बदल गया इतिहास हमारा बदल गई युगधारा!!

ये मुझे कष्ट दे रहे हैं, मार रहे हैं, यह जानने के लिये कि मैं यह पुस्तकें कहाँ से लाता हूँ।: अभी इसके लिये मुझे और भी कष्ट देंगे।"

वह दरोगा फिर वहाँ आ गया। उसने धमका कर कहा--"यहाँ इतनी भीड़ कैसी है? कौन भाषण कर रहा है?"

वह संकल्प के पास जाकर उसके बालों को मुट्ठी में पकड़कर झकझोरने लगा और आग बबूला होते बोला--"क्या तू भाषण दे रहा है? चोर, बदमाश कहीं का।"

क्रोध के मारे माँ की छाती जलने लगी। सभी लोग चुप थे।

संकल्प ने फिर कहा--"देखो, देखो, भाइयो!"

"चुप रहो" कह कर दरोगा ने उसके मुँह पर एक थप्पड़ मारा।

संकल्प का सिर चकरा गया और उसी हालत में बोल उठे--"ये नरपिशाच, कायर लोग इसी तरह मनुष्यों के हाथ-पैर बाँधकर उसे मारते हैं। कानून, व्यवस्था

के नाम पर पैसों के ये गुलाम बहशी बर्बर बदमाशों की तरह चौबीसों घंटे प्रायः लोगों को सताते, गालियाँ बकते, लूटते-खसोटते, अव्यवस्था फैलाते और गैरकानूनी काम करते हैं। लोभ, लालच और डर से चोरों, बिचौलियों, दलालों, बदमाशों, डकैतों, आतंकी, आततताइयों, भ्रष्टाचारियों को संरक्षण देते हैं!! भले और बेगुनाहों को भी रिश्वत के लोभ में फर्जी फँसाना, गुनाहगार बनाना इन बेईमानों, बदमाशों, निर्दयी, अर्थपिशाचों का धंधा बन गया है!!!"

यह सुनकर दरोगा मानों पागल हो उठा। बोला-"मारो सुअर को।" और उसके बाद ही संकल्प के मुँह पर छाती पर पेट पर लगातार घूँसा-लात चलाने लगा।

इस बार जनता शांत न रह सकी। वह बिगड़ उठी।

कुछ लोगों ने कहा- "उसको मत मारो। छोड़ दो या अदालत में पेश करो।"

दरोगा बोल उठा--"अरे! उसको यहाँ लाओ।"

नीली आँख वाला एक किसान कहने लगा- "भाइयो! उसको उसके पास मत जाने दो। उसे अन्दर ले जाकर मार डालेंगे और फिर कहेंगे कि हम लोगों ने ही मार डाला है।"

संकल्प ने कहा--"शोषित, पीड़ित, किसान, मजदूर, मध्यमवर्ग भाइयो! दानवों से भी निर्दय, कफनछीनू, अर्थपिशाच, अधर्मी ये पापी राक्षस किसी भी नीचता तक उतर सकते हैं! तुम लोग क्या नहीं जानते कि तुम लोगों का जीवन कितना शोचनीय है। यह लोग तुम लोगों का हर तरह से शोषण करते हैं। यह शोषकों, बिचौलियों, दलालों के रक्षक और पोषक हैं। मगर मनुष्य समाज के रक्षक तथा पोषक तुम्हीं लोग हो। संसार की सभ्यता, संस्कृति और शक्ति तुम्हीं लोगों पर निर्भर है। संसार के लिये भोजन, कपड़ा, मकान और सुविधायें देकर भी उनके बिना तुम मर रहे हो!

कृषक श्रमिक के तन से अविरल बहते हुये पसीने में,
खेतों खलिहानों कुदाल फावड़ों मिलों में खटते सीने में।
युग-युग से इन तपस्वियों को शोषित-पीड़ित पेखा है,
इनकी सुख-सुविधा सेवा में परमेश्वर हमने देखा है।।"

जनता बोल उठी--" इनके बँधे हुये हाथ खोल दो।"

एक ने कहा-- "सोच-विचार कर काम करो। ऐसा न हो कि पुलिस की मार खानी पड़े।"

कुछ लोगों ने बढ़कर उनके हाथ का बन्धन खोल दिया।

संकल्प कहने लगे--"भाइयो! मैंने तुम्हीं लोगों के लिये अपने आप को संकट में डाला है। तुम्हारे जान-माल और सम्मान की रक्षा के लिये, सुखद भविष्य के लिये, आत्मतुष्टि और सबकी मुक्ति के लिये मैं काम कर रहा हूँ। यह

देखो मेरा रक्त, जनहित, सत्य और न्याय के लिये ही यह रक्त बह रहा है। हमारे खून की एक-एक बूँद क्रांति की चिनगारी होगी। शैतान लोग सत्य बात सहन नहीं कर सकते। वे लोग तुम लोगों को हमेशा ऐसी ही दशा में रख कर खून चूसना चाहते हैं।"

जनता बड़ी शांति से उनकी बातें सुन रही थी। उनका उत्साह बढ़ने लगा था।

कुछ लोग बोले--"ठीक बात है। किसने तुमको गिरफ्तार कराया?"

संकल्प--"शासन प्रशासन और तथाकथित नेताओं की साँठगाँठ और धर्म के ठेकेदार बने पादरी, मुल्ला-मौलवी और महन्त ने।"

उसी समय वहाँ पुलिस का बड़ा दरोगा आ गया। उसको देखकर लोग भौचक्के हो गये।

उसने संकल्प को सिर से पैर तक देखकर कहा--"यह क्या है? इसके हाथ बँधे क्यों नहीं हैं? बाँधो।"

एक पुलिस ने कहा--"बँधे ही थे हुजूर! इन लोगों ने खोल दिया।" बड़े दरोगा ने जनता की तरफ आँख चढ़ा कर कहा--"किन लोगों ने? किसने?"

यह कह कर उसने नीली आँखों वाले किसान की बाँह पर बेंत से चोट किया।

उसके पास के एक और आदमी को दरोगा ने बेंत से ठेलते हुये कहा- "तुम भी इसी में हो?" बाकी सब लोगों को धमका कर कहा--"भाग जाओ।" किन्तु लोग वहाँ से भागे नहीं। थोड़ी दूर पीछे हट कर सब लोग खड़े रहे।

दरोगा ने संकल्प की तरफ देखकर पुलिस से कहा--"इसके हाथ बाँधो।"

संकल्प ने कहा- "मैं भागता नहीं हूँ और न मैं किसी से झगड़ा-लड़ाई ही कर रहा हूँ। इसलिये मैं बाँधा जाना नहीं चाहता।"

दरोगा ने कुछ आगे बढ़कर धमका कर कहा--"क्या?"

संकल्प ने भी ऊँचे स्वर में उत्तर दिया- "तुम लोग इंसान नहीं शैतान हो! इसीलिये तुम मनुष्यों पर इतना अत्याचार करते हो। किन्तु होशियार रहना इसका बदला लेने का समय शीघ्र ही आ रहा है-

शोषितो पीड़ितो करो विचार, कब तक सहोगे अत्याचार?"

सत्संघर्ष संगठन से सदा होती जय जयकार।।"

"क्या कहता है, सुअर! बदमाश!!" कह कर दरोगा ने उसके मुँह पर एक थप्पड़ मारा।

संकल्प ने कहा--"दरिंदे! घूँसा थप्पड़ मारने से सत्य का नाश नहीं होता। किन्तु तुम्हें इस तरह मारने का अधिकार कहाँ है? पद का दुरुपयोग करने वाले

कमीने कुत्ते! जिस जनता का खाते हो, उसको ही काटते हो।"

दरोगा ने एक और घूँसा मारा! संकल्प झट से एक तरफ हट गये। वार चूक जाने से दरोगा अपने को न सँभाल सका, गिर पड़ा।

उसको गिरते देखकर लोग हँसने लगे।

संकल्प ने कहा--"खबरदार! तुमसे मेरे शरीर में अधिक शक्ति है। मेरे ऊपर हाथ मत उठाना।"

दरोगा ने इधर-उधर देखकर क्रोध से पागल होकर पुकारा--"नकटा!"

भीड़ को ठेलकर एक नाटे कद का किसान दरोगा के पास आ खड़ा हुआ। दरोगा ने कहा--"इस सुअर की खूब अच्छी तरह से सेवा तो कर दो!"

नकटा संकल्प के सामने घूँसा तान कर खड़ा हो गया। संकल्प जरा भी नहीं डिगे। बोले--"भाइयो! देखो, ये लोग हमारे ही हाथों से हम लोगों पर ही हमें फोड़तोड़ कर किस तरह अत्याचार करते हैं। तुम लोग जरा सोचो और विचार करो यह हमारा भाई है, तो भी मुझे मारना चाहता है। पुलिस वाले भी हमारे बीच के हमारे भाई हैं मगर पिशाच बन गये है!" उनकी बातें खत्म भी न हुई थीं कि नकटा ने एक घूँसा संकल्प के मुँह पर मार दिया।

लोग बोल उठे--"नकटा! अभागा कहीं का, भगवान को डर। तुझे नरक में जाना पड़ेगा। बन इंसान, न बन शैतान!"

दरोगा ने कहा--"मेरा हुक्म है, मारो उसको।"

नकटा ने कहा--"मुझसे अब यह न हो सकेगा।"

"क्या?" कह कर दरोगा संकल्प पर झपटा। लात-घूंसे लगाकर उन्हें उसने गिरा दिया। इसके बाद वह उनके शरीर पर, मुँह पर जुतहा लात चलाने लगा। लोग क्रोध से पागल हो उठे और दरोगा की ओर बढ़े।

दरोगा ने जब देखा कि स्थिति काबू के बाहर है तो रिवाल्वर निकाल कर बोला--"दंगा करना चाहते हो? अच्छा, इसको मैं छोड़ देता हूँ। किन्तु याद रखो, यह एक राजनैतिक अपराधी है। यह सरकार का विरोधी है। तुम लोग विद्रोही को आश्रय दे रहे हो?"

दरोगा की बात सुनकर लोग सहम गये। उनमें से कुछ लोगों ने कहा--"आप इन्हें मारते क्यों हैं? यदि यह अपराधी हैं तो अदालत में ले जाइये।"

कुछ लोगों ने संकल्प को जमीन से उठाया। पुलिस फिर उनके हाथ बाँधने बढ़ी।

कुछ लोगों ने कहा--"जरा ठहरो! ओह कितना खून बह रहा है!" संकल्प ने एक हाथ से आँखों और मुँह पर का खून पोंछा और ज्योंही उनकी दृष्टि जनता की ओर गई उन्होंने देखा-माँ खड़ी हैं। उस नीली आँख वाले किसान से आँखों के इशारे से ही उनकी बातचीत हुई। वह फिर कहने लगे-"भाइयो! मैं मंजिल को

देख रहा हूँ। शायद मैं आपके साथ वहाँ न पहुँच सकूँ मगर मैं आपको यह बताना चाहता हूँ कि हम लोग उस मंजिल पर जरूर पहुँचेंगे--

है अगर दूर मंजिल तो क्या?
राह में मुश्किलें हैं तो क्या??
राह अँधेरी भी हो तो क्या?
स्वयं दीप बन बढ़े तो मंजिल दूर क्या??
मंजिल यदि पाना है तुम्हें तो काँटों में भी चलना होगा।
कितना भी हो दुष्कर सफर शिव संकल्प साधना से बस आगे बढ़ना होगा।"

मैं दुनिया में अकेला नहीं हूँ। मुझे गिरफ्तार करने पर भी वे लोग सत्य को गिरफ्तार नहीं कर सकते। मेरे चले जाने पर भी मेरी स्मृति बनी रहेगी। ये लोग अगर एक घोसले को उजाड़ देंगे तो क्या सभी पक्षी नष्ट हो जायेंगे? एक घोसला नष्ट हो जाने पर लोग सत्य के लिये फिर नया घोसला बनायेंगे। एक समय ऐसा भी आयेगा जब सत्य को पहिचान कर उनमें से पंख खोल कर करोड़ों की संख्या में पक्षी उड़ेंगे और ऐसे गुमराह, सिरफिरें दरिन्दों की दरिन्दगी से मुक्त हो जायेंगे। दंभियों, दुराचारियों, अन्यायियों, अत्याचारियों, आतंकवादियों, अलगाववादियों, तिकड़मियों, रिश्वतखोरों, कमीशनखोरों, भ्रष्टाचारियों, रंग, नस्ल, वर्ण, वर्ग, जाति-सम्प्रदाय, लिंग, मत, मजहब, पंथ, रिलीजन', भाषा, वेष, क्षेत्रीयता के नाम पर नफरत, कटुता फैलाने वालों, बेईमानों, बंचकों, मायाबी मक्कारों, बदमाशों, शोषकों, शैतानों को भी समझ आयेगी और वे अपने पतन पर, पापों पर प्रायश्चित करेंगे, पश्चाताप करेंगे। जब जागे तभी सबेरा--

'अब लौ नसानी अब न नसैहौं ....।'
गल्तियों-भूलों को सुधार ले जो उसे इंसान कहते हैं।
औरों के काम आये जो उसे इंसान कहते हैं।।"

दरोगा ने इस बार धीमे स्वर में कहा- "मैंने इसे मारा था, इसलिये तुम लोग मुझे मारने आये थे? तुम लोगों की इतनी हिम्मत!"

संकल्प ने कहा--"तुम मारोगे क्यों? मारोगे तो इसका बदला लिया जायेगा। तुम्हारा पाप तुम्हारे सिर पर चढ़ कर बोलेगा। जैसी करनी वैसी भरनी। मानव होकर मानवता का व्यवहार करो, पशुबल या शैतानियत पर इतना क्यों इतराते हो?"

दरोगा ने कहा--"चुप रहो। तुम किसका विरोध कर रहे हो? सरकार का।"

पुलिस संकल्प को नगर भवन के भीतर ले गई। धीरे-धीरे काफी लोग घर चले गये। नगरभवन के सामने एक पुलिस गाड़ी आ खड़ी हुई। पुलिस वालों ने संकल्प को बँधी हालत में गाड़ी में चढ़ा दिया।

उस समय रात हो चुकी थी। संकल्प का स्वर सुनाई पड़ा-- "भाइयो! बिदा होता हूँ। अपनी अवस्था पर विचार करना। मजबूर नहीं मजबूत बनना। स्वयं अपनी सुरक्षा और समाजसेवा के लिये सक्षम और सुसंगठित बनना। सत्य, धर्म, ईमान और न्याय. क्या है, उसे समझो। किस कारण से तुम इतना कष्ट उठा रहे हो? तुम लोग दुनिया के लिये अन्न जुटाते हो, संसार का पेट भरते हो, सुख-सुविधायें जुटाते हो फिर भी यह कैसी बिडम्बना है, कैसी व्यवस्था है किं सूख कर मर रहे हो? सब लोग गरीबी, अभाव, अधर्म, अनीति, अन्याय, आतंक, अत्याचार, अनाचार, कट्टरवाद, हवाला, घोटाला, कालाधन, कालाबाजारी, कमीशनखोरी, कुपोषण, भय, भूख, भ्रष्टाचार, रिश्वतखोरी, नशाखोरी, तिकड़म, बेईमानी, बेकारी, बेरोजगारी, शोषण, उत्पीड़न, हिंसा और आडम्बर, अज्ञान, दंभ, द्वेष, ढ़ोंग-ढकोसलों से लड़ने, जनमतजगाने तथा जीवनमूल्यों, नैतिकमूल्यों की स्थापना के लिये, भ्रष्टसत्ता भ्रष्टव्यवस्था परिवर्तन के लिये समग्रक्रांति, समग्रविकास, ग्रामोदय, सर्वोदय, सुरक्षा, सुराज, सुशासन पारदर्शीजवाबदेहसरकार के लिये शिवसंकल्प के साथ सुसंगठित होकर, कमर कसकर खड़े हो जाओ। लोककल्याण के लिये लड़ो ही नहीं करके दिखाओ-

कोई न भूँखा सो पाये, कोई न बेघर रह जाये।
अंधकार मिटायें मिलकर संसार स्वर्ग बन जाये।।
आँख में आँसू न हों हर अधर में मुस्कान हो।
एक हो जाओ तो हर मुश्किल आसान हो।।

बुजदिली छोड़ो, योगक्रांति से, समग्रक्रांति से सहकारिता, समग्रविकास, सर्वोदय, सुरक्षा, सुशासन, सुराज, स्वर्णिम भविष्य और न्यायपूर्ण व्यवस्था के लिये आत्मविश्वास के साथ संगठित होकर आगे बढ़ते चलो--

'मिटा दे अपनी हस्ती को अगर कुछ मरतबा चाहे,
कि दाना खाक में मिलकर गुले गुलजार होता है।'
'पीले विष का घूँट बहक, तब मजा सुधा पीने का है।
तनकर बिजली का वार सहे, यह गर्व नये सीने का है।।
सिर की कीमत का भान हुआ, तब त्याग कहाँ, बलिदान कहाँ?
गर्दन परहित पर लिये फिरे, तब स्वाद यहाँ जीने का है।।'
जिसने मरना सीख लिया जीने का अधिकार उसी को।
जिसने काँटे पार कर लिया फूलों का उपहार उसी को।।"

थोड़ी ही देर में गाड़ी आँखों से ओझल हो गई। उस नीली आँख वाले किसान के साथ माँ की बातचीत हुई। माँ समझ गई कि यह अपने ही संगठन का आदमी है। निश्चय हुआ कि उसी के घर वह रात में ठहरेंगी। वह अपने घर उनकी व्यवस्था करने के लिये चला गया और माँ होटल की ओर चली गईं।

माँ होटल में जाकर मेज के सामने बैठ गई। नौकर ने खाना लगाने के लिये पूछा किन्तु उनको भूख नहीं थी। उन्होंने मना कर दिया।

नौकर ने फिर आकर कहा--"उफ! उस आदमी पर कितनी मार पड़ी है! मैं उसके पास ही खड़ा था। उसके कई दाँत टूट गये। दोनों आँखे ऐसी सूज गईं कि उनसे ठीक से दिखाई नहीं पड़ता। पुलिस का कहना है कि इस आदमी के संगठन में और लोग भी हैं। यह उस संगठन का सरदार है। तीन आदमियों को पुलिस ने पकड़ा है, एक भाग गया है।"

माँ चुपचाप उसकी बातें सुनती रहीं। वह समझ गई कि पुलिस ने संकल्प को नगर भवन के भीतर ले जाकर पीटा है। उसी समय वह नीली आँख वाला किसान आया और माँ को अपने घर लिवा गया।

माँ ने देखा कि वह छोटी झोपड़ी है, किन्तु खूब साफ-सुथरी है। एक तरफ एक बत्ती जल रही थी। किसान ने अपनी पत्नी को बुलाया। उसने आकर माँ का स्वागत किया।

उसके बाद संकल्प के बारे में बातचीत होने लगी। माँ के आँखों के सामने उस समय का दृश्य नाचने लगा। उनकी आँखे डबडबा आईं। माँ ने कहा--"तुमने उन राक्षसों के कारनामे देखे? लोगों का सर्वस्व छीनकर भी उन पर नाना प्रकार के अत्याचार करते हैं। उनका विरोध करने पर उन पर मार पड़ती है और अत्याचार भी बढ़ जाता है!"

उसने कहा--" उन लोगों की शक्ति अधिक है जिससे स्वार्थान्ध, मदान्ध हो वे ऐसे अन्याय, अत्याचार और पाप करते हैं।"

यह सुनकर माँ उत्तेजित हो उठीं। उन्होंने कहा--" उन दरिन्दों को शक्ति कहाँ से मिली? हम लोगों से ही तो उनको सब कुछ मिला है। ये हमारे रक्षक नहीं, भक्षक हैं भक्षक! लोग सुसंगठित हो जाँय तो सभी रास्ते पर आ जाँय-

बँधी मुट्ठी होती है लाख की। खुली मुट्ठी होती है खाक की।।"

उसने कहा--"ठीक बात है। यह एक कुचक्र है। अज्ञानता से हम लोग उसमें फँस कर मर रहे हैं।"

माँ पुस्तकें, पत्र-पत्रिकायें, पर्चे उस किसान को देकर दूसरे दिन शहर लौट आईं। सुधीर उस समय घर पर ही थे। उन्होंने कहा--" रात में मेरे मकान की तलाशी हुई थी। कुछ न पाने पर भी वे लोग मुझे चेतावनी दे गये हैं।"

माँ ने उन्हें संकल्प की गिरफ्तारी का समाचार सुनाया। सुधीर सुनकर

उत्तेजित हो उठे। बोले- 'पर दुःख द्रवहिं संत सुपुनीता'-ऐसे ही लोग तो सन्त हैं। वह कितने महान हैं और यह पुलिस कितनी नीच है! जंगली जानवरों को जिस तरह पाला और सिखाया जाता है, उन लोगों को भी उसी प्रकार सिखाया जाता है। ऐसे लोग जानवरों से भी गये गुजरे हैं-

शोषण उत्पीड़न ही भक्षण, यह हैं नरपिशाच के लक्षण।

कैसी भयंकर अवस्था है! देखो माँ! यही तो युगों से चला आ रहा देवासुर संग्राम है--एक दल अत्याचार कर रहा है और दूसरा चुपचाप सह रहा है! मुट्ठी भर लोग और लोगों पर जुल्म कर रहे हैं और तरह-तरह से चूस रहे हैं! रास्ते पर लाने के लिये ऐसों के खिलाफ योगक्रांति, वैचारिक क्रांति, जनजागरण, जनान्दोलन, सत्याग्रह, समग्रक्रांति और असहयोग आन्दोलन की जरूरत है-

जाति मजहब भेदभाव शोषण विघटन हेतु लड़े दानवता है।
एकता स्वतंत्रता शांति सद्भाव सर्वोदय हेतु लड़े मानवता है।।"

उत्तेजित होकर सुधीर कमरे में टहलने लगे।

माँ ने कहा--"अब तो गाँव की जनता भी अन्याय और अत्याचारों से ऊब उठी है। जनजागरण से सत्य, धर्म-ईमान और न्याय की सही समझ उनमें आने लगी है।"

बातचीत के सिलसिले में माँ ने बताया--"जो पुस्तकें, पत्र-पत्रिकायें मैं गाँव में प्रचार के लिये ले गई थी, उन्हें संकल्प के गिरफ्तारी के बाद दूसरे किसान को दे आई हूँ।"

सुधीर बहुत खुश हुये। कुछ क्षण के बाद उन्होंने कहा--"माँ!

विश्वास और इंसाफ का समाचार मिला है। सुनकर शायद तुमको कुछ कष्ट हो। वे चाहते हैं कि उन पर मुकदमा चले और उसका फैसला हो जिससे जनता भी न्यायालय का नाटक देख ले।

फैसला होने पर उन्हें आजीवन करावास होगा तब सत्याग्रह, धरना, अनशन, प्रदर्शन, जनजागरण, जनान्दोलन, जेलभरो आन्दोलन और असहयोग आन्दोलन से उनको छुड़ाया जायेगा।"

माँ ने कहा--"सुसंगठित होकर सत्याग्रह, जनजागरण, जनमत और जनान्दोलन से सब सम्भव है।"

"संकल्प के साथ जो बर्बर बर्ताव हुआ है उसके सम्बन्ध में एक परचा छपवाना जरूरी है। परचा मैं ही लिखूँगा, किन्तु गाँव में भेजूंगा किससे?"

"मैं ही ले जाऊँगी।"

"नहीं तुम्हारा जाना ठीक न होगा। इस बार मैं जाऊँगा।"

वहाँ के विषय में जानकारी करके थोड़ी देर में सुधीर चले गये।

एक सप्ताह बाद विश्वास और इंसाफ का मुकदमा था। जो फैसला हुआ उसे न्याय नहीं कहा जा सकता। अदालत में उस दिन काफी भीड़ थी। अदालत में इंसाफ ने गम्भीर स्वर में कहा--"यह कैसी बिडम्बना है कि न्याय और सत्य-ईमान के लिये संघर्ष करने वाले अराजक, अपराधी और अन्याय, अत्याचार, भ्रष्टाचार, तिकड़म, शोषण, शैतानियत करने वाले न्यायी बने बैठे हैं!!

न्यायालय में भी खाल खिंच रही, सत्य धर्म ईमान की!
रिश्वतखोरी में न्याय नीलाम हो रहा जय होती बेईमान की!!
जहाँ इंसाफ न मिले वह अदालत नहीं होती,
बिक जाये अगर इन्सान उसमें इंसानियत नहीं होती।
वह लोग महज जिन्दा लाश की हैं मानिन्द,
सच को सच कहने की जिनमें हिम्मत नहीं होती।।

हम सबको ऐसी व्यवस्था बदलनी ही होगी—

अगर हम चाह लें तो क्या कुछ नहीं हो सकता है?
हम अगर चाह लें तो फौलाद पिघल सकता है।।
'भीत न हो पथ के काँटो से भरा अमित आनंद अजिर में।
यहाँ दुःख ही ले जाता है हमें अमर सुख के मंदिर में।।"

विश्वास ने मुस्कुराते हुये कहा- "हमने कौन सा अपराध किया है कि उसका फैसला होगा? हमने चोरी-डाका नहीं की, किसी की हत्या भी नहीं की है।

हम तो उस कुशासन, भ्रष्ट व्यवस्था, भ्रष्टतंत्र और उस बरगलाने, भरमाने, भटकाने, अटकाने, गुमराह करने तथा मूढ़ मान्यताओं वाले दकियानूसी तथाकथित धर्म, धर्मनिरपेक्षता और राजनीति का विरोध करते हैं जिसके फलस्वरूप मनुष्य-मनुष्य का शोषण, उत्पीड़न करता है। उसमें विभेद, विद्वेष, नफरत और घृणा उत्पन्न कर लड़ाता और सर्वनाश की ओर धकेल देता है-

कब तक ढ़ोते रहोगे इन ढोंगों रूढ़ियों का बोझ?
सड़ी-गली लाशों का क्यों उठाये फिरते यह बोझ??
शमसान में जला दो इन अर्थियों का बोझ,
आदमी होकर बनरियों सा क्यों चिपकाये फिरते यह बोझ!!

जनतंत्र में जन भावना का सम्मान होना चाहिये। आज जनतंत्र में जन पर तंत्र हाबी है, जबकि तंत्र पर जन का नियंत्रण जनहित में जरूरी है। जनतंत्र में संसद से भी जनशक्ति, जनमत और जनसंसद सर्वोच्च है।

जनतंत्र में राष्ट्राध्यक्ष, प्रधानमंत्री, राज्याध्यक्ष, मुख्यमंत्री, मंत्री और कर्मचारी से लेकर बड़े से बड़ा अधिकारी तक जनता का सेवक है, नौकर है और जनता मालिक है। यह कितना हास्यास्पद है कि नौकरचाकर अपने को

शासक और अधिकारी समझते हैं तथा जनता जनार्दन को हेयदृष्टि से देखते हैं! इस सोच और मानसिकता को बदलने, मानवाधिकार, मौलिक अधिकारों-कर्त्तव्यों, मानवीयमूल्यों के प्रति जनमत जगाने, देश-दुनिया की दशा, दिशा, तकदीर और तस्वीर बदलने, हर आँख का आँसू पोंछने, प्यार-भाईचारा बढ़ाने और अज्ञान, अभाव अन्याय, अधर्म, अत्याचार, आतंक, अनाचार, महंगाई, मिलावटखोरी, जमाखोरी, मक्कारी, दंभ, द्वेष, घृणा, हिंसा, शोषण, उत्पीड़न, फर्जीवाड़ा, हवाला, घपला, घोटाला,घूसखोरी, भ्रष्टाचार, धूर्तता, झूठ-फरेब, धोखाधड़ी, ठगी, बेईमानी विहीन योगयुक्त, नशामुक्त, रोगमुक्त, कमीशनखोरी, कालाबाजारी, करों के मकड़जाल मँहगाईमुक्त, लोककल्याणकारी, पारदर्शी लोकतांत्रिक न्यायमूलक-समता- समरसताएकतामूलक सर्वोदयी समाजवादी स्वच्छ, स्वस्थ, सुखी, सम्पन्न, संस्कारवान समाज, सत्ता में सत्य-सदाचरण की स्थापना के ईश्वरीय कार्य तथा जनता के प्रति संवेदनशील जवाबदेह सरकार और नशामुक्त, माफियामुक्त, सदाचारयुक्त सुशासन के लिये निरंकुश भ्रष्ट सत्ता, भ्रष्टव्यवस्था का पत्ता साफ होने तक हमारा संघर्ष चलता रहेगा। सुराज-सुशासन सुरक्षा के लिये सही नेतृत्व, सही नीति, सही नीयत, संयम-सदाचरण, स्वावलम्बन, शिवसंकल्प, आत्मविश्वास जरूरी है -

भ्रष्ट लुटेरों लफ्फाजों को चुनने का सबने देख लिया परिणाम।
धृतराष्ट्र गांधारी गद्दी पर बैठें सोचो क्या होगा अंजाम??
सिंहासन पर धृतराष्ट्र गांधारी को जनता कब तक सह पाती है?
सिंहासन दागी रहा अगर जनता बागी हो जाती है।।
रगों में खून बह रहा है मर्यादापुरुषोत्तम राम और योगेश्वर श्याम का।
फिर क्यों न करें काम हम मर्यादा पुरुषोत्तम राम और योगेश्वर श्याम का??

विकासवादी, लोककल्याणकारी, पारदर्शी, जवाबदेह सर्वोदयी समाजवादी, लोकतंत्र में अब तो हमें अतीत सरीखे अस्त्र-शस्त्र से नहीं अपितु सुशिक्षित, सच्चरित्र, समर्पित समाजसेवी सुपात्रों को लोकहित में जागरूक, सजग, मतदाताओं के साथ-सहयोग से मात्र मतदान दिव्यास्त्र ब्रह्मास्त्र से ही इस देवासुरसंग्राम में आसानी से इन निरंकुश, अहंकारी, भ्रष्ट, बेईमान, लुटेरे, राक्षसों से छुटकारा पा जाना है।

'यदा यदा हि धर्मस्य ग्लानिर्भवति भारत।
अभ्युत्थानमधर्मस्य तदात्मानं सृजाम्यहम्।।'- 'गीता'-४/७
'परित्राणाय साधूनां विनाशाय च दुष्कृताम्।
धर्म संस्थापनार्थाय संभवामि युगे युगे।।"-'गीता'-४/८

'जब होइ धरम कै हानी। बाढ़हिं असुर अधम अभिमानी।।
तब तब प्रभु धरि बिबिध सरीरा। हरहिं कृपानिधि सज्जन पीरा।।'

'संदेश यहाँ मैं नहीं स्वर्ग का लाया।
इस भूतल को ही स्वर्ग बनाने आया।।'
अंधकार को दूर भगाकर नया सबेरा लायेंगे।
हम नया उजाला लायेंगे पृथ्वी को स्वर्ग बनायेंगे।।

परिवारवाद, जातिवाद, सम्प्रदायवाद, आतंकवाद और भ्रष्टाचार लोकतंत्र और विश्वशांति के लिए सबसे बड़े खतरा हैं।

विशाल जनसमूह की ओर नजर दौड़ाते हुये विजयिनी मुस्कान बिखेरते विश्वास फिर बोले--

"जुल्म जब सहे नहीं जाते तब बिगुल बजाता हूँ।
शोषित पीड़ित सोई आत्मा को मंजिल दिखाता हूँ।।
मेरी रचना वह मशाल है जिससे मैं समाज के
इस सड़ियल ढाँचे में आग लगाता हूँ।।
मैं बागी हूँ जुल्म से बगावत मेरा काम है।
हर लमहा हमले का मौका कदम-कदम पर लाम है।।
जब तक बेईमानी, ठगी, खूँरेजी बन्द नहीं हो जायेगी-
मेरी हर हरकत शोलों से भरा हुआ पैगाम है।।
प्यार और बगावत के मैं गीत गाता हूँ।
हैवानियत की हार और इंसानियत की जीत गाता हूँ।।
लड़ाई जारी रहेगी जब तक इंसान इंसान नहीं बनता।
लड़ाई जारी रहेगी जब तक इंसान के भीतर का शैतान नहीं मरता।।"

विश्वास ने जनक्रांति, योगक्रांति, समग्रक्रांति का आह्वान करते हुये कहा--

"हर सड़क पर, हर गली में, हर नगर, हर गाँव में,
अन्याय से लड़ते हुये हर जन को चलना चाहिये।
सिर्फ हंगामा खड़ा करना मेरा मकसद नहीं,
मेरी कोशिश है कि ये सूरत बदलनी चाहिये।।"

उनके मुकदमें की कार्यवाही होती रही। लोग उनके मुकदमे का नाटक देखते रहे। वर्तमान निरंकुश घृणित भ्रष्ट व्यवस्था, भ्रष्टतंत्र, लूटतंत्र के खिलाफ उन्होंने बहुत सी बातें कहीं जिसके कारण मनुष्य घृणा, द्वेष, दुःख-दरिद्रता, अज्ञान, अभाव, अन्याय, अत्याचार, आतंक और शोषण में जीवन व्यतीत कर रहे हैं। उनके ही रक्त को चूस कर शोषक वर्ग के लोग ऐश-आराम में जीवन बिता रहे हैं। मगर बुरे काम का बुरा नतीजा, उन्हें इस पाप का फल अवश्य ही भोगना पड़ेगा। जैसा करेंगे वैसा भरेंगे, जैसा बोयेंगे वैसा काटेंगे।

योगक्रांति, समग्रक्रांति, सुसंस्कारितसुशिक्षा, सकारात्मक सियासत से समग्रविकास, सर्वोदय, सुराज, सुशासन, सुरक्षा, समृद्धि, सुखशान्ति, न्यायपूर्ण सुव्यवस्था, विश्वबन्धुत्व, विश्वकल्याण, विश्वशांति, मानवीयमूल्यों की स्थापना, आत्मकल्याण और लोककल्याण के ईश्वरीय कार्य के लिये सभी का आह्वान करते हुये उन्होंने कहा--

"जगो रे जगो सब उठो रे उठो, चलो रे चलो सब चलो रे चलो।
बनकर दीपक और दिवाकर, जलो रे जलो सब जलो रे जलो।।
ज्योतिपुत्र हैं हमको तो जग ज्योतिर्मय करना है।
ज्योतिपुत्र क्यों डरें तिमिर से उससे तो लड़ना है।।

इससे- **'नफरत अगर है इसे थूक डालो,**
मलालों को अपने दिलों से निकालो।
भरोसा नहीं बेवफा जिन्दगी का,
हर एक से मुहब्बत की बात सोचो।।
यह गुलिस्ताँ हमारा हमारे लिये है,
जलाकर इसे साँस लेंगे कहाँ पर?
गुजारो न अब जिन्दगी दूरियों में,
दिलों से दिलों के पास की बात सोचो।।
दुखाओ न मासूम दिल को किसी के,
न घोलो जहर खुशनुमा जिन्दगी में।
जिओ और जीने दो हर किसी को,
खुशिओं के महौल की बात सोचो।।"

फिर मुस्कुराते हुये बिधारा बोले-

"सूरज हूँ जिन्दगी की रमक छोड़ जाऊँगा।
मैं डूब भी गया तो शफ़क छोड़ जाऊँगा।।"

और अन्त में दृढ़ आत्मविश्वास से उन्होंने कहा--"जनतंत्र में जातिवाद, सम्प्रदायवाद, क्षेत्रवाद, भाषावाद, प्रलोभन आदि मकडजाल मुक्त राष्ट्रभक्त जागरूक मतदाताओं के 'वोटबैंक से सुयोग्य, सच्चरित्र, समाजसेवी, ईमानदार, कर्मठ, जनप्रतिनिधियों को चुनकर ही कुशासन, भ्रष्ट व्यवस्था एवं निरंकुश भ्रष्ट सत्ता का सूपड़ा साफ होगा और सुराज, सुशासन की स्थापना होगी-

'हिम्मत न हारिये, फर्ज न बिसारिये।
हँसते मुस्कुराते हुये जिन्दगी गुजारिये।।'

'हम होंगे कामयाब, हम होंगे कामयाब, हम होंगे कामयाब एक दिन।

हमें ऐसा है विश्वास, हमें पूरा है विश्वास, हम होंगे कामयाब एक दिन।।"

इन भाषणों से अदालत में उपस्थित दर्शकों का हृदय हिल उठा। मुकदमे की कार्यवाई समाप्त होने पर उनका फैसला सुना दिया गया। विश्वास और इंसाफ को आजीवन कारावास की सजा सुनाई गई। सम्बन्धियों, इष्टमित्रों से मुलाकात करके दोनों कैदी सिपाहियों के साथ चले गये।

प्रेरणा, श्रद्धा, ममता और माँ, अभिलाष और उत्साह के साथ धीरे-धीरे अदालत के हाते के बाहर चली आईं। उनकी आँखों में आँसू नहीं था। वे यही सोच रहे थे कि इस बार हमारी बारी है। हमें भी आजीवन कारावास की सजा मिलेगी। इसमें हमें कोई दुःख नहीं है। किन्तु उस समय हम यही चाहेंगे कि हमें वे लोग विश्वास और इंसाफ के पास भेज दें।

माँ घर पहुँचीं तब तक रात हो चुकी थी। सुधीर ने आते ही कहा-- "माँ, तुम लोग जल्दी से जल्दी किसी दूसरी जगह चली जाओ नहीं तो तुम लोग भी गिरफ्तार हो जाओगी। जासूस मेरा पीछा कर रहे हैं। मैं भी शीघ्र ही गिरफ्तार होने वाला हूँ। इसमें कोई हानि नहीं, किन्तु अदालत में विश्वास और इंसाफ का जो भाषण हुआ है, उसे छपवाना जरूरी है। यह लो माँ! साहस को दे देना।" यह कहकर माँ को उस भाषण की नकल दे दी।

माँ ने पूछा--"वे लोग हमें भी गिरफ्तार करेंगे?"

"अवश्य। इससे हमारे कार्यों का बहुत नुकशान होगा। तुम करुणा के पास चली जाओ। कल सबेरे किसी को भेजकर मेरा समाचार मालुम कर लेना।" माँ बाहर चली गईं। प्रेरणा उनको पहुँचाने के लिये कुछ दूर तक साथ गईं। प्रेरणा माँ से बोलीं--"मालूम होता है कोई हम लोगों का पीछा कर रहा है। मैं जा रही हूँ, फिर मिलूँगी। तुम इस समय करुणा के घर मत जाना।"

प्रेरणा चली गईं।

माँ इधर-उधर घूमती हुई करुणा के घर गईं। उसके हाथ में उन्होंने विश्वास और इंसाफ के भाषण की नकल दे दी और कहा--"सुधीर को पुलिस गिरफ्तार करने वाली है। वह इसके लिये तैयार हो रहे हैं।"

करुणा का चेहरा क्रोध से लाल हो उठा। उसने कहा--"वे हम लोगों को गिरफ्तार करके सत्य को दबाना चाहते हैं। लेकिन क्या सत्य को दबाया जा सकता है? कभी नहीं। अब इंसान जाग उठा है। भ्रष्टाचारियों, अत्याचारियों, आतंकियों का अन्याय अब अधिक दिन नहीं चल सकता--

जनता जनार्दन के खजाने जो लूटते रहे।
कर कर के घोटाले बेखौफ घूमते रहे!!
भ्रष्ट बेईमान बेनकाब चाहिये।
अब तो पाई पाई का हिसाब चाहिये।।

'अब किसानों मजूरों शोषितों की लूट न होगी।
बेईमानों को छूट न होगी।।
किसानों, मजदूरों, समाज सेवियों की सरकार चाहिये।
भीख नहीं, अधिकार चाहिये।।"

उसके बाद विश्वास और इंसाफ की बातें होने लगीं।

करुणा ने कहा--"विश्वास और इंसाफ की तरह लड़का पाना बड़े गौरव की बात है, भय और परेशानी की नहीं। सत् संघर्ष में ही आत्मसंतुष्टि और जीवन का संगीत है- सत् संघर्ष में कठिनाइयों, दुखों का इतिहास ही सुयश है-

जितने कष्ट संकटों में है जिनका जीवन सुमन खिला।
गौरव गन्ध उन्हें उतना ही यत्र-तत्र सर्वत्र मिला।।"

दूसरे दिन प्रेरणा से उन्हें खबर मिली कि सुधीर, अभिलाष और कई कार्यकर्त्ताओं को पुलिस ने गिरफ्तार कर लिया है। उन्होंने यह भी खबर दी- "माँ! तुमको, मुझको, श्रद्धा, साधना, भावना, करुणा, आस्था और आशा को भी पुलिस ढूँढ़ रही थी, और हाँ, संकल्प जमानत पर छूट आये हैं।

यह सुनकर माँ मुस्कुरा उठीं।

विश्वास और इंसाफ का भाषण तब तक छप चुका था। किसके हाथ परचे और पुस्तकें गाँव भेजी जाँय, इस पर विचार होने लगा।

श्रद्धा ने कहा--"मैं पहुँचा आऊँगी।"

किन्तु साहस, करुणा, प्रेरणा और डाक्टर ने जिसने अस्पताल में सुशील की चिकित्सा की थी, इस पर आपत्ति की। उन लोगों ने कहा--"आपको पुलिस गिरफ्तार कर लेगी मगर हम अभी आपको गिरफ्तार नहीं होने देना चाहते।"

डाक्टर उनके संगठन के थे। प्रेरणा जिद करने लगीं कि वह जायेगी। माँ ने प्रेरणा को बहुत समझाया लेकिन प्रेरणा ने कहा--"समय आने पर शक्तिस्वरूपा प्रेरणा प्रदायिनी नारी को क्रांति के नेतृत्व की बागडोर सँभालने में पीछे न रहना चाहिये।"

अंत में सब लोगों को उनकी बात माननी पड़ी। उस गाँव में जाने के लिये दोपहर की गाड़ी पकड़ने की जरूरत थी।

डाक्टर ने कहा--"अच्छी बात है। पर्चे और पुस्तकें तुम्हें स्टेशन पर मिल जायेंगे।"

प्रेरणा बड़ी प्रसन्न हुईं। वह दोपहर को ठीक समय पर स्टेशन पहुँच गईं। उस समय तक भी गाड़ी के आने में कुछ देर थी वह एक बेंच पर बैठ गई और गाड़ी की प्रतीक्षा करने लगीं।

प्रेरणा के ऊपर पुलिस की कड़ी नजर रहती थी। इसलिये उनके पीछे

जासूस लगे रहते थे। कुछ लोग उनके आस पास घूमने लगे। उनमें से दो इस तरह उनकी तरफ ताकते थे कि देखकर प्रेरणा को क्रोध आ गया। उनमें से एक से पूछा--"क्या बात है?"

उसने कहा--"कुछ नहीं।"

थोड़ी देर पहले एक युवक आकर उनको एक बड़ा बैग दे गया था। प्रेरणा उसको बेंच पर रखकर बैठी हुई थीं।

इतने में एक आदमी आया और प्रेरणा से बोला--"अरे, तू यह बैग चुरा लाई है। तू चोर है।"

"खबरदार! "प्रेरणा ने भड़क कर कहा।

देखते-देखते उनके चारों तरफ भीड़ लग गई। सब पूछने लगे-

"क्या हुआ है? क्या बात हैं?"

प्रेरणा ने कहा- "यह आदमी जासूस है।"

उसने कहा--"यह चोर है।"

"मैं चोर नहीं हूँ मित्रो!" प्रेरणा ने भारी आवाज में चिल्लाकर सबको सम्बोधित किया। जनता के बीच से कुछ आदमी बोल उठे--

"चोर रहती तो इस तरह क्या बात कर सकती थी?"

प्रेरणा ने फिर कहा--"साथियो, साँच को आँच नहीं, झूँठ का मुँह काला, कल क्रांतिकारियों के मुकदमें का फैसला हुआ है। उसमें विश्वास और इंसाफ ने अदालत में भाषण किया था।" यह कह कर तुरन्त ही उन्होंने बैग खोलकर कुछ परचे निकाल लिये, उन्हें दिखलाते हुये उन्होंने फिर कहा- "यही है वह भाषण। मैं इनको लोगों के पास इसलिये लिये जा रही हूँ कि लोग पढ़ कर जो सत्य है उसे समझें।"

यह कह कर प्रेरणा ने उन परचों को भीड़ में लुटा दिया। वे परचे कबूतरों के झुंड़ की तरह फड़फड़ाकर चारों तरफ बिखर गये। सब लोग परचों पर टूट पड़े।

यह देखकर प्रेरणा का उत्साह बढ़ गया। उन्होंने फिर काफी परचे और पुस्तकें उन लोगों के बीच फेंका, उन्होंने कहा- इनमें जो सत्य है उसका प्रचार करने के कारण विश्वास और उनके साथियों को आजीवन कारावास की सजा दी गई है!"

वहाँ और भीड़ इकट्ठा हो गई। जासूस भीड़ में छिप गये। प्रेरणा कहने लगीं- "भाइयो और बहनो, मेहनतकश लोग मेहनत करते-करते मर जाते हैं और उन्हें बदले में मिलती है गरीबी, भुखमरी, और बीमारी। समाज की दुर्व्यवस्था और अज्ञान के कारण ही लोग चोरी, डकैती, बेईमानी, काली कमाई और हिंसा करते हैं। हम लोग गरीब किसान, मजदूर, दलित और उत्पीड़ित लोग हैं। हमारे सिर पर भ्रष्ट शासक प्रशासक, मालिक, मैनेजर, जमींदार, ठेकेदार, पोप, पादरी, मक्कार

मायावी कटमूल्ले मौलाना, मौलवी, पूँजीपति, अधिकारी, बंचक और बदमाश लोग आराम से बैठे हुये हैं। हमें अपने अधीन रखने के लिये उन लोगों के पास निरंकुश भ्रष्टतंत्र, दलाल, बिचौलिये, बदमाश, खुपिया, पुलिस और फौज हैं। वे अपनी सुविधा के अनुसार कानून बनाते और तरह-तरह के हथकंड़े अपनाते हैं। उनके नेतृत्व, नीतियों और नीयत में खोट है। हमारे मेहनत के फल से वे लोग ऐश-आराम कर रहे हैं और हम लोग पशुओं की तरह दिन बिता रहे हैं! हम लोगों का जीवन नष्ट होता जा रहा है। लोग अज्ञान के कारण दीन-हीन दशा में पड़े हैं। लोगों में यह ज्ञान और साहस नहीं है कि अपने ऊपर किये गये अत्याचारों का विरोध करें। दंभी, भ्रष्टाचारी, रिश्वतखोर, कमीशनखोर, माफिया, मिलावटखोर, जमाखोर, शोषक, बेईमान, बंचक, ढोंगी, धूर्त, अधर्मी, आतंकी, अत्याचारी, अनाचारी, अन्यायी लोग इतने अज्ञानी, पतित, पापी, स्वार्थी, लोभी, निर्दयी और नीच हैं कि हमें इस दशा में डालकर भी उन्हें सन्तोष नहीं होता! उन्हें इस पाप का फल अवश्य भोगना पड़ेगा। शोषण, रिश्वत, बेईमानी, तिकड़म, भ्रष्टाचार, असत्य, घृणा, दंभ, द्वेष, हिंसा, धूर्तता, ढ़ोंग, झूठ-फरेब, ठगी मक्कारी छोड़कर और 'सत्य-प्रेम-अहिंसा' अपना कर पीड़ितों, दीन-दुखियों, शोषितों, बंचितों, विकलांगों, असहायों के दुःख-दर्द, दुर्दशा, अभाव, भूख-प्यास का एहसास कर प्यार-भाईचारे से उनके आँसू पोंछकर, दुःख-दर्द बाँट कर ही इन पापों का प्रायश्चित किया जा सकता है-

वेदों-शास्त्रों का शाश्वत सनातन यही संदेश है कि 'मनुर्मव' अर्थात् मनुष्य बनो और मनुष्यता का व्यवहार करो, बेइमानी, शैतानी, हैवानियत, मक्कारी में सर्वोत्तम मानव जीवन मत बर्बाद करो नहीं तो 'सुन अघ नरकहु नाक सकोरी', फिर तो कल्प कल्पान्तर किरहे कुंड में सड़ते रहोगे।

बड़े भाग्य से यह मनुज तन मिला था,
बेईमानी ठगी लूट में ही क्यों बर्बाद कर दी?
अभी भी चेतो लोककल्याण कर लो?
कुकर्मों में ही क्यों इसे बर्बाद कर दी??
'सबके हित में अपना हित है, स्वार्थी की दुर्गति निश्चित है।'
'अपने को ही देखो न मनुज हो, देखो निखिल भुवन को।
स्ववत् शांति-सुख की ईहा में, निरत व्यग्र जन-जन को।'

इससे- **शोषण करना छोड़ो भाई, खाओ श्रम की शुद्ध कमाई।"**

उसी समय उस जासूस को पुलिस के साथ भीड़ में घुसता देखकर प्रेरणा बैग से सब पुस्तकें परचे निकाल कर भीड़ में फेंकने लगीं। उसी समय भीड़ के बीच से एक आदमी आया। उसने उनके हाथ से बैग छीन लिया। उन्हें किसी की आवाज सुनाई पड़ी-

"तुम्हारे गिरफ्तारी की खबर किससे कहूँ? कहाँ पर?"

प्रेरणा समझ गई कि यह किसी जासूस बदमाश की आवाज है। वह पहले की ही तरह कहने लगीं "हमारे इस जीवन को बदलकर न्यायपूर्ण, नवीन सुखी जीवन लाने के लिये, मानवीयमूल्यों की स्थापना के लिये, समाज सुधार, सर्वोदय, समग्रविकास, सुशासन, सुरक्षा, स्वर्णिम भविष्य और सबकी मुक्ति के लिये इस देवासुर संग्राम में कितने ही लोग आगे बढ़ आये हैं। उन्होंने सत्य, न्याय और धर्म का दर्शन किया है। उनमें विश्वकल्याण के लिये कुछ विशेष कर गुजरने की ललक है, तड़प है, सनक है। किन्तु यदि वे खुले तौर पर सबसे कहते हैं तो अज्ञान, अहंकार और स्वार्थवश शैतान लोग उन्हें तरह-तरह के कष्ट देते हैं, उन्हें जेल में डाल देते हैं, प्रताड़ित करते हैं, उन पर गोलियाँ तक बरसाते हैं! धन-दौलत, पद, पैसे, साधन, सत्ता से शक्ति, सम्पन्नता, मदान्धता अन्याय, आतंक, अत्याचार, अनाचार, अधर्म तो बढ़ सकते हैं, किन्तु सुख, शांति; सुरक्षा, समृद्धि, संतुष्टि तो सही सोच –समझ, सच्चाई से ही मिलती है -

भू मंड़ल में कर दिया मानव धर्म प्रकाश।
पाप तिमिर का नाश कर होगा सुखद विकास।।

दुनिया में सत्य, दया-धर्म सुराज, सुशासन, सुव्यवस्था, सुरक्षा, सुख, शांति, समृद्धि और मानवता के प्रचार-प्रसार के लिये, समग्रक्रान्ति समग्रविकास के लिये वे लोग निकल पड़े हैं। उनकी लड़ाई सबको जिन्दा और स्वस्थ, सुरक्षित, सुखी, सम्पन्न रखने की लड़ाई है, सर्वोदय, सुराज, स्वर्णिम भविष्य और सबके मुक्ति की लड़ाई है। पहले उनकी संख्या कम थी और शक्ति भी, किन्तु अब बढ़ने लगी है। तुम लोग उनकी बातों पर विश्वास करो। उनकी कीमत समझो, उनका सम्मान और सहयोग करो- 'महाजनो येन गतः स पन्थः'-इस देवासुर संग्राम में सुसंगठित होकर उनके साथ आगे बढ़ो और लोककल्याण के ईश्वरीय कार्य में, नवयुग निर्माण महायज्ञ में सक्रिय सहयोग देकर महापुण्य भागी बनो। याद रखो, जो व्यर्थ कामों में समय बर्बाद करता है, समय उसको बर्बाद कर देता है-

समय न रुकता कभी, भले ही तुम रुक जाओ।
समय चूकता नहीं, चूको नहीं कि फिर पछताओ।।
'शुभस्यशीघ्रम्'- 'काल्ह करै सो आज कर, आज करै सो अब।
पल में परलय होत है, बहुर करोगे कब??'
पार होता वही जो होता है सफर में।
जो रुकता वही पड़ता है भँवर में।।
सूरज न बन सकें तो बनके दीपक जलता चल।
फूल मिलें या काँटे मंजिल की ओर चलता चल।।"

पुलिस भीड़ को ठेलकर प्रेरणा की तरफ बढ़ती हुई कहने लगी--

"तुम लोग यहाँ से भाग जाओ। भीड़ हटाओ।"

एक आदमी ने कहा--"बहन, बेंच पर खड़ी हो जाओ।"

प्रेरणा ने कहा--"समय नहीं है। अभी पुलिस मुझे गिरफ्तार करेगी।"

कई आवाजें--"मर मिटेंगे, मगर हम तुम्हें गिरफ्तार नहीं होने देंगे।"

प्रेरणा कहने लगीं--"मित्रो, 'परोपकार पुण्याय, पापाय पर पीड़नम्'-

'परहित सरिस धर्म नहिं भाई। पर पीड़ा सम नहिं अधमाई।।

परहित बस जिनके मन माहीं। तिन्ह कहँ जग दुर्लभ कछु नाहीं।।'

उन सच्चे सपूतों की जो मानवता और दीन-दुखियों, शोषितों-पीड़ितों के हितैषी हैं, जो सत्य के लिये, न्याय के लिये, भ्रष्टतंत्र, भ्रष्ट व्यवस्था परिवर्तन के लिये, अन्त्योदय, सर्वोदय, सबकी सुरक्षा और सुराज के लिये लड़ रहे हैं, तुम लोग उनका सम्मान करो। इस देवासुरसंग्राम में उनकी सहायता करो, उनका साथ दो, यह महान पुण्य कार्य है। तानाशाह, दंभियों, दलालों, शैतानों, बेईमानों, बदमाशों, बंचकों, चोरों-लुटेरों, धूर्तों, भ्रष्टाचारियों, रिश्वतखोरों, कमीशनखोरों, नशाखोरों, अत्याचारियों, अनाचारियों, अन्यायियों, आतंकवादियों, अवसरवादियों, बेईमानों ठगों के सामने सिर मत झुकाओ। ऐसे लोगों के साथ कभी समझौता मत करो- महापाप है। उनसे असहयोग करो। वे अज्ञानी, अधर्मी, अन्यायी, अत्याचारी, पतित, पापी, धूर्त, बेईमान, शोषक लोग तुम्हारे ही परिश्रम के फल पर जीवित हैं। तुम लोगों को किसी न किसी तरह जाल में फँसा कर वे लोग तुम लोगों का सर्वस्व लूट रहें हैं। इन पापों को उन्हें और उनके औलादों को अवश्य ही भोगना पड़ेगा।

'उत्तिष्ठत जाग्रत प्राप्यवरान्निबोधत'-

सभी लोग जागो, संगठित होकर खड़े हो जाओ, देवदुर्लभ मानव जीवन पाकर सही मायने में जीना सीखो पतितों, शोषितों, बंचितों, विकलांगों, बेसहारों, बेबसों, दलितों, दीन-दुखियों, असहायों के साथ उन धूर्तों, मक्कारों, शोषकों, बंचकों, बेईमानों, दलालों, गद्दारों, अन्यायी, अधर्मी, अत्याचारी, भ्रष्टाचारी, आतंकी, दुराचारी, दरिन्दों, राक्षसों को भी जगाओ जिससे समय रहते वे भी सुधर सकें और अपने पापों के लिये पश्चाताप और प्रायश्चित कर सकें। हम चाहते हैं-

सही सोच समझ, सबका साथ-सहयोग, सबका विकास।

'सठ सुधरहिं सत संगति पाई। पारंस परस कुधातु सुहाई।।"

'जीवन-ज्योति जले ऐसे, सब जग को ज्योति मिले'- जीवनमूल्यों मानवीय मूल्यों, मानवता की प्रतिष्ठा के लिये, हर आँख के 5 आँसू पोंछने, हर हाथ को काम और हर खेत को पानी देने के लिये, विश्वबन्धुत्व, विश्वकल्याण, विश्वशांति, सुरक्षा के लिये, समाजसुधार, अन्त्योदय, सर्वोदय, सत्ता में सत्य, सदाचरण,

न्याय की स्थापना और सबकी मुक्ति के लिये 'सत्य-प्रेम-अहिंसा' पर आधारित विकेन्द्रित, लोकतांत्रिक न्यायमूलक, समता-समरसता एकता मूलक, भय, भूख, भ्रष्टाचार मुक्त, सर्वोदयी समाजवादी पारदर्शी स्वच्छ-स्वस्थ-सुखी सम्पन्न सुसंस्कारवान समाज और जनता के प्रति जवाबदेह सरकार, सुशासन, सुराज-सुव्यवस्था की स्थापना के ईश्वरीय कार्य में मन-बचन-कर्म से सुसंगठित होकर जुट जाओ- 'परोपकाराय सताम् सताम् विभूतयः'-

परहित हेतु हैं हवा प्रकाश पेड़ अरु पानी।
हम हों समष्टि के लिये व्यष्टि वलिदानी।।

धन्य है वह मनुज जो परहित करे, है जनमया जीव जगहित के लिये।
लोक क्या परलोक भी बन जायेगा, जी लगा कर लोक की सेवा किये।।"

पुलिस भीड़ ठेलकर एकदम उसके पास आ गई। किन्तु प्रेरणा उस समय जोश में थीं। वह कहने लगीं-"लोकतांत्रिक न्यायमूलक, समता-समरसताएकतामूलक सर्वोदयी समाजवादियों, समग्रक्रांतिकारियों ने दंभियों, अत्याचारियों, व्यभिचारियों, भ्रष्टाचारियों, रिश्वतखोरों, धूर्तों, तिकड़मियों, शैतानों, बेईमानों, ठगों, ढोंगियों, पूँजीपतियों, दलालों के हाथ अपने को बेंचा नही है। उनकी बातें सच्ची हैं, न्यायसंगत हैं। जवानो! किसान, मजदूर, शोषित पीड़ित, मध्यमवर्ग भाइयो और बहनो! बुजदिली छोड़ो, जागो, जगाओ, उठो, समग्रविकास, सर्वोदय हेतु सुसंगठित होकर नवजीवन की ओर बढ़ो। हमारा मूलमंत्र है- 'श्रमेव जयते', 'सत्यमेव जयते नानृतम्'-

उठो कृषक मजदूर जवानों, इन्कलाब का नारा दो,
गुरुजन शिक्षक बुद्धिजीवियो, आशाभरा सहारा दो।
तब देखें यह व्यवस्था कितनी बर्बर है बौराई है,
तिलक लगाने तुम्हें साथियो, क्रांति द्वार पर आई है।।
आज देखना है कौन निकलते भ्रष्टाचार मिटाने को।
बर्बरता से लोहा लेने अन्यायों से टकराने को।।"

प्रेरणा की पीठ पर एक महिला सिपाही ने जोर से घूँसा मारा। प्रेरणा बेंच पर लुढ़क पड़ीं। उसी समय जनता पर भी मार पड़ने लगी।

प्रेरणा अपने शरीर की पूरी शक्ति लगा कर उठ खड़ी हुईं और चिल्लाकर बोल उठीं--"साथियो, इस देवासुर संग्राम में तुम लोग सुसंगठित होकर अजेय महाशक्ति की सृष्टि करो' 'संगच्छध्वं संवदध्वं संवोमनांसि जानताम्'-

जब अनीति मुस्कुराये, अन्याय सिर उठाये,
सागर में भी सेतु सृजकर सत्यकेतु फहराये।
जिनके दिल में हौसले होते हैं।

वे सागर में भी सेतु बाँध देते हैं।

एक हृष्ट-पुष्ट महिला पुलिस अधिकारी ने प्रेरणा का हाथ पकड़ कर धमकाते हुये कहा--"चुप रहो।" और जनता की तरफ घूमकर बोली- "तुम सब भाग जाओ।"

प्रेरणा ने कहा--"डरने की बात नहीं है। वे लोग तुम्हें और कष्ट देंगे? तुम्हारा सारा जीवन ही इससे अधिक कष्ट में बीता है-

'विचार लो कि मर्त्य हो न मृत्यु से डरो कभी।
मरो परन्तु यों मरो कि याद जो करें सभी।।
हुई न जो सुमृत्यु तो वृथा जिये वृथा मरे।
वही मनुष्य है कि जो मनुष्य के लिये मरे।।'
बिना हुये पतझार नहीं मधुऋतु है आती।
बिना ग्रीष्म का ताप सहे, छाया न सुहाती।।
'जो अति आतप व्याकुल होई। तरु छाया सुख जानय सोई।।"

एक दूसरी महिला पुलिस ने उसका दूसरा हाथ पकड़ कर कहा--"चुप रहो।" और दोनों मिल कर प्रेरणा को खींचते हुये ले जाने लगीं। जनता भी उन लोगों के साथ चलने लगी। प्रेरणा जाते-जाते कहने लगीं--"इससे कहीं अधिक भयंकर कष्ट-कठिनाइयाँ तुम्हारे जीवन में आई हैं जिससे तुम्हारा जीवन ही नर्क हो गया। अब तो समृद्ध, सुखद, सुरभित, सुनहले, शांतिपूर्ण सुरक्षित स्वर्णिम भविष्य के लिये, सुराज, सुशासन, सुव्यवस्था के लिये सुसंगठित हो जाओ जिससे इस संसार को स्वर्ग से सुन्दर बनाया जा सके-

रक्तरंजित विश्व को यह देश कहता यह कहानी।
शाश्वत सनातन संस्कृति की स्नेह सिंचित है रवानी।।
इस दुखी संसार में जितना बने हम सुख लुटा दें।
धन्य जीवन है तभी जब स्वर्ग पृथ्वी को बना दें।।
सारे जग में गूंज उठे प्रेम एकता नारा है।
परम पिता है एक विश्व परिवार हमारा है।।
अब तो सुखद सुनहला सबेरा लाना है।
संसार को ही स्वर्ग से सुन्दर बनाना है।।

इससे- "**लो लहरों सी लाख विकृतियाँ, पुरुष सदा प्रकृतिस्थ रहो।**
डरो परिस्थितियों से यदि तुम, तो अपने को नर न कहो।।"

एक पुलिस अधिकारी ने उनको धमका कर कहा--"चुप रह चुड़ैल!" प्रेरणा तो भी चुप नहीं हुई। वह कहती रहीं-"सुरक्षा, सुख-शांति, समृद्धि, समग्र विकास, सर्वोदय की गंगा को जनसागर तक पहुँचाने के लिये भगीरथ प्रयास, परिश्रम

जरूरी है। योग-अध्यात्म-विज्ञानसमन्वित सुसंस्कारवान, रोजगारपरकसुशिक्षा, सत्संग, सद्विचार, सही सोच-समझ, सदाचार, सद्व्यवहार और सबके साथ-सहयोग से ही समाज में, संसार में सद्भाव, सौहार्द, सामंजस्य, सुख-शांति, सुरक्षा, समृद्धि संभव है। आत्मनिर्भर जागृत आत्मा को दबाने की शक्ति किसमें है? योगक्रांति से सर्वोदय, समग्रविकास से जुड़ी समग्रक्रांति, जनान्दोलन की आँधी कौन रोक सकता है?

घर घर अलख जगायेंगे बदलेंगे हम बदलेंगे जमाना।
सबको योग सिखायेंगे बदलेंगे हम बदलेंगे जमाना।।
मिलजुल रहना सिखायेंगे, बदलेंगे हम बदलेंगे जमाना।
धरती को स्वर्ग बनायेंगे, बदलेंगे हम बदलेंगे जमाना।।

आइये अज्ञान, अभाव, अधर्म, अहंकार, अन्याय, अत्याचार, अनाचार, अलगाववाद, उग्रवाद, कट्टरवाद, आतंकवाद, अंधविश्वास, आडम्बर, दुराचार, दरिंदगी, भय-भूख, भ्रष्टाचार, भ्रष्टआचरण, हवाला, घपला, घोटाला, फर्जीवाड़ा, धोखाधड़ी, काजाबाजारी, कमीशनखोरी, कालाधन, कुपोषण, हिंसा, शोषण, धूर्तता, धोखाधड़ी, झूठ-फरेब, बेईमानी, ठगी, जालसाजी, जमाखोरी, मुनाफाखोरी, मिलावटखोरी, नशाखोरी, नाइंसाफी, शैतानी सोच, हैवानियत के विरोध में समग्रक्रांति, समग्रविकास, ग्रामोदय, सर्वोदय के लिये निरंकुश भ्रष्टसत्ता, भ्रष्टव्यवस्था, कुशासन को उखाड़ फेंकने, सुशिक्षा, सुराज, सुशासन, सुव्यवस्था, सुरक्षा, सुख, शांति, समृद्धि सुनिश्चित करने के लिये, योग आन्दोलन से जन-जन में अलख जगाकर, सुसंगठित होकर सत्याग्रह, धरना, अनशन, प्रदर्शन, जनजागरण, असहयोग आन्दोलन जैसे अहिंसात्मक संघर्ष करते हुये हम जालिमों की जेलों को भर दें-

बड़े भाग से यह मनुज तन मिला था, गँवाते-गँवाते उमर पार कर दी!
ऐशो आराम बेईमानी ठगी में, उमर गँवा, यूँ ही जिन्दगी हमने बर्बाद कर दी!!

यह अनुपम मानव तन तुमने कितने पुण्यों से पाया है।
जन्मान्तर का शुभ कर्म-बीज फल आज अनूठा लाया है।।
खाना सोना बच्चे पैदा करना तो पशु में भी देखा जाता है।
सत्कर्म ज्ञान से ही लेकिन मानव तो शोभा पाता है।।
इसलिये उठो जागो जग में कुछ अनुपम कर दिखलाओ तुम।
निज गौरवशाली कर्मों से हो श्रेष्ठ अमर हो जाओ तुम।।"

इतने में एक महिला पुलिस अधिकारी ने धकेलते हुए उनके गाल पर जोर से थप्पड़ मारा। प्रेरणा के आँखों के सामने अंधेरा छा गया। मुँह से खून गिरने लगा। उन्होंने सुना, जनता चिल्ला रही थी--"खबरदार, उनको मत मारो। नीच,

हैवानो, शैतानो!"

प्रेरणा कहने लगीं-"हमारा खून तुम लोग चाहे जितना बहा लो लेकिन सत्य को तुम अब नहीं दबा सकते-'श्रमेव जयते', 'सत्यमेव जयते'। अब जनता जग चुकी है। समग्रक्रांति, जनजागरण, जनान्दोलन और जनसैलाब के महासागर में सभी शैतान समा जावेंगे।....."

वह अपनी बात पूरी कर भी न पाई थीं कि उनकी पीठ और गर्दन पर मार पड़ने लगी। उनकी आँखों के सामने अँधेरा छाने लगा। सभी चीजें मानों चक्कर लगा रही मालुम हो रही थीं। दोनों पैर झुकते जा रहे थे। जनता में अपूर्व उत्तेजना फैल गई थी। स्टेशन के बाहर एक पुलिस गाड़ी पर प्रेरणा को ठेलकर महिला सिपाहियों ने चढ़ा दिया। प्रेरणा पुलिस से अपना हाथ छुड़ा कर दरवाजे की चौखट पकड़कर कहने लगीं-"भाइयो और बहनो, 'श्रमेव जयते, "सत्यमेव जयते नानृतम्'- सत्य परेशान होता है, पराजित नहीं। रक्त के समुद्र में भी सत्य कभी डूब नहीं सकता। बेईमानों, शैतानों, हैवानों, पिशाचों में उसे डुबा देने की शक्ति नहीं, बल्कि पाप के समुद्र में वे महापापी मूर्ख ही हमेशा के लिये समा जायेंगे। अपनी शक्ति, सामर्थ, पौरुष-पुरुषार्थ और अर्थ, अनर्थ, व्यर्थ, स्वार्थ में नहीं, परमार्थ में लगाकर अनमोल मानव जीवन को सार्थक कर लो-

दिनकर से जब छिड़ी लड़ाई अंधकार है हारा।
यही रहा इतिहास हमारा, यही रही युग धारा।।"

उनके ऊपर पुलिस की मार पड़ने लगी। प्रेरणा ने चिल्लाकर कहा-"यतो धर्मस्ततो जयः' इस देवासुरसंग्राम में हम लोग तो पारदर्शी जवाबदेह समतासमरसता एकतामूलक लोकतांत्रिक सर्वोदयी समाजवादीसरकार सुराज, सुशासन, सुरक्षा, सुव्यवस्था के लिये, मानवाधिकारों, मौलिक अधिकारों-कर्त्तव्यों के कारगर कार्यान्वयन के लिये, सभी की भलाई, सभी के खुशहाली के लिये लड़ रहे हैं, तुम लोगों के भी। दुराचारी, दरिन्दे, भ्रष्टाचारी, वंचक, बेईमान, शोषक, शराबी, कवाबी, अज्ञानी, अधर्मी, अन्यायी, अनाचारी, अत्याचारी, अहंकारी, अलगाववादी, आतंकी, नशेड़ी, ढोंगी और स्वार्थी, कट्टरपंथी मूर्खतावश बेकार ही लोगों की घृणा के पात्र बन रहे हैं। एक दिन अवश्य ही उन्हें इस पाप का फल भोगना पड़ेगा, जेल जाना पड़ेगा, पश्चाताप करना पड़ेगा-

'बोये बीज बबूल का आम कहाँ ते होय?'
'मन पछितैहे अवसर बीते।।' इसलिये-

मत जोंक सा जी मानवता ला, दानव बनकर मत काट गला।
मंजिल की जिसकी रही झोंक, उसको कब कोई सका रोंक??"

उसी समय किसी ने मानों प्रेरणा का गला दबा दिया। उन्होंने भर्राई आवाज में कहा-"मूर्ख! अभागे शैतान!!" और फिर मुक्त होते आवाज में बोलीं-

"जो मानव कर्त्तव्य उसी पर न्योछावर हो जाना।
मानव जीवन अनमोल व्यर्थ मत उसे गँवाना।।
क्या मार सकेगी मौत उसे, औरों के लिये जो जीता है?
मिलता हैं जहाँ का प्यार उसे, औरों के जो आँसू पीता है।।
अड़िग रहा जो सत् के पथ पर लाख मुसीबत आने में।
मिली सफलतता जग में उसको जीने में मर जाने में।।"

भीड़ काफी बढ़ गई। काफी संख्या में सैनिक और पुलिसबल के साथ शासन-प्रशासन के आला अधिकारी, मंत्री पहुँच गये। साहस, संकल्प, उत्साह, ज्ञान, विराग, विवेक, धीरज, अभय आदि के साथ श्रद्धा, माँ, ममता, कामना, साधना, कल्पना, करुणा, भावना, चेतना, जिज्ञासा, जागृति, प्रज्ञा, प्रतिभा, आस्था, आकांक्षा और आशा आदि भी पहुँच गईं जिससे भीड़ में जोश उमड़ उठा--

"इन्कलाब"........"जिन्दाबाद।"

"विविधता में एकता".....''यह है हमारी विशेषता।"

"आवाज दो".... .."हम एक हैं।"

"झूठे वादे झूठे बोल"...... "इन सबकी अब खुल गई पोल।"

"भ्रष्टाचार, दमन, दानवता की सरकार". ..."नहीं चलेगी, नहीं चलेगी।"

"नौकरशाही, रिश्वतखोरी, कमीशनखोरी". "नहीं चलेगी, नहीं चलेगी।"

"घपला, घोटाला, भ्रष्टाचार" ...."बन्द करो राक्षसी व्यवहार।"

"न्यूनतमएकलकरव्यवस्था लाओ"... "करों के मकड़जाल मँहगाई से बचाओ।।"

"भ्रष्टाचार मिटायेंगें"..."कालाधन राष्ट्रीयसम्पत्ति घोषित करायेंगे।"

"खून भी देंगे जान भी देंगे"......."विकेन्द्रितलोककल्याणकारीलोकतांत्रिक न्यायमूलकसमता-समरसताएकतामूलक समाजवाद लाके रहेंगे।"

"याचना नहीं अब रण होगा"... .."संग्राम महाभीषण होगा।"

"हर जोर जुल्म के टक्कर में".........."संघर्ष हमारा नारा है।" की सिंह गर्जना करते हुये अपार जनसैलाब ने गाड़ियों को घेर लिया। पुलिस और सैनिकों ने अश्रुगैस, लाठीचार्ज, हवाई फायरिंग, पानी की बौछारों और रबड़ की गोलियों का प्रयोग किया मगर जनता अड़िग रही और रास्तों में लेट गई। स्थिति की गम्भीरता और खून खराबे के डर से उन्हें प्रेरणा को छोड़ देना पड़ा। शासन-प्रशासन, सेना और पुलिस के हृदय की गहराइयों को भी इनकी बातें छूने लगीं थीं। उनका भी हृदय परिवर्तन होने लगा था। शीघ्र ही ग्रामोदय, सर्वोदय, समग्र विकास से जुड़ी यह समग्रक्रांति, योगक्रांति, जनजागरण, शांतिपूर्ण सत्याग्रह- धरना, अनशन, प्रदर्शन, जनक्रांति, जनान्दोलन, असहयोग आन्दोलन और संगठन

गाँव से लेकर शहरों तक सर्वत्र फैल गया। जनता ने अपनी जनशक्ति, प्रेम-एकता तथा संगठन की ताकत पहिचान ली थी। उमड़ता जनसैलाब नारे लिखी तख्तियाँ, पोस्टर और बैनर उठाये गगनभेदी नारे लगाता जन शैलाब संसद की ओर बढ़ चला--

हम लोग हैं ऐसे दीवाने, दुनिया को बदल कर मानेंगे।
मंजिल के धुन में दीवाने, मंजिल पाकर ही मानेंगे।।

"इन्कलाब"......."जिन्दाबाद।"

"आवाज दो"..........."हम एक हैं।"

"अनेकता में एकता"....."यह हमारी विशेषता।"
"याचना नहीं अब रण होगा"........"संग्राम महाभीषण होगा।"
"बन्द करो कमीशनखोरी, भ्रष्टाचार".........'नहीं चाहिये अंधी बहरी सरकार।"
"नहीं सहेंगे अन्याय, अत्याचार"........."जेल में रहना है स्वीकार।"
"जेलों में हमको जगहें दो"........."या नेता हमारे छोड़ दो।"
"दुराचारी, भ्रष्टाचारी, अन्यायी, अत्याचारी"......."हैवान हैं, शैतान हैं।"
"अत्याचार, भ्रष्टाचार, मँहगाई, कुकराधान"........"यह है कुशासन की पहिचान।"
"न्यूनतमएकलकरव्यवस्था लाओ".."करों के मकड़जाल, मँहगाई से बचाओ।"
"मानवता अपनाना है"........"दानवता दफनाना है।"
"सभी समस्याओं का समाधान"..."समग्रक्रांति, सर्वोदय, समग्रविकास।"
"समग्रक्रांति जवानी है" "नहीं खून यह पानी है।"
"भ्रष्टाचार मिटायेंगे"........."कालाधन राष्ट्रीयसम्पत्ति घोषित करायेंगे।"
"माफियातंत्र, भ्रष्टतंत्र, भ्रष्टव्यवस्था, आतंकवाद मिटा के रहेंगे."..."अब तो अच्छे दिन लाके रहेंगे।"
"हमें वादे नहीं इरादे चाहिये"..."सुव्यवस्था, सुराज, सुशासन चाहिये।"
"जातिवाद, सम्प्रदायवाद, क्षेत्रवाद, भाषावाद, अलगाववाद दफना के रहेंगे "
"समग्रक्रांति, समग्रविकास, सर्वोदय, सुराज, सुशासन ला के रहेंगे।"
"खून भी देंगे, जान भी देंगे"... "अन्याय, अत्याचार , अनाचार, आतंक, दरिन्दगी, भ्रष्टाचार, भ्रष्टतंत्र मिटा के रहेंगे" के गगनभेदी नारे लगाता कारवाँ बढ़ चला।

उमड़ता अपार जनसमुद्र इस आरपार की लड़ाई में प्रेरणा, प्रज्ञा, प्रतिभा, श्रद्धा, माँ, ममता, कामना, कल्पना, करुणा, भावना, चेतना, आस्था, आकांक्षा, साधना, जिज्ञासा, जागृति, साहस, संकल्प, ज्ञान, विराग, विवेक, धीरज, उत्साह, अभय और आशा आदि के साथ समग्रमहाक्रांति का कारवाँ उद्बोधन गीत की गम्भीर गर्जना करते आत्मविश्वास से संसद की ओर बढ़ रहा था--

"कोई चलता पद चिन्हों पर, कोई पद चिन्ह बनाता है।
है वही शूरमा इस जग में, दुनिया में पूजा जाता है।।
कर कर्म इतना ऊँचा कि बुलंदियों को छूले।
इज्जत से नाम तेरा आ जाय हर जुबाँ पर।।
जमीं सलाम करे आसमां सलाम करे।
करो वह काम कि सारा जहाँ सलाम करे।।
मिटा दो जुल्म की आँधी कि तुम फौलाद बनो।
राम और सीता सी तुम औलाद बनो।।"
"याद रख जो आँधियों के सामने भी मुस्कुराते।
वे समय के पंथ पर पग चिन्ह अपना छोड़ जाते।।
चिन्ह वे जिनको न धो सकते प्रलय तूफान घन भी।
बढ़ चलें उन पर समझ से मिल सके मंजिल तभी।।
किन्तु जो अज्ञान वश मंजिल न अपनी समझ सकते।
या कि जो कुछ मुश्किलें ही देख पीछे लौट पड़ते।।
जिन्दगी उनकी तो बस भू भार ही केवल मुसाफिर!
पन्थ पर चलना तुझे तो मुस्कुराकर चल मुसाफिर।।"
"तुम समय के पंथ पर छोड़ते चलो अमिट निशां।
देखती तुम्हें जमीं, देखता है आसमां।।
लिखते चलो हर घड़ी नवश्रृजन की कहानियाँ।
जगो जगाओ और मिटा दो जोरोजुल्म की निशानियाँ।।"

देश-विदेश में वैचारिकक्रांति, समग्रक्रान्ति, जनजागरण, जनान्दोलन जनक्रांति से शांतिपूर्ण सत्याग्रह-धरना, अनशन, प्रदर्शन, आमरणअनशन और योगआन्दोलन, असहयोग आन्दोलन में नेकनीति, निष्ठा, नीयत, नीतिज्ञनेतृत्व से उमड़ते जनसैलाब, जनशक्ति, जनाक्रोश और बढ़ते जनमत के दबाव के सामने शासन-प्रशासन को झुकना पड़ा। विश्वास, इंसाफ, सुधीर सहित सभी आन्दोलनकारी, क्रांतिकारी छोड़ दिये गये।

चुनाव में सुशिक्षित, सच्चरित्र, सत्यनिष्ठ "सर्वभूतहिते रतः" समर्पित समाजसेवी समग्रक्रांतिकारियों के समग्रविकास, सर्वोदय, समान अवसर और स्वर्णिम भविष्य के लिये सबके साथ-सहयोग, सामूहिकशक्ति, समग्रक्रांति, लोकहित में जागरूक मतदाताओं के मतदान ब्रह्मास्त्र से येनकेनप्रकारेण तिकड़म, जोड़तोड़, जुमलेबाजी, लफ्फाजी, झूठ-फरेब, धूर्तता, मक्कारी, गद्दारी, ढोंग, दिखावा, अनर्गल आरोप-प्रत्यारोप से गुमराहकर सत्ता हथियाने वाली निरंकुश नकारात्मक ओछी जातिवादी, वंशवादी, परिवारवादी, भ्रष्टाचारी

राजनीति तथा भ्रष्टसत्ता एवं भ्रष्टव्यवस्था का पत्ता साफ हो गया और धर्मनिरपेक्ष नहीं, धर्मान्धतानिरपेक्ष, जाति, संप्रदाय, वर्ग, मत, मजहब, 'रिलीजन', पंथ निरपेक्ष, सद्धर्म-'सत्यम् शिवम् सुन्दरम्' एवं 'सत्य-प्रेम-अहिंसा' आधारित न्यायमूलकसमता-समरसताएकतामूलक, पारदर्शी, जवाबदेह, जोड़नेवाली, लोककल्याणकारी, लोकतांत्रिक, विकासवादी, समाजवादीसरकार, सुराज, सुशासन, सुव्यवस्था, योग-अध्यात्म-विज्ञान समन्वित संस्कारवान रोजगारपरक सुशिक्षा-सुदीक्षा, सत्संग से सभ्यता, संस्कृति, सुसंस्कार, सद्ज्ञान, सद्विचार, सद्भाव, संयम-सदाचार, शौर्य, सेवा, श्रमदान, सहयोग, सद्व्यवहारयुक्त, मांस-मदिरा आदि नशामुक्त रोगमुक्त, अज्ञान, अधर्म, अन्याय, अनीति, आतंक, अत्याचार, अनाचार, दरिन्दगी, दुराचार, हैवानियत, राष्ट्रधर्म से गद्दारी, दगाबाजी, दुसाधी, छल-कपट, दम्भ, द्वेष, पाखण्ड, झूठ-फरेब, फर्जीवाड़ा, हवाला, घपला, घोटाला, घूसखोरी, ठगी, बेईमानी, भय-भूख-भ्रष्टाचार-माफियामुक्त, मर्यादायुक्त, जीवनमूल्यों, नैतिकमूल्यों, मानवीयमूल्यों, मानवाधिकारों, मौलिक अधिकारों-कर्तव्यों, सुराज, सुशासन, मानवता की प्रतिष्ठा, प्रेम-एकता, भाईचारा, सौहार्द सद्भाव, सहयोग, संयम- सदाचार, सद्व्यवहार, शौर्य, सत्कर्म, सेवा, श्रमदान, सर्वोदय, समग्र विकास के लिए समग्रक्रान्ति के शिवसंकल्प से सर्वत्र स्वच्छता, स्वास्थ्य, सुरक्षा, सुख-शान्ति, समृद्धि, समाज कल्याण, विश्वकल्याण विश्वबन्धुत्व, विश्वएकता, विश्वशान्ति "वसुधैव कुटुम्बकम्", विश्वसरकार का, जनकल्याण से जगकल्याण, जयजगत् का मार्ग प्रशस्त हुआ-

'यतो धर्मस्ततो जयः'।

अंत में सार्वभौमिक सर्वकालिक सर्वहित में यही सार्थक सनातन सन्देश है कि अगर बिष्क्षिप्त मानसिकता के गुमराह स्वार्थान्ध मदान्ध दुर्दान्त दुराचारियों, महापापी पिशाचों के अन्याय, अत्याचार, अनाचार, आतंक, भ्रष्टाचार, कालेधंधे, कालीकमाई, लूट खसोट, जनसंख्या विस्फोट, छलबंद, झूठफरेब, कपट, ढोंग-पाखंड और पर्यावरणीय प्रदूषण आदि से संसार को, मानवता को, श्रेष्ठतम प्रजातंत्रीय व्यवस्था को सर्वनाश, महाविनाश से बचाना है तो केवल और केवल 'गीता', 'रामायण' और 'रामचरितमानस' आधारित सनातन सुशिक्षा, सुसंस्कार, सुसंस्कृति से जगत के जन-जन के जीवन को जोड़कर ही संसार में सुराज, सुशासन, सुरक्षा, सर्वोदय, सुख-शांति संभव है और तभी 'धर्म की जय हो', 'अधर्म का नाश हो', 'प्राणियों में सद्भावना हो', 'विश्व का कल्याण हो' का सपना साकार हो सकता है और संसार को स्वर्ग-सा सुन्दर सुखद बनाया जा सकता है-

सिवा सुशिक्षा सुसंस्कार दंड भय के नहिं सामाजिक सोच सुधर सकती।
सही सोच सुसंस्कारित मानसिकता से ही स्वर्गधरा यह बन सकती।।

'श्रमेव जयते'

'सत्यमेव जयते नानृतम्'

"सर्वे भवन्तु सुखिनः सर्वे सन्तु निरामयाः।
सर्वे भद्राणि पश्यन्तु मा कश्चिद् दुःख भाग्भवेत्।।"

(इतिशुभम्)

www.ingramcontent.com/pod-product-compliance
Lightning Source LLC
LaVergne TN
LVHW090303051026
849518LV00005B/1626
* 9 7 8 8 1 1 9 5 6 2 2 1 3 *